170 L. 16-17

JACOB VAN ARTEVELDE

DOOR

HENDRIK CONSCIENCE

EERSTE DEEL

Antwerpen.
DRUKKERY VAN J. E. BUSCHMANN
1849.

JACOB VAN ARTEVELDE.

JACOB VAN ARTEVELDE

DOOR

Hendrik Conscience.

EERSTE DEEL.

ANTWERPEN,
DRUKKERY VAN J.-E. BUSCHMANN, OSSEN-MARKT.
1849.

DER OUDE HOOFDSTAD

VAN

VLAENDEREN,

HET HELDHAFTIGE GENT,

MYNE

VADERLANDSCHE POOGING

TEN OFFER.

VOORREDE.

In het tegenwoordig werk hebben wy het durven beproeven, de schim van den grootsten aller vlaemsche Mannen op te roepen en voor de oogen onzer landgenoten te doen herleven. Niet slechts de zucht naer een verheven nationael onderwerp heeft ons aengedreven om onzen keus op Jacob Van Artevelde te vestigen; een hooger pligtgevoel noopte ons daertoe: wy wilden plaets nemen tusschen de vaderlandsche geleerden en dichters, die sedert eenige jaren zich de zending hebben opgelegd de nagedachtenis' des Gentschen Burgers over de onregtveerdigheid der Geschiedenis te wreken, en dit ontzaggelyk heldenbeeld te zuiveren van de vlekken, waermede haet, laster of dwaling het gedurende vyf eeuwen hebben overladen.

Toen wy voor vyf jaren eene Geschiedenis van Belgie schreven, troffen wy over Artevelde, in de Kronyken en Geschiedenissen, eene zonderlinge tegenstrydigheid aen. Terwyl dezelve hem van onregtveerdigheid, oproer, heerschzucht en van andere laekbare driften of inzigten beschuldigen, noemen zy hem te gelyker tyd een wys man, een groot vernuft, een ongewoon welsprekend redenaer; en teekenen van hem, onder anderen, ook daden aen, die de vooruitgebragte aentygingen schynen te logenstraffen. By gebrek aen doorslaende bewyzen om de aengenomene meening te verwerpen; mogten wy, voor alsdan, het eeuwenlang gevolgde spoor niet verlaten, en wy zagen ons verpligt, op het tafereel van Artevelde's uitstekende gaven en groote daden, ook de schaduwen te leggen welke de jaerboeken en kronyken erop aenduiden.

Eventwel, de wonderbare levensloop des Gentschen Burgers had eenen diepen indruk op ons gemoed gelaten; en, langzamerhand ontstond in ons de begeerte om dieper in het volle begryp zyner ontwerpen en zyns tyds te dringen, en zyner nagedachtenis een byzonder werk toe te wyden.

Reeds hadden andere bezigheden dit gedacht in ons verzwakt en de uitvoering ervan misschien voor langen tyd doen uitstellen, toen het eensklaps met nieuwe kracht werd opgewekt door de lezing eens opstels van den heer P. A. LENZ, professor by de Hoogeschool te Gent, handelende over de zes eerste maenden van Artevelde's bestuer, en geplaetst in de *Nouvelles archives historiques*, tom I pag. 261, alsmede door de bekroonde levensbeschryving van Jacob Van Artevelde, door J. DE WINTER.

Beide deze schriften, door grondige en meest tot dan onuitgegevene bewyzen gestaefd, wezen ons, voor dit tydvak der Geschiedenis, een nieuw en luisterryk verschiet aen. Wy begonnen, in de rigting door hen gevolgd, onze kronyken weder, naer ons vermogen, te doorbladeren en hare gezegden te vergelyken, de vreemde geschiedschryvers te raedplegen, en de enkele opstellen over Artevelde, die in plaetselyke tydschriften verspreid liggen, na te sporen.

Ons werk is de vrucht dezer opzoekingen en der vriendelyke mededeelingen ons door den heer professor LENZ uit zyne eigene navorschingen gedaen. Alles wat wy in hetzelve van Artevelde's *historische* daden verhalen, is op bewyzen gesteund, welke onder de bladzyden worden opgegeven; ten minste daer, waer zulke feiten voorkomen, die door vroegere kronykschryvers nog niet of geheel anders geboekt waren.

Wy meenen in deze voorrede een nader begryp te moeten geven van het oogpunt, waeruit men, sedert Artevelde's dood, het leven en de daden dezes grooten Burgers heeft beschouwd, en tevens eenige der gewoone aehtygingen, welke men tegen hem gelden doet, te beantwoorden. Tot bewys van hetgene wy hier als *waerheid* aenduiden, in tegenoverstelling der *dwaling*, beroepen wy ons op de aenteekeningen en gevolgtrekkingen die men in den loop van ons werk zal aentreffen

Er is, aengaende de nagedachtenis van Artevelde, in de Geschiedenis iets omgegaen dat verwondert en verschrikt. De Burger, die zyn vaderland tegen uitheemsche verdrukking zegepralend verdedigde; die zyne broederen uit den hongersnood ophief; die nyverheid en handel opvoerde tot den hoogsten top van bloei; die, eerst van al, de verbrokkelde dietsche gewesten tot een magtig Belgenland wilde maken; die, in elke zyner daden, wet en regt tot eenig rigtsnoer nam; die uitblonk door vernuft en edelheid van inborst, — deze burger is, gedurende vyf eeuwen, door de geschiedschryvers uitgemaekt geworden voor een oproerstichter, een heerschzuchtige, een dwingeland, een man met booze en baetzuchtige inzigten.

Gansch Europa verkeert nog algemeenlyk in dezelfde dwaling omtrent den Gentschen Burger; — en het is ligtelyk te begrypen, dat het niet anders zyn kan, dewyl alle erkende bronnen der Geschiedenis nagenoeg in den zelfden zin van hem spreken. Men zou zeggen, dat de historieschryvers, gedurende vyf honderd jaren, eene onafgebrokene samenzweering hebben aengegaen om den roem van Jacob Van Artevelde te verduisteren en te verstikken. Daerby voegt zich eene andere soort van geheime vervolging zyner nagedachtenis aengedaen: men heeft oorkonden van zynen tyd in menigte doen verdwynen, bladen uit registers en boeken gescheurd, en met zulke waekzame yverzucht alles poogen te vernietigen wat het spoor zyner deugd en zyns roems mogt dragen, dat van hem, die zoo veel gedaen, verhandeld en bewerkt heeft, tot nu toe geen enkel stuk gevonden is, dat zyn naemteeken of zyn zegel draegt.

De oorzaken, de redenen dezer algemeene onregtveerdigheid, gaen wy in het korte naer onze meening verklaren.

Artevelde leefde te midden der onverzoenbare worsteling, welke de nyverige Gemeenten tegen de Leenheerschappy hadden aengevangen. In dezen stryd ten voordeele der vryheid, stond Vlaenderen aen het hoofd der burgerlyke beweging in Europa; even als het fransche Hof zich aen het hoofd des leenroerigen adels had gesteld, om de burgery in hare strekking naer onafhankelykheid terug te houden of geheel te verpletten.

De wonderbare geesteskrachten van Jacob, de ontzaggelyke inrigtingen, waerop hy de magt der vlaemsche burgery had gebouwd; de overwegende rol welke hy, die geen ridder was, in de twisten tusschen de koningen van Frankryk en van Engeland vervulde, — dit alles maekte van zynen naem het zinnebeeld en de verpersoonlyking van den stryd der Gemeenten tegen de drukkende beheersching van het Leenheerschap.

Daeruit volgde natuerlyker wyze, dat al wie, in Artevelde's tyd, hetzy door maetschappelyke overtuiging, hetzy door eigen belang, de ontwikkeling der Gemeentevryheden vyandig was, eenen byzonderen haet toedragen moest, niet alleen aen den grooten Gentschen Burger gedurende zyn leven, maer tevens aen zyne nagedachtenis, die, als eene herinnering aen vorige vryheid en roem, de burgery tot nieuwe poogingen opwekken kon.

Langs eenen anderen kant, Jacob had, gedurende zynen ganschen levensloop, zich vyand van Frankryk getoond, en had meer dan eens dit groote Land tot vernederende toegevingen gedwongen. Door de hulp die hy den Koning van Engeland verleende, berokkende hy den franschen Vorst, Philips van Valois, de zwaerste moeijelykheden, en werd eene der eerste oorzaken van de latere overwinningen der Engelschen in Frankryk. Zoo men daerby in aenmerking neemt, dat de nu nog bestaende nationale yverzucht tusschen de fransche en engelsche volkeren, haren oorsprong heeft in de oorlogen waeraen de Gentsche Burger zoo beslissend deel nam, dan zal men van zelven begrypen, welken gloeijenden haet de nagedachtenis van Artevelde in Frankryk moest blyven verwekken, zelfs dan nog, wanneer de fransche natie voor haer zelve gedeeltelyk had uitgevoerd wat de Gentsche Burger voor Vlaenderen had gepoogd tot stand te brengen.

Gewis, indien de worsteling tusschen het Leenheerschap en de Burgery eenen voordeeligen uitslag voor de Gemeenten had opgeleverd, dan, voorzeker, zouden zoo vele stemmen Artevelde geloofd en geprezen hebben als er nu zyn die hem hebben gelaekt en gelasterd; maer eene andere, gansch nieuwe wending der maetschappelyke strekkingen kwam welhaest aen den voortgang der Gemeentebeweging voor altyd een einde stellen.

Weinigen tyd na Artevelde's dood onderging de leenroerige magt eene grondige vervorming. In gansch Europa, maer vooral in Frankryk, trokken de Koningen de verspreidde overheid der Leenheeren op zichzelven te samen en verzwolgen de regten van onafhanklykheid der magtigste Landheeren, door geweld van wapenen of door het doen van groote geldelyke opofferingen. De Leenheeren werden den Koning werkelyk ondergeschikt; de staetsmagt verzamelde zich op een enkel hoofd, en dus ontstonden de eerste echte Koningryken, op eenheid en *centralisatie* berustende, gelyk dezelve tot ons gekomen zyn.

Het is alsdan dat een fransch Leenheer, de Hertog van Bourgondie, door huwelyk het graefschap Vlaenderen by zyne staten voegde. Zyne opvolgers bekwamen daerenboven in korten tyd de heerschappy over Braband, Holland, Henegauwen, Luik, en Namen; en vormden uit alle deze gewesten, met de bourgondische bezittingen, een magtig Ryk, dat alleen de Nederlanden voor eene afdoende inzwelging door het Zuiden heeft kunnen bevryden.

De erkende noodzakelykheid van in de staetseenheid de magt

te zoeken om aen het immer grooter wordend Frankryk te kunnen weêrstaen, de vrees voor vreemde overweldiging, deden de volkeren zelven, na eenige wanhopige poogingen, de handen leenen om den Vorst met eene alomvattende overheid te bekleeden. Waer de Gemeentebeweging, by het ontstaen der vorstelyke oppermagt, niet van zelve ophield, daer werd zy, zoo als te Gent en te Luik, met bloedig geweld versmacht; en eindelyk kwam de stryd van Land tegen Land; van nationaliteit tegen nationaliteit, de oude innerlyke maetschappelyke worsteling geheel vervangen.

Wie van Gemeentevryheden, of van gewestelyke onafhankelykheid durfde gewagen, maekte zich aen eene staetsmisdaed schuldig. Van Jacob Van Artevelde, dit dreigend beeld eener vorige maetschappy, mogt men bovenal niet met lof noch met regtveerdigheid spreken; te veel moed, te veel hoop kon die naem opwekken onder eene burgery, die niet zonder treurnis het nieuw en onbekend jok der rykseenheid droeg.

Men zweeg diensvolgens over Artevelde en over zynen tyd, of men schikte zich naer den eisch der heerschende magt, en belaedde de nagedachtenis des helds met laster, hem voorstellende als iemand wiens poogingen en inborst de openbare verfoeijing verdienen.

Terwyl aldus, op den geboortegrond van Artevelde, geene enkele stem zich ter zyner eere openbaerlyk mogt verheffen, lieten de fransche kronykschryvers niet na, uit geest van nationaliteit, den beruchten vlaemschen Burger met eene zonderlinge eenstemmigheid te lasteren en zynen naem door gansch Europa gehaet te maken.

De eerste kronykschryver, die het verhael van Artevelde's daden geboekt heeft en wydloopiger erover handelt dan eenig ander, is *Jean Froissart* van Valencyn, byna zyn tydgenoot, vermits hy reeds geboren was toen de Gentsche Burger zyn leven eindigde. Zyne kronyk is, ten opzigte van Jacob Van Artevelde, uiterst onregtveerdig, en doorweven met alles wat zyne vyanden hem in dien tyd reeds moesten ten laste leggen, om de volkeren van zyn voorbeeld afkeerig te maken; en, even zeer, om zich over eene lange vernedering te wreken.

Het is nochtans dit eenige boek, geschreven by de Hoven, volgens de opgaven der Ridders en Leenheeren, hetwelk de bron van alle latere geschiedenissen geworden is. Wat het verhael der daden van Artevelde betreft, hebben de latere opstellers onzer jaerboeken om ter beste Froissart nageschreven; — en kwam er soms een enkele, die den Gentschen Burger regtveerdigheid wilde laten wedervaren, dan zag hy, gelyk de zoo vaderlandlievende Meyerus, zich gedwongen zyn werk te verminken, gansche brokken eruit te laten en het overige eveneens op den ambtelyken leest te schoeijen. Zelfs Froissart is gedwongen geworden het eerste opstel zyner Kronyk te veranderen, en over Artevelde geheel het tegenovergestelde te schryven van hetgeen hy er eerst met regtzinnigheid over geboekt had [1].

Eventwel, daer de bewyzen dier verandering eerst voor weinige jaren zyn ontdekt geworden, is de gewyzigde tekst van Froissart gedurende vyf eeuwen de maetstaf der openbare meening over Artevelde gebleven.

Indien men, hier te lande, onder de Bourgondische Vorsten, den gemeentegeest ter neder gehouden heeft, zoo zal men denzelven onder Keyzer Karel V, onder Philips II en onder hunne opvolgers voorzeker de vryheid niet gegund hebben om, in herinneringen van vorige grootheid, moed en kracht tot herleving te zoeken. Daerenboven, zoohaest de godsdienstelyke Hervorming onstond, werden alle andere gedachten in Europa door den stryd voor of tegen deze nieuwe beweging vervangen, en men verloor

---

[1]. Zie de vergelyking der beide teksten in Voisin's *Examen critique des Historiens de Jacques van Artevelde,* pag. XXII, in welk werk men insgelyks over de verminking van Meyer's Jaerboeken inlichtingen aentreft op bladz. LII.

welhaest het aendenken zelven van den held, die eens reuzenwerken ten voordeele des vaderlands had uitgevoerd.

Vraegt men nu, hoe het komt dat latere geschiedschryvers, levende in tyden van staetkundige vryheid, eventwel het zelfde dwaelspoor zyn blyven bewandelen en Artevelde onregt hebben gedaen, zoo antwoorden wy, dat dit voortspruit uit twee hoofdoorzaken.

Ten eersten, uit de eenstemmigheid, welke men in alle erkende bronnen der Geschiedenis aentreft, aengaende de beoordeeling over Artevelde's daden; eenstemmigheid die voortvloeit uit het navolgen van Froissart's kronyk. Door deze eenparigheid der schryvers, en by gebrek aen onbetwisbare bewyzen om eene andere overtuiging op te bouwen, heeft de dwaling het voorkomen en de plaets der waerheid ingenomen; zoo dat weinigen op het vermoeden kwamen, dat onder deze ontzaggelyke eenstemmigheid zelve, eene berekende onregtveerdigheid kon verborgen liggen.

De tweede oorzaek bestaet in eene verkeerde toepassing der hedendaegsche staetsregten en maetschappelyke gedachten op den tyd waerin Artevelde leefde. Deze ongegronde handelwys leidt onfeilbaer tot de overtuiging, dat Artevelde een gevaerlyk oproerstichter was, en zynen invloed door onwettelyk geweld verkregen had, overtuiging die echter in geenen deele op de waerheid berust.

Men behoeft wel in acht te nemen, dat in Artevelde's tyd Vlaenderen geen eenslachtige Staet was; elke stad, elk vlek, vormde op zichzelve eene onafhankelyke Gemeente, hebbende eene byzondere *Constitutie* of grondwet, die dikwyls oneindig verschilde van de regten en wetten der naburige steden. In deze Grondwetten, welke openbaerlyk, by elke troonbeklimming, werden bezworen, waren de pligten der burgers en Gemeenten jegens den Graef van Vlaenderen omschreven, alsmede de pligten des Graefs jegens de Gemeenten. Vorst en onderdanen mogten daerin bepaeld vinden, wat ieder doen of laten moest,

Sedert eeuwen waren 's lands instellingen op dien voet door de vlaemsche Graven zelven ingerigt; lang bleef men van wederzyde regtzinniglyk zich eraen gedragen, zonder dat ooit een ernstig geschil eruit oprees, dan alleenlyk toen het min gevoorderd Frankryk, uit alle de magt zyner grootere gronduitgestrektheid op Vlaenderen beginnende te wegen, er de tweespalt aenvuerde, om het schynbaer regt tot het vernietigen der Gemeentevryheden te bekomen.

Sedert meer dan honderd jaren had het fransche Hof eene omwenteling in Vlaenderen poogen te verwekken : dit is te zeggen, eene omverrewerping van het staetsregt in ons vaderland; de Gemeenten begrepen genoeg, welk het doel was der vreemde kuiperyen, waermede men haer omringde, en zy stonden dikwyls gewapenderhand tegen zulke booze staetkunde op, om hare oude vryheden tegen eene dreigende vernietiging te verdedigen.

Het fransche Hof vond welhaest een wonderbaer sluw middel uit om de Vlamingen den schyn zelven van wettelyke verdediging te ontnemen en de nationale worsteling in eenen verderfelyken burgeroorlog te veranderen.

Door een ingewikkeld stelsel van bedrog en kuipery, dat in ons werk is uitgelegd, maekte men Franschmannen tot Graven van Vlaenderen, en Graven van Vlaenderen tot Franschmannen; Frankryk gebood dus, door de tweede hand, over Vlaenderen als over een eigendom dat in regtmatig knechtschap scheen te liggen. Wierpen de Vlamingen zich tegen deze uitheemsche verdrukking op, dan schoof het fransche Hof den Graef van Vlaenderen vooruit, en deze herhaelde, met zonderlinge dienstveerdigheid, de bevelen van Frankryk. De vlaemsche burgers die, naer regt en pligt, hun vaderland en deszelfs onafhankelykheid verdedigden, werden daardoor in de gesteltenis van wederspannelingen en oproermakers gebragt, en moesten, door deze schynbare misdadigheid verlamd, na vruchtelooze heldenpoogingen, telkens het hoofd bukken onder Frankryk's wil.

Lodewyk van Nevers, Graef van Vlaenderen in Artevelde's tyd, was in Frankryk opgevoed, en verbleef gewoonlyk te Parys. Hy was gehuwd met eene dochter des franschen konings, en bezat in Frankryk de graefschappen van Rethel en Nevers. Geen wonder dan, dat hy zichzelven als Franschman aenzag, en Vlaenderen slechts als een leengoed der fransche kroon wilde beschouwd hebben. Ook was zyn gansch leven slechts eene onophoudende streving om de vryheden van Vlaenderen te helpen vernietigen en ons vaderland, als een aenklevend gewest van Frankryk, aen de rigting der fransche staetkunde te onderjukken.

Hy had het reeds zoo verre bragt, dat men, volgens den eisch van Frankryk, de Gemeenten van hare gewigtigste regten had beroofd, en namelyk, van het regt om wapenen ter verdediging der steden te voeren of Oversten over de stedelyke wachten te benoemen. De regten welke nog niet door openbare akten vernietigd waren, trapte men eventwel, naer verlangen, met den voet, alsof ze niet bestonden.

Alsdan gebeurde het, dat de Koningen van Frankryk en van Engeland zich bereidden om tegen elkander te velde te trekken. De Graef wilde de Vlamingen in dezen oorlog onder fransch vaendel doen stryden; doch zy, op hunne voorregten boogende, weigerden eenen vreemden Vorst, die hun vyand was, te helpen tegen den Koning van een land, met hetwelk zy, door banden van vriendschap en van de hoogste handelbelangen, waren verbonden. Inderdaed, de nyverheid van gansch Vlaenderen, zyn voorspoed, zyn bestaen rustten uitsluitelyk op den invoer van engelsche wol tot het onderhouden der duizende lakenweveryen.

Intusschen verkrachtte de Graef's lands regten op eene schreeuwende wyze. Hy deed een befaemd en dapper edelman, burger der stad Gent, zonder regtspleging noch wettelyk vonnis geheimlyk het hoofd afslaen, op voorwendsel dat hy Engeland toegedaen en Frankryk vyandig was. — Daerenboven, omdat de Koning van Frankryk, over zeker voorval, op franschen bodem geschied, zich tegen de Engelschen wreken wilde, deed Lodewyk van Nevers alle de engelsche kooplieden in Vlaenderen aenvatten en naer Frankryk in de gevangenis voeren, hunne goederen daerenboven ten voordeele des Konings verbeurende.

De Koning van Engeland, tot weêrwraek, deed de vlaemsche kooplieden in Engeland aenhouden en verbood den uitvoer van wol naer Vlaenderen; hy deed dit verbod strengelyk nakomen.

De schrikkelykste armoede, de hongersnood werd voor ons vaderland het onmiddelyk gevolg der laekbare dienstbaerheid des Graven en zyner gehoorzaemheid aen den wil van eenen vreemden Vorst. Alle getouwen vielen stil; de beste werklieden verlieten Vlaenderen, en duizende arme burgers verspreidden zich in de naburige graefschappen, om van deur tot deur eenen bete broods te gaen afbedelen. Deze hongersnood had een gansch jaer geheerscht; Vlaenderen was vernederd, uitgeput, en als eene slave voor Frankryks voeten neêrgeworpen,...... toen de groote burger Jacob van Artevelde het bevryden kwam, en het, als door eenen tooverslag, opvoerde tot het toppunt van roem en van voorspoed.

Hy heeft eene omwenteling gemaekt zegt men? Eene omwenteling, wanneer men daerdoor slechts eene welkdanige verandering ten goede of ten kwade verstaet, dan ja! Inderdaed, de roemrykste omwenteling waervan de jaerboeken der volken gewagen! Maer verstaet men daerdoor eene omverrewerping van 's lands bestaende instellingen, dan bedriegt men zich verre. Zy, die in zulken zin eene omwenteling verlangden en alles in Vlaenderen wilden omverrewerpen, waren de Koning van Frankryk en zyn werktuig Lodewyk van Nevers. Wat Artevelde betreft, hy heeft, om Vlaenderen te verlossen, geene letter aen 's lands instellingen veranderd. Hy heeft slechts van eenige Gemeenteregten van Vlaenderen gebruik gemaekt, alsof ze niet door kuipery en vreemd geweld waren verbeurd verklaerd. Tot de uitvoering van zyn eenvoudig doch ontzaggelyk ontwerp, tot de redding des vaderlands, gelyk die groote geest dezelve heeft bewerkt, is noch slag noch stoot gegeven; geen enkel druppel bloed is er gestort, geene enkele vervolging tegen persoonen is er ingespannen, de ware regten des Graven hebben geene enkele betwisting te doorstaen gehad, geen enkel openbaer ambtenaer is in Gent afgesteld of veranderd geworden.

De fransche kronykschryvers, om de ridders van hun land te vleijen, hebben beweerd dat Artevelde aengespoord was door zynen haet tegen den adel, en dat de beweging door hem begonnen slechts moet beschouwd worden als een opstand der lagere volksklas tegen de edellieden.

Geene grootere dwaling kon men te boek stellen : twee-en-vyftig der edelste riddergeslachten van Vlaenderen hebben Artevelde in zyne vaderlandsche pooging geholpen en gedurende zyn bestuer de hoogste ambten in de Gemeente bekleed. Was hy, als burger, het fransche Leenheerschap en deszelfs vlaemsche aenhangers vyandig, het geschiedde omdat dezen waerlyk de verdrukkers van Vlaenderen waren, en op deszelfs vernedering en ondergang hunne hoop op meerdere verheffing gebouwd hadden.

En wat de houding van Artevelde jegens zynen wettigen Vorst betreft, hy heeft hem zelf, by zyne eerste terugkeer, juichend ingehaeld, en van de Gemeenten, door zynen invloed en welsprekendheid, eenen nieuwen eed van getrouwheid ten voordeele des Graefs verkregen, toen een groot gedeelte des Lands dien eed wilde weigeren. Ook heeft de Graef meer dan eens zyne volle goedkeuring gegeven aen alles wat de Gemeenten, door Artevelde's raed, gedaen hadden. Overigens heeft men, in Vlaenderen, zoo weinig 's Vorsten regten miskend, dat er nooit iets gewigtigs in de betrekkingen met andere landen werd verhandeld, of het geschiedde immer in den naem des Graefs van Vlaenderen.

Telkenmael dat Lodewyk van Nevers uit Frankryk in Vlaenderen kwam, heeft men hem ontzag en gehoorzaemheid verleend zoo lang hy zich binnen de palen der grondwet hield; doch zoohaest hy dezelve ten voordeele van Frankryk wilde verkracht zien, en het vaderland op nieuw aen ellende en hongersnood wilde blootstellen, dan trof hy van wege de Gemeenten eene gegronde doch koele weigering aen. Zoo is hy veel malen in Vlaenderen gekomen en heeft het telkens, na een kort verblyf, weder verlaten om naer Frankryk te trekken. Tot den laetsten oogenblik van Artevelde's bestuer, hebben de Gemeenten by den Vorst allerlei smeekingen te werk gesteld om hem de zyde van Frankryk te doen verlaten en die van Vlaenderen te doen kiezen; doch Lodewyk van Nevers, zich als Franschman aenziende, verwierp deze gegronde vraeg, door welke men hem tot vyandschap tegen zyn gewaend vaderland scheen te willen overhalen.

De geschiedschryvers hebben Artevelde gekenmerkt als een man van geweld, die alles buigen deed voor de ruwe magt — Artevelde heeft in alle zyne daden wet en regt geëerbiedigd. Veel regtveerdiger ware het geweest, te zeggen dat hy onophoudend geworsteld heeft tegen oproer en gewelddadigheid, en zyne schoonste krachten heeft besteed aen het handhaven der openbare orde en des vredes.

Men heeft hem insgelyks uitgemaekt voor een dwingeland, een alleenheerscher; men heeft hem *Dictator* genoemd.

Hy was niets anders dan Opperhoofdman over de gewapende burgers van Gent, en *Beleeder* (Bestierder) der stad. In deze hoedanigheid stond hy onder de zes-en-twintig Schepenen der Gemeente, en vermogt niets te doen dan in uitvoering der bevelen van den Schepenraed, in welke vergadering hy, als raedsman, insgelyks eenen zetel had. Indien hy somtyds het oproer met geweld van wapenen dempte, het geschiedde na voorafgaendelyke beslissing en op uitdrukkelyk gebod der Schepenbank van Gent.

Toen Artevelde, later, door Gent, Brugge en Yperen, aen het hoofd der vlaemsche heirkrachten werd gesteld, en met de uitvoerende magt werd bekleed, bleef hy aen den Raed der dry Leden van Vlaenderen ondergeschikt.

De groote gentsche burger heeft zyne tydgenoten beheerscht, het is waer; hy heeft de vriendschap der magtigste Vorsten genoten en reuzenwerken volvoerd; iedereen gehoorzaemde hem, en zyn wil gaf de rigting aen alles wat hem omringde; doch het was alleenlyk door den geest, door het vernuft, door eene onwederstaenbare welsprekendheid, door het roemweerdig geweld eener verhevene natuer, eener hoogbegaefde ziele, — niet door het laekbaer geweld der stoffelyke overmagt.

Slechts een punt in Artevelde's leven schynt vatbaer voor blaem; namelyk dat hy het ontwerp gevormd had de Kroon van Vlaenderen in een ander Huis te doen overgaen. Men zal in ons werk zien, door welke onmiskenbare noodzakelykheid hy tot dit gedacht gedreven werd, als tot het eenig middel om het vaderland van eeuwig verderf te redden.

In den tegenwoordigen tyd hebben sommige staetspartyen, wel ten onregte, Artevelde's naem aengeroepen als het zinnebeeld harer strekkingen. De maetschappelyke grondbeginsels, ten voordeele derwelke de Gentsche Burger streed, bestaen niet meer en kunnen niet meer bestaen; slechts in den grondwettelyken regeringsvorm vinden wy het overblyvende ervan terug.

Artevelde is het zinnebeeld der eeuwige worsteling van Vlaenderen tegen den romaenschen invloed; het zinnebeeld der vlaemsche volksdommelykheid; het zinnebeeld eener staetkunde, die de belangen van koophandel, van nyverheid en van nationale weerdigheid voor eenige beweegredenen aenveerdt; het zinnebeeld eener *décentralisatie* gelyk dezelve nu niet meer mogelyk noch voordeelig zou zyn; en eindelyk, het zinnebeeld der persoonlyke vryheid, zoo als dezelve in de constitutioneele Ryken gewaerborgd is. — Mogt zyn luisterryke naem de standaerd eener gezindheid worden, dan, voorwaer, zou de *Vlaemsche beweging* alleen dit roemryk teeken der voorvaderlyke grootheid met regt mogen verheffen als haer wettelyk erfdeel!

Men mag ons met regt vragen, waer wy de bewyzen van ons zoo stellig oordeel gehaeld hebben, dewyl wy zelven bekennen dat de bestaende bronnen der Geschiedenis eene gansch tegenovergestelde getuigenis geven.

Wy zouden hier de vaderlandsche poogingen van den heer

Norbert Cornelissen moeten aenhalen, die, de eerste van allen, Artevelde's roem terugeischte; wy zouden moeten gewagen van *Voisin's* werken en van de opstellen der hedendaegsche schryvers, welke hy in zyn *Examen critique des historiens d'Artevelde*, heeft opgenomen en vergeleken. Doch dit zou niet voldoende zyn; dewyl, door voormelde of bedoelde schryvers, slechts eene rigting is aengewezen, of dat zy zich bepaeld hebben het leven van Artevelde slechts uit een enkel oogpunt te beschouwen; en zy, in alle geval, hun oordeel, waer het gunstig moge zyn, meer op beredeneringen dan op geldige bewyzen steunen.

Het ware licht voor Artevelde's tydvak, de echte wreker der nagedachtenis des Gentschen Burgers, is de heer Lenz, professor by de Hoogeschool te Gent, die de herstelling van Artevelde's roemryke nagedachtenis, om zoo te zeggen, tot doel van zyn leven verkozen heeft.

Op de Archieven ten Stadshuize van Gent berusten de oorspronkelyke Gemeenterekeningen van Artevelde's leeftyd. Deze stukken, ofschoon niet volledig, schynen aen de waekzaemheid der vervolgers van Artevelde's roem ontsnapt te zyn.

Dàer de Gentsche Burger, als Opperhoofdman, eene jaerwedde van de Stad genoot en men hem reiskosten betaelde zoohaest hy buiten den omvang der Gemeente iets te verrigten had, staen zyne daden, bewegingen, zendingen en ontvangene bevelen, byna dag voor dag, in deze kostbare oorkonden aengeteekend. Men meldt, waer hy ging, met wien hy reisde, welken last hem was opgelegd en wat hy uitvoerde. — Daerin vindt men, even nauwkeurig, elke verandering in het Bestuer der Gemeente aengeduid.

Vóór deze getuigenis, zoo belangloos, zoo onwetend zelfs, door de stadsontvangers neêrgeschreven, alleenlyk om de uitgaven te bewyzen, moeten alle valschheden en lasterlyke aentygingen der verleidde geschiedschryvers onderdoen.

De heer Lenz heeft niet alleen deze rekeningen allen doorwroet en tot in het diepste onderzocht en vergeleken; maer hy heeft daerenboven nog, tot de verdediging der dierbare nagedachtenis des helds, een wapenhuis van eenige duizende bewysstukken met groote kosten en moeite verzameld. Hy is in de Archieven van Parys en Ryssel het spoor der waerheid over Artevelde gaen opzoeken; en wacht slechts eene gelegenheid, om in Engeland de laetste bouwstoffen te vinden voor het voltrekken der schitterende eerezuil, die hy den grootsten vlaemschen Burger opregten wil.

Zyn aenzienlyk werk zal, volgens aenkondiging, omtrent 1500 bladzyden groot zyn; en, dewyl het slechts over een beperkt tydvak handelen moet, kan men zich daerby een gedacht van de uitgebreidheid des onderzoeks en de menigvuldigheid der bewyzen vormen. Slechts na de uitgaef van dit werk, zal Artevelde's nagedachtenis gewroken zyn.

De heer LENZ heeft den schryver dezes met uitnemende gulhartigheid onthaeld, en zich, als een edelmoedig vaderlandsvriend, verblyd dat nog anderen tot de herstelling van zyn lievelingsbeeld wilden werkzaem zyn. Hy heeft ons, vele uren lang, de uitzigten uit zyne opzoekingen gevolgd, medegedeeld; ons te regt gewezen waer wy dwaelden, en, door zyne diepe kennis van het onderwerp, onze overtuiging gevestigd, waer zy nog op onzekere gronden wankelde.

De heer LENZ ontvange daer voor onzen innigsten dank!

Mogten onzen gentsche vrienden, in deze vrucht van ons zwoegen, ingelyks een bewys van erkentenis zien voor de dienstveerdige hulp, welke zy ons, tot onze opzoekingen en plaetselyke studien te Gent, zoo edelmoediglyk hebben verleend.

Over den aerd van ons werk zelven, hebben wy niet veel te zeggen. Het is een historisch roman, waerin wy hebben gepoogd, het groote beeld van Artevelde slechts te doen bewegen binnen den kring door de Geschiedenis getrokken. Ons dunkens, verdient een roman nooit de benaming van *historisch*, zoohaest hy gekende namen bezigt tot daden en *intrigues*, welke der Geschiedenis vreemd zyn, en hy dus de beelden der helden verwringt en vervormt om hen eene gewoone rol in een uitgevonden stuk te laten vervullen. De vaderlandsche eerbied, welken wy onze groote voorouders toedragen, zou ons beletten zoo te handelen, indien onze litterarische denkwyze zelve ons niet eene ernstigere baen aenwees, wanneer er voor 's Landsroem, en niet uit enkele behaegzucht moet worden gearbeid.

Om aen dit grondbeginsel getrouw te blyven, hebben wy overal het historische met het romantische op zulker wyze in verhouding gebragt, dat elke lezer beide ligtelyk van elkander zal kunnen scheiden; en hiertoe zyn ons bovenal de aenteekeningen onder de bladzyden van dienst geweest.

Gewis, wy hopen niet dat, op den geschiedkundigen grond, onze arbeid te weeg zal brengen, wat het werk van den heer Lenz alleen bestemd is om te verwezentlyken; maer, indien de heer Lenz de overtuiging der meer geleerde lezers over Artevelde's daden vestigen moet, ons blyft het gemoed des volks over om er een altaer ter eere des Gentschen Burgers te stichten; ons blyft de zending eene gewetensvolle pooging te beproeven, om Artevelde's naem op nieuw, als het zinnebeeld van den dietschen heldenstam, als een verblydend aendenken van vorige grootheid, van vorigen roem en magt, by de haerdstede der burgerhuisgezinnen, ja, tot in de hut des landmans te doen herleven.

Gave God dat wy dit doel, al ware het slechts gedeeltelyk, bereiken mogten: genoeg zou de overtuiging van het goede dat wy ter eere des vaderlands zouden hebben gesticht, onze ziele streelen en onzen arbeid loonen.

I.

De Vrydagmarkt [1], te Gent, is eene dier plaetsen, waervan het aenschouwen alleen den dichter terugvoert naer voorledene tyden van roem en volksgrootheid. Dit plein ook, ligt daer als een onmeetbaer blad, waerop de gansche geschiedenis der vlaemsche Gemeenten geschreven staet. — Tooneel van Vlaenderens geluk en ramp, van Vlaenderens magt en vernedering, heeft hier de grond honderdmael gebeefd onder het getrappel der woelende menigte; zyn bodem heeft het bloed onzer vaderen in razende burgeroorlogen gedronken, de lucht heeft er weêrgalmd

---

[1] Zie N° 22 der kaert van het oude Gent, by het derde boekdeel gevoegd. Deze kaert is opgemaekt naer eene schildery van 1534, berustende ter stadsarchieven van Gent, en eerst gegraveerd door den heer Ch. Onghena. Verdere byzonderheden over deze vermaerde markt in de *Beschryving van Gent*, door STEYAERT, bladz. 27.

onder juichend zegeroepen, onder woedend wraekgetier, onder liefdezangen voor den vorst, onder vloekgeschreeuw tegen dwingelanden, onder gloeijende wenschen voor vaderland en vryheid.

Niets mogt het gemoed der trotsche Gentenaren treffen, — hetzy vreugde, lyden of toorn, — of het volk stroomde uit alle straten naer de Vrydagmarkt, als naer de plaets die elkeen toebehoorde en waer zelfs de bedelaer, indien hy poorter [1] van Gent was, kon zeggen : dit is myn eigendom!

Door lange gewoonte had het volk zich ingebeeld, dat op de Vrydagmarkt ieder poorter, hetzy arm of ryk, over de zaken der Gemeente en des Lands, mogt zeggen wat hy wilde, zonder dat het de overheid toegelaten ware aen het genot dier vryheid palen te stellen of iemand afzonderlyk te straffen voor iets dat op de Vrydagmarkt was gebeurd. In den geest der menigte was deze plaets aldus een slach van vryen grond, waer niemand iets te gebieden had dan het volk alleen; ook wat men in geene andere straet of op geene andere markt durfde bedryven noch uitspreken, dat zegde men luid en deed het openlyk op de Vrydagmarkt.

In beroerten of tot wettelyke verdediging van 's volks geschonden regt, liepen hier de gewapende leden der Neeringen [2] of Ambachten te samen, gereed om, als eene yverzuchtige en manhaftige Gemeente, de vryheid

---

[1] Door het woord *poorter* verstond men een inwooner die het gemeenteregt en de stadsvryheden geniet. Het heeft dezelfde beteekenis als het hedendaegsche woord *burger* en spruit voort uit het oude woord *poort*, dat stad of burgt beteekent.

[2] *Neeringen* of *Neringen*. Zoo noemde men de ambachten en stielen in Vlaenderen.

te wreken, zelfs over den schyn alleen eener verkrachting. Hier ook, voor den gevel van het Hooghuis [1], zwoer Gent getrouwheid aen zyne vorsten en legden de vorsten den eed af Vlaenderens voorregten nooit te schenden.

In de veertiende eeuw had de Vrydagmarkt een geheel ander voorkomen dan zy nu heeft; de St.-Jacobskerk [2], van alle andere gebouwen afgezonderd, beheerschte het geheele plein, zonder dat een enkel huis haer uitzigt tot aen de Leije [3] belemmerde. Deze tempel was omsloten in eenen ronden muer, waerbinnen het kerkhof met zyne eenzame graven zich uitspreidde; vier voetpaden doorkruisten den rustakker en men mogt dien nacht en dag overstappen om voor het beenderhuisje te gaen bidden of om zynen weg te verkorten. Voor den gevel der kerk, op eenigen afstand en insgelyks te midden der markt, stond de Collatiezolder [4], een oud gebouw met ronden toren, waer de dekens der Neeringen en Ambachten in algemeenen raed, Collatie genaemd, vergaderden om over alle nyverheidsgeschillen te beslissen. Eene yzeren gaendery, de Ring geheeten, omving het toreken als een gordel op de helft zyner hoogte. Wat stuk laken of linnen of tyk, dat des vrydags ter markte verscheen, en door de Vinders of Gezwoornen der Ambachten bevonden werd met vervalschte stoffen of slecht genoeg gewrocht te zyn om den roem der gentsche nyverheid te kunnen schaden, dat werd aen den Ring tot schande van den maker ten toon gehangen.

[1] N° 23 der kaert van het oude Gent.
[2] Zie N° 21 der kaert.
[3] Eene riviere, op de kaert door de letter L aengeduid.
[4] N° 24 der kaert.

De huizen rondom de Vrydagmarkt, even als in de andere wyken der stad, waren meest van hout opgetimmerd en met stroo gedekt; eenigen, en dit waren de wooningen van meer bemiddelde poorters, hadden een tichelen dak en eenen gevel van gebakken steen, waer tusschen men houten kepers in groote vierkanten zag loopen. De vensters waren spitsbogig of velerlei van vorm; doch allen door eenen opgaenden pyler in twee deelen gescheiden en dicht gemaekt by middel van aerdig geschikte glasruiten. — Het ware eene dwaling te denken dat de bouwstoffen aen deze wooningen verarbeid, haer een nederig voorkomen geven moesten. Gewis, dit vermoeden zou gegrond zyn voor de lage huizen, welke aen werklieden en arme poorters tot verblyf strekten; maer de altyd zeer hooge burgerwooningen spreidden genoegzaem pracht en kunst ten toon om te laten raden dat rykdom en vernuft haren opbouw had bestierd. Deze pracht bestond in verheven beeld- en loofwerk, waermede alle het zigtbaer hout des gevels als overdekt was, en in de uitgezochte vormen der versierde vensterbogen, onder dewelke allerlei gesneden gebladerte rond te kronkelen scheen. Dan, ofschoon ryk gebouwd en kunstig opgesierd, boden de huizen van Gent niets bevalligs voor den oogslag des aenschouwers: over de gansche stad heerschte de bruingrauwe toon van het verwederd eikenhout en de vale aschkleur van het halfverteerde stroo [1].

In eenen hoek der Vrydagmarkt, tegen de Waeistege, stond een soort van slot uit zware bonken blauwen

[1] Deze byzonderheden over den bouwstyl der veertiende eeuw in Vlaenderen en in Gent, zyn meestendeels getrokken uit het werk *Geschiedenis der middeleeuwsche bouwkunde*, door FELIX DEVIGNE.

schelfersteen opgebouwd. In den voorgevel, die op zyne gansche breedte met kanteelen was bekroond, prykten schoone puntbogige vensters; op elken hoek des gevels hing een toren, drommer of ketel genaemd, die met schietgaten was voorzien. In dit slot woonde het edel geslacht van Utenhove [1].

Zulke versterkte huizen, die men Steenen noemde, stonden er velen in Gent [2]; zy behoorden byna allen aen edellieden toe en erkenden de Wet der stad niet, dewyl zy, als vorstelyke leenen, onmiddelyk van den Graef afhingen [3].

Men zou kunnen vermoeden dat zulke Steenen, te midden der Gemeente geplaetst, niets anders waren dan sterkten, van waer de Leenheeren het volk beheerschten en onophoudend zyne vryheid en ontwikkeling bedreigden of het ter neder hielden, waer het nog niet uit zyne oorspronkelyke onmondigheid was opgestaen. In het algemeen was dit eene waerheid voor de eigentlyke oude Heerenleenen ten platten lande; maer in de stad Gent had de geest van nyverheid en van volksmagt sedert lang alles doordrongen, tot zelfs de rotsachtige muren der Steenen. De edele geslachten hadden er het burgerschap aengenomen en zich regtzinniglyk leden der Gemeente gemaekt, het volk radende en helpende tot de

---

[1] *Utenhove-Steen*, n° 14 der kaert. In de *Messinger des Sciences historiques de la Belgique*, année 1839, 7° *livraison*, bevindt zich eene schoone teekening van dezen Steen, die in 1839 is afgebroken.

[2] Onder anderen: Steen van Auweghem, Lombarden-Steen, Steen van Nevele, van Rasseghem, Claes-Jonghen-Steen, Ser Braem-Steen, Papeghem-Steen, Ser Symoen-Steen, Malreoen-Steen, Calekinen-Steen, enz.

[3] Zie WARNKOENIG, *Flandrische Staats- und Regtsgeschichte*, tom. II, § XXX.

ontwikkeling van arbeid en vryheid. Zoo was het geschied dat de gentsche edelen, ofschoon voor hunne Steenen, als onroerenden eigendom, onafhankelyk van de Schepenbank, zich zelven voor hunne persoonen onder het algemeen regtsgebied der stede van Gent gesteld hadden. Zy deelden, op den voet der volledigste gelykheid, in de lasten en pligten en genoten met iedereen de voorregten en de bescherming der magtige Gemeente [1].

Wel waren er eenige edellieden, ja ook geheele geslachten welke dit voorbeeld niet gevolgd hadden. Dezen betreurden zeer dat het volk zoo dreigend voor de magt der Leenheeren het hoofd verhief; en, omdat Frankryk alsdan het Land was waer het ridderschap nog in zynen vollen glans prykte en op het volk nog onweêrstaenbaer drukte, hadden deze edelen hunne hoop en hunne genegenheid naer Frankryk gekeerd, wanende dat van daer eene magt zou uitgaen die aen den volkshoogmoed palen zou stellen. In Vlaenderen noemde men deze edellieden, en al wie franschgezind was, met den schandnaem van Leliaerds [2].

Oorspronkelyk was het allen burger verboden in eenen Steen te woonen; ridders alleen vermogten in een versterkt huis hun verblyf te houden; maer in de veertiende

---

[1] De edellieden in de vlaemsche steden, even als in de handelsteden van Italie, vermengden hunne belangen met de belangen des volks; sommigen dreven zelven handel; de meesten behoorden toe aen de eene of andere Neering en vergenoegden zich met in de gemeente als voornaem Poorter te worden aenzien. — E. Van Meteren, *in zyne Nederlandsche Historie*, zegt dat de vlaemsche edellieden zulks deden « *omdat zy eerelyk achten de gemeenzaemheid der Burgerye.* » Zie verder : *Gendsche Geschiedenissen* door P. Bernardus De Jonghe, I deel, bl. 331.

[2] Naer de Leliën welke in het wapen van Frankryk staen.

eeuw was de rykdom der gentsche burgers reeds zoo
hoog geklommen dat sommigen zich ook Steenen hadden
gebouwd of ze van vervallende riddergeslachten hadden
aengekocht.

De Vrydagmarkt was niet altyd het tooneel van vreugde-
bedryven of van volksgewoel; er zyn ook, in Vlaenderens
geschiedenis, droeve bladen, die het verhael bevatten
van 's volks ellende en vernedering.

Zoo was het den 25^{en} december van het jaer onzes
Heeren 1337, een koude, een akelige dag. Sedert veertien
maenden woedde de vreesselyke hongersnood in het ryke
Vlaenderen. Deze plaeg, honderdmael wreeder dan pest
en oorlog, had de levenssappen des volks opgedroogd;
en, zelfs de nooit ontmoedigde Gentenaers had zy nu zoo
verre beroofd van geest- en lichaemskracht, dat hun geene
gemoedssterkte meer scheen over te blyven om een beter
lot te wenschen. De dood naderde hun gelyk een slaep
van afmatting; zy nam dagelyks, als een sluipend spook,
honderde slagtoffers weg, en toch bleven de ongelukkige
Vlamingen haer aenzien met dien doffen twyfelblik, die
zegt dat zelfs de levenszucht in ons versmacht is.

Was het binnen Gent een ysselyk vertoog, de uitge-
hongerde werklieden met diepgezonken oogen en verwilderd gezigt, als stomme schimmen door de straten
te zien dwalen, nog ysselyker toch was het lot der
arme bewooners van dorpen, die tot dan hunne welvaert en zekeren overvloed in het spinnen en weven
van wol of vlas gevonden hadden. Daer liep de wreede
hongerdood van wooning tot wooning om den ambachtsman op zyn rustend getouw te treffen, terwyl hy
vrouw en kinderen onder zyn brekend gezigt tegen de

moordende ingewandspynen zag worstelen. Daer volgden, op het spoor der verteerende plaeg, ziekte en pest, om die nog weg te nemen welke de hongersnood by den boord van het graf had verlaten. Er waren aldus Gemeenten waer de ontzaggelykste stilte heerschte, alsof de dood er geen enkel bewooner gespaerd had, en waer inderdaed de lyken van gansche huisgezinnen vergeten bleven liggen. Men zag in de velden de vrouwen en kinderen als razende dieren de kruiden uit den bevrozen grond krabben, en, door de dood getroffen, nederzinken met het bedriegelyk voedsel in den verkrampten mond. Ach, niets was akeliger dan het beschouwen dier hopelooze worsteling van een nyverig en talryk volk tegen pest, verteering, koude en hongersnood [1]!

Dien dag toonde de Vrydagmarkt ook in hare gansche ysselykheid de ellende des volks. — Op dezelfde plaets, waer de gentsche ambachtslieden zoo menigmael, in juichend gewoel, hunnen voorspoed en hunne vryheid gevierd hadden, daer lagen zy nu uitgeput, verlamd en vermagerd, met den bewusteloozen blik ten gronde gerigt.

Aen den voet van St.-Jacob's kerkhofmuer zaten eene menigte vrouwen en kinderen, ineengekropen om zich

---

[1] In zulcker wijs, dat men allomme, in alle steden ende dorpen, die vulders, wevers, scheerders, cammeghen, spinnighen en andere lieden van neeringhe, in grooter menichte zach van deure tot deure om Godswille gaen ofte van verachterthede ende schaemte teenemael 't landt loochenen, ter onsprekelicker lamentatie ende desolatie...... *Cronycke van Despars*, IIe deel, bl. 315.

« Beaucoup émigrèrent poussés par la famine et s'en allèrent mendier en Hainaut, en Brabant, en Artois et dans les provinces voisines. La misère fut terrible dans les grandes villes manufacturières. » EDWARD LE GLAY, *Histoire des comtes de Flandre*, tom. II, pag. 407.

tegen den snydenden wind te beschutten. Sprakeloos als een hoop versteende lyken lagen zy daer, voor den muer waerachter hun graf misschien reeds gaepte; geene klagt, geene beweging, dan alleen den luiden kus door eene moeder op de lippen van haer verstyvend kind gedrukt, of de stem van een jongsken, dat met zyn aengezigt in den schoot gebogen, de woorden : brood! brood! uitsprak alsof de grond hem had kunnen verhooren!

By het Godshuis van St.-Jan-in-de-Olie [1], treurden dergelyke hoopen lydende vrouwen, en langs alle de huizen, die zich van St.-Jacobs tot tegen de Leije uitstrekken, kon men de neeringlooze ambachtslieden zien zitten, even neêrgedrukt als de vrouwen en het aengezigt gansch verdoken in hunne huik.

Waerom kwamen zy aldus op eene markt met de bittere koude worstelen, terwyl hunne wooningen hen ten minste, zoo niet voor den scheurenden honger, dan toch voor den wreeden noorderwind beschutten zouden? De Vrydagmarkt? Daer leefde het gentsche volk geheel en gansch; daer had het altyd zyne vreugde gebragt, het bragt er nu ook zyne ellende en zyn lyden.

Onder het Toreken, voor het Hooghuis, en verder de markt op naer den kant der Leije, veranderde dit akelig tooneel van hopeloosheid en doodsche smart. Hier waren, in tallyke hoopen, de ambachtslieden vergaderd in wier hart nog vuer genoeg overbleef om toorn te voeden of redding te zoeken; hier ontschoten aen menig oog nog dreigende stralen van wraekzucht tegen de oorzaek van

---

[1] Godshuis van St.-Jan-in-de-Olie, meer gewoonlyk *St.-Jan-ten-dulle* genaemd, omdat men er de dulle *(dolle)* of zinnelooze burgers verzorgde. — N° 27 der kaert.

's volks ellende; men zag er vuisten zich krampachtig sluiten, men hoorde er bloedige bedreigingen en bittere spotredenen op der Vlamingen lafheid.

« Zyn wy Gentenaren? » riep een struisch blauwverwer met doffe razerny. « Gentenaren, wy? Ah, wy vergaen van honger, onze kinderen sterven gelyk hondenbroed, onze vrouwen liggen daer tegen het kerkhof als het slagtvee dat zyne beurt wacht. En wy, wy staen hier onmagtig te vermaledyden! »

« Maer, Lieven Comyne, wat kunnen wy doen? » bemerkte een ander op moedeloozen toon « er is geene neering in het Land. Wie zal ons dan werk geven? »

« Wat gy daer zegt, Simoen, is eene lafheid! De Gemeente mag hare poorters niet van honger laten sterven » morde een derde.

« Ach! » zuchtte Simoen « de Gemeente heeft wel veel gedaen in dezen ellendigen tyd. Over vyftien dagen heeft zy nog eene leening geligt en duizende ponden aen de Neeringen uitgedeeld. Onze verwersneering heeft er honderd zeven-en-dertig pond van gehad; en gy weet het, Lieven, want de wyk ten Oudenborgh heeft ook honderd pond gekregen. » [1]

« Daer, daer is geld genoeg! » riep een volder, terwyl hy dreigend op Utenhovesteen wees « maer er is moed noodig om het eruit te halen. Moed? En wy zyn bloode lafaerds! »

Deze woorden verrasten de aenhoorders op eene zonderlinge wyze, en men bezag den volder met eene soort van grammoedige verontweerdiging.

---

[1] Teersten ten wike bouf van der Ouderborgh XLIX s. V d. gr. maken in paiemente XCVIII p. XVI s. VIII d.
Stadsrekeningen van Gent, anno 1335-35.

« Zwygt! » riep Lieven Comyne « gy en Simoen, ge weet niet wat ge zegt. Bedelen, plunderen? Wat tael is dit? — Ja, ik zegen ook de hand die door eene milde gift deze arme vrouwen en kinderen ter hulpe komt en laeft; maer wat wy, mannen, wy Gentenaren, hebben moeten, is dit eene aelmoes? Is het geld dat wy met geweld zouden gaen rooven? Zyn wy dan bedelaers of dieven? Neen, neen, werk moet er zyn, werk en neering! Ik wil geen ander brood eten dan hetgene ik by het zweet myns aenschyns kan verdienen. Zoo spreekt een man! »

« Ja, ja, zoo spreekt een man die geëten heeft » antwoordde de volder « maer een ydel lichaem is doof. Daerenboven, dit schoon spreken zal er weinig aen helpen : geene vyftien dagen meer of het zal er boven op zyn in Gent; — en dan zullen wy eens gaen zien hoeveel zakken graens en hoeveel maten wyns er in die Steenen verborgen liggen. »

« Slecht middel » zuchtte Simoen « dat zal ons van den kant in de gracht helpen. »

« Alsof het mogelyk ware dieper te vallen! » antwoordde de volder lachend.

« Sa! » riep Lieven met gramschap tot den volder « zyt gy het niet, die gister in den Leeuw-ten-putte [1], met den franschen koopman gedronken en gesproken hebt? »

« Ja, wel beviel het my; men vindt het tegenwoordig alle dagen niet. »

« Ah, dan begryp ik van wien gy dien dollen praet geleerd hebt; — en nu herinner ik het my : gy hebt vyf jaren in Frankryk gewoond, met degenen die zich lieten

---

[1] Vermaerde herberg, nu nog bestaende ofschoon tot een hotel of gasthof, *de Gouden Leeuw,* herbouwd. Er stond ter plaetse een waterput, waerom men zegde : *de Leeuw-ten-putte.* N° 39 der kaert.

omkoopen tot het overbrengen der vlaemsche wevery naer Amiens. Gy durft naer uwe stad Yperen niet terugkeeren, en gy zyt zelfs geen poorter van Gent, gy staet onder Ribaudenregt! » [1]

De volder ontstak op deze verwytingen in hevige gramschap; dit was zigtbaer genoeg aen het rood dat zyne wangen kleurde. Eventwel, daer Lieven een ongemeen sterk gezel was, die met eenen enkelen vuistslag zynen zwakkeren tegenstrever kon nedervellen, verkropte deze zyne spyt en zegde spottend :

« Bakt ze met smout uwe genadige heeren, die uw zweet en bloed in steekspelen en gastmalen verbrassen en verkwisten ; kruipt voor hunne voeten als slaven en laet u maer vertrappen, tot dat alle het volk uitgestorven zy. Dan zult gy niet meer hebben dan gy verdient! »

« Hy spreekt van de Leliaerds » bemerkte een timmerman « en hy heeft gelyk : wy zullen die hunne rekening wel maken ! »

« Waerom wyst hy dan op Utenhovesteen ? » hernam Lieven Comyne. « Weet gy wel, uitgeloopen Yperling, wat Ser [2] Jan van Utenhove is ? »

« Hy is ridder en verdrukker des volks ! » morde de volder.

« Verdrukker des volks ! » herhaelde Lieven met eene

---

[1] *Ribauden* waren tuchtwachten of politiedienaers, die waken moesten over al wie het poorterregt niet genoot en dus kon aengehouden worden zonder voorloopige regtsvormen of bevelen. *Onder Ribaudenregt staen* is alzoo, het derven der stadsvryheden of vreemdeling zyn.

[2] De edelen noemde men *Ser* (sire), de burgers *Mher* (mynheer), de vrouwen van aenzien *Ver* (vrouw), de jonkvrouwen of aenzienlyke burgerdochters *Jonkver* (jonkvrouw), en zegde dus Ser Jan, Mher Jacob, Ver Amelberga, Jonkver Maria. Zie hierover eene nota in de *Oude vlaemsche liederen* van J. F. Willems, bl. 41.

klimmende verbittering. « Hy is Deken der St.-Jorisgilde, hy is myn medegezel in de Verwery en Vinder onzer neering; hy heeft eene schole gesticht voor de kinderen onzer arme gezellen; hy heeft een Godshuis voor oude verwers gebouwd; hy heeft reeds byna de helft van zyn goed verpand om den hongersnood voor ons ambacht te verzachten; hy heeft misschien vyf honderd arme poorters van de dood gered; — en het is tegen zulk een man dat gy wraek roepen durft! »

« Zie » zegde de timmerman « daer staet hy ginder voor zynen Steen met Tiste de spinder te klappen! »

« Welnu » riep Lieven « zie, hy geeft den armen gezel de hand der vriendschap! »

« Ja, dit is er nu een op duizend! » spotte de volder.

« Het is wel te zien » hernam Lieven « dat gy geen Gentenaer zyt en van verre komt. Omdat gy in Frankryk het volk zonder vryheid door de leenheeren en ridders verdrukt zaegt, verpletterd onder willekeurige lasten en verarmd door de vervalsching der munten, daerom komt gy ons hier voorzingen wat gy in Frankryk hebt gehoord [1]; maer noem my eens één gentsch ridder die zich niet vereerd achte van eene Neering deel te maken, of die de

---

[1] SISMONDE DE SISMONDI, in zyne *Histoire des Français*, tome VI, année 1328, zegt, van Frankryk sprekende: « Aucun corps, aucun individu ne restait debout devant le roi.... les villes, pauvres, toujours menacées par leurs anciens seigneurs, invoquaient le despotisme contre l'aristocratie; les campagnes étaient esclaves. » Bl. 292, brusselsche uitgaef van 1838.

« Autant Philippe IV cherchait à complaire à la noblesse, autant il manifestait d'éloignement pour les bourgeois et saisissait avec empressement toutes les occasions de les priver de leur liberté. » Bl. 326.

« La France obéissait et ne pensait pas. » Bl. 370.

Zie dezen geschiedschryver over de vervalsching der munten in Frankryk, op bl. 309 en 379.

hand van eenen ambachtsgezel weigeren zou te drukken, als ze hem aengeboden wordt? »

« Ja » antwoordde hierop een stroodekker « dit kan waer zyn voor de Vaernewycks, de Goethals, de Berleghems en de anderen, die van vader tot zoon poorters van Gent geweest zyn; maer de Leliaerds dan? »

« De Leliaerds? Die zyn Gentenaers noch Vlamingen! »

« En wat zyn ze dan? »

« Wel, Jan, Franschmannen zyn het » antwoordde Lieven. « Ziet men ze ooit in Gent? Zy loopen naer Parys om den Franschen koning te volgen en te dienen. Ja, die helpen het kwaed smeden dat Vlaenderen nu uitput en verarmt; maer kome de dag der verlossing, en zy zullen weten wat het zeggen wil, zyn vaderland aen den vreemdeling te verkoopen! »

« De dag der verlossing zal zeker komen als er gebrade zwynen uit den hemel vallen? » schertste de volder « want ik weet toch niet, als ik u zoo hoor spreken, tegen wie of tegen wat gy stormen zoudt. »

« Tegen wie? » riep Lieven Comyne. « Wie heeft de engelsche kooplieden in Vlaenderen doen aenhouden, en wie is er de schuld dat koning Eduard den invoer der engelsche wol in Vlaenderen verboden heeft? Wie heeft aldus onze duizende getouwen doen stil vallen en het neeringlooze volk tot den bedelzak en tot den hongersnood gebragt? — Dit heeft de koning van Frankryk gedaen [1]

---

[1] De weveryen van Vlaenderen verwerkten in dien tyd geene andere wol dan die uit Engeland kwam. Zie, over de redenen van dit verbod, P. A. Lenz in de *Archives historiques*, etc., tome I, page 271.

« Et l'on commença à murmurer très-fort, non contre le roi d'Angleterre mais bien contre le roi de France et le comte. » Edw. Le Glay, *Histoire des comtes de Flandre*, tome II, page 407.

en die zal in het kort nog eens weten wat de vlaemsche Leeuw vermag als hy opstaet. »

« Ah, het is tegen Frankryk! » zegde de volder lachend « dan beklaeg ik u. Vergeet de geschiedenis van Niklaes Zanneken niet. Gy hebt misschien goesting om in uw hemd, op bloote voeten en met de strop aen den hals in het veld te staen? [1] »

Hy moest weten dat deze woorden de Gentenaers diep verstooren zouden, want hy had ze nog niet half gesproken als hy zich reeds met haest verwyderde, gereed om te loopen zoo iemand hem vervolgde. Inderdaed, de stroodekker wilde hem, volgens dat hy raesde, hals en beenen op de Vrydagmarkt breken; maer Lieven weêrhield hem, zeggende:

« Jan, laet hem gaen; hy is de moeite niet weerd. Ik zal hem dezen avond in den Leeuw-ten-Putte zyne rekening geven. Ik weet niet, maer het zou my niet verwonderen dat die uitgeloopen Yperling een betaeld afspieder van Frankryk ware. »

« Met dit alles » zuchtte Simoen « zie ik er toch geene uitkomst aen. De twist tusschen Frankryk en Engeland kan nog jaren duren. Tegen dat het zal beslist zyn, of Philips of Eduard de fransche kroone zal dragen, kunnen alle de wevers, en wie by de wevery in Vlaenderen moet leven, van honger en ellende uitgestorven zyn. »

« Ik 'zeg u dat het niet gebeuren zal! » schreeuwde

---

[1] Gewoone straf door de Graven aen de oproerige Gemeenten na hare onderwerping opgelegd, en door de burgers van Brugge in 1328 ondersfaen na de nederlaeg van Nikolaes Zanneken. Zie OUDEGHERST, uitgave van Lesbroussart, bladz. 421.

Lieven Comyne verstoord. « Roeland [1] zal stormen eer de weke ten einde is; wy zullen laten zien dat gentsch bloed toch niet liegen kan, al denkt men het nu. Wy zullen met den koning van Engeland aenspannen. Dan zal er wol en neering genoeg in het Land zyn. — Dat er maer een kome, een die moed en verstand hebbe; dat hy durve roepen: Vlaenderen den Leeuw! Neering! Neering! [2] en gy zult de Vrydagmarkt gewapende Gentenaren zien spuwen. Hier staen wy wel zes honderd op de markt. Wat vragen wy om te wapen te loopen? Wat vraegt Vlaenderen om op te staen uit zynen schandelyken slaep? Slechts een enkel woord, niet waer? Welnu dit woord...... »

« Zie » zegde Simoen terwyl hy met den vinger vooruit wees « gindsch aen de Serbodinsbrugge [3] komt de Wyze Man! Dat die het woord wilde spreken! »

Degene dien men met den naem van Wyze Man had aengewezen, kwam in de verte naer de Vrydagmarkt aengestapt. Hy was een burger van meer dan middelmatige gestalte, op wiens gelaetstrekken men by den eersten blik raden kon, dat vernuft en wysheid hem inderdaed mildelyk door God geschonken waren. Onder zyn breed berimpeld voorhoofd, en overschaduwd door zware wenkbrauwen, blonken zyne bruine oogen, die in rust

---

[1] *Roeland*, de naem eener klokke die op het Belfroot van Gent hing, en waerop deze verzen te lezen stonden:
· Ick heete Roeland
Als men my slaet dan ist brand
Als men my luydt ist storm of zegen in Vlaenderland.
Vaernewyck's *Historie van Belgis*, kap. LI.

[2] Door *neering*, in dezen zin gebezigd, verstond men allen handel, nyverheid of arbeid die gewin aenbrengen, zooveel als *broodwinning*.

[3] Zie N° 17 der kaert; nu Zuivelbrugge genaemd.

niets aenduidden dan overweging en vrede des gemoeds; maer wier blik by de minste aendacht als eenen vlugtigen sprankel vuers uitwierp. Zyn neus, met groote beweegbare ademgaten, sprak van krachtdadigheid en moed, terwyl zyne minder scherp afgeteekende lippen goedheid en teeder zielsgevoel verrieden.

Op de kleeding te oordeelen moest deze burger ryk zyn; want hy droeg eenen mantel en eenen kolder, gansch van zwart fluweel en gevoederd met roode zyde. De huik of kap, welke hy over zyn hoofd geworpen had, was van donker bruin laken; zyne hozen of beenkoussen van allerschoonst rood gentsch laken, en zyne schoenen van geel corduaensch leder. Zyn mantel ter regter zyde open zynde, kon men zien dat hy aen den gordelriem eene lederen tessche droeg en daerop een knyf of wapenmes [1].

Zoohaest deze persoon uit de Zuivelstege op de Vrydagmarkt trad, en dat zich daer voor zyn oog het tooneel der schrikkelyke volksellende ontvouwde, scheen eene plotselinge siddering hem aen te vatten; want het was alsof hy wilde staen blyven, en iets bitters spreidde zich over zyn gelaet. Eventwel, hy stapte langzaem voort en sloeg zelfs zynen nu ontvlamden blik ten gronde.

---

[1] De heer Félix De Vigne van Gent, die door zyne uitmuntende werken over de kleederdragt der middeleeuwen ook by den vreemde befaemd is geworden, heeft de goedheid gehad my eene teekening te maken der kleederdragt van den *Wyzen Man* van Gent, zoo als deze volgens zyne opzoekingen moet geweest zyn.

Alle overige byzonderheden over de kleeding der Vlamingen in de xiv⁰ eeuw, welke in het tegenwoordig werk voorkomen, zyn getrokken uit het *Vade-mecum du Peintre* en uit de *Recherches historiques sur les Costumes etc. des Gildes et Corporations des métiers*, beide van den heer De Vigne voornoemd.

Ter zelfder tyd kwam een Stadsribaud uit de Wolvestege [1] op de markt. Hy hield eene arme vrouw, die een kind in den arm droeg, by den schouder en rukte ze met geweld voort. De rampzalige moeder, weende met overvloedige tranen, terwyl zy als zinneloos haren mond en hare wangen op het aengezigt van haer kindeken bragt, of zyne voetjes in hare borste stak. — Het was een akelig schouwspel, deze half zinnelooze vrouw zoo yverzuchtig te zien worstelen tegen de koude en tegen den hongersnood, die bezig waren, in hare armen zelven, eene wreede moord te plegen. De Ribaud gaf geene aendacht op dezen wanhopigen stryd; de moeder scheen ook niet te weten dat men haer geweld aendeed : zy liet zich gedwee voortrukken en ging met zwymelende stappen nevens haren leidsman.

Op het midden der Markt werd de Ribaud door den Wyzen Man tegengehouden met de woorden :

« Ribaud, sleur die arme vrouw zoo niet. Wat heeft zy misdaen? »

« Ja, ik kan het niet verhelpen, meester » antwoordde de Ribaud met zekeren eerbied. « Het is eene vrouw van Vestrem [2] die in Gent komt bedelen; ik moet ze, met of tegen dank, de stad uitzetten; en gy ziet, meester, dat ze niet wil gaen! »

Eene medelydende stem had in het oor der moeder geklonken! Nu hief zy het hoofd op en toonde een vermagerd aengezigt waerop, ondanks de vale hongerverw, de stempel eéner vorige schoonheid nog ingedrukt stond.

« Ach, meester » riep zy tot den Wyzen Man « ik ben

---

[1] N° 19 der kaert.
[2] Een dorp in de omstreken van Gent.

eene arme koussenmakersvrouw van Vestrem; myn man en myn klein Siesken, och arme! zyn gisteren nacht van honger gestorven; hunne lyken liggen nog onbegraven in onze wooning. Ik ben gevlugt, gevlugt om myn lief Agneeteken [1] voor de hongerdood te bevryden. Zie, daer is het, Agneeteken; maer het moet ook sterven, want men jaegt ons weg. God, God!.... Ik wilde dat ik reeds bevrozen lage, dan zou ik dat scheuren in myn ingewand niet meer voelen; maer myn Agneeteken, myn kind!...... »

Zy onderbrak hare klagt om de voetjes van het gevoelloos schaepken nog dieper in hare borst te steken; maer, alsof iets haer hadde verrast, weêrhield zy zich en bragt het kind onder de oogen des Wyzen Mans, terwyl tranen op nieuw in overvloed uit hare oogen borsten.

« Zie, zie, meester! » riep zy met snydenden gil « myn kind, myn Agneeteken is dood! »

En zich dan, als eene zinnelooze, met bitteren lach tot den Ribaud keerende, zegde zy:

« Kom aen, leid my nu ter poort uit, dat ik Agneete by haer broederken ga leggen. Morgen zal toch alles met ons gedaen zyn......... »

« Ribaud » sprak de Wyze Man « gy kunt uwen weg gaen : ik belast my met deze vrouwe. Uw dienst is alzoo gedaen. »

Terwyl de Ribaud met tevredenheid naer de Wolvestege terugkeerde, nam de Wyze Man de arme vrouw by de hand en leidde ze naer den kant van het Hooghuis.

[1] *Agneete*. De oudvlaemsche naem *Agnes*, alsdan zeer gemeen in Gent.

« Moeder » zegde hy met eene stemme die van medegevoel beefde « ween zoo bitter niet, en wees gerust: uw kind is niet dood. Kom aen met my, wy gaen uw Agneeteken genezen en de pynen uws ingewands stillen; ik zal u beide voor honger en koude beschutten : gy hebt toch reeds te veel doorstaen, niet waer? »

De dwalende moeder scheen deze woorden niet gansch te begrypen; eventwel, zy bezag den Wyzen Man met blinkende oogen en met begeesterden lach van aenbidding en dankbaerheid, alsof God zelve haer geleider ware geweest. Zoo liet zy zich sprakeloos in eenen lakenwinkel nevens het Hooghuis brengen. Op het verzoek des Wyzen Mans vloog hier alles ten zynen dienste. Hy deed de moeder verre van het vuer gaen zitten en met wyn en brood laven. Intusschen had hy het bevrozen kindeken in de armen gevat, en liet het nu door de vrouw des huizes met warme wollen doeken op het naekte lichaem wryven. De arme moeder was opgestaen en zag met angstige afwachting dit alles na; zy was echter zoo zeer in hart en zinnen geschokt, dat haer mond slechts onverstaenbare klanken vormde.

Eensklaps ontvloog haer een schreeuw; zy rukte het kind uit de armen van haren redder en stortte geknield voor zyne voeten, met zulke uitzinnige vreugde dank roepende, dat zelfs op de wang des Wyzen Mans eene traen van medelyden zich toonde. — Agneeteken had de oogskens geopend : haer eerste blik was als eene zaligmakende strael in het hart der moeder gedrongen! — De dood was weg van het kind!

Aen den spoed waermede de Wyze Man deze redding had doen bewerken, en aen zyne ongeduldige bewegingen, was het ligt te bespeuren dat hy haest had om zynen weg te vervoorderen. Nu het goede werk volbragt was sprak hy eenige stille woorden met den meester des huizes en zegde dan tot de moeder, die bewusteloos bezig was met haer kind te zoenen en te streelen :

« Goede moeder, gy moogt hier blyven met uw kind; en als gy naer Vestrem wilt gaen, zal uw reisgeld en wat er noodig is gegeven worden. Heb aldus goeden moed, vrouwken. »

De arme moeder sprong op en kuste sprakeloos de hand des Wyzen Mans, tot dat deze, na eenen algemeenen groet, het huis verliet en op de Vrydagmarkt stapte.

Hier zag hy zich wederhouden door de ambachtslieden die by het Hooghuis gestaen hadden, en nu met vele anderen voor den lakenwinkel waren vergaderd.

« Welnu, Mher Jacob » riep Lieven Comyne « heeft dit laffe spel nog niet lang genoeg geduerd? Moet de laetste Vlaming op straet sterven gelyk een hond? Zal er niemand komen die verstand en moed genoeg hebbe om het Land te redden? — En gy dan, gy, Mher Jacob Van Artevelde, gy de Wyze Man van Gent [1], kunt gy die vrouwen daer tegen het kerkhof zien liggen, zonder dat gy zegt : het is tyd, er moet bloed of werk zyn! »

« Bloed, bloed! » morde Artevelde in zichzelven terwyl hy den blik ten gronde sloeg. Het hoofd welhaest oprigtende, sprak hy :

« Roept niet om bloed, gezellen; het is tyd genoeg als de onverbiddelyke noodzakelykheid het doet vergieten. »

« Het moet eindigen toch » zegde een wever « er

---

[1] « On connaissait son expérience dans les affaires et les gens du commun peuple le nommaient *le sage homme*. » EDW. LE GLAY, *Histoire des comtes de Flandre*, tome II, page 410.

moet werk en neering zyn, of Roeland zal storm luiden dat het Belfroot [1] er van beven zal! »

« Neen, neen » zegde Artevelde « het zal beter gaen. Ik weet het middel om Vlaenderen zyne oude vryheid en neering terug te geven; maer daer voor zouden wy moeten durven Gentenaers en Vlamingen zyn, eendragtig en overtuigd van het regt onzer zake, met mannenmoed en vlaemsch geduld dat geschonden regt wrekende, zonder zelven baldadigheid of onregt te plegen. »

De gansche schaer werklieden had zich rond Jacob Van Artevelde te samen gedrongen om zyne woorden te hooren. Wat hy zegde deed hunne borsten opzwellen en hunne oogen van hoop en begeestering glinsteren. Niemand antwoordde op zyn gezegde en men aenzag hem vragend als om eene nadere verklaring te eischen. Hy voegde dan by zyne eerste woorden :

« Is er waerlyk nog zuiver gentsch bloed in uwe aderen? Zoudt gy durven zweeren, hier ter plaetse te sterven of vry te worden gelyk onze vaderen het zyn geweest? »

Een verward gemor van wraekkreten en eeden, benevens een onstuimig opsteken der handen en wringen der vuisten beantwoordde zyne vraeg.

« Welaen, gezellen » hernam Artevelde met koelheid « weest gerust : indien gy het durft willen, zal Vlaenderen vryheid en neering hebben! Er wordt gewerkt voor onze verlossing. Blyft intusschen getroost en houdt vlaemschen moed! »

Na dezen groet stapte Artevelde voort tusschen de ambachtslieden, die hem met eerbied eenen doorgang

---

[1] *Belfroot.* De Wachttoren, waerop men de oorkonden der vryheden en voorregten bewaerde. Hier hingen ook de stadsklokken, als de stormklok, de morgenklok, de werkklok, enz. Zie N° 42 der kaert.

boden en hem nazagen tot dat hy achter den hoek der Wandelstege verdween.

Maer nauwelyks was hy uit het bereik hunner oogen of er ontstond onder hen een verward gewoel; allen bewogen zich met onstuimigheid en schenen een gewigtig ontwerp te beramen, — tot dat Lieven Comyne eensklaps de woorden : Vryheid en Neering! [1] met magtige stem, als eenen oproep over de markt zond en juichend naer de Lange Munte liep [2]. Dit was als een teeken dat elk verstond. Anderen begaven zich over de Serbodinsbrugge, of naer den Steendam [3] of naer Overschelde [4]. Velen gingen tot de nederzittende vrouwen en kinderen, roepende van verre op blyden toon : Vryheid en Neering! Vryheid en Neering!

Alsof de bazuin des Aertsengels deze dooden uit den eeuwigen slaep opgeroepen hadde, zag men beurtelings alle de ineengekropene vrouwen en kinderen hunne leden ontplooijen, regtstaen en zich tusschen de woelige hoopen der ambachtslieden mengen.

Het was, na weinig tyds, eene zonderlinge vlotting van menschenhoofden op de Vrydagmarkt. Men ging er van den eenen hoop tot den anderen, men vertelde er overal wat de Wyze Man gezegd had, men schreeuwde er Vryheid en Neering! Men liep er de aenpalende stegen in om het nieuws naer alle wyken der stad te dragen; en, reeds na korten tyd stroomde het volk uit alle straten, als een afzakkende vloed, naer de

---

[1] « *Vriheden ende Neeringhen!* werd de algemeene schreeuw der arbeidende klassen. » Lenz, page 275.

[2] N° 30 der kaert.

[3] N° 9 der kaert.

[4] N° 102 der kaert.

Vrydagmarkt. — Zy hadden geenen honger meer die Vlamingen, welke zich door de woorden Vryheid en Neering gespysd gevoelden. Eene star der hoop was opgerezen voor hunne oogen; moed en kracht was in hunne harten gezonken, en uit dezelfde oogen die uren lang levenloos ten gronde waren gerigt gebleven, schoot nu de bliksem van magt en leeuwenmoed.

Eventwel kon men niet bespeuren dat dit samenstroomend volk voornemens ware zich aen gewelddaden over te geven. Integendeel, de wildste gemoederen spraken hier ook van geduld en van eerbied voor ieders regt. Gewis, zy moesten iets byzonders in den zin hebben; want na eenigen tyd in verwarring en met bruisend gerucht door elkander te hebben gewemeld, begonnen zy zich, elk volgens zyn ambacht, in groote afgezonderde scharen te schikken [1]. Lieven Comyne zag men, met geestdrift op het gelaet, nog immer over en weder loopen en, als uitgelaten; elkeen aenmoedigen tot de pooging welke men ging beproeven.

Artevelde stapte intusschen met haest door de Magelcinstraet tot op den Calanderberg [2], waer zyne wooning gelegen was. Deze bestond uit twee hooge huizen [3] van

---

[1] « Artevelde had aen eenigen gezegd, dat hy het middel wist om Vlaenderen in welvaert te herstellen en den handel en de nyverheid te doen herleven..... Deze woorden liepen van mond tot mond, dervoege dat welhaest de helft der stad er van berigt was. Er vormden zich samenrottingen, zoodat op zekeren dag meer dan duizend man vergaderd waren. Zy riepen elkander toe met de woorden : « Laet ons om raed gaen tot den Wyzen Man! » (Alons oyr le bon conseil du Saige Homme). P. A. LENZ, *Nouvelles archives historiques*, naer FROISSARD, vol. III, page 453 der uitgaef van Buchon.

[2] Zie N° 54 der kaert.

[3] Zie N° 55 der kaert.

gebakken steen, met schoone puntbogige vensters, en overal op de houten kepers met kunstig beeldwerk versierd. Men klom tot de ingangdeur langs eenen kleinen steenen trap. Door deze byzonderheid, zoo wel als door rykdom van versiering, onderscheidde dit huis zich van alle omstaende wooningen. Het moest ook eene tamelyk groote uitgestrektheid gronds beslaen; want het kwam van achter met een deurken zeer verre in den Paddenhoek uit [1]. In het midden der Markt, die men de Calanderberg noemde, en die wel drymael grooter was dan zy nu is, groeide een hooge lindeboom, en aen de overzyde van Artevelde's wooning stond eene vermaerde taveerne of herberg *de Vos* genaemd.

Zoohaest Artevelde aen zyne deur geklopt had, kwam eene dienstmeid hem openen; hy ging dwars door eene wyde voorkamer, welke eertyds tot lakenwinkel scheen te hebben gediend [2], en stapte verder in de achterzael, waer vier persoonen by zyne komst van hunne zetels

---

[1] Zie N° 56 der kaert.
[2] Dat Jacob Van Artevelde tot den lakenhandel behoorde en lid der Wevery was, laet zich opmaken uit de volgende bewyzen, getrokken uit de oorspronkelyke stadsrekeningen van Gent, geschreven op perkament en berustende ter archieven dier stad. Deze bewyzen zyn opgegeven door Voisin (*Examen critique etc.* VI), door Lenz, door De Winter en anderen. Zie hier eenigen derzelve:

« Item gaven sy (de stadsontvangers) Janne Van Artevelde (Jacob's vader) van 1 gemingde lake enz. (anno 1314-15).

« Dit is ontvaen van de Weverien van Ghend..... 't eersten van Jacoppe Van Artevelde en standorde en hare andre gheselle enz. (anno 1326-27).

« Item. Ja. Van Artevelde van III smale dickedinne daer de Clerke van de stede cleederen af adde te wintre (anno 1326-27).

« Item. Ja. Van Artevelde van achterstelle van lakenen (anno 1339-40).

« Item. Jacoppe Van Artevelde van II lakenen (anno 1343-44).

opstonden en hem met blydschap of met eerbied begroetten. Maer hy, geheel door diepe overwegingen weggerukt, zegde eenige achtelooze woorden ; en dan, zich in het byzonder tot eenen sterken jongman wendende, die niet verre van den schoorsteen zat, sprak by :

« Mher Ghelnoot van Lens, gelief met my te gaen ; terwyl ik mantel en huike afleg zal ik u iets gewigtigs zeggen. »

« Ah, ah, is het zoo ? » riep Ghelnoot met geestdrift uit. « Heeft de vlaemsche Leeuw eindelyk het stof van zyne mane geschud? Zal hy de tanden laten zien? »

« Kom, kom » zegde Artevelde hem wenkende « gy gaet het weten. »

Deze Ghelnoot kon omtrent zes-en-twintig jaer oud zyn. Hy was een man met groote blauwe oogen en donker blond hair; ongemeen zwaer van lichaemsbouw en lang van gestalte; maer met een open gelaet, waerop losse vrolykheid bestendig glanste. By den eersten aenblik kon men in hem het echte beeld des Vlamings en bovenal des Gentenaers erkennen : magtig van leden, fier van houding, doch immer gereed tot lachen, schertsen en jokken, zoo lang geene buitengewoone aendoening hem tot ernst riep of tot gramschap vervoerde : schadeloos en zoet als een kind in het gewoone leven ; verwoed en onversaegd als een leeuw zoohaest onregt, hoon of verdrukking zyn trotsch gemoed kwam wonden.

De persoonen die nu nog in de zael overbleven waren twee vrouwen en een jongeling van by de twintig jaren. De eene vrouw was de echtgenote van Jacob Van Artevelde. Gelaet, houding en tael, alles in haer getuigde van eene edele afkomst. Zy behoorde inderdaed tot het ridderlyk geslacht van Drongene [1] en was eene dochter van Segher de Cortrazyn, maerschalk van Vlaenderen, die eertyds de gevangenis van graef Gwyde deelde en nu weder, op aenhitsing des franschen konings, in eenen kerker van het kasteel te Rupelmonde was geworpen. Nevens haer zat hare dochter, eene jonge maegd nauwelyks der kindschheid ontgroeid, met vurigen blik en zwarten oogappel, gansch rank van gestalte, en uiterst fyn van gelaetstrekken. Overigens schenen in haer eenvoudigheid en gemoedsterkte vereenigd te zyn; want in hare spraek en gebaerden lag eene stoute doch welvoegelyke losheid, die bewees dat zy eene vervroegde opvoeding genoten had en, ten minste naer den geest, geen kind meer was. Voor alle kleeding droeg zy eenen samaer of bouwen van ligt blauwe zyde, die van aen den hals tot op de voeten daelde; eene huike van wit linnen omvatte haer het hoofd, nevens wangen en kin, zoo dat slechts het zuiver ovael haers aengezigts onbedekt bleef; zy droeg schoenen van zwart leder, welke met een stalen gespken boven den voet vastgeriemd waren. Hare moeder had byna dezelfde kleeding, met dit verschil, dat donkere verwen er in heerschten, en haer samaer uit ryk gebloemd damast gesneden was.

---

[1] De geschiedschryvers hebben veel onder elkander getwist over de vraeg, of Artevelde tot een edel geslacht of tot de burgery behoorde? By gebrek aen bewyzen is dit punt nog niet beslist, ofschoon alles het gedacht schynt te staven dat hy zelve niet edel was, doch tot een geslacht behoorde dat met ridderlyke stammen zich innig had vermaegschapt, zoo als zyn huwelyk met jonkvrouw Cathelyne Van Drongene, dochter van den maerschalk van Vlaenderen, bewyst. Meyerus in zyne *Jaerboeken*, van Artevelde sprekende, zegt : « Hy was eerder doorluchtig dan edel (clarum magis quam nobilem). *Annales Flandriæ*. Antverpiæ, 1561, fol. 136.

Deze schoone maegd, het eenig kind van Jacob Van Artevelde, hiet Veerle, naer de heilige Pharaildis, wier overblyfsels alsdan geëerd werden in de kapelle onder de muren van 's Gravensteen [1].

De jongeling, die niet verre van haer zat, was Lieven [2] Denys, zoon van den gebannen Geeraert Denys, deken der Wevery, die terzelfder tyd als Overdeken aen het hoofd van alle de gentsche Neeringen stond [3]. De jonge Lieven, eenig kind des Overdekens, mogt zich beroemen de rykste erfgenaem van Gent te zyn; want zyn vader had ongemeene schatten met den lakenhandel vergaderd. Het scheen dat natuer en lot op dezen jongen man alle hunne giften hadden uitgestort. Zyn schoon, misschien wel wat te zoet aengezigt, was als de spiegel eener zuivere en beminnende ziele; iets dichterlyks, iets kwynend lag er in zynen langzamen oogslag; maer zyn breed voorhoofd en zyne sterk gewelfde borst getuigden toch ook terzelfder tyd van mannenmoed en zielskracht.

Veerle Van Artevelde was zyne speelgenote geweest. Nu beminden zy elkander onder het oog hunner ouders met innige liefde, in afwachting dat binnen eenigen tyd Lieven's vader zyne toestemming tot hun huwelyk gave.

---

[1] Ste.-Veerle-kapelle, Ste.-Veerle-plaets, N° 96 der kaert.

[2] *Lieven*, *Livinus*. De overblyfsels des H. Livinus werden in Gent met veel godsvrucht geëerd en men voerde dezelve jaerlyks tot buiten de stad, in eenen beruchten ommegang of processie. De eigennaem *Lieven* was in Gent alsdan zeer gemeen en is tot heden nog aenmerkelyker wyze de meeste in gebruik.

[3] « Den here *Gherarde Denys*, deken en beledere van den Weve ambachte. » *Stadsrekeningen van Gent*.

De deken der Wevers was terzelfder tyd Overdeken (Hoofddeken) aller ambachten.

Toen Jacob Van Artevelde eerst in de kamer trad was Lieven bezig met aen Veerle de schoone sproke van den Ridder met de Zwane te vertellen, en de moeder had zich nevens hen onder den schoorsteen by het vuer nedergezet om te luisteren. De jonge maegd bad hem nu weder met zyn verhael voorttegaen; maer Lieven was te zeer ontroerd geworden door Artevelde's zonderlinge uitdrukking en door zyne geheimzinnigheid. Hy vermoedde dat er gewigtige voorvallen op handen waren, en weerde de hem toegestuerde vraeg vriendelyk af om in diepe overweging te zinken. De terugkomst zyns vaders, de verlossing van Vlaenderen, zyne liefde zelve konden hier in de waegschael worden gelegd; want hy vreesde met reden, dat by den minsten sprankel die onder het gistende volk geworpen werd, het vuer aen de vier hoeken van Vlaenderen verslindend ontvlammen zou.

Misschien zou hy iets van zyne hoop of van zynen angst aen de verwonderde Veerle medegedeeld hebben, doch hem werd den tyd daertoe niet gelaten, aengezien Artevelde en Ghelnoot van Lens onmiddelyk weder in de zael kwamen :

Jacob naderde tot zyne vrouw en sprak :

« Cathelyne, heb de goedheid aen Jacquemyne te zeggen, dat zy groot vuer in de bovenkamer tegen de straet stoke en de deure in den Paddenhoek op slot zette; ik verwacht vele vrienden, die binnen een uer hier zullen zyn. Jacquemyne moet my verwittigen als er iemand komt. »

Terwyl Artevelde met zyne echtgenote naer de deur der zael ging en daer nog eene wyle in stilte met haer sprak, stond Ghelnoot by den schoorsteen zich grimlachend de handen te wryven, als iemand die over een goed nieuws zeer verblyd is. Lieven en Veerle bezagen hem ondervragend, doch kregen geen antwoord.

« Maer, Mher Ghelnoot » riep Lieven « u ziende zou men zeggen dat gy ons wilt verbergen wat er gaende is. Alsof ik niet wist dat men bezig is met de zeelen van klokke Roeland los te maken! »

Veerle verschrikte zigtbaer by dit gezegde.

« Roeland? Roeland? » riep zy « daervoor beware ons Sint-Lieven! Ha, daerom heeft Sint-Bertulf op zynen yzeren zolder dezen nacht geklopt! [1] »

« Sint-Bertulf heeft gelyk » zegde Ghelnoot « alhoewel het schynt dat Roeland niet mede zal doen. Men hoopt het ten minste; maer gy kent den knaep, hy is zeer opvliegend en hy zwygt niet als men wil. Zoo veel te beter toch; want het is een meesterzanger, wiens liederen u het bloed door de aderen jagen en u de borst doen opzwellen, dat ge waent het Belfroot op uwen arm te kunnen dragen. Dat doet deugd aen het hart, als men voelt dat men man en Vlaming is! »

« Eilaes » zuchtte Veerle met benauwdheid « het is dus inderdaed waer, dat men alweder vechten gaet? Die mannen, men zou zeggen dat ze dorst hebben naer elkanders bloed. Ik versta niet, Mher Ghelnoot, dat gy, die altyd zoo goed en zoo vrolyk zyt, nu eensklaps zoo bitter en zoo wreed spreken kunt, dat uwe woorden my de dood aenjagen! »

[1] « In St.-Pietersabtdy te Gent zag men achter den hoogen autaer eenen kunstigen yzeren zolder, bewaerplaets van tien kostelyke kassen, waerin besloten lagen de lichamen van tien Heiligen. Onder anderen ook van St.-Bertulf die, zoo men zegt, plagt te kloppen als er oorlog aenstaende was. » M. VAN VAERNEWYCK, *Historie van Belgis*, kap. XLVIII.

« Het is ten onregte dat gy zoo benauwd zyt, Veerle » zegde Ghelnoot lachend « er is in Gent geen zoo groot gebrek aen mannen, dat uw vriend Lieven u zou moeten verlaten, om nu reeds met St.-Jorisgilde zynen eersten scheut te gaen doen. »

De jonge maegd voelde zich door deze laetste woorden gewond. Zy sloeg eenen vlugtigen blik op Lieven, alsof zy zeggen wilde : verdraegt gy dien hoon? — Maer de jongeling stond eensklaps regt en sprak met doffe stem en rood van spyt :

« Mher Ghelnoot, als de stadstromper Persemier [1], van het Belfroot gevaer zal blazen, zal ik met mynen boge gereed staen, en ik zal toonen dat ik ook kan spotten met de dood ; maer ik verbly my niet op voorhand in bloedvergieten ; want die ik treffen kan of die my dooden kunnen zyn menschen..... »

« Nu, nu, word niet boos » viel Ghelnoot hem lachend in de rede « ik weet dat het vlaemsch hart in uwe borst manhaftig klopt ; maer ieder verstaet het op zyne wyze. Ik zie nu sedert een jaer den bittersten hongersnood in Vlaenderen woelen ; men heeft onze oude vryheden byna geheel vernietigd ; men heeft poorters van Gent tegen wet en regt gekerkerd ; men heeft uwen vader gebannen omdat hy met een vry gemoed durfde spreken; wy worden opgeofferd aen de belangen van Frankryk, wy zyn vernederd als een laffe slavenhoop ; — en gy gelooft dat ik zal staen weenen, nu de gentsche Leeuw zyne klauwen ontploeit en zich gereed maekt om zyne ketenen te verbryzelen? Ah, ah, dat ware wel zonderling! »

---

[1] « Persemier, de waekzame tromper, stuert zyne blikken over de wyde vlakten rond de stad. » LENZ, *Archives etc.*, page 291.

Artevelde naderde op dit oogenblik by den schoorsteen en zette zich neêr in den zetel, welke zyne vrouw daereven had verlaten. Hy scheen nog gansch in gedachten verzonken en zegde met minzaemheid :

« Het is buiten schrikkelyk koud, kinderen. God bescherme de lydende ambachtslieden van Vlaenderen! »

Veerle bragt haren arm om zynen hals en vroeg streelend :

« Zeg eens, vader, Mher Ghelnoot heeft ons daer zoo benauwd gemaekt; — 't is te zeggen my alleen, maer Lieven toch niet. — Ach, zoo benauwd! Hy spreekt van klokke Roeland en van oorlog en van bloed. Het is immers niet waer dat het stormen gaet in Gent? »

« Mher Ghelnoot heeft niet wel gedaen » antwoordde Artevelde. « Wees niet bevreesd, Veerle : de oude Roeland zal zwygen. »

« Zoo, Veerle! » lachte Ghelnoot « het is niet kristelyk dat gy my ten laste legt wat Lieven zelf gezegd heeft. Ik ben het niet die van Roeland gesproken heb. »

Artevelde wendde zich tot den jongen Denys en zegde:

« Lieven, uw vader keert uit zyn ballingschap terug. »

« Myn vader! » riep de jongeling met blyde verwondering.

« Ja, maer dit enkel woord zy u genoeg : gy zult welhaest de verklaring ervan hebben. »

« Wanneer zal ik hem zien? »

« De tyd hangt af van zekere omstandigheden; in alle geval vroeger dan gy nu zelfs hopen durft. »

« Hoe zou het mogelyk zyn? Myn vader is wel onregtveerdiglyk, maer toch wettelyk door den Graef en door de Wet van Gent voor vyf jaren uit den lande van Vlaenderen gebannen? »

« Hy zal eventwel terugkeeren, zeg ik u. » [1]

« En komt myn lieve grootvader Segher dan ook niet weder? » vroeg Veerle bedroefd. « God, wat moet hy koude lyden in de ysselyke kerkers van Rupelmondesteen! »

« Ik hoop dat de oude maerschalk de mannen van Gent nog ten zegeprael voeren zal » antwoordde Artevelde « maer voor alsnu, genoeg over zaken die niet lang geheim zullen blyven. Laet ons van andere dingen spreken. — Hoe is het gegaen met de nonnekleeding te Peteghem? Was uwe nichte Amelberga wel te moede, toen zy aldus der wereld voor altyd vaerwel zeggen moest? »

« Het was zoo schoon en zoo prachtig! » antwoordde het meisje « maer Amelberga heeft voor den autaer zoo bitter geweend, dat men ze ondersteunen moest toen men ze nonne kleeden zou. De abdisse zegde daerna, dat het van blyde ontroering was; en het schynt wel waer te zyn; want ik heb Amelberga later gezien, en zy was gansch verheugd...... maer hoort eens in den schoorsteen! — Wat mag dit zyn? »

Allen te gelyk luisterden met aendacht op een zonderling gerucht, dat zich in de breede schouw vernemen liet. Het was als het gebruis eener verre zee; iets onbegrypelyks, maer toch iets magtigs; want het deed Artevelde verbleeken terwyl hy eenen angstigen blik op Ghelnoot sloeg, en zuchtte :

« God, te laet misschien! »

---

[1] De heer professor Lenz heeft my, uit zyn onuitgegeven werk, deze byzonderheid mondelings medegedeeld : Geeraert Denys, de Overdeken der Neeringen, was gebannen en bevond zich op dit oogenblik te Ath, in Henegauwen.

« Sint-Lieven sta ons by! » riep Veerle met eenen gil, als zy haren vader zoo verschrikt zag. « Wat is het? Wat is het? »

« Niets, niets » zegde Artevelde met bitterheid « het is een wagen die rydt zonder voerman en die, eilaes, zich misschien verbryzelen gaet. »

Nauwelyks had hy deze woorden gezegd of zyne echtgenote kwam met haest binnengeloopen en riep :

« Gauw, Jacob, gauw; in den gang, by de achterdeur, wacht u iemand die u oogenblikkelyk spreken moet. Hy zegt dat Vlaenderens geluk ervan afhangt. »

Artevelde stond op en haestte zich naer achter, waer hy den Voorschepen van der Keure [1], Ser Maes Van Vaernewyck, gansch verschrikt vond staen.

« Mher Jacob » zegde deze met haest « geen uitstel meer, of ons ontwerp mislukt onfeilbaer; de Vrydagmarkt krielt van volk, dat de lucht vervult met den schreeuw : Vryheid en Neering! Zy hebben hunne dekens opgezocht en roepen, dat zy den Wyzen Man raedplegen willen. Luister, men zou zeggen dat het gerucht nadert! Het is tyd, hoog tyd; want als het volk aen zich zelven overgelaten wordt zal het bloed in Gent gaen stroomen. »

« Welnu, laet ons het volk op de Vrydagmarkt verklaren wat er moet gedaen worden ; dan zal het te vrede zyn. »

---

[1] De Wet van Gent bestond uit dertien Schepenen van der Keure en uit dertien Schepenen van den Gedeele. De eersten waren belast met het eigentlyk bestuer of *administratie;* de tweeden met de regtspleging of *justitie.* Zy vergaderden samen in eenen algemeenen raed. De eerste Schepen van der Keure was *Voorschepen* of Opperschepen, en bekleedde het ambt dat nu Burgemeesterschap genoemd wordt.

« Neen, neen, voor niets ter wereld op de Vrydagmarkt; buiten de kuipe van Gent [1] moet het geschieden. Ziet gy, indien de pooging mislukte, zou Gent weder door ondragelyke boeten geslagen worden; ik, Voorschepen van der Keure, en alle myne medegenoten, wy verloren er het hoofd by. Het is nutteloos de stad zonder redenen in zulk gevaer te brengen. »

« Gy hebt gelyk; wel nu laet my begaen, ik neem alle verantwoordelykheid op my alleen. Maer hebt gy uwe ambtgenoten gesproken en ondertast over hunne gevoelens, bovenal degenen die uit hoofde van hun ridderschap mogten terugkeeren voor zulke stoute daed? »

« Ja, alles is wel langs dien kant. De groote meerderheid is voor ons [2]; slechts vier of vyf schynen ontevrede over het ontwerp. Doe wat gy wilt; wy zien niets dan om u bedektelyk behulpzaem te zyn. Nu, ik spoede my weg langs hier; want daer zyn ze welligt reeds in de Mageleinstraet. Tot straks dan op de byeenkomst. Maek toch, dat het volk bedare en zonder gewelddaden te plegen uit elkander scheide! »

Terwyl Artevelde met den Voorschepen van Gent aen het spreken was, verliet eene wolk menschen de Vrydagmarkt, onder het donderend geroep van Vryheid en Neering! dat, als de stem des orkaens, het vlottend gevaerte vooruitliep. De Volders trokken met hunne

---

[1] *Buiten-kuipe*, buiten den wettelyk erkenden omvang der stad; buiten het regtsgebied der Schepenbank,

[2] Zie in de laetste uitgave van VAERNEWYCK's *Historie van Belgis* de bygevoegde *Naemlyst der Gentenaren*, enz., bladz. 3, waer vier-en-vyftig edele geslachten worden opgenoemd, als hebbende Artevelde in zyne poogingen opentlyk behulpzaem geweest en met hem deel gemaekt der Wet van Gent.

dekens door de Lange Munte, de Kleine Neeringen langs de Wandelstege [1] en de Wevers door de Koningstraet [2] over den Zandberg [3]. Zy hadden zich aldus moeten verdeelen omdat ééne strate onmogelyk zooveel volks had kunnen ontvangen. Hoe verder zy voorderden hoe akeliger de roep Vryheid en Neering! boven de stad galmde; want nu antwoordden de ambachten zich van uit dry verre straten te gelyk.

Op hunnen weg sloeg, hier en daer, een verschrikte burger met haest deuren en vensters toe; de meeste nochtans stonden op hunne dorpels met wydgeopende oogen verbaesd op de stroomende menigte te zien. Zy konden niet begrypen, wat alle die ambachtslieden, zoo ongewapend, mogten in den zin hebben, en vroegen al aen den eenen en anderen waer zy naertoe gingen. Het antwoord « om raed naer den Wyzen Man » voldeed hunne nieuwsgierigheid niet; ook, zoohaest de ambachtslieden hen voorby waren zag men de geburen overal te samen loopen en elkander angstig ondervragen over de oorzaek van den oploop, zoo zy het noemden.

De eersten die op den Calanderberg kwamen waren de Wevers, wier weg het kortste was geweest; maer nauwelyks hadden zy zich voor de taveerne *de Vos* gedeeltelyk uitgespreid, of de Volders, door de Kleine Neeringen gevolgd, vertoonden zich in de Mageleinstraet.

Eens dat de Calanderberg met zoo vele menschen overdekt was als hy er ontvangen kon, begon men met verdubbeld geschreeuw op den Wyzen Man te roepen; maer een tromper, die by den deken der Wevers stond,

[1] N° 25 der kaert.
[2] N° 26 der kaert.
[3] N° 62 der kaert.

bragt zynen koperen hoorn aen den mond en stuerde eenige schallende toonen over de Markt. Op dit teeken verging het geroep plotselings, en de grootste stilte heerschte onmiddelyk boven de scharen. Intusschen vergaderden de dekens en gezwoornen der Neeringen, en begaven zich voor het huis van Jacob Van Artevelde.

Een van hen stapte vooruit om den trap te beklimmen en aen te kloppen; doch hy had den tyd daer toe niet, dewyl Artevelde op dit oogenblik zyne deur opende en tot de dekens afkwam. By zyne verschyning liep er een bly gemor onder de ambachtslieden : geen enkel sprak echter een luid woord. Slechts in het diepe der aenpalende straten hoorde men nog eenige afzonderlyke stemmen het Vryheid en Neering roepen.

Jacob, voor de dekens gekomen zynde, groette hen minzaem en vroeg :

« Gezellen, wat verlangt gy van my? »

« Mher Van Artevelde » antwoordde hem de deken der Schippers, die gelast was de aenspraek te doen « gelief ons te aenhooren. Wy komen by u om raed : men heeft ons gezegd dat gy, door uwe wysheid en uwe groote goederen, Vlaenderen voorspoed en vryheid kunt teruggeven. Hier zyn wy, bereid om u te volgen en te gehoorzamen : zeg ons wat wy moeten doen. »

« Vrienden » sprak Artevelde « ik ben Gentenaer geboren; dit is genoeg gezegd, dat my den moed niet ontbreken zou om onze stad en het Land nuttig te zyn. Ik ben gereed myn leven en myn vermogen op te offeren en dengenen te helpen, die zich aen het hoofd der Gentenaers zou willen stellen om Vlaenderen van den hongersnood te verlossen en uit de vernedering te redden. »

« Niemand is bekwamer dan de Wyze Man van Gent om zulk moeijelyk werk te ondernemen » zegde de deken der Schippers, terwyl zyne makkers door woorden en gebaerden van hunne volle toestemming getuigden.

Artevelde zag een oogenblik ten gronde; dan weder het hoofd opheffende, vroeg hy :

« Wilt gy my getrouwe vrienden en gezellen zyn in alle zaken en my niet verlaten in den dag van gevaer? »

« In name van allen, die hier ter plaetse staen » antwoordde de deken der Schippers « beloven wy regtzinniglyk u in alles te ondersteunen en er lyf en have aen te wagen. Waer gy het beveelt zullen wy ons bloed vergieten voor het vaderland, en uw wyze raed zal onze eenige wet zyn. Daerop geef ik u de hand! »

Alle de Dekens legden beurtelings hunne hand in de hand van Artevelde, als een eed van onverbrekelyke broedertrouw.

« Welaen » hernam Jacob « het is gezegd! Er zal Neering en Vryheid in Vlaenderen zyn. Beroept alle uwe gezellen, en wie het zyn moge, die poorter van Gent is, op het plein der Byloke [1] tegen overmorgen op de derde ure namiddag. Daer zullen wy in het openbaer beramen wat er moet gedaen worden en ik zal er verklaren, hoe my dunkt dat Vlaenderen onmiddelyk kan opstaen uit zyne ellende en uit zyne vernedering, — misschien zonder dat er eenen enkelen druppel bloed gestort worde. Gaet nu tot uwe gezellen en beveelt hun vrede en rust. Indien eene enkele daed

[1] « Hy wees de Byloke als vergaderplaets aen, want hy wilde de Gemeente niet in gevaer brengen met samenrottingen te verwekken op den grond die onder het regtsgebied der Schepenbank van Gent stond. » LENZ, als voren, bladz. 278.

van geweld gepleegd wierde, het ware genoeg om alles
te bederven. Het geluk of de rampspoed des vaderlands
is aldus in uwe handen, gezellen; om der vryheid wille,
vergeet het niet! [1] »

De dekens gaven hem de verzekering dat alles stil
zou blyven tot overmorgen en groetten hem met blyde
dankzeggingen, tot dat hy in zyne deur was verdwenen;
dan ging elk tot de lieden zyns ambachts en deelde
daer de beloften en den raed van Artevelde mede, wel
uitdrukkelyk bevelende, dat men zich stil en gerust
houden moest tot den dag der algemeene byeenkomst
in de Byloke.

De ambachtslieden ontvingen het nieuws met groote
vreugde en spraken er vurig met elkander over; er kwam
wel onder de scharen eene onstuimige vlotting, omdat
ieder zyne vrienden uitzocht, om over de zake te spreken;
eventwel geen enkele schreeuw vloog op uit hun midden;
en weinig tyds daerna zag men de ambachtslieden, op
aenrading der dekens, langs alle straten, vrolyk doch
vreedzaem, naer hunne wyken keeren.

Een vierendeel uers later was er geen ander volk meer
op den Calanderberg dan eenige poorters, die voor de
deur der taveerne *De Vos* sprekend waren blyven staen
en met aendacht op de wooning van Artevelde blikten.
Zy zagen beurtelings vele voorname persoonen der stad,
burgers, schepenen en edellieden de wooning des Wyzen
Mans langs den Paddenhoek binnengaen, en vroegen
elkander wat dit beduiden mogt. Welhaest echter hield

---

[1] Zie, over deze vergadering des volks voor het huis des Wyzen
Mans en over de samenspraek welke wy hier byna letterlyk hebben
gevolgd, Froissart, uitgave van Buchon, vol. III, page 453, waer een
omstandig verhael dezer gebeurtenis voorkomt.

de oorzaek hunner nieuwsgierigheid op, daer zy niemand meer zagen komen. — Dan vervoorderden zy ook hunnen weg.

De Calanderberg bleef ydel en stil, alsof er niets geschied ware.

II.

Het was de vastgestelde dag voor de byeenkomst in de Byloke [1]. Een uer voor den bepaelden tyd zag men reeds, uit alle wyken der stad, de poorters van Gent zich in menigte naer den kant der Leije begeven, om van daer de baen te volgen welke hen naer de vergaderplaets leiden zou. Om zich een denkbeeld van den grooten toevloed des volks te kunnen vormen, moest men by eene of andere poorte staen, langs waer de inwooners van Buitenkuipe in groote hoopen de stad binnentraden. Zoo kon de poort onder den Rooden Toren [2] gedurende een half uer de menigte niet verzwelgen, die St.-Baefsstede [3]

---

[1] Zie N° 76 der kaert.
[2] Zie N° 6 der kaert.
[3] Zie N° 99 der kaert. Het schoone St.-Baefsdorp werd onder Keizer Karel V afgebroken, om plaets te maken voor den bouw van een kasteel, dat men sedert het *Spaenjaerds-kasteel* noemde en nu insgelyks reeds verdwenen is.

verliet om in de Byloke tegenwoordig te zyn. Hetzelfde gebeurde aen de Walpoort, langs waer een gedeelte der inwooners van St.-Pieters [1] afgezakt kwam, terwyl het andere gedeelte onder de Ketelpoort doorging.

De reden waerom alle inwooners van Gent, en zelfs van de heerlykheden Buiten-kuipe, gedwongen waren door de stad te trekken, was dat er alsdan slechts eene brugge bestond om over de Byloke-Leije en de Houtlei te geraken. Allen moesten noodzakelyk door het Kuipgat en over de Oordeelbrugge [2].

Op dit uer verliet Ser Jan Van Steenbeke, Schepen van der Keure, zynen Steen in de Opperscheldestraet [3]. Hy vervoorderde zynen weg tot aen de Predikersbrug, waer hy eenen Schepen van den Gedeele ontmoette.

« Gegroet, Mher Zoetaerde [4] » zegde hy, nevens zynen ambtgenoot stappende « gaet gy ook al zien wat men ginder uitregten wil? »

« Wel ja, Ser Van Steenbeke » antwoordde de andere « God weet het, maer daer zou groot goed voor de Gemeente kunnen van komen; en in alle geval, men moet het hooren en zien om erover te kunnen oordeelen. »

« Ah, gy gelooft dat de Gemeente door beroerte en volksstorm te redden is! »

« Met meer regt zou ik u mogen vragen, waerom gy

---

[1] N° 75 der kaert.
[2] N° 81 der kaert.
[3] N° 58 der kaert. « Item, ghaven sy van costen, die Scepe-
» nen....... dat es te wetene : Pieter de Cleerc, Lieven van
» Veurne, Geeraert de Neut, *Jan van Steenbeke*, enz. » *Stadsrekeningen*, anno 1338-39.
[4] « Item, ghaven sy Scepenen *Pieter Zoetaerde*, Claese van Ber-
» leghem, enz. » *Stadsrekeningen*, 1337-38.

van beroerte spreekt als er schyn noch gedachte van is. Bezie al dit volk : het gaet daer lachend en vrolyk, zonder wapens; er zyn er zelfs die vrouwen en kinderen medenemen. Ik heb myn eigen reeds met verwondering gevraegd, of wy misschien niet altesaem naer St.-Lievens Ommegang gaen zien. »

« Dat is al niets, Mher Zoetaerde, het volk draegt niet zelden een schapenvel; maer de Leeuw steekt er onder, — en als die Leeuw zyn schapenvel afwerpt, dan byt hy vriend en vyand en verscheurt zelfs zyn eigen ingewand. »

« Uwe vergelyking, Ser Van Steenbeke, is aerdig inderdaed » zegde Zoetaerde lachend « het volk ware wel ongelukkig indien het altyd het schapenvel moest dragen; men zou het geenen tyd laten om veel wol op het lyf te krygen. »

« Zeg wat gy wilt, Mher Zoetaerde, het is uiterst onvoorzigtig de menigte byeen te roepen, om ze over hare eigene belangen te raedplegen. Zy verstaet er niets van en kent slechts éene tael : — geweld! »

« Ditmael toch zult gy u bedriegen, geloof ik. De Wyze Man zal er voor zorgen. »

« Ik versta : hy gaet het bondgenootschap met Engeland voorstellen tegen den wil van zynen wettigen Vorst. En gy gelooft dat de Koning van Frankryk het lyden zal? »

« Welnu, als hy het niet lyden wil dan kan hy het maer verkroppen. Dat hy zich met onze zaken niet bemoeije; hy heeft er in het geheel niets mede te stellen. Ieder in zyn Land! »

« Gy rekent zonder den weerd, Mher Zoetaerde; hier is het gemakkelyk van den Koning van Frankryk en van den Graef met lichtzin te spreken; maer als er eens een fransch leger van zestig duizend man naer Vlaenderen komt afgezakt, wat zult gy dan doen? »

» Wel, wat heeft men te Kortryk gedaen in den slag der Gulden Sporen? Daer waren er nog al meer. — Het is niet dat ik oorlogsgezind ben, bylange niet. Als myn arbeid verrigt is, zit ik geern by een goed vuer onder den schoorsteen te kouten; maer dat geeft niet: ik ben al zestig, Ser Van Steenbeke, zestig van St.-Lievensavond — en toch zou ik mynen Goedendag [1] nog aengrypen om met onze jonge gezellen den vyand te gemoet te gaen. »

Ser Van Steenbeke grimlachte half spottend en zegde:

« Het zou er weinig aen helpen. Frankryk is tegenwoordig magtig genoeg om Vlaenderen in eenmael te verpletten. »

« Mogelyk » antwoordde Zoetaerde spytig « het is iets dat men eerst zou moeten zien. Maer antwoord my eens, Ser Van Steenbeke. Als men u kwame zeggen: gy moet sterven, en dat gy zelf overtuigd waert, dat gy de dood niet ontvlugten mogtet; — indien men u dan den keus liet, van honger in ysselyke krampen te bezwyken of op het slagveld met het wapen in de vuist te sneuvelen, wat zoudt gy kiezen? »

Deze vraeg verblufte Ser Van Steenbeke zigtbaer; hy wist gewis niet wat hy er op antwoorden zou; want

---

[1] De *Goedendag* was een byzonder wapen der Vlamingen, dat in eene zware knodsvormige lans met yzeren puntbeslag bestond. Men noemde het *Goedendag* omdat men er den vyand op eene schrikkelyke wyze wist mede te begroeten. FELIX DEVIGNE, in zyn werk over de kleederdragten en wapenen der vlaemsche Gilden, geeft de eerste echt historische teekening die men van dit wapen in zyne verschillige vormen aentreft.

hy nam de gelegenheid waer om zich van zynen makker te verwyderen, daer zy op dit oogenblik zich met den vloed des volks onder het Kuipgat moesten laten doorstroomen.

Toen zy de Oordeelbrugge voorby waren hernam Van Steenbeke, alsof hy de hem gedane vrage vergeten had :

« Wie zegt u dat Mher Jacob Van Artevelde, dien gy, God weet waerom, de Wyze Man genoemd hebt, niet uit heerschzucht handelt en het volk tegen zynen wettigen vorst opruidt om zelf gedurende eenigen tyd de overheid in handen te krygen? Ik zeg : gedurende eenigen tyd ; want het volk verbryzelt gewoonelyk zyne afgoden, zoohaest het dezelve zoo hoog gevoerd heeft als het reiken kan. »

« Er is eene droeve waerheid in hetgene gy daer zegt, Ser Van Steenbeke; maer van twee rampen de minste! Laet ons eerst Vlaenderen van den hongersnood verlossen; daerna zullen wy overwegen en redeneren. Gy moogt my voorzeggen, dat niet slechts één man, — een afgod des volks zoo als gy het noemt — er het leven by verliezen zal; maer zelfs dat dertig duizend menschen door deze pooging van de wereld zullen worden gerukt. Welnu, liever dertig duizend man verloren dan geheel het vlaemsche volk door hongersnood in het graf te zien dalen of, uitgeput en met verdorven bloed, als eene voor eeuwig verbasterde natie te zien kwynen. »

« Ah, gy gelooft dat hy u zal spreken van middelen om den hongersnood te verjagen? Neen, hy gaet uitvallen en u opstoken tegen onzen Vorst; hy zal veel roepen van vryheid; want vryheid is de zeem, waermede men het arme volk als lichtzinnige vliegen in zyne netten vangt. »

« Wy zullen het gaen hooren. Wat my betreft, ik heb ondervinding genoeg van de wereld om te weten dat de vryheid zeker eene schoone zaek is voor menschen die geëten hebben; maer in dees oogenblik is er neering en werk noodig. Waer het volk in het zweet zyns aenschyns een gemakkelyk bestaen vindt, daer laet de vryheid zich niet lang wachten. Indien de Wyze Man ons met woorden alleen wilde paeijen, dan zou ik, Pieter Zoetaerde, meester Goudsmid en Schepen van den Gedeele der stede van Gent, ook wel onder den Lindenboom gaen staen, en bewyzen dat vryheid alleen den buik niet vult........ Maer zie, de Byloke is kroppend vol : er is niet aen of by te geraken. Kom, men zal ons wel eenen doorgang bieden. »

De Byloke, waer Artevelde de volksvergadering beroepen, had was een ongemeen groot vierkant plein, rondom in muren gesloten. Aen de oostelyke zyde verhief zich de abdy der Byloke [1] met hare schoone en prachtig gebouwde kapelle; daernevens het hospitael der broeders en zusters van het gemeen leven, waerin een gedeelte der stadsziekenen werd verzorgd [2].

Te midden van het plein stond een hooge Lindeboom, en aen deszelfs voet was een stoel of dam van aerde opgeworpen en met planken afgeslagen.

Een zonderling schouwspel ontvouwde zich op deze uitgestrekte vlakte; zy was zoodanig overdekt met menschen, dat men met moeite hier of daer, tusschen het wemelend gedrang, den grond zou hebben kunnen zien. Eventwel bespeurde men onder de menigte geene

---

[1] N° 77 der kaert.
[2] N° 78 der kaert.

verwarring; ieder scheen zyns gelyken gezocht te hebben; want, zelfs aen de kleeding, kon men bemerken dat eene zekere schikking het volk ten regel had gediend om standplaets in de Byloke te kiezen. Tegen de abtdy stond een tallyke hoop Poorters met lange kolders van fluweel of fyn gentsch laken, waerin zwart en donkerblauw de heerschende verwen waren. Daerenboven, om de lenden, eenen riem of gordel met de tessche van corduaensch leder en het knyf of dolk. Eenigen droegen ook mantels, die langs de eene zyde gansch open hingen. Hier stond de Wyze Man, omringd van het meerendeel der Schepenen van Gent en van de kooplieden en voorname burgers. Zy waren bezig met onder elkander rustig te spreken, in afwachting dat het uer verschene. Verder, in den hoek van het Hospitael en langs een gedeelte van den zuidermuer, stonden de Neeringen die tot de Wevery behoorden; tegen het beluik van het Huis van Ste.-Agneete [1] hadden zich de Volders uitgespreid, terwyl het overige van het plein door de gezellen der twee-en-vyftig Kleine Neeringen was ingenomen.

Zoo zeer hadden zy zich echter niet volgens rang en belangen afgeperkt, dat de grenzen tusschen de ambachtslieden der verschillende Neeringen en tusschen deze en de voorname poorters zigtbaer afgeteekend waren; integendeel, er was eene gedurige vlotting, die de gansche menigte tot eenen gelykslachtigen hoop scheen te maken, ofschoon elk ambacht zyn middenpunt op eene vaste en erkende plaets gekozen had. Niemand had daertoe raed of bevel gegeven; maer de ambachtslieden waren zoodanig gewoon, zich met de

[1] Nº 79 der kaert.

gezellen hunner Neering overal te vereenigen, dat zy, zelfs in volle vryheid, het niet konden laten.

Een zeker getal vrouwen en kinderen hadden zich ook verstout, uit nieuwsgierigheid deze vergadering te komen bywoonen; zy zaten of stonden in de hoeken tegen de vooruitspringende freiten des muers, welks rug byna gansch beladen was met jongens van verschillenden ouderdom.

Men kon aen dit verheugde en vervoerde volk niet bemerken dat er eene nypende koude heerschte; hun wintergewaed en de bladerlooze Lindeboom, mogten alleen doen vermoeden dat men zich in het gure jaergetyde bevond.

De kleeding van alle degenen die met handwerk hun brood verdienen moesten was byna dezelfde. Een korte kolder of gesloten overkleed daelde hun slechts tot boven de knien; hun gordelriem was van ruw getaend leder, zonder tessche, doch by velen met het knyf en nog by meer anderen met ambachtsgereedschappen, als truweelen, hamers, handbylen of pynderhaken [1] voorzien. Zy droegen, gelyk alle andere poorters, eene huike of kap van laken op het hoofd, en laken beenkoussen, welke van in den schoen tot aen de lenden klommen. De lieden van Ackerghem, van Boerhem en van andere parochiën Buiten-kuipe kon men meest allen erkennen aen zwarte en witte ruiten, die in hunne koussen tot de halve hoogte van het been gewerkt waren. Groen, rood en bruin, allen hoog van toon, waren de verwen welke men in der mannenkleeding het meest bespeurde.

---

[1] *De Pynders* waren de lastdragers, die voornamelyk aen het lossen der schepen arbeidden.

✓ De vrouwen der ambachtslieden — anderen waren er nu in de Byloke niet — droegen eenen langen kolder van purper of blauw laken, die haer tot op de voeten daelde; een voorschoot van canewaet ¹ en eene huike van rein wit linnen, in verschillende wyzen op en rond het hoofd geplooid.

De derde ure klepte op den toren der abtdy. Artevelde meende tot den Lindenboom te naderen om den aerden stoel te beklimmen en tot het volk te spreken, toen eensklaps, by den ingang der Byloke, eene grootere vlotting zich onder de menigte deed bemerken, en van daer een verward gedruisch van stemmen zich hooren liet. Het was de Overdeken der Neeringen, Geeraert Denys, die met zynen zoon Lieven het plein binnentrad en door de ambachtslieden met vreugde werd begroet. — Dat deze poorter, die voor al te vrymoedig spreken gebannen was, nu durfde terugkeeren, en, onder de oogen zelven der Schepenen van Gent, in de Byloke zich vertoonde, was voor hen reeds een teeken van volksmagt en verlossing. Alhoewel Geeraert Denys te voren niet zeer bemind was; ja, zelfs den haet van velen om zynen barschen hoogmoed zich op den hals had gehaeld, gaf de omstandigheid hem zeker gewigt in de oogen der menigte en zy juichte als over eenen zegeprael by zynen doorgang.

Wat driften of gevoelens in het hart van Geeraert Denys konden woonen, mogt een denkend man gemakkelyk op zyn aengezigt lezen. Zyn voorhoofd was hoog maer smal, eventwel wyd genoeg om, zoo niet grootschheid en vernuft, dan toch overweging en slimheid te bevatten;

---

¹ *Canewaet* grof zakdoek, *Canevas*.

zyne kleine zwarte oogen, byna altyd half gesloten om den vurigen doch slinkschen kattenblik te verholen, spraken van valschheid en eigenbaet, terwyl zyne smalle lippen, door eenen zekeren bestendigen gryns of bitteren grimlach achteruitgetogen, haet en verwaendheid lieten raden. Overigens was hy middelmatig van gestalte, trotsch van houding en gemaekt in woorden en gebaren.

In stede van tot de plaets te gaen waer Artevelde met de voornaemste poorters zich bevond, drong Geeraert overal door de scharen der ambachtsgezellen, de handen van elkeen met gulhartigheid drukkende en aen ieder in 't byzonder iets aengenaems zeggende. Degenen die hem kenden en zynen vorigen hoogmoed niet onbewust waren, stonden verbaesd over zoo veel heuschheid van wege den Overdeken. Er waren er zelfs, die onder elkander spottend zegden dat het ballingschap hem goed gedaen had.

Als hy by de Wevers naderde ontstond er een nieuw gejuich. Men groette den Deken luidruchtig van alle kanten en ontving met blydschap zynen handdruk. Geeraert Denys, alle deze bewyzen van volksgenegenheid met eene zekere opgeblazenheid ingezameld hebbende, ging tot Artevelde gelyk iemand die zou willen zeggen: gy moogt beginnen!

De groet van Artevelde was vriendelyk doch kort; hy had den Overdeken reeds op den middag gesproken. Nu vergenoegde hy zich met hem grimlachend eenige woorden te zeggen en ging onmiddelyk tot den Lindenboom.

Toen het gentsche volk Jacob Van Artevelde zag in de hoogte klimmen, en dat zyn ontzagwekkende oogslag het plein scheen te meten, vloog een lange roep van:

« Heil, heil den Wyzen Man! » ten hemel op, en het duerde lang eer de opgetogene menigte in hare toejuiching bedaerde.

Wie op dit oogenblik het gelaet van Geeraert Denys gezien had, zou er eenen zuren grimlach op bemerkt hebben. De Overdeken worstelde in zyn binnenste met haet en afgunst, en om dien stryd te verbergen lachte hy; ten minste hem dacht dat hy lachte, — terwyl er op zyn aengezigt niets zweemde dan bitterheid.

Zoohaest er eene volle stilte over het plein heerschte verhief Artevelde zyne klare, magtige stem, en sprak tot het volk met zeldzame doch indrukwekkende gebaren :

« Gezellen en Vrienden!

« Velen onder u denken, dat wy hier alleenlyk vergaderd zyn om middelen te zoeken tegen den hongersnood, die ons ongelukkig Vaderland zyne laetste krachten dreigt te ontrooven. Voorzeker, dit is het eerste doel dat wy bereiken moeten; doch ik bid u, vrienden, vat een grooter gedacht op van het reuzenwerk dat wy ondernemen gaen : Vlaenderen moet niet alleen neering hebben, maer te gelyker tyd magt en vryheid om zynen arbeid en zyne regten tegen willekeur te kunnen verdedigen.

« Om u de kracht te doen begrypen der middelen, welke ik voorstellen ga, om Vlaenderen zyne vorige grootheid en roem terug te geven, is het noodig dat ik de oorzaken onzer vernedering met u onderzoeke. Leent my alle uwe aendacht, gezellen. »

Eene diepe stilte heerschte onder de ontelbare menigte; allen rigtten hunne oogen beweegloos op den spreker; de magtige volheid, de vloeijende buigbaerheid zyner stem hadden reeds eene soort van tooverkracht op de aenhoorders uitgeoefend.

Artevelde ging dus voort :

« Onze voorvaderen bezaten groote en talryke vryheden; zy hadden ze met bloed en geld betaeld, of ze verkregen van goede vorsten tot belooning hunner trouw en verkleefdheid. De volksnyverheid is een kind der vryheid : het is een kind dat sterft als zyne moeder het verlaet. Aldus, indien alle neering in Vlaenderen kwynt en te niet gaet, indien duizende Vlamingen de ysselyke hongerdood sterven, is het, volgens my, niet by gebrek aen engelsche wol; maer het is, omdat in Vlaenderen de Vryheid haer kind verlaten heeft : omdat het Volk de magt niet meer heeft om zynen arbeid te beschermen en te verdedigen.

« Herinnert u wat voortyds was : elke vlaemsche Gemeente had haer geschreven regt; waerin hare pligten jegens den Vorst en de pligten des Vorsten jegens de burgers klaer en regtzinniglyk stonden uitgedrukt. Graef- en volk, elk nam, onder den blauwen hemel, Gode tot getuige dat men dit regt nooit schenden zou [1]. Nu echter is het regt der Gemeenten eene leugen geworden, terwyl integendeel het regt van den Vorst, in de handen der fransche koningen, zich versterkt heeft met alle de ons ontrukte vryheden.

« Hoe komt het, dat wy, nageslacht dergenen die in de Westerwereld de eerste verkondigers der Vryheid waren, ons zoo lafhartiglyk in nieuwe boeijen hebben

[1] Deze vlaemsche grondwetten noemde men *Keuren* of *blyde intreden*, omdat de Vorsten dezelve by hunne eerste intrede in elke aenzienlyke stad in het openbaer bezweeren moesten, te gelyker tyd met de Wethouders der Gemeente.

laten klinken? — Is het vlaemsche bloed in onze aderen verbasterd misschien? Zouden wy een gevallen volk zyn, dat de vryheid onweerdig geworden is? Neen, neen, vrienden; de zonen van het oude Vlaenderen zyn nog geene aterlingen. Zy zyn de slagtoffers eener helsche samenzweering, die ik voor uwe oogen ontdekken wil; — maer heden, ik hoop het, broeders, heden gaen zy opstaen; hunne ketenen breken; den gentschen Leeuw als het teeken der verlossing begroeten, en met het enkel woord *wy willen!* het gebouw in gruis doen storten waeronder de dwingelandy onze vryheden meent te hebben begraven....... »

Artevelde had deze laetste woorden met eenen zigtbaren geestdrift gesproken; ook werd hy eensklaps onderbroken, door een schallend gejuich van : Vlaenderen den Leeuw! Vryheid en Neering! dat uit alle hoeken der Byloke donderend ten hemel steeg.

Welhaest werd het weder stil en Artevelde hernam dus zyne rede :

« Wie heeft ons onze vryheden ontroofd en door welke middelen heeft men in ons de yverzuchtige waekzaemheid versmacht? Ah, dit is een eeuwenlang bedrog, eene laffe kuipery van dry honderd jaren! — Het fransche Hof heeft de vlaemsche Gemeenten eerst met schrik zien ontstaen, omdat het vreesde dat wy de andere volkeren de zucht naer vryheid zouden mededeelen [1]; later heeft

---

[1] « Les gentilshommes français regardaient la guerre avec les Communes de Flandre comme soutenue pour une cause qui leur était personnelle : ils savaient que dans chaque ville de France les bourgeois soupiraient après cette liberté dont ils voyaient les Flamands en possession. » SISMONDE DE SISMONDI, *Histoire des Français*, à l'année 1326.

het daerenboven onzen rykdom en voorspoed benyd. Het heeft eenen tyd lang geloofd, dat de magt van het getal ons kon verpletten; maer het leerde tot zyne schade, wat een burger vermag die zyn vaderland, zyn goed en zyne vryheid verdedigt. Zoo lang onze Vorsten ons kenden, ons toebehoorden gelyk wy aen hen; zoo lang de vlaemsche Graven onafhankelyk bleven van vreemden invloed en van vreemden dwaelzin, was Vlaenderen onverwinnelyk; niets kon ons terughouden in de baen van voorspoed en van vrye ontwikkeling, die wy ons hadden geopend. Maer, waer magt en moed de dwingelandy ontbreekt, daer gebruikt zy verraed en valschheid. Zoo ging het hier ook. Frankryk's koningen hebben, met duivelsche berekeningen, en geweld noch omkooping sparende, de kinderen onzer Graven naer Parys doen komen; zy hebben ze opgevoed naer hunnen wil, in onwetendheid van Vlaenderens tael en zeden; zy hebben het vlaemsche bloed in hunne aderen verbasterd en ze gemaekt tot fransche hovelingen, gereed om mede te werken tot Frankryks grootheid, zelfs ten koste van het geluk der onderdanen, die God aen hunne bescherming had toevertrouwd [1]. Wat was het toch gemakkelyk, ons onze vryheden te ontwringen, als men het deed in name van Vorsten, die wy eerbiedigden om hunner voorvaderen wille!.... Maer dit ging niet snel genoeg; de wonden der Gemeenten groeiden te spoedig toe, omdat er te veel

---

[1] Dit stelsel van verbastering der vlaemsche vorsten door Frankryk, begint in 1205, met de omkooping van Philips, Ryksvoogd van Vlaenderen, en de heimelyke opligting der erfgenamen van den overleden Graef, welke men te Parys deed opvoeden en gansch van de Vlamingen vervreemde. Wy zullen verder op dit punt onzer geschiedenis terugkomen.

levenskracht in het lichaem was. Vorst en volk waren nog, zoo niet door het gevoel van wederzydsche liefde dan toch door gemeene belangen verbonden. Deze band moest verbroken worden : men zaeide twist en oproer; men holp beurtelings het volk tegen den Graef of den Graef tegen het volk : de haet kwam, en met de haet tweedragt en zwakheid.

« Het is dan, dat de koningen van Frankryk, onder schyn van vriendschap, onze Graven naer Parys lokten, en ze daer verraderlyk deden aenvatten, om hun met geweld onze slaverny te doen bezegelen. Weet gy, broeders, waer het graf onzer vryheid zou zyn, indien zy sterven kon? Te Parys, in de kerkers van den Loever! Dáér heeft Graef Ferrand den afstand van Waelsch-Vlaenderen geteekend; daer heeft Graef Gwyde het schandelyk verdrag van Melun bekrachtigd; daer heeft Graef Robrecht van Bethune het laffe verbond van Ongeregtigheid geteekend; daer heeft onze tegenwoordige Graef Lodewyk de onmiddelyke overheid van Frankryk op Vlaenderen erkend; daer heeft hy op nieuw onze steden Ryssel, Douay en Orchies aen Frankryk afgestaen; daer, in een woord, heeft hy het vernietigen onzer vryheden bezworen [1]!

---

[1] « Al wat Ferrand van Portugael, Gwyde van Dampierre, Robrecht van Bethune en Lodewyk van Nevers eertyds hadden toegestaen aen den koning van Frankryk, *die hen ook gekerkerd gehouden had*, bevestigde insgelyks de jonge Graef Lodewyk (van Nevers). Hy zag zich daerenboven verpligt het bestuer van Vlaenderen af te staen aen koninklyke kommissarissen, telkens dat de koning het eischte. »

« Hy werd veroordeeld tot het beurtelings vernietigen der vryheden en voorregten des Lands.... » P. A. LENZ, *Nouvelles archives historiques*, tom. I, pag. 265.

Zie verder over de aenslagen op de vryheid der vlaemsche vorsten de kronyken en geschiedenissen des Lands.

« Sedert dezen laetsten aenslag, heeft men niet alleen onze voorregten met voeten getrapt, men heeft ons ook de kracht ontnomen om ooit pooginged te doen tot het herwinnen van het vaderlyk erfdeel. In den slag der Gulden Sporen [1] had Frankryk ontdekt waerin onze magt bestond : de vlaemsche Burgery had er het fransche Ridderschap verplet! Daerom, de Gemeenten moesten ontwapend worden, niet door geweld maer door list. Het geschiedde zoo; wy werden weerloos voor de voeten van Frankryks koningen neêrgeworpen : zy konden doen met ons naer hunnen wille, en zy plukten dan de vruchten van honderd-veertig jaren verleiding onzer vorsten en van verfoeijelyken meineed.

« Wy moesten welhaest ondervinden, dat zelfs de eenige schynvryheden, welke men ons gelaten had, niets meer dan leugens voor onze meesters waren. Koning Eduard van Engeland begon aen Philips van Valois de regten op de erfenis der fransche kroon te betwisten; wy hadden niets met dit geschil gemeens, en toch heeft de koning van Frankryk onzen graef gedwongen, de engelsche kooplieden tegen wet en regt in Vlaenderen te doen aenhouden om ze naer Frankryk in de gevangenis te voeren. Eilaes, Vlaenderen is het onschuldig slagtoffer dier gewelddaed geworden; koning Eduard heeft, uit weêrwraek, den uitvoer der engelsche wol naer Vlaenderen verboden; hy heeft onze kusten met gewapende schepen bezet; hy heeft zyn land voor onze lakens gesloten, den Wolstapel naer Holland overgebragt en de omliggende volkeren aengemoedigd, om,

---

[1] In 1302 voorgevallen. De vlaemsche burgers versloegen er het fransche leger, dat 20,000 dooden, meestal ridders, naliet.

indien het mogelyk is, ons onze nyverheid te ontnemen [1]. Een jaer is het geleden dat die slag ons getroffen heeft; en zie, in Vlaenderen heerscht de akeligste hongersnood!

« Wat deed onze Graef, door wiens schuld den rampspoed over Vlaenderen getrokken was? Op aenraden van Frankryk beriep hy eene dagvaert der Gemeenten te Brugge; volgens schyn zou men er middelen gezocht hebben om de vlaemsche Neeringen te doen herleven. Verraed! Men poogde er onze afgezondenen over te halen tot nog grootere toegevingen aen Frankryk. Een eenige burger; — ha, het was een poorter van Gent! — durfde er de stem verheffen, om te bewyzen dat men de goede betrekkingen tusschen Vlaenderen en Engeland moest herstellen. Hy, die dit zegde, was een befaemd ridder, welke veertig jaren lang zyne vorsten met trouw had gediend; ja, hy was de boezemvriend geweest van graef Robrecht van Bethune. Dit alles kon hem toch niet voor valschheid en onregt behoeden; — een bevel van Frankryks vorst wierp den Maerschalk van Vlaenderen, den ouden gryzen Segher de Cortrazyn, in eenen kerker van Rupelmondesteen [2]. Gy weet wat Gent gedaen heeft om de verlossing van haren edelen poorter te verkrygen. De Graef verwierp langen tyd de smeekingen

---

[1] « Louis Ier de Flandre, à la suggestion de Philippe (roi de France) fit arrêter en un jour tous les Anglais qui se trouvait en Flandre. » SISMONDE DE SISMONDI, année 1335. »

« In wederwraek van dit verraed deed Éduard alle de Vlamingen aenhouden die zich in zyne staten bevonden en verbood den uitvoer der engelsche wol...... eene engelsche vloot kwam op onze kusten kruisen. P. A. LENZ, *Nouv arch.*, pag. 271.

[2] De vergadering, waervan wy hier spreken, werd gehouden te Brugge den 6^{en} july 1337. — Over de gevangneming van Segher, zie E. GENS *Histoire du Comté de Flandre*, bladz. 108; en anderen.

onzer gezondenen en, eindelyk, wanneer hy door onze gebeden, misschien door het gevoel zyner ongeregtigheid, getroffen werd, zegde hy, als ware het een genadig antwoord geweest : « Gaet naer Parys en vraegt den koning of hy het toelaet. »

« Lafheid! Vernedering! Eene vlaemsche Gemeente moet te Parys het regt van haren poorter gaen pleiten! Voor den vreemdeling geknield, regtveerdigheid afbidden als eene genade [1]! Zoo diep, zoo diep zyn wy gevallen, vrienden en gezellen; uit zulke diepte zullen wy ons heden roemweerdig verheffen indien er nog voorvaderlyk bloed door onze harten stroomt, en dat wy ons durven herinneren wat wy zyn : Vlamingen en Gentenaers! [2] »

Een donderend gedruisch verhief zich by deze woorden in de hoogte. Men kon, in dit verward schreeuwen en juichen, niet onderscheidelyk verstaen wat er door de menigte geroepen werd; alleenlyk hoorde men hier en daer, den roep : Vlaenderen den Leeuw! Vryheid en Neering! boven alle ander gerucht opstygen.

[1] « Item scepenen te Parys waert svridages voor d'elegen Crucen dagh in spelmaend ôme te sprekene an den coninc van Vrankerike van den Courtrosyn.

« Item smaendages daer naer te Parys waert tote den coninc ôme te sprekene en te volgene over den Courtrosyns delivranche. » *Stadsrekeningen van Gent*, Anno 1337—38.

[2] « Artevelde was de welsprekendste man en de eerste redenaer zyner eeuw; het zy hy voor het volk sprake of eene rede hielde in eene vergadering der doorluchtigste persoonen, hy verwonderde, verbaesde en verrukte degenen die hem aenhoorden. » DIERICKX, *Appendice aux Mém. sur la ville de Gand*. Gand, 1816.

Geeraert Denys zegde intusschen met verwaenden lach tot degenen die rond hem stonden :

« Het zyn al schoone woorden; maer het zyn toch maer woorden. Als het zoo is dat men Vlaenderen redden moet zal er veel van komen! »

Weinigen hadden dezen schimp des Overdekens gehoord, dewyl ieder nu reeds met volle aendacht weder naer Artevelde luisterde, die hernam :

« Gezellen, ik heb u in het lange over de oorzaken onzer vernedering gesproken. Om dit te doen had ik eene byzondere reden. Er zyn in Gent vele, zeer vele poorters, die denken dat wy geen regt hebben om te handelen tegen den inhoud van verbindtenissen die door onze Graven bezegeld zyn........ »

« Het zyn Leliaerds; wy zullen ze vermoorden! » riep eene woeste stem.

Zigtbaer deed die roep eenen pynelyken indruk op Artevelde; want hy boog het hoofd als bedroefd op de borst. Eventwel, hy stuerde eensklaps weder zynen kalmen blik over het plein en ging voort :

« Waeruit dit gevoelen ook moge ontstaen, ik eerbiedig het. Men herinnert ons onzen eed? Maer zyn wy het, Burgers, die onzen eed verbroken hebben om des Vorsten regt te krenken? Hoe komt het dan dat wy alle onze regten verloren hebben? Neen, neen, telkenmael dat in de kerkers van den Loever een verdrag geteekend werd, verbraken onze Graven, en niet wy, den plegtig gezworen eed. Eilaes, ik betigt onze ongelukkige vorsten niet : eerst in den bloede verbasterd, daerna met geweld gedwongen, waren zy, zoo wel als wy, de slagtoffers van geweld en verraed.

« Men spreekt van verbindtenissen door onze Graven

in onzen naem aenveerd? Maer deze verbindtenissen zyn van geener weerde; zy werden met geweld in de gevangenis ontwrongen; hun bestaen getuigt van Frankryks snoode heerschzucht, niet van onzen pligt. Gy, die ons regt betwyfelt, erkent gy dan, dat een vry en manhaftig volk zich tot eeuwige slaverny moet laten doemen, uit eerbied voor verbindtenissen die bezegeld werden tusschen den gevangbewaerder en den beul? Erkent dan ook, dat een moordenaer, die het mes op de keel eens reizigers zet en hem zyn geld doet afgeven, dit geld in volle wettelykheid bezit!...... En ware dit alles nog niet voldoende om de vreesachtigsten de overtuiging van ons regt te geven : er is eene wet, waeraen noch vorsten noch volkeren ontsnappen kunnen; eene magt zoo groot, dat de heidensche Grieken er eene Godheid hadden van gemaekt die alle ândere Goden beheerschte : — het is de noodzakelykheid! De noodzakelykheid Vlaenderen te redden, vóór dat de hongersnood er eene woestyn van hebbe gemaekt!. . . . .

« Nu, gezellen, heb ik ons regt daergesteld; ik ga u spreken van de middelen om het te doen gelden. Voorwaer, gy zult u verwonderen over derzelver eenvoudigheid; maer ik hoop dat gy terzelfder tyd hunne wonderbare magt beseffen zult. Ziet hier, hoe ik meen dat Vlaenderen vryheid en neering zal hebben :

« Vóór onze vernedering bestond alle de magt der Gemeenten in onze onverbeterlyke krygsinrigting; men wist in Vlaenderen, dat een hart om de vryheid te beminnen niet genoeg is; maer dat men ook een wapen hebben moet om ze te verdedigen. Welaen, gezellen, morgen vroeg brenge elk poorter van Gent zynen Goedendag, zynen kruisboog of zyn zweerd onder het licht der zonne; hy make weder kennis met die oude vrienden onzer vaderen, en stelle ze in góeden staet. De Gemeente zal hare arme poorters ten haren koste een wapen schenken. Elke wyk wordt, gelyk eertyds, ingerigt by honderden en tienen, onder Centeniers en Konstavels; over de gansche magt der Gemeente van Gent stelt men vier Hoofdmannen en eenen Opperhoofdman, door het volk gekozen [1]. Zoo hebben wy in eens de magt terug waerop onze vaderen steunden. Op den eersten roep zullen wy, als een yzeren muer, tusschen den dwingeland en onze regten staen; men zal in den Loever ons knechtschap niet meer teekenen; — neen, neen, alleen op onze lyken, in het bloed van den laetsten Vlaming, zou de vryheid kunnen bezwyken..... indien zy niet de vogel Phœnix ware, die altyd uit zyn graf met nieuwe krachten opstaet!

« Als eerste daed der vrye Gemeente van Gent, verklaren wy plegtiglyk, onder Gods hemel, dat wy alle de verbindtenissen in den Loever onze Graven ontrukt, verloochenen, als vruchten van valschheid en meineed; wy zenden uit Gent den roep van vryheid en verlossing over gansch Vlaenderen, en — ik zeg het u, want ik weet het goed — uit alle hoeken des Lands zal de schreeuw : Vlaenderen den Leeuw! Vryheid en Neering! u antwoorden als het teeken der ontwaking. Brugge en Yperen zyn bereid : zy wachten slechts op onzen broederlyken roep.

[1] « Artevelde deed hun begrypen dat het volk, bedreigd in zyne regten en gebukt onder vreemden dwang, moest zorgen voor de verdediging zyner miskende vryheden en de hoofdmannen der parochiën moest benoemen om de afgeschafte krygsinrigting weder te herstellen. » DE WINTER, bladz. 33.

« Ah, gezellen, wanneer Vlaenderen aldus zestig duizend man op zyne grenzen zal kunnen zenden, dan zal men tweemael toezien eer men den fieren Leeuw eenen muilband durve toonen!

« Eens dat wy dus magtig zyn, zal het ons toebehooren eischen voor te dragen en ze te doen gelden tegen al wie onze regten geschonden heeft. Niet alleen onze vryheden moeten wy allen terug hebben, ook het Waelsch-Vlaenderen moet aen het gemeene vaderland wederkeeren; ja, gezellen, met de hulpe Gods, zullen wy Ryssel, Douay en Orchies losmaken uit de handen der vreemden. — Dit is voor vryheid en magt — nu voor arbeid en neering.....

« De koningen van Frankryk en van Engeland bereiden zich tot eenen bloedigen oorlog tegen elkander; het zweerd van Vlaenderen zal oneindig zwaer wegen in die schael. Zelfs ontwapend en uitgehongerd, boezemt het vlaemsche volk nog schrik in; gy weet wat de beide vorsten ongehoorde poogingen gedaen hebben om onze hulp te behouden of te winnen. Welnu, wy zullen Vlaenderen uitroepen tot eenen vryen onzydigen grond, welks inwooners noch voor noch tegen Frankryk, noch voor noch tegen Engeland zich verklaren.

« Niemand van ons is onbewust, dat de Graef van Gelderland, in name van Koning Eduard, twintigmael verklaerd heeft, dat het verbod op de wol onmiddelyk zou geligt worden, indien de Vlamingen zich wilden verbinden om niet in het fransch leger tegen Engeland te stryden. Heeft men dit voorstel aen het slapend Vlaenderen gedaen, hoe zal men zich niet haesten deszelfs aenbieding van het ontwaekte Vlaenderen met blydschap te aenveerden! Er zal aldus werk en neering in overvloed zyn; want, terwyl de andere volkeren in eenen langen oorlog zich gaen uitputten, zullen wy vreedzaem en veilig arbeiden aen de ontwikkeling onzer nyverheid [1]. Diensvolgens, willen wy magtig zyn en voorspoed hebben, zoo moeten wy met moed en standvastigheid onze onzydigheid doen eerbiedigen. Wy dagen niemand uit, wy vallen niemand aen; maer wat volk, welke vreemde vorst den voet op onzen vryen grond zette, die zy ons een vyand! die gevoele wat de vlaemsche Leeuw vermag! [2]

« Dit is, gezellen, den raed dien gy my hebt gevraegd; indien iemand van u iets beters voor het heil van Vlaenderen weet, dat hy het zegge! »

Nauwelyks was Artevelde van onder den Lindenboom verdwenen of de schreeuw : — Heil! heil den Wyzen Man! Vryheid en Neering! Vlaenderen den Leeuw! — bonsde in een ontzaggelyk gejuich ten hemel op. Het blyde geschreeuw werd herhaelde malen op nieuw aengeheven en bleef voortduren, ofschoon er reeds een ander redenaer onder den Lindenboom stond en met de hand stilte verzocht.

Onderwyl was Artevelde naer zyne eerste standplaets

---

[1] « Met de uitmuntendheid van rede die hem onderscheidde, met zyn klaer vooruitzigt in de toekomst, met het diepe besef der belangen en der rampen zyns vaderlands, begreep hy dat de welvaert van Vlaenderen afhing van zyne *onzydigheid*, van zyne lydelyke houding te midden van den oorlog die Europa bedreigde. » E. Van Hoorebeke, aengehaeld in Voisin's *Examen critique*, etc., page 96.

[2] « En la fin fust l'accord que Flamens se debvoient tenir tout quois en leur lieu et garder le pays que nul n'y entrast. » *Chronique du XIVe siècle en patois Rouchy*. Recueil de Buchon, page 668.

teruggekeerd en ontving er nu de dankzeggingen der Schepenen en andere voorname poorters. Ghelnoot van Lens vloog om zynen hals en lachte tusschen heldere tranen. Lieven Denys had de hand van Artevelde aengevat en stond met gebogen hoofde nevens hem te beven van geestdrift en bewondering.

De spreker, die den stoel onder den Lindenboom na Artevelde beklommen had, was Geeraert Denys. Het duerde tamelyk lang eer er stilte genoeg onder het volk kwam om hem het woord verstaenbaer te laten voeren. Eindelyk toch rigtte ieder het gezigt naer den wachtenden Overdeken; en hy begon met eene stem, die alhoewel klaer, toch niets had van dien toon welke de harten roert. Integendeel de drift gaf haer iets hards en niet zelden sloeg zy tot weêrstootend schreeuwen over :

« Gezellen, wat men u daer gezegd heeft kan in den grond heel schoon zyn; maer het heeft volgens my slechts een gebrek : onder schyn van groote magt is het zwakheid en vrees. De Gemeente van Gent, het Land van Vlaenderen, moeten anders toonen dat zy de volksverdrukking weten te straffen. Wat zullen wy, by voorbeeld, doen als onze graef terug wil komen? Zullen wy dan weder den dwingeland streelen en ons door listen laten muilbanden? Zullen wy weder kruipen onder de hand die ons gegeesseld heeft? Laet ons Vlaenderen, met éénen slag, van zyne verdrukkers verlossen. De Graef zy van de kroon vervallen verklaerd; wy zullen eenen vorst kiezen die naer onzen zin zy. En dan, er zyn in Gent vele Poorters, die als vyanden des volks bekend staen, en altyd met den Graef en met Frankryk hebben aengespannen. Dit onkruid moet worden uitgeroeid; het zyn slangen die onze vryheid welhaest vergiftigen zouden. Het Volk heeft honger; welaen, dat men de goederen der Leliaerds aenslage en verbeurd make; dat men de opbrengst ervan onder het noodlydende volk uitdeele; zoo ten minste zal het kunnen wachten tot dat de beloofde wol in Gent kome...... »

Deze woorden verwekten onder eenige Kleine Neeringen en onder de Volders een gejuich, dat zich eindelyk ook tot de andere Ambachten uitstrekte.

Door dit bewys van goedkeuring aengemoedigd, verhief Geeraert Denys de stem en riep :

« En ik hoor hier niet spreken van de Wet van Gent, welke zich medepligtige onzer dwingelanden heeft gemaekt om eenen poorter te bannen die vrymoedig gesproken had. Ik zeg het niet voor my; want ik ben trotsch, dat ik het slagtoffer myner volksliefde mogt worden; maer, zullen wy ons laten leiden en gebieden door mannen die zoo lafhartiglyk, in den persoon van uwen Overdeken, het poorterregt van Gent geschonden hebben? Weg met alle die bloodaerds! Het volk moet zich Schepenen kiezen die moed hebben, en lyf en have durven wagen voor de Gemeente! — Gy gaet de oude krygsinrigting weder invoeren? Het is goed. Maer wilt gy dat het niet alles op eene magtelooze zwetsery uitkome, zoo kiest eenen Opperhoofdman die weerdig zy u te bevelen; een man met stalen gemoed en yzeren arm, die vooruit durve gaen zonder omzien. Ah, indien gy lichtzinnig genoeg waert om de magt in handen te geven van zulken, die de vrees onder den naem van voorzigtigheid verbergen, dan zoudt gy welhaest onder uwe eigene zwakheid bezwyken. Neen, neen, het hoofd der gentsche Gemeente moet een man zyn die niet schrikke, waer het nood geeft, zyn eigen bloed en het bloed van anderen voor 's volks vryheid te vergieten. Dit is de raed dien ik u geef! »

Het volk juichte alweder met groote hevigheid den aftredenden spreker toe. Waerschynelyk niet omdat het zyne redenen geheel goedkeurde; maer hy sprak van vryheid — en dit was genoeg. Daerenboven, de menigte was zoodanig opgevoerd, dat zy welligt allen anderen redenaer even zeer zou hebben toegejuichd. — Men moet desniettemin bekennen, dat er onder de Kleine Neeringen van Gent vele mannen waren, die, door lang lyden verbitterd, gansch in de wraeklust des Overdekens deelden.

De avond begon zigtbaer te vallen; er kwam reeds onder de ambachtslieden eene zekere beweging als wilden velen de Byloke verlaten, in de meening dat alles was afgedaen; maer eensklaps verspreidde eene groote stilte zich over het plein. — Artevelde stond daer weder onder den Lindenboom en sprak :

« Vrienden, luistert nog een oogenblik naer my : de vergadering mag zoo niet scheiden. Ik heb met vreugde gehoord, dat Mher Geeraert Denys in den grond met my overeenstemt aengaende de middelen om Vlaenderen Neering en Vryheid te schenken; maer, ofschoon ik hulde doe aen zynen fieren moed en aen zyne diepe volksliefde, mag ik toch, volgens myn gevoel en in het belang des vaderlands, niet alles goedkeuren wat hy u heeft gezegd.

« Ik neem aen, als een eeuwig en onwedersprekelyk grondbeginsel, dat hy die de regten van anderen geweldiglyk schendt, zelve de vryheid niet verdient, ja, haer grootste vyand is. Verre zy van my het gedacht, deze wet op mynen moedigen vriend, Mher Geeraert Denys, toe te passen; maer ik heb daer straks, uit eenen enkelen mond — daervoor zy Gode gedankt — woorden hooren opgaen, die my hebben doen beven van angst; ik geloofde een bloedig zweerd te zien dat de vryheid bedreigde. — Hoe? het eerste gebruik dat wy van onze herwonne krachten maken zouden, zou dwingelandy en moord zyn, als middel om onze gedachten geweldiglyk in de plaets te stellen van de gedachten onzer medeburgers? Indien onze vyanden ons mogten raden, zouden zy onfeilbaer tot zulke geweldenary ons aendryven. Zy zouden zeggen : vergiet elkanders bloed, verzwakt u onderling door haet, door ontoegevendheid en door dwang — en als gy, na lange twisten, na afmattende burgeroorlogen, uitgeput zult nederzinken, dan zullen wy u den voet op de hygende borst komen zetten, en wy zullen spottend nederzien op eene zinnelooze menigte, die niet weet dat eendragt de vesting der vryheid is. — Genoeg aengaende deze dwaling; ik weet dat de gentsche Gemeente daerover denken zal, gelyk het betaemt aen burgers die overtuigd zyn van hunne magt en van hun regt [1].

« Men heeft gevraegd wat wy doen zouden indien onze wettige Vorst naer Gent kwam? — Indien hy komt als Graef van Vlaenderen, en niet als Frankryks Veldheer? Indien hy met ons de vrye onzydigheid des vaderlands verdedigen wil? Welnu, wy zullen hem ontvangen met eerbied en vreugde; wy zullen hem omringen met liefde en verkleefdheid; wy zullen hem Vlaemsch leeren en Vlaming maken; hem door zestig duizend onderdanen,

---

[1] « Van Artevelde le premier sentait la nécessité d'appuyer son pouvoir naissant sur la justice et la raison. » EDW. LE GLAY, *Histoire des comtes de Flandre*, tome II, page 413.

ten zynen dienste gewapend, eene kroone doen aenbieden die wel de kroon van Frankryk weerd is, voor hem die ze met moed te dragen weet! Vergeet niet, gezellen, dat Graef Lodewyk tegen den wil zyns vaders geweldiglyk naer Frankryk werd gebragt en er opgevoed is, omdat hy ons niet zou kennen zoo als wy zyn [1]. Vergeet ook niet, dat het heldenbloed onzer oude vorsten door zyne aderen stroomt. Wil hy zich losrukken van Frankryk, en Vlaenderens Graef zyn, voor Vlaenderens roem, voor Vlaenderens grootheid, hy kome...... »

Eene stem verhief zich niet verre van Artevelde en riep tot hem :

« Maer zoo de Graef terugkomt aen het hoofd van een vreemd leger? »

« Dan zullen wy het vreemd leger in onzen vryen grond begraven! » antwoordde Artevelde met nadruk. « En dan nog zullen wy onzen Graef vragen of hy Vlaming wil zyn? Verbeeldt u toch niet, dat de regten van den vorst noodzakelyk moeten gekrenkt worden om het regt der Gemeente te kunnen handhaven. Met regtzinnigheid van wederzyde geëerbiedigd, zyn zy elkander niet strydig. Neemt ook wel acht op eene zaek, gezellen : het is met den Koning van Frankryk alleen, dat wy te doen hebben;

---

[1] « Lodewyk, kleinzoon van Robrecht van Bethune, werd opgevoed in Frankryk, tegen den wil zyns ongelukkigen vaders en door de vyanden zyns lands; zyne opvoeding had geen ander doel dan zyne kindschheid te verlengen en hem in de onmogelykheid te stellen om de onontbeerlykste kennissen te bekomen, namelyk degenen der tael van het land dat hy besturen moest en der wetten welke hy moest eerbiedigen en door zyne onderdanen moest doen eerbiedigen. » P. A. LENZ, *Nouvelles archives*, page 264.

onze ongelukkige Graef staet tusschen den vreemdeling en ons, omdat wy op hem onzen haet zouden laden en tegen hem onze krachten zouden verspillen. Laet u niet bedriegen : verder moet gy zien, wie daerachter bedektelyk handelt en in wiens voordeel alle de aenslagen tegen ons berekend zyn.

« Eenigen denken dat men de Wet van Gent vernieuwen moet. Waerom dien hoon toegebragt aen zes-entwintig der magtigste poorters van Gent, die gy gisteren nog zegendet om hunne edelmoedige opoffering in den akeligen hongersnood? Waerom onregtveerdig worden jegens de afstammelingen dergenen, die eerst in Vlaenderen het Ridderschap met het Burgerschap verbonden, en daerdoor ons Vaderland tot bewonderd volgbeeld der vrye en regtveerdige volkeren hebben gemaekt? Zoudt gy nu ondankbaer zyn, en vergeten dat zy, die men als onweerdig verbannen wil, altyd aen uw hoofd stonden als er voor vryheid en volksregt moest worden gestreden? Neen, dit kunt gy niet.

« De Schepenen van den Gedeele hebben eenen Poorter van Gent gebannen. Zy hebben het gedaen volgens de bestaende wetten. Deze wetten waren onregtveerdig; de regters waren het niet. Aen ons hoort het toe deze willekeurige wetten te veranderen en te verbeteren.

« Overigens weet ik niet, hoe elk onzer Schepenen denkt over hetgene wy gaen doen; maer ik stel my hier borg voor de zuivere vryheidsliefde der grootere meerderheid onzer Wet.

« Alle nuttelooze magtoefening is schadelyk; zy verbittert de gemoederen en bereidt den val der beste zaek. Daerom, myn gevoel verzet zich tegen alle geweld........ »

« En de Leliaerds, die laffe knechten van Frankryk ! » riep dezelfde stem, die den redenaer reeds had onderbroken. « Zullen wy de gelegenheid nu laten voorbygaen om regt te doen over hun verraed ? »

Artevelde scheen niet zeer door deze driftige vragen ontsteld; hy keerde zyn oog zelfs niet naer den kant van waer ze hem werden toegestuerd, en antwoordde er met volle koelheid op alsof dezelve in zynen eigen geest waren ontstaen.

« En wat de Leliaerds betreft, ik zeg : de Gemeente heeft geene magt op de denkwyze harer poorters; de daden alleen, indien zy het algemeen belang vyandig zyn, vermag zy te straffen. Er bestaen wetten; zyn ze niet streng genoeg, wy zullen ze strenger maken; en het zal den Schepenen van den Gedeele toebehooren, regt te doen over aenslagen tegen Land en Vryheid gelyk over elke andere misdaed.

« Verstaet my wel, vrienden; indien gy mynen raed volgt, gaet het oude Gent een voorbeeld geven, dat de bewondering tot in latere eeuwen opwekken moet. Wy gaen alle onze banden breken, de vryheid op eenen onwrikbaren autaer verheffen, den hongersnood verjagen en honderd duizend Goedendags tot beschutting in onzen grond planten. Andere volkeren, minder dan wy aen vryheid en aen regt gewoon, zouden, om zulk werk te wrochten, stroomen bloeds vergieten en als losgebroken tygers woeden, tot dat de vryheid, mishandeld en besmeurd, hun zelven eenen walg inboezeme! Wy, integendeel, wy versmachten de slaverny onder het eenvoudig woord : wy willen! Verdrukte slaven gaen wy slapen, magtige vrye burgers staen wy op; — en, om die reuzenpooging te volvoeren zal er geenen enkelen stoot gegeven, geen enkel scheldwoord gesproken zyn! Zoo is het, dat op den geboortegrond der volksmagt en der vryheid, de verlossing moet worden verkondigd!

« Nog een woord. Mher Geeraert Denys, in zyne krachtige aenspraek, heeft u gezegd dat de Opperhoofdman, dien gy kiezen zult, een man behoeft te zyn met stalen gemoed en yzeren arm; een man die, waer het nood geeft, zyn bloed en het bloed van anderen durft vergieten...... Inderdaed, gezellen, waer het nood geeft, maer elders niet. Zoo begrypt Mher Denys het voorzeker ook. Zyn raed is aldus een wyze en goede raed, dien ik u bidde te volgen : kies u zulken man tot aenleider uwer scharen, gy zult wel doen. Nochtans acht ik het hier noodig, u te herinneren wat uw Opperhoofdman, als Wethouder, zyn zal. Hy zit krachtens regt met de Schepenen van der Keure in den Raed; maer bedrieg u niet over zyne magt : hy is, in alles wat hy doet of bevelen wil, onderworpen aen de beslissing der zelfde Schepenbank; hy is uw veldheer, niet het hoofd der Gemeente; hy moet, gelyk de laetste burger, gehoorzamen aen de beslissingen der Wet van Gent.

« Men heeft ook gezegd, dat de arme gezellen der Neeringen nog veel lyden zullen eer de beloofde wol naer Vlaenderen kome. Vrienden, ik breng u eene goede tyding! Een aental ryke poorters, waervan er velen hier tusschen u tegenwoordig zyn, zullen morgen aenzienlyke gelden in de kas der Gemeente in leening storten; het beloop dezer krachtdadige hulp is grooter dan iemand zou durven hopen. Van morgen vroeg afaen zullen de Vinders der Neeringen ten huize van elken ambachtsman gaen en hem geven wat hem behoeft om met vrouw en kinderen vrolyk te wachten naer werk en neering. Morgen vroeg ook zal een gezantschap naer Antwerpen, by den Graef van Gelderland gaen en van daer naer Dordrecht om er, op koste der Gemeente van Gent, alle de wol te koopen die er in den stapel moge worden gevonden. Deze wol zal aen de burgers in leening worden uitgedeeld : men zal ze betalen in betere tyden [1].

« En nu, vrienden en gezellen, zyt gy bereid om uwe Wethouders en de Hoofdmannen die gy kiezen gaet, in alle gevaer met bloed en goed by te staen? Stemt gy toe in hetgeen men ondernemen wil tot onze verlossing? Welaen, doet als ik : heft de hand tot God als den eed der broedertrouw en der eendragt onder ons! »

Onmogelyk ware het te beschryven wat er onder het volk omging, toen Artevelde dáér, met de hand ten hemel, de Verlossing van Vlaenderen scheen te bezweeren. Onder den invloed zyner stem had de vergadering met verengden boezem geluisterd en stille tranen van vervoering gestort; maer nu de redenaer zelve haer uit hare diepe bewondering opriep, gingen eensklaps de duizende handen in de hoogte en een razend gejuich steeg boven de menigte, die, als de baren eener woeste zee, door elkander woelde en wemelde. Het was een dol getrappel met voeten : zulk onafhoudend geschreeuw van Heil den Wyzen Man! Vryheid en Neering! Vlaenderen den Leeuw! Houdt vlaemschen moed! dat men hooren noch zien kon.

[1] « De blydschap der Ambachten klom ten top wanneer het bestuer der Gemeente het vaderlandsch besluit nam de eerste aenkoopen van wol op zyne kosten te doen. »
« Eene overeenkomst, waerby de Gentenaren oorlof kregen om wol te koopen in den stapel te Dordrecht. » P. A. LENZ, pag. 287.

Artevelde, om zich aen de huldebewyzen zyner stadgenoten te onttrekken, had zich in de abtdy der Byloke begeven.

Daer het nu byna donker was, verlieten welhaest geheele hoopen volks het plein om over de Oordeelbrugge de stad binnen te trekken. Men kon, aen het opstygende Vryheid en Neering! hooren hoe verre de menigte op haren weg gevoorderd was, en het duerde niet lang of dezelfde roep dreef als eene onweêrsvolk boven de gansche stad.

Onmiddelyk na dat Artevelde, onder de algemeene toejuiching, den Lindenboom verlaten had, was Geeraert Denys door het volk beengedrongen en had de Byloke verlaten, zonder zelfs zynen zoon Lieven van zyn vertrek te verwittigen. De Overdeken was alzoo de terugkeerende menigte vooruit en kon zonder belemmering zich voortspoeden tot aen de Fremineurenbrug [1], waer hy de Leije overging. Hy stapte verder over den Kouter, eene soort van weide, die doorkruist was met vele voetpaden [2]. Welhaest keerde hy om den hoek der Dagstege en zag alsdan, in de halve duisternis, de Walpoort, met hare zwarte muren en hooge gebouwen, op den half donkeren hemel zich uitlossen.

De Walpoort [3] was eene der versterkte stadspoorten van Gent; op de beide hoeken, langs de uitzyden, verhieven zich twee hooge torens, te samen verbonden door de muren van een groot en plomp gebouw,

---

[1] N° 47 der kaert; nu Recollettenbrug.
[2] N° 49 der kaert.
[3] N° 50 der kaert. « Deze poort wierd meest gebruikt om er stadsengienen of oorlogstuigen te bewaren. » *Aenwyzing over het plan van Gent*, in VAERNEWYCK's laetste uitgave, bladz. 15.

waëronder de opening der poort uitgespaerd was. Hier bewaerde men de engienen of oorlogstuigen der stad, zoo als den grooten boog van Gent, de springhalen, blyden en stormrammen. De Stadsribauden, met hunnen Koning of Hoofdman, woonden er om de engienen te bewaren [1]. Deze Ribauden, slechts vier-entwintig in getal, waren de eenige betaelde Soldeniers welke de stad Gent in vredestyd in haren dienst hield. Als het leger uittrok moesten de Ribauden de wagens met mondbehoeften en het krygstuig vergezellen; maer, in Gent teruggekeerd zynde, veranderden hunne pligten : hier moesten zy de slechte herbergen, badstoven en huizen van ontucht bewaken en het oog houden op bedelaers, landloopers, dieven en moordenaers; in een woord, op al wie het poorterregt niet genoot en, uit dien hoofde, onder Ribaudenregt stond. Ter oorzake van hun ambt waren de Ribauden van 's morgens tot 's avonds, en dikwils ook des nachts, in taveernen en bierhuizen te vinden; men kende hen als de grootste drinkers van Gent; maer tevens ook als de vrolykste gezellen, altyd

---

[1] « Item den Coninc van den Ribauden en XXIIII ghesellen. » *Stadsrekeningen van Gent*, anno 1337-38.

« De wacht der troswagens is toevertrouwd aen eene bende vrolyke gezellen, die zich vergaderen rond eene vlagge van Canewaet; de overste dezer Ribauden is Muggelin, hun koning. » P. A. LENZ, *Nouvelles archives*, page 293.

« In zyne kronyk van 1307, duidt de abt van St.-Marten, onder den naem *Ribaldi*, zekere gewapende lieden aen, door de Gemeente onderhouden tot het handhaven der openbare tucht..... De wethouders van Doornik gaven in 1338 eene verordening, waerby den koning der Doorniksche Ribauden tamelyke magt werd toegekend. Onder andere, was 'hy belast met de bewaking der wyk waer de huizen van ontucht gelegen waren. » CHOTIN, *Histoire de Tournay*, 1840, vol. I, page 293 et 294.

gereed tot lachen, zingen en slempen. Hun hoofdman voerde den eertitel van koning, die waerschynelyk in vroegere tyden uit spot aen dit ambt gehecht was geworden; doch nu, zelfs in schepenbrieven en andere oorkonden, erkend en gebezigd werd.

Geeraert Denys stapte tot onder het welfsel der Walpoort en klopte daer ter linkerzyde aen een zwaer deurken. Een Ribaud hem geopend hebbende, vroeg hy:

« Is Mher Muggelyn, uw koning, hier? »

Op het bevestigend antwoord des Ribauds, zegde de Overdeken:

« Leid my tot uwen koning, ik moet hem spreken. »

Terzelfder tyd stak hy een geldstuk in de hand des Ribauds, die hem haestelyk langs eenen duisteren steenen trap naer boven bragt. Hier eene deur openstootende, sprak hy:

« Treed daer binnen, meester; gy zult er den koning vinden. »

De Ribaudenkoning zat in het diepe der kamer by eene groote yzeren lamp, op eenen slechten stoel, en was bezig met aen een paer oude beenkoussen te naeijen. Een zware stoop stond voor hem op eene tafel, en daerby een ledige glazen beker.

Deze zonderlinge koning droeg op zyn aengezigt de onmiskenbare bewyzen van een woest leven en van overdadige slempery. Neus en wangen waren hem glansend rood, als gevlekt en met plaetsen verpurperd; een dierlyke lach, zonder gevoel noch fynheid, zette zyn gelaet iets terugstootends by; terwyl zyn laeg en overhangend voorhoofd, met zyne oogen byna gansch te verbergen, eene onedele en baetzuchtige slimheid scheen te verraden. Overigens was hy lang van gestalte en zeer sterk van leden.

Zoohaest hy den Overdeken erkende, riep hy, zonder zynen arbeid te verlaten :

« Zie, Mher Geeraert Denys! Wat is er gebeurd, dat gy den Ribaudenkoning in zyn hof ter Walpoort komt bezoeken? Neem eenen stoel en zit neêr. »

« Welnu, Muggelyn » sprak de Overdeken « het is geschied gelyk gy het my dezen middag by de Ketelpoort hebt gezegd. »

« Oh, ik wist het wel. Niet waer, dat men Hoofdmannen kiezen gaet? »

« Inderdaed. — Het zou nog zoo erg niet zyn; maer er zyn eenige onverstandige poorters in Gent, die Jacob van Artevelde tot Opperhoofdman willen kiezen! Wat denkt gy van zulke onbegrypelyke dwaesheid? »

« Ah, ah, Mher Denys, het is my wel gansch onverschillig, wie er Opperhoofdman wordt; en my dunkt dat de Wyze Man misschien beter dan een ander dit ambt vervullen zou. »

« Maer, Muggelyn, hy is een bloode, die bevreesd is en achteruit zal wyken by het eerste gevaer. »

« Zoo! Gelooft gy dit inderdaed? »

« Voorzeker; hy heeft daer in de Byloke eene rede gehouden, waeruit genoeg blykt dat hy niet sterkmoedig genoeg is om aen het hoofd eener Gemeente te staen gelyk de Gemeente van Gent. »

« Dat moet men eerst zien, Mher Denys; en in alle geval, wat raekt het my? »

« Hoe, Muggelyn, wat raekt het u? Indien gy overtuigd waert, dat men den voorspoed en de vryheid der Gemeente gaet verspelen; indien gy wist dat een heerschzuchtige bedrieger het volk misleidt om zich zelven boven zyne medepoorters te verheffen, zoudt gy dan niet met verontweerdiging opstaen, en werken om het vaderland te redden? »

« Ja, Mher Denys » schertste de Ribaudenkoning « ik zou toch niet opstaen voor dat myne beenkoussen genaeid zyn. »

« Neen, neen » hernam Denys « gy spreekt niet uiterharte, Muggelyn. Het vaderland eischt, dat alle goede burgers waken en werken om eenen verderfelyken aenslag te doen mislukken, en gy zult ook uwe hulp niet weigeren tot het volbrengen van dien heiligen pligt. »

De Ribaudenkoning bezag den Overdeken met eenen halven spotlach en antwoordde:

« Ach, Mher Denys, hoe wilt gy den armen koning Muggelyn van vryheid en eer der stad Gent komen spreken, terwyl hy zyne beenkoussen aen 't lappen is, en sedert anderhalf uer voor eenen ledigen stoop zit te treuren? De Weerd uit *den Hart* onder 't Belfroot heeft nog wel een half jaer aen my te goed; ik heb het reeds beproefd, hem met vryheid en roem en vaderland te betalen; maer de gierige schelm ontvangt die munte niet! »

De scherts en onbeschaemde hebzucht, waermede de Ribaudenkoning zyne woorden onthaelde, veroorzaekten aen Denys eene diepe spyt. Hy had meer begryp en slimheid in Muggelyn verhoopt; nu was hy verstoord, daer hy geen middel zag om deze samenspraek te leiden zoo als hy het hadde gewenscht.

« Alzoo, Muggelyn » sprak hy « is het nutteloos, in name des vaderlands en der vryheid uwe hulp te verzoeken? Het schynt dat deze edele woorden geene kracht hebben op uw gemoed? »

« Van alle de woorden die men spreekt zyn er maer

vier meer die ik goed begryp » antwoordde de Ribaudenkoning « het zyn : geld, dobbelsteenen, vrouwen en wyn.
— En voor het eerste wil ik de dry anderen er nog by vergeten, want men kan ze er toch altyd mede bekomen....... Maer, Mher Denys, waerom zoo vele omwegen gebruikt tot hetgene gy my zeggen wilt? Kom, kom, spreek regt uit : gy zyt toch niet naer myn Hof ter Walpoort gekomen om my over zulke onbeduidende dingen te onderhouden! »

« Het zy zoo » sprak de Overdeken met spyt « gy zyt geen Gentenaer, Muggelyn; diensvolgens moeten u de roem en de voorspoed onzer stad niet zeer diep treffen; met my is het eventwel anders gesteld. Myn hart klopt van verontweerdiging, als ik zie dat men het geluk zyner geboortestad aen zyne heerschzucht wil opofferen; en ik ben bereid, geld noch moeite te sparen om de goede zaek te redden. »

« Ik begin te verstaen » zegde Muggelyn grimlachend.

« En vermits gy weinig houdt van schoone spreuken, zoudt gy waerschynelyk uwe hulp niet weigeren indien er dertig pond aen te verdienen was? »

Op het hooren dezer woorden liet Muggelyn van verrassing de beenkoussen van zyne knien vallen, en zyne oogen begonnen ongemeen te blinken.

« Ik heb niet wel begrepen » zegde hy.

« Dertig pond » herhaelde Denys « maer op voorwaerde dat de Gemeente gered worde. »

« Dertig pond! » morde de Ribaudenkoning.

« Verdubbeld jaergeld en vier-en-twintig onderdanen meer! » voegde de Overdeken by zyne eerste belofte, terwyl hy reeds metterdaed eene handvol geld op de tafel legde.

« Dat heet spreken! » riep de Ribaudenkoning met blydschap opstaende en de hand van Denys drukkende. « Het is wonder hoe myn verstand zoo eensklaps kan opengaen; nu versta ik heel goed wat gy wilt. — Laet zien. Men gaet Hoofdmannen kiezen, gelyk ik u reeds dezen morgen heb voorzegd; de Hoofdman, die in St.-Jansparochie gekozen wordt, is Opperhoofdman [1] : — zoo is het altyd geweest en zoo zal het nog zyn. — Gy, Mher Denys, gy woont in St.-Jansparochie; gy zyt er de rykste burger, Overdeken der Neeringen van Gent, magtig door invloed, maegschap en vrienden; gy zyt bekend om uwe vaderlandsliefde, uw ballingschap getuigt ervan. Diensvolgens zoudt gy, naer regt en rede, Opperhoofdman moeten zyn; maer, by ongeluk, woont ook in St.-Jansparochie een man dien gy niet lyden kunt [2], een schelm, een scheinheilige, een heerschzuchtige bedrieger, een volksverleider, een verrader, een gierigaerd, die Artevelde heet en gevaer loopt van Opperhoofdman te worden gekozen. Dat is het, niet waer, Mher Denys? Ho, ik begryp de zaek gansch goed! »

De Ribaudenkoning lachtte met zelfgenoegen, gelyk iemand die van de geveinsdheid zyner woorden overtuigd is, en wil toonen dat hy zich zelven ten minste niet bedriegt. Deze lach deed het rood der schaemte op het voorhoofd des Overdekens klimmen; hy bedwong zich nochtans en antwoordde met gemaekten lach :

---

[1] « De goede lieden van Gent waren te samen geroepen in hunne wederhoorige parochien om vyf Hoofdmannen te kiezen. De Hoofdman van St.-Jansparochie had het opperbevel der gemeentelyke krygsmagt onder het opzigt der Schepenen. » P. A. Lenz, bladz. 280.

[2] « Gerard Denis était un ennemi personnel d'Artevelde. » E. Gens, *Histoire du Comté de Flandre*, tom. II, page 134.

« Ja, zoo is het byna. »

« Wanneer kiest men de Hoofdmannen? » vroeg de Ribaudenkoning.

« Op St.-Pharaildis avond, volgens het zeggen der Schepenen die in de Byloke waren. »

« Alzoo binnen zes dagen! De tyd is kort, Mher Denys. »

« De belooning is zoo veel te schooner, Muggelyn. »

« Inderdaed, gy zyt een edelmoedig man, en, op zulke voorwaerde, zou ik door het vuer vliegen om u van dienst te zyn; want ziet gy, Mher Denys, de Gemeente geeft my eene jaerwedde, die wel toereikend zou zyn om my hier, in myn hof ter Walpoort, met boonen en rapen vet te maken; maer zy heeft vergeten dat, van 's morgens tot 's avonds de anderen te zien drinken een gevaerlyk voorbeeld is. Daerom moet ik zelve myne beenkoussen naeijen, en van dorst schier verstikken by myn werk. »

« Help my de stad voor de aenslagen van eenen heerschzuchtigen behoeden, en zoo wy gelukken, zal u niets ontbreken om altyd vrolyk te kunnen zyn. Gy hebt veel invloed onder het volk, gy kent de gezindheid van meest alle de ambachtsgezellen, de geheimen zelven der huisgezinnen..... Welnu, gy moet van dit alles gebruik maken om den keus van den eergierigen bedrieger te doen mislukken. »

« En u te doen kiezen. »

« Indien Artevelde door zyne listen my myn regt niet ontsteelt, kan het niemand zyn dan ik. »

« En Ser van Steenbeke? »

« Laet dien met vrede, Muggelyn, het is een bekende Leliaerd. »

« Hy heeft vele en magtige vrienden nochtans. »

« Het geeft er niet aen : van dien kant hebben wy nu niets te vreezen. »

« Goed, maer laet zien dan, wat zouden wy kunnen doen? »

« Ah, het verwondert my, Muggelyn, dat gy dit vragen kunt. Gy moet op staenden voet uitgaen, van taveerne naer taveerne, en overal geweld doen om de misleide poorters over hunne ware belangen te verlichten; gy moet uwe bekenden gaen vinden en u bedienen van alle degenen op wien gy invloed hebt...... Iedereen zeggen wat met zyne gedachten overeenstemt, en maken dat alle poorters overtuigd blyven, dat de keus van den heerschzuchtigen Jacob, zoo wel voor de Gemeente als voor elk poorter in 't byzonder, schadelyk zou zyn. Vlei den eenen in zyne gezindheid, verschrik den anderen over zyne belangen........ »

Hier hield Geeraert Denys zich in en bezag met wantrouwen en gramschap den Ribaudenkoning, wiens gelaet door eenen zonderlingen grimlach betrokken was.

« Sa, Muggelyn! » riep Denys « denkt gy uw geld te verdienen met den spot met den Overdeken der Neeringen te dryven? Of heb ik my bedrogen, en zyt gy een lompe zwetser, die zich magtig waent en nog geen verstand genoeg heeft, om te begrypen wat men doen moet om de oogen des volks te openen? »

« Wat vliege steekt' u daer zoo plotselings, Mher Denys? » zegde de Ribaudenkoning zonder zich te ontstellen. « Ik spotten? Wel St.-Lieven! Ik bewonder u integendeel : gy zyt een ervaren meester in het vak van het volk over zyne belangen te verlichten! Begryp ik u niet? Ik moet overal gaen zeggen en bewyzen dat Jacob Van Artevelde een heerschzuchtige bedrieger is;

dat hy het volk uit eigenbaet opruidt, en dat men dom en gek zou handelen indien men zich aldus door eenen grootspreker verleiden liet? »

« Dat hy geenen moed heeft, Muggelyn, en by het eerste gevaer de Gemeente zal laten steken. »

« Dat hy in 't geheim met de Leliaerds is aengespannen en den kleinen ambachtsgezel nog lager drukken wil dan hy nu gezonken ligt? »

« Ah, Muggelyn, er moet met voorzigtigheid te werk gegaen worden. Het is voorzeker niet aen u, die ondervinding genoeg hebt, dat ik leeren moet hoe men, om zyn vaderland en de vryheid te redden, niet kinderachtig genoeg mag zyn om al te nauw op de middelen te zien die men gebruikt tot een goed werk. »

« Begrepen, meester; aen de Leliaerds zal ik zeggen, dat hy het geheim inzigt heeft, onzen graef te onterven en de goederen der ridders te verbeuren. »

« Ja, Muggelyn, aen de Engelschgezinden dat hy het Land van Vlaenderen den koning aengeboden heeft te leveren indien men hem Maerschalk van Vlaenderen wil maken. »

« Dat is het. Aen de Franschgezinden, dat hy Vlaenderen aen Engeland verkoopen wil. Nutteloos, Mher Denys, dat gy my nog langer daerover spreket : het middel, dat wy gebruiken gaen is zoo oud als de wereld; en men zou wel van gisteren eerst moeten geboren zyn om het niet te kennen. Wie er het slagtoffer van wordt noemt het laster en eerroovery; maer in den grond is het slechts een wapen, waervan men zich bedient als de vyand te groot en te magtig is..... Wel verstaen, niet waer, dat ik van u alle goed moet zeggen, en bewyzen dat gy alleen in Gent den noodigen moed, rykdom en volksliefde bezit om met eere en voordeel Opperhoofdman te zyn. Dit zal niet moeijelyk vallen; want, zonder u te vleijen, Mher Denys, er ontbreekt u niets om een weerdig en bovenal een doortrapt Veldheer te zyn. Maer er is hier maer een ding dat my in het hoofd speelt: denkt gy dat men my en myne uitgezondenen zal gelooven, als wy zulke tegenstrydige waerheden van den Wyzen Man vertellen zullen? »

« Laet u dit niet wederhouden, Muggelyn. Men gelooft de woorden niet; maer zy doen de gedachten wankelen, zy storten mistrouwen in het hart en vernietigen in alle geval de genegenheid, die men iemand toedroeg. — Zes dagen is weinig, inderdaed; maer voor een man gelyk gy, Muggelyn, moet die tyd toereikend zyn om eenen bedrieger te ontmommen en hem aen ieder te toonen zoo als hy is. »

« Het is goed, meester, ik zal doen wat ik kan. Intusschen zult gy zelve niet slapen, hoop ik: gy hebt zoo vele vrienden en bekenden die belang hebben in uwe verheffing! »

« Bekreun u daer niet over: de moed en de krachtdadigheid zyn deugden, die my niet zoo vreemd zyn als aen den eergierigen dien wy bevechten gaen.... Nu, Muggelyn, doe met haest uwe huike aen en verlies geen oogenblik tyds. Morgen, by het vallen van den avond, zal ik wederkomen; en indien ik kan bespeuren dat wy veld gewonnen hebben, zal ik u nieuwen moed komen brengen? »

« Dat is wel het voornaemste, Mher Denys » zegde den Ribaudenkoning met nadruk « men heeft zooveel invloed als men zyne woorden door gegeven wyn staven kan. »

« Alzoo tot morgen, doe uwe best, Muggelyn, en blyf met God! »

De Ribaudenkoning vatte de lamp en lichtte den Overdeken den trap af. Toen hy in de kamer terugkeerde morde hy lachend :

« Dit is geen kleine scheinheilige! maer het geeft er weinig aen, al ware hy de duivel zelf. Het is eene vette koe die op mynen meersch [1] is komen staen, en vraegt om gemolken te worden. Goed, goed, het is een ambacht dat wy kennen. Dertig pond! ah, Muggelyn, dat ware een leven! maer, vriend, het is ditmael geen spek voor uwen bek. Het zou gemakkelyker zyn, de Leije ledig te drinken dan den Overdeken Opperhoofdman te doen kiezen......... en denkt hy den Ribaudenkoning dwaes genoeg om in het openbaer te werken en te schelden, tegen iemand die, binnen zes dagen, hem zal kunnen maken en breken en hem waerschynelyk uit den lande zou doen jagen? Neen, neen, ik zal den vogel zonder dat wel plukken; hy schynt my blind genoeg om alles te gelooven wat ik hem zeggen zal. Laet ons in alle geval eens gaen zien wat het volk zoo al denkt en zegt over deze zaek........ »

Met deze woorden gordde de Ribaudenkoning zyn zweerd aen, wierp de huike over het hoofd, wikkelde zich in eenen ouden mantel van bruin laken en daelde den donkeren trap af om zich naer het midden van St.-Jansparochie te begeven.

[1] Weide.

III.

In de Kerkstraet, nevens St.-Janskerke [1], stond een nieuw opgebouwd huis, hetwelk misschien het eenigste in Gent was dat zoo klaerblykend den hoogmoed aenduidde, dien eenige verrykte burgers alsdan begonnen te toonen. Men mogt het geen Steen noemen, en echter zou een vreemdeling het nooit voor de wooning eens burgers aenzien hebben. Inderdaed, het had een tweevoudig voorkomen: ofschoon uit zware brokken schelfersteen opgemetseld

---

[1] No 60 der kaert. Nu *St.-Baefs* genaemd en hoofdkerk van Gent. Deze kerk werd den 17 mei 941 ingewyd. Het is eerst na dat keizer Karel V de oude St.-Baefskerke, in 1540, had doen afbreken om het kasteel te bouwen, dat het collegie van St.-Baefs naer de St.-Janskerke werd overgebragt en dat zy van naem veranderde. Voisin, *Guide de Gand*, page 171.

In ons werk moet men dus altyd door *St-Janskerke* en *St-Jansparochie* de tegenwoordige *St.-Baefskerke* en *St.-Baefsparochie* verstaen.

en van eene aenzienlyke grootte, had men er de vormen
der gewoone huizen van Gent in bewaerd, met vensters
laeg aen de straet geplaetst om de voorkamers tot winkels te kunnen gebruiken; en op den gevel talryke
versierselen, die men niet op de echte Steenen aentrof.
Eventwel, aen de beide hoeken des gebouws had men,
door uitstekend metselwerk, twee drommers of ketels
nagebootst, zoo als de ridderlyke wooningen er aenboden; met dit verschil nochtans, dat zy hier slechts
op hun vierde uit den gevel zich verhieven en niet met
schietgaten waren doorboord.

Onmiskenbaer moest dit huis toebehooren aen eenen
burger, die, in zyne waen, zich eene ridderlyke wooning had willen geven, doch door eene soort van
schaemte weêrhouden was geweest van zich geheel en
gansch boven zynen stand te verheffen. Daerom was
dees huis een mengsel van adelyken en burgerlyken
bouwstyl; het won er in alle geval niets in schoonheid by, want het was als overladen met smakelooze
versierselen, die nog meer dan alle het overige bewezen
dat de eigenaer voor eenig doel had gehad, anderen in
pracht te overtreffen en aldus eenen ongemeenen rykdom
te toonen. — Boven de ingangdeur prykte het wapen der
Weversneering: een rood schild met zilveren leeuw, tusschen twee gulden schietspoelen, — en daeronder, in
groote letteren, het opschrift : « Geeraert Denys, meester
wollewever. »

By dit zonderling huis [1] verhief zich de schoone
St.-Janskerke met haren zwaren toren; het kerkhof
liep er nevens, en van uit de vensters kon men byna

---

[1] N° 63 der kaert.

loodregt op de graven zien, alsook op het beenderhuisje waer eenige honderde doodshoofden in den kerkmuer gemetst waren.

Binnen in het huis ontving men denzelfden indruk als buiten : de voorkamers waren opgevuld met stukken laken van allerlei kleur en weerde; in de achterkamer blonk alles van rykdom : de zetels waren er bekleed met corduaensch leder of met fluweel, en afgezet met gulden nagelen; de tafels en de verdere staende huisraed boden er, op alle hunne deelen, fraei gesneden beeldwerk aen.

Weinige dagen na de byeenkomst der Byloke, op eenen laten namiddag, bevond Lieven Denys zich met zyne moeder in de achterkamer hunner prachtige wooning. Alles wat deze eenvoudige vrouw omringde stak wonderlyk af by haer echt burgerlyk voorkomen en nederige kleeding. Alhoewel zy hier als meesteresse gebood, zou men haer veeleer voor eene dienstmeid aenzien hebben. Zy zat op eenen dier kostelyke stoelen, onder den schoorsteen, aen een ronkend wiel vlas te spinnen, terwyl haer zoon daerby aen eene tafel bezig was met eenige rekeningen op te tellen.

« Wat is het gelukkig, Lieven » sprak de moeder « dat gy in St.-Baefsstede ter Magister's schole gegaen hebt [1]. Er zyn weinige Klerken [2] die zoo goed schryven en rekenen kunnen als gy. En wy mogen er den Hemel

---

[1] N° 100 der kaert. Het was eene openbare schole, waer men de kinderen der poorters onderwees. (A. De Bast, mondelingsche mededeeling).

[2] De Geestelyken noemde men alsdan *Klerken* en de wereldsche persoonen *Leeken*.

wel voor bedanken; want als gy de zaken niet bezorgdet zou het altemael gauw in de war zyn. Uw vader — die hoogmoedige zot — ziet naer niets meer om. »

« Waerom zou hy het doen, moeder? » antwoordde Lieven. « Hy heeft zyn gansch leven gezorgd en gearbeid : het is redelyk dat hy nu wat ruste; en vermits ik er toe bekwaem ben? »

« Heb ik het van myn leven gezien! » hernam de moeder « dat gaet daer, in de Byloke, spreken en razen over zaken, waer hy zoo veel van kent als myn onnoozel spinnewiel! Hy heeft het geld met zuren arbeid gewonnen, het ware beter dat hy er nu het zyne van name zonder naer leed en hoofdbrekery te zoeken. Dat doet zich bannen gelyk een schelm, om zynen vryen zeg te hebben over dingen die ons niet aengaen! »

« Oh, moeder, gy spreekt altyd zoo; maer het is om te lachen, niet waer? Het is toch de pligt van elken goeden poorter, de Gemeente nuttig te zyn als hy kan. Myn vader heeft nu middelen en tyd in overvloed. Wat kan hy dus beter doen dan tot het algemeen welzyn mede te werken? »

« Ik weet wel, Lieven, dat men by u slecht gekomen is als men van vader niet altyd schoon spreekt. Dit vereert u, kind; maer ik ken hem zoo lang; ik weet zoo goed wat er in zyn hoofd steekt en wat er niet in steekt! Het ware beter, dat gy my uwe hulp verleendet om hem van zyne grillen te genezen; want zyt zeker, gelyk hy nu bezig is, zal hy nog ergere dwaesheden begaen dan zich uit den lande te doen bannen. »

« Neen, neen, moeder, gy vreest ten onregte : vader is wel opvliegend en haestig, maer het ontbreekt hem ook niet aen voorzigtigheid en wys beleid. — En bragt hy zich al eens in gevaer, het zou uit vaderlandsliefde en uit vryheidszucht zyn : dit is toch loffelyk. »

« Ta, ta! » zegde vrouw Denys de schouders ophalende « ik weet niet waer gylieden de woorden haelt om dit gekke spel te verbloemen. Zeg my eens, byvoorbeeld, waerom uw vader nu sedert zes dagen van 's morgens tot 's avonds te been is en na den avondeten als een vervolgde dief den huize uitloopt, om geheele nachten weg te blyven? Zyne oogen staen hem gansch verwilderd in het hoofd, hy slaept van vermoeidheid waer hy zit. En gy gelooft dat het enkel uit vaderlandsliefde is, dat hy zich dus afmat en zyne gezondheid verspeelt? »

« Maer, moeder, er zyn groote dingen op handen; dit weet gy wel. De geheele stad loopt met dezelfde hardnekkigheid; er moet gezorgd worden, dat het volk zich in zynen keus niet bedriege en dat de Hoofdmannen bekwame en moedige poorters zyn. — Nog één uer en ieder zal den uitslag der kiezingen kennen. Welnu, dan zal alles weder vreedzaem en stil worden. Het zyn tyden van gisting en van driften. »

« Wel, Lieven » riep de moeder verwonderd « wat zyt gy nog onnoozel, jongen! Weet gy waerom uw vader zyne beenen verslyt en nog in geene vyf nachten een oog heeft kunnen sluiten? Hy beeldt zich in, dat hy Hoofdman van St.-Jansparochie zal gekozen worden! »

« Opperhoofdman? » vroeg Lieven met ongeloof.

« Opperhoofdman, ja! » antwoordde vrouw Denys « maer ik vraeg het u eens, of dit geene gekke waen is, dewyl het niemand zyn kan dan Mher Jacob Van Artevelde. Dit hoort men immers genoeg in de gansche parochie verkonden? »

« Wat gy daer van vader zegt is onmogelyk, moeder.

Niet dat hy dit ambt niet zoo wel als iedereen bekleeden zou, en geene regten hebbe om zulk teeken van het algemeen vertrouwen te bekomen; maer hy weet voorzeker dat geen andere dan de Wyze Man zal worden benoemd. Wat in de Byloke is omgegaen laet niemand toe er aen te twyfelen. Zoo wy in eene der vier andere parochiën woonden, zou ik zelve gelooven dat vader Hoofdman zou zyn; — maer Opperhoofdman? Wees zeker, moeder, hy denkt er niet aen. »

« En ik zeg u, Lieven, dat hy er naer brandt! Met u spreekt hy daer niet over; want hy bemint u zeer, en weet dat het u bedroeven zou; misschien denkt hy, dat gy de zaken reeds te diep begint in te zien; my integendeel aenschouwt hy als eene onnoozele sloore, en hy zegt my hier en daer al een woord, dat my gemakkelyk merken laet waer de schoen hem wringt. Als hy nu maer, in zyne opvliegendheid, geene dingen zegt of doet die Veerle's vader met regt verstooren mogen! »

« Ach, neen, moeder » zuchtte Lieven met droefheid « het zal niet gebeuren. »

« Wie weet, Lieven? Maer dat hy de zaken langs dien kant door zyne gekke lichtzinnigheid in de war brenge, en hy zal weten met wien hy te doen heeft! Ik worde deze grillen moede, kind; er moet een einde aen komen. Sedert dat wy onzen ouden winkel in de Lange Munte verlaten hebben, om, tegen myne goesting, in dezen Steen te komen woonen, is ons huis eene hel van ontevredenheid en verdriet geworden; uw vader is ziek, Lieven; hy heeft de dolle koorts in het hoofd; — en als ik hem genezen kan, het zy hem lief of leed, dan zal ik het niet laten! »

Eensklaps stond Lieven met verrassing regt voor zynen

stoel, om op eene stem te luisteren, welke in den winkel onbeschofte woorden tot de dienstmaegd sprak; maer eer hy eenen stap kon doen om de oorzaek van het gerucht te kennen, verscheen er in de achterkamer een persoon, die stoutelyk vooruit kwam terwyl hy zeer snel tot zich zelven zegde:

« Sa, het schynt dat myn vriend Geeraert zyne dienstboden niet geleerd heeft, wat zy eenen koning verschuldigd zyn! My laten wachten tusschen die domme hoopen lakens! Ware het nog by eenen stoop wyn! Ah, van wyn gesproken, ik geloof dat de Overdeken op dees uer schrikkelyk dorst moet hebben: als hem de keel nu niet brandt, kan hy wel zyn gansch leven blyven zonder drinken........ »

Lieven en zyne moeder bezagen met eene soort van grammoedige nieuwsgierigheid dengenen die, aldus mompelende, met de hand in de zyde en zwymelende tot hen naderde.

« Wat wilt gy van ons? » vroeg Lieven op eenen toon die genoegzaem liet blyken dat het bezoek hem niet aengenaem was.

« Ah! ah! » lachtte de andere « zou ik van gedaente verwisseld zyn zonder het te weten, dat men den vrolyken Ribaudenkoning niet meer kent? »

« Wel nu, wat verlangt gy? » herhaelde Lieven.

« Indien ik my niet bedriege zyt gy de zoon van mynen weerdigen vriend Denys » sprak de Ribaudenkoning met zynen bestendigen lach « uw vader is alzoo niet hier? »

« Neen, neen » riep de moeder « hy is niet hier; als gy hem spreken wilt, dan kunt gy maer binnen een paer uren komen aenkloppen. »

« Ah, gy gelooft dat ik hem noodig heb? » hernam de half dronke Muggelyn « Hy is het die my noodig heeft. Ik neem hier eenen stoel, vrouwe; en terwyl ik wacht dat hy wederkeere, zou ik wel iets of wat drinken; want ik heb schrikkelyken dorst van al dat loopen en razen voor onzen vriend. Vul den stoop maer goed, ik zal u wel tweemael bescheed doen.

> « Ic sach nie so rooden mont
> « Ocht ooc so minlike oogen,
> « Alsi heeft, die mi heeft gewond [1].

Kom aen, den stoop : ik zing u het gansche lied; het zal den tyd verkorten! »

Vrouw Denys stelde hare twee handen in de lenden en meende den Ribaudenkoning met eenen hoop scheldwoorden den huize uit te jagen; maer nu zag zy haren zoon plotselings verbleeken en van gramschap staen beven als een riet. Zy weêrhield zich en naderde tot Lieven om hem te bedaren; maer de jongeling riep met bedwongene woede tot den verwonderden Muggelyn :

« Ribaud! Gy zyt hier gekomen zonder oorlof en gy blyft er tegen onzen wil. Weet gy welke straf er op staet, aldus de wooning van eenen vryen poorter van Gent te schenden? »

« Is dit de wyn of ten minste het bier dat gy my schenken gingt? » schertste Muggelyn.

« Er valt niet te spotten » ging Lieven voort « ik zeg het u geene tweemael. Vertrek spoedig of ik hael getuigen van hetgeen hier omgaet. Diensvolgens, Mher Muggelyn, indien gy niet verlangt dat de Schepenen van den Gedeele

---

[1] Begin van een minnelied door Hertog Jan I van Braband, omtrent 1270, gedicht. Zie WILLEMS, *oude vlaemsche liederen*, pag. 18.

zich met de zaek bemoeijen, ga uwen weg en laet ons met vrede. »

« Welaen houdt uwen wyn, en mogt hy in edik [1] verkeeren! Maer laet my toch wat uitrusten; ik heb pyn in de beenen, jongeling; dat komt van in die vervloekte kiezing voor uwen vader te loopen....... Ay my! Hy zou my zulken stoel ten geschenke moeten geven, uw vader! »

De vertoornde jongeling kon zich niet meer inhouden en deed geweld om uit de armen zyner moeder los te springen :

« Ah, gy lage Ribaud! » riep hy « wy zullen zien of gy eenen gentschen poorter ongestraft in zyne wooning zult blyven hoonen! Nog een oogenblik en ik doe u ter deur uitsmyten!...... Ga heen, zeg ik u! »

« Wel St.-Lieven! » riep de Ribaudenkoning opstaende « gy zyt noch barscher dan den weerd uit *den Hart* onder 't Belfroot! Ik, die my alleenlyk wat vermaken wilde, in afwachting dat onze vriend Denys terugkome! Het schynt dat gy geen jok verstaet, jongeling? 't Is goed, elk is meester in zyn huis; gy had niet noodig zulke groote oogen te trekken om my dit te herinneren. Zeg dan maer aen uwen weerdigen vader, dat de Ribaudenkoning Muggelyn hem in zyn Hof ter Walpoort zal verwachten, dezen avond ten zeven ure. — Ik zal hem den wyn weêrgeven, dien gy my zoo gulhartig voorgeschonken hebt! Weest gegroet en blyft met vrede! »

By deze laetste woorden was de Ribaudenkoning reeds de deur der kamer uit en trad nu met wankelende stappen op de straet.

Zoohaest hy verdwenen was viel vrouw Denys in

---

[1] Azyn.

verwonderingskreten uit en schold met gramschap op den onbeschoften Ribaud. Lieven zegde niets; hy legde het hoofd in de handen en bleef sprakeloos op zyn rekenboek in pynelyke overwegingen liggen.

Als de moeder, door eenen vloed van klagten en bedreigingen, haer hart wat ontlast had van de gramschap, sprak zy tot haren zoon op bitsigen toon :

« Wel nu, Lieven, wat zegt gy van dit bezoek? Is het niet heel vereerend voor ons, dat een Ribaud zich hier de vriend uws vaders kome noemen en van ons huis eene taveerne [1] make? Toen ik u zegde dat hy, door zynen zotten hoogmoed, van slecht in erger vervallen zou, dan had ik ongelyk, niet waer? Daer loopt nu de Overdeken der Neeringen van Gent met Ribauden! 't Is om door den grond te zinken van schaemte! »

« Moeder, het is valsch wat die dronkaerd gezegd heeft! » riep Lieven, 'het hoofd opheffende « myn vader moge den Ribaudenkoning kennen, daeraen is niets wonders; maer dat hy iets gemeens met hem hebbe, dit loochen ik : het is onmogelyk! »

« Goed, ik wensche dat gy u niet bedriege; maer wat beteekent dan het gezegde des Ribauds, dat hy in de kiezingen voor uwen vader geloopen heeft! »

« Vry staet het hem, in de kiezingen te loopen voor wien hy wil; daertoe heeft hy het oorlof myns vaders niet noodig. »

« En dan, dat hy uwen vader verwachten zal ter Walpoort ten zeven ure? Uw vader gaet alzoo somtyds in dat vuile Ribaudennest. Het is wat schoons, voor eenen poorter die van eerlyke ouders is voortgesproten! Maer dat hy

---

[1] Wynhuis, bierhuis.

te huis kome, en ik zal hem hekelen dat hem de oogen er van draeijen zullen, al moest alles weêr overhoop staen; ik zal hem leeren Opperhoofdmannen en Ribauden! »

« Verstoor u niet op voorhand, moeder » smeekte Lieven met weemoed « wy zullen het aen vader zelven vragen, en gy zult hooren dat de onbeschofte Muggelyn niet wist wat hy raesde. Waerom mynen vader verdenken op het enkel woord van eenen dronkaerd? Wy zullen niet lang meer wachten, want de kiezingen moeten nu omtrent afgeloopen zyn....... Hoor, de deur gaet open, daer is vader! »

De dienstmeid verscheen in de kamer en zegde :

« Vrouwe, daer is Mher Jan Calevoet, de deken der tykwevers. »

« Verzoek hem binnen te komen » antwoordde vrouw Denys met zigtbaer ongenoegen.

De dienstmeid vertrokken zynde, zegde zy tot haren zoon :

« Die Calevoet is ook een van die in St.-Jan-ten-dulle zitten moesten : by en uw vader zyn twee zotten in eene kapruin...... Hy komt uwen vader wat opstoken. »

Jan Calevoet trad binnen met eene gemeenzame doch koele buiging, wierp zyne huike af, nam eenen stoel en zette zich onder den schoorsteen, terwyl hy eene groetenis mompelde.

De deken der tykwevers was kort van gestalte en had in zyn gansch voorkomen niets dat de aendacht opwekken kon, dan ongemeen kleine oogen, een plat voorhoofd en groote dunne ooren die tegen zyne slapen schenen gekleefd te zyn. Men zou dit aengezigt alleenlyk aenzien hebben als het uiterlyk bewys van nietigheid en stompzin, indien niet zyne genepene lippen, zyn scherpe blik en zyne gemaekte houding in hem een mengsel van waen en domheid hadden laten raden.

Na zich op zyn gemak by het vuer gezet te hebben, riep hy vergramd :

« Ah, Ver [1] Denys, dat zal er niet by blyven! »

« Wat zal er niet by blyven? » vroeg de vrouwe.

« Ik zeg u, dat het er niet by blyven zal! » herhaelde de deken der tykwevers, met zynen voet in de assche stampende.

« Sa, Mher Calevoet » lachte vrouw Denys « tegen wie of tegen wat vaert gy dus uit? Wat gy daer zegt zou wel meer verstaenbaer voor ons kunnen zyn, als gy ons geliefdet te zeggen in wat doorn gy getrapt hebt. »

« In wat doorn? In eenen grooten doorn; maer het zal er niet by blyven, Ver Denys, zyt des zeker! — Zal Mher Denys niet haest gaen te huis komen? »

« Ja, dit zoudt gy beter moeten weten dan ik, want gy komt immers van de kiezingen? »

« Kiezingen! kiezingen! » riep Calevoet, op nieuw in de assche tredende « heet gy dit kiezingen, Ver Denys? Misleiding en kuipery van heerschzuchtige bedriegers : dat is het, anders niet. »

« Maer wil u toch verklaren, Mher Calevoet » viel Lieven hem in de rede « wy verstaen u niet. »

« Ah, gy verstaet my niet? Ik spreke Dietsch nochtans! »

« Het is in St.-Michielsparochie niet naer uwen zin gegaen » zegde vrouw Denys met ongeduld « dat begryp ik wel; maer het kan naer elks wensch niet uitvallen, en zy die mislukken moeten daer zoo zeer niet in gedaen zyn : het is de moeite niet weerd. »

---

[1] *Ver* Denys, verkort van *Vrouw* Denys, alsdan het gemeen gebruik.

« Het is de moeite niet weerd? Dit zullen wy hooren als Mher Denys te huis komt! Men schynt hem door vuige listen in St.-Jansparochie ook onderkropen te hebben : de Volders hebben, daer en overal, weder hunnen ouden haet tegen de Wevery uitgewerkt; maer het zal er niet by blyven, al moest Roeland in 't spel komen! Wat? men zal den deken der Wevers, den Overdeken der Neeringen van Gent, achteruit stellen voor eenen zwetser, die anders niets kan dan schoon spreken? In St.-Jansparochie zal men eenen anderen hoofdman dan Mher Denys durven kiezen? »

« Welnu, wat heb ik u gezegd? » vroeg vrouw Denys aen haren zoon « daer hebt gy het reeds : Mher Denys moet Opperhoofdman zyn. — Of ge het van uw leven hebt gehoord! »

Ziende dat Lieven, overwonnen en als beschaemd, de oogen nedersloeg, keerde zy zich tot Calevoet en sprak met spytige scherts :

« Het ware beter, Mher Calevoet, dat men mynen man gerust liete en zynen kop niet op den hol hielpe. Misschien wildet gy Hoofdman in St.-Michiels gekozen worden; het zyn uwe zaken, en als gy eene blauwe scheen loopt zou het wel dienen, dat gy zelf er zalf aen streektet, zonder hier Mher Denys te komen ophitsen en hem nog zotter te maken dan hy reeds is. »

« Ja, Ver Denys, indien Artevelde gekozen wordt, zult gy straks gaen zien wie er het meest vergramd zal zyn. Dan zal ik er nog als een schaep by Mher Denys uitzien. Verwacht u maer op een schrikkelyk onweder : hy is in staet om een ongeluk te doen van woede; — en hy heeft wel gelyk : zulken hoon ontvangt men niet, zonder dat ons het bloed van wraekzucht koke. »

« Ah, ah » lachte vrouw Denys « als dit waer is, ziet men u beide heden nog, hand aen hand, naer St.-Janten-Dulle wandelen; want op myn eerlyk woord, gy zyt alle twee zinneloos! »

« Ik weet wel, Ver Denys » zegde Calevoet verstoord « dat de vrouwen van der Gemeente zaken niets begrypen; ik doe beter over zulke gewigtige dingen te zwygen tot dat de Overdeken terugkome. — Uw spot zal hem noch my terughouden van voor vryheid en vaderland te doen wat er noodig is, al moest er leven en goed aen gewaegd worden. Het gaet toch te verre; men zou zyn hart opvreten als men het naziet. Een bloode grootspreker Opperhoofdman maken! Een heerschzuchtige, die niets zoekt dan de Gemeente in den afgrond te storten om zich zelven boven anderen te verheffen! »

Het rood des toorns beklom Lieven's voorhoofd; een bittere lach bewoog zyne lippen, terwyl hy vroeg:

« Van wien spreekt gy dus bedektelyk, Mher Calevoet? Wie is de heerschzuchtige op wien gy zoo onmeêdoogend scheldt? »

« Wie? » riep de deken der tykwevers « valt gy dan uit de lucht, Lieven? Op wien zou ik met regt schelden, indien het niet op Jacob Van Artevelde ware? »

« En Mher Van Artevelde is een bloode grootspreker? »

« En een bedrieger die het volk misleidt! »

« Een baetzuchtige? »

« En een verstandelooze bloodaerd, die ons in de handen der Leliaerds leveren zal. »

De overmaet der verontweerdiging, welke de jongeling by deze woorden gevoelde, deed hem plotselings bedaren: het rood verdween van zyn aengezigt om plaets te maken voor eene uitdrukking van medelyden, misschien wel van mispryzen; hy sprak met nadruk :

« Het doet my pyn, Mher Calevoet, eenen vriend myns vaders dus te hooren spreken. Het is nu reeds een jaer dat Vlaenderen tegen den akeligsten hongersnood worstelt; reeds een jaer roept het volk om verlossing en neering; niemand gevoelde, zich gedurende al dien tyd, verstand en moed genoeg om het vaderland te redden. Er komt een man, die het wagen durft leven en goed te verpanden voor het gemeen belang; hy roept het volk uit de moedeloosheid op; hy vormt een reusachtig ontwerp om, door eene enkele pooging, Vlaenderen voorspoed en vryheid te geven, en hy bewyst met eene wonderbare welsprekendheid, dat God hem begaefd heeft met de geesteskrachten die er noodig zyn om het edel werk te volvoeren; het volk juicht hem toe als den redder des vaderlands, en verblydt zich in de zekerheid der verlossing...... en het is op zulk een oogenblik, dat eenige poorters, door eene onbegrypelyke verblindheid gedreven, tegen hem wraek roepen, en durven spreken van bedriegery! Dat men van den Wyzen Man durft zeggen : hy is een verstandelooze bloodaerd! — Verstandeloos? Hy, die zyne beledigers verpletten kan onder de magt van zynen geest! Bloodaerd? Mher Jacob Van Artevelde, die den moed heeft om de wraek en den haet van alle de vyanden der vryheid en des vaderlands op zich te laden, en zyn hoofd op den kapblok te pande legt voor Vlaenderens verlossing? [1] Ah, indien Frankryk magtig genoeg ware om de Gemeente over haren opstand

---

[1] Volgens een verdrag, te Arques aengegaen, stond de doodstraf op het aennemen van het Opperhoofdmanschap. Zie P. A. Lenz, *Nouv. arch.*, page 279.

te straffen, wie zou het eerste slagtoffer zyn? Zyt gy het, Mher Calevoet? Neen, het is de Wyze Man, wiens bloed zou stroomen om voor Vlaenderen te boeten! »

« Wel gezegd, Lieven! » riep de moeder zegepralend « Mher Calevoet moge dit in zyne tessche steken; dit zal hem leeren uwen vader het hoofd met gekheden en dwaze grillen op te vullen! »

De deken der tykwevers had lachend op de rede des jongelings geluisterd, ofschoon hy innerlyk vergramd was.

« Ho, ho, Lieven » antwoordde hy « gy onthoudt de lessen van Mher Jacob zeer goed; het schynt dat gy ook tamelyk vele hooge woorden kent; maer dit doet er al niets toe. Gy spreekt wel wat stout, jongeling, en ik zou my mogen belgen over uwe hoonende tael; dan ik vergeef het u geerne, in aenzien uwer geringe ondervinding van openbare zaken. Gy zult later leeren dat schyn bedriegt en dat woorden altyd woorden zyn. By voorbeeld, men heeft Mher Jacob aengeraden, met een gentsch heirleger Rupelmondesteen te gaen bespringen, om Segher de Cortrazyn geweldiglyk uit den kerker te verlossen. Welnu, hy wil niet, en zegt dat deze togt alles in gevaer zou brengen. Segher de Cortrazyn is zyn eigen schoonvader, en nog durft Mher Jacob zyne verlossing niet beproeven! Is dit geene ongehoorde lafheid? »

« Daeraen herken ik het edel gemoed des Wyzen Mans! » riep Lieven met bewondering en als vervoerd. « Gy gelooft alzoo, dat hy het volk uit den slaep heeft opgeroepen om zynen schoonvader uit den kerker te halen? Gy kent hem niet! Vlaenderen wil hy redden, den hongersnood van onzen bodem zweepen, vryheid geven aen het Vaderland. Ah, indien hy de verlossing van Vlaenderen durfde wagen voor de verlossing van zynen schoonvader, dan ware het eene lafheid! Zyn er enge zielen, die zulke opoffering niet begrypen, en Mher Jacob haten omdat hy, in hart en geest, te groot is voor de maet hunner kleine driften, zy mogen laken en schelden : hy zal niet letten op hetgeen er aen zyne voeten woelt — en Vlaenderen redden, zoo als hy het heeft gezegd! »

De deken der tykwevers stond vergramd van zynen stoel op en sprak op hevigen toon :

« Dat gaet te verre! Hoe? gy zult my aldus durven hoonen? Gy verdwaelt, jongeling : gy maekt u pligtig aen eene schuldige oneerbiedigheid; want als gy dus uitvaert tegen eenen vriend uws vaders en hem eene enge ziel, en wat anders nog, durft noemen, dan zegt gy hetzelfde van uwen vader; ja, hy denkt daerover nog erger dan ik. Hadde ik geen medelyden met uwe onbezonnenheid, ik verliet dees huis oogenblikkelyk om nooit eenen voet meer over den dorpel te zetten. »

Lieven verschrikte over het gevolg zyner woorden en gevoelde dat hy inderdaed zich te verre had laten vervoeren.

« Vergeef my, Mher Calevoet » zegde hy « ik heb my misschien met te veel drift uitgedrukt; maer het was alleenlyk omdat gy den naem myns vaders misbruiktet, met hem deel te geven in den haet dien gy den Wyzen Man schynt toe te dragen. Myn vader is een vriend van Mher Jacob. »

« Een vriend van Mher Jacob? » lachte Calevoet « ik geloof waerlyk, Lieven, dat gy zinneloos wordt. Gy zult het hooren als uw vader te huis komt, hoe hy om wraek roepen zal tegen den heerschzuchtigen, die hem van zyn regt berooft om ons altemael den voet in den nek te kunnen zetten; maer wacht........ »

De deken der tykwevers meende in zyne beschuldigingen tegen Artevelde voort te varen, doch nu hoorde hy de voordeur opengaen, en zegde :

« Ah, daer is hy : gy zult wat anders gaen vernemen! »

Het was inderdaed Geeraert Denys, die in den winkel trad en daer, by den eersten stap, de dienstmeid met barschheid uit zynen weg stiet. Zyn aengezigt was met diepe spyt betrokken en de oogen scheenen hem van woede te gloeijen. Eventwel, toen hy de deur der achterkamer naderde, verdween eensklaps de toornige uitdrukking van zyn gelaet : er kwam een gemaekte grimlach opstaen, die wel niet min bitter was, doch genoeg natuerlyk in hem scheen om aen zyne huisgenoten te verbergen, welke driften in zynen boezem woelden.

In de kamer tredende groette hy ieder met losse onachtzaemheid, terwyl hy huike en mantel afwierp.

« Wel, Mher Geeraert » vroeg Calevoet opstaende « hoe is het gegaen in St.-Jansparochie? U zoo ziende, lachen begin ik te twyfelen...... »

« Mher Jacob Van Artevelde is Opperhoofdman gekozen, met volle stemmen, of weinig minder [1] » antwoordde Geeraert met koelheid.

« Heb ik het niet voorzegd? — In St.-Michiels is het Pieter van den Hovene, een ridder! »

« In St.-Jacobs, Willem van Vaernewyck, de broeder des Voorschepens. »

---

[1] « Jacob van Artevelde werd met eenparigheid van stemmen Hoofdman van St.-Jansparochie gekozen. » Lenz, pag. 280.

« Alweder een ridder, Overdeken! Dat heet volksmagt! »

« In St.-Nicolaes heeft men Ghelnoot van Lens gekozen; in St.-Maertens-Ackerghem, Willem van Huse [1]. »

« Zoo! » riep Calevoet met woede « Ghelnoot van Lens, die gansche dagen by Artevelde in huis zit! Willem van Huse, de Vinder der Voldersneering! My dunkt dat men de Wevery wat te vermetel in het aengezigt spuwt. Het is eene afschuwelyke samenzweering; maer het zal er niet by blyven; neen, al moest de halve stad er voor in brand staen, het zal er niet by blyven, zeg ik u! »

« Het is nu zoo » bemerkte de Overdeken « men moet zien wat er van komen zal, Mher Calevoet; en daerby, Mher Artevelde is immers van de Wevery? »

De koelheid van Denys verraste den deken der tykwevers; en des te meer gevoelde hy er zich door gewond, daer Lieven en zyne moeder hem zegepralend bezagen.

« Hoe? » riep hy tot den Overdeken « men heeft u beroofd van een regt dat u toekwam; men heeft u eenen bloedigen hoon toegebragt, — en gy zyt niet woedend? Of spot gy met my? »

« Ik ben in het geheel niet verstoord, vriend Calevoet » zegde Denys met nog grooter koelheid « had men my Opperhoofdman gekozen, voorzeker ik zou aenveerd hebben, om de Gemeente in den weg te leiden waer vryheid en magt voor haer te vinden zyn; maer het volk is meester: het heeft zynen wil gedaen. »

[1] « En van de Hooftmans Jacob Van Artevelde, Willem van Vaernewyck, Gelnoot van Lens, Willem van Huse, Pieter Van den Hovene, die ute trocken op den selven donredages...... » *Stadsrekeningen van Gent*. Anno 1337-38.

« En gy zult het verdragen? » vroeg Calevoet met verwondering en gramschap « gy zult uw vaderland door bedriegers laten vernederen, de Wevery door de Volders op den kop laten trappen en uw eigen zelven zoo verre laten miskennen? Ah, Denys, Denys, ik had een beter gedacht van u. Nu hy magtig wordt gaet gy achteruit en gy laet uwe vrienden steken. Dit is toch ook geen bewys van het stalen hart en den yzeren arm, waervan gy gewoon zyt te spreken! »

« Als het volk zyne dwaling zal zien, zult gy Denys kennen, Mher Calevoet: hy zal zich opofferen voor het geluk dergenen die nu hun vertrouwen aen eenen anderen geschonken hebben; en zoo zal hy toonen dat grootmoedigheid hem bezielt. »

« En nu? Nu? »

« Nu wil hy de zaken nazien. »

De deken der tykwevers trappelde van woede in den haerd dat de assche als rook tusschen zyne voeten opvloog. Hy kon niet begrypen wat er in het hart van den Overdeken was omgegaen, daer hy hem in den morgen nog zulke schrikkelyke bedreigingen tegen Artevelde had hooren uitspreken, en hy hem nu ongevoelig aen den hem toegebragten hoon vond. — Hy vermoedde hier veinzery of spot en zegde, terwyl hy zyne huike aentrok en naer de deure ging:

« 't Is wel, Mher Geeraert Denys; zoo gy de goede zaek verloochent en verlaet, er zyn, God lof, in Gent nog mannen, die magtig genoeg zullen zyn om het vaderland te redden en de bedriegers te ontmommen. Wees er van verzekerd, men zal uw oorlof niet komen vragen; en mits het hart u in de schoenen gezonken is, moogt gy ook al met de bloodaerds aenspannen : gy zult geen hairbreed uit uwen weg zyn. Het zal lang duren eer gy my hier nog zult zien!..... »

Met deze woorden opende hy de deur en verliet de kamer. Geeraert Denys stond met haest van zynen stoel op en vervoegde Calevoet in den winkel, waer beide op nieuw in eene lange woordenwisseling geraekten.

In den eersten konden vrouw Denys en haer zoon zeer wel hooren welke verwyten Calevoet den Overdeken toestuerde; maer wat deze op min luiden toon antwoordde verstonden zy niet. Eindelyk werden beide stemmen stil en bedwongen, zoo dat men van in de achterkamer niets meer vernemen kon dan een aenhoudend gemompel. Als Lieven eenen ruimen tyd geluisterd had, in de vrees dat de twist in den winkel mogt verergeren, keerde hy zyne aendacht af en zegde met blydschap tot zyne moeder:

« Ziet gy nu wel, dat het alles onwaer is en dat vader in de driften van den oploopenden Calevoet niet deelt? Ik wist wel dat ik my niet bedroog. Aen den onbeschaemden praet van den dronken Muggelyn wil ik niet meer denken; want die heeft zeker grond noch schyn. »

Vrouw Denys trok grimlachend de schouders op.

« Ah, moeder » sprak Lieven « gy zyt niet regtveerdig, daer gy nu nog twyfelt! »

« Ik bewonder u, Lieven; gy zyt een goede zoon, en ik wil u geen meerder verdriet aendoen; maer wacht toch wat: de dag is nog niet ten einde, ofschoon de avond valt; wy zullen straks eene vlaeg hebben die niet gauw zal over zyn: het zal donderen, geloof my. »

« Ja, indien gy vader nu weder verstooren gaet, met hem te hevig aen te spreken en hem dingen te vragen waerop hy niet antwoorden wil. Gy weet hoe vermoeid hy zyn moet; laet hem dezen avond met vrede, ik bid u, moeder. »

« Gy hebt niet noodig my dien raed te geven, Lieven; toen ik, by zyn inkomen, den vriendelyken lach op zyn aengezigt bespeurde, wist ik al wat ure van den dag het was. Ik zal my, zoo spoedig mogelyk, uit de voeten maken; zoek gy hem te bedaren als hy opvliegt : tegen u is hy toch nooit zoo barsch als tegen my. Morgen zal ik den hekel eens door zyn hair trekken, — en dat die dwaze Calevoet...... »

Gelyk deze naem uit haren mond viel, verscheen Geeraert Denys in de kamer. De lach was nu van zyn gelaet verdwenen en men kon er niets meer op bemerken dan verdriet en toorn.

« Vrouwe! » riep hy, in woede zyne vuist toonende « gy zult dit snauwen op Mher Calevoet laten of het mogt u berouwen! Als men niet weet, hoe men de lieden in zyn huis ontvangen moet, dan leert men het. Gy zyt wel stout en onbeleefd, vrouwe, dat gy myne vrienden uitscheldt met zulke grove dorperheid [1]; maer ik weet het, van u mag men niets beters verwachten! »

« Het begint al te waeijen » morde vrouw Denys tusschen hare tanden « uit de voeten die het onweêr vreest! »

« Wat mompelt gy daer, gy boos wyf? » viel de Overdeken uit, met het zigtbaer voornemen eenen hevigen woordenstryd te beginnen. Maer de vrouwe scheen in het geheel daertoe niet genegen; zy vatte haer spinnewiel

---

[1] *Dorper*, inwooner van een dorp. Als schimpwoord, zoo veel als het fransche *manant*. *Dorperheid*, onbeschaefdheid. Zie WEILAND's *Woordenboek*.

van den grond, als bereid om de kamer te verlaten, en zegde :

« Zie, Geeraert, zoo gy weder den duivel gaet jagen en my als eene dienstmeid met barschheid wilt behandelen, — ik loop ten huize uit naer myne zuster, ik zeg het u. En zie dan dat gy my doet wederkeeren zoo gy kunt! »

« Nu, vader » sprak Lieven smeekend « zet u neder en rust, want gy zyt schrikkelyk vermoeid. Mogelyk zyn de zaken niet gansch afgeloopen gelyk gy het hebt gewenscht; maer wanneer men, volgens zyn gevoel, zynen pligt als goed poorter gekweten heeft, mag men zich daerin zoo zeer niet ontstellen. »

Geeraert Denys antwoordde niet, ofschoon hy Lieven's raed volgde en eenen armstoel onder den schoorsteen plaetste. Hy liet zich in den wyden zetel nedergaen en zweeg tot dat de meid met eene aengestoken lamp naderde en dezelve op de tafel zette. Dan zegde hy op gebiedenden toon, terwyl hy het licht van zich verwyderde :

« Wat heeft die lompe deerne [1] hier te maken? Ik wil alleen zyn, vrouwe! — en dat er niemand nog in de kamer durve komen, of ik smyt hem aen de deure. En doet het my geene tweemael zeggen, hoort gy! »

Vrouw Denys haeste zich met de dienstmeid ter kamer uit. Lieven raepte zyn schryfgerief byeen en droeg het, met zyn rekeningboek, op eenen lessenaer aen het ander einde der kamer; hy meende insgelyks te vertrekken, doch zyn vader weêrhield hem, zeggende :

---

[1] Dit verouderd woord beteekent eigentlyk *dochter*, doch werd meest op dienstmaegden toegepast; en in dien zin was het, by zekeren nadruk, een smaedwoord.

« Voor u heb ik het niet gezegd, Lieven; neem dit licht van de tafel en blyf gy maer aen uwen lessenaer arbeiden. Ik ga poogen wat te slapen; zorg intusschen voor het vuer, dat het my noch te koud noch te warm worde onder den schoorsteen. »

« Ik zal er heel goed op letten » antwoordde Lieven, als verblyd over den kalmeren toon van zyns vaders stemme. Zich door deze gunstige verandering aengemoedigd vindende, om zyn hart te ontlasten van een gedacht dat hem bedroefde, vroeg hy :

« Vader, mag ik u iets zeggen eer gy slapet? »

« Voorzeker, Lieven, wat is het? »

« Over een uer is Muggelyn, de Ribaudenkoning, hier geweest om u te spreken. »

« Welnu, wat wonders is dit? »

« Oh, geen, vader; maer hy noemde u zyn vriend en sprak gansch zonder omzigtigheid, alsof hy zeer gemeenzaem met u ware. »

« Hy was dronken, zeker! Het gebeurt hem slechts eens in de week; maer het duert van den Maendag tot den Zondag. En hebt gy geloofd wat die dwaze Ribaud u zegde? »

« Neen, voorzeker niet, vader : ik heb hem ter deure doen uitgaen en hem bedreigd met eene vervolging voor de schepenbank. »

« Dit had gy niet mogen doen, Lieven; de Ribaudenkoning is van degenen die dachten, dat ik meer dan anderen bekwaem ben om de Gemeente als Opperhoofdman van dienst te zyn; hy heeft waerschynelyk moeite gedaen om zyn gedacht aen anderen mede te deelen. Of hy zich bedriege of niet, men moet de genegenheid, van wien ze ook kome, niet met barschheid loonen. »

« Het is waer, vader, ik was misschien te driftig. Zyne onbeschofte woorden hebben my boos gemaekt. Hy heeft ook nog gezegd dat hy u verwachten zal in de Walpoort, dezen avond ten zeven ure. Gy zult daer immers niet gaen, vader? »

« Wat zou ik daer gaen doen, Lieven? De dronkaerd heeft dit gezegd gelyk hy allen anderen onzin uitkramen zou. — Is dit alles wat gy my vragen moest? »

« Ja, vader; ik ben nu zeer blyde dat het onwaer is. Slaep nu maer gerust : ik zal goed op het vuer letten. »

« Welnu, houd u dan stil en maek geen gerucht omtrent my; ik zal gauw slapen, want myne oogen vallen toe tegen mynen wil. »

Lieven begaf zich in stilte voor zynen lessenaer en ging voort in zynen arbeid. Van tyd tot tyd rigtte hy het gezigt naer zynen vader en bemerkte met droefheid dat hy niet slapen kon, daer hy zich gedurig in zynen stoel keerde en wrong, en by poozen de oogen opende om ze weder even vruchteloos te sluiten.

Eindelyk, na een half uer, bewees de hoorbare ademhaling zyns vaders, dat hy rust genoot en vast ingeslapen was. Dan eerst kwam Lieven op de punten zyner voeten tot het vuer en legde er nieuw hout op, waerna hy weder tot den lessenaer ging en zyn werk hernam.

Gedurende een groot uer had de volledigste stilte in de kamer geheerscht; en Lieven, in eene lange berekening verzonken, had in langen tyd niet meer naer het vuer omgezien, toen eensklaps een zwaer gorgelgeluid zyne aendacht opwekte en hem het oog tot zynen vader deed keeren. Wat de jongeling zag moest vervaerlyk zyn; want hy verbleekte en bleef, als door eene akelige verschyning getroffen, met scherpen blik naer den schoorsteen staren.

Het aengezigt zyns vaders was inderdaed afschuwelyk. De wydgeopende oogen stonden hem beweegloos en verwilderd in het hoofd; zyne lippen, achteruit getogen, toonden de geslotene tanden; over zyn voorhoofd en wangen liepen bevende rimpels; zyn hair scheen te berge te staen. Op dit alles zond de blakende vlam eenen rooden bloedschyn, die alle schaduwen eene zonderlinge diepte gaf en het gelaet des Overdekens iets duivelsch, iets afgrysselyks byzette.

Lieven was verbaesd van zynen stoel opgesprongen, doch zoo zeer had dit gezigt hem verrast, dat hy geenen stap wagen dorst en beweegloos bleef staen. Eene hevige siddering beving hem in alle zyne leden, toen hy de volgende woorden uit zyns vaders mond hoorde vallen.

« Hier, Roeland! Roeland!.... vermoordt hem..... Ah, wraek...... Kent gy den deken der Wevers? Gy spot? Bloed! bloed!...... Hy sterve...... Zyn lyk langs de straten...... Trapt hem met voeten...... Zoo, zoo...... Ah, het is wel! Ribaud, Ribaud, langs hier! daer loopt er nog een...... hy ook! Gaet voort, gaet voort! »

Naer mate de Overdeken deze woorden sprak werd zyn aengezigt nog ysselyker, en hy bewoog handen en voeten met ongemeene kracht. De bevende Lieven had de magt niet om zich te verroeren, tot dat zyn vader, by het gezegde « daer loopt er nog een » met de hand vooruitwees en opstond. De vrees, dat hy in het vuer mogt vallen rukte den jongeling, los uit zyne verschriktheid. Hy liep tot den schoorsteen, en zynen vader by den arm vattende om hem te wekken, zegde hy :

« Vader, vader, gy droomt! »

Geeraert Denys opende de oogen en bezag eenigen tyd zynen zoon met verdwaeldheid en met angst. Dan vroeg hy, terwyl hy zich pynelyk over het voorhoofd wreef :

« Wat is my overkomen? Ik ben als verlamd in alle myne leden. Het zweet druipt my ten voorhoofd af? »

« Gy hebt gedroomd, vader » antwoordde Lieven « oh, zoo leelyk gedroomd! »

« Heb ik dan gesproken? » vroeg Denys met schrik. « Wat heb ik gezegd? »

« Ik weet niet, vader; het was van bloed en van iemand die men vermoordde; — van een lyk dat men langs de straten sleurde. »

De Overdeken bleef eene lange wyl sprakeloos, als iemand die naer de beteekenis van iets zoekt. Eindelyk zegde hy :

« Ah, nu weet ik waervan het komt! Het is Mher Joos Apare, die my dezen morgen, in *de Meerminne*, by Ser Geeraertsduivelsteen [1], wel een uer lang verteld heeft van eenen koornkoopman, dien men te Brugge eertyds heeft vermoord. Die Joos Apare kan vertellen dat gy het waent te zien; als hy verhaelt, hoe men met het bloedig lyk des koopmans langs de strate liep, dan ryzen u de haren te berge op het hoofd. »

« Dat zal het zyn, vader » zegde Lieven als verblyd « maer gy riept ook op eenen Ribaud? »

« Ja, dit is omdat gy my even voor mynen slaep ervan gesproken hebt. »

« Inderdaed. Ik dacht er niet meer aen. Zit maer weder in uwen stoel, vader, en slaep op nieuw. Gy hebt zoo weinig gerust. »

[1] N° 67 der kaert. Het is een slot dat eertyds toebehoord had aen Ser Geeraert Vilain, bygenaemd *de Duivel*.

Geeraert Denys bepeinsde zich een oogenblik en vroeg dan als verstrooid :

« Wat uer is het, Lieven? »

« Wel volgens de klokke van St.-Jan moet het nu iets meer dan half zeven zyn. »

« Ik moet uitgaen, Lieven? »

« Nu nog, vader? »

« Ja, ik heb myn woord aen Mher Joos Apare gegeven; binnen min dan een uer ben ik terug. Zeg uwe moeder, dat zy eten voor my gereed houde. »

Terwyl Geeraert Denys deze woorden sprak trok hy zynen mantel en zyne huike aen en ging de kamer uit. Lieven volgde hem tot by de straet en keerde dan, met een diep gevoel van droefheid, terug in huis om zyne moeder te gaen vinden. Wel speelde hem in het hoofd, dat zyn vader misschien den Ribaud ging bezoeken; maer zyn zuiver beminnend hart verwierp deze verdenking met kracht; en wanneer hy in de keuken voor zyne moeder verscheen, had hy den twyfel reeds overwonnen en gansch uit zynen geest gejaegd.

IV.

O p eenen zondag morgen was de vermaerde taveerne, de *Gulden Zwane*, nevens Serbraems-steen in de Onderstraet [1], vol ambachtslieden en burgers, die, onder vrolyke en luidruchtige redekavelingen, voor lange tafels zaten te drinken, of met den steenen beker in de hand van den eenen kant naer den anderen gingen, om hunne vrienden den heildronk te brengen. Men hoorde er spreken en twisten over de gewigtigste zaken, met eene verwonderlyke vryheid; ieder drukte er, zonder de minste omzigtigheid, zyne gedachten uit, zy mogten dan al of niet hoonend zyn voor den Graef, den koning van Frankryk of de Wet van Gent.

Tusschen dit gerucht en gewoel liep de dikke weerdinne lachend over en weder om hare gasten te dienen,

[1] No 32 der kaert.

terwyl haer man by de kelderval zich gereed hield om, op het minste teeken, wyn of bier in groote tinnen keeten naer boven te halen.

Er waren insgelyks in *de Gulden Zwane* eenige persoonen, die men, aen hun verschillig kleedsel en aen hunne stilzwygendheid, voor vreemdelingen erkende; ja, zelfs zat in den diepsten hoek een jonge Moor, met pikzwart aengezigt, vast kroezelhair op het hoofd en eenen gouden ring door den neus.

Niet verre van de ingangdeur bevonden zich een tiental ambachtsgezellen, die er ongemeen lustig uitzagen en alleen meer geraes maekten dan alle de anderen te samen; zy deden hunne bekers meermalen met wyn vullen en zongen, nu en dan, een vrolyk lied, dat in magtige galmen tot op de straet herklonk.

Een van hen eindigde het volkslied :

« Naer Oostland willen wi varen,
Naer Oostland willen wi gaen. [1] »

toen een struisch gezel, die men, aen zyne blauwe handen, voor eenen verwer herkennen mogt, de taveerne juichend binnen trad en riep :

« Sa, weerdinne, op! Van den besten wyn [2]! »

« Lieven! Lieven Comyne! » riepen de anderen hunne bekers tot hem opheffende « hier, bescheed gedaen! »

De weerdinne bood den inkomende den gevraegden wyn; en hy tot zyne vrienden gaende, schreeuwde met uitgelatene blydschap :

---

[1] Een lied van de XII[e] of XIII[e] eeuw. Zie Willems, *Oude vlaemsche liederen*, bladz. 36.

[2] In dien tyd dronk het volk in de taveernen meest franschen of rhynschen wyn. Daer deze drank met geene beduidende regten belast was, kostte hy niet veel meer dan bier.

« Heil, heil het vrye Gent! Heil den Wyzen Man! Vlaenderen den Leeuw! »

Alle de gasten der taveerne, behalve de vreemdelingen, herhaelden dien roep met geestdrift.

Het aengezigt van Lieven droeg alle de kenteekens eener diepgevoelde vreugde; een heldere lach glanste er bestendig op, terwyl zyne oogen als helder kristael glinsterden.

« Wy dachten dat wy al heel vrolyk waren » zegde een der zangers « maer het schynt, Lieven, dat gy u nog beter voelt leven dan wy. »

« Ik geloof het wel! » riep de jonge blauwverwer « alleenlyk met dien Moor te bezien zou ik tranen storten van vreugde. Ah, die Afrikaen moet uit mynen beker drinken! »

Dit zeggende liep hy inderdaed tot den Moor en bood hem het steenen drinkvat aen, zeer snel tot hem zeggende :

« Ziet gy wel, Mher de Moor, in het vrye Gent zyn alle menschen broeders; wit of zwart, het doet er niets toe. Drink met uwen vriend Lieven, en zeg in uw Vaderland wat goede jongens de Gentenaren zyn. Kwaemt gy niet uit het Morgenland [1] met de twee kemels die op de Vrydagmarkt staen? »

Ofschoon de Afrikaen niet verstond wat men hem zegde, bemerkte hy wel, op het gelaet van dengenen die tot hem sprak, dat een gevoel van vriendschap en niet de spotzucht dezen aendreef. Hy ontblootte zyne glinsterende witte tanden in eenen zoeten danklach en nam den beker

---

[1] Men noemde gansch Azia, maer byzonderlyk Klein-Azia, *Morgenland*. In de duitsche tael is deze benaming nog in volle gebruik.

uit de hand des Gentenaers; eventwel hy gaf hem even spoedig terug en schudde met het hoofd, dat hy niet drinken wilde.

« Wyn is hem verboden » bemerkte een oude burger « het is de wet van Mahom. »

« Welaen, dat men bier brenge! » riep Lieven tot den Weerd.

« Dit mag hy ook niet drinken » zegde de oude burger.

« Dan moeten de taveernen in Afrika slechts weinig neering hebben! » schertste Lieven « Maer het geeft er niet aen, ik wil hebben, dat deze Moor wete dat ik zyn broeder ben. »

Hy bragt zynen arm over den schouder van den verwonderden Afrikaen en zoende hem op de wang, onder het luide handgeklap en gejuich van allen die het zagen.

« Wel gedaen, Lieven! Wel gedaen! » riepen zyne vrienden als zy hem den Moor zagen verlaten en tot hen terugkomen. Zy stonden echter verbaesd toen Lieven tot hen genaderd was : hy lachte nog wel; doch er blonken tranen in zyne oogen.

« Wat is dit? » sprak er een. « Het was dus uit den grond des harten gemeend, wat gy daer deed? Zie maer toe, dat gy heden niet dol wordt, Lieven. »

« Het zou wel mogelyk zyn » antwoordde de jonge blauwverwer zich nederzettende « ik verdwael van blydschap, en kan u niet zeggen wat ik gevoel : een koning kan zoo hoogmoedig niet zyn als ik nu ben. Daer ging ik over de Vrydagmarkt..... wanneer ik dus zie, hoe vele vreemde kooplieden er nu in Gent zyn en wat onbegrypelyke rykdommen onze jaermerkt ten toon gaet spreiden; als ik het gentsche volk in alle straten hoor juichen en zingen, dan klopt my het hart en ik zou wel dansen van vreugde. »

« Hy heeft gelyk! » riep een stroodekkersgezel van eene andere tafel « wy hebben ellende en honger genoeg geleden; nu is er vryheid en neering in Gent. Vrolyk moeten wy zyn, en God danken door blydschap! »

« Nu gaet gy weten waerom ik zoo opgevoerd ben » hernam Lieven Comyne, met fierheid naer den stroodekker wyzende « Jan, gy waert er by toen het gebeurde. Gy weet nog wel, in den hongersnood, wy stonden op eenen kouden morgen by het Hooghuis en klaegden over het lot der arme vrouwen en kinderen, die op de Vrydagmarkt lagen te verstyven? »

« Of ik het wete! » antwoordde de stroodekker met hoogmoed « ik weet waervan gy spreken gaet, en zal het in myne levensdagen niet vergeten. »

« Wie heeft er gezegd » hernam Lieven « dat een gentsch ambachtsgezel van het zweet zyns aenschyns en niet van aelmoes of geroofd goed leven moest? Wie heeft er den Wyzen Man aengesproken en gezegd: het is tyd Mher Jacob er moet bloed of werk zyn? Wie heeft de eerste in Gent Vryheid en Neering! geschreeuwd, als het teeken der verlossing? Dat heeft Lieven de blauwverwer gedaen! »

« Het is waer » zegde Jan de stroodekker « ik heb het gezien en gehoord; want ik was er by, toen Mher Jacob ons zegde: er zal vryheid en neering in Vlaenderen zyn. »

« Welnu » ging Lieven voort « als de eerste karren met wol van Dordrecht gekomen zyn [1] heeft het gentsche

---

[1] « Item Scep. Jacob Masch, en met hem Willem De Jonckere en Jan van Steenbeke, die voeren te Dorderecht ward..... 6me daer wulle te ghecrighene ter stede bouf (behoef.) » *Stadsrekeningen van Gént,* anno 1337-38.

volk ze zingend en dansend op de baen van Antwerpen ingehaeld; ik, ik heb tranen gestort van overmatige blydschap. Dit is nog niet lang geleden, en reeds is er overvloed in Gent; de hongersnood is vergeten, en de jaermarkt, die men openen gaet, zal eene der schoonsten en ryksten zyn die wy ooit gezien hebben. »

« Het laken is gisteren nog dry Grooten gestegen » bemerkte een wever « men zegt dat niet minder dan dry duizend stuks fyn gentsch rood voor Duitschland en Frankryk gevraegd zyn; maer die hebben wy niet meer : de kooplieden, die naer de jaermarkt gekomen zyn, hebben reeds byna alle het fyn rood besproken. »

Lieven gaf geene acht op deze onderbreking en zette zyne rede voort :

« Het is waer, de Wyze Man heeft onze verlossing bewerkt en ons vryheid en neering geschonken; maer de arme blauwverwersgezel, Lieven Comyne, zal zich tot op zyn sterfbed met hoogmoed geheugen, dat hy deel heeft gehad aen het groote werk; dit gedacht zal hem troosten en steunen tot in het graf! »

Lieven had eene treffende stemme en eene welsprekendheid die uit zyn diep gevoel voortsproot. Wat hy nu met fieren geestdrift zegde ontroerde zyne aenhoorders, en er heerschte zelfs eene zekere ernstige stilte na zyne woorden.

Deze toon was op zulken blyden dag niet natuerlyk; ook veranderde hy spoedig, daer een meester timmerman met den beker in de hand regtstond en de anderen tot drinken opriep, met de woorden :

« Heil Mher Jacob Van Artevelde! Heil den koenen gezel Lieven Comyne! »

Allen deden bescheed op den heildronk en gingen dan weder zitten.

« Maer » zegde een kuiper « indien het schoon weder in Gent slechts blyft duren; het schynt dat de fransche koning zich bereid maekt om met een schrikkelyk leger naer Vlaenderen te komen afgezakt; en, daer moet wel iets van zyn, vermits de Leliaerds en Franschen van Biervliet [1] zich beroemd hebben, dat zy dezer dagen met hunne zweerden op de poorten van Gent zullen komen schryven dat wy boeren en lafaerds zyn. »

« Dat ze maer al gauw verschynen » lachtte Lieven. « Franschmans of Leliaerds, wy zullen hun eens laten smaken, wat verschil er is tusschen het water van Leije en Schelde [2]. Onze Goedendags staen al te lang achter onze deuren te roesten..... En wat beteekent de bezetting van Biervliet? Eenige honderde ruiters! Gent zou er wel tienmael zooveel omverre smyten by den eersten stoot. »

« Men zegt dat er over dry dagen duizend fransche Soldeniers binnengetrokken zyn. »

Lieven meende nog te antwoorden, toen hy den stroodekker zag opstaen en de kamer verlaten. Hy riep hem terug en zegde:

« Wacht wat, Jan, ik ga mede; blyf nog een oogenblik. »

« Neen, neen » antwoordde de stroodekker « het is tyd; men gaet de vrye jaermarkt uitroepen en ik wil er by zyn; dit ziet men alle dagen niet. »

---

[1] Een sterk stedeken op zes uren gaens van Gent.

[2] Deze beide rivieren, op de kaert door de letteren L en S aengeduid, doorstroomen Gent, en vormen met de Lieve, de Moere en eenige vaerten, 26 eilanden van den grond der stad, welke door 88 bruggen met elkander verbonden zyn. Het water der Schelde is geelachtig en duister; het water der Lieve is groenachtig en klaerder.

« Inderdaed, ik zou de ure wel laten voorbygaen » zegde Lieven, tot de weerdinne naderende om te betalen.

De andere gezellen stonden insgelyks op, en, ieder de weerdinne voldaen hebbende, gingen allen te samen ten huize uit en keerden om den hoek der Wandelstege naer de Vrydagmarkt, waer zy tusschen het volk doordrongen om verder op de plaets te geraken.

Het tooneel dat de Vrydagmarkt nu op hare wyde vlakte voor den aenschouwer uitspreidde, was lachend en schoon, en deed, by den eersten blik, het hart van genoegen kloppen. Het gansche plein was overdekt met rondstroomend volk, dat, by huisgezinnen, met vader, moeder en kinderen, van den eenen kant naer den anderen ging, in afwachting dat men de vrye jaermarkt van het Hoogbuis uitriepe. Menige hoopen jonge ambachtsgezellen liepen zingend over de markt en begroetten zich van verre met den roep : « Vryheid en Neering! Houdt vlaemschen moed! »

Uit alle hoeken steeg gezang en gejuich in de hoogte; terwyl, onder de minder uitgelatene poorters, een vrolyk gemompel en geschater heerschte.

Alle de burgers en ambachtslieden hadden hunne zondagskleederen aen, en niet zonder hoogmoed stapten zy daer heen, nevens hunne opgesmukte vrouwen en kinderen. Op ieders aengezigt glanste vreugde en te vredenheid; in ieders stem klonk blydschap en moed. Over dit wemelend tafereel van volksgeluk stortte eene heldere zon haren lachenden gloed en verlichtte met hare gulle stralen het bont en hooggekleurd tooisel der menigte.

Op het midden der markt en rondom St.-Jacobskerkhof, tot aen St.-Jan-ten-Dulle, stonden lange reijen kramen, tenten en houten winkels, nog ten deele gesloten, en, in alle geval, zonder getoogde waren; men zag hier kooplieden uit alle verre landen, ja zelfs van uit het Morgenland, volgens dat men merken kon aen twee kemels, die, by het Toreken van den Collatiezolder, geknield lagen en door hunne meesters ontladen werden; er waren Oosterlingen uit Oostland [1], Duitschers van Keulen, Florentyners van Florencen, Engelanders en Franschen in menigte, met vele andere volkeren; zoo dat men, by de winkels en kramen, allerlei talen kon hooren.

De spoedige terugkeer van handel en neering voerde de Gentenaren tot den hoogsten trap van vreugde; en, in hunnen geestdrift over den onverhoopten rykdom der jaermarkt, bragten zy den vreemden kooplieden en hunnen dienstboden gansche keeten wyn uit de omliggende taveernen. Bovenal omringden zy de Engelschen en Franschen met allerlei bewyzen van vriendschap: de eersten, uit dankbaerheid omdat het verbod op de engelsche wol geheven was; de anderen, om hun te doen begrypen dat Vlaenderen geenen haet tegen het fransche volk droeg, ofschoon het nu, om der vryheid en der neering wille, zich tegen den franschen koning gewapend

---

[1] *Oostland*, Noord-Duitschland langs de boorden der Oostzee (baltische zee). De inwooners dezer streek noemen wy Oosterlingen; zy bezaten in Antwerpen een stapelhuis, nu nog Oosterlingenhuis genaemd. Zie, over de uitwyking van Vlamingen naer Oostland, WILLEMS, *Oude vlaemsche liederen*, bl. 37. Over de landen die in de XIIIe en XIVe eeuw hunne waren naer Vlaenderen zonden, zie WARNKOENIG, *Flanderens staats- und regtsgeschichte*, bewysstuk XXV.

had. — Niets was vermakelyker dan te hooren en te zien, hoe de gentsche burgers, in gebroken tael en met veelvuldige gebaren, dit alles aen de vreemdelingen poogden te doen verstaen. Dezen, by het gezigt van zoo veel volks en bovenal by de mildheid welke ieder toonde, voorzagen eene goede markt en deelden gulhartig in de algemeene blydschap.

Geene andere gewapende mannen kon men tusschen de menigte bespeuren dan de zestien knapen van St.-Jacobs parochie, die met hunnen Hoofdman, Ser Willem van Vaernewyck, rustig over de markt wandelden; alsook de Ribauden met Muggelyn hunnen koning, aen wien het toezigt bevolen was over de baladyns en goochelaers, die hunne tenten en stellingen tegen de Baudeloobrug [1] opgeslagen hadden.

Voor de deur van het Hooghuis stonden twee-en-twintig wapenknechten. Het was de wacht van St.-Jans parochie; [2] zy was gekomen met Jacob Van Artevelde, den Opperhoofdman, die zich nu, met de Schepenen der stad Gent en met de Hoofddekens der Neeringen, op de bovenzael van het Hooghuis bevond om, als de ure zou verschynen, de vrye jaermarkt uit te roepen.

Terwyl alles op de markt juichte, zong en woelde, stond Artevelde, de groote burger van Gent, met de

[1] N° 15 der kaert.

[2] Elke Hoofdman had 15 knapen om, onder zyn bevel, over de openbare rust te waken, en hem tot het uitoefenen van zyn ambt ten dienste te staen. De Opperhoofdman alleen had 22 knapen. (P. A. Lenz, bl. 282.)

De fransche schryvers hebben van deze wachtdoende dienaers, eene ontzaggelyke bende bloedzuchtige lyftrawanten gemaekt die, volgens dat zy verdichten, op den minsten wenk van Artevelde gereed zouden geweest zyn om iedereen te vermoorden.

armen op de borst gekruist, van achter een venster op dit tooneel te staren. Het gelaet des Wyzen Mans was op dit oogenblik als beglanst met een onbekend licht; zyne oogen blonken van edele fierheid, zyne borst hygde onder eene wegrukkende aendoening, en zelfs scheen eene ligte siddering by poozen zyne leden te doorloopen.

Wat er in het hart van Jacob Van Artevelde nu omging mag gevoeld worden door hem, die begrypen kan wat zalig genot de held genieten moet wanneer hy zyn vaderland vry en gelukkig ziet, en zeggen mag : het is myn werk!..... Ah, het was hier zoo!—Dit volk, dat daer, over de markt, al zingend vloot, dat den wyn der vreugde voor alle taveernen drinkt, dat de lucht vervult met zegekreten; die vrouwen, welke met hare kinderen nu zoo opgesierd en zoo blyde rondwandelen; die ambachtslieden, zoo gezond zoo gelukkig..... Artevelde heeft ze gevonden, worstelende tegen slaverny en hongersnood, uitgeput en moedeloos neêrgezonken in eenen afgrond van ellende..... Nu vieren zy hunne verlossing en hunne vryheid, nu klimmen hunne vreugdeliederen, Gode ten dank, in de hoogte; en zy omhelzen elkander van blydschap, onder den vochtigen blik zelven van hem, die, door de magt van zynen geest, het wonder hunner verlossing heeft gewrocht...... en hy, bevend van zaligheid, hy staert als in zelfsvergeten op zyn edel werk en vaegt eene glinsterende traen van zyne wang, terwyl zyn kloppend hart hem nog meer grootheid en roem voor het geliefde Vlaenderen belooft!

Allen die rondom hem staen; maer bovenal zyn vriend Ser Thomaes Van Vaernewyck, zien en begrypen wat er op dit plegtig oogenblik in den boezem des Wyzen Mans geschiedt; zy gevoelen het ook diep, want zy hebben hem met volle liefde geholpen in de verlossing des volks en des vaderlands; en, hoe meer hunne bewondering voor den heldhaftigen burger wordt opgewekt, hoe meer zy zelven zich verhoogmoedigen over hun deel in het groote werk. Nochtans, geen van hen drukt zyne aendoeningen door woorden uit; met den eerbiedigen blik tot Jacob Van Artevelde gerigt, blyven zy op zyn edel doch nu ontroerd gelaet staren, als op den spiegel van wysheid en van heldenmoed.

Misschien ware de Wyze Man nog zeer lang eenzaem voor het venster blyven staen en had daer, met ontroerd gemoed, de schoonste belooning gesmaekt, die het eenen mensch gegeven zy op aerde te genieten; maer nu stroomde er een nieuwe vloed volk uit de St.-Jacobskerke op de Markt. De tweede Misse was ten einde, en de torenklok galmde kleppend over de parochie. Het uer der afkondiging was verschenen.

Men opende het groot venster van het Hooghuis, en twee trompers riepen van daer, in schallende toonen, de aendacht der menigte tot zich. Dan ging Ser Van Vaernewyck met den Opperhoofdman en de Schepenen vooruit; en Jan Van Loven, Meester Klerk van der Keure, las den graeflyken vrybrief der jaermerkt met luider stemme aen het volk voor.

Deze lezing duerde tamelyk lang; de menigte luisterde byna niet op de heldere stemme van Jan Van Loven, dewyl men den zelfden vrybrief misschien reeds twintigmael in gelyke omstandigheden had hooren afkondigen.

Zoohaest de Meester Klerk gedaen had ging hy achteruit en verdween in de zael; dan kwamen de Schepenen tot by de leuning des vensters vooruit, en de

Voorschepen riep op plegtigen toon tot het volk, terwyl de diepste stilte heerschte :

« Van des Graefs van Vlaenderen en van der stede van Gent wege, kondig ik, te dezer stonde, de vrye jaermerkt af, zullende eenieder, gedurende deze marktvryheid, ingevolge de Keuren van Gent, vry mogen gaen, varen, komen, wederkeeren en handelen over alle slach van goederen, uit wat landen oft van welke volkeren zy zyn, uitgenomen de bannelingen van den Graef en van den vryen lande van Vlaenderen! »

De trompers deden op nieuw hunne bazuinen herklinken.

Nauwelyk was het teeken gegeven, of het volk rigtte zich, onder schaterend gejuich, naer het midden der markt, waer nu een hevig gerucht zich vernemen liet. Men zag van boven uit het Hooghuis de winkels zich openen en alle kooplieden haestelyk hunne waren ten toon schikken : zyden stoffen van alle weerde en kleur, gulden lakenen, fluweel, damast, speceryen uit het Morgenland, gouden en zilveren juweelen, tinnen en glazen huisgerief, gesnedene beelden, wapenen : alles wat kunst en nyverheid uitgekozens voortbrengen werd den Gentenaren en vreemdelingen te koop aengeboden. — Verder, achter St.-Jacobskerk, lokte men de kinderen uit door allerlei lekkernyen en speelgoed; en naer den kant der Baudeloobrug hoorde men reeds de trommen en schalmeijen der goochelaers en baladyns.

De meeste Schepenen en Dekens hadden het Hooghuis verlaten om op de markt te treden. — Artevelde meende nu ook den trap af te dalen, wanneer by door den Voorschepen teruggehouden en tot in den verren hoek der kamer werd geleid.

« Mher Jacob » zegde deze met eene zekere droefheid « ik heb gezien, hoe gy voor het venster in edele vreugde gansch verdwaeldet; myn hart jaegde ook fel by het gezigt van 's volksgeluk; maer, goede vriend, my was het niet gegund deze blydschap zoo onvermengd te smaken....... »

Artevelde kende de sterkmoedigheid des Voorschepens; het verrastte hem nu zeer, zynen edelen vriend zulke omwegen te zien gebruiken om hem iets mede te deelen, en hy waende dat er zeer slecht nieuws moest zyn.

« Spreek toch sneller, Ser Van Vaernewyck » viel hy hem in de rede « gy verschrikt my! »

« Een ontzaggelyk onweder dryft boven onze hoofden te samen » hernam de Voorschepen « terwyl wy hier, in de vreugde des volks, ons verblyden en alle gevaer vergeten, wordt misschien, op het oogenblik dat ik tot u spreke, den ondergang van Vlaenderen beslist en bewerkt. »

Artevelde bezag zynen vriend met ondervragend gelaet; deze ging voort:

« Daer straks kwam een geheime bode van Ryssel in mynen Steen; hy was gezonden door Ser Sander, onze getrouwe vriend in Frankryk. Luister, Mher Jacob, wat er omgaet, en gy zult begrypen dat wy op den boord van eenen afgrond staen, zonder dat wy het weten. Een magtig leger Franschen is op onze grenzen verzameld; men heeft daerby de bezettingen der sterkten in Waelsch-Vlaenderen gevoegd; vyf honderd fransche ruiters, onder schyn vlaemsche vrygangers, zyn in Biervliet binnen getrokken. »

« Ik versta nog niet wat wy te vreezen hebben » bemerkte Artevelde « ik wensch en verwacht reeds lang eenen aenval : de vryheid van gansch Vlaenderen moet eruit ontstaen; en daerenboven, wy kunnen immers, zonder buiten ons regt te treden, niet gewapend in het veld verschynen zoo men ons niet eerst vyandelyk aengrypt. Men beproeve den minsten aenslag tegen Gent of tegen Vlaenderen; even snel trekken wy met een leger naer Rupelmonde om den ouden Segher de Cortrazyn te verlossen. Laet de Franschen ons aenvallen; zy kunnen ons geenen beteren dienst bewyzen! »

« Dit is het ook niet dat my bekommert, Mher Jacob; maer laet my u verder uitleggen, wat magtig ontwerp Frankryk tegen ons gevormd heeft. Eenen dezer dagen zal het groot leger in Vlaenderen vallen; de bezetting van Biervliet zal het grondgebied van Gent verwoesten; en, op het oogenblik dat wy het volk te wapen roepen, zal hier de tyding komen dat de Vlamingen, om ongehoorzaemheid aen den koning van Frankryk, in den ban der heilige Kerk geslagen zyn. [1] — Zal het volk de wapenen niet met ootmoed nederleggen voor het bliksemend gebod, in den naem des Pauses gedaen? Zal het, uit eerbied en uit godsvrucht, den nek niet bukken onder Frankryks wil?...... En veronderstel, dat wy den eersten aenval des vyands afkeeren. Wy zyn niet verre van de Goede Week; men zal geene misse in Vlaenderen mogen lezen, niemand zal mogen biechten noch ter Communie gaen..... Gelooft gy, dat Vlaenderen zal durven wederstand bieden tot na Paschen? Ah, de fransche koning is arglistig en

---

[1] « Men vernam denzelfden dag .... dat de Raed der fransche bisschoppen, den ban over de Gentenaers en hunne aenhangers uitgesproken had, en dat talryke legergedeelten op de grenzen zich gereed maekten om langs verschillende punten in het Land te vallen. » P. A. Lenz, bl. 289.

boos; hy vreest onze wapenen, en hy bevecht ons door onzen Godsdienst! »

Artevelde had in diepe overweging op de woorden des Voorschepens geluisterd; misschien had een gevoel van angst hem ook bevangen, ofschoon men dit nu op zyn kalm en denkend gelaet niet merken kon.

« Zou de Heilige Vader tot deze veroordeeling byzonderen last gegeven hebben? » vroeg hy. « Het schynt my onmogelyk. »

« Dit is niet noodig » antwoordde Ser Van Vaernewyck. « Toen de koning van Frankryk door den Paus aenzocht werd eene kruisvaert tegen de heidenen te ondernemen, heeft hy beloofd het te doen, op voorwaerde dat de Vlamingen hem getrouwheid zouden zweeren. De Gemeenten van Vlaenderen, alsdan onmagtig, en deze opoffering voor het heil des Kristendoms willende doen, hebben den eed in de handen van den Paus afgelegd; de Heilige Vader heeft aen de Koningen van Frankryk eene bulle verleend, waermede zy Vlaenderen, by de minste ongehoorzaemheid, door de fransche Bisschoppen in den ban kunnen doen leggen. De fransche Koningen hebben de kruisvaert niet ondernomen; maer de pausselyke bulle hebben zy sedert den jare 1309 bedektelyk in hun bezit gehouden [1]. Dit geheim wapen haelt men nu voor den dag, en God weet, hoe het ons treffen gaet! »

---

[1] Zie P. A. LENZ, *Nouv. arch.*, page 268.

MEZERAY. Paris 1643, page 771, stelt deze verbindtenis (waerschynelyk hare vernieuwing), op het jaer 1336, en zegt : « Les Flamans s'estoient obligez envers le Pape l'an 1336 de lui payer une amende de deux millions de florins s'ils portoient jamais les armes contre le roy de France, et de subir les plus griefves censures de l'Eglise. »

Ser Van Vaernewyck bezag den Wyzen Man, die met het hoofd gebogen ten gronde staerde; hy liet hem nog een oogenblik in overweging en vroeg dan :

« Welnu, Mher Jacob, heb ik geene redenen om bekommerd te zyn over het onweder, dat op ons van alle kanten losbarsten gaet. »

Artevelde hief het hoofd op en antwoordde :

« Philips van Valois waegt misschien zyne kroon in dit spel; welligt baent hy aen Eduard van Engeland den weg, langs waer deze den franschen troon beklimmen zal. . . . Wat gy my daer gemeld hebt is zeker gewigtig, Ser Van Vaernewyck; maer, met Gods hulpe, zal Vlaenderen er dóór worstelen en zyne vryheid behouden! »

« En onzen eed, Mher Jacob, zullen wy dien verbreken? Zal Vlaenderen ons volgen op dit gevaerlyk spoor? »

« Onzen eed? Wy moeten hem integendeel, zelfs met magt van wapenen, gestand doen » sprak Artevelde. « De vlaemsche Gemeenten hebben, in tyden van ongeluk, uit godsvrucht, getrouwheid gezworen aen de Koningen van Frankryk, slechts voorwaerdelyk, voor een tydvak, aen de kroone van Frankryk en geenzins aen persoonen die door eene verkeerde uitlegging der salische erfwet den troon beklommen. De ban is onregtveerdig; Vlaenderen beroept er tegen by den Paus zelven; en de Heilige Vader zal ons regt doen; want wy zyn, zelfs tegen onzen pligt, getrouw aen onzen eed. Philips van Valois is geen koning van Frankryk; aen Eduard van Engeland alleen hoort de fransche kroone toe! [1] Begrypt gy wat dit zeggen wil, Ser Van Vaernewyck? »

---

[1] Philippe-le-Bel, koning van Frankryk, liet dry zonen na, die allen beurtelings den troon beklommen, doch zonder erfgenamen

De Voorschepen vatte met ontroering de hand van Artevelde en zag hem sprakeloos in de oogen.

« Wat wy hier te vreezen hebben » ging de Wyze Man voort « is de nadeelige indruk, dien het uitroepen van den ban op de poorters van Gent kan uitoefenen. Welnu, ik zal morgen vroeg tot het volk spreken en zyn gemoed wapenen tegen eene tyding, welke het uit mynen mond zelven vernemen zal. Roep gy intusschen, tegen dezen avond, de Schepenen op het Schepenhuis byeen. Wy zullen onmiddelyk Mher Jan Van den Bossche naer Luik zenden, by de groote Klerken in Godsgeleerdheid, om raed te hebben over het beroep by den Paus. De Geestelykheid is met ons; wy zullen den Deken der Kristenheid verzoeken, tot den Bisschop van Doornik te gaen om opschorsing van het vonnis te verkrygen tot

---

overleden. De moeder van Eduard van Engeland was dochter van Philippe-le-Bel, en hield staen dat zy of haer zoon, na de dood harer dry broeders, de kroon van Frankryk erven moest. Philippe de Valois was zoon van eenen broeder van Philippe-le-Bel, en beweerde dat hy als naeste erfgenaem moest worden aenschouwd, voorgevende dat de salische wet de vrouwen onbekwaem tot het erven der kroon verklaerde, ofschoon men tot dan van zulke uitsluiting niet had geweten. Philips van Valois maekte zich meester van den franschen troon vóór dat het pleit beslist wierde; er volgde een oorlog, die niet min dan honderd jaren voortduerde en de bron is van de hevige yverzucht welke de fransche en engelsche volkeren nu nog tegen elkander voeden. Zie over dezen twist : SISMONDE DE SISMONDI in zyne *Histoire des Français*, tome VI, 5ᵉ partie.

FROISSART, édition de Buchon, tome I. chap. IV, page 14, zegt : « Ainsi alla le royaume, ce semble à moult de gens, hors de la droicte ligne. »

In de *Chronique de Flandre du XIVᵉ siècle, écrite en patois Rouchy*, staende in de *Choix de chroniques de Buchon*, wordt gezegd : « Aldus was het koningryk vervallen op den koning Eduard na de dood zyns grootvaders en zyner dry oomen, broeders zyner moeder. »

dat er over ons beroep beslist zy [1]. Wat er ook van kome, de twyfel over het voortbestaen van den ban zal Vlaenderen redden. Morgen reeds beveel ik eene wapenschouw des gentschen heirlegers op den Kouter. Wy zullen gereed zyn, vriend Maes; maer wy hebben tyds genoeg : men komt niet in eenen enkelen dag van Ryssel naer Gent, bovenal wanneer er onderwege nog Vlamingen zyn. »

« Ik bewonder uwe wysheid » zegde de Voorschepen « inderdaed, zoo verliest het schrikkelyk wapen van Frankryk alle zyne kracht; maer ik weet niet, of wy wel op de andere steden van Vlaenderen rekenen mogen. De Graef, door het geven van verderfelyke voorregten aen Brugge en Ypere, [2] schynt de meeste Vlamingen van ons te hebben afgetrokken; misschien zal Gent alleen staen voor het onweder. »

« Mogelyk » antwoordde Artevelde « ofschoon ik overtuigd ben, dat Vlaenderen gelyk één man zal opstaen by het naderen van Frankryks legermagt. In alle geval, aen het hoofd myner heldhaftige Gentenaers, zal ik niet aerzelen Frankryks leger te gemoet te trekken, met de hoop op eene roemryke overwinning. — En mogt hier het geval het goede regt beloochenen, dan roepen wy Eduard van Engeland ter hulpe, om de geschonden

---

[1] « Jan van den Bossche voer te Ludeke (Luik) ende daer omtrent an grote Clerken (Geestelyken) omme raet te soekene op tappel dat men doen soude jeghen die sententie. »

« Item minen heere den Deken van der Kerstenhede ende der Lieven van der Lelyen; twe freren, twe Jacopine, twe Witte broeders ende twe Augustine, die voeren ..... te Risele (Ryssel) in der stede orbore, toten heeren die daer waren van sconinx alven, die daer sententie worpen. » *Stadsrekeningen van Gent*, anno 1337-38.

[2] Octave De le Pierre, *Précis de l'histoire de Bruges*, page 28.

onzydigheid van Vlaenderens bodem te helpen wreken; hy vraegt niet beter. — Ah, Philips van Valois weet niet goed wat gevaerlyk spel hy waegt; hy weet niet, dat Vlaenderen misschien den echten Koning van Frankryk naer Parys geleiden moet! »

« Heb dank, Mher Jacob » sprak de Voorschepen op nieuw de hand zyns vriends drukkende « gy hebt my rust en moed teruggeschonken : eene duistere toekomst had zich voor mynen geest gespreid; uw magtig woord heeft een hoopvol licht voor myne oogen doen ontstaen. Welaen, vooruit voor vryheid en voor vaderland! Ik ga alles bezorgen voor de vergadering der Schepenen, en Mher Van den Bossche van zyne zending verwittigen. »

Dit zeggende wilde de Voorschepen den Wyzen Man haestelyk verlaten; maer deze, hem met de hand terughoudende, leidde hem tot het venster en sprak :

« Zie, Ser van Vaernewyck, hoe vergenoegd, hoe bly het gentsche volk daer op de markt krielt; misschien zal het binnen eenige dagen reeds zyn bloed voor de vryheid te vergieten hebben; menige dezer vrouwen zullen eenen echtgenoot, vele dezer kinderen misschien eenen vader te beweenen hebben. Het zou wreed zyn, niet waer, die zuivere vreugde te breken, als men niet weet of morgen reeds schrik en droefheid ze niet zullen vervangen? Laet die moedige poorters toch eenige uren zuiver geluk genieten, vriend; stooren wy, nu ten minste, de algemeene blydschap nog niet. »

« Wat wilt gy zeggen, Mher Jacob? »

« Dat gy aen niemand ter wereld iets melde van hetgeen gy weet, dan alleenlyk in den laten namiddag; want, hoe geheim het blyve, het loopt toch als de wind tusschen het volk rond. »

« Inderdaed, deze dag is de schoonste die wy sedert onze ontwaking beleefd hebben; ik wil hem ook niet stooren. »

« Hebt gy voor den middag eenige haestige zaken af te doen, Ser Van Vaernewyck? » vroeg Artevelde.

« Neen » was het antwoord « ik had voorgenomen de jaermarkt eens af te wandelen; maer de gewigtige tyding heeft my er de goesting doen van overgaen. »

« Kom, kom » riep Artevelde, met gullen lach zynen vriend naer den trap leidende « er is een tyd voor alles, Ser Maes; misschien zullen wy werks genoeg gaen krygen. Heden zy het een rustdag. Ga met my : myne vrouwe en dochter wachten my daer beneden met Mher Ghelnoot en den zoon van den Overdeken; wy zullen, samen koutende, de jaermarkt zien : de vreugd verheldert den geest, misschien vinden wy nog betere gedachten. »

Zy waren beneden den trap en aen de deur van het Hooghuis gekomen.

« Het is wel » zegde de Voorschepen « ik aenveerd met blydschap uw voorstel; maer hoe zullen wy met de wacht van St.-Jan door het volk geraken? »

« Myne wacht blyft hier staen » antwoordde Jacob « gy vindt het onvoorzigtig, niet waer? De betaelde moordenaers die men tegen my uitzendt? Ah, de Gentenaers zyn myne beste wacht; en ik zeg het met diep gevoelde fierheid : de tyd om Jacob Van Artevelde te treffen ware voorzeker slecht gekozen, wanneer hy te midden van het gentsche volk zich bevindt. Kom, geene vrees : God behoedt ons allen! »

Niet verre van het Hooghuis, omtrent den hoek der Lange Munte, vonden zy Vrouw Cathelyne van Drongene, Jacob's echtgenote, met hare dochter en hare dienstbode staen. Ghelnoot van Lens was aen 't spreken en aen 't lachen met eenen meester-beenhouwer uit zyne gebuerte.

Lieven Denys gaf de hand aen de schoone Veerle en voelde zich het hart van hoogmoed en blydschap kloppen, daer hy de blikken der voorbygangers met bewondering op de maegd vallen zag. En inderdaed, iets tooverachtigs, als een dampkring van geluk en liefde, omringde de jonge Veerle op dit oogenblik. Haer gelaet blonk met den helderen lach, die eene beloofde vreugde voorafgaet; hare gitzwarte oogen dwaelden vonkelend over de markt en zy hief stoutelyk den ranken hals in de hoogte, als hadde zy gevoeld dat Artevelde's bloed, door zyn vaderlandsch werk, ook in de aderen zyner dochter was veredeld. Gewis, zy behoefde, om schoon en verleidend te zyn, noch prachtige kleederen noch ryke juweelen, alhoewel zy die nu droeg. De samaer van hemelblauwe zyde vloeide in gewaterde vouwen om haer ryzig lichaem, eene kunstig gewrochte gulden keten herglanste op hare borst; en de huike, van wit doorschynend waes, streelde haer hals en hoofd, terwyl zy den zuiveren blos harer wangen nog verhief.

Lieven Denys stond nevens haer in eene gansch verschillige houding; hem jaegde de boezem fel, en ook in zyn hart gloeide hoogmoed; nochtans, hy durfde slechts nu en dan zynen oogslag tot Veerle opheffen, en zag meesttyds droomend en met dwalenden blik voor zich ten gronde. Het was alsof hy gevreesd hadde, aen iemand ter wereld te laten merken wat er in zyn hart omging; alsof hy vreesde langs zyne oogen een gedeelte te verliezen der zalige ontroering, welke hem nu onder haer zoet geweld neêrgedrukt hield. Niet zelden beklom een hevig rood zyn voorhoofd wanneer een aenschouwer, door lang bezien, tot in zyne ziel scheen te willen dringen om daer de diepte zyner verrukking te meten. Van tyd tot tyd, wanneer ergens een lied ter eere haers vaders uit de scharen opklom, drukte Veerle bewusteloos de hand van Lieven, dat deze zigtbaer beefde van ontsteltenis. De dichterlyke jongeling zou zyne Veerle wel, ten koste zyns levens, van tusschen deze nieuwsgierige menigte weggevoerd hebben; het wondde hem wreedelyk aen het hart, aldus zyn gevoel te moeten versmachten, om de zuivere drift die in hem gloeide voor spot of ontheiliging te beschutten. En nochtans, had men hem schatten geboden om dezen dag af te staen, hy zou het geweigerd hebben. Ging hy niet, hand aen hand, met de schoone Veerle, de dochter des Wyzen Mans, voor ieders gezigt daer heen stappen? En was dit niet voor hem een pand, dat zy hem alleen en geenen anderen man op aerde tot bruid voorbestemd was?......

Na de gewoone groetenis en eenige vriendelyke woorden met den Voorschepen gewisseld te hebben, riep Vrouw Van Artevelde hare dienstbode tot zich en ging, tusschen haren man en Ser Van Vaernewyck, de markt op, terwyl Veerle met Lieven haer volgde. Aen de andere zyde der maegd ging Ghelnoot van Lens, de Hoofdman van St.-Nicolaes, die niets deed dan lachen en schertsen met alles wat hy hoorde of zag.

Overal waer de Wyze Man met zyn huisgezin zich aenbood, opende het volk eerbiediglyk zyne scharen en sprak blyde groetenissen uit, terwyl de meisjes en jonge lieden elkander de prachtige Veerle aenwezen. Zy naderden welhaest tot de winkels en bleven eenigen tyd voor eenen schoonen toog met alle soorten van gouden lakens staen. Vrouw Artevelde had reeds meer dan eenmael een stuk, met zilver en goud doormengd, bezien en aengeraekt. Artevelde, die intusschen bezig was, met den koopman te spreken, hoorde eensklaps achter zynen rug eene stem die zegde:

« Wat! zou hy my niet herkennen? Ik wed voor al wat gy wilt; — en ik zal hem aenspreken dat gy het allen ziet en hoort. Wacht maer wat, dat hy zich omkeere! »

Deze stem moest Artevelde getroffen hebben; want hy wendde zich met blyden lach naer de ambachtslieden, die achter hem stonden; en regt tot eenen van hen gaende, reikte hy hem de hand, en sprak:

« Ah, goeden dag, koene vriend; ik ben verheugd dat ik u ontmoete. Herinnert gy u nog, dat gy my zegde: er moet bloed of werk zyn? »

De hand van Lieven Comyne beefde van ontsteltenis in de hand des Wyzen Mans, en hy zag hem sprakeloos in de oogen, terwyl eene uitdrukking van geluk zyn aengezigt als verlichtte.

« Werk is er » ging Artevelde voort « bloed nog niet; maer als Vlaendren het eischt zal het goede gentsche bloed er ook niet ontbreken, niet waer, gezellen? »

« Bloed ontbreken, voor het vaderland? » morde de jonge blauwverwer in de uiterste ontheffing « In Gent? Ah, dit zullen wy zien! Dat Persemier van het Belfroot maer eens roepe: vyand! vyand! en gy zult de gentsche leeuwen hooren brieschen van blydschap! »

« In afwachting dat Vlaenderen ons roepe, moeten wy rustig en vrolyk genieten van den voorspoed dien God ons geschonken heeft » zegde Artevelde « maer het hart moet goed blyven, zoo als het uwe is, koene gezel. »

« Gy hebt gezegd : houdt vlaemschen moed! » antwoordde Jan de stroodekker, die achter de anderen stond en nu met kracht op zyne borst sloeg « dit woord blyft daer geschreven! »

Artevelde liet de hand van Lieven los om die des stroodekkers aen te grypen.

« Nog een myner vrienden » zegde hy lachend.

« My herkent ge dus ook nog? » riep Jan vol vreugde en hoogmoed.

« Zyn wy niet allen te samen zonen van Gent, die gezworen hebben elkander met bloed en goed by te staen tot Vlaenderen's verlossing? » antwoordde Artevelde « Broeders in vreugde, broeders in lyden, broeders zelfs tot in de heldendood? »

Lieven Comyne had zich omgekeerd om zyn aengezigt te verbergen; lang had hy reeds geworsteld tegen het overmatig gevoel dat hem ontstelde; maer nu was hy overwonnen en de tranen borsten hem eensklaps uit de oogen.

De Wyze Man bezag den moedigen gevoelvollen gezel met bewondering; hy klopte hem op den schouder en sprak :

« Vriend, gy heet Lieven Comyne, geloof ik, en gy woont by Ste.-Veerle-kapelle. Indien Vlaenderen het leven van eenen held tot zyne behoudenis vraegt, zal ik my uwer herinneren. »

« Dank, dank, Mher Jacob » antwoordde Lieven met versmoorde stemme « ik zal wachten; maer ik reken op uw woord...... »

Veerle kwam op dit oogenblik haren vader by den arm trekken, zeggende :

« Maer, Mher vader, gy laet ons zoo alleen; dit is niet

wel gedaen. Zie eens, wat schoon stuk gouden laken dat moeder heeft! »

Artevelde drukte nog eens de hand van Lieven Comyne en van zyne vrienden; dan keerde hy zich om naer den winkel.

De verrukte blauverwer Lieven vaegde eensklaps de tranen uit zyne oogen, en riep als vervoerd.

« Kom aen, kom aen, gezellen, ik geef vier stoopen wyn in de *Gulden Zwane!* Drinken, drinken! want het brandt my om het hart! Nog eens goed den blyden dag gevierd! Houdt vlaemschen moed! Houdt vlaemschen moed! »

Met deze woorden sprong hy vooruit naer de Wandelstege, en baende zyne vrienden, al juichende, een spoor door het volk.

Toen Artevelde zich omkeerde verliet zyn gezelschap juist den winkel; hy zag dat zyne vrouw een stuk gouden laken aen hare dienstmeid Jacquemyne te dragen gaf, en zegde, minzaem schertsend :

« Zoo, zoo, Cathelyne, het handgift mag tellen! Wat geeft gy daeraen? »

« Niets » antwoordde Vrouw Artevelde « het is een marktgeschenk van Ser Van Vaernewyck. »

« Inderdaed, Ser Maes » zegde Jacob « gy herinnert my dat alle vrienden zich heden geschenken doen. »

« Maer ik ben weduwenaer » lachtte de Voorschepen « aldus moet ik u het wedergeschenk wel kwyt schelden. »

« Dit gaen wy zien » antwoordde Artevelde, terwyl hy zyne dochter voor den winkel bragt. « Nu Veerle, gy die zoo goede goesting hebt, kies my eens een stuk gouden laken voor Jonkver Christina Van Vaernewyck. »

De keus was wel ras gedaen en de koop gesloten;

Artevelde opende zyne tessche en betaelde, waerna hy het geschenk insgelyks Jacquemyne op den arm legde, en al koutende met zyn gezelschap langs de winkels voortstapte. By het Toreken, waer de kemels met hunne lange halzen boven de tenten reikten en de nieuwsgierigheid van het juichende volk opwekten, bleef Veerle voor eenen toog staen, waerop alle kostelyke juweelen van het Oosten ten toon lagen. Een Turk, met zynen afrikaenschen slaef, zat daerby rustig eenig warm sop uit eene zilveren schael te drinken. Aen zyne andere zyde stond een taelman.

Veerle had reeds beurtelings eenige ryke voorwerpen van den toog opgenomen en met begeerte in de handen gekeerd, tot dat zy eindelyk in twyfel scheen te staen tusschen twee kransen peerlen; de eene was zwaer en ongetwyfeld kostbaer; de andere integendeel was kleiner en ligter. Aen den taelman gevraegd hebbende wat deze juweelen golden, kreeg zy voor antwoord:

« Het grootere moet tien Pond Groot kosten, het kleine zal men voor dry Pond laten. »

« Welnu » sprak Veerle, zich tot Lieven Denys keerende en hem den grooten krans toonende « gy zoekt al zoo lang naer een marktgeschenk voor my; hier is er nu een dat my bevalt. Zie of de koopman niets van zynen prys wil laten afdingen. »

Lieven Denys liet de hand van Veerle los en boog het hoofd om het rood te verbergen dat hem nu op aengezigt en voorhoofd klom.

« Het is zoo duer, Veerle » zuchtte hy met droefheid « zoo veel geld heb ik in myne tessche niet. »

« Ah » riep Ghelnoot van Lens « zou de begeerte der schoone Veerle om zulke reden onvervuld blyven? Ik moet ook myn marktgeschenk doen. Welaen, ik zal het halssnoer koopen; Lieven zal wel wat anders vinden. »

Eene krampachtige siddering doorliep de leden van Lieven en hy wierp eenen bliksemenden oogslag op Ghelnoot, die hem met verbaesdheid aenzag, alsof hy de oorzaek dezer plotselinge gramschap niet vermoedde.

Intusschen had Veerle weder de hand van Lieven aengevat; en, voelende hoe de jongeling beefde, had zy begrepen wat er in zyn gemoed omging. Zy sprak als verwonderd :

« Sa, gy begrypt my niet, of heb ik verkeerdelyk getoond? Denkt gy dat ik die zware peerlen aen mynen hals zou willen; het is een krans voor eene oude Matroone! Deze lieve kleine peerlen wil ik hebben. . . . . . . en, Mher Ghelnoot, ik zou toch in geen geval een eerste marktgeschenk aenveerden dan van Lieven alleen, hoort gy wel? Nu, koop het maer Lieven, ik hang het nog seffens aen mynen hals! »

De getrooste jongeling drukte de hand der maegd en hief moedig het hoofd op. Terwyl Ghelnoot daer stond te lachen betaelde Lieven het juweel en gaf het aen Veerle, die het inderdaed onmiddelyk om haren hals hing. Dit bewys van voorkeur en van liefde ontroerde den jongen Lieven diep en verjaegde weder gansch de yverzucht, welke hem daer even zoo geweldiglyk had overmeesterd. Hy ging zelf tot Ghelnoot en hem de hand vattende, sprak hy :

« Mher Van Lens, gy moet my al iets vergeven; er is een gevoel in my, dat ik niet bedwingen kan; maer het is toch niet gemeend. Alzoo, denk er niet meer aen en laet ons goede vrienden zyn. »

« Wat het laetste betreft, voor eeuwig, Lieven; want

met alle uwe onbegrypelyke grillen, zyt gy toch een koen en braef gezel. Maer als gy van zin zyt op te vliegen, zoudt gy my dit wel wat eerder kunnen zeggen. Nu, nu, daer is niets by verloren; ik weet het alreeds niet meer, dat gy weder boos geworden zyt om een onnoozel woord. — Komt, nu al gauw voort : zie, ginder verre staet Mher Jacob. »

Lieven en Veerle volgden Ghelnoot tot by het gezelschap, dat voor eenen wapenwinkel was blyven wachten; na eenige woorden over het geschenk van Lieven gewisseld te hebben, meenden allen met meer haest voort te stappen om de baladyns en goochelaers te gaen zien; maer eensklaps hoorde men van verre, in de rigting van den Steendam [1], de kletterende stappen van een dravend peerd, en onmiddelyk stroomde het volk naer dien kant, alsof men gewaend hadde dat er iets gewigtigs op handen was.

De ruiter, die met vollen toom de Kerkbrug [2] kwam overgerend, viel tegen het digtgedrongen volk en zag zich gedwongen zyn peerd te doen staen. Zyn aengezigt gloeide van vermoeidheid; het zweet liep als by beken langs het rookend lyf zyns dravers; man en dier waren met stof bedekt en hygden ten sterkste om hunnen adem.

Het eerste dat de ruiter deed, wanneer hy zyne borst wat lucht gegeven had, was in de stygbeugels zich op te rigten en met de armen in de hoogte te roepen :

« Wee, wee over Gent! »

« Van waer komt gy? » riep men van alle kanten.

---

[1] N° 9 der kaert.
[2] N° 16 der kaert.

« Van Rupelmonde » was het antwoord « ik moet den Opperhoofdman zien. Waer zal ik hem vinden? »

« Hy is op de markt! » riep men hem toe.

Een ambachtsgezel nam den toom van het peerd; en, het door het volk voortrukkende, zegde hy :

« Kom aen, ik zal u voor den Opperhoofdman leiden. »

Eene diepe droefheid verspreidde zich over het aengezigt van alle omstaende burgers; zy spraken met stille stemme en vroegen elkander :

« Zou Segher de Cortrazyn gedood zyn? »

De ambachtslieden liepen integendeel met eene opkomende woede den bode na, en vergezelden hem als eene wolk tot in de nabyheid des Opperhoofdmans.

Jacob Van Artevelde ging met Ser Vaernewyck tot den bode, die hem een gesloten perkament overreikte. Het volk drong uit eerbied achteruit en vormde, rondom den Opperhoofdman, eenen grooten ydelen kring; alle oogen bleven intusschen vast op hem gerigt.

De Wyze Man ontsloot de boodschap, zonder dat zyn gelaet de minste aendoening verried; maer nauwelyks had hy het noodlottig blad ontplooid, en gezien wat tyding het behelsde, of hy werd bleek als een doode en boog het hoofd diep, terwyl hy de hand des Voorschepens stuiptrekkend aengreep en met verdoofde stemme tot hem zegde :

« De Maerschalk van Gent onthoofd! Het lyk van Segher de Cortrazyn in eene looden kist uit Rupelmondesteen gedragen! [1] »

---

[1] « Men vernam denzelfden dag dat de byl des beuls het hoofd van den ouden Segher de Cortrazyn had doen vallen...... » Lenz, *Archives Historiques*, page 289.

« Hy werd aengehouden en in de kerkers der staetsgevangenis

Op dit oogenblik hoorde Artevelde eenen pynelyken schreeuw uit eene vrouwenborst opvliegen en over de markt galmen.

« Om Godswille! Ser Van Vaernewyck » zuchtte hy « myne vrouwe naer huis: het is haer vader! »

De Voorschepen begreep dat de Vrydagmarkt de plaets niet was, waer Vrouw Artevelde de bevestiging van haer schrikkelyk vermoeden ontvangen moest; hy liet den neêrgedrukten Artevelde met de hand voor de oogen staen en gaf aen Ghelnoot en Lieven zyne begeerte te kennen.

Terwyl men de beide vrouwen van daer wegrukte en haer door de menigte van de markt leidde, stond het volk, met tranen in de oogen, stilzwygend en sprakeloos rond Artevelde. Het gevoelde wat verdriet den boezem des Wyzen Mans verscheuren moest en het eerbiedigde genoeg zyne pyn om deze, zelfs niet door eenen enkelen wraekroep, te stooren.

Plotselings hief Artevelde het hoofd in de hoogte en luisterde lachend op een verrè geschal. De menigte zag insgelyks verbaesd in de lucht.

Daer hoorde men Persemier op het Belfroot: Vyand! Vyand! blazen, — en onmiddelyk hierop de koperen stem van Roeland storm roepen, dat hare toonen de gansche stad overdonderden.

---

te Rupelmonde gevoerd; hy zou er er niet uitkomen, dan in eene looden kist, door de hand des beuls gesloten. » Ibid., page 272.

« Si feist prendre un chevalier de Flandres, qu'on appeloit Courtroisien..... Le comte, qui ceste chose avoit faict par le commandement du roy de France, lui feit couper la teste. » Dénis Sauvage, *Chroniques des Flandres*, Lyon, 1562, page 142. Zie ook *Le véritable invent. de l'hist. de France*, par Jean de Serres, Paris, 1648, pag. 182.

Het was een akelig doch statig oogenblik, toen de vrouwen en kinderen verschrikt en huilend langs alle straten de markt afliepen, — toen de mannen met de armen ten hemel : Heil! heil! riepen, en jubelend om hunnen Opperhoofdman kwamen staen, als hadde de oude Roeland hun eene kermis verkondigd.

Terwyl ieder, nog in twyfel, de echte oorzaek van den storm poogde te raden, kwam er een stadsbode van het Belfroot tot voor Artevelde geloopen en zegde haestelyk :

« Opperhoofdman, Persemier ziet eene wolk ruiters op de baen van Biervliet in vollen draf naer de stad komen afgerend; ze zyn nu omtrent Everghem [1]. »

« Ah, ah, gezellen! » riep Artevelde met magtige stem « daer zyn de Leliaerds van Biervliet! Nu gaen wy den vermoorden Segher wreken! Op, op, Gentenaers! Te wapen! te wapen! »

Deze roep was zynen mond nog niet gansch ontvlogen, wanneer reeds alle de mannen met razend gejuich langs de aenpalende straten de markt afvloden om hunne wapens te halen.

Eenige oogenblikken daerna zag men, uit dezelfde straten, de gezellen met Goedendags, kruisbogen of zweerden komen aengeloopen; de toevloed werd in korten tyd zoo groot, dat de Vrydagmarkt welhaest met vlaggen en pongoenen [2] van verschillende kleur en maeksel

---

[1] « Een lichaem vyandlyke ruitery was de stad tot by de poorten genaderd. Men vervolgde deze vermetelen; de gewapende burgers gingen de wegen rondom de stad bezetten..... Deze ruiters (riders) waren waerschynelyk van Biervliet gekomen; het is ten minste naer deze plaets dat zy na den aftogt zich begaven. » P. A. Lenz, pag. 291.

[2] *Pongoenen* (Pennons) waren kleine krygsvlaggen, om de mindere legerverdeelingen te onderscheiden.

overdekt scheen. Ieder schikte zich onder het vaendel zyner Neering; en naer mate dat er nieuwe gezellen bykwamen, vormde men regelmatige glederen, gelyk men altyd in zulke omstandigheden gewoon was te doen.

Intusschen doorliep in iedere wyk der stad een man te peerd de straten, met de bloedpongoen in de hand, en schreeuwde: te Wapen! te Wapen! [1] om de burgers, die tot het leger der Neeringen behoorden, naer de Vrydagmarkt te roepen.

Terwyl de Ambachten zich slagveerdig maekten, stond Artevelde, met de Hoofdmans der Parochien, de Schepenen en de Dekens, by het Hooghuis. De tyd was hier te kort om lang te beramen; ook was het ontwerp des Opperhoofdmans spoedig gevormd. Ofschoon hy wel voorzag, dat de ruiters van Biervliet de stad langs de Muidepoort zouden aendoen, dewyl zy hierin, aen de andere zyden, door de vertakkingen van Schelde en Leije belet waren, zoo gaf hy desniettemin bevelen om naer elke poort eene sterke wacht te zenden.

Hy zelf stelde zich aen het hoofd van het grootst gedeelte des legers en trok over de Ser Bodinsbrugge [2] door de Grauwpoort en zoo ter Muidepoort [3] uit, tot dat hy zich met zyne bende op de baen van Biervliet bevond.

Hy deed daer, dwars over den weg, de wevers hunne Goedendags met het onderste einde in de aerde planten en, in diepe gelederen, als eenen yzeren muer vormen, voor geene ruitery doorbrekelyk.

[1] Dat dit gebruik in Gent bestond, is my door den heer professor Lenz, mondelings, uit zyne opzoekingen medegedeeld.
[2] N° 17 der kaert.
[3] N° 1 der kaert.

Dan riep hy tot het leger :

« Gezellen, goeden moed; zy, die ons aenvallen gaen hebben zich beroemd, dat zy op de poorten van Gent zouden schryven dat wy lafaerds zyn. Wy zullen hun eens leeren hoe men in Gent op zulke zwetsery antwoordt...... Blyft allen stil en zwygend...... »

Deze weinige woorden gezegd hebbende, voerde Artevelde de eene helft der overige gezellen hooger op, nevens de baen in een bosch, en gaf aen Ghelnoot van Lens bevel om met de tweede helft insgelyks eene hinderlaeg aen den anderen kant van den weg te leggen.

Ter nauwernood was deze schikking uitgevoerd, of de ruiters vertoonden zich in de verte; daer zy slechts eenen kleinen hoop burgers op den weg zagen staen, renden zy des te stouter vooruit en meenden de wevers met de Goedendags in eenen enkelen aenval over het lyf te loopen. Inderdaed, toen zy tot op eenige boogscheuten genaderd waren, gaven zy hunne peerden de spoor en renden in onstuimigen vaert op de punten der Goedendags. Onder de wevers kwam eenige wanorde door dien fellen stoot, en reeds juichten de ruiters als over eenen zegepraei; maer nu vielen de gezellen met Jacob Van Artevelde en Ghelnoot van Lens, uit hunne hinderlagen, den vyand langs de beide zyden aen en wierpen in min dan een oogenblik alles onder den voet wat in hun bereik was.

De achterste ruiters, dit ziende, begonnen « verraed! verraed! » te roepen, en vlugtten zoo snel zy maer konden van het slagveld, terug de baen naer Biervliet op. Zy lieten aldus omtrent twee honderd hunner makkers omringd van wel duizend Vlamingen, die er kort spel mede maekten en ze by hoopen neêrvelden.

De ruiters verweerden zich met woede, tot dat hun getal byna gansch weggesmolten was en zy tusschen de geslagte peerden en lyken zich niet meer verdedigen konden. Dan staken zy hunne zweerden met het gevest omhoog en vroegen genade.

De stryd hield op; men ontwapende de ruiters en stelde ze, benevens de nog overblyvende peerden, onder bewaking eener goede wacht.

Na dat men eenige oogenblikken had uitgerust en de stadssurgienen, meester Spelliaerde en Arnold van Leene [1], met hunne knapen, de gewondenen verbonden hadden, deed Artevelde den aftogt blazen.

Zoohaest het leger weder in gelederen op de baen geschikt was, riep Artevelde tot zyne mannen :

« Gezellen, wat wy daereven gedaen hebben is de moeite niet weerd om van te spreken; maer nu hebben wy de handen vry! Men heeft ons eerst aengevallen : wy zullen ons wreken volgens regt. Maekt u nu gereed voor eenen ernstigen oorlog. Wy zullen zelven dit nest van Biervliet eens gaen rooven! »

Hierop gaf hy bevel tot den aftogt; en het gentsche leger trok al zingend met den buit en met de krygsgevangenen ter Muidepoort in.

---

[1] Item ghaven sy meester *Arnoude van Leene*, den stede surgien..... Item ghaven sy *meester Spelliaerde* over vele ghewondde. rike en aerme, die hy ghenas..... » *Stadsrekeningen van Gent.* Anno 1340-41.

V.

Op zes uren gaens van Gent, in Zeeuwsch Vlaenderen, lag het stedeken Biervliet, dat de omliggende vlakte met zyne zware waltorens en hooge muren beheerschte. Ofschoon niet groot van omvang, was het echter zeer sterk, en men roemde het als eene byna onwinbare vesting. Deze plaets had de koning van Frankryk, op raed des Graefs, verkozen om van daer de Gentenaren lastig te vallen en ze te dwingen een gedeelte hunner magt naer dien kant te wenden, terwyl hy, langs de henegauwsche grenzen, met het groot fransch leger in Vlaenderen vallen zou.

In den eerste was Biervliet het toevlugtoord geweest van alle bannelingen, Leliaerds en fransche baenstrykers, die, onder de geheime bescherming van Frankryk, aldaer te samen liepen en in schyn als onafhankelyke vrygangers handelden.

Alzoo kon men niet zeggen, dat Philips van Valois

of de Graef de Vlamingen aenviel; en de Gentenaren, door dezen list verlamd, mogten in het ontstaen dezer vyandlyke magt geen regt tot wettelyken oorlog vinden, zoolang dezelve het grondgebied hunner stad niet aendeed.

In de laetste dagen waren er in eens vyf honderd ruiters binnen Biervliet getrokken, oogschynelyk om, met de Leliaerds vereenigd, den koning van Frankryk in den aentogt op Gent, welken hy ondernemen ging, te ondersteunen. Deze vreemde soldeniers en ridders deden zich insgelyks voor eene vrye bende doorgaen; doch het was, aen hunne tael en aen hunne uitrusting, onmiskenbaer dat zy nog onlangs in het fransch leger hadden gestaen.

Door zich zelven kon Biervliet, hoe sterk zyne bezetting ook mogt zyn, de Gentenaren geene de minste vrees voor hunne vryheid inboezemen; maer het bestaen van zulk middenpunt lokte alle de Leliaerds en ontevredenen der vlaemsche steden tot zich, en deed de Gentenaers in de vrees verkeeren, dat rondom hetzelve eene magtige gezindheid tegen de herwonnen vryheid zich vormen zou. Des te meer, daer het geld van Frankryk den overvloed onder deze vrygangers deed heerschen, en vele lieden, door de hoop op een lustig leven en groote winst, aengetrokken werden om zich onder de Leliaerds te begeven.

Artevelde had reeds lang den aengroei der bezetting van Biervliet met kommer en spyt bemerkt; maer vermits hy voor vast stelsel genomen had, nooit buiten de wettelykheid en het regt der Gemeente te treden, bleef hy werkeloos tegen de vyandige sterkte, verzekerd zynde dat de Leliaerds hem wel eens zelven het regt zouden brengen om hen te verpletteren.

Dit was nu, door den laetsten aenval tegen Gent, volgens zynen wensch geschied; de Gemeente mogt zich tegen hare eigene vyanden verdedigen; en dewyl dezen als vrygangers, onder niemands opentlyk bevel noch bescherming stonden, mogt men ze gaen bestryden, zonder door dezen krygstogt op de overheid des Graefs inbreuk te doen. De koning van Frankryk had zich aldus in zyne eigene netten gevangen, en aen de Gentsche Gemeente het onbetwistbaer regt verschaft om, zelfs buiten haer grondgebied, den oorlog te voeren.

De Wyze Man liet deze gelegenheid niet ontsnappen om, zoo als hy gezegd had, het nest der Leliaerds te gaen rooven. Zes dagen waren er verloopen, toen hy reeds met vier duizend onversaegde Gentenaers voor Biervliet verscheen, en, na een hardnekkig gevecht tegen de vyandlyke ruitery, zyne tenten in het gezigt doch buiten het bereik der vesting nedersloeg. [1]

Hy meende in den eerste de bezetting door hongersnood tot overgaef te dwingen, en deed met dit inzigt de stad nauw omsingelen en alle wegen bewaken. Dan, hy ondervond welhaest dat dit middel niet zou gelukken, dewyl de magtige ruitery der Leliaerds byna dagelyks uitvallen deed en gemakkelyk door het gentsche voetvolk brak, om voorraed en zelfs hulpbenden in de stad te

---

[1] « Dit klein burgerleger, blakend van verlangen om met de Leliaerds en baenstrykers handgemeen te worden, trok door Assenede en van daer naer Biervliet. Een tamelyk harde stryd werd er geleverd, doch de Gentenaren behielden het slagveld. Na deze eerste overwinning sloeg Artevelde daer zyne tenten neder en begon met de andere steden te handelen, dewelke zich byna altemael bereid toonden om de wapens op te vatten en met de Gentenaers aen te spannen. » P. A. LENZ, page 292.

brengen. Wel is waer, dat hierby telkens bloedige schermutselingen voorvielen en de Leliaerds volks genoeg verloren; doch het beleg zelve voorderde er niet merkelyk door.

Artevelde scheen zyn verblyf voor Biervliet met inzigt te verlengen en zich geenzins te haesten om de vesting beslissend aen te doen. Inderdaed, hier was hy in de nabyheid van Westvlaenderen, en nam de gelegenheid te baet om de andere steden tot wederstand en tot samenspanning met de Gentenaers over te halen. In deze pooging gelukte hy ten volle. Dagelyks kwamen er zendelingen van Brugge, van Yperen, van Thourout, van Dixmude, van Veurne of van andere vlaemsche Gemeenten in zyn leger, om zich met hem bedektelyk over de voorwaerden van het verbond te verstaen [1]. Daerenboven, met Artevelde bevonden zich voor Biervliet zeven der bekwaemste Schepenen van Gent, en dezen reisden in alle rigtingen uit om den vaderlandschen hoogmoed overal te gaen aenvuren, waer de aenhangers van Frankryk hem nog onderdrukt hielden. Na weinig tyds bestond er tusschen alle de steden van Vlaenderen een magtig verbond, waerby elk gezworen had, op te staen en te wapen te loopen, zoohaest de vreemdeling zynen voet op den vlaemschen bodem zou durven zetten. De stad Gent was erkend als werkend middenpunt der samenspanning, en tot nadere overeenkomst zou men hare rigting volgen.

Wanneer Artevelde zyn geheim ontwerp uitgevoerd zag,

---

[1] « C'est là que les députés des villes de la Flandre tudesque (*Dietsch Vlaenderen*) vinrent le trouver pour faire alliance avec lui et lui dire que tout le pays était disposé à prendre les armes et à défendre l'indépendance nationale. » Le Glay, tome II, page 416.

begon hy ernstig op middelen te denken om Biervliet in zyne magt te krygen. Zyne mannen morden dagelyks over hunne werkeloosheid, en hy vreesde met reden dat hun betrouwen en hun moed verzwakken zouden, indien hun nog langer den vurig gewenschten stryd geweigerd werd.

Hy besloot dan, tot groote blydschap der Gentenaers, eene algemeene bestorming te wagen, met zyne mannen over de vestingmuren te klimmen en zich door eene beslissende pooging van de stad meester te maken.

Op den morgen van den dag tot de stormlooping bestemd, heerschte er eene buitengewoone werkzaemheid in de eene helft des vlaemschen legers. Hier waren de Ribauden, achter de tenten, bezig met den grooten stadsboog en de springhalen veerdig te maken, terwyl eenige knapen de peerden voederden die voor de engienen moesten worden gespannen. Niet verre van daer voegden de timmerlieden zware stormladders in elkander, en van alle kanten droeg men stukken hout, koorden en lange haken te samen, naer de plaets waer de werktuigmeesters met hunne knapen zich bevonden.

Op verschillende hoeken des legers, in meer dan eene baen, stonden talryke karren met ryshout en takkebossen, die men uit de Maldeghemsche en Eecloosche wouden had gekapt, dewyl men in de polderachtige vlakte van Biervliet weinig houtgewas aentrof. De neering der Volders, die in den aenval den voortogt houden moest, arbeidde aen het ontladen der karren : elken gezel werd eenen zwaren takkebos gegeven, met den last dien onder het stormen vooruit te dragen en op de aengewezene plaets in de stadsgracht te storten.

Tusschen deze zwoegende menigte liepen vele kramers met wyn en allerlei gedroogden visch en vleesch, die zy de Gentenaers te koop boden. In afwachting van den stryd werd er vrolyk op de overwinning gedronken, en men zong er menig vervoerend krygslied.

Dit gedeelte des legers moest de beklimming doen en stond onder het onmiddelyk bevel van Jacob Van Artevelde en Ghelnoot van Lens. Het was meest uit Volders en leden der Kleine Neeringen [1] samengesteld.

De tweede helft bestond uit de leden der Wevery, benevens de befaemde schutters van St.-Joris gilde, en was aen het opperbevel van den Overdeken Geeraert Denys toevertrouwd. — Deze magt moest in het stormloopen geen deel nemen. Daer de Vlamingen geen peerdenvolk voor Biervliet hadden, was het te voorzien dat de ruitery der Leliaerds, gedurende den storm, eenen magtigen uitval zou wagen en de stormers van achter zou poogen aen te grypen. Het ware de bezetting op zulke wyze niet moeijelyk geweest, de Gentenaers in verwarring te brengen en misschien tot eenen schandelyken aftogt te dwingen; maer Artevelde voorzag de mogelykheid van zulken toestand. Om hem te voorkomen bestemde hy slechts de helft zyner magt tot de beklimming der muren. De andere, onder Geeraert Denys, legde hy in het gezigt der groote poort van Biervliet, om de stormers voor allen uitval te behoeden, en, indien het noodig ware, slag te leveren in het open veld. Hun

---

[1] De ambachten van Gent waren in dry hoofdneeringen verdeeld: de Wevery, de Voldery en de *Kleine Neeringen*. Onder deze laetste waren alle ambachten begrepen, die noch tot de Wevery noch tot de Voldery behoorden, zoo als beenhouwers, bakkers, smeden, timmerlieden, koperslagers, winkeliers, enz.

was insgelyks bevolen, van uit hun leger een waekzaem oog op het stormen zelven te houden en hulp te brengen of ontzet te doen waer het mogt worden vereischt.

In dees gedeelte des legers zag men weinig beweging; de schutters van St.-Joris gilde beproefden de kranekyns [1] op hunne bogen, de targedragers [2] stonden nevens hen, gereed met den beukelaer die elken schutter voor het lyf moest gehouden worden, of hielpen hen in het aendoen hunner uitrusting, terwyl men voor de overige tenten, slechts hier en daer, hoopen gezellen met Goedendag of zweerd uit kortswyl tegen elkander zag schermen.

Geeraert Denys had de Dekens, de Centeniers en de Constavels [3], die onder zyne leiding stonden, voor zyne tente doen komen en hun de bevelen van Artevelde medegedeeld. Op dit oogenblik zond hy hen juist naer hunne mannen terug, hun nog eens zeggende:

« Alzoo gezellen, ik kan het u niet genoeg indrukken: wat gy ook zien moget, volgt altyd den standaerd van St.-Joris; ik zal my by denzelven houden en u leiden waer het behoort. Laet u door geene ruitery uit uwe gelederen lokken..... en dat niemand ten dien opzigte myne bevelen vergete! Ga nu tot uwe mannen en houdt vlaemschen moed. »

Zoohaest de oversten zich verwyderd hadden, zegde de Overdeken iets tot eenen weversgezel, die op vyf of zes stappen van hem op schildwacht stond, en ging dan

---

[1] Een yzeren handtuig, waermede men de stalen kruisbogen opspande.

[2] *Targe.* Een schild dat door eenen knaep voor den schutter gedragen werd.

[3] *Centenier,* overste over honderd man; *Constavel,* in het leger overste over tien man, en in de stad overste der buert.

binnen zyne tente. Hy zette zich op eene banke neder en stuerde zyn oog in diepe overweging ten gronde. Gewis, de ziel van Geeraert Denys moest door vreugde ontroerd zyn; want op zyn aengezigt zweefde een lach........ een lach vol venyn en helsche blydschap, zoo zuer en zoo zegepralend nydig, dat men van schrik voor verraed en sluipmoord zou gebeefd hebben, by den aenblik alleen van zyn hatend en boos gelaet.

Nauwelyks was hy een oogenblik alleen gebleven, of het doek zyner tente werd ter zyde getrokken; Jan Calevoet, de deken der tykwevers, trad geheimzinniglyk er binnen en zegde tot den Overdeken:

« Gy hebt my daer straks in het oor gefluisterd, dat ik haestelyk by u komen zou. Hebt gy goed nieuws? »

« Uitnemend goed! » antwoordde Geeraert, als verrukt de handen wryvende « zit neder, Calevoet, en spreek stille; men mogt ons hooren........ In alle geval, ik heb bevolen dat men niemand myne tente late naderen. Ah, Mher Jan, heden nog zal Vlaenderen van zyne verleiders en dwingelanden verlost zyn! Ik kon dit groote werk wel alleen uitvoeren, om de verdiensten ervan met niemand te deelen; maer gy zyt myn vriend en wy hebben tot nu toe gezamentlyk voor het vaderland gewerkt. »

« Het is waer: ik ben u dankbaer voor de aendacht; maer ik geloof dat gy u met eene valsche hoop vleit, Mher Geeraert. Het schynt my onmogelyk, op het oogenblik eener stormlooping aen Vlaenderens redding te denken. Wat zyt gy dan voornemens te doen? »

« Kom nader, Calevoet, en bewonder het geluk van dien vond. De heerschzuchtige dwingeland gaet de stormers aenvoeren; gy weet wat eene stormlooping is: door de snelheid en de kracht zelven die er toe noodig zyn, wordt het eene algemeene verwarring, waerin men byna geene bevelen meer geeft noch ontvangt. Gelooft gy, Calevoet, dat indien de ruitery van Biervliet onverhinderd op de stormers vallen kon, er alsdan velen ontsnappen zouden? »

« Maer wy zyn hier om het te beletten. » bemerkte Calevoet.

« En indien wy het eens lieten geschieden? » vroeg Denys.

« Oh, het ware een snood verraed, zoo vele Gentenaers te laten verpletteren! » zuchtte de deken der tykwevers.

« Maer Artevelde zou ook van de wereld verdwenen zyn! » zegde de Overdeken met zegepralenden grimlach.

Calevoet worstelde in zyn binnenste met een gevoel van afgryzen; hy zweeg eene poos en antwoordde dan:

« Maer het is eene afschuwelyke moord, Mher Geeraert! »

Op de lippen des Overdekens verscheen eene uitdrukking van medelyden of van mispryzen; hy sprak met ongeduld:

« Alzoo, Calevoet, hebt gy niet meer moed noch verstand dan elken onzer gezellen? Gy zoudt voor het geluk uws vaderlands niets willen bestaen, dan wat de gemeene man lofbaer noemt? Gy gevoelt u niet sterk genoeg om voor de vryheid alles op te offeren: leven, aenzien en eer? Gy zoudt achteruit gaen voor hetgeen men, in gewoone omstandigheden, eene misdaed noemt? Gy weet niet dat de liefde des vaderlands alles regtveerdigt, tot zelfs de moord? »

By deze woorden had Geeraerts gelaet zulke vreemde en afschuwelyke uitdrukking aengenomen, dat Calevoet als verschrikt het hoofd achteruit trok en verbaesd antwoordde.

« Neen, neen, ik neem zulke grondbeginsels niet aen; wat my voor myn zelven beschamen kan, doe ik niet. »

« Kindertael! » zegde Denys spottend « Oh, oh, vriend Jan, gy weet het niet goed : eene reden van verschooning voor uw eigen gemoed wilt gy zeggen? Nu de drift u nog niet verblindt eischt gy een middel om uw vreesachtig geweten te bevredigen. Welaen, ik zal het u geven. »

« Vreesachtig! » morde de deken der tykwevers met gramschap « dat een ander my het zegde, hy zou aenstonds weten waerom. De vyand zal straks ondervinden of Jan Calevoet de dood in de oogen durft zien of niet! »

« Ja, ja, dit weet ik lang genoeg » viel de Overdeken uit « Wie is er in Vlaenderen die zulken moed niet heeft? Maer, kom aen, ik weet wel waerom gy my niet begrypt. Laet my myn wonderbaer vernuftig ontwerp uitleggen, dan zult gy gansch met uw deugdzaem geweten in vrede zyn. »

Hy verwyderde achter zynen rug het saemgebonden doek der tente met den vinger, en sprak :

« Zie, bemerkt gy, daer ginder, den wynkramer die met zynen kruiwagen by myuen zoon Lieven staet? Het is een gezondene van Ser Raneel, den bevelhebber der Leliaerds van Biervliet. Luister nu : — meteen, als gy alles zult weten, zal ik, volgens afspraek, den wynkramer in myne tente roepen; ik zal hem zeggen wat hy aen Ser Raneel overbrengen moet om onze beslissende pooging tegen den dwingeland te doen gelukken. Het bestaet hierin : — de Opperhoofdman begint de wallen te bestormen; daer men van binnen zyn ontwerp gansch kent, biedt men hem, ter eenige stormplaetse, eenen onverwinbaren tegenstand. Hierdoor in drift en razerny ontstoken, loopen zyne mannen met woede tegen de vesting aen en poogen hunne ladders opgeregt te krygen. Alsdan vallen eenige ruiters langs de groote ingangpoort in het veld; ik doe deze vyanden, volgens Artevelde's bevel, aengrypen; zy wyken, wy vervolgen ze, en geraken op die wyze uit het gezigt der stormers. Intusschen valt de echte magt der ruitery uit de poort en rent in vollen draf naer de plaets waer de Opperhoofdman met zyne benden de wallen poogt te beklimmen. Ieder van hen heeft last naer het leven des dwingelands te staen, en zelfs de anderen te sparen om hem alleen te treffen. Men hoopt, dat met Artevelde's dood de zegeprael onfeilbaer bevochten is. Hy zal diensvolgens heden nog vallen. . . . . . »

« Maer, het is verderfelyk en onbezonnen, wat gy voorstelt! » riep Calevoet. « Dat men den heerschzuchtigen volksverleider aen stukken hakke, dat men daertoe al eenige Gentenaren opoffere : daer tegen zou ik niets inbrengen; ja, ik zou, uit liefde tot myn bedrogen vaderland, or zelfs zonder achterdocht de hand toe leenen; maer de overwinning aen de Leliaerds geven en misschien den laffen Lodewyk van Nevers zegepralend in Gent moeten zien treden? Neen, nooit; ik stierve liever op staenden voet! »

« Wel gezegd, vriend Calevoet » antwoordde Denys met zynen valschen lach « ik bewonder uw zuiver vaderlandsch gevoel; maer ik bid u, denk nooit dat die edele drift min vurig in mynen boezem woont. Lael my voort gaen. . . . . Zoohaest Artevelde doodelyk getroffen is, zal Muggelyn, met zyne pongoen van canewaet, een teeken naer onze tente doen; ik laet hier onze trouwe gezel Boudin Stichel, die in éénen adem tot my moet komen geloopen, om my het gelukkig nieuws te brengen..... Weet gy wat wy dan doen? Wy laten den kleinen hoop ruitery naer de helle varen, indien hy wil, en keeren ons eensklaps met juichend krygsgedruisch naer de vesting; wy storten razend op Ser Raneel en op zyne benden, alles omverre werpende wat zich voor ons aenbiedt; wy doen de Volders en Kleine Neeringen ontzet en verpletteren de Leliaerds in het openveld tot den laetsten toe. — De dwingeland ligt dood, de veldslag is gewonnen, en men roemt ons als de verlossers des vaderlands! »

« Ha, ha » lachte Calevoet met blyde bewondering « hoe men zich bedriegen kan! Het scheen my in den eerste een schandelyk verraed, en het is de vernuftigste krygslist. »

« Inderdaed. Wy offeren eenige mannen op om de vyanden al te saem in het net te trekken en der overwinning zeker te zyn. By deze gelegenheid verlossen wy de gentsche Gemeente van den verdrukker, die hare krachten in ydele magttoondery verspilt. »

« En gy zyt zeker, dat het gelukken zal gelyk gy meent? »

« Het is onfeilbaer. — Wat u betreft, Mher Calevoet, ik heb u met uwe honderd mannen geheel achteraen gesteld; gy waert daerover ontevreden, omdat gy myn inzigt niet kende. Zie hier, wat gy te doen hebt: zoohaest wy tegen den geveinsden aenval inloopen moet gy zorg dragen, altyd met kracht op te sluiten en de gelederen, die voor u gaen, te beletten eenige aendacht op de stormlooping te geven. Daerenboven, indien het gerucht van den stryd aen sommige onzer mannen deed ontwaren, dat de Opperhoofdman in gevaer verkeert, en men den wil toonde om naer dien kant zich te begeven, dan moet gy u met alle geweld er tegen verzetten. Dit is het eenigste wat ik van u eisch : het is niet veel; gy doet niets anders dan hetgeen ik aen iedereen daer straks bevolen heb. »

« Ik betreur, Mher Denys, dat het my niet toegelaten is, meer by te dragen tot deze vernuftige pooging. In alle geval bedank ik u dat gy aen my gedacht hebt. »

De Overdeken vatte de hand van Calevoet met drift, en sprak tot hem, terwyl zyne oogen van zegevierende vreugde blonken :

« Morgen zyn wy meester in Gent, vriend Jan, en dan zullen wy eens laten zien hoe wy de vryheid en de volksmagt verstaen. Wy verjagen alle onze bloodaerds van Schepenen; wy bannen de Leliaerds en de vrienden des dwingelands uit den Lande en nemen hunne goederen in beslag ten voordeele der Gemeente. Daerna wapenen wy alle de Gentenaers, met of tegen dank, en dwingen gansch Vlaenderen ons voorbeeld te volgen. Dan trekken wy op tegen Frankryk; en, als het nood geeft, roepen wy Engeland tot onze hulp....... Binnen de acht dagen zyt gy misschien reeds Hoofdman van St.-Michiels, Mher Calevoet. »

« Hoe, misschien ? »

« Ik wil zeggen dat het ook wel eenige dagen langer zou kunnen aenloopen, vermits eene zoo grondige omwenteling al wat tyds vereischt. Hoofdman van St.-Michiels en stadsontvanger, vriend Calevoet! »

« Wel te verstaen, dat ik het niet aenveerde indien

Mher Geeraert Denys geen Opperhoofdman gekozen wordt. »

« Ik dank u voor uwe verkleefdheid, Mher Calevoet; ik mag hopen dat Gent my geene tweemael zal miskennen; — en ik zal toonen, dat een man met stalen gemoed en yzeren arm beter geschikt is om over eene vrye Gemeente te bevelen dan een vreesachtige woordenbreker, die voor alle verdienste slechts eene onverzadelyke heerschzucht bezit. »

De deken der tykwevers bragt de hand aen het voorhoofd als iemand wien een gedacht te binnen schiet.

« Ter goeder ure, dat ik u daervan spreke! » zegde hy « wy gaen de Schepenen afzetten en de Leliaerds verjagen; maer wat doen wy met Ser Van Steenbeke? Ik zie u byna dagelyks met hem spreken; hy schynt uw goede vriend geworden te zyn. Hoe het mogelyk is, begryp ik niet: hy is wel de vurigste Leliaerd en de heetste aenhanger van Frankryk, dien ik in heel Vlaenderen kenne! Zouden wy hem sparen? »

« Hy is het die my het middel verschaft heeft om my met den bevelhebber van Biervliet te verstaen, — en niettemin, de eerste dien wy bannen zal Ser Van Steenbeke zyn. »

« Ah! » zegde Calevoet met verwondering « waerom betuigt gy hem dan zoo veel vriendschap? »

« Omdat ik de gemoedskracht heb om myne eigene gevoelens van haet of afkeer ten voordeele des vaderlands te bedwingen en te vergeten, Mher Jan. Ser Van Steenbeke is een Leliaerd; ik verfoei hem uit den grond des harten; maer hy haet Artevelde even vurig als wy: ik vlei hem, om hem in het regte spoor te houden en hem intusschen zelven te bewaken. Als ik hem zien kookt myn bloed; maer toch ik bedwinge my, en ik streel hem, omdat het welzyn der Gemeente het vergt. »

« Alzoo, geene genade voor Ser Van Steenbeke? »

« Neen, alle de Schepenen moeten weg, zeg ik u ; wy zullen mannen doen kiezen die krachtmoedig en zuiver vaderlandschgezind zyn, gelyk wy. »

« Dat ik het u toch ook vrage, eer ik naer myne mannen ga. Uw zoon stond daer even by den wynkramer. Weet Lieven iets van ons ontwerp? »

« Geen woord. »

« Ik wil zeggen, dat uw zoon er al heel schrikkelyk Arteveldesgezind uitziet en overal den lof des bedriegers uitroept. Ik betrouw my niet veel op hem; gy moest hem eene andere les opleggen en hem dwingen, het volk de oogen over zyne ware belangen te openen, in stede van ten voordeele van onzen verdrukker te werken. »

Sedert dat Calevoet den naem van Lieven uitgesproken had, was er op het gelaet des Overdekens eene uitdrukking van ongeduld en droefheid verschenen; zyne stem had insgelyks eenen anderen toon aengenomen. Hy antwoordde :

« Laet mynen zoon met vrede, vriend Jan; hy weet nog niet wat hy doet. Zyne genegenheid tot den dwingeland heeft eene verschoonbare reden, welke u niet onbekend is. Daerenboven, hy mag denken wat hy wil, hem wensch ik den tyd te laten om door ondervinding zich zelven te vormen. — Overigens al wist hy iets van ons ontwerp, zoo zou hy ons toch niet kunnen hinderen; hy staet in de St.-Jorisgilde en zal dus nimmer verre van my verwyderd zyn...... Ga nu naer uwe tenten, en zie dat gy uwe schikkingen goed neme om te beletten dat niemand zyn gelid verlate. »

« Wy hebben nog tyd; men kan toch niet stormloopen voor dat de andere karren met ryshout van Eecloo aengekomen zyn. Ik wilde u nog spreken van den Ribaudenkoning. Het schynt my...... »

« Neen, neen, vriend Calevoet, die is aen my door vaste banden gehecht; vrees niet voor hem. Nu, ga met vrede, Hoofdman van St.-Michiels! »

« En blyf gy Gode bevolen, Opperhoofdman van Gent! »

De twee vrienden drukten elkander de hand met verrukking en juichten reeds op voorhand over de vruchten van hunnen boozen aenslag.

Nauwelyks was de deken der tykwevers vertrokken, of Geeraert Denys ging een oogenblik voor zyne tente staen; de wynkramer, die het even gauw bemerkt had, naderde tot hem en veinsde hem het een en ander te koop te bieden; de Overdeken riep hem binnen, — en beide verdwenen in de tente.

Terwyl men dus, in het andere gedeelte des legers, zyne dood beraemde, stond Artevelde rustig voor zyne tente de vesting te bezien. Zyn gelaet was stil en koel; alleen zyn manhaftige blik getuigde somtyds van eenig ongeduld, terwyl hy tegen het lange achterblyven der karren in zich zelven morde.

Niet verre van hem bevond zich een tromper, die hem nooit verlaten mogt, zelfs niet te midden van het schrikkelykst gevecht.

Reeds lang had Artevelde daer gestaen en veel malen over en weder gewandeld, toen Ghelnoot Van Lens tot hem kwam en zegde :

« Opperhoofdman, de karren met ryshout zyn geene tien boogscheuten meer van hier! »

« Eindelyk!. » zegde Jacob met eene uitdrukking van genoegen. — « Hoe zyn onze mannen, Mher Van Lens? »

« Gelyk ware Gentenaers » lachte Ghelnoot « gy zult ze zien klimmen als katten en vechten als leeuwen. Het zal er gaen stuiven, Opperhoofdman; ik wilde dat wy al aen den gang waren. »

Artevelde drukte de hand zyns vriends en zegde :

« Altyd blymoedig, Ghelnoot, zelfs voor eene stormlooping. Het is nochtans eene ernstige zaek Biervliet met ladders aen te grypen, zonder rammen noch valtorens. Hier is Gods hulpe en echt vlaemschen moed noodig; maer het een noch ander zal ons ontbreken. Dezen namiddag moet het nest geroofd zyn; want de koning van Frankryk is met zyn leger reeds binnen Doornik getrokken [1]. Wy behooren de handen vry te hebben om de Franschen eens eene duchtige les te kunnen geven, zoo zy waerlyk van zin zyn Gent te komen aendoen. »

« Twyfelt gy dan aen hunne komst? » vroeg Ghelnoot met eene soort van spyt.

« Zeker, twyfel ik er aen » antwoordde Artevelde « ik zou zelfs durven wedden, dat de koning van Frankryk geenen voet op Vlaendrens bodem zal zetten. Hy zou het gedaen hebben, had zyn list met den ban hem gelukt, omdat hy hoopte ons daerdoor te ontwapenen en onze volle onderwerping op weinige dagen te bewerken. Nu ons beroep by den Paus zyne valsche pooging onmagtig heeft gemaekt, weet hy niet meer wat doen; want hy

---

[1] Lenz, page 290.

vreest met reden dat koning Eduard de gelegenheid zou waernemen om in Frankryk te vallen. »

« Nochtans » bemerkte Ghelnoot « de Schepen Ser Van Steenbeke zegde daer even nog in myn byzyn, dat hy wel voor vast weet dat de koning sedert gisteren in aentogt naer Gent moet zyn. »

« Ser Van Steenbeke gaet niet regt in zyne schoenen, Mher Van Lens; ik weet er meer van. De tyding welke hy nu verspreidt is ongegrond : hy drukt hierin slechts zynen eigen wensch uit. Daerenboven, voor verrassing hebben wy niet te vreezen. De bruggen op Leije en Schelde zyn immers overal afgebroken; by het pas van Deynze bevindt zich Hoofdman van Vaernewyck; op de de baen van Audenaerde is de deken Willem Yvens gelegerd; alle doortogten zyn bezet [1] en Gent zelve is wel genoeg bewaerd door onze moedige genoten Van Huse en Van den Hovene. Dat de koning van Frankryk maer kome; hy zal zoo gemakkelyk te Gent niet geraken. »

« Maer zie eens, Mher Jacob » sprak Ghelnoot, eensklaps vooruit wyzende « daer, boven de muren der vesting, hoe men alles te samen voert, ter plaetse die wy bestormen moeten. Zouden die schelmen rieken langs waer wy tot hen klimmen willen, of is er verraed misschien ! »

Artevelde rigtte zyn oog met nadenken naer de vesting; en scheen nog eens de stormlooping in alle hare

---

[1] « Artevelde voor grondbeginsel hebbende, nooit eerst aen te vallen, doch eene spoedige wraek over allen hoon te nemen, bereidde zich oogenblikkelyk. Hy deed de bruggen van Deynze en der omstreken afbreken, en vertrouwde de wacht der passen aen kleine afdeelingen, om de stad te verdedigen tegen de fransche troepen, die te Doornik waren vergaderd. » P. A. LENZ, *Arch. hist.*, page 292.

mogelyke wisselvalligheden te berekenen. Na dit onderzoek klopte hy op Ghelnoots schouder en sprak :

« Het is tyd dat wy beginnen, vriend. Ga tot de karren, en zoo ze nog niet gansch ontladen zyn, doe het werk verhaesten; zend my eenen bode als het gedaen is. »

Ghelnoot Van Lens liep verheugd en lachend tot het leger en verdween achter de tente; hy was nauwelyks eenige oogenblikken weg, of er kwam een gezel by den Opperhoofdman om hem te melden dat alles veerdig was.

« Te wapen! » riep Artevelde tot den tromper die niet verre van hem zyne bevelen wachtte.

De tromper bragt zyne bazuin aen den mond en deed eenige lange toonen over de vlakte galmen ; uit alle hoeken des legers, ook in de andere afdeeling, werd op dezelfde wyze geantwoord.

Onmiddelyk zag men de gezellen in menigte voor de tenten verschynen en, zoo veel als nu doenlyk was, in gelederen of ten minste in ryen, omtrent hunne standaerden zich schikken. Zy besloegen eene wonderlyke uitgestrektheid gronds, ter oorzake van alle het stormtuig, waermede byna ieder was beladen.

Vooraen, en het digste naer de vesting toe, stond het talryk lichaem der Volders, die elk zoo veel ryshout droegen als hunne kracht het toeliet. Het groote vaendel hunner Neering, voerende twee gekroonde gouden kaerden op rood veld, verhief zich te midden uit hunne scharen. Deze gezellen hadden hunne Goedendags by de tenten laten staen en moesten, na hunne takkebossen in de gracht te hebben geworpen, om hunne wapens loopen en langs ter zyde weder in den storm komen. Achter hen bevonden zich de stroodekkers, ticheldekkers en timmerlieden, met ladders, stormhaken, koorden, en al wat er verder noodig was om de beklimming te doen. Hierop volgden de overige Gilden en Neeringen, in geslotene gelederen geschaerd en door geen tuig belemmerd : de schoone Gilde van St.-Sebastiaen met hare lange zweerden; de beenhouwers met hunne glinsterende bylen; de vischverkoopers met hunne gestreepte kolders en lange lansen; de bakkers geheel in het wit en voerende den zwaren Goedendag met hoogmoed; de Brouwers eveneens gewapend, maer met kolders halfiyfs wit en rood; en zoo al verder, in de diepte des legers, het grootste gedeelte der Kleine Neeringen van Gent.

De uitrusting aller gezellen zonder onderscheid was nagenoeg dezelfde : zy droegen een maliehemd gevormd uit yzeren ringen, met riemkens op een lederen kleed genaeid; daer boven een lakenen kolder, die, voor elke Neering, in kleur en maeksel verschilde. Hun hoofd was tegen de zweerden der ruitery door eenen yzeren stormhoed beschermd, en hun regter elleboog door een klein rondas of door een drykantig schild, waer men, in twee kleinere schilden, de kleuren van Vlaenderen en van Gent op schitteren zag [1].

Over dit digt ineengedrongen lichaem waeiden de talryke standaerden der Gilden en Ambachten, en nog menigvuldiger waren de roode pongoenen oft kleine vlaggen, waervan elke honderd man er eene voerde.

By den regtervleugel des legers had men nu de engienen vooruitgevoerd. Het waren springhalen en blyden

---

[1] Deze byzonderheden over kleederen en wapenen der gentsche Ambachten, zyn getrokken uit het werk van FELIX DEVIGNE, *Recherches historiques sur les costumes civils et militaires des Gildes et des Corporations des métiers*, waerin men gekleurde platen van den tyd aentreft.

van zware balken samengesteld en dienende om groote bonken steen over de muren te werpen. Het wonderlykste werktuig, dat men hier bemerken kon, was echter de beroemde stadsboog [1] van Gent. Vier peerden voerden met moeite het schrikkelyk engien; men kon, elke mael dat men den reusachtigen boog loste, tot twintig pylen, zoo zwaer als lansen, in eenen scheut over de muren eener vesting zenden. De andere werptuigen, allen op wielen rollende, waren insgelyks met peerden bespannen en werden opgevolgd door wagens met steenen en pylen geladen.

By de engienen bevonden zich de witte Kaproenen, zynde dit eene bende moedige gezellen, die vrywillig in het leger dienden en het altyd volgden, zelfs wanneer hun pligt, als leden der Neeringen, hen niet onder de wapens riep. Als kenteeken droegen zy eene soort van vilten vouwmuts, welke men eène kaproen noemde.

Nevens hen, en meer byzonderlyk aen de stormtuigen werkzaem, zag men de vrolyke Ribauden met hunnen koning Muggelyn gansch in wit gewaed. Hun standaerd, gewis uit scherts, was van grof zakdoek oft canewaet. — Zy hielden nu met ongeduld de peerden by den toom, om op het eerste teeken, volgens des Opperhoofdmans bevel, ter zyde der stormers vooruit te loopen en van daer eenen hagel pylen en steenen over den muer te zenden.

Zoohaest Artevelde, met eenen magtigen blik, de scharen had overzien en hy alles bevond gereed te

---

[1] « Vier peerden trekken het werptuig genaemd *der stede boghe*. De andere *engienen*, geheeten *springals*, zyn gevolgd door het beruchte krygsbroederschap der witte Caproenen. » P. A. Lenz, p. 292.

zyn, begaf hy zich met zynen tromper aen het hoofd van St.-Sebastiaensgilde en deed den storm blazen.

Het gansch leger bewoog zich in de diepste stilzwygendheid. Ofschoon byna bezwykende onder het gewigt van hunnen last, liepen de volders in eenen adem tot by de gracht en ploften er hunne takkebossen in, tot dat ze gansch op de aengewezene plaets was gevuld en men, op eene groote breedte, er droogvoets overgaen mogt.

Nauwelyks hadden de volders de gracht verlaten, om hunne Goedendags te gaen halen, of de ticheldekkers en timmerlieden naderden den voet des muers en rigtten hunne ladders er tegen.

Eenige leden der St.-Sebastiaensgilde poogden het eerst de beklimming te doen, vooraleer nog de helft der ladders mogt geplant zyn; maer de belegerden weerden deze onversaegde Gentenaers onder eene wolk steenen van de ladders, zoo dat zy zich, met groot verlies, gedwongen zagen af te houden tot dat de algemeene storm aenvinge.

Artevelde deed niet verre van de gracht eene karre omverre werpen, en, daerop staende om alles te kunnen zien, gebood hy welhaest dat men op de gansche breedte der stormplaets aenloopen zou. Op dit sein losten de Ribauden de springhalen en den grooten stadsboog, dat de pylen en steenen op hunne bliksemsnelle vaert de lucht met een snydend gefluit vervulden; — alle de Neeringen ylden vooruit en wierpen zich met woede tegen de ladders op, zoo kort in de beklimming elkander volgende, dat het lichaem van den eenen alle de overigen tot borstweer diende. Onder het akelig gedruisch en het woedend krygsgehuil zag men de gewonde of verpletterde gezellen van de ladders vallen, en langs den muer, verminkt of dood, ten gronde ploffen. Reeds hadden er eenigen de bovenwal der vesting bereikt, doch waren daer even spoedig door den vyand neêrgeveld geworden. Hoe bloedig en hoe moorddadig de storm ook mogte zyn, alles deed voorzien dat de Gentenaren, na eenigen tyd, in zeker getal boven den muer zouden geraken, om daer de bezetting werks te geven en het gansche leger onverhinderd binnen de vesting te laten klimmen.

Op dit oogenblik opende zich de poort van Biervliet en men liet de valbrugge neder; een kleine hoop ruiters stortte in het open veld en rukte tegen het leger van Geeraert Denys aen. De Overdeken liep met zyne mannen tegen de ruitery in; doch deze week, stap voor stap, al vechtend achteruit, en lokte door dit middel het leger der wevers op eenen tamelyken afstand van de stormplaets weg.

Geeraert Denys, door zyn dol geschreeuw, wekte zyne mannen op tot geraes en gejuich, en ontstak daerdoor zoodanig hunnen strydlust, dat zy den zwakken vyand byna blindelings vervolgden.

Intusschen ging de poort van Biervliet voor de tweede mael open. De gansche ruitermagt der Leliaerds verscheen in het veld en rende in vollen draf, met gevelde speer en geheven zweerd, naer de stormende Gentenaers.

Artevelde, van de karre waerop hy stond, zag met verbaesdheid deze onverwachte wolk vyanden naderen. Hy deed spoedig den aftogt blazen en, zoo veel mogelyk, een ontzaggelyk vierkant vormen; maer eer deze beweging volgens zynen wil uitgevoerd ware, viel de magt der Leliaerds verpletterend op zyne benden.

De eerste stoot was schrikkelyk; meer dan honderd Vlamingen vielen stervend neder en men mogt vreezen dat het welhaest met de stormers zou gedaen zyn. In dit uiterst oogenblik hief Artevelde zyn zweerd in de hoogte, sprong van de kar en, zich naer de Leliaerds vooruitwerpende, riep hy met kracht tot zyne wykende mannen :

« Gent! Gent! houdt vlaemschen moed! Wie Vlaming is, volge my! Vooruit, vooruit! »

Dit roepende hakte hy dry of vier ruiters uit den weg en stortte te midden des vyands. Door zyn voorbeeld aengemoedigd, deden de Gentenaers eene nieuwe pooging; en een gedeelte gelukte erin, met den Opperhoofdman door den vyand te booren. De toestand dezer onversaegde mannen werd welhaest allerhachelykst; het scheen dat de ruiters het voornamelyk op Artevelde gemunt hadden; want de andere benden verlatende, omsingelden zy eensklaps den Opperhoofdman en begonnen, onder zegevierend gejuich, de mannen die rond hem stonden neêr te vellen.

Artevelde had reeds eene ligte wonde aen het hoofd bekomen; het bloed liep hem langs de wangen af. Gewis, hy ware spoedig onder de overmagt des vyands bezweken, want alle speeren en zweerden waren tot hem gerigt; maer de magtige Ghelnoot van Lens stond daer, als een onverwinbare reus, nevens hem in plassend bloed te trappelen, en slaende met zyn zweerd in verblindende kringen op al wie zich onder zyn bereik durfde wagen. Onder zynen forschen arm vlogen de speeren als drooge twygen aen stukken en hy verpletterde de lichamen der ruiters, zelfs onder hun yzeren harnas. De heldhaftige Gentenaer spotte, tusschen dit felle stryden, nog met de vyanden, en riep hun, in hoonende woorden toe, dat zy den Opperhoofdman niet krygen zouden.

Met bloed was hy gansch overdekt en zyner neusgaten ontsnapte een vurige adem, die zigtbaer in damp uit zyne longen opsteeg.

Welke wonderbare manhaftigheid de dappere Ghelnoot ook aen den dag legde, zoo bedroog hy zich echter over den waerschynelyken uitslag dezer schrikkelyke worsteling. Inderdaed, zoo als de stryd zich nu vertoonde, kon niets den Opperhoofdman, noch hem zelven van eene gewisse dood redden. Zy waren langs alle kanten omsloten door eene ondoordringelyke schaer vyanden; terwyl de verraste Gentenaers, op andere plaetsen, insgelyks waren opeen gedrongen, en werks genoeg hadden om zichzelven in wanorde te verdedigen.

Onderwyl hield Geeraert Denys zyn leger nog altyd bezig, met tegen den kleinen hoop ruiters eenen schynstryd te voeren; zyne mannen hadden den grooten uitval der Leliaerds wel bemerkt en hoorden nu het ontzettend krygsgehuil als eene verre donder in de lucht hergalmen. Vele Centeniers en Constavels begonnen ergwaen te krygen over hetgeen er geschiedde, en vermoedden met regt dat de aenval, welken zy nu afkeerden, slechts eenen krygslist was om de stormers van hunne borstweer te berooven. Hetzelfde gevoel heerschte onder de gezellen; doch zy mogten, op zware schandstraf, hun gelid niet verlaten. Daerenboven, de deken der tykwevers, die de achterhoede had, dreef het leger immer vooruit, terwyl Geeraert Denys, door zyn onophoudend geschreeuw, allen raed en elke bemerking onmogelyk maekte.

Lieven Denys bevond zich op het einde der derde schaer van St.-Joris gilde. Wonderlyk scheen zyne houding in zulke omstandigheid; hy was bleek en beefde zigtbaer, terwyl hy gedurig zyne oogen naer den kant der stormplaets gerigt hield, ofschoon hy die niet kon zien. Het was voor zichzelven niet dat hy dus vreesde; in zyn liefderyk hart sprak eene geheime stem, die hem zegde, dat Artevelde in levensgevaer verkeerde en misschien reeds onder den aenval der ruitery verpletterd lag. Dit gedacht deed hem schrikkelyk lyden : het beeld zyner beminde Veerle en het bloedig lyk haers vaders zweefden hem beurtelings voor de oogen en hy, vermeesterd door deze akelige droomen, stapte in zelfsvergeten voort, zonder acht te geven op hetgene rond hem geschiedde.

Op dit oogenblik naderde het leger by eene soort van opgeworpen dyk, waervoor eene smalle gracht zich uitstrekte. De jonge Lieven deze hoogte ziende, liet zich eensklaps door zyn angstgevoel wegslepen, en liep tot aen de dyen door het water om den dyk te beklimmen. Daer staende sloeg hy eenen blik naer de stormplaets en zag de ruitery, in volle gevecht, Artevelde's leger bestryden; het gezigt van vlugtende Vlamingen bewees hem dat de vyand de overhand had.

Niets gehoor gevende dan zyne grenslooze liefde voor den Wyzen Man, liet hy eenen snydenden gil en kwam in volle vaert weder door het water, tot by den standaerd van St.-Joris geloopen; hy blikte haestig rond naer zynen vader; doch dezen niet spoedig genoeg ziende, rukte hy den standaerd uit de handen van dengene die hem droeg, en, met dit teeken vooruitloopende, riep hy met volle kracht :

« Mannen, mannen! Vooruit! Volgt my! Men vermoordt den Opperhoofdman! Onze broeders, onze broeders! Gauw, gauw! »

De daed van Lieven werd door alle de scharen en zelfs

door de Oversten toegejuichd; ieder keerde zich om en allen volgden hem in vollen loop.

Toen Geeraert Denys bemerkte dat men zyne bevelen miskende, en het hem onmogelyk geworden was zyn leger nog terug te houden, spande hy zelf alle zyne krachten in om de St.-Joris gilde vooruit te geraken. Hierin gelukt zynde, nam hy den standaerd uit de handen zyns zoons en liep er mede naer de stormplaets op, alsof hy haest had om Artevelde ontzet te doen.

De Gentenaren behoefden echter de aenmoediging des Overdekens niet om ter hulp hunner broederen te snellen. — Als een losbrekend onweder, ploften zy te gelyk, met razend wraekgehuil, onvoorziens op de vyandlyke ruitery; en, daer zy deze van achter aenvielen en, volgens hunne gewoonte, met Goedendag of zweerd de beenen der peerden verbryzelden, velde elk hunner slagen eenen ruiter neder. Op min dan een oogenblik veranderde het gevecht in eene ysselyke slagtery; de stormloopers, nu door hunne broeders ontzet, sprongen met vernieuwde woede tegen den vyand op; en deze, aldus op zyne beurt in eenen zich immer toewringenden band gesloten, werd eerst overhoop gedreven en dan langs alle zyden onweêrstaenbaer bevochten. Onderwyl hadden nog twee vlaemsche helden, dwars tusschen de peerden dóór, zich eenen weg tot Artevelde gebaend; nu stonden daer vechtend vóór hem, Lieven Denys en de blauverwer Lieven Comyne, die hem langs voren beschutteden, terwyl Ghelnoot en zyne gezellen, van ter zyde en langs achter, de laetste poogingen der wanhopige vyanden verydelden. Welhaest boorden Lieven Comyne en de jonge Denys, met andere dappere gezellen, door de ruiterschaer die Artevelde nog omsingeld hield, en zoo voerden zy den Opperhoofdman te midden van het vlaemsche leger.

Artevelde klom even spoedig boven eenen hoop geslagte peerden en stak zyn zweerd in de hoogte opdat het gansche leger hem zage; met begeesterde stem schreeuwde hy:

« Heil Gent! heil Gent! aen ons de zege! houdt vlaemschen moed! »

Hy daelde even gauw van de peerden af. Terwyl een onbeschryfelyk gejuich na zyne woorden volgde, zegde hy iets tot Ghelnoot en vertrok op eenige stappen achter de strydplaets. Hier raepte hy haestelyk eene sterke bende te samen en liep er mede van het slagveld.

De ruiters deze beweging merkende, waenden dat het vlugtelingen waren en schepten nieuwen moed; maer toen zy zagen, dat de Opperhoofdman niet verre van de stadspoort zyne mannen nedersloeg en daer een vierkant vormde, beving hen eene diepe vrees. — Er was geene uitkomst voor hen meer; overwinnen was hun onmogelyk, vlugten konden zy insgelyks niet, vermits de brug van Biervliet nu afgesneden was.

Deze gelukkige voorzorg van Artevelde verhaeste zigtbaer de beslissing van den slag. Allengskens begonnen hier en daer de gevesten der zweerden in de hoogte te ryzen en de Leliaerds om genade te smeeken; het duerde niet lang of de nog overblyvenden gaven zich gevangen, en, op het donderend strydgeschreeuw, volgde nu het onvermengd zegeroepen der blyde Vlamingen.

Artevelde verliet de brug en naderde tot het jubelend leger:

De eerste die hem hier te gemoet kwam was Geeraert Denys. De Overdeken drukte Artevelde vriendelyk de hand en sprak met geveinsde vreugde:

« Ik wensch u geluk met den zegeprael, Opperhoofdman. »

« Oh, Mher Denys » zegde de Wyze Man « het was tyd dat gy ons kwaemt ontzetten. Waer bleeft gy toch zoo lang? »

« Men heeft my bedrogen, ik beken het » antwoordde Geeraert op ootmoedigen toon « men had een lichaem ruitery tegen my uitgezonden, en terwyl ik dit vervolgde heeft men u aengevallen. Gelukkiglyk dat myn zoon Lieven den krygslist ontdekte. Wy zyn buiten adem tot hier komen geloopen en hebben den vyand al spoedig verplet. »

« Laet u deze misgreep niet bedroeven, Mher Denys » zegde Artevelde, verder het slagveld opstappende « de beste veldheer kan zich immers bedriegen? »

De Overdeken vervolgde den Opperhoofdman met eenen schuinsen blik; een grimlach vol moorddadige boosheid betrok zyne lippen.

« Gy zult myne wraek toch niet ontsnappen! » morde hy binnen's monds.

Zyn zoon Lieven kwam op dit oogenblik tot hem geloopen en omhelsde hem met geestdrift. De Overdeken gaf hem zynen zoen weder en zegde:

« Lieven, Lieven, gy hebt u aen eene zware misdaed pligtig gemaekt en ik zou u wel ten minste acht dagen met de schandyzers aen de duimen [1] voor myne tente

---

[1] « Dit zyn die ordinanchien ende gheboden, die de stede en Casselrie houden in faiten van orloghen........ Die der contrarie dade men soud se setten ende *spannen in dumysers voor scapiteins logyst........* »

Uit *Het Witboek*, handschrift berustende in de archieven van Gent, en aengehaeld in het voormeld werk, over de Ambachten, van den heer F. Devigne, page 19.

moeten doen staen. Eventwel, ik vergeef het u, in aenzien van het goed gevolg uwer vermetelheid. Het geschiede toch niet meer, of ik zal my verpligt zien u uit de St.-Jorisgilde te doen bannen. »

« Ah, vader » riep Lieven Denys met oogen die van trotschheid blonken « ik heb den Opperhoofdman en misschien het vaderland gered! Yzers aen de duimen? Maer ik zou heden lachend sterven! ik ben jong, vader, en kan nog niet veel; maer den verlosser van Gent, den Wyzen Man gered te hebben is eene daed, die tellen zal in myn leven! »

« Zoo, zoo » zegde Geeraert met bedwongene woede « het schynt dat de hoogmoed u dronken maekt. Wat is dit voor eene vervoering, Lieven? U te zien zou men waerlyk zeggen dat gy de wereld hebt verroerd! »

Hy bemerkte dat deze scherts zynen zoon eene diepe pyn veroorzaekte. — Hem de hand gevende hernam hy:

« In alle geval, gy hebt u heldhaftig gedragen; ik beken het geerne. Begeef u naer uwe tente en reinig u van dit bloed: ik moet gaen rondzien hoe men de gewondenen bezorgt. Houd u wat stil, Lieven; en roem niet te veel op hetgeen gy gedaen hebt: het zou uwen lof verminderen. »

By deze woorden liet hy zynen zoon staen en begaf zich te midden op het slagveld, waer de meeste Gentenaers bezig waren met de gekwetsten, zoo wel vyanden als vrienden, onder de peerden uit te halen en op te ligten, om ze naer de plaets te dragen waer de heelmeesters met hunne knapen zich bevonden.

Op een honderdtal stappen van daer stonden de beenhouwers en bakkers in een groot vierkant geschaerd, en daer binnen de gevangene Leliaerds, terwyl hunne peerden, onder de bewaking der zadelmakers, aen de paelkens der tenten waren gebonden.

Artevelde, ofschoon ten uiterste vermoeid van het felle stryden en bloedend uit eene wonde aen het hoofd, ging van de eene plaets tot de andere, om door zyne tegenwoordigheid elkeen aen te moedigen en de gekwetsten te troosten. Hy hield insgelyks een waekzaem oog op de vesting en op de poort, waervoor hy de Neering der kuipers en wynmeters in wacht gezonden had. Slechts wanneer alles byna bezorgd was ging hy tot meester Spelliaerde, de stadssurgien, en liet zich het hoofd onderzoeken en verbinden. Zyne wonde was niet gevaerlyk en zou, volgens de meening van meester Spelliaerde, op eenige dagen van zelve genezen.

Nauwelyks had de wondheeler eenen kleinen band op Artevelde's hoofd vastgehecht, of hy keerde zich verbaesd naer het slagveld, waer eene zonderlinge beweging zich bemerken liet. Alle de Gentenaren stonden regt of klommen op de lyken der peerden om beter te kunnen vernemen, wie daer, in de verte op de baen van Gent, in vollen draf kwam aengerend.

Vooraleer iemand den Opperhoofdman kon melden, wat de algemeene nieuwsgierigheid dus opwekte, verschenen er twee ruiters op het slagveld. Het was meester Augustyn, de stadsklerk van Gent, vergezeld van eenen koninklyken bode, dien men oogenblikkelyk als zulk aen zyne wapenteekenen en aen zynen staf herkende [1].

---

[1] « Het was een koninklyk Sergeant, die dezelve (de voorstellen van vrede), in den naem des konings had gebragt (24 april 1338). Hy had zich denzelfden dag naer het leger van Biervliet begeven, by de Schepenen en Hoofdmannen. Augustyn, klerk der stadsontvangers, had hem in het leger geleid. » P. A. LENZ; *Arch. hist.*, p. 295.

Meester Augustyn rende met bly gelaet vooruit en riep tot de Gentenaers :

« De Opperhoofdman! De Opperhoofdman! »

Men wees hem naer de tente waer Artevelde by meester Spelliaerde stond; maer even gauw omringde men den stadsklerk, van alle kanten, hem vragende wat nieuws hy bragt.

« Vrede, vrede, gezellen! » schreeuwde hy in geestdrift « Gent heeft overwonnen! Heil, heil het vrye Gent! »

Alzoo men nu zyn peerd by den toom vatte om meer te weten, zegde hy :

« Laet los, ik mag niet. De Opperhoofdman zal het u straks zelf verkondigen; maer weest toch bly en verheugd, want het is goed nieuws. »

Men bood hem dan eenen vryen doorgang en hy reed met den wapenbode naer Artevelde, die reeds eenige stappen vooruitgekomen was. Meester Augustyn kon tot den Opperhoofdman nog geene tien woorden gesproken hebben, toen deze reeds aen zynen tromper het teeken gaf om den krygsraed en de dekens byeen te roepen, — en met de beide ruiters naer zyne tente ging, waer de Schepenen en de dekens der Neeringen, op het hooren der bazuin, hem onmiddelyk kwamen vervoegen.

Intusschen liepen de Gentenaren by hoopen op het slagveld te samen en begonnen onder elkander, met eene ongemeene nieuwsgierigheid, over de komst van meester Augustyn en van den wapenbode te spreken. Elk wilde raden van welken aerd de tyding mogt zyn; maer, wat zy ook zochten en zich inbeeldden, het kwam toch altemael uit op het gedacht, dat de koning van

Engeland den vrede met den koning van Frankryk moest gesloten hebben. Dit verzekerde wel den arbeid en de neering in Vlaenderen; maer de vryheid dan? Zouden de Gentenaers zich laten ontwapenen en weder als te voren zich bukken onder den willekeur van Frankryk? Deze en meer andere vragen stuerden zy elkander toe, in afwachting dat hun de regte stand der zaken bekend gemaekt wierde.

Eindelyk, na een groot vierendeel uers, zagen zy den Opperhoofdman met de Schepenen en de dekens uit de tente komen. De groote standaerd van Gent werd op het slagveld geplant en eenen springhael erby gevoerd. De tromper van Artevelde blies den bytogt; de standaerden en pongoenen der Neeringen stelden zich in slagorde, en alle de gezellen, op aenwyzing hunner Dekens en Centeniers, schikten zich in gelederen rond Artevelde. Aen de kuipers werd bevel gedragen dat zy hunne wacht by de poort niet mogten verlaten.

Zoohaest er stilte heerschte sprong Artevelde boven op den springhael. Hy hield een perkament met groote roode zegels in de hand, en deed aen het leger teeken dat hy spreken ging. Terwyl blydschap en fierheid uit zyne oogen straelden, wees hy met den vinger op het perkament en riep :

« ô, Gezellen, eere zy het manhaftige Gent! Ziet, wat ik hier in de hand houde is niet alleen de vrede, het is de erkentenis van het onafhanklyk Vlaenderen, de overwinning der volksvryheid op verdrukking en snooden list, de nederlaeg des vreemdelings, de roemryke zegeprael onzer geboortestad ! — Luistert, op welke voorwaerden de koning van Frankryk ons den vrede voorstelt; en juicht in uw hart, want onze vyanden zwichten voor uwen heldenwil. Luistert, het is een verdrag van vrede door Frankryk zelven aengeboden :

« Ten eerste, de Vlamingen zullen handel mogen dryven met alle kooplieden van wat natiën zy zyn; de vreemde kooplieden zullen in Vlaenderen met hunne huisgezinnen onbelast en vry mogen woonen.

« Ten tweede, de Vlamingen zullen handelverbonden mogen aengaen met Engeland en met alle andere volkeren, gelyk het hun goeddunkt.

« Ten derde, de koning van Frankryk zal nooit toelaten dat zyn leger den vlaemschen bodem betrede; noch zullen de Vlamingen 's konings gewapende vyanden in groot getal in hun land ontvangen.

« Ten vierde, de Vlamingen zullen nooit kunnen gedwongen worden de wapens op te nemen, dan tot de verdediging van hun eigen grondgebied en om deszelfs onzydigheid te doen eerbiedigen.

« Ten vyfden, indien de koning van Engeland dezen vrede aenveerd, zal hy zich verbinden nooit oorlog in Vlaenderen te voeren; hy zal zyne landen voor den vlaemschen handel moeten openen [1].

« Dit zyn, gezellen, de grondschikkingen van Frankryks voorstel. De Graef van Vlaenderen heeft ze reeds aenveerd en zal zyn Hof binnen Gent komen houden, indien wy in de aengebodene voorwaerden toestemmen. Maer die voorwaerden, wie heeft ze gemaekt? Is het Philips van Valois of het vrye Gent, dat gezegd heeft : zoo zal het zyn en anders niet? Hier blyft geenen twyfel over onze beslissing; wy kunnen niet verwerpen wat wy

---

[1] Zie den oorspronkelyken text van dezen vrede, achter het derde deel dezes werks. Bewysstuk I.

zelven hebben voorgesteld. Aldus, vrienden, wy worden, door onzen vyand zelven, erkent als een onafhankelyk volk, dat, zonder iemands tusschenkomst, met alle natiën verbonden sluiten mag; wy behouden onze wapens om onzen grond te doen eerbiedigen en ook om de minste schending van dezen vrede te wreken op wie het zy. Onze Vorst Lodewyk toont zich bereid om de liefde der vrye Vlamingen te winnen, en zal binnen weinige dagen te midden der Gentenaren komen woonen. Gode zy innig daer voor gedankt, dat hy dezen schoonen zegeprael ons geschonken heeft : wy hebben onze oude vryheid herwonnen; wy zullen ze weten te bewaren en te verdedigen. Aen ons nu, gezellen, de arbeid, de handel, de rykdom, de vrede! Gent zal onder de steden schitteren als eene prachtige zon; en wanneer men van vryheid en van volksmagt spreekt, dan zal men met eerbied op onze geboortestad wyzen, als op het oord waer vlaemsche leeuwenmoed en echte volksmagt woont..... Heil Gent! Vryheid en Neering! Vlaenderen den Leeuw! »

Met dezen roep eindigde Artevelde zyne aenspraek.

Een verward gejuich, een ontzaggelyk zegeroepen bonsde uit het leger in de hoogte; men trappelde van vreugde, men omhelsde elkander, men stortte tranen van vervoering; want iedereen besefte het gewigt van dezen vrede, waerby Frankryk van zyne overmoedige eischen afzag en de Graef van Vlaenderen zyne volle goedkeuring gaf aen alles wat de Gentenaren hadden gedaen. Zy waren dus meer dan ooit vry, en daerenboven, door de magt om verbonden te sluiten, geheel van Frankryks nadeeligen invloed verlost.

Gewis er ware in langen tyd geen einde aen het jubelgeschreeuw gekomen, had de tromper niet weder zyne bazuin aengeheven om de aendacht des legers tot zich te roepen. De stilte hersteld zynde verscheen Augustyn op den springhael en riep tot het leger :

« Van wege de Wet der stede van Gent! — Gezellen, het moet heden een vrolyke dag zyn om onze overwinning en de blyde terugkomst van onzen Graef te vieren. Aenstonds zullen de Centeniers by de wagens geroepen worden om wyn te ontvangen : elken gezel zal eene dubbele mate gegeven worden, benevens twee dagen betaling, als vredegeschenk [1]. 's Konings bode begeeft zich binnen de vesting om er den wapenstilstand uit te roepen en de poort te doen openzetten. De ongewapende burgers van Biervliet zullen ongehinderd in ons leger mogen komen, en keeren, koopen en verkoopen. Wy intusschen zetten geenen voet over de brug; en wat er ook geschiede, de Opperhoofdman beveelt, dat al wie op den eersten bazuinschal niet veerdig staet waer hy geroepen wordt, uit het leger worde gezonden. Ieder keere nu naer de tenten zyner Neering en drinke, volgens de begeerte der Wet van Gent, ter eere van het zegevierend vaderland! »

Met nog magtiger en luider vreugdekreten liep het leger als een verwarde zwerm uiteen, en ieder begaf zich juichend naer de plaets waer zyne Neering was gelegerd.

---

[1] « Item....... ende elc andre scutter van XC, III gr. dat comt van haren soudeye van XVIII daghen dat sy ute waren, mids *eenen dobbelen daghe dat sy streden te Biervliet*......

« Item VIII scutters die gheset waren ten *groten boghen*.

« Item C witte Caproenen.

« Item den coninc van den Ribauden en XXIIII ghesellen. »

Stadsrekeningen van Gent, anno 1337-38.

VI.

Eenige dagen na den slag van Biervliet begaf de Voorschepen, Maes Van Vaernewyck, zich naer Brugge, van waer hy den Graef in het gentsche leger bragt. Onder het galmen der bazuinen en het aenheffen van vreugdeliederen togen de vlaemsche benden, met den Graef van Vlaenderen aen het hoofd, binnen Gent, welks inwooners hunnen Vorst met geestdrift en met ongewoone pracht onthaelden. Voor het Hooghuis, op de Vrydagmarkt, zwoer Lodewyk op nieuw eerbied aen de vryheden van het gentsche volk en de Gemeente legde insgelyks in zyne handen den eed van getrouwheid en van onderdanigheid af [1].

---

[1] « Graef Lodewyk, door Maes Van Vaernewyck, eerste Schepen der Gemeente, geleid, kwam zelve terug in zyne staten........ De vorst begaf zich in het leger, waer hy met algemeene toejuichingen werd onthaeld. Het kamp werd onmiddelyk opgebroken en het leger keerde terug in Gent onder het geschal der bazuinen en met ontrolde standaerden. » P. A. Lenz, pag. 295 en 296.

De Graef, met zyn gevolg van ridders en raedsheeren, nam zyn hof in 's Gravensteen.

Groot was, gedurende de eerste dagen, de blydschap der Gentenaers over den gelukkigen uitslag hunner poogingen. Nu hadden zy zich verzoend met hunnen Vorst; vrede, handel, nyverheid en voorspoed verspreidden leven en welzyn in hunne stad; de Gemeente had hare vorige magt herwonnen : zy bleef gewapend tegen allen aenval, en de toekomst beloofde roem en grootheid voor het vaderland.

Aen den wyzen raed, aen den heldenmoed van Artevelde was men dit alles verschuldigd; ook kende nu de dankbaerheid der Gentenaren voor den Opperhoofdman geene palen meer. Waer hy zich slechts vertoonde ging een lang gejuich in de hoogte of men boog zich, by zynen doorgang, met diepgevoelden eerbied voor den man wiens vernuft, als door eenen tooverslag, rykdom, magt en vryheid had doen ontstaen, dáér waer eenige maenden te voren hongersnood, slaverny en wanhoop heerschten.

Intusschentyd was echter de afgunstige Geeraert Denys waekzaem gebleven en had in het duister gewerkt om, door allerlei middelen, vele persoonen tegen Artevelde in het harnas te jagen of tot wederstreving tegen hem te bereiden. Haet en nyd scherpten zyn vernuft en begaefden hem met eene rustelooze krachtdadigheid. Waer ergens een Gentenaer een enkel woord van ontevredenheid over den gang der zaken uit den mond liet vallen, dáér stond even gauw Denys zelve of een zyner handlangers, om, met helsche slimheid, kwaed vuer in het hart te stoken, driften aen te hitsen, eerzuchtige verwachtingen te voeden, en Artevelde door looze zinspelingen te betigten van alles wat slechts iemand mogt hebben misnoegd.

Zoo ontstond er dan, in den diepsten nacht der heimelyke boosheid, eene gezindheid tegen den grooten Burger van Gent, gezindheid die samengesteld was uit de tegenstrydigste driften en de meest vyandige gedachten; maer welke, voor dit oogenblik, er in toegestemd hadden, elkander den Judaskus te geven, om gezamentlyk Artevelde's val te bewerken.

Deze benyders en vyanden des Wyzen Mans begrepen wel, dat hunne laffe aenslagen voor alsdan in Gent niet zouden gelukken; eene enkele hoop bleef hun overig om de uitvoering zyner grootsche ontwerpen te dwarsboomen en misschien nog alle de vruchten zyns zegepraels te vernietigen. Zy wisten namelyk, dat eenige steden van Westvlaenderen tegen den Graef verbitterd waren, zoo wel over den vrede zelven als over het instandhouden van zekere voorregten, welke hy uit de *kwade vryheden* voor zich behouden had [1]. Deze misnoegdheid te baet nemende, zonden zy mannen uit om de bevolking der steden van Westvlaenderen tot wederstand aen te hitsen, en zy verspreidden daerby allerlei lasterlyke geruchten over de voorgegevene valschheid en meineedige inzigten des Graefs. Onderwyl verzuimden zy niet, door verborgene middelen, dit alles by den Vorst op den hals van Artevelde te laden, zoodat zy, met dit dubbel wapen, zich zeker waenden hun doel te bereiken en op den invloed des Wyzen Mans eene merkelyke inbreuk te doen.

[1] « Hy hield nochtans voor zich de renten in de kwade privilegiën bepaeld, alsook het regt om de Gemeenten over hunne inkomsten en uitgaven rekenschap te doen geven. »

« Nochtans de inwooners van West-Vlaenderen weigerden eenigen tyd zich te onderwerpen. » P. A. LENZ, pag. 295 et 296.

Inderdaed, men vernam welhaest dat vele steden van Westvlaenderen weigerden zich met den Graef te verzoenen en den vrede te aenveerden; zelfs was de gisting in sommige Gemeenten zoo verre gerezen dat men ernstig voor eenen verderfelyken burgeroorlog begon te vreezen, alzoo een gedeelte van Westvlaenderen dreigde zich tegen Gent op te werpen.

Artevelde bedroog zich niet over de echte bronnen waeruit het kwaed voortsproot; hy bemerkte genoegzaem, dat de vyanden van zyn staetkundig stelsel zich hier bedienden van de hulp der zendelingen des konings van Frankryk, die, sedert den vrede, in groot getal Vlaenderen doorliepen om verdeeldheden te zaeijen en twisten te stoken. Eventwel, hy had betrouwen genoeg in zyne magt om zich niet te vroeg over deze geringe hinderpalen te ontstellen, en wachtte tot dat de Graef zelve de hulp der gentsche Gemeente inriep, om alle de gedeelten van Vlaenderen onder het vorstelyk gezag te doen wederkeeren.

Alsdan trok Artevelde met eenige Schepenen en Dekens der stad Gent gansch Vlaenderen door, en verkreeg door zyne onweêrstaenbare welsprekendheid, dat in korten tyd alle Gemeenten niet alleen den vrede aennamen en den Graef getrouwheid zwoeren [1]; maer nog daerenboven

---

[1] « Item Scepenen Piéter Zoetaerd, Clais van Berleghem...... en van de Hooftmans Jacob van Artevelde, Willem van Vaernewyck, Gelnoot van Lens, Willem van Huse, Pieter van den Hovene; en van den dekenen Jan Breetbaert, Willem Yoens en Heinric Goethals, die ute trocken op den selven donredages metten voorseiden lieden, omme 't lant van Vlaenderen eens te makenen, ter eeren van minen heer van Vlaenderen, te elpen settene 't lant in ruste, in wette, in payse, en in vrieden, en in neringhe : ute ware XVI daghe met XLV paerden, enz. » *Stadsrekeningen van Gent*, anno 1337-38.

zich geheel en gansch met Gent verbonden tot de verdediging van 's lands onafhanklyke onzydigheid.

De groote burger moest met eene ongemeene kracht van vooruitzigt begaefd zyn; want, wat hy ook ondername, nooit vergat hy daerby in het oog te houden, welk ander voordeel hy voor zyn vaderland er uit trekken kon. Terwyl hy nu alle de vlaemsche steden doorreisde om regtzinniglyk den Graef in bezit zyner wettige overheid te stellen, nam hy deze gelegenheid waer, om overal de gewapende burgermagt in te rigten; en te doen vaststellen, hoeveel mannen elke Gemeente op den eersten roep in het groot vlaemsch leger zenden zou, indien het vormen van zulk leger noodig werd tot 's lands verdediging. De magt, welke de Gemeenten zich dus verbonden, ingeval van nood te samen te brengen, beliep tot het aenzienlyk getal van 60,000 krygslieden. Artevelde deed hierby de stad Gent op nieuw erkennen als middenpunt der vaderlandsche beweging en als bewaerster des gemeenen regts.

Nauwelyks had de Wyze Man deze gewigtige zending volvoerd, of een bode bragt de tyding te Gent, dat koning Eduard van Engeland met eene ontzaggelyke vloot voor Sluis was verschenen, en zich bereid maekte om eene landing op de vlaemsche kust te doen. Dit nieuws bragt den Graef in groote verlegenheid; niet omdat hy waende dat Eduard tegen Vlaenderen oorlog wilde voeren, want men wist genoeg dat de Engelschen alleenlyk den doortogt begeerden om het fransche leger in Waelsch-Vlaenderen te gaen aenvallen; maer de Graef, die een vriend van Frankryk en een heet vyand der Engelschen was, beefde van woede en droefheid, by het gedacht dat Vlaenderen, tegen de voorwaerden des vredes, de vyanden der Franschen op zynen grond zou kunnen toelaten, om Philips van Valois daerdoor afbreuk te doen. Hy had des te meer redenen om het te vreezen, daer er in Gent zelve eene sterke gezindheid voor den engelschen koning bestond en men er luidop juichte over zyne komst. Zelfs in den Schepenraed waren er leden, die den wensch uitdrukten om Eduard ongehinderd door Vlaenderen te laten trekken; en, na gewoonte, verzuimden de vyanden van Artevelde deze gelegenheid niet om hem moeijelykheden te berokkenen. Zy wisten, hoe zeer hy gehecht was aen het stelsel eener onschendbare onzydigheid, en poogden daerom den Raed tot de toelating van den doortogt over te halen; maer de Opperhoofdman bevocht hunne redenen zoo zegepralend, dat de Schepenen hem het bevel gaven om zich, indien het noodig ware, met geweld tegen de landing der Engelschen te verzetten.

Den zelfden avond vertrok Artevelde uit Gent met het grootst gedeelte der gewapende ambachtslieden. Hy schaerde des anderendaegs 's morgens, voor zonnenopgang, zyne magt langs de kust, en deed aen koning Eduard door eenen wapenbode herinneren, dat, volgens het verdrag door hem zelven aenveerd, Vlaenderen een vrye onzydige grond blyven moest, — daerby hem doende verklaren, dat de gentsche mannen wel en vast hadden voorgenomen, deze onzydigheid ten koste van hun bloed te doen eerbiedigen.

De koning kwam daerop in eenen boot aen land en poogde Artevelde van inzigt te doen veranderen; dan, hy begreep welhaest dat zulks eene onmogelykheid was. Vol bewondering voor Artevelde's verstand en wysheid, begaf hy zich weder op zyne vloot, deed de zeilen ophalen en stak naer Antwerpen, den ongeschonden bodem van Vlaenderen met ontzag verlatende [1].

Het geluk dat de poogingen des Opperhoofdmans bestendig bekroonde, en de spoedige aenwas zyner magt over alle steden van Vlaenderen, waer men de aenhangers van zyn stelsel by duizenden telde, vermeerderden nog zynen byna grensloozen invloed op de gentsche Gemeente. Hy had wel geen regt om er iets, zonder voorafgaendelyken last van den Schepenraed, te gebieden, en nooit ging hy hierin zyne wettelyke overheid te buiten; maer de meesten gevoelden zoo diep de magt van zynen geest en erkenden zoo regtzinniglyk de diepte zyner wyze voorzigtigheid, dat een raed, een woord van hem zeer zelden anders aenhoord werd, dan als een oordeel, waerop weinig of niets te antwoorden viel. En dit slach van onderdanigheid aen den grooten Burger sproot niet voort uit de onbekwaemheid dergenen, die als Wethouders over de zaken der Gemeente moesten beslissen; integendeel, nooit had Gent eene Schepenvergadering gezien, waerin zoo vele uitstekende mannen en ervarene staetkundigen geteld werden; iets dat zelfs byna dagelyks werd erkend door de vorsten, die met de stad Gent, als met een magtig Ryk, over de gewigtigste belangen te handelen hadden.

---

[1] « Hetzelfde jaer kwam de koning van Engeland met een groot leger voor Sluys, met het inzigt er eene landing te doen; maer de Vlamingen, door Jacob Van Artevelde aengevoerd, stelden zich tegen dit ontwerp...... Hy rigtte zich naer Antwerpen, waer hy voorts dit jaer verbleef. » *Kronyk* van Ægidius Li Muisis, naer het latynsch handschrift, door Octave De le Pierre, in zyne *Chroniques, traditions et légendes de l'ancienne histoire des Flandres*, medegedeeld, pag. 256.

De groote invloed van Artevelde, en bovenal de volledige onafhankelykheid der gentsche Gemeente, schenen den Graef diep te misnoegen; niet zoo zeer omdat hy persoonlyk naer meer overheid haekte; maer om reden dat de koning van Frankryk, wiens Leenman en onderdaen hy zich achtte, hem dagelyks ridders zond, om hem te bidden zekere dingen te doen, waertegen de gentsche Gemeente zich onverwinbaer bleef verzetten. De Graef, in ridderlyke gedachten opgevoed, kon het niet verdragen zyn gezag in Vlaenderen zoo nauw beperkt te zien. Meer dan eens had Philips van Valois hem aengeraden en gesmeekt, de Gemeenten met list tot zyn doel over te halen, anders gezegd te bedriegen ; maer de Graef was in den grond regtzinnig, en kon vooralsdan daer toe niet besluiten, hoe diep de hoogmoed der gentsche burgers hem ook griefde en vernederde.

Zyne fransche hovelingen lieten integendeel niets na om hunnen koning te believen; en vermits zy, door onwetendheid van 's Landsinstellingen, Artevelde de schuld van alles waenden te zyn, spanden zy alle mogelyke poogingen in om hem by de Wet en by het volk verdacht te maken, en aldus zynen invloed te vernietigen of te verminderen.

Dit gaf eensklaps nieuwen moed aen zyne vyanden, en nu begonnen laster en eerroovery, onder de leiding van verborgene opstokers, tegen hem het hoofd te verheffen. De meest tegenstrydige geruchten werden dagelyks in omloop gebragt : nu had hy in het geheim met den koning van Frankryk gehandeld, dan had hy zich bedektelyk van den engelschen koning laten omkoopen; dan stelde hy zich voor, den wettigen vorst te onterven om zelf den graeflyken troon te beklimmen; — zyn huisselyk leven werd doorwroet, zyne bloedverwanten, zyne vrienden moesten, om zynent wille, insgelyks met de snoodste lastertael worstelen; en men ging zoo verre, dat men hem zelfs van de hatelykste, ja, van de belachelykste gebreken beschuldigde.

Zoo begonnen, aen de voeten des grooten mans, de vuigste nyd en de domste afgunst als ongedierte te woelen. Hy, zonder die aenvechtingen der yverzucht en der kleingeestigheid met eenen oogslag te begunstigen, liet zyne benyders in het slyk hunner onmagt kruipen, en bleef geheel en gansch verslonden in de belanglooze berekening der middelen tot Vlaenderens voorspoed en grootheid [1].

Intusschentyd was koning Eduard naer Duitschland gereisd, waer hy een groot getal bondgenoten tegen Frankryk had aengewonnen, en zelfs door den Keizer met den tytel van Vicarius des duitschen Ryks was bekleed geworden.

Dit eerambt stelde een gedeelte van Vlaenderen, dat men Keizers-Vlaenderen noemde, onder zyn bevel en gaf hem insgelyks eenen grooten en wettigen invloed op andere gewesten der Nederlanden [2]. Zich dus magtig ziende, bereidde hy zich opentlyk om tegen Frankryk

---

[1] « Van Artevelde is onweerdiglyk gelasterd geworden. »
P. A. LENZ, pag. 308.
« Tu n'aurais donc trouvé pour terminer ta vie,
« Qu'un poignard d'assassin soudoyé par l'envie! »
ERN. BUSCHMANN, à J. Van Artevelde.

[2] « L'empereur Louis prononça ensuite qu'il nommait Edouard vicaire impérial dans toute la partie située à la gauche du Rhin et au-delà de Cologne, ordonnant à tous les princes des Pays-Bas de lui obéir à la guerre pendant sept années à venir. » SISMONDE DE SISMONDI, Histoire des Français, tome VI, page 377.

eenen beslissenden oorlog aen te vangen, tot Parys door te dringen, en Philips van Valois van de kroon te berooven.

De fransche koning begon ernstig te vreezen, en verzuimde van zynen kant geene hoegenaemde poogingen om bondgenoten te vinden. Hem pynde het zeer, van Vlaenderens hulp beroofd te blyven, dewyl dit Land alsdan magtig genoeg was, om alleen de weegschael ten voordeele van eenen der beide koningen te doen hellen; daerenboven, Philips van Valois, in den grond des harten erkennende hoe weinig regt Frankryk op Vlaenderens vriendschap mogt doen gelden, hield zich in het geheel niet voor verzekerd, dat de Vlamingen hunnen werkelyken bystand aen Eduard zouden blyven weigeren.

In dezen toestand wendde hy poogingen van allen aerd aen, om ten zynen voordeele in Vlaenderen eene verandering in de openbare meening te doen ontstaen, en spaerde geld noch listen om tot zyn doel te geraken. De vlaemsche steden krielden van fransche zendelingen, welke al menig burger, door giften en beloften, deden wankelen.

Zoo groeide de party der Leliaerds of franschgezinden in korten tyd merkelyk aen, onder de geheime leiding van Ser Van Steenbeke; en by haer voegden zich, natuerlyker wyze, de benyders van Artevelde, met Denys aen het hoofd, ofschoon deze beide gezindheden elkander in den grond bloedvyanden waren.

Terwyl de koning van Frankryk over de berigten uit Vlaenderen zich verheugde en, wel ten onregte, begon te hopen dat de Gemeenten zich eerlang voor hem tegen Eduard verklaren zouden, beraemde Artevelde, in de diepte zyner overweging, een ontwerp dat Frankryk veel spels leveren moest.

Op het oogenblik dat Philips van Valois zich dus van eenen aenstaenden zegeprael verzekerd achtte, deed Artevelde eensklaps, in den Schepenraed, het voorstel dat de Gemeenten van Vlaenderen aen den Koning van Frankryk een gezantschap zouden sturen, om de steden Ryssel, Douai en Orchies terug te eischen; hy bewees onwederleggelyk, dat Waelsch-Vlaenderen met bedrog en onregtveerdig geweld van het grondgebied des vaderlands was afgescheurd geworden, en Frankryk slechts door meineedigheid en verraed zoo lang in bezit van dit aenzienlyk vlaemsch gewest gebleven was [1]. Daerby vertoonde hy, wat schandelyke lafheid het was, zoo vele broeders in moedertael en vaderbloed, onder het bedwang des vreemdelings te laten, daer men nu de magt bezat om het geschonden regt te doen gelden of te wreken en alle Vlamingen vry te maken van uitheemsch gezag.

Wat eenige leden des Schepenraeds er ook al tegen

---

[1] « Arteveld avait fait demander à Philippe de rendre aux Flamands les trois villes de Lille, Douai et Bethune, que la France leur retenait injustement dès le temps de Philippe-le-Bel. » SISMONDE DE SISMONDI, *Hist. des Français*, édit. de Brux., 1838, pag. 389.

<pre>
« De Vlaminghe sonden haestelike
   An den coninc van Vranckerike
   Bi rade van Jacoppe van Artevelden :
   Dat de coninc beede de steden
   Ricele, Duway, sonder vele onleden,
   Die Vlaminghe wilde overgheven. »
        Reimchronick von Flandern, enz., uitgegeven
              door EDUARD KAUSLER. Tubingen, 1840.
</pre>

Over dit vraegpunt, zie verder : WARNKOENIG, vertaeld door GHELDOLF, tome II, pag. 14 et 15.

poogden in te brengen, men nam het voorstel van Artevelde met geestdrift aen; en weinige dagen daerna verklaerden de andere voorname steden van Vlaenderen, dat zy bereid waren om, door het zenden van gezanten en des noods door magt van wapenen, den vaderlandschen eisch van Gent gestand te doen.

Deze beslissing, door een leger van 60,000 man gestaefd, was als een bedwelmende donderslag voor den Graef, zoo wel als voor den Koning van Frankryk. Waelsch-Vlaenderen afstaen? De vruchten van honderde jaren list en staetkundige berekening laten ontsnappen? Het dreigend Vlaenderen nog magtiger maken? — Daertoe kon Philips van Valois niet besluiten.

Wat den Graef betreft, deze was, in den vollen zin des woords, een Franschman; en anders toch aenzag hy zich zelven niet; Vlaenderen was voor hem niets meer dan een Leengoed, dat hem niet nader aen het harte lag dan de graefschappen van Rethel en Nevers, welke hy in Frankryk insgelyks bezat. Geen wonder dan, dat hy den voorspoed en de magt van Vlaenderen als een beklaegbaer kwaed aenschouwde, zoohaest hierdoor op de grootheid van zyn gewaend vaderland, — van Frankryk, — inbreuk kon worden gedaen [1].

---

[1] « Ce nouveau comte (Louis de Nevers) élevé en France, était presque absolument Français de mœurs et de caractère; il connaissait mal l'esprit indépendant de ses riches et industrieux sujets. » SISMONDE DE SISMONDI, *Hist. des Français*, tome VI, pag. 260.

« Les Flamands avaient conservé le caractère d'un peuple indépendant, encore que Philippe disposât de leur comte comme s'il n'était qu'un simple lieutenant. » IBID., pag. 354.

« Le comte de Flandre qui a celle heure estoit bon François. » *Annales et chroniques de France*, par NICOLE GILLES, Paris 1557, II, fol. V.

Het gezantschap der vlaemsche steden vertrok naer Parys en deed daer, in krachtige tael, de terugeisching van Waelsch-Vlaenderen gelden. Men durfde by het fransche Hof de gezanten niet afwyzen en, men trok met inzigt de onderhandelingen eenen tyd lang, zonder beslissend gevolg. Dit kon echter niet blyven duren; de gezanten werden ongeduldig en begonnen reeds van wapenen en van oorlog te spreken en eene dreigende houding aen te nemen. De koning wist niet meer door welk middel aen deze noodlottige terugvordering te ontsnappen; want, weigerde hy er aen te voldoen, zoo haelde hy zich welligt een leger van 60,000 Vlamingen op den hals, op het oogenblik zelven dat hy al zyne beschikbare magt noodig had om de Engelschen en hunne bondgenoten te kunnen weêrstaen.

Eindelyk besloot men, tot de misdaed zynen toevlugt te nemen. Vlaenderens magt bestond in Artevelde's wysheid, in de liefde en eenstemmigheid, met welke de oneindige meerderheid des volks zynen raed volgde. Kon men deze steunzuil der vlaemsche volksgrootheid omverre rukken, dan zou de tempel zelve ook wel in gruis storten: men hoopte het ten minste! Een snoode aenslag werd beraemd: de sluipmoord ging de fransche Koning ter hulpe roepen! Onder den dolk van betaelde booswichten zou het edel bloed van Artevelde vlieten! [1]

Inderdaed, in korten tyd werd hy verscheidene malen door de dagge van onbekende mannen bedreigd en zyn leven geraekte meer dan eens in gevaer. De Gemeente van Gent vergrootte zyne wacht en, op aendringen zyner vrienden, vertoonde hy zich niet meer in het

---

[1] FROISSART.

openbaer dan met zekere omzigtigheid. Daerenboven, het gentsche volk ontstak zoodanig in verbittering, over deze aenslagen tegen het leven van Artevelde, dat er altyd eenige honderde gewapende ambachtslieden voor zyne deure stonden te wachten om hem te volgen waer hy ging. Noch raed noch gebeden konden deze mannen van hun voornemen doen afzien : zy hadden gezworen óver den Opperhoofdman te waken, en zouden den eersten den besten, die hem schaden wilde, oogenblikkelyk verpletteren [1].

Ofschoon Lodewyk van Nevers niet anders dan als een onderdanig handlanger van Frankryk kon worden aenzien, toch is het niet te denken dat hy eenig deel had aen het uitzenden dezer moordenaers; waerschynelyk was dit, in het byzonder, het feit zyner fransche hovelingen, of van zendelingen van Philips, of van de benyders van Artevelde's grootheid, en welligt van alle deze vyanden te gelyk [2]. Desniettemin groeide, in het hart der burgers, een diep mistrouwen tegen den Graef, wien men een groot gedeelte der verantwoordelykheid dezer aenslagen op den hals legde, uit hoofde zyner welbekende verkleefdheid aen Frankryk en aen het staetkundig stelsel van dit Ryk.

[1] « Le comte ne pouvoit luy nuire (à Artevelde) ny dresser aucune embuche à sa vie comme il eut bien désiré, pour ce qu'il avoit ordinairement des gardes autour de soy et estoit conservé et gardé des yeux, de l'affection et de la garde du peuple, qui l'honnoroit comme s'il eust été son seigneur. » BERNARD DE GIRARD, Hist. gén. des roys de France, Paris 1615, pag. 642.
Zie ook P. A. LENZ, pag. 284.

[2] « Le comte n'était point méchant et rancuneux de sa nature, mais plutôt facile à se laisser diriger par les impressions du moment. » EDW. LE GLAY, tome II, pag. 418.

Hoe het zy, de houding der gentsche burgery en de voorzorgen door Artevelde zelven genomen, lieten aen Frankryk geene de minste hoop over om zich op zulke snoode wyze van den Opperhoofdman te verlossen.

Op het aendringen van Philips van Valois, die niet meer wist hoe den eisch der Gemeenten te ontsnappen, besloot Graef Lodewyk zynen toevlugt tot zachtere middelen te nemen; en, om dit werkstellig te maken, deed hy, op zekeren dag, den Opperhoofdman van Gent bedektelyk verzoeken, by hem in 's Gravensteen ten hove te komen.

Artevelde toonde zich bereid om aen het verlangen zyns Vorsten te voldoen; maer hy gaf hiervan kennis aen de Schepenen der stad, opdat men aen dit bezoek geene andere dan de ware oorzaek zou hebben toegekend. Zoo geraekte de uitnoodiging des Graven ter kennis van het gentsche volk, en alle de gemoederen ontstelden zich, in de vrees dat daeronder eenen aenslag tegen Artevelde mogt verborgen liggen.

's Gravensteen stond over de Leije, in eene wyk der stad, die men den Ouden Burgt noemde, en welke, als vorstelyk Leengoed, onmiddelyk van de grafelyke regtbank afhing, zonder onderworpen te zyn aen de Schepenbank van Gent. Deze Steen was eene ontzaggelyke sterkte, ten jare 868, door Baudewyn met den yzeren arm, opgebouwd om tot schuilplaets tegen de invallen der wreede Noordmannen te verstrekken. Dezelve was rond van vorm en omringd met ongemeen hooge vestingen, tusschen welker uitspringende torens, de muren overal met dreigende schietgaten waren doorboord. De

Lieve besproeide het langs eene zyde en omvatte het langs de anderen met hare afgeleide wateren; zoodat de sterkte slechts langs de steenen brug en door eene enkele nauwe poort toegangbaer was [1].

De sombere en droeve toon, welke de tyd over dit verblyf der Leenheerschappy gespreid had, de ruwheid en zwaerte van zynen bouwstyl, deden eenen zonderlingen indruk op den aenschouwer, die, uit het levendige Gent tredende, eenen schuchteren oogslag op dit ontzaggelyk steenen gevaerte kwam slaen. Een gevoel van koude en van angst beklemde zyn hart, en hem dacht teruggetooverd te zyn naer tyden van knechtschap des volks en van verdrukking, waervan het aendenken in de nyverige vlaemsche Gemeenten reeds eeuwen lang was vergaen.

De lage en ellendige huizen rondom het grafelyk slot, de armoede en slordige halfnaektheid der omwoonende leenlaten, de doodsche stilte die hier heerschte, vermeerderden nog dien pynelyken indruk; en, als men zich eindelyk van dit laetst verblyf der leenroerige magt verwyderde, dan gevoelde men zyne borst verengd als hadde men eene smachtlucht ingeademd.

Boven den vestingmuer wandelden de schildwachten als stomme schimmen over en weder; zelfs by vollen dage stoorde hier niets de stilte, welke den geduchten leenheer omringde, dan alleen het weêrgalmend en eentoonig geblaf der jagthonden binnen den Steen.

Op den dag dat Artevelde ten hove komen moest, boden de straten, rondom het grafelyk verblyf, een gansch ander

---

[1] 's Gravensteen, N° 96 der kaert. Zie eene teekening van dit oud verblyf der Graven van Vlaenderen in F. DE VIGNE's *Middeleeuwsche bouwkunde*, plaet IV.

voorkomen aen : menigvuldige gentsche burgers en ambachtslieden stonden er by hoopen verzameld en spraken onder elkander met luidruchtige hevigheid; anderen, die gewapend waren, wandelden in kleine groepen de straten in en uit; want, daer zy zich niet op het grondgebied der stad bevonden, was het hun niet geoorloofd hier met wapenen te verwylen. Om eventwel hun inzigt te kunnen volvoeren, veinsden zy er slechts voorby te trekken; doch zy verwyderden zich niet merkelyk van de Veerleplaets, waer de poort van den Steen op uitzag. Men moest binnen in de vesting niet zonder ergwaen over deze byeenrottingen zyn; want men had het schofhek voor de poort neêrgelaten en de wachten boven de muren verdubbeld [1].

In den hoek der plaets, tegen Wenemaer's nieuw Godshuis [2], was men bovenal hevig aen het twisten over de oorzaek welke de gentsche poorters naer dezen kant der stad had gelokt.

« Ja! » riep een metsersgezel « gy moogt zeggen wat gy wilt; maer dat zy slechts een enkel hair op het hoofd van Mher Jacob durven aenraken — en ge zult morgen in den Ouden Burgt geene twee steenen meer op elkander vinden staen! »

« Wy zullen die fransche heeren eens in de Lieve leeren zwemmen! » morde een ander.

« Maer » antwoordde met eene geveinsde koélheid, de Overdeken Denys, die zich by den hoop bevond « ik weet toch niet, gezellen, wie u dit alweder in het hoofd

---

[1] « De Graef van Vlaenderen verzocht Artevelde in zynen Steen te komen; de burger voldeed aen zyne uitnoodiging, maer was door zulke groote menigte vergezeld, dat de vorst noch magt noch moed had om de hand aen hem te slaen. » P. A. Lenz, pag. 283.

[2] N° 97 der kaert.

gesteken heeft. Onze genadige Vorst heeft Mher Artevelde by hem ontboden : het is een vereerend bewys van genegenheid, — en gy staet hier te dreigen en te zweeren; alsof onze Graef bekwaem ware om eenen zyner onderdanen met bedrog in eenen strik te trekken, en dan onder zyn gezigt te doen vermoorden. Wie van u zou durven zeggen, dat hy dit inderdaed denkt? »

Volgens de verwachting van Denys antwoordde niemand op deze vraeg, dan met min of meer teekens van ongeduld; deels uit hoofde van den eerbied welken men aen zyn verheven ambt verschuldigd dacht te zyn, deels omdat geen der aenhoorders zulke uitdrukkelyke beschuldiging tegen den Graef wilde vooruitbrengen.

Een enkel gezel scheen verstoord, en morde met verdoofde stem tot zynen gebuer :

« Wel, Sint Lieven toch! Sedert wanneer is de Overdeken een vriend van den Graef of een Leliaerd geworden? Daer zit iets onder, dat voorzeker niet zuiver is! »

« Het ware beter » hernam Denys «dat gy al te samen naer huis ginget ; want door dit onrustig gewoel doet gy onzen Opperhoofdman groot nadeel. Weet gy wat men ginder, by St.-Veerle, zegt? Men beschuldigt Mher Artevelde, dat hy zelf door zyne aenhangers het nieuws der grafelyke uitnoodiging en de vrees voor verraed onder de Gemeente heeft doen strooijen. Ik geloof het niet; maer men voegt er by, dat hy reeds sedert lang den Vorst by de Gentenaers zoekt gehaet te maken, omdat de Graef vertrekken zou, en hy alleen den meester over ons zou kunnen spelen. »

Op dit oogenblik kwam een jonge blauwverwer by den hoop staen en hoorde de laetste woorden van den Overdeken. Het was zigtbaer op zyn gelaet, dat eene diepe ontevredenheid hem kwam ontstellen, doch hy weêrhield zich en scheen slechts nog met enkele nieuwsgierigheid te willen toeluisteren.

« En daerby, gezellen » ging Denys voort « met alle die bewyzen van genegenheid, zult gy onzen Opperhoofdman zoo verwaend maken, dat hy het volk als nietig slyk zal aenzien. Nu zegt men alreeds, dat hy de Burgery verzaekt en zyne dochter eenen franschen ridder ten huwelyk geboden heeft. Het is waerschynelyk slechts een gerucht; maer ziet wel in, dat Mher Jacob met Koningen en Graven op den voet der gelykheid handelt, en zich niets minder waent alsof er eene kroone op zyn hoofd stond. Dit is gevaerlyk voor Mher Artevelde zelven; — en, als wy toch moeten geleid of verdrukt worden, is het beter dat wy het zyn door onzen wettigen Vorst dan door iemand, dien wy zouden gemaekt hebben wat hy is, alleenlyk om ons eenen hoogmoedigen dwingeland op op den nek te leggen. »

« Het is waer » viel een wever hem in de rede. « By voorbeeld, wie geeft den Opperhoofdman van Gent het regt om gansch Vlaenderen door, als ware hy zelf de Graef, zoo dwingend te gebieden en de Gemeenten te doen wapenen? Wie geeft hem het regt om geheime betrekkingen met den hertog van Braband en den Graef van Henegauwen te onderhouden, zonder de Wet van Gent te kennen? Wie gaf hem het regt om den goeden Koning van Engeland te Sluis met barschheid te behandelen, en hem, door zyne trotsche waen, misschien voor altyd tot bloedvyand van Vlaenderen te maken? »

By het hooren dezer woorden verbleekte de jonge blauwverwer en een vlammende blik ontschoot zyner oogen; eventwel, hy boog het hoofd en zegde niets.

« En nu » sprak Denys « wat gaet er nu alweder gebeuren? Gy staet hier voor 's Gravensteen den Vorst met eenen oploop of met eene belegering te dreigen. Dit zal hem sterk op ons verbitteren; zoo toch luidde de vrede niet. Er zou groote oneenigheid tusschen den Vorst en de Gemeente van Gent kunnen uit opryzen. Zal men dan niet, met eenen gegronden schyn van reden, kunnen zeggen, dat Mher Artevelde dezen twist alleenlyk gestookt heeft, met het inzigt om den Graef uit zynen weg te krygen en naer Frankryk te doen vlugten? En als gy dus redenen geeft om Mher Artevelde te doen wanen, dat hy meer is dan de Graef, wat wonder zou het dan zyn, zoo hy eens waerlyk lust kreeg om zelf Graef van Vlaenderen te worden? »

De wever, die met den Overdeken gekomen was, stak zyn hoofd te midden van den kring, als om ieder tot geheim houden aen te manen.

« Weet gy wat ik heb hooren vertellen van iemand die beweert er by geweest te zyn? » fluisterde hy. « Het schynt dat Mher Jacob, tusschen vier muren, nog al een vrolyk gezel is en meer wyn drinkt dan hy verdragen kan. Zoo zou hy laetst, by zekeren poorter, zoo verre geraekt zyn dat het verstand hem had begeven, en hy zou daer wel uitdrukkelyk verklaerd hebben, dat hy Graef van Vlaenderen wil zyn en ons allen....... »

Bevend als een riet en bleek als een linnen van toorn, sprong nu de blauwverwer vooruit, en riep tot den wever:

« Schei uit! Schei uit, of ik vermorsel u onder myne voeten, gy vuige lasteraer! »

En dan zyn gloeijend oog op de overige kwaedsprekers latende wandelen, ging hy voort, geheel buiten zich zelven van razerny:

« Weet gy wat ge altemael zyt, gy die uw vuil spog naer den Opperhoofdman werpt? Laffe honden die tegen de zon blaffen omdat haer licht u bedwelmt! Magteloos ongedierte dat zich aen het lichaem van eenen reus hecht, met de hoop hem door duizend vergiftigde beten te vermoorden! Gy hebt aldus reeds vergeten wie Vlaenderen ophief uit den hongersnood en uit de verdrukking? Wie het goud door de straten van Gent deed stroomen? Wie ons vernederd vaderland vryheid en aenzien gaf? De held, de verlosser is een heerschzuchtige, een dwingeland, een dronkaerd, niet waer? Omdat zyne grootheid u verplet, bezwaddert gy zynen naem; omdat gy noch tot aen zyn hoofd, noch tot aen zyn hart kunt reiken, knaegt gy als nietige wormen aen zyne voeten, ondankbaer addergebroed, dat gy zyt! — Er mogen dekens bystaen, het is Lieven Comyne die het zegt! »

De Overdeken was gansch verbluft over dezen uitval en wist niet wat zeggen, dewyl hy het niet voorzigtig oordeelde, in het openbaer zyne schynheilige lastertael gestand te doen. Hy mompelde eenige woorden, waeruit men verstaen kon dat hy voorgaf, met zulk dwars gezel niet te willen twisten, keerde zich om en verliet de plaets langs de Hoofdbrug [1].

Lieven Comyne, nog bevend, zag den Overdeken na, tot dat hy verdwenen was. Zich dan op nieuw tot den verschrikten wever keerende, viel hy uit:

« Ah, ah, tusschen ons beiden nu! Weet gy wat men doet met eene slang die vergif spuwt naer hare weldoeners? Men wringt haer den nek om en men vertrapt ze! »

---

[1] N° 94 der kaert.

By deze woorden vatte hy inderdaed den wever met zyne twee handen, als tusschen eene nyptang, by den hals, wierp hem half verworgd ten gronde en gaf hem eenen schop in de lenden. Hy liet hem echter opstaen en lachte spottend op de redenen, welke de wever nu tot zyne verschooning poogde in te brengen.

« Ga! » sprak Lieven Comyne met verachting « uwe lafheid getuigt dat gy een lasteraer zyt! »

« Willen wy den schelm in de Lieve versmooren? » vroegen de omstaenders, die de daed des blauwverwers toejuichten.

Zy hadden den wever reeds aengevat en rukten hem met geweld naer den kant der Lieve voort, om hem zonder genade er in te werpen; maer nu klom, van den kant van 's Gravenbrug, de roep : « heil, heil den Opperhoofdman! » in de hoogte en ieder begaf zich tot die zyde der plaets, zonder nog naer den wever om te zien.

Jacob Van Artevelde kwam daer alleen tusschen het volk aengestapt; zyne wacht van acht-en-twintig knapen had hy by de Vischmarkt doen blyven staen, om tot zynen Vorst te naderen gelyk het eenen onderdaen betaemde. Groot was echter zyne verwondering, ja zelfs zyne droefheid, toen hy op de Veerleplaets al dit juichend volk tot hem stroomen zag, en aen de woorden en uitroepingen der menigte merkte, dat zy daer vergaderde uit mistrouwen voor de regtzinnigheid des Graven. Hy bleef een oogenblik staen en zegde tot het volk, dat met eerbied en in stilte luisterde zoohaest men bespeurde dat hy spreken wilde :

« Goede gezellen, wat is er al weder dat u ontroert? Waerom zoo oneerbiediglyk voor des Graven Hof verzameld? Het is niet wel gedaen van u! »

Een smid, die met bloote armen en met den voorhamer in de vuist voor hem stond, antwoordde daerop in ruwe tael :

« Wel gedaen ofte niet! Als onze Opperhoofdman binnen twee uren uit die krocht van Leliaerds en Franschen niet terug is, dan zullen wy het steenen nest eens tot gruis vermorselen, met al wat er binnen moge zyn! Het duert al lang genoeg, Mher Jacob; dat ze maer eens aen uw lyf raken als ze durven; dan zullen zy het toch niet zyn, die den koning van Frankryk de blyde mare van Jacobs dood zullen dragen! »

« Gy hoont onzen edelen Vorst ten onregte door dit mistrouwen, gezellen. » antwoordde Artevelde « Mogen wy onzen Graef verantwoorddelyk maken voor de misdaden van vreemdelingen, die uit andere landen herwaerts gezonden zyn? Neen, dit ware eene groote onregtveerdigheid van onzentwege; wy zyn meer eerbied aen onzen wettigen Vorst verschuldigd. Gy zyt my altemael goede vrienden, niet waer? Welnu, luistert op myne stem : verlaet deze plaets en begeeft u naer huis in volle vertrouwen : uwe vrees is ongegrond. Gaet, ik zal u dankbaer zyn voor dit bewys uwer genegenheid. »

« Opperhoofdman, zult gy over de Vrydagmarkt gaen als gy naer huis keert! » vroeg de smid. « Zoo gy ons dit belooft zullen wy vertrekken. »

« Ik zal het doen » antwoordde Artevelde.

« 'T is goed » zegde de smid « wy zullen er wachten tot het vallen van den avond. — Naer de Vrydagmarkt! Naer de Vrydagmarkt! »

Deze roep, door het omstaende volk herhaeld, liep als een sein over de gansche plaets, terwyl de menigte over 's Gravenbrug en langs de Kraenlei naer de

Vrydagmarkt zich begaf. Eenige oogenblikken later bevonden zich, in de nabyheid van den grafelyken woon, geene andere menschen meer dan eenige vreedzame poorters, welke uit nieuwsgierigheid waren blyven staen.

Reeds had de waker, boven de poort van 's Gravensteen, het sein gegeven. Het schofhek was opgehaeld; en toen Artevelde zich voor het vorstelyk verblyf aenbood werd hy door twee dienaers ingelaten en in eene zael geleid, waer verscheidene persoonen zich met den Graef bevonden.

Lodewyk van Nevers was een man van middelmatigen ouderdom, welgemaekt van gestalte en minzaem genoeg van gelaet; iets fyns en edels lag er in zyne gebaerden en tael; men kon zien, dat vorstelyk bloed en vorstelyke opvoeding hem lichaem en geest overglanst hadden met ridderlyke beschaefdheid en weerdigheid van houding. Eventwel zyne weinig aengeduide wezenstrekken, zyn trage oogslag en de tengerheid zyner leden, lieten vermoeden, dat, indien hem alle andere begaefdheden geschonken waren geweest, de mannelyke wil en de kracht des gemoeds hem waerschynelyk toch zouden ontbroken hebben.

By de intrede van Artevelde rigtten de hovelingen en raedsheeren, die altemael vreemdelingen waren [1], hun

---

[1] Zyn eerste raedsheer, welke zyne opvoeding bestuerd had en hem overal volgde, was de heer van Vezelay, erfelyk vyand van Vlaenderen en zoon van Pierre Flotte, die eertyds Vlaenderen had helpen verdrukken en in den slag der Gulden Sporen was gesneuveld. Zie Sism. de Sismondi, tom. VI, pag. 260.

oog met hoonend onderzoek op den beroemden gentschen burger; maer de Graef stond van zynen zetel op en aenzocht hen allen de zael te willen verlaten. Zoohaest zy, op dit bevel, langs de zydeuren waren verdwenen, ging de Vorst tot Artevelde, nam hem vriendelyk by de hand en bragt hem tot by de zetels, zeggende in de fransche tael, welke hy wist dat de gentsche burger uitermate goed sprak [1]:

« Welkom, Opperhoofdman myner goede stede van Gent; het is al lang, dat ik u over verscheidene zaken zou hebben moeten raedplegen, want men verhaelt veel wonders van uwe hooge wysheid; maer eenige beletsels hebben my daervan teruggehouden. Nu toch is het my gegund, met u alleen te zyn; gy ziet het, myn vertrouwen is groot; ik mag hopen dat gy even regtzinnig zyn zult. Zit neêr in dezen zetel, ik wil als vriend met u spreken. »

Artevelde weêrstond de uitnoodiging des Graven eenigen tyd. Eindelyk zette hy zich neder voor den Vorst, en zegde :

« Myn genadige heer wil het zoo? Welaen! Regtzinnig zal ik zyn; en mogt myn wensch verwezentlykt worden, dan zou, uit deze plegtige samenspraek, de roem myns Vorsten en de eeuwige grootheid myns Vaderlands ontstaen! »

---

[1] Vele oude geschiedschryvers zeggen, dat J. Van Artevelde eenige jaren by het hof van Frankryk verbleef. MEZERAY zegt, dat hy er was als enkel koopman; anderen dat hy tot het gevolg van Louis Hutin als hofknaep der Fruitery behoorde. Insgelyks trok hy met den graef van Valois ten oorlog naer het eiland Rhodes. Zoo zegt DENIS SAUVAGE, in zyne *Chroniques de Fl.*, Lyon 1562, pag. 142. « Cestui Artevelle avoit été avec le comte de Valois outre les mons en l'Isle de Rhodes. »

Uit deze opgaven blykt dat Artevelde in zyne jeugd veel moet hebben gereisd.

« Ik hoop het insgelyks » hernam Lodewyk. « Luister nu op hetgeen ik u zeggen ga, Opperhoofdman. — De faem uwer wysheid is tot in verre landen doorgedrongen; zelfs heeft de Koning van Frankryk meer dan eens, in myne tegenwoordigheid, getuigt dat hy de grootste opofferingen zou doen, om zulken man als gy in zynen raed te hebben, ofschoon gy een burger zyt, indien ik my niet bedriege? »

Op het gelaet des Wyzen Mans verscheen een onuitlegbare grimlach.

« Het is zonder inzigt dat ik u dit zeg » hernam de Graef « ik wilde u alleenlyk betoonen, dat de magtigste Vorst van Europa zelf uwe verdiensten weet te schatten. Wat my betreft, ik betreur dat een man als gy, door het lot, aen het hoofd eener oproerige en woelzieke menigte gesteld is, en zich gedwongen ziet, zyn vernuft te gebruiken tegen de wettige overheid zyner Vorsten......... tot dat hetzelfde veranderlyk volk hem in het slyk rukke en als dolle honden hem verscheure; want is dit niet altyd het lot van de afgoden der dwaze menigte? Nu vindt gy u al zeer vereerd met het ambt van Opperhoofdman eener stad, die u de belachelyke jaerwedde geeft van dry Stuivers Groot in de week [1]; maer zoudt gy uw Vaderland, uwen Vorst en u zelven niet meer voordeel kunnen toebrengen, indien gy een ambt bekleeddet dat uwer weerdig is; by voorbeeld, Maerschalk van Vlaenderen? »

De Graef bezag den Wyzen Man als om een antwoord

---

[1] Hy genoot als Opperhoofdman eene jaerwedde van 12 pond Groot, of dry stuivers Groot in de week. P. A. LENZ, pag. 289, naer de oorspronkelyke stadsrekeningen.

uit hem te krygen : — eene uitdrukking van diepe droefheid had Artevelde's aengezigt betrokken en hy zag als verpletterd ten gronde.

« Denkt gy niet, Mher Van Artevelde » vroeg de Graef « dat Vlaenderen uwe benoeming tot Maerschalk met blydschap vernemen zou? Waerom schynt dit voorstel u te ontroeren en u pyn te doen? [1] »

« Om Gods wille, breek af met die tael, heer Graef; zy wondt my tot in den bloede! »

« Waerom? »

« Ah, moge God hem straffen, die zulke woorden in den mond van den Graef van Vlaenderen gelegd heeft! Ik ben Vlaming en Burger van Gent; voor alle het goud van Frankryk, voor de fransche kroon zelve, zou ik dat niet vergeten! »

Het moet zyn dat Lodewyk inderdaed regtzinniglyk handelde, dewyl de vurige woorden des Opperhoofdmans hem eerder verwonderden dan ontstelden, en hy met volle koelheid zegde :

« Gy begrypt my niet, Mher Van Artevelde; of verdenkt gy misschien myne opregtheid? »

« In geenen deele » antwoordde Jacob met meer bedaerdheid « ik besef dat myn genadige heer, als ridder en volgens de gedachten welke men in Frankryk voedt, het als een groot geluk voor eenen burger aenzien moet dat deze zynen nederigen stand moge verlaten om hooger te stygen in het openbaer leven; — maer men heeft u

[1] « Là présentement le comte lui remontra par plusieurs points, qu'il devait tenir la main à tenir le peuple en l'amour pour le roi de France, qui en avait plus de droit et plus d'autorité que nul autre souverain. Il lui offrit plusieurs biens à faire et entre deux lui disait paroles de soupçon et de menaces. » FROISSART.

bedrogen, heer Graef; in Vlaenderen gaet het zoo niet. Men behoeft hier noch Ridder noch Leenheer te zyn om zyn vaderland met eere te kunnen dienen en door de Gemeente bemind en geacht te worden, naermate van het goede dat men voor 's Lands roem of 's Lands welvaert sticht. — Ik ben bereid om ten uwen dienste te doen wàt met het belang van Vlaenderen, en dus met de inspraek van myn geweten kan samenstaen; maer beloften noch eerambten kunnen my eenen enkelen stap doen verdwalen buiten de baen die ik bewandelen wil. Alzoo, indien uwe poogingen geen ander doel mogten hebben dan om van my iets anders te maken dan een burger van Gent en een verdediger der gemeene vryheid, ô staek dan alle overige moeite, genadige heer : zy is nutteloos. »

« Ik versta niet van wat slach van volk gylieden zyt » bemerkte de Graef met ongeduld « men wil u goed doen, u overladen met eer en rykdom, en gy vergramt er u over! Moet men my dan bedriegen, om in my de begeerte te doen ontstaen uwe hooge verdiensten te erkennen en te beloonen? »

« Met uw oorlof, heer Graef » sprak Artevelde « nooit zal ik iets anders zyn dan een trouw dienaer der stede van Gent en des Lands van Vlaenderen; maer mogt ik u myne dienstveerdigheid bewyzen, ik zou het aenzien als een waer geluk. Zeg my diensvolgens, heer Graef, wat zou ik kunnen doen om uwe gunst te verdienen. »

Lodewyk van Nevers aenzag deze vraeg als een halve zegeprael en antwoordde op minzamen toon :

« Niets dan al wat regtveerdig is, Opperhoofdman. Ten eerste, gy zoudt de vlaemsche Gemeenten moeten aensporen om onzen natuerlyken en geduchten Opperheer, den koning van Frankryk, bystand te doen tegen zynen onheuschen vyand, Eduard van Engeland. — En, om den Koning nu niet met ongegronde eischen lastig te vallen, zoudt gy de vlaemsche steden moeten doen afzien van hunne terugvordering van Waelsch-Vlaenderen, dat toch door eerlyke en regtzinnige verbonden is afgestaen. Het is immers wel billyk, dat getrouwe vassalen hunnen Opperheer verdedigen tegen eenen heerschzuchtigen vreemdeling, die niets minder wil doen dan hem van zyne kroon berooven? Daerby, het belang van Vlaenderen eischt dat het zich langs de zyde van den sterksten schikke. Gy ziet immers wel, dat Eduard den oorlog aen Philips van Valois niet kan aendoen, zonder in alle streken van Europa naer bondgenoten te zoeken? En dan, is Vlaenderen geene eeuwige dankbaerheid aen Frankryk verschuldigd voor de bescherming, welke dit magtig Land het immer heeft verleend? Verdient Frankryk wel den vurigen haet, dien men het in Vlaenderen zoo onregtveerdiglyk toedraegt, en die in uw Huis, Opperhoofdman, een erfelyk gevoel schynt te zyn [1]? »

« En is dit alles wat men van my vergen zou? » vroeg Artevelde in diep nadenken verzonken.

« Dit is voor het oogenblik wel het gewigtigste » ging de Graef voort « het is eventwel niet alles. Erken met my, Opperhoofdman, dat Vlaenderen, door oproerigheid en geweld, in bezit geraekt is van vryheden die schadelyk zyn voor zynen eigen voorspoed, en hier te lande het wangedrochtelyk stelsel hebben ingevoerd, dat de onedele en domme menigte alleen gebieden mag, tot groote

---

[1] « Artevelde appartenait à une des grandes familles de Flandre et sa maison était depuis longtemps anti-française. » Feuilleton de l'*Indépendant* du 20 août 1835, attribué à M. Nothomb.

vernedering van alle ridderlyk bloed ; — vryheden , die hier den Vorst tot ootmoedig onderdaen zyner onderdanen zouden maken, indien een Vorst dit schandelyk jok aenveerden kon. Zulke staet is tegen alle natuerlyk regt en roept om wraek by God, die zigtbaer genoeg zyne gramschap toont in de onrust, oploop en bloedvergieten, welke niet ophouden Vlaenderen te teisteren. Zie, wat er in het schoone Frankryk omgaet : daer ten minste is de Vorst meester en hy gebiedt er, gelyk het den wettigen heere van zulk magtig Ryk betaemt; daer durft een onedel burger het niet bestaen, zich de gelyke eens ridders te wanen; het is het land der hoffelykheid, der schitterende wapenfeiten en der schoone minneliederen [1]. In de gehoorzaemheid aen Koning en Landheeren vindt er het volk zynen vrede en zyn geluk. Hier, integendeel, is elk burger vyand van den Vorst, en men zou zeggen dat elke Vlaming de wederspannigheid met het melk zyner moeder ingezogen heeft. In dezen toestand van versmadelyken burgerhoogmoed mag Vlaenderen niet blyven verkeeren; 's Vorsten gezag moet hersteld worden door het beurtelings inkorten of vernietigen van zulke gemeenteregten, die inbreuk doen, zoo wel op 's lands welvaert als op de overheid van den wettigen heer. — Gy, Opperhoofdman, kunt veel bydragen om my dit nuttig doel te laten bereiken; uw invloed is groot, het volk bemint u en zou op uwen raed ligtelyk begrypen

---

[1] « La noblesse de France se vantait de tenir le premier rang en Europe pour la courtoisie, l'élégance des manières, l'adresse dans tous les exercices chevaleresques et la valeur..... Elle occupait en Europe le rang auquel elle avait prétendu : on la regardait comme le centre de la chevalerie. » SISMONDE DE SISMONDI, *Histoire des Français*, tome VI, page 331.

wat regtveerdig en billyk is. En, mogt u in den eerste de magt ontbreken, myne hulp en de bystand des Konings van Frankryk zouden u sterk genoeg maken om de wederspannigen in ontzag te houden. — Bedenk toch eens, hoe veel schooner en edeler uwe zending alsdan zou zyn, dewyl zy, de gansche wereld dóór, u de gunst en de achting van koningen en ridders verwerven zou! »

Artevelde zat nog altyd met gebogen hoofde voor den Graef en hield aldus zyn gezigt afgewend om de uitdrukking van spyt te verbergen, die tegen zynen dank op zyn gelaet te lezen stond. Zelfs toen de Vorst ophield, bleef hy in dezelfde houding zitten, alsof hy de aenspraek des Graven niet geëindigd achtte. Lodewyk vroeg hem dan :

« Is het niet naer waerheid en rede dat ik spreek, Opperhoofdman? En ik heb immers niet te veel van uwe dienstveerdigheid verwacht, met te hopen dat gy my uw vernuft en uwen invloed leenen zult tot het wederbekomen van het gezag dat my toebehoort? »

Artevelde hief eensklaps met besluit het hoofd op, en, terwyl zyn oog ontvlamde door bedwongen geestdrift of door gramschap, sprak hy :

« Heer Graef, wat ik te antwoorden heb kan ik zonder uw genadig oorlof niet zeggen. Het is waerschynelyk, dat het my nooit meer zal vergund worden, zoo alleen met mynen Vorst te zyn. Myn hart is vol, vol spyt, vol verontweerdiging, vol droefheid; maer de eerbied, dien ik mynen Landheer toedraeg, laet my niet toe vrymoedig te verklaren, wat myne meening is over zyn verzoek en de redenen waerop hetzelve gesteund is. »

« Spreek zonder vreezen! » zegde de Graef grimlachend.

« En zoo iets daerin u hoonend scheen, voor u zelven of voor den Koning van Frankryk, zou ik niettemin oorlof hebben om tot het einde voort te gaen, in aenzien van myn eerbiedig inzigt? »

« Ik geef u volle vryheid, Mher Van Artevelde; spreek volgens uw goeddunken en zeg wat gy wilt : het zal my aengenaem zyn, door myn zelven te kunnen oordeelen over de staetkundige denkwyze van eenen man wiens wysheid men overal roemt. »

Jacob Van Artevelde bezag den Vorst met een vrymoediger gelaet en sprak in dezer voege tot hem :

« Genadige heer, de dwaling is het deel der menschheid; vorsten en volkeren zyn even blootgesteld aen misgrepen over de hoogste belangen. Het belge u alzoo niet, dat ik bewyzen ga, hoe snoodelyk men u over ons, Vlamingen, en over u zelven heeft bedrogen en verleid. Heer Graef, gy hebt voorzeker dikwyls Kronyken hooren lezen, die handelen over Vlaenderens geschiedenis, en verhalen hoe wy, onedele burgers en styfhoofdige Laten, met eene versmadelyke hooveerdigheid, onze Vorsten de gehoorzaemheid hebben geweigerd en het Ridderschap hebben vernederd. Ik weet dat men u, in uwe jeugd, by het Hof van Frankryk, vele schriften en Kronyken voorlas, — Kronyken die in de fransche tael vervat waren en valsch zyn! Geschreven op last der Koningen van Frankryk om de zonen der vlaemsche Graven te verbasteren en er Franschmannen van te maken..... Belg u niet, genadige heer, het bewys zal volgen met uw oorlof..... Ik ga tot alle antwoord u zeggen, wat de Kronyken onzes Vaderlands u zouden verhaeld hebben, indien men den Graef van Vlaenderen niet belet hadde de tael zyner voorvaderen te leeren. — Men heeft u voorgedicht en valschelyk bewezen, dat Vlaenderen zyne voorregten en volksvryheden met geweld aen zyne Vorsten heeft ontwrongen. Dwaling en bedrog! In andere tyden waren de Graven van Vlaenderen, Vlamingen in hart en ziel, die hier met ons, van kindsbeen af, de vaderlandsche lucht inademde, die onze tael spraken, die ons kenden gelyk wy waren en ons beminden omdat wy zoo waren en niet anders. Zy zagen dat Vlaenderen bestemd was om een land des arbeids en des koophandels te zyn; zy gevoelden dat de vryheid hier wonderen van volksvlyt, van magt en van rykdom kon doen ontstaen; en zy gaven, tot hunne eigene grootheid en tot welvaert hunner onderdanen, voorregten en vryheden, die aen de arbeidende Gemeenten de vruchten van haer gewetensvol zwoegen mogten verzekeren. Het is uw zalige voorvader Baudewyn-de-jonge, die de Wollewevery hier in Gent stichtte en haer de voorregten gaf, welke haer eene bron van volksmagt, van rykdom en van roem voor gansch Vlaenderen deden worden. Dit is byna dry honderd tachentig jaer geleden! — Gy ziet het, genadige heer, de nyverheid en de vryheid zyn niet jong meer in Vlaenderen [1]. — Wat men in Frankryk met de bitterste woorden als eene grove misdaed ons aentygt, is dat wy, onedele burgers, de wapenen durven voeren niet min noch meer dan de ridders alleen in Frankryk vermogen te doen. Maer wie heeft ons deze wapenen in de hand gegeven, — dezelfde wapenen die men ons nu verwyt te hebben opgenomen om den wil onzer Vorsten te weêrstaen? Over dry honderd jaer stonden de edelen en ridders van

---

[1] Zie THÉODORE JUSTE, *Histoire de Belgique*, page 53. Over de aloudheid der belgische vryheden zie *Les Communes belges*, par COOMANS, page 48 en volgende.

Vlaenderen tegen hunnen wettigen Graef Baudewyn-met-den-Baerd op, en wilden hem van zyne kroon berooven om ze op het hoofd van eenen heerschzuchtigen Leenheer te stellen. De Graef riep om hulp tot het volk : het volk vroeg en kreeg wapenen...... en het verpletterde met onweerstaenbaren heldenmoed de vyanden van zynen goeden Vorst![1] Het is dus door een bewys van liefde tot hunne Graven, dat de Vlamingen het regt bekwamen tot het voeren van wapenen; en zy wisten dezelve zoo manhaftig en zoo getrouw te dragen, dat de zalige Baudewyn-van-Ryssel, in 1063, als eene belooning voor hunne liefde en verkleefdheid, aen Vlaenderen den *heerlyken vrede* schonk. Gy kent dien heerlyken vrede zeker, genadige heer : het is de grondwet waerin, met weinige veranderingen, alle onze vryheden geschreven staen. Ah, heer Graef, in die gelukkige tyden van eendragt en genegenheid tusschen Vorst en volk, zegenden de Vlamingen dagelyks den naem van hunnen Graef; zy beminden hem als den gemeenen vader des Lands [2] en waer hy verscheen, daer vloog alles met liefderyk ontzag op zynen wenk, en men zond by zynen doortogt liederen van lof en van dankbaerheid ten hemel op! »

« Het moet lang geleden zyn, zoo als gy zegt! » viel de Graef met eenen halven grimlach Artevelde in de

---

[1] H. C. Moke, *Histoire de la Belgique*, page 61.

[2] « Wanneer men de jaerboeken van Vlaenderen doorloopt, woont men een wonderbaer schouwspel by. De vryheid vergezelt de eerste stappen in de baen der beschaving; het volk geeft zich zelven de inrigting, gehoorzamende aen eene verhevene maetschappelyke inspraek. In den eerste, geene gevechten tegen dwingelandy; want *de Vorst is een vader, een beschermer die met belangstelling den voortgang zyner onderdanen beschouwt.* » J. Stecher, *L'esprit d'association des anciens Germains.*

rede. « Indien het waer is, dat de Vlamingen eertyds hunnen Vorst beminden en hem onderdanig waren, hoe komt het dan, Opperhoofdman, dat zy heden niets dan haet voor hem voeden en hem als een aengeboren vyand des volks beschouwen? Ik zou deze moeijelyke verklaring uit uwen mond wel willen hooren. »

« Met uw oorlof ga ik ze u geven, heer Graef. Vlaenderen, met zyne nyverige bevolking, en bescherming vindende in de vaderlyke zorg zyner Vorsten, dreigde een magtig Land te worden, niet alleen door zyne voorbeeldelyke arbeidszucht en groeijenden koophandel; maer nog door den heldenmoed van den duitschen stam die het bewoonde. Daerenboven, de volksvryheid is uiterst aenzettelyk, en in Frankryk zelven begonnen de Laten en Vassalen de oogen met hoop naer Vlaenderen te rigten en het hoofd op te steken [1]. De yverzucht en de ergwaen der fransche Koningen werden hierdoor opgewekt. Van dit oogenblik af besloten zy dit dreigend graefschap te vernietigen, het te beheerschen of het in Frankryk in te lyven, om er naer welgevallen de vryheid en de burgermagt te verpletten of te versmachten. Geweld werd menigmael beproefd, doch dit middel gelukte niet; dan besloot men de vlaemsche Graven van hunne onderdanen te vervreemden, edelen en burgers onderling tot bloedvyanden te maken, haet te stoken en verdeeldheden te zaeijen, om door sluw bedrog en snoodheid, het benydde Vlaenderen uit te putten en te verlammen. Dit stelsel van verraed en kuipery begint reeds van den jare 1200!

---

[1] « Zy wisten dat, in elke stad van Frankryk, de burgers zuchtten naer die vryheid, welke zy de Vlamingen zagen bezitten. » SISMONDE DE SISMONDI, *Hist. des Français*, édit. de Brux. 1838, tom. VI, pag. 302.

Omtrent dien tyd, deed Frankryk, door omkoopery, de erfgename der grafelyke kroon, de jonge Johanna, bedektelyk opligten uit denzelfden Steen, waer ik nu de eere heb tot mynen genadigen heer te spreken [1]. Zy werd opgevoed by het hof van Frankryk, in fransche tael en zeden onderwezen, met vryheidbatende gedachten gespysd omdat, wanneer zy later in Vlaenderen als Gravinne zou terugkeeren, zy dan als een werktuig van Frankryk en als eene vreemdelinge zou worden misprezen. Zy ontving eenen echtgenoot van de hand des konings van Frankryk; die echtgenoot, een zoon des konings van Portugael, zou insgelyks een handlanger der fransche vorsten zyn. Het schynt eventwel, dat hy later die rol onder zyne ridderlyke weerdigheid achtte; want hy weigerde, nog langer tot werktuig van Vlaenderens ondergang te dienen. Hy werd in de kerkers van den Loever opgesloten; en, na twaelf jaren der wreedste gevangenis, verkocht men hem zyne vryheid tegen het verfoeijelyk verdrag van Melun, waerby de gemartelde en half zinnelooze Graef onze steden Ryssel en Douai als panden in de magt der Franschen stellen moest [2]. — Is dit misschien het eerlyk verdrag waervan de fransche Kronyken gewagen? — Ik ga voort: Gravin Johanna had eene zuster, Margareta genaemd, die ook uit 's Gravensteen opgeligt en met haer in Frankryk opgevoed was. Johanna,

---

[1] « La dicte contesse Jehanne fut menée à Paris et mise ès mains du roy soubs la garde de la royne. » OUDEGHERST, *Annales de Flandre*, édit. Lesbroussart, tom. II, pag. 57.

« Le conte Philippe de Namur, auquel on imputoit et mettoit sus qu'il avoit vendu la contesse Jehanne à beaus deniers comptants. » IBID., pag. 65.

[2] OUDEGHERST, pag. 100, 111 et 112.

kinderloos blyvende, moest Margareta de kroon van Vlaenderen erven. Daerom, de fransche Koningen, aen wier waekzame sluwheid niets ontsnapte, deden Margareta trouwen met eenen franschen edelman [1]. Nu kreeg het fransche Hof de handen vry, en het wierp het nutteloos masker weg. De Graef, op bevel des Konings, — de koning van Frankryk gaf alsdan bevelen in Vlaenderen! — de Graef, als gehoorzaem werktuig des vreemden, begon de handen aen 's Landsregten te slaen. Hieruit ontstond oploop, beroerte, haet en burgeroorlog; het wakend Frankryk holp dan eens de Gemeenten, dan eens den Graef, en hitste ze onophoudend tegen elkander op. Ook deze Graef werd dit vernederend spel moede : hy durfde klagen en weêrstand bieden; men lokte hem, met zynen erfgenaem Robrecht, naer Parys en sloot hem verraderlyk in den Loever op; hy ontsnapte door de dood aen den prys zyner vryheid; maer zyn opvolger en zoon Robrecht betaelde voor hem en voor zich zelven. In de kerkers van den Loever, misschien by het gezigt van eenen vergifkelk, werd het snoode *verbond van ongeregtighede* geteekend, waerby men durfde verklaren en aenveerden, dat Vlaenderen aen Frankryk schatpligtig zou blyven voor 22,000 pond parisis 's jaers [2]! Is dit misschien het eerlyk verdrag? »

De Graef aenzag den sprekenden Artevelde met verwondering en scheen onweêrstaenbaer beheerscht door dit magtig woord en die volle indringende stem. In

---

[1] Guy de Dampierre, een voornaem Leenheer uit het landschap Champagne.

[2] DESPARS, *Cronycke van den lande ende graefscepe van Vlaenderen*, tom. II, pag. 166-167. OUDEGHERST, *Annales de Flandre*, tom. II, pag. 333-334.

diepe bedenking verzonken, schudde hy met het hoofd, als iemand die geweld doet om niet te gelooven wat hy hoort. Artevelde wachtte te vergeefs naer eene opmerking des Vorsten, waerna hy zegde :

« Genadige heer Graef, er blyft my nog het pynelykst gedeelte myner verklaring over ; — uit eerbied voor u wilde ik het wel verzwygen....... »

« Ga voort » antwoordde de Graef « ik vermoede waervan gy spreken gaet; maer ik verlang uw gansch gedacht te kennen. Vrees niet : heden vergeet ik mynen naem en rang om u te hooren. Is het alles geene waerheid, wat uit uwen mond vloeit, het is toch wonderlyk en diep! »

Artevelde, zonder van zyne eerste reden af te wyken, hernam :

« En gy, myn genadige heer, weet gy, dat uw zalige vader tot op zyn doodbed geroepen heeft, dat men, tegen zynen wil en ondanks zyne onophoudende vertoogen, u buiten Vlaenderen heeft opgevoed [1]? Gy weet het welligt niet : men heeft het u verborgen; het is waerheid nochtans. Gy ook moest Franschman zyn en de Vlamingen niet kennen; gy ook moest een werktuig in de handen der fransche koningen worden, de volksvryheid haten en de liefde uwer onderdanen missen, opdat volk en Vorst, van elkander vervreemd, beiden onmagtig zouden liggen voor uitheemschen list en snood bedrog. Gy ook hebt in uw edelmoedig hart verontweerdiging voelen ontstaen over deze zedelyke slaverny; maer de kerkers van den Loever hebben ook regt gedaan over uw eerlyk gemoed; gy ook zyt verraderlyk in hechtenis genomen en hebt gezucht in de gevangenis; gy ook hebt uwe

---

[1] P. A. LENZ, *Arch. hist.*, pag. 264.

vryheid gekocht door een verbond, waerby gy toestemdet het Land van Vlaenderen onder het beheer van fransche zaekgelastigden te stellen, zoo dikwyls de koning het goed zou vinden; een verbond, waerby gy aen Frankryk de steden Ryssel, Douai en Orchies afstond als koopprys uwer vryheid [1]! Is dit misschien het eerlyk verdrag, dat de koning van Frankryk tegen ons inroept? »

By deze laetste woorden van Artevelde werd de Graef eensklaps rood van toorn; hy sprong op, bezag den spreker met scherpen blik en scheen op zyn gelaet te onderzoeken of hy hem had willen hoonen of niet. Het kalm en onveranderlyk gelaet des Wyzen Mans boezemde hem veeleer ontzag dan spyt in. Eventwel, daer hy zich door den zin van Artevelde's woorden diep gewond gevoelde, kon hy zich zoo spoedig niet bedwingen en stapte met drift eenige malen in de zael over en weder.

Jacob was uit eerbied opgestaen, doch verroerde zich niet verder, in afwachting dat de Graef zelve hem het woord toestuerde.

Lodewyk van Nevers verkalmde langzaem; en, eindelyk tot Artevelde naderende, deed hy hem een teeken dat hy weder zou nederzitten.

« De waerheid, heer Graef, is eene ruwe maegd, niet waer? » zegde Artevelde. « Zy gelykt aen hoon en oneerbiedigheid en zy rukt dikwyls oude wonden open, die weder aen het bloeden gaen. — Vergeef het my, genadige heer, ik heb ze niet gemaekt wat zy is. »

---

[1] « Dat hy (Lodewyk van Nevers) emmers voor die Kerstdaghen uytter vanghenesse gerochte, mits teenegadere afgaende ende renoncierende d'oude questie ende querelle van Rysele, Duay ende Orchy. » *Cronycke* van DESPARS, tom. II, pag. 226. Zie ook P. A. LENZ, pag. 265.

« Eilaes, het is zoo » zuchtte de Graef, terwyl hy zich in zynen zetel vallen liet. « Nochtans, Opperhoofdman, ik wil u tot het einde hooren. En wat er ook uit volgen moge, nooit vergeet ik dezen dag myns levens. Wat gaf u de magt om zoo onweërstaenbaer iedereen te beheerschen, wonderbaer burger, dat gy zyt? Wie leerde u, zoo geweldiglyk den sluijer van de voorledene tyden af te rukken en dingen te verklaren die my verstommen doen? »

« Koude zucht naer waerheid en warme liefde voor myn Vaderland, heer Graef » antwoordde Artevelde.

« Maer » hernam Lodewyk « wat is volgens uw oordeel de wil van Frankryk? Wat zou dan, naer uwe gedachten, de uitslag dezer listen zyn, indien ze mogten gelukken? »

« Genadige heer » zegde Artevelde « gy beveelt my nog pynelyker wonden aen te roeren. Mag ik het doen? Geeft gy my oorlof om regtzinniglyk te antwoorden op uwe vraeg? »

Op een bevestigend teeken des Graven hernam hy dus zyne rede :

« Wat Frankryk wil? Het wil Vlaenderen bezitten om er de nyverheid en bovenal de volksregten te vernietigen; om er naer welgevallen schattingen te ligten, om onzen geboortegrond als een overwonnen land aen zyn lichaem te hechten en den duitschen stam, die het bewoont, langzaem te verzwelgen! Dat wil het! De middelen welke het daertoe poogt aen te wenden, verlangt gy ook te kennen? Welnu, heer Graef, zoekt de oplossing uwer gestelde vraeg niet verder dan in de geschiedenis uws levens. — De vorige Koning van Frankryk, Philips-de-Lange, heeft u zyne eigene dochter ten huwelyk gegeven;

maer waerom, denkt gy, heeft men u gedurende tien jaren, onder alle sluwe voorwendsels, belet tot onze genadige Gravinne, uwe echtgenote, te naderen. Zou ik het u durven zeggen, heer Graef? Het was in de hoop dat gy zonder kinderen sterven zoudet. Alsdan zou men onze Gravinne met eenen magtigen en getrouwen franschen Leenheer hebben doen huwelyken; en zoo zou Vlaenderen in volle regt der kroon van Frankryk hebben toebehoord, dewyl het door erfenis op eene dochter der fransche Koningen zou vervallen zyn en door huwelyk onder het gebied van eenen franschen Vorst zou zyn geplaetst geworden. Op deze wyze, geduchte heer, zou men den laetsten druppel vlaemsch grafelyk bloed in uwe aderen hebben doen uitsterven! Uw graf zou de laetste telg onzer oude Vorsten verzwolgen hebben en wy zouden, krachtens een zoo gezegd wettelyk regt, voor eeuwig onder bedwang des vreemden vervallen zyn! [1] »

« Afschuwelyk! » riep de Graef uit « het is niet mogelyk, gy begoochelt myne zinnen! »

« Het is afschuwelyk en waer » herhaelde Artevelde. « Enguerrand de Marigny is de raedsheer, die dit helsch ontwerp uitgevonden heeft. — En, indien myn genadige heer zich herinneren wil, hoe nauw myne woorden samenstaen met hetgeen hy zelve weet, zal hy zeker

---

[1] « Philips-de-Lange, getrouw aen de snoode staetkunde van Enguerrand de Marigny, gaf hem (Lodewyk van Nevers) eene dochter van Frankryk tot echtgenote; maer by middel van listige bepalingen, welke hy zorg droeg in het contract te doen zetten, wist hy zynen schoonzoon tot het *celibaet* te veroordeelen, van den dag zyns huwelyks af, en hem daerdoor in de onmogelykheid te stellen tot het bekomen van eenen wettigen erfgenaem die hem opvolgen mogt. » P. A. Lenz, *Nouv. arch. histor.*, tom. I, pag. 274.

niet weigeren, te gelooven dat ik niet zonder wetenschap spreke. — Ah, en wat zal nu het einde van dit alles zyn, indien Frankryk gelukt? — Gy hoopt, heer Graef, dat uwe kinderen na uwe dood over ons heerschen zullen? Het fransche hof hoopt het tegendeel. Vlaenderen moet, volgens het snood ontwerp, door huwelyk of versterving, op eenen of anderen magtigen franschen Leenheer vervallen. Er wordt reeds in het geheim getwist wie het zyn zal...... de Hertog van Bourgondië, by voorbeeld! »

Artevelde zweeg om te weten welken indruk zyne woorden op het gemoed des Graven uitoefenden; maer Lodewyk zat daer, met gebogen hoofde, als verpletterd onder deze gewigtige veropenbaring, en zag zelfs niet op naer den spreker. Jacob ging dus voort:

« Gy klaegt tegen den haet dien wy Frankryk toedragen. Dit verwyt bevat eene dwaling: de Vlamingen haten het fransche volk niet; integendeel, op de Vlamingen hoopt het fransche volk tot het eens bekomen zyner vryheid; en op het fransche volk hoopt Vlaenderen om het regt der ontslaving tegen latere bestorming verdedigd te zien. Waerom willen de koningen van Frankryk ons verpletten? Is het niet uit vrees, dat het voorbeeld onzer magt en onzes voorspoeds de fransche burgers zal doen opstaen tegen den yzeren staf der Leenheerschappy? Indien wy iets in Frankryk haten, dan zyn het de vyanden der vryheid, diegenen welke sedert dry honderd jaren Vlaenderen versmachten willen om de Gemeentemagt den doodslag te geven; niet het fransche volk, want dit hygt naer het oogenblik dat het met ons zal kunnen opstaen om de ketenen te breken, waermede men de volkeren in eeuwige kindscheid hoopt gekluisterd te houden. — Gy vraegt my, genadige heer, hoe het komt, dat de Vlamingen hunne Vorsten nu schynen te haten? Eilaes, sedert meer dan honderd jaren zyn onze Graven slechts uitgezondenen van Frankryk, wier last is ons te berooven van onze vryheden, ons onderling tot burgeroorlog op te hitsen, onze nyverheid te dooden en ons vaderland vernederd, verlamd, verbrokkeld en uitgeput, te leveren aen de hebzucht der fransche staetkunde. Indien er hier haet en vervreemding bestaen, waer liefde en vertrouwen moesten zyn, aen wie de schuld? Ik beroep my op uw ridderlyk gemoed, op de stem van uw geweten, heer Graef. Erken met my, dat indien in deze zaek misdadigen of bedriegers gevonden worden, zy niet op Vlaenderen's bodem woonen. — Gy hebt my gevraegd, Frankryk ten dienste te willen staen en de vryheden van Vlaenderen te helpen verminderen? Uwe goedheid heeft my toegelaten daerop een klaer en duidelyk antwoord te geven. Ik heb te stout gesproken misschien; maer myn genadige Vorst heeft het zoo gewild! »

De Graef vatte zich met pyn het hoofd tusschen de twee handen en zuchtte :

« Indien gy waerheid spraekt! Ach, wee my, ik zou dus omringd zyn van strikken, van valschheid en van kuiperyen! Een speelbal in de hand des Konings! Zyt gy wel zeker van hetgene gy zegt? ô, Verklaer my, dat gy twyfelt, dat gy dit alles slechts vernomen hebt uit den mond van persoonen die den Koning en my vyandig zyn!...... Gy zwygt, Opperhoofdman? Gy zyt dus zeker dat het zoo is en niet anders! »

« Het is zoo! » antwoordde Artevelde met onverbiddelyke koelheid.

« God! God! » riep de Graef « het is verschrikkelyk! Maer gy, stoutmoedig burger, gy die my tot in het diepste der ziel ontsteld hebt en my eenen gapenden afgrond, waer of onwaer, voor myne voeten hebt getoond, wat zoudt gy dan doen om dien afgrond te ontvlugten, zoo gy in myne plaets waert? Laet zien, of gy zoo veel welsprekendheid tot raden als tot beschuldigen hebt! »

« Wat ik doen zou, heer Graef? Ik zou my de beschermer der openbare vryheden in Vlaenderen verklaren; ik zou my aen het hoofd des volks stellen, niet om zynen gang te belemmeren maer om hem te rigten; ik zou myne belangen als Vorst vereenzelvigen met die der Gemeenten, de nyverheid doen bloeijen, den koophandel door alle middelen naer myn graefschap lokken: en zoo, als vader en weldoener des Lands, de liefde myner onderdanen winnen. Ik zou een verbond sluiten van gemeene gewigten en munten, van koophandel en gezamentlyke verdediging met Braband, Henegauwen, Limburg en Luik; ik zou de dietsche landen [1] tot een algemeen bondgenootschap overhalen; en dan, wanneer in deze magtige samenspanning het oude *Gallia belgica* van Cesar zou herleven, met eene magt van honderde duizende heldhaftige krygers, dan zou ik rustig neêrzien van den grafelyken stoel van Vlaenderen op den koninklyken troon van Frankryk!............ Als gewigtigst en magtigst deel van dit bondgenootschap, zou

---

[1] *Dietsch* is hetzelfde woord als *Nederduitsch* of *Nederlandsch*; het werd vroeger gebezigd om alle de tongvallen van het Nederduitsch onder eene enkele benaming te begrypen. Men hoort het heden nog veel in Braband, waer de inwooners hunne tael *dietsch* noemen, en voor *vertalen*, van eene vreemde in de vlaemsche tael, het werkwoord *verdietschen* gebruiken.

Vlaenderen immer deszelfs hoofd blyven; myne kroon zou over gansch Europa hare stralen zenden; het goud zou uit alle hoeken der wereld naer myn graefschap stroomen; en hier, op den grond der vryheid en der volksgrootheid, zou een Vorst gebieden wien de Koningen gedwongen zouden zyn met ontzag en eerbied te begroeten........ [1] Wat ik voorstel is geen reuzenwerk, heer Graef; er is tot deszelfs volvoering niets noodig dan een goed deel mannelyken wil en vorstelyken moed....... Ha, heer Graef, indien God u het grootsch voornemen inboezemde, aldus uwen eigen roem met de grootmaking van ons schoon Vaderland te verbinden, dan zou ik myne ondervinding, myn goed en myn bloed ten uwen dienste stellen. Alle de Vlamingen zouden blymoedig sterven voor uwe verdediging en, ik zweer het u, gy zoudt eerlang een der magtigste Vorsten van Europa worden! Welnu, genadige heer, gy kent mynen raed. Zult gy het rigtend hoofd worden van den nyverigsten en meest vryen stam der westervolkeren [2]? Zal Vlaenderen, onder uw vaderlyk gezag en leiding, deze luisterlyke loopbaen doorwandelen, of zal het zyne verheffing in den burgermoed zyner bewooners alleen moeten zoeken? Spreek, heer Graef: het oordeel dat gy vellen gaet is plegtig en zal over Vlaenderen's lot, misschien over het uwe beslissen! »

[1] Het schynt byna onmogelyk te gelooven dat Artevelde, reeds in dien tyd, zulk ontwerp gevormd hebbe. Men zal verder de onwedersprekelyke bewyzen ervan vinden.

[2] « Alzoo de Vlamingen het eerste volk der noordelyke landen waren, dat de kunsten en de nyverheid had beoefend, hadden de leden der volksklasse er zich verheven tot eenen trap van rykdom, onbekend aen huns gelyken in die tyden van barbaerschheid. » DAVID HUME, *History of England*, cap. XVI, Édouard III.

Gedurende het tafereel, dat Artevelde met zulke haestige trekken van Vlaenderen's mogelyke grootheid geschetst had, was er eensklaps eene zonderlinge verandering in de houding en op de wezenstrekken van Lodewyk geschiedt. Hy had het hoofd met fierheid opgeheven en zyne oogen hadden geblonken met een edel vuer van trotschheid. Maer nu Artevelde hem zoo plotselings eene toestemming of eene weigering afvorderde, viel de tooversluijer van zyne oogen en er verspreidde zich eene zekere uitdrukking van moedeloosheid of van wanhoop over zyn gelaet. Hy bleef eenen langen tyd in gedachten verzonken, en zegde dan, op doffen toon, als iemand die verstrooid is en tot zich zelven spreekt :

« Het kan niet zyn; het ware eene misdaed, waerover de Koning zich bloedig wreken zou; myn eed verpligt my — en myne graefschappen van Rhetel en van Nevers! — en myne echtgenote! My verbinden met burgers tegen het ridderschap? Misschien de schuld zyn van den ondergang van allen adel? De vermaledyding van gansch Frankryk, van alle edel bloed op my laden? Neen, neen, het kan niet zyn! »

Zich dan oprigtende met het merkbaer inzigt om deze samenspraek te eindigen, vatte hy de hand van Artevelde en zegde met goedheid :

« Opperhoofdman, ik geloof aen uwe regtzinnigheid; hebt gy al te stout gesproken in tegenwoordigheid van uwen Vorst, ik vergeef het u geerne; maer wat gy my geraden hebt, moet ik verwerpen : ik ben een trouw ridder en wil het blyven; de Koning van Frankryk is myn wettig Opperheer en heeft mynen plegtigen eed tot onderpand; wat my ook overkome, ik zal sterven in zynen dienst. — Ik had gehoopt, dat ik uwen burgerlyken hoogmoed zou hebben kunnen overwinnen door vriendschappelyke woorden en door de belofte eener hoogere zending voor u. Ik begryp nu eerst dat dit nutteloos was, en gy onvermydelyk geheel anders dan een ridder over de zaken oordeelen moet, dewyl uwe gedachten zoo oneindig van de onzen verschillen. — Ik heb my misgrepen; het spyt my zeer. — Opperhoofdman, gy zyt gekomen op myn ridderwoord, ga alzoo even ongehinderd van hier, en geve de Hemel u betere gedachten! »

Artevelde boog zich eerbiediglyk en antwoordde :

« Ik dank u, genadige heer, voor uwe goedheid. My ook had dit plegtig verhoor eene verleidende hoop ingeboezemd. Eilaes, ik moet dit weldadig gevoel voor eeuwig verzaken. Het zy zoo! Wat my betreft, ik zal zonder vreezen noch omzien myn leven aen de grootmaking myns Vaderlands blyven toewyden; en, met Gods hulpe, zal ik volbrengen wat ik de Gemeente heb beloofd [1]. Geluk en vrede, heer Graef! »

By deze woorden volgde de Opperhoofdman den hoveling, die op den roep des graven in de zael trad, — en hy bevond zich welhaest buiten den Steen op de Veerleplaets.

Op de Vrydagmarkt werd hy door de wachtende ambachtslieden met een lang gejuich begroet; doch hy bedankte de menigte slechts door een teeken der hand en begaf zich, door zyne wacht gevolgd, met haestige stappen naer zyne wooning.

[1] « Qu'il ferait ce qu'il avait promis à la commune, comme celui qui n'avait pas peur et qu'avec l'aide de Dieu il mènerait son entreprise à bonne fin. » FROISSART.

EINDE VAN HET EERSTE DEEL.

JACOB VAN ARTEVELDE

door

HENDRIK CONSCIENCE.

TWEEDE DEEL.

Antwerpen,
DRUKKERY VAN J. E. BUSCHMANN.

1849.

JACOB VAN ARTEVELDE.

JACOB VAN ARTEVELDE

DOOR

𝔥𝔢𝔫𝔡𝔯𝔦𝔨 ℭ𝔬𝔫𝔰𝔠𝔦𝔢𝔫𝔠𝔢.

TWEEDE DEEL.

ANTWERPEN,
DRUKKERY VAN J.-E. BUSCHMANN, OSSEN-MARKT.
—
1849.

VII.

Op St.-Maertensdag, ten jare 1339, was er te Brussel, op Coudenberg, voor den Oudenborgh ¹, eene groote beweging te bespeuren van ridders, burgers en gewapende Gildebroeders, die over en weder gingen alsof er iets buitengewoons op handen ware geweest. Zelfs in de Warande, die zich achter 's Hertogenhof, over een gedeelte van het Borgendal, uitstrekte, kon men vele vreemdelingen, door 's vorsten dienaers geleid, by hoopen zien wandelen. Verwyderde men zich van den Oudenborgh om naer den Cantersteen af te dalen, dan bemerkte men, hier en daer voor de talryke herbergen,

---

¹ De *oude borg* of *oude burg* was het sterke slot door de eerste hertogen van Braband gesticht. Het stond omtrent de plaets waer nu de linkervleugel van 's konings paleis eindigt. Men zie verder, over de plaetselyke byzonderheden in dees hoofdstuk vervat, Alex. Henne et Alph. Wouters, *Histoire de Bruxelles*, vol. III, pag. 137 et 318.

peerden die men bezorgde of wagens en rosbaren, die men kuischte van het slyk dat eraen kleefde. Daer tusschen liepen de knechten en meiden, nauwelyks gehoor leenende aen de nieuwsgierige geburen, die gapend op het reistuig stonden te staren en hun velerhande vragen toestuerden. — Het was van alle kanten :

« Wel Goêleken [1] lief, hoe heet de ridder die heden in den *Rooden Drake* vernacht? Van waer komt de oude Klerk wiens rosbaer dit is? Spreekt hy Dietsch? Is hy een Wael? — Hoe vele gasten herbergt gy heden, Goêleken? Veertien, buiten de dienaers! — Ik zou wel eenen Floryn van Florencen voor uw drinkgeld geven, Wouter, indien ik er eenen hadde! Zyn er ook vele ridders en goede lieden in den *Keizer* geherbergd? En in de *Schild van Hongarie?* — Wouter, jongen, hebt gy den koning van Engeland reeds gezien? Neen? Loop dan al gauw de Cantschiede [2] op; 's Hertogenlieden zyn aen 't visschen in den Clutinc [3] : de koning staet erby te zien. De Warande en 's Heerenwyngaerd zyn vol vreemdelingen! »

Wouter, de stalknecht uit den *Rooden Draek*, zette zynen watereemer neder, en, tot de sprekende geburen naderende, zegde hy met kluchtigen hoogmoed :

« De lieden uit den *Rooden Draek* hoeven achter den koning van Engeland niet te loopen om wat raers te

[1] *Goêleken*, *Goedele*, *Gudula*, een voornaem alsdan zeer gemeen in Brussel, waer de hoofdkerk Ste-Gudula is toegewyd.

[2] *Cantschiede* beduidt *kalsyden weg*; nu de Magdalena-steenweg (rue de la Madelaine et Montagne de la Cour).

[3] De *Clutinc* een groote vyver, welke by het hertogelyk paleis tegen de Warande gelegen was. Zie de kaert van het oude Brussel, in voormelde *Histoire de Bruxelles*, vol. I, by bladz. 162.

zien, verstaet gy het, Jan de Knyfmaker! Wy verwachten hier eenen man, die voor Hertog noch Koning wyken moet, al is hy edelman noch ridder! »

De geburen staken haestig de hoofden by, en vroegen met aengehitste nieuwsgierigheid:

« Hoe? Is het toch waer? En wie zou dat zyn? Wie is het dan? »

« Wie het is? » zegde Wouter « Wie? Jacob Van Artevelde is het! »

« Artevelde! » riep men met verwondering « Artevelde, de kapitein van Gent! »

« Die bloedzuchtige dwingeland! » voegde de Knyfmaker er by.

« Wat vertelt gy daer van dwingeland? » vroeg de stalknecht.

« Ja » antwoordde Jan de Knyfmaker hierop « ge kunt maer maken dat ge hem niet onder de voeten loopt, Wouter, en dat ge vliegt als hy iets gebiedt; want hy zou u met zyne dagge daer neder stooten alsof gy een hond waert, noch min noch meer! »

« Is hy zulk een man? » zuchtte Wouter verschrikt.

« Wel, ge moest het eens hooren verhalen, wat hy al onnoozele menschen, ridders en poorters, te Gent en in Vlaenderen, heeft neêrgeveld en doen omhals brengen; omdat ze, by zynen eersten oogslag, niet liepen tot zynen dienst! Ja, ja, Wouter, bezie hem toch niet; want als hy het kwalyk nam, ge zoudt het waerschynelyk niemand meer kunnen klagen! »

« Hy wil u verveerd maken, Wouter » sprak een voerman « het zyn al leugens wat hy vertelt. »

« Leugens? » riep de Knyfmaker « leugens? Ik weet het van Jan Melisoen, de knape, die by my zyne dagge te vagen bragt, en hy heeft het uit den mond van eenen franschen ridder gehoord. »

« En eventwel zyn het leugens » hernam de voerman. « Ben ik over vyftien dagen, met den deken Arnoud Boc, niet naer Gent gevaren om lakens voor stadsdienaers kleederen? En bleef ik niet gedurende eene gansche week te Gent? Welnu, daer weet men niets van al wat gy gezegd hebt. En daer toch zou het moeten geschied zyn? »

« Dat is al wonder » viel de stalknecht in « sedert gisteren zyn hier twee gentsche poorters, die met de anderen ten hove moeten gaen; en wàt zy zoo al in stilte op de huike van kapitein Artevelde onder elkander vertellen en snauwen is ook niet vriendelyk. Ik stond tusschen myne peerden en luisterde; maer als het waer is, wat deze poorters zeggen, dan moet die Artevelde voorzeker een aertsschelm zyn! »

« Zulke vuiltongen en benyders zyn er ook in Gent » bemerkte de voerman « maer zy zullen zich wel wachten, in het openbaer tegen Mher Artevelde uit te vallen. Men zou hen ter plaetse al spoedig den hals breken. »

« Het mag zyn zoo het wil » zegde de stalknecht « als hy my tusschen myne peerden niet komt zoeken...... »

De weerdinne verscheen op den dorpel van den *Rooden Draek*, en riep met scherpe en grammoedige stemme :

« Wouter, Wouter dan! Wat staet gy daer weder met de geburen te labbyen [1], terwyl wy werk hebben tot boven het hoofd? Wilt gy voortgaen aen het kuischen der rosbaer, luijaerd! »

---

[1] *Labbyen*, oud woord dat eene byeenkomst van snappers en snapsters, ook de daed van nutteloos kouten en klappen, beduidt. Hiervan waerschynelyk ons volkswoord *lawyen* voor *geraes maken*. Zie WILLEMS, *Belgisch Museum*, vol. I, pag. 311-319.

De stalknecht liet de geburen staen en keerde beschaemd tot zynen arbeid terug.

« Goedele! » riep de weerdinne tot de meid « ga naer de keuken en help Godelieve de hoenderen plukken en de koolen snyden; maer haest u wat, kind. »

Het meisje wees met den vinger in de rigting van Coudenberg en zegde:

« Zie, Ver Walgaerde, ginder komen onze twee gasten ter Cantschiede af? »

« Ga dan haestig in de eetkamer, Goedele, en dekt den disch » sprak de weerdinne « onze gasten zullen ontbyten. Spoed u! »

Terwyl de meid binnen gegaen was om haren last te volbrengen, wachtte de weerdinne hare gasten in, en onthaelde hen met lachend gelaet en vriendelyke woorden; zy leidde hen in eene nevenkamer, waer het ontbyt, bestaende in koud vleesch, eijeren, wyn en bier, reeds was opgediend. Na eenen oogslag op den disch geworpen te hebben, om zich te verzekeren dat er niets ontbrak, ging zy naer de deure, met den gewoonen wensch « Wel moge het u bekomen, myne heeren » en meende de kamer te verlaten. Eventwel, alsof haer iets te binnen schoot, keerde zy zich weder tot de gasten en sprak, terwyl zy op eene steenen kruik wees:

« Met uw oorlof, myne heeren, ik beveel dezen wyn uwer byzondere aendacht. Als vreemdelingen zal het u misschien aengenaem zyn, te mogen zeggen dat gy van 's Hertogenwyngaerd gedronken hebt [1]. »

---

[1] Zie op de kaert van het oude Brussel, in de *Histoire de Bruxelles* par HENNE et WOUTERS, pag. 162, waer deze wyngaerden by de Warande gelegen waren.

De gasten verwonderden zich hierover en een van hen zegde :

« Dit zou dus wyn zyn van de ranken, die wy dezen morgen in de Warande zagen staen? Inderdaed, ik ben nieuwsgierig om te weten hoe de brusselsche wyn smaken mag. Wy bedanken u hartelyk, weerdinne; maer hoe komt gy achter dezen drank? »

« Ah » antwoordde de vrouw « myn man heeft over vier jaren een goed deel penningen verschoten om 's Hertogen schulden te helpen betalen, en men heeft hem van dezen wyn daervoor op afkorting gegeven [1]. Hy is goed, myne heeren, men zou niet gelooven, indien men het niet proefde, dat men achter Coudenberg, op Borgendael, zulken edelen wyn winnen kan. »

Met deze woorden boog zy zich en verliet de kamer.

De twee gasten, alleen zynde, begonnen stilzwygend te ontbyten. Het was zigtbaer dat ernstige of droeve overwegingen hen verstrooid hielden; want er verliep eene tamelyk lange wyle tyds eer een van beide dus tot zynen makker sprak :

« Alzoo gelooft gy, Mher Denys, dat hy alweder in deze onderneming gelukken zal? »

« Ik twyfel er geenszins aen, Ser Van Steenbeke » antwoordde de andere.

« En de gezanten van Brugge en Yperen, zyn die ook al door hem verleid, dat zy niet willen zien waer hy naertoe wil met deze duivelsche nieuwigheid? »

« Het is om van wanhoop te barsten, Ser Van Steenbeke, zy zyn altemael dermate in den heerschzuchtigen

---

[1] Over de groote schulden van Hertog Jan III, zie *Brabandsche Yeesten*, uitgegeven door J. F. WILLEMS, vol. 1, bewysstuk CLXXXIV.

Artevelde verblind; hy heeft ze weder met zyne looze zwetseryen het hoofd zoo vol gesteken, dat ze naer niets luisteren en boos worden als men hun rede wil doen verstaen. Zy schynen zelfs met onverschilligheid, ik zou zeggen met mispryzen, myne woorden te aenhooren, alsof er in Gent geen enkel man van aenzien meer ware, sedert dat die volksbedrieger er is opgestaen! — Ik heb dus niet veel kunnen zeggen : het is gevaerlyk, zulke lieden met geweld de oogen open te rukken; dit zou onze ontwerpen voor altyd kunnen doen mislukken. Maer gy, Ser Van Steenbeke, gy hebt waerschynelyk beter uw doel bereikt by de ridders van Braband en van Vlaenderen ? »

« Ach, er was niets aen te doen, Mher Denys; de Opperhoofdman heeft zyn spel te goed besteken. Ik weet niet hoe hy er toe geraken kan; maer alle de ridders, die op de dagvaert gekomen zyn, roemen hem als een wonder van wysheid. Ik begryp het niet : het is als hadde hy iedereen betooverd! Weet gy wat ik begin te denken, Mher Denys? — Ik begin te denken dat wy inderdaed te weinig in getal, te zwak en te onbekwaem zyn, om te worstelen tegen een man wiens arglist en waekzame werkzaemheid ons verpletten! Zouden wy niet inderdaed te klein en hy te groot zyn? »

Deze woorden ontstaken het aengezigt van Denys met het gloeijend rood der woede en hy knarste zigtbaer op de tanden, terwyl zyn mond in trekken van haet verkrampte.

« Ah! » riep hy uit « zyt gy van zulke stof? Ik niet, Ser Van Steenbeke : gy moogt achteruit gaen voor de zwaerte van den arbeid; wat my betreft, ik zal myn doel vervolgen en ik zal het bereiken, dit zweer ik u! Hy zou te groot voor my zyn? Welnu, hebt gy dan nooit gezien, dat het zwakke Geitenblad eindelyk ook den jongen Eik verworgt, waeraen het zich met onverwinnelyk geduld vasthecht? »

« Ik bewonder uwen moed, Mher Denys; maer met dit alles zullen wy hem heden toch niet beletten, tusschen Braband en Vlaenderen een verbond tegen Frankryk te sluiten. Wat zyn wy hier dan komen doen? »

« Welnu, hy sluite het verbond » riep Denys « daerom toch zal hy myne wrake niet ontsnappen : ik kan wachten, lang wachten in de zekerheid dat ik hem toch eens treffen zal. »

« En onze ongelukkige Graef, Mher Denys, zal hy dan de vernedering moeten ondergaen, tegen zynen wil en dank een verbond te zien ontstaen, tusschen zyne onderdanen en Vorsten, die onzen natuerlyken Opperheer, den Koning van Frankryk, vyandig zyn? »

« Wat Opperheer? De Koning van Frankryk onze Opperheer? » viel Denys uit. « Waer haelt gy zulke gedachten? En wat let my uw genadige Graef en zyn gansch gespan van hovelingen en vleijers? — Wat ik wil is den dwingeland, den heerschzuchtigen pronkaerd Artevelde neêrrukken en verpletten om onze stad Gent en het vaderland uit de vernedering te redden. Maer, om Godswil, spreek my noch van den Graef noch van den Koning, die magt noch moed bezitten om eenen eerloozen overweldiger uit hunnen weg te ruimen! »

« De spyt doet u dit zeggen, Mher Denys. »

« De spyt? Neen, de koude rede en het gevoel van het gekrenkt regt. »

« Ware ik daervan zeker, Overdeken, ik zou met u niet langer tegen den Opperhoofdman willen samenspannen. Indien ik wist, dat gy een zoo heet vyand van onzen genadigen Graef zyt, als gy het nu, in uwe gramschap, schynt te willen toonen, ik brak alle betrekkingen tusschen ons af. »

De Overdeken woelde van ongeduld op zynen stoel en antwoordde met verkropte woede :

« Heet vyand? Wie spreekt daervan, Ser Van Steenbeke? Ik zeg u dat het my pyn doet, onze Graef zoo laffelyk te zien bukken onder het geweld van eenen eergierigen zwetser. En al ware ik een vyand des Graven, terwyl gy hem eene onbeperkte liefde toedraegt, wat hinder zou dit doen aen onze samenwerking? »

« Het zou ze onmogelyk maken en ze doen afbreken. »

« In het geheel niet. Wat is uw doel? Gy wilt den invloed van Artevelde vernietigen om de overheid des Graven hersteld te zien; mogelyk om het ridderschap zyne magt op het volk te doen herwinnen of ons met Frankryk tegen Engeland te doen spannen. Het is my geheel onverschillig, waerom gy tegen Artevelde strydt; zoo moeten de beweegredenen van mynen haet tegen hem u ook onverschillig zyn. Laet ons eerst alle onze magt, al ons denkvermogen aenwenden om onzen gemeenen vyand neêr te vellen; daerna, indien gy wilt, zullen wy om den buit twisten! — En bevalt u deze verklaring niet, zeg het : ik zal alleen wel middel vinden om uit te voeren wat ik my heb voorgesteld. »

« Het is wel » antwoordde Ser Van Steenbeke met misnoegen « spreken wy niet langer daerover; ik zal insgelyks doen wat my belieft en ten goede myner gedachten werken; maer met u, Overdeken, niet meer! »

Denys had zich door zynen onbedwingbaren drift laten vervoeren, en gevoelde dat hy gevaer liep eenen aenzienlyken bondgenoot te verliezen. Hy veranderde eensklaps van toon en hernam :

« Maer, vriend Van Steenbeke, gy zoekt meer uit myne woorden dan er in steekt; de spyt over het mislukken onzer pooging deed my ook dingen zeggen, die ik zoo niet gansch denke. Vergeef my die kleine opvliegendheid; wy moeten samen blyven werken tot dat ons doel bereikt zy. Gy zyt ridder, ik ben burger; maer hebben wy niet dezelfde redenen om den val des dwingelands door het inspannen van alle onze krachten na te jagen? Ligt de burgery, ligt het volk zoo wel niet onder zyn geweld vernederd als het ridderschap? Moeten wy allen niet wyken voor zyn gebod en kruipen onder zynen trotschen blik? Zyn Graef en onderdanen zyne ootmoedige dienaers niet? »

« Eilaes, het is wel waer » zuchtte Van Steenbeke.

« Welnu, wie aenhoudt verwint onfeilbaer! Zyne zaken staen zoo schoon niet als gy waent, en misschien zullen wy in het kort reeds zynen val zien. »

« Hoopt gy het inderdaed? »

« Of ik het hope! Gy weet immers wel dat de koning van Frankryk verklaerd heeft, dat hy Vlaenderen door de bisschoppen in het verwaten zal doen leggen indien men, tegen hem, in verbond trad met Engeland? De vorige mael heeft de Opperhoofdman den bliksem der Kerk afgewend, met by den Paus allerlei ontschuldigingen te doen gelden; maer nu zal het zoo niet gaen : men is in Frankryk zeker, dat de ban onder geen voorwendsel zal geligt worden. Dan zal het onze tyd worden, vriend Van Steenbeke, als er niemand in Vlaenderen meer ter kerke zal mogen gaen, als men er misse lezen noch biecht meer hooren zal! Dan zullen wy doen gevoelen, dat Artevelde's heerschzucht de schuld is van het verlies zoo veler kristene zielen; en als de oorlog volgt zullen wy het volk de oorzaek der schattingen plunderingen en andere onvermydelyke rampen onder het oog leggen. Men luistert zoo ligtelyk als men lydt en ontevreden is. Het volk zal den Opperhoofdman moede worden; hy zal dieper vallen naermate hy hooger geklommen is, en wy zullen de overtuiging genieten, dat wy, hoe klein wy ook mogen zyn, den dwingeland in het slyk der openbare verachting hebben neêrgeworpen en versmacht! »

« Zoo verre zullen wy nooit geraken, vriend Denys. »

« Vreest gy dit? »

« Ach, ik durf zulken zegeprael niet hopen, als ik overweeg sedert hoe lang wy werkzaem zyn, zonder dat wy zyne magtige vaert hebben kunnen stuiten of zelfs in iets vertragen! »

« Gy wilt dus dat de vrucht ryp zy voor dat de zomer kome? »

« Neen, maer ik wanhoop omdat ik de vrucht nog niet gespeend zie. »

« Oh, gy bedriegt u, Ser Van Steenbeke; de vrucht is niet alleen gespeend; maer zy is reeds groot, en gereed om by de eerste gunstige voorvallen te rypen. Hoort gy dan nooit in Gent en elders, onder de ridders en onder het volk, stemmen opgaen die Artevelde met haet beschuldigen en wraek roepen tegen hem? »

« Ja, wel, doch wat kunnen die weinige stemmen tegen de ontzaggelyke meerderheid, welke Artevelde ten hemel zou opheffen indien zy zoo hoog reiken kon? »

« Het is een begin, een begin slechts, Ser Van Steenbeke. Laet my maer doen; ik zal zyne vaert wel belemmeren, kuil by kuil voor zyne voeten graven en hem zoo veel tegenspoed brouwen, dat hem de zinnen er van verbysteren zullen. Indien gy my daer toe wildet behulpzaem zyn, het ware des te gemakkelyker. »

« En waerin zou dan deze hulp bestaen? Ik begryp u niet. »

« Ik ga het u verklaren; maer, ik zeg het u op voorhand, val er toch niet tusschen met ridderlyke gedachten of andere zulke beuzelaryen. Vergeet niet, dat wy ons doel bereiken moeten; de middelen doen niets ter zake. »

« Ik luister » zegde Van Steenbeke.

Denys bragt het hoofd over de tafel vooruit en meende alle de valschheid zyns harten voor zynen makker bloot te leggen, doch hy had den tyd daertoe niet, dewyl de weerdinne nu in de kamer trad en tot hare gasten sprak :

« Myne heeren, onze knecht dien ik naer de vlaemsche poorte gezonden had, komt daer even teruggeloopen en zegt dat het gentsch gezantschap reeds met de wagens by St.-Niklaeskerke is. Uwe vrienden zullen dus binnen eenige oogenblikken in den *Rooden Draek* afstappen. »

Dit gezegd hebbende vertrok zy weder en deed de deure toe.

De Overdeken stond met haest op en wilde naer buiten.

« Waer gaet gy naer toe? » vroeg Van Steenbeke.

« Ik ga den Opperhoofdman te gemoet om hem de hand te drukken » antwoordde Denys met eenen lach van zelfvoldoening of van valschheid.

« Zulke schynvriendschap is toch niet eerlyk! » morde zyn gezel.

« Wilt gy dan dat ik hem dagelyks in het aengezigt

schreeuwe : ik ben uw vyand! Omdat hy my mistrouwen zou en zich tegen myne poogingen zou wapenen? Neen, neen. Gy handelt anders, ik weet het; gy bevecht hem openbaerlyk; — maer wat komt ervan? Als gy, in den Schepenraed of elders, eene beschuldiging tegen Artevelde uitdrukt, zegt men : ja, wy weten het wel, hy is zyn gezworen vyand; wat goeds zou die van hem zeggen? — en men gelooft u niet. Ik, ziet gy, Ser Van Steenbeke, ik ben, zoo niet voor den Opperhoofdman zelven, dan toch in de oogen des volks, een vriend van Artevelde; en als ik iets tegen hem zeg, dan gelooft men my heel ligtelyk. Weet gy dan nog niet, dat de stem van iemand die zynen vriend by anderen beschuldigt, ongeneesbarer wonden slaet dan eene dagge die in venyn gedoopt is? Gy lacht met zulke ernstige waerheid! »

« Ter goeder ure! ik was het byna vergeten; maer gy herinnert my daer iets en gy geeft er my ook de verklaring van, geloof ik. Uw zoon en uwe vrouw komen heden, met de dochter en de vrouwe des Opperhoofdmans eene speelreis naer Brussel doen. Ik heb vernomen dat gy zelf by Mher Ghelnoot van Lens hebt aengedrongen omdat hy, als beschermer der Vrouwen, met haer zou komen om haer in Brussel rond te leiden. Nu begryp ik de schoone vriendschap wel, die er bestaet tusschen de uwen en Artevelde's huisgezin; maer wat beduidt hier de tegenwoordigheid van Mher Ghelnoot? »

Een slimme grimlach was het antwoord des Overdekens.

« Gy weet immers wel » hernam Van Steenbeke « dat er al zonderlinge geruchten over Mher Ghelnoot en jonkver Van Artevelde in Gent omloopen? Ik weet dat deze geruchten valsch zyn; eventwel........ »

« Kom, kom » riep Denys met eene zegepralende uitdrukking « ik had geen inzigt toen ik Mher Ghelnoot aenzocht myne vrouw te vergezellen; maer gy wyst my daer iets aen dat inderdaed niet te verzuimen is; ik bedank u......... Gy gaet den Opperhoofdman niet te gemoet? »

« Voor geen goud ter wereld. »

« Alzoo, tot straks! »

Toen Denys uit den *Rooden Draek* kwam en, met eenige stappen, den hoek van den Cantersteen bereikte, zag hy het gezantschap van Gent in de verte met dry groote wagens by de kapelle van Ste-Magdalena-ter-Sacken [1] komen aengereden. Van deze wagens waren er twee met neêrgestreken huive; de derde alleen was overdekt. In het eerste rytuig, op de voorste bank, zat Calevoet, de deken der tykwevers, en Pieter Zoetaerde, schepen van den Gedeele van Gent; achter hen Jacob Masch met Claes van Belleghem, schepenen van der Keure. In den tweeden wagen bevonden zich Jacob Van Artevelde, Maes Van Vaernewyck, de Voorschepen, Ghelnoot Van Lens, hoofdman van St.-Nikolaes parochie, en meester Augustyn, de stadsklerk van Gent.

De derde wagen, die overdekt was, behoorde eigentlyk niet tot het gezantschap; hy voerde blyde hoop en zoete liefde. Op zyne voorste bank zat Lieven Denys tusschen zyne moeder en Vrouw Cathelyne Van Artevelde, terwyl in het diepe van den wagen Christina Van Vaernewyck met de schoone Veerle, hand in hand, over deze vrolyke reisvaert juichend spreken .

[1] *Sancta Magdalena ad saccos*, was bediend en bewoond door moniken die *Socke broeders* geheeten waren, omdat zy een zeker schoeisel droegen, onder de benaming van socken of zokken bekend.

In die tyden waren de wegen zeer onveilig gemaekt door baenstrykers en roovers; niemand kon, zonder groot gevaer, eene reize ondernemen, ten zy een sterk geleide hem vergezelde. Geen wonder dan, dat eenige echtgenoten en dochters der gezanten deze gelegenheid hadden waergenomen, om in hun gezelschap eene speelreis naer de hoofdstad van Braband te doen.

De tyding dat de beroemde kapitein van Gent in den *Rooden Drake* herbergen zou, had eene menigte volks op de baen van het gezantschap gelokt; nu liepen de nieuwsgierige Brusselaers nevens de wagens, en poogden te ontdekken, wie van alle deze mannen Artevelde mogt zyn. Aen de hoogmoedige houding van Calevoet, die op de voorste bank van den eersten wagen zat, zou men hem ligtelyk voor het hoofd der gezanten genomen hebben; doch zyne breede platte ooren en zyn dom voorkomen, zegden genoeg aen het volk, dat achter zulk terugstootend aengezigt geene breede hersens konden liggen.

Op den hoek van den Cantersteen was de menigte zoo digt tesamengedrongen, dat men er byna niet door kon, en met moeite geraekten de wagens voor de deur van den *Rooden Drake*, alhoewel de weerdinne de omstaenders uitschold voor dorpere en onbeschofte lieden, en dreigde hen met eemers water over het hoofd te gieten, indien ze niet van voor haer huis weggingen.

De gezanten stapten met haest de wagens uit en traden, dwars door het volk, ter herberg in; toen de derde wagen voor de deur van den *Rooden Drake* naderde, vertoonde zich eensklaps de jonge heer Van Gaesbeke, de beminde hofknaep van Hertog Jan van Braband, om de Vrouwen uit haer rytuig te helpen stappen. Op zyn bevel ruimden de Brusselaren met eerbied de plaets; en hy, aen de Vrouwen gezegd hebbende, dat hy gelast was met de zending, haer in de hertogelyke stad tot leidsman te dienen, gaf haer beurtelings de hand en bragt ze gezamentlyk ter herberg in.

Na dat ieder eenige woorden met haren echtgenoot of met haren vader gewisseld had, en, in blyde woorden had uitgedrukt hoe schoon zy het bergachtig Braband vonden, werden de Vrouwen met Lieven Denys en den jongen hofknaep in de nevenkamer geleid. De mannen bleven in de gemeene zael en schikten hunne kleederen op, terwyl zy zich elk eene kanne brusselsch bier deden voorzetten.

Ser Van Steenbeke hield zich van den Opperhoofdman verwyderd, zonder dat iemand er zich over verwonderde, vermits allen genoeg wisten dat er vyandschap tusschen beide bestond. Wat Denys betreft, deze had inderdaed de hand tot Artevelde gereikt en scheen nu meer dan anderen met hem op vriendelyken toon te willen spreken; hy bemerkte wel, hoe koel en hoe onverschillig de Opperhoofdman hem antwoordde, en voelde zich door dit stille mispryzen diep gewond; eventwel, hy verkropte zyne spyt en speelde zyne valsche rol voort.

Ghelnoot Van Lens was bezig met eenen kreupelen man, die onder den schoorsteen zat, te kouten en te schertsen. Na eenige oogenblikken hief hy zyne kanne in de hoogte en riep :

« Sa, gezellen, ik drink ter eere van onzen weerd! Weet gy wie hy is, die daer zoo stilzwygend by het vuer zit? Het is Robrecht Walgaerde, de standaerddrager van Ser Van Grimberge, die in den slag ten Hellekine, zoo vele wonders bedreef. Geef my de hand, Robrecht, gy hebt vele Vlamingen de kaken gekerfd, niet waer? [1] Toch zyt gy een koene gezel! »

De gezanten dronken met blymoedigen geestdrift ter eere van den weerd. Jacob Masch bleef alleen roerloos zitten, en aenzag den kreupelen man met eene uitdrukking van droefheid.

« Mher Masch » riep Ghelnoot « na den oorlog zyn immers alle dappere mannen goede vrienden? »

« Hy is het, die mynen broeder den doodslag gaf » antwoordde de Schepen.

« Uw broeder? » vroeg de weerd « en hoe hiet hy, met uw oorlof? »

« Lieven Masch was zyn naem. »

« Wees dan niet boos op my » zegde de weerd « uw broeder heeft my in den slag verminkt, gelyk gy my ziet; ik wondde hem aen het hoofd. Wy lagen beide, weken lang, in hetzelfde bed, in St.-Jans-Godshuis. Myn beste vriend, is hy gestorven; ik was het, die hem weenend de oogen sloot. — En hoe kon het anders zyn? Wy bleven elkander immers niets schuldig?.... Welaen, mynheer, zie, ik hef mynen beker op ter dierbare nagedachtenis van mynen zaligen vriend, uwen broeder! »

---

[1] « Volgens eene oude, nu onlangs uitgegevene Kronyk *(Corpus Chronic. Flandr.*, tom. I, pag. 229), hadden de Vlamingen de overhand, toen een brabandsch ridder bemerkte, dat hunne aengezigten niet beschermd waren door hunne verlengde helmen, gemeenlyk *huven met kaken* genaemd. Hy riep tot zyne makkers : « Slaet ze in het aengezigt! » De Brabanders volgden dien raed; en hunne vyanden, welhaest overdekt met het bloed dat hun van de wangen liep, werden op de vlugt gejaegd. Sedert dan, voegt de kronykschryver er by, wanneer men in Vlaenderen iemand ziet die aen den neus gewond is, zegt men : *Ja ghi hebt ten Hellikene ghezyn* (geweest), » Henne et Wouters, *Histoire de Bruxelles*, tom. I, pag. 100.

Met ontsteltenis vatte Jacob Masch zyne kan en sprak:
« Ter uwer eere, dappere Robrecht Walgaerde! »

Op dit oogenblik kwamen de Vrouwen in vollen opschik uit de nevenkamer. De jonge hofknaep hield Jonkver Christina Van Vaernewyck by de hand, terwyl Lieven Denys rood werd van gelukkige schaemte, toen hy dus, met zyne beminde Veerle, voor de gezanten verscheen. Vrouw Artevelde volgde met de moeder van Lieven.

« Heer Van Gaesbeke » sprak de Opperhoofdman « ik beveel deze Vrouwen aen uwe zorg; gy weet wat uw heer vader my beloofd heeft; ik ben verzekerd dat Braband's schoonste hofknaep wel weet, hoe men den tyd vermakelyk slyt als men op reis is. »

« Bekommer u daer niet over, Mher Artevelde » antwoordde de knaep « ik ben de gewoone leidsman aller Vrouwen, van 's Hertogen wege. Terwyl gylieden ten Hove gaet, zal ik met myn gezelschap gansch Brussel doorkruisen en alles toonen wat ziensweerd is : Warande, Oudenburg, kerken, Steenen, Godshuizen en poorten. En zoo ons tyd overblyft, zullen wy, in eenen van 's Hertogen wagens, spelen ryden naer den Nieuwen Bosch. Laet my maer doen! »

Hy groette de gezanten hovelyk en meende den *Rooden Drake* met zyn gezelschap te verlaten; maer de jonge Veerle, hem wederhoudende, liep tot Ghelnoot van Lens; en, hem gemeenzaem by de hand vattende, zegde zy :

« Ho; ho, Mher Ghelnoot, gy zyt niet van het gezantschap; gy moet mede met ons! Wy zyn gekomen om ons te vermaken, — en zou de vrolykste gezel van Gent ons ontsnappen? Neen, neen, ik laet u niet los, mede zult gy! »

Mher van Lens wilde eenige ontschuldiging inbrengen,

om by de gezanten te kunnen blyven. Het was merkbaer, dat hy niet veel lust had om met de Vrouwen op wandel te gaen. Eventwel, toen Geeraert Denys zich op zyne belofte beriep, bood hy geenen tegenstand meer en vertrok met den hofknaep en met Lieven, welke laetste in het uitgaen herinnerde, dat zy beloofd hadden zynen neef, Jacob Denys, van Geeraertsberge, met zyne jonge vrouw onderwege, in het *Gekroond Zweerd*, af te halen om mede van het gezelschap te zyn.

Nauwelyks hadden de Gentenaers eenige vrolyke bemerkingen gemaekt over de uitdrukking van blydschap, welke op het gelaet der Vrouwen blonk, of er verscheen, in de herberg, een hertogelyke wapenbode, die hen verzocht hem ten hove te willen volgen. Zy wierpen hunne mantels om, wenschten den weerd goedendag tot later, en gingen met den wapenbode ten huize uit.

De Oudeborg, het paleis der hertogen van Braband, stond boven op den Coudenberg tegen het Borgendal; het was oorspronkelyk slechts een sterke Steen, met hooge torens en zware muren; doch in de laetste tyden hadden de hertogen het zeer vergroot en er nieuwe smaekvolle gebouwen tegen doen oprigten. Wat echter op het eerste gezigt, het merkweerdigste scheen, was de wyde balie of perk, waerbinnen steekspelen en ridderkampen gehouden werden. Dit plein, vóór den gevel van het paleis zich uitstrekkende, was omringd en afgesloten met eene omheining van gehouwen steen, waeruit menigvuldige ligte zuilen in de hoogte klommen [1].

[1] Zie de teekening dezer balie in voormelde *Histoire de Bruxelles*, tome III, pag. 323.

Binnen in het paleis telde men een twintigtal prachtige vertrekken, door 's Hertogen huisgezin en gevolg bewoond. De groote staetszael lag gelykvloers, niet verre der voorname ingangpoort. Hare viersierselen bestonden hoofdzakelyk in eenen kunstryken schoorsteen en wanden van gesneden eikenhout, waerin de brabandsche leeuw, tusschen allerlei beeldwerk, wel honderdmael kon worden geteld.

In deze zael werd de dagvaert gehouden.

De hertog van Braband, Jan III, zat aen het hooger einde met den koning van Engeland, op een weinig verheven gestoelte; nevens hen stonden talryke ridders, waertusschen de heeren van Leefdale, van Grimberge en van Gaesbeke, zich door de ongemeene pracht hunner kleeding deden onderscheiden. Langs de zyden der zael, in eenen eivormigen kring geschikt, zaten de afgeveerdigden der steden van Braband : — Brussel, Antwerpen, Leuven, Leeuw, 's Hertogenbosch, Nyvele en Thienen; — en der steden van Vlaenderen : — Gent, Brugge, Yperen, Kortryk, Audenaerde, Aelst en Geertsberge [1]. Voor den hertog stond eene tafel, waerby twee klerken met de handen op ontrolde perkamenten, zich bereid hielden om aen te teekenen wat er ging geschieden en gezegd worden; zulke tafel stond ook in het diepe van den kring, ten dienste der afgeveerdigden of hunner klerken.

Deze plegtige vergadering werd geopend door eene aenspraek van Hertog Jan, waerin deze vorst aen de afgeveerdigden poogde te doen gevoelen, dat Braband en Vlaenderen even veel belang hadden in het behouden

[1] *Cronycke* van DESPARS, bladz. 334.

der vriendschap van Engeland. Hy vertoonde dat de meeste werkstoffen, welke de nyverheid in de dietsche landen verbruikte, uit Engeland moesten worden gebragt, en eene openbare vyandschap tegen dit Ryk de armoede en misschien den hongersnood voor gevolg moest hebben, gelyk Vlaenderen het, eilaes, reeds had ondervonden. Daerna, bewyzende dat de oorlog tusschen Engeland en Frankryk onvermydelyk was, deed hy begrypen dat noch Vlaenderen noch Braband buiten den twist konden blyven en zelfs tegen hunnen vasten wil er zouden worden in betrokken; dewyl, wat Vlaenderen betrof, de oorlog niet kon gevoerd worden dan gedeeltelyk op zyuen grond; en, aengezien de koning van Engeland nu wel onherroepelyk besloten had, eerstdaegs de wapenen tegen Frankryk te voeren, de vlaemsche steden nu te overwegen hadden wien zy tot vriend of tot vyand hebben wilden. Wat Braband aenging, zegde de hertog, dit was wel van meening, indien het van de onzydigheid toch moest afzien, zich met den koning van Engeland te verbinden.

Koning Eduard nam hierop het woord en verklaerde, hoe hy tot den oorlog zich gedwongen zag om het onregt te wreken dat hem was aengedaen; hy bewees, dat hy alleen regt had op de erfenis der kroone van Frankryk, door zyne moeder, die dochter was des overleden konings, Philippe-le-Bel, en zuster der dry laetste koningen, alle zonder mannelyke erfgenamen gestorven; — maer dat Philips van Valois, door omkooping, de salische wet verkeerdelyk had doen uitleggen en eene samenzweering tot stand had gebragt om hem zyn regt te ontrooven, valschheid waerin Philips tot nu toe was gelukt. Verder deed hy, even als de hertog, aenmerken dat hy, hoe diep het hem mogt spyten, zich niet kon onthouden van den vlaemschen grond met zyn leger te betreden, vermits de oorlog natuerlyk op de grenzen van Vlaenderen beginnen moest. Diensvolgens zag hy zich verpligt, Vlaenderen te noodzaken tusschen zyne vriendschap of die van Philips van Valois eenen beslissenden keus te doen, hopende dat de Vlamingen alle de diensten, door hem aen hun land bewezen, geheugen zouden en hem gewapender hand zouden bystand leenen, als hunnen natuerlyken bondgenoot en dengenen wiens regt gekrenkt was.

Een afgeveerdigde van Antwerpen steunde de woorden der beide Vorsten; doch eindigde met de verklaring, dat zyne Gemeente aen hare gezanten geene magt gegeven had om haer tot iets te verbinden, om reden dat de Schepenbank van Antwerpen hare beslissing onderwerpen wilde aen hetgeen Vlaenderen zou doen, als kunnende dit graefschap, in de loopende omstandigheden, door zyne ligging en magt, over het lot van den aenstaenden oorlog beschikken.

De meeste afgeveerdigden der brabandsche steden spraken in dezen zin. De hertog, zich alsdan tot de gezanten van Vlaenderen keerende, vroeg :

« Welnu, myne heeren en goede lieden van Vlaenderen, welk is het gevoel der Gemeenten die u naer deze onze dagvaert stuerden? Ik keere my eerst tot de gentsche gezanten. »

Maes Van Vaernewyck stond van zynen zetel op, en antwoordde :

« Genadige vorsten, ridders en goede lieden, de Gemeente van Gent, vertegenwoordigd door hare Wethouders, heeft by eene grootere meerderheid besloten, dat men poogingen aenwenden zal om met Engeland een verbond tegen Frankryk te sluiten. Liefst had zy alle opofferingen doorstaen om de onzydigheid van Vlaenderen te doen eerbiedigen; doch, daer dit nu onmogelyk geworden is, wykt zy voor de noodzakelykheid en zal, indien geene onverwinnelyke hinderpalen in den weg treden, zich in dezen oorlog langs de zyde van Engeland schikken. Deze beslissing is niet by eenparigheid van stemmen genomen; er waren ook eenige Schepenen, die vermeenen dat wy door vorige verbonden belet zyn ons tegen Frankryk te verklaren. En vermits de Gemeente van Gent voor grondbeginsel heeft, dat alle denkwyzen in de beraedslagingen over hare belangen moeten deel kunnen nemen, heeft zy haer gezantschap in dien zin benoemd. Er bevinden zich hier ter dagvaert ook afgeveerdigden van Gent, wier gevoel daerover niet met het gedacht der meerderheid overeenstemt. Ik vermeen, met uw oorlof, genadige heer, dat men diegenen eerst zou moeten raedplegen, welke zich tegen het ontwerp van bondgenootschap met Engeland zouden willen verklaren. Zoo zullen zy, voor de afgeveerdigden der andere steden, hunne redenen kunnen doen gelden en het noodig licht werpen over het gewigtig vraegpunt dat ons hier vereenigt. »

Nauwelyks was de Voorschepen gezeten, of Ser Van Steenbeke stond regt en sprak :

« Genadige heeren en goede lieden, ik erken dat Vlaenderen, als land van koophandel en nyverheid, meer belang heeft in een bondgenootschap met Engeland dan met Frankryk; maer, wat voor my van grooter gewigt wordt geacht, is de trouw aen eenen gezworen eed. Wie zal hier durven beweeren, dat de volkeren hun woord eerder breken mogen dan byzondere lieden?

Indien men dit aennam, waer bleef het openbaer regt? En zou men niet tegen ons dezelfde meineedigheid plegen, welke wy nu ten opzigte van Frankryk schynen te willen begaen? Er bestaet sedert dry jaer een verdrag, door onze Vorsten, tusschen Braband, Henegauwen en Vlaenderen gesloten, waerby deze landen zich verpligten elkander tegen alle vyanden, behalve tegen Frankryk, by te staen [1]. Diensvolgens kunnen wy tegen Philips van Valois niet oorlogen zonder het verbond valschelyk te breken. Herinnert u, genadige heeren en goede lieden, dat alle steden en gemeenten van Braband, van Vlaenderen en van Henegauwen deze onderlinge verbindtenis hebben bezworen. Ik weet niet, wat er ingevolge deze dagvaert zal worden beslist; maer ik ben verzekerd, dat het volk van Vlaenderen zou opstaen tegen deze meineedigheid, indien men zyn geweten en zyne ziel er mede wilde beladen. Ik vermeen insgelyks, dat de goede lieden van Braband niet gemakkelyker dan de Vlamingen hunnen eed zullen breken, zy die beroemd zyn om hunne trouw en opregtheid! — Langs eenen anderen kant, het verwondert my grootelyks, dat wy hier als vertegenwoordigers van Vlaenderen aenveerd worden, op eene dagvaert waer onze Vorst niet tegenwoordig is. Hy keurt dezelve diensvolgens af en wy, hier zynde, begaen eene daed van oneerbiedigheid en van oproer. »

De woorden van Ser Van Steenbeke oefenden eenen diepen indruk uit op de gemoederen der meeste brabandsche en vlaemsche afgeveerdigden, en velen knikten met het hoofd tot teeken van bevestiging of ten minste van twyfel.

[1] P. A. Lenz, pag. 269 et 270.

Denys poogde het gelaet van Artevelde te doorgronden, om na te speuren welk uitwerksel deze wederstreving op zyn gemoed had. Hy vond er niets op, dan eene volle koelheid, waer tusschen by wylen een stille grimlach kwam zweven.

De Voorschepen Van Vaernewyck stond op en bemerkte :

« Onze genadige heer, de Graef van Vlaenderen, is door den Hertog van Braband vriendelyk uitgenoodigd en door de Gemeente van Gent eerbiediglyk gebeden geworden, zich ter dagvaert te willen begeven. Hy heeft geantwoord dat ziekelykheid het hem belette en hy later zou zien, of hy zyne goedkeuring geven kon aen hetgeen men hier zou voorstellen. Wy hebben dus, jegens onzen heer Graef, onzen pligt gekweten, en niemand vermag ons van oneerbiedigheid of van oproer te beschuldigen. »

« Ik geloof het wel » viel Jan Calevoet den Voorschepen in de rede « onze heer Graef heeft dien uitvlugt maer gezocht omdat hy niet wist hoe anders aen het verzoek der Gemeenten te ontsnappen. Maer zyt zeker dat by met pyn ziet wat hier omgaet. »

« Ik vermeen » antwoordde de Voorschepen met weerdigheid « dat niemand van ons het regt heeft om de woorden onzes Vorsten in het openbaer anders uit te leggen dan ze zyn. De pligt dwingt ons, zonder de minste verdenking, het antwoord van onzen genadigen heer te aenveerden; en het verwondert my grootelyks, ons hier van oneerbiedigheid te hooren beschuldigen door mannen, die de regtzinnigheid van onzen Graef op deze dagvaert zelve durven in twyfel trekken. »

Calevoet werd rood van schaemte en van gramschap;

hy mompelde nog eenige woorden en wendde zeer onheusch zyn aengezigt van den Voorschepen af.

Hierop stond Geeraert Denys regt en zegde met eene schynbaer koele stem, doch met een grammoedig gelaet, dat weinig overeenstemde met den bedwongen toon zyner woorden :

« Genadige heeren en goede lieden, ik ben voorzeker geen vriend des konings van Frankryk; iedereen die my kent weet het genoegzaem. Desniettemin, hoe zeer het my ook bedroeve, moet ik hier verklaren, dat ik een verbond tusschen Engeland en Vlaenderen onmogelyk acht. De redenen welke myn gezel, Ser Van Steenbeke, voor u heeft doen gelden, zyn voorzeker zwaer genoeg om iedereen tweemael te doen toezien, eer men tot de aengeduidde meineedigheid besluite; eventwel er staet nog een ernstigere hinderpael tusschen Engeland en Vlaenderen opgerigt. Gy weet, dat de Paus, in 1309, den Koning van Frankryk smeekte tegen de dreigende Turken eene kruisvaert te ondernemen; de koning beloofde het te doen indien de Vlamingen plegtiglyk wilden zweeren, dat zy hem in den oorlog volgen zouden en getrouw zouden blyven. De vlaemsche Gemeenten hebben dien eed gewilliglyk afgelegd, en de Paus heeft hierop aen den Koning van Frankryk eene bulle verleend, waerby de fransche Bisschoppen de magt toegekend wordt om Vlaenderen in den ban te slaen, telkens dat zyne inwooners dien eed zouden verbreken. Het is waer, de koning van Frankryk heeft den Paus bedrogen, en de kruisvaert niet ondernomen; het is waer, dat de bulle voor de Vlamingen is geheim gehouden tot dat men zich er van bedienen kon tot verrassing in gewigtige omstandigheden. Ondanks dit alles, bestaet de bulle, en de magt welke zy Frankryk toekent is niet door den Paus vernietigd. By gevolg zal Vlaenderen in den ban gelegd worden zoohaest het zich met Engeland verbindt. De oorlog zal voorzeker lang duren, dit voorziet iedereen met reden. Ik vraeg het u, gezellen van Vlaenderen, hebt gy wel overwogen, welke gevolgen uit eenen ban van een enkel jaer zouden spruiten? Geene misse, geene biecht, geen doop! Alle kerken gesloten! Niemand begraven in gewyde aerde! Onze vrouwen, onze kinderen, onze ouders, onze broederen, die God gedurende dit tydverloop tot hem roepen kan, onfeilbaer verwezen tot de helsche vlammen! Mogen wy de wreedheid begaen, voor zekere staetkundige uitzigten, zoo vele zielen in de klauwen des duivels te leveren en God te onttrekken? En dan, al waren wy ongevoelig genoeg om daertoe te besluiten, denkt gy dat het volk van Vlaenderen gereed zou zyn, om zyn geweten aldus te belasten en een jaer lang in gevaer der eeuwige doemnis te blyven leven? Neen, neen, verhoopt dit niet; na eene maend reeds zou er in alle steden en gemeenten oproer ontstaen, en het volk zou zich van zelven in de armen des franschen konings werpen om van den ban verlost te worden. Deze burgeroorlog kan myn vaderland in den diepsten afgrond der ellende storten. Ik wil de hand niet leenen tot zulke onmeetbare ramp, en ik mag hopen dat onder de afgezanten der vlaemsche steden, nog voorzigtige mannen zich bevinden, die met my zullen terugdeinzen voor het dreigend ongeluk! »

« Het is wel waer, wat de gezant van Gent daer zegt » bemerkte een Yperling.

Er ontstond onder de afgeveerdigden der vlaemsche steden, eene zekere onstuimigheid van beweging, die blyken deed dat de woorden des Overdekens vele lieden hadden verrast, en nu in hunne meening deden wankelen.

De beraedslaging keerde in het geheel niet ten voordeele van koning Eduard. Ook stond er diepe neerslagtigheid op zyn gelaet geprent, terwyl hertog Jan van ongeduld de vuisten toewrong. De gentsche gezanten, welke voor het ontwerp gestemd hadden, schenen weinig over den uitslag bekommerd; zy wisten voorzeker dat deze zaek, tot besluit, eene geheel andere wending nemen moest.

Onder de afgeveerdigden der andere steden zagen allen, die een verbond met Engeland gunstig waren, op Artevelde, als op den man wiens woord en vindingryke geest alles nog kon redden. De Opperhoofdman oordeelde waerschynelyk, dat het nu tyd was om de vergadering de overtuiging te geven, dat een verbond met Engeland niet alleen mogelyk, maer tevens noodzakelyk en voordeelig was. Hy regtte zich op en sprak :

« Genadige heeren en goede lieden, vooraleer ik de vryheid neme u myne denkwyze te verklaren over het gewigtig ontwerp, dat ons te dezer dagvaert bezig houdt, verzoek ik den heer hertog van Braband, my te veroorloven eene vraeg toe te sturen aen myne genoten, die het woord voor my hebben gevoerd. — Ik vraeg dus aen Mher Denys, of hy zou toestemmen dat Vlaenderen de wapens voerde tegen Engeland en voor Frankryk? »

De Overdeken gevoelde wel dat Artevelde hem in eenen strik ging trekken en misschien zyne valsche listen voor iedereen zou blootleggen. Deze vrees deed de gloed der gramschap reeds op voorhand zyn gelaet beklimmen, en het was byna bevend van ontsteltenis dat hy antwoordde :

« Het verwondert my, dat gy my zulks durft vragen! »

« Heb de goedheid en gelief my te antwoorden? » hernam de Opperhoofdman met koelheid.

« Neen, nooit zou ik toestemmen dat Vlaenderen ten dienste van Frankryk de wapens voerde! » riep Denys verbitterd.

« Weet gy dan een middel, Mher Denys, om den oorlog te ontwyken? » vroeg Artevelde nogmaels.

Door deze vraeg verrast poogde de Overdeken een antwoord te vinden, doch zyne inbeelding was hem wederspannig en hy bleef sprakeloos zitten.

« Alzoo » ging Artevelde voort « Mher Denys wil niet dat Vlaenderen met Frankryk spanne, en hy bekent desniettemin, dat wy gedwongen zyn ons voor een der beide koningen te verklaren, dewyl wy den oorlog niet vermyden kunnen. Kent Mher Denys misschien een middel om Vlaenderen te redden uit de verlegenheid, waerin het zich bevindt, dat hy spreke; ik zal de eerste zyn om hem, in name des vaderlands, voor die weldaed te danken. »

Vol schaemte en verkropte woede zat Denys daer op zynen stoel, zonder een antwoord te kunnen vinden. Gelukkiglyk voor hem, dat Ser Van Steenbeke hem redden kwam, door zelf het woord te nemen.

« Dit middel » zegde deze met driftigheid « is zoo verre niet te zoeken! Vlaenderen behoeft slechts te verklaren, dat het geen deel in den oorlog wil nemen en zyne onzydigheid behoudt. Zoo ten minste zal het getrouw blyven aen zyne eeden, en het zal de rampen ontvlugten die het bedreigen! »

« Het middel zou inderdaed goed zyn » antwoordde de Opperhoofdman « indien het slechts mogelyk ware.

Vergeet niet wat deze oorlog zyn zal. Hy kan niet aengevangen worden, dan met het beleg der fransche steden op onze grenzen. Twee ontzaggelyke legers zullen dus beurtelings onzen grond betreden en rooven en branden, tot verderf der inwooners van West-Vlaenderen en tot groote vernedering voor het gansche land. Dit kunnen wy niet laten geschieden; wy zouden diensvolgens onze grenzen te bewaken hebben; maer hoe? Zenden wy een klein leger, geen der beide koningen zal, uit ontzag voor deze wacht, den gang zyner krygsontwerpen laten verhinderen, en zich aen verlies of nederlaeg blootstellen; en onze mannen zullen al spoedig verplet worden. Zenden wy een grooter leger, zoo zal onze magt, eer de eerste week verloopen zy, reeds handgemeen geraekt zyn met een of ander der strydende legers, en zoo zullen wy, onvoorbereid en zonder zelven den keus onzer bondgenoten behouden te hebben, in den oorlog gewikkeld worden. — Ik roep het oordeel van alle hier tegenwoordig zynde ridders en goede lieden in; dat zy verklaren, of het volgens hun gevoel mogelyk is, dat Vlaenderen aen den oorlog ontsnappe, zoohaest de koning van Engeland onherroepelyk tot den stryd tegen Frankryk is besloten? »

Een algemeen ontkennend schudden met het hoofd bevestigde Artevelde's woorden. Hy zweeg eene wyl, als om de tegenstrevers des verbonds te laten spreken; doch geen antwoord uit hen bekomende, hernam hy:

« Genadige heeren en goede lieden, men heeft hier gezegd, dat Braband en Vlaenderen hunnen plegtig gezworen eed zouden verbreken indien zy iemand hulp verleenden tegen Frankryk; men heeft doen zien, wat ysselyke ramp naer ziel en lichaem, de ban der H. Kerk voor Vlaenderen zou kunnen worden, zoo dit vonnis eenen tyd lang op ons drukken moest. Ik beken dat deze hinderpalen uiterst gewigtig en misschien onoverstapbaer zouden zyn, indien ze bestonden; maer zy bestaen niet! »

Deze woorden verrasten zeer de leden der vergadering; zy stuerden hunnen vasteren blik met verwondering tot den Opperhoofdman en schenen eene nadere verklaring te eischen. Artevelde voldeed echter voor alsdan hunne nieuwsgierigheid niet; maer, zich tot den koning van Engeland keerende, sprak hy :

« Edele heer koning, ik bidde om oorlof, u in name myns vaderlands eenige plegtige vragen toe te sturen...... Vermits het my toegestaen wordt, vraeg ik aen u, Eduard van Engeland, in geval gy ooit uw geschonden regt, door de medehulp der vlaemsche steden, hersteld zaegt en koning van Frankryk wierdet, zoudt gy Vlaenderen alle zyne vryheden onverminderd en onbetwistbaer laten genieten? »

« Ik zou het doen en geef daerop myn ridderwoord » antwoordde Eduard.

« Zoudt gy Vlaenderen alle de steden en gewesten, die men het valschelyk heeft ontroofd, teruggeven : Ryssel, Douai en Orchies? »

« Ik heb het reeds veelmalen plegtiglyk beloofd » zegde de koning.

« En Terowaen en Doornik? » voegde Artevelde by zyne vorige vraeg [1].

---

[1] « Up de belofte die den coninck van Ingbelant hemlieden dede van eer yet lanck niet alleene die stede van Ryssele, Duay ende Orchy weder aen Vlaenderen tannexeren, maer daerenboven ooc die stede van Doornycke ende Teroaen. » *Cronycke van Despars*, tom. II, bladz. 333.

Deze nieuwe eisch verwonderde Eduard ten uiterste. Hy had met Artevelde reeds zoo vele onderhandelingen gehad, en meende op voorhand alles te weten wat de vlaemsche Gemeenten hem konden vragen. De toestand, waerin hy zich bevond, liet hem echter niet toe lang te dralen; hy antwoordde met eene ligte ontevredenheid:

« En ook Terowaen en Doornik? »

De Opperhoofdman wierp eenen haestigen blik op meester Augustyn, de stadsklerk van Gent, die by de tafel zat en schreef. Dan ging hy voort:

« Zoudt gy de pauselyke bulle van 1309 overleveren aen de Gemeente van Gent, benevens alle lastbrieven, schulderkentenissen, boetvonnissen en verbonden van allen aerd, welke Frankryk tegen ons bewaert, en waervan de Wethouders der steden, elk in het zyne, u de lyst overreiken zouden? [1] »

« Het schynt my regtveerdig en ik zou het doen! » zegde Eduard.

Zich dan tot de gezanten der steden keerende, sprak Artevelde aldus:

« Goede lieden van Braband en gezellen van Vlaenderen, herinnert u in dees plegtig oogenblik, wat de geschiedenis dezer laetste eeuwen ons leert. Frankryk is een magtig gewest, wiens talryk ridderschap gespysd wordt met de gedachte, dat op het slagveld alleen roem en eere te behalen is. Door dezen strydlust in de zeden zyner inwooners, is dit land onophoudelyk aengedreven tot den oorlog; zyne heerschzuchtige koningen yveren sedert honderde jaren om alle omringende volkeren aen

---

[1] Zie de oorkonde der beloften van Eduard III achter het derde deel dezes werks. Bewysstuk II.

hunnen staf of aen hunnen invloed te onderwerpen. De natuer heeft aen Frankryk, langs de dietsche landen, geene grenzen gegeven; daerom wil het zich onverpoosd naer het Noorden uitzetten; het heeft reeds een goed deel van Vlaenderen door kuipery en list overweldigd, en het vermeent, dat het wel eens Gent zelven in zyne magt krygen zal [1]. Eventwel, dáér ook heeft de natuer noch hooge bergen noch breede stroomen der fransche winzucht tot grenspalen gesteld...... Diensvolgens, na Vlaenderen volgt Braband; en, zoo immer verder zynen reuzenarm uitstrekkende, zou Frankryk in de toekomst misschien alle dietsche stammen onder zyn geweld doen bukken indien wy, nu het nog tyd is, geenen onwrikbaren muer oprigten tusschen ons vaderland en zyne zuidelyke naburen. Overweeg insgelyks, dat wy, afkomstig van het Noorden, eene andere tael spreken en andere zeden hebben dan de Franschen; dat wy in den koophandel en in de nyverheid onzen voorspoed vinden, terwyl onze strydzuchtige geburen hunnen roem alleenlyk in oorlog en in ridderkampen zoeken. Iedereen van ons gevoelt dat wy, duitsche stammen, slechts verliezen kunnen by een bondgenootschap met volkeren die van eenen geheel anderen bloede zyn en andere noodwendigheden dan wy te voldoen hebben. Wy worstelen ook sedert eeuwen tegen den verderfelyken invloed, die van ginder als een looden kleed op ons drukt. Welaen, het uer is daer om ons voor eeuwig van deze slaverny te verlossen en onze onafhankelykheid te herwinnen. Ik ben zeker dat het

[1] « L'on connait les efforts incessants, les violences, les ruses diplomatiques pour enclaver tout ou partie de la Flandre dans le royaume de France. » Edw. Le Glay. *Hist. des Comtes de Flandre*, tom. II, pag. 406.

noch in Braband noch in Vlaenderen aen helden ontbreken zal om het vaderlandsch werk te volvoeren. Meineedigheid moeten wy daertoe niet plegen; den ban hebben wy ook niet te vreezen; — want, wat zegt onze eed? Dat wy den koning van Frankryk getrouw zullen zyn?...... Maer ik bezweer u allen, zoo veel als gy hier zyt, antwoordt my, wie is de wettige koning van Frankryk? »

Aller oogen wendden zich tot den koning van Engeland.

« Voorwaer, gezellen » ging Artevelde voort « Philips van Valois is de wettige erfgenaem der fransche kroone niet; geen andere dan de edele koning Eduard heeft regt om op den staf van St.-Lodewyk aenspraek te maken. Gy erkent het altemael; geheel Vlaenderen, geheel Braband roept het luid. Ik vraeg u diensvolgens, indien wy getrouw willen blyven aen den eed, die ons verbindt den koning van Frankryk bystand te doen, met wien wy aenspannen moeten om niet meineedig te worden, met Philips van Valois of met koning Eduard? [1] »

« Met koning Eduard! Met koning Eduard! » riep de gansche vergadering, terwyl Engelands vorst de gezanten met een teeken der hand bedankte.

« Wat den ban betreft » hernam de Opperhoofdman « aen dit snoode wapen der fransche koningen ontsnappen wy door dezelfde wettelyke verklaring. De abten van Vlaenderen met den bisschop van Luik, hebben besloten een gezantschap tot den H. Vader te sturen,

[1] « Vu qu'ayans juré leur foy et loyauté au roy de France ils la tiendroyent lorsqu'ils obéiroyent à Édouard, roy de France et d'Angleterre. » *Hist. gén. des Roys de Fr.*, par BERNARD DE GIRARD, Paris 1615, pag. 650.

om hem, in name der dietsche Geestelykheid, te bewyzen dat, naer alle goddelyk en menschelyk regt, de verleende bulle wordt misbruikt, en Hem te smeeken dezelve te vernietigen [1]. In afwachting dat men eene beslissing des Pauses bekomen hebbe, zal men gedurende het beroep geene kerk in Vlaenderen sluiten, noch de heilige diensten onderbreken.............. Aen u, edele koning Eduard, de pligt, vóór vorsten en volkeren, te doen blyken dat gy waerlyk koning van Frankryk zyt : geene oorkonde ontvange voortaen uwen zegel, indien gy er niet als koning van Frankryk in genoemd zyt! Van morgen afaen blinke op uw schild de fransche Leliebloem, nevens den engelschen Luipaerd!...... en met eene enkele stem zullen alle dietsche landen u begroeten als Frankryk's eenige en wettige vorst! [2] »

Deze laetste woorden had Artevelde met meer kracht

---

[1] « Item meester Jan van Lovene die voer smaendages naer sinte Maerchs dagh te Brucghe waert, ome met dien van Brucghe, te elpen ordinerene een apeel (beroep) up de sententie. » *Stadsrekeningen van Gent*, anno 1339-40.

Het geldt hier waerlyk het tweede beroep tegen den ban, dewyl het eerste beroep in de stadsrekeningen op het jaer 1337-38, wordt aengehaeld.

[2] « Jacques d'Artevelle conseilla le roy anglais que de là en avant il s'intitulast Roy de France et d'Angleterre et qu'en ses enseignes et armoiries, seels et cachets il mit les armoiries écartellées de l'un et de l'autre royaume...... les fleurs de lys de France avecques le Léopard d'Angleterre. » *Hist. gén. des Roys de France*, par BERNARD DE GIRARD, Paris 1615, pag. 650.

La légende des Flamens, Paris 1548, fol. 48 verso, legt de volgende verzen in den mond des konings van Engeland :

        Rex sum regnorum bina ratione duorum
        Anglorum regno sum rex ego jure paterno
        Matris jure quidam Francorum nuncupor idem
        Hinc est armorum variatio facta meorum.

en geestdrift gesproken; ook had hy nauwelyks geëindigd, of de gansche vergadering, behalve Ser Van Steenbeke en Calevoet, stond op en riep juichend :

« Heil, heil Eduard, koning van Engeland en van Frankryk! »

De stem van Geeraert Denys hoorde men boven alle anderen uit. In de onmogelykheid om Artevelde in de uitvoering van zyn ontwerp te dwarsboomen, veinsde hy nu, volgens zyne vuige gewoonte, door zyne redenen overtuigd te zyn, en juichte heviger dan de anderen.

Van Steenbeke en Calevoet drukten integendeel hun misnoegen uit door onstuimige woorden en gebaren, doch men gaf daerop geene acht.

Na dat de koning en de hertog, benevens twee brabandsche ridders, nog het woord gevoerd hadden om de gezanten te bedanken, of te bevestigen wat er voorgedragen was, begonnen de afgeveerdigden der steden meer byzonderlyk te beraedslagen over de voorwaerden des verbonds en over de middelen om dezelve, ten spoedigste, door hunne wederhoorige steden te doen aenveerden. Men sloot eindelyk met de overeenkomst, dat binnen de twintig dagen, en wel op den 3en December aenstaende, eene nieuwe dagvaert te Gent zou worden beroepen om tot het teekenen van het verdrag van bondgenootschap over te gaen.

Op het oogenblik dat vele gezanten zich verwachtten op het heffen der vergadering, stond Artevelde nogmaels regt, en kondigde aen dat hy, in name der stad Gent, nog een voorstel van groot gewigt te doen had. Zoohaest iedereen hem aendacht leende, nam hy het woord in dezer voege :

« Genadige heer hertog en goede lieden der steden van

Braband en van Vlaenderen. Het is sedert vele jaren ons gemeen gevoel, dat er eene vaste samenspanning tusschen de dietsche landen moet worden tot stand gebragt, willen wy, kleine verbrokkelde Staten, eenige magt vinden tegen de grootere Ryken, welke ons aen alle kanten omringen en zelven door alle mogelyke poogingen naer eenslachtigheid en versmelting streven. De stad Gent heeft gedacht dat de tyd gekomen is, om tusschen alle dietsche landen, en zelfs tusschen alle gewesten die herwaerts de fransche grenzen gelegen zyn, eenen onverbrekelyken band te sluiten [1]; zy twyfelt niet aen de toestemming van Braband en Henegauwen; maer zy wil dat meer graefschappen en volkeren gedwongen worden in deze samenspanning te treden. Geweld tot dit einde te gebruiken, ware ondoelmatig en onregtveerdig. Het is door de belangen van handel en nyverheid, dat zy alle dietsche volkeren vermeent te zullen bewegen om het als eene gunste te aenzien in ons verbond te worden aenveerd. By het sluiten dezer vergadering, zal de meester klerk van Gent aen elk gezantschap een afschrift overreiken van het verdrag van gemeene verdediging en van vryen koophandel, dat wy u verzoeken aen de beraedslaging en goedkeuring uwer Gemeenten te onderwerpen. Om u echter op staenden voet een begrip van de gronden waerop het rust mede te deelen, ga ik my veroorloven, u hetzelve in het korte te ontleden...... Dit nieuw verbond zou eerst gesloten worden tusschen Vlaenderen en Braband, zoo nochtans dat elk ander hertogdom of

---

[1] « Artevelde marcha droit à son but qui était le maintien de l'indépendance de la Flandre, *la création d'une nation flamande.* » NOTHOMB. Voyez *Examen critique*, par A. VOISIN, pag. 52.

graefschap er zou kunnen worden in toegelaten, indien het de voorwaerden ervan bezweeren wil. Deze voorwaerden, breeder in ons geschreven voorstel uitgedrukt, zyn de volgende :

« De verbondene landen zullen nooit oorlog voeren noch vrede maken zonder wederzydsche toestemming.

« Wat verbonden land dat door den vyand aengevallen wordt, zal door de anderen aenzien worden als eigen vaderlandschen grond, en men zal het gezamentlyk verdedigen.

« Tusschen alle verbondene landen zal vryheid van koophandel zyn, en ieder der bondgenoten zal door het gansche bondgenootschap mogen gaen, keeren, handelen en vervoeren, mits betalende alleenlyk de tollen en regten waeraen de inboorlingen zelven onderworpen zyn.

« Door het gansche bondgenootschap zal eene zelfde onveranderlyke munt gangbaer zyn; deze muntstukken zullen langs de eene zyde het wapen van Braband en langs de andere het wapen van Vlaenderen voeren. Men zal ze slaen in de beide landen, te Leuven en te Gent, waer de Munten zyn. Te Leuven zullen dry vlaemsche keurders en te Gent dry brabandsche keurders den arbeid der munters bewaken.

« Er zal, uit alle goede steden des bondgenootschaps, een Bondraed worden samengesteld, die jaerlyks drymael zal vergaderen, beurtelings in verschillige landen en steden, volgens overeenkomst.

« Deze Bondraed zal in laetst beroep beslissen over alle twisten en geschillen, welke aengaende de uitvoering van het verdrag zouden kunnen ontstaen.

« Dit verdrag zal bezworen worden door Vorsten,

Ridders en Gemeenten, wederzydsch : dat is te zeggen : Braband zal den eed· der vlaemsche Gemeenten gaen ontvangen en onze afgeveerdigden zullen in Braband, van stad tot stad, hetzelfde doen; voor de andere bondgenoten insgelyks, volgens deze wyze [1].

« Dit zyn, genadige heeren en goede lieden, de gronden waerop het voorstel van Gent berust. Gy zult beseffen, wy hopen het, dat de koophandel en de nyverheid, door zulk bondgenootschap, onmiddelyk eenen ongemeenen trap van bloei en van leven bereiken zouden; — dat de dietsche landen, in zulke innige samenspanning, eene ontzaggelyke magt zouden vinden, en dat overigens dit verbond bestemd is om alle naburige graefschappen als een middenpunt onweêrstaenbaer in zynen schoot te trekken, vermits geen der gewesten, die herwaerts Frankryk gelegen zyn, met de handelmagt der bondgenoten zou kunnen blyven worstelen, zonder eerlang tot de uiterste armoede en zwakheid te vervallen. De Gemeente van Gent verhoopt aldus, dat by dit middel een enkel bondgenootschap zal ontstaen tusschen alle Landen zoo verre de dietsche tale strekt! Zy verzoekt u, het afschrift, dat u straks zal gegeven worden, in uwe Gemeenten ter beraedslaging te brengen, en verwacht u op de aenstaende dagvaert, met de verzekering dat gy haer uwe eenparige toestemming zult brengen, tot het oprigten van een reuzengebouw, dat alleen ons tegen de fransche winzucht beschutten kan! »

Gedurende de uitlegging van Artevelde hadden de gezanten met eene klimmende bewondering geluisterd.

---

[1] Zie de oorspronkelyke text dezes verbonds, achter het derde deel onzes werks. Bewysstuk III.

Naer mate hy voor hun oog zyne grootsche uitzigten ontrolde, verstomden zy over de gewigtigheid van hetgene hy zegde en over de onbegrypelyk schoone toekomst, welke zulk ontwerp onfeilbaer der dietsche landen voorbereidde. Even had hy opgehouden van spreken, als gezanten en ridders, niet kunnende weêrstaen aen hunnen geestdrift, te gelyk opstonden, ten teeken van goedkeuring de handen boven het hoofd hieven en juichend riepen:

« Heil Gent! Heil Gent! Heil den Wyzen Man! »

De koning van Engeland en de hertog van Braband daelden met vele ridders van hun gestoelte om den Opperhoofdman te bedanken en geluk te wenschen. Eduard drukte hem vriendelyk de hand, en sprak met luider stemme zyne bewondering uit over den beroemden gentschen burger. Na elkander nogmaels op de dagvaert te Gent beroepen te hebben, verlieten de Vorsten de zael langs de binnendeur, terwyl de afgeveerdigden langs de voorpoort uit het paleis vertrokken. Aen de balie, op Coudenberg, bleven deze laetsten nog langen tyd onder elkander over de hangende zaken spreken, waerna eindelyk ieder de straet insloeg welke hem na zyne herberg moest geleiden.

Van Steenbeke en Calevoet verkropten hunne spyt in stilte, zonder nochtans hunne ontevredenheid eenigzins te verbergen. Hun gelaet liet genoeg blyken dat zy woedend waren over hetgeen er geschied was.

Denys integendeel lachtte met de anderen en beweerde dat hy door de bewyzen van Artevelde gansch van gedacht was veranderd, en zich over den uitslag dezer dagvaert verheugde. Eventwel, iemand die acht gegeven hadde op de schuinsche vuersprankel die somtyds ter zyde zyn oog ontschoot, zou gewis gezien hebben dat het hart des

Overdekens opgezwollen was van haet en wraekzucht, en dat hy Artevelde wel met de schicht van zynen nydigen blik zou hebben willen dooden indien het mogelyk ware geweest.

Toen de gentsche gezanten den *Rooden Draek* binnen traden vonden zy Lieven Denys, met gloeijenden blik en geslotene tanden, by het venster in de voorzael zitten; zigtbaer ontstelde hem eene hevige gramschap, en ieder verwonderde zich over de ongewoone uitdrukking, welke nu het jeugdig gelaet des jongelings als verkrampte. Veerle Van Artevelde zat met de andere Vrouwen in de nevenkamer en had geweend dat hare oogen er nog rood van waren. — Ghelnoot van Lens had het gezelschap onderwege verlaten om, zoo hy voorgaf, eenen ouden vriend te gaen bezoeken, en was nog niet terug.

By zyne intrede sloeg Geeraert Denys eenen vlugtigen blik op zynen zoon en trok hem ter zyde, om uit hem de oorzaek zyner woede te vernemen; doch, hoe hy hem ook praemde, hy kon voor alsdan geen enkel verklarend woord uit Lieven bekomen. De Vrouwen wisten insgelyks niet wat er geschied was en hielden even vruchteloos by Veerle op eene veropenbaring aen.

Het geheim der woede van Lieven, der tranen van Veerle en der afwezigheid van Ghelnoot hield het gansche gezelschap eene wyl bezig, tot dat de weerdinne elkeen uitnoodigde om zich by den disch te zetten.

Artevelde alleen grimlachtte by het gezigt der verstoordheid tusschen de beide jonge lieden, en waende dat het slechts een dier wolkjes was, die zoo dikwyls door den hemel der gelieven dryven, doch nog spoediger verdwynen dan zy ontstaen.

VIII.

In gevolge van het woord, te Brussel gegeven, bevonden de afgezanten der vlaemsche en brabandsche steden zich zonder uitzondering, op den 3en December 1339, te Gent, ter dagvaert. Daer werd, met eene wonderlyke eenstemmigheid, het dubbel verbond van gemeene verdediging en van handelvryheid tusschen Braband en Vlaenderen, in name der Vorsten en Gemeenten, aenveerd en bezegeld [1]: Eduard, als wettige Koning van Frankryk, riep men tot beschermheer der verbondene landen uit. Weinig tyds daerna trad het graefschap Henegauwen insgelyks

---

[1] Zie dit verbond achter het derde deel. Bewysstuk III.

in het bondgenootschap [1]. Men zond, in alle Gemeenten der verbondene landen, gelastigden om de wederzydsche eeden van getrouwheid te ontvangen; zelfs vertrokken er eenige Schepenen van Gent over zee om in Engeland het verbond te doen bezweeren [2]. De bondmunt ving men aen te Leuven en te Gent te slaen [3].

Artevelde zag aldus zyne gewigtige ontwerpen reeds grootendeels verwezentlykt, en hy twyfelde niet, of het

---

[1] De Graef van Henegauwen, Willem IV, was ter zelfder tyd Graef van Holland, van Zeeland en van Vriesland. Het DIETSCHE VERBOND was diensvolgens reeds grootendeels verwezentlykt.

In de *Brabandsche Yeesten*, uitgegeven door J. F. WILLEMS, vindt men, op bladz. 562, tom. I, de volgende verzen.

« Dese Jacob bracht daer toe
Dat verbonden worden doe
Eduaert, coninc van Engelant,
Ende Vlaendren ende Brabant
Ende die grave van Hollant mede,
Met consent van elker stede. »

[2] « Item Scepenen Jan de Bake, enz...... die voeren satdaghes naer sente Niclausdagh, met hertoghen lieden van Brabant, alomme in 't lant van Vlaenderen en int lant van Brabant, ome den eed van de alianche te doen doene en t' ontfane, in beede de lande. »

« Item Scepenen Gillis Rinvisch, enz...... die voeren sondaghes na Paschdag met den grave van Enegauwe te Brucghe en t' Ypere, daer hy sine eed dede met dien van Brucghe en van Ypere ende de goede lieden hem weder. »

« Item Scepenen Jan de Bake, enz...... die voeren 's donredags naer sente Machariusdagh in Enegauwe, ome den eed van den goeden lieden daer, van den verbinde, t' ontfane, ghelyc dat hy in Vlaenderen ghedaen was. » *Stadsrekeningen van Gent*, anno 1339-40.

[3] « Et ensuite de ceste confédération le Duc fit forger certaine monnoye, en laquelle d'un costé y avoit les armes de Brabant avec ceste inscription *Joannes Dux Brabantiæ* et de l'autre costé *Gandavum*, comme aussi fit le comte, avec les inscriptions *Luduicus Comes Flandriæ* et *Lovanium*. » BUTKENS, *Trophées du Brab.*, 1724, p. 428.

vaderlandsch verbond zou mettertyd alle dietsche volksstammen tot eene enkele' magtige natie samentrekken. Gansch verslonden door de grootschheid zyner uitzigten, leende hy slechts weinig aendacht op de lage afgunst, die, door den vuigsten laster, alle zyne daden ten zynen nadeele poogde uit te leggen, en allengskens vele onnoozele menschen tot vyandschap tegen hem verleidde. Wel bedroefde hem somtyds deze aenvechting, wanneer de eerroovery hare slagtoffers tot in zyn deugdzaem huisgezin poogde te vinden; doch hy troostte zich even spoedig by de inspraek van zyn geweten, en hem bleef welhaest geen ander gevoel meer over, dan onverschilligheid of mispryzen voor de geheime aenslagen zyner benyders of der vyanden van Vlaenderens grootheid.

Gewis, indien zyn edelmoedig hart hem niet belet hadde, zich zorgelyk bezig te houden met zaken welke hem persoonlyk betroffen, zou hy, zonder veel moeite, de bronnen hebben kunnen ontdekken, waeruit de vuige lastertael vloeide, die men zoo bedektelyk tegen hem verspreidde; maer, omtrent dien tyd zyns levens bovenal, kon hy over geen enkel uer tot zyn eigen belang beschikken. — Een lange en beslissende oorlog, waeraen Vlaenderen het grootste deel nemen moest, was aenstaende en onvermydelyk; vermits de beide koningen zich haestten, nog altyd nieuwe bondgenoten aen te winnen en met de uiterste inspanning van krachten zich tot den veldtogt bereid maekten.

Eindelyk verscheen de koning van Frankryk met een magtig leger op de vlaemsche grenzen en verspreidde er alom moord en brand, terwyl zyne vloot voor Sluis eene landing dreigde te doen.

In allerhaest vergaderde Artevelde de gewapende

burgers der groote vlaemsche steden en dreef het fransche leger achteruit. — De engelsche en vlaemsche schepen vernietigden intusschen de fransche vloot [1].

Vlaenderen verlatende, viel de koning van Frankryk in Henegauwen, waer zyn leger dezelfde verwoestingen aenregtte. Van hier was hy zoo ligtelyk niet te verdryven, dewyl de sterke stad Doornik eene aenzienlyke fransche bezetting in had en de Franschen een vast en byna onverwinnelyk steunpunt voor hunne krygsverrigtingen aenbood.

De Graef van Henegauwen, zich op het verbond beroepende, eischte de hulp van Vlaenderen, van Braband en van Engeland; maer deze beide laetste bondgenoten schenen niet zeer tot den oorlog in het henegauwsche genegen, om reden dat hun gansch krygsontwerp daerdoor ten hunnen nadeele moest worden veranderd. Eene dagvaert werd te Valencyn beroepen; Artevelde, vreezende dat eene weigering van hulp aen den Graef van Henegauwen, het verbond den doodslag mogt toebrengen, bewees er met zoo veel welsprekendheid, dat geene beweegreden, welke zy ook ware, de bondgenoten kon ontslagen van de vervulling hunner eeden, dat men eenpariglyk besloot tegen den koning van Frankryk op te trekken en den krygstogt met het beleg van Doornik te beginnen [2].

[1] « Les deux amiraux français périrent, tous leurs vaisseaux furent pris ou coulés à fond et la perte de leur côté fut estimée à trente mille hommes. » SISMONDE DE SISMONDI, édit. de Brux., tom. VI, pag. 396.

[2]   « Ende (de Vlamingen) vermaenden van Brabant
    Den hertoghe dat hi quame
    Ende hem der dinghen ane name
    Ende hilde syn verbont
    Daer ic u te voren af dede cont. »
        Brabantsche Yeesten, tom. I, pag. 565.

Onmiddelyk na deze beslissing werden er bevelen naer alle steden gezonden om de wapenlieden op de grenzen te doen vergaderen. — De hertog van Braband verscheen er met zyne ridders en gewapende burgers; de graef van Henegauwen kwam er insgelyks aen het hoofd zyner mannen; de engelsche hulpbenden waren er reeds sedert weken en stonden onder het bevel van eenen overgeloopen Franschman, met name Robert d'Artois. Wat de vlaemsche Gemeenten betreft, zy zonden de grootste magt in het bondleger : Artevelde sloeg zich met veertig duizend mannen van Gent, Waesland, Aelst, Kortryk en Audenaerde voor de muren van Doornik neder [1], terwyl de overige Vlamingen, ten getalle van twintig duizend, onder andere Hoofdmannen, zich voor de stad Atrecht legerden, om Vlaenderen langs dien kant voor eenen inval te beschutten [2].

Zoohaest alles tot de belegering in gereedheid was en de bondgenoten de stad Doornik gansch omsloten hadden, begonnen de Vlamingen, onder beleid van Artevelde, tegen de vestingen der sterkte storm te loopen; eventwel, hoe dikwyls zy ook, dagen en weken na elkander, met hernieuwden moed derzelver muren poogden te beklimmen, het gelukte hun niet, de byna onverwinnelyke stad meester te worden. De slechte uitval hunner poogingen sproot grootendeels voort uit de tegenwoordigheid van een ontzaggelyk fransch leger in de

---

[1] « Et tout aussitost elle (la ville de Tournay) fut investie par une armée de six vingt mille combattans, dont Artevelde seul en avoit amené quarante mille, ramassez des artisans des bonnes villes. » *Hist. de Cambray et du Cambrésis*, par JEAN LE CARPENTIER, Leyde 1664, pag. 109.

[2] *Cronycke van Despars*, tom. II, pag. 349.

nabyheid der belegerde vesting. Daer Philips van Valois voortdurend eenen veldslag bleef weigeren en zich vergenoegde, met de bondgenoten door onophoudende schermutselingen te verontrusten, zagen dezen zich immer verpligt een aenzienlyk gedeelte hunner magt buiten de stormlooping slagveerdig te houden. — De koning van Frankryk vervolgen en hem tot eenen beslissenden stryd dwingen, daeraen mogt men insgelyks niet denken; vermits men alsdan de bezetting van Doornik achter zich laten zou en met eenen aenval langs achter bedreigd bleef.

Zoo duerde dit beleg tien lange weken met stormloopen en gevechten voort, zonder eenigen anderen uitslag dan het verhongeren der doorniksche bezetting en het afmatten der legers. De koning van Engeland, geen geld meer hebbende om zyne benden te betalen, werd eindelyk den oorlog moede, zoo wel als de koning van Frankryk, wiens leger niet alleen aen geldgebrek leed, maer daerenboven geene levensmiddelen, noch voor menschen noch voor peerden, in de omliggende streken meer vinden kon.

Doornik, tot het uiterste punt van nood gevoerd, verdreef eerst vrouwen, kinderen en ouderlingen uit zyne muren in het veld; door dit middel echter nog niet verligt, zond de bezetting eindelyk eenen bode tot den koning om hem haren nood te klagen, hulp te verzoeken en de vrees uit te drukken, dat zy zich eerlang tot eene overgaef der stad zou gedwongen zien. Daer de koning geenen veldslag wagen durfde, geraekte hy in eene groote verlegenheid en wist niet wat besluiten, toen zyne zuster Johanna, oudgravinne van Henegauwen en abdisse van Fontanelle, hem hare hulpe kwam bieden.

Deze edelvrouw reisde naer Gent by de koninginne Philippina van Engeland, hare dochter, en gelukte er in, haer tot vredelievende gedachten over te halen. Philippina zond eenen bode aen haren echtgenoot Eduard, om hem het aenveerden van een wapenbestand aen te raden. Ondertusschen keerde de abdisse Johanna weder naer het leger, bezocht er beurtelings alle de invloedhebbende ridders, en wist de verbondene koningen en graven, met zoo veel welsprekendheid, in hare gedachten te doen deelen, dat zy eindelyk toestemden, alle vyandlykheid op te schorsen, en eene byeenkomst belegden tot het opstellen van een verdrag voor een bestand van één jaer [1].

Alle deze voorafgaendelyke onderhandelingen waren geschied zonder tusschenkomst der vlaemsche Gemeenten; men had Artevelde ervan verwyderd gehouden, onder voorwendsel dat, op eene vorstenvergadering als deze zyn moest, de graef Lodewyk in name' van zyn graefschap handelen zou. Dit was echter de ware oorzaek niet: de fransche koning, benevens zyne bondgenoten en ridders, gevoelden eenen onverwinnelyken afkeer, om op gelyken voet met eenen burger te handelen en misschien den invloed zyner welsprekendheid en zyns vernufts te moeten ondergaen; de koning van

---

[1] « Adont vint madame Jehanne, mère du comte Guillaume du Hainaut, laquelle estoit nonne à Fontenelle auprès de Valenchiennes, et si estoit suer du roy Philippe de France et se tray vers le Roy son frère...... et fyt tant par aller et venir en parlementant' aux Seigneurs que trèves furent prises pour l'espasse d'ung an enthier. » *Hist. de Jehan Berthier, Valenchiennois*, aengehaeld in CHOTIN, *Histoire de Tournay*, tom. I, pag. 302.

« Zo zont hy endelinghe...... zyn zustere, wesende jeghenwoordigh abdesse van Fontanelle, te Ghendt waert by der coninghinne Philippine van Inghelant, hare dochtere..... » DESPARS, tom. II, 356.

Engeland, integendeel, vreesde met redenen, dat Artevelde tot geenen wapenstilstand zou over te halen zyn, indien men hem niet eene gansche reeks herstellingen ten voordeele van Vlaenderen toestond; en, daer hy voorzag dat Philips van Valois in de eischen des Opperhoofdmans waerschynlyk niet zou willen toestemmen, leende Eduard, ofschoon onwillig, de hand aen de kuiperyen der fransche raedsheeren om de Vlamingen en Artevelde met list voorby te geraken.

Artevelde had reeds meermalen den koning van Engeland aen zyne beloften herinnerd en hem onder het oog gelegd, dat hy voor het toekomende zyne zaek in groot gevaer brengen zou, indien hy de belangen der Vlamingen, by het sluiten van het bestand, verwaerloosde. Hy bewees hem, dat de tegenwoordigheid des Graefs in de vergadering, als woordvoerder voor Vlaenderen, slechts een list van Frankryk was om aen de regtmatige eischen der Gemeenten te ontsnappen, en vertoonde hem welke verantwoordelykheid hy op zich laden zou indien, door zyn toedoen, het regt zyner bondgenoten op eene hoonende wyze werd over het hoofd gezien. Eventwel, hoedanig de indruk van Artevelde's woorden op het gemoed van Eduard mogt zyn, nog grooter was op hem de invloed der abdisse van Fontanelle, die onophoudend werkzaem was om koningen en graven tot den vrede te doen besluiten, en reeds in elk vorstelyk leger de meeste ridders tot haer gevoelen had overgehaeld. Daerenboven, het was den koning van Engeland volstrekt onmogelyk, dezen krygstogt langer voort te zetten; hy zag zich diensvolgens gedwongen, kost wat kost, eenen stilstand van wapenen te aenveerden, om tyd te winnen en in Engeland nieuwe middelen te gaen verzamelen.

Overigens beloofde hy de eischen van Vlaenderen voor de Vorsten te verdedigen en, zoo goed mogelyk, de verbindtenis na te komen, welke hy te Brussel en te Gent jegens de Gemeenten had aengegaen. Zelfs beroemde hy zich, niet tot dien dag gewacht te hebben om zyn woord gestand te doen, alzoo hy reeds met den koning van Frankryk over de klagten der Vlamingen gehandeld had; maer dat in deze zaek nog niets was beslist geworden, omdat Philips van Valois met haest alle verbindtenissen, schuldbrieven en oorkonden, welke het fransche Hof ten laste van Vlaenderen bezat, van Parys ontboden had, om derzelver wettigheid en onbetwistbare kracht in de vergadering der raedsheeren te doen bepleiten en bewyzen.

De Opperhoofdman bemerkte wel, aen de zwakheid der verzekeringen hem door Eduard gegeven, dat hy niet met de noodige sterkmoedigheid ten voordeele van Vlaenderen aendringen zou, en de Vlamingen zich diensvolgens gereed te houden hadden om, indien het noodig ware, 's lands gekrenkt regt te doen gelden of te wreken.

Sedert dat Artevelde, uit den mond des konings van Engeland, vernomen had dat alle oorkonden, ten laste van Vlaenderen bestaende, uit Parys naer Doornik zouden gebragt worden, had hy niet meer over de uitsluitende samenstelling der aenstaende vergadering geklaegd, en hield zich alsof hy den uitslag der beraedslagingen met vertrouwen of met onverschilligheid te gemoet zag.

Een enkel gedacht vervulde zynen geest: de verbindtenissen, welke opvolgend aen de vlaemsche Graven, in de kerkers van den Loever of elders, door den snoodsten list, gedurende dry honderd jaren, waren ontrukt geworden, — die eeuwenheugende ketenen, waermede Frankryk het graefschap Vlaenderen als eene slave vastgekluisterd hield en zyne ontwikkeling belemmerde, — die verderfelyke vruchten van een duivelsch stelsel, gingen dáér, op eenige boogscheuten van het vlaemsche leger, verzameld worden : men ging ze nogmaels gebruiken om Vlaenderens regt te verkrachten!

Het waren wel zonderlinge gepeinsen, die, dag en nacht, in het hoofd des Wyzen Mans ontstonden; dikwyls verscheen, in de eenzaemheid, een zegevierende lach op zyn aengezigt terwyl hy het hoofd met fierheid in de hoogte hief. Was hy dan, in den geest, worstelende tegen den vyand zyns vaderlands? Verbeeldde hy zich misschien in zyne heldendroomen, dat hy de overwinnende hand aen de snoode verbindtenissen sloeg en ze verscheurde in tegenwoordigheid des franschen konings zelven? Hoe het zy, zoohaest hy van eenen brabandschen raedsheer vernam, dat de oorkonden inderdaed, gedurende den nacht, uit Parys waren aengekomen, riep hy de vier Schepenen van Gent, die met hem in het leger waren en zynen krygsraed uitmaekten, in zyne tente te samen, en bleef meer dan dry achtervolgende uren met hen in beraedslaging over zekere geheime ontwerpen. Wat in deze zitting behandeld of besloten was, werd noch aen de hoofdmannen noch aen de dekens kenbaer gemaekt; en welke moeite sommigen ook aenwendden om iets ervan te ontdekken, hunne poogingen bleven vruchteloos.

Het geheim houden van zulke belangryke zaek wekte de aendacht van Artevelde's vyanden op. In de verwachting, dat de regten van Vlaenderen hier zouden miskend worden, begonnen zy Artevelde eerst van onvoorzigtigheid en zwakheid te beschuldigen; dan strooiden zy onder het leger de verdenking rond, dat de Opperhoofdman zich door de vleijeryen van Eduard, misschien door het geld van Philips van Valois, kon hebben laten verleiden om in de krenking van Vlaenderens regten toe te stemmen. Zelfs waren er eenigen, die beweerden uit engelsche ridders gehoord te hebben, dat Artevelde tot pligtvergetelheid zou overgehaeld zyn geweest, door de belofte dat de koningin van Engeland het kind dat hem ging verleend worden, in Gent ten doop leiden zou. Ofschoon men reeds sedert dry maenden wist, dat Engelands koninginne meter van Artevelde's kind zou zyn [1], die blykbare ongegrondheid weêrhield de lasteraers niet. Daer zy overtuigd waren, den val des grooten Burgers nu nog niet te mogen verhopen, was het hun genoeg, allerlei valsche geruchten te verspreiden om allengskens eenen kwaden roep tegen hem te doen ontstaen, en, indien het mogelyk ware, zyn leven te vergallen. Met hem de nadeelige wending der onderhandelingen over het bestand, als eene misdaed, op den hals te leggen, bereidden zy bedektelyk hun spel, om hem onder eene ondragelyke verantwoordelykheid te doen bukken, indien het inderdaed geschiedde dat de Vlamingen van voor Doornik met schade en schande huiswaerts moesten keeren.

Niettegenstaende dat het leger een blind vertrouwen in den Opperhoofdman stelde, en men niet op voorhand weten kon, welke de uitslag der byeenkomst voor Vlaenderen zou zyn, verwekte de trotsche houding en het slinksch gedrag der vorsten en ridderen toch eene zekere gisting onder de Vlamingen, en ieder wachtte, met

---

[1] Zie *Naemlyst der doorluchtige Gentenaren* in VAERNEWYK, laetste uitgave, op het art. *Philippe Van Artevelde.*

mistrouwen en met verstoord gemoed, op den dag dat men het bestand van wapenen sluiten zou.

Den 25en September 1340, vergaderden de zaekgelastigden der koningen van Frankryk en van Engeland benevens een aenzienlyk getal hertogen, graven en ridders, in de kapelle van Eplechin by Doornik, en openden er de beraedslagingen over het bestand [1].

Reeds waren er twee dagen verloopen, en nog was men het niet eens geraekt over de voorwaerden van het verdrag; zelfs begon de hoop op den gewenschten uitslag onder de Vorsten zigtbaer te verminderen. Deze vertraging sproot hoofdzakelyk daeruit voort, dat de koning van Engeland, in gevolge zyner beloften, de Vlamingen wilde ontlast zien van het grootst gedeelte der verpligtingen, welke Frankryk tegen dit Land gewoon was te doen gelden; maer de raedsheeren van Philips van Valois hadden de schuldbrieven en bullen, ten laste van Vlaenderen, nevens hen in eene yzeren kiste liggen, en toonden telkens de eene of andere oorkonde met den zegel der Graven bekrachtigd; zoo dat er, in tegenwoordigheid der vooringenomene ridders, weinig tegen de geldigheid der ingeroepene verpligtingen te zeggen viel; des te meer, daer het hier, voor Eduard van Engeland, de plaets niet was om de fransche koningen van bedrog of verrassing te beschuldigen. Hieruit volgde eene zekere ontevredenheid van wege Eduard; deze vorst, zich in de onmogelykheid ziende om voor de Vlamingen eenig voordeel te winnen, twistte met onverwinnelyke standvastigheid over eischen welke hem meer persoonlyk betroffen, en beweerde dat Philips van Valois hem de

---

[1] Chotin, *Histoire de Tournay*, tom. I, pag. 302.

landschappen van Gasconje en Aquitanje in Frankryk moest afstaen, tot dat een beslissende vrede over de hangende geschillen uitspraek dede. Zoo verliep de tweede dag, zonder dat men eenen enkelen stap tot het sluiten van het bestand gevoorderd ware; en de vergadering scheidde uit malkaêr met ongunstige voorgevoelens over den uitslag dezer onderhandelingen.

In den morgen van den derden dag, eenigen tyd voor dat men op nieuw in de kapelle van Eplechin vergaderen zou, begaf de abdisse Johanna, met twee andere edelvrouwen en eenige fransche ridders, zich naer de tente van koning Eduard [1]. Alhoewel de Vorst op dit oogenblik over het verdrag in samenspraek was met den koning van Bohemen, den Coadjutor van Luik en den graef van Savoyen, onthaelde hy de Edelvrouwen met alle heuschheid en sprak, vriendelyk lachende :

« Dank God, deze dag belooft geluk! Wat verschaft my de aengename verrassing van uw bezoek Edelvrouwen? Gelieft hier nevens my plaets te nemen, opdat ik de welsprekende abdisse van Fontanelle, de zoete middelaerster, goed moge hooren. Waerschynelyk alweder over het bestand? Brengt gy my eindelyk de tyding, dat Philips van Valois, uw broeder, wat inschikkelyker geworden is? »

« Heer koning » antwoordde de abdisse op half treurigen toon « ik waeg by u eene laetste pooging om groote onheilen te voorkomen, indien het mogelyk is. Ik vraeg

---

[1] « Elle vint tour à tour se jeter aux pieds de son frère, le roi Philippe, et de son gendre, le roi Édouard. » LE GLAY, tom. II, p. 433.

het u, Sire, waertoe kan deze kostspelige oorlog geleiden? Voorwaer, of er van wederzyde al eenige grenssteden ingenomen en herwonnen wierden, zou dit tusschen u en mynen edelen broeder beslissen? In het geheel niet : het ware, op zulken voet, een stryd zonder einde. Iedereen erkent het, zelfs de hertog van Braband en de graef van Henegauwen, uwe bondgenoten, hebben my verzekerd, dat zy verlangen met hunne benden huiswaerts te keeren. Waerom dan, ô koning, dien het gansche ridderschap den eernaem van edele Eduard geeft, zoudt gy, om ligte redenen, het nutteloos bloedvergieten doen voortduren? Ik bezweer u, laet een gevoel der zachtmoedigheid uw hart vervullen......... aenveerd het bestand! »

« Ach, Sire » voegde de gravinne van Bloys by deze bede « gedenk der koninginne Philippina, uwe doorluchtige echtgenote, die hare beminde stemme by de onze voegt en u tot vrede praemt! Zy ziet uwe terugkomst met zulke blyde hoop te gemoet! Misschien zit zy op dit oogenblik in hare bidkamer, met hare vorstelyke kinderen God smeekende om een einde aen dezen ongelukkigen oorlog te zien! »

« Ik bedank u, Edelvrouwen » zegde Eduard op lossen minzamen toon « dat gy u myner echtgenote en kinderen zoo deelnemend herinnert, en ik doe hulde aen de lofbare gevoelens der Vrouw abdisse; maer my dunkt dat haer verzoek veeleer tot haren broeder Philips zou dienen te worden gerigt. Immers, gedurende deze onderhandeling, heb ik toegestemd over de grootste belangen heen te zien, terwyl hy geene enkele myner vragen heeft ingewilligd. »

« Hy staet u Gasconje en Aquitanje af, edel koning » viel Johanna hem in de rede,

« Het is niet van de eischen die my, als wettige erfgenaem der kroon van Frankryk betreffen, dat ik hier spreke » hernam Eduard « ik verlangde zeer, dat men de Vlamingen mede in het bestand begrepe en hun eenige voordeelen toestonde. Niets ware toch regtveerdiger; vermits ieder vorst voor zyne belangen pleit en uit het bestand zyn nut zoekt te trekken, begryp ik niet waerom men deze goede lieden alleen eruit sluiten zou! Uw broeder handelt voorwaer niet wel, met zulken onverwinnelyken haet voor de Vlamingen te toonen. Zelfs aen de onbeduidendste eischen weigert hy te voldoen : het schynt by hem een onveranderlyk besluit, myne bondgenoten te misnoegen en te vernederen. Hoe zeer ik ook naer het bestand trachte, myn ridderlyk gemoed staet met kracht tegen zulke onregtveerdigheid op. Indien uw broeder de Vlamingen geene genoegzame herstellingen verleent, zal ik, tot myne groote droefheid, de onderhandelingen moeten afbreken en den oorlog voortzetten. »

« Ô, Heer koning » antwoordde de abdisse « beschuldig mynen broeder noch van haet noch van baetzucht in deze zaek. Zonder twyfel, het is, by het fransche Hof, sedert lang een vast besluit, aen alle de eischen der Vlamingen te wederstaen; maer, als ridder, moest gy mynen broeder Philips daervoor dankbaer zyn, en dit gedrag in hem loven, als een teeken dat koninklyk bloed in volle zuiverheid door zyne aderen stroomt. »

« Alzoo, Vrouw abdisse, moet men zulke goede lieden als de Vlamingen toch zyn, vernederen en vervolgen om van edel gemoed te worden geacht? Het is de eerste mael niet dat ik zulks hoore; doch op myn woord, ik begryp de redenen daervan in geenen deele. »

« Maer, heer koning » zegde de abdisse « is het aen

uwe opmerking dan ontsnapt, dat alle adelyk bloed in het westelyk Europa met eenen onvermydelyken ondergang bedreigd is, indien men de dorpere lieden der Gemeenten niet ten onderen houdt? »

« Men kon dit vreezen, inderdaed, toen over twintig jaer het volk hier tegen de Edelen gewapenderhand opstond; maer het was eene koorts, Vrouw abdisse. Nu toch is men van deze dwaling teruggekeerd, en men doet beter er niet meer aen te denken. Daerenboven, het is my nog niet bewezen dat de burgers alleen de schuld van dezen bloedigen twist dragen moeten. In Engeland zyn insgelyks magtige en vrye Gemeenten. Welnu, myne ridders beschermen ze, instede van te doen gelyk de fransche Edelen, die in elk burger eenen geboren vyand wanen te zien. Hier, in Vlaenderen, handelen de meeste edele geslachten gelykerwyze; zy staen aen het hoofd der Gemeenten, en varen verduldiglyk met den stroom der tyden, gelyk het vooruitziende mannen behoort. »

De abdisse sloeg de handen met diepe neérslagtigheid te samen en zuchtte :

« Eilaes, tot in het hart der koningen is het zaed der verderfelyke gedachten gestort! Welke verblindheid, edele Vorst, doet u, in deze worsteling der onderdanen tegen hunne wettige Heeren, eenen natuerlyken gang der tyden zien? Neen, het is een stryd, die niet ophouden zal dan met de verdelging van een der beide kampers. Keer terug in uwe herinnering : zie, wat het volk eertyds was en wat het nu is, zoo zult gy ligtelyk kunnen voorzeggen, wat het door onze onbezonne toegevingen worden moet. Toen de eerste Gemeenten in Vlaenderen door de zwakheid der Graven ontstonden, waren zy slechts ootmoedige samenspanningen, die altyd gereed bleven om den wil der Vorsten en Leenheeren te gehoorzamen; allengskens verkregen zy vryheden, regten en rykdommen; zy bouwden ontzaggelyke waektorens, zy omringden hunne steden met wallen, zy weigerden de gehoorzaemheid aen hunne Vorsten, vernederden alle adelyk bloed, maekten zich onafhankelyk en stonden dan, ten einde, gewapenderhand op tegen diegenen, welke door Gods beschikking geboren zyn om over de dorpere menigte te gebieden. Tellen wy zelfs hier, in dezen veldtogt, niet zestig duizend burgers, die oorlog voeren tegen den wil van hunnen Vorst? Zien wy in Vlaenderen niet, dat schoenmakers en lakenwevers in den raed der steden zitten nevens de afstammelingen der edelste geslachten? Ja, dat een onedel koopman zyne bevelen geeft aen ridders en knapen? De worsteling is geëindigd, denkt gy, heer Koning? Erg genoeg zou het zyn, zoo het adelyk bloed voor eeuwig tot zulke vernedering veroordeeld ware; maer zelfs daerby kan het niet blyven. Wanneer een rotsgedeelte met geweld van eene hoogte komt afgerold, wie mag dan met redenen zeggen, dat het te midden zyner baen zal blyven stilstaen, — ten zy het onderwege door een toereikend beletsel in zyne vaert worde teruggehouden? Ah, heer Koning, ik herhael het u met onwrikbare overtuiging, de stryd tusschen edel en onedel is een stryd om leven en dood. Indien wy niet al te samen onze krachten vereenigen om dit immer grooter wordend gedrocht vlerken en klauwen te korten, voor dat het zyne volle magt hebbe bekomen, zullen wy nog eenen tyd zien dat de burgerhoogmoed, als een besmettend vuer, uit Vlaenderen over gansch Europa zal voortloopen. En waer bleven dan het vorstelyk gezag, de ridderlyke weerdigheid? Geene schoone wapenfeiten,

geene hoffelykheid meer; de wereld wierde een dal van
dorperheid, van baetzucht en van domheid. In stede
van het heldhaftig riddergeslacht, dat nu de roem der
Kristenheid is, vonde men niets meer dan aterlingen,
in bloed- en geest verbasterd, die, met den voet op
hunnen besmeurden schild, roepen zouden : « stoffelyk
gewin, woeker en bedrog zyn onze deugden : geld — geld
alleen veredelt ! » — De koningen van Frankryk en myn
broeder, hun weerde telg, aenzien zich als door God
zelven tot beschermers des ridderschaps aengesteld.
Daerom hebben zy immer, als de omstandigheden het
toelieten, den adel en den Vorst in Vlaenderen tegen den
schuldigen hoogmoed der Gemeenten verdedigd; daerom
weigert myn broeder de Vlamingen te ontlasten van de
verpligtingen die hen aen de fransche kroone verbinden.
En gy, heer Koning, gy eischt de vernietiging dezer
verpligtingen? Maer zy zyn de laetste teugels waermede
men de vlaemsche Gemeenten nog bedwingen kunne; ze
afstaen ware het wangedrocht de vryheid geven om onbe-
lemmerd zyn venyn onder de volkeren te storten, en
misschien het ridderschap in Frankryk zelven, en dus in
de gansche westerwereld, voor altyd te vernederen.
Hoor ze spreken, die trotsche dorpere lieden, en wie
door hen is verleid : zy wanen zich der overwinning
zeker, en eischen met spottenden hoogmoed, dat het
ridderschap, laffelyk en zonder worsteling, van zyne
aengeborene regten afstand doe! Kan uw edel hart
zulken hoon verdragen zonder ontsteld te worden van
verontweerdiging? ô, Ik bezweer u, by de nagedachtenis
uwer doorluchtige voorouders, dat gy hunnen naem, het
gezag dat zy u hebben overgeleverd, doet eerbiedigen
en ongeschonden bewaret! Dat gy uwe hulp verleenet

om den adel voor smaed en verlaging te beschutten.......
want, is het ridderschap niet der Vorsten roem en magt?
ô, Lyd niet, Sire, dat het edelste ridderbloed nog langer
in eenen nutteloozen veldtogt vergoten worde, omdat
eenige slechte lieden het zoo verlangen. Wees grootmoedig
en aenveerd het bestand zoo als het u wordt voorgesteld! »

Eduard scheen door de woorden der abdisse diep
getroffen. Er lag in den smeekenden toon harer stemme
en in de uitdrukking van haer statig schoon gelaet, iets
magtigs waeraen de Koning niet kon weêrstaen. Half verwonnen en in zyn voornemen wankelend, antwoordde hy:

« Alzoo wil uw broeder in alles gelyk halen en my
niets toestaen? »

« Integendeel, edele Vorst » antwoordde Johanna « hy
gelast my u te zeggen, dat hy ten uwen voordeele niet
alleen van Gasconje en Aquitanje zal afstand doen; maer
daerenboven nog Poitiers en Ponthieu in uwe magt
leveren zal, indien gy er wilt van afzien de gemeene
lieden van Vlaenderen in hunne eischen te doen zegevieren [1]. »

« En myne beloften dan, Edelvrouw? »

« Ik weet het, heer Koning » zegde de abdisse « gy
hebt, te Brussel en te Gent, aen de Vlamingen beloofd,
dat gy hun alle verpligtingen kwytschelden zoudt, zoohaest gy den franschen troon zoudt beklimmen. Vervul die
belofte als de tyd zal gekomen zyn, zoo God u inderdaed
bestemd heeft om over Frankryk te heerschen. Men
bedriegt u, met nu reeds van u te eischen wat gy slechts
op eene nog onvervulde voorwaerde hebt beloofd. De

[1] « In zulcker wys dat die Ingelschen, by dezen bestande, Gascoengnen, Aquitaengnen, Poictiers ende Ponthieu weder conquesteerden. » *Cronycke van Despars*, tom. II, pag. 358.

geschillen tusschen u en mynen broeder blyven, by het bestand van wapenen, onbeslist; nochtans is de oorlog slechts ondernomen om uwe wederzydsche aenspraek te doen gelden. Krachtens welk regt willen de Vlamingen dan, dat alleen over hunne belangen en ten hunnen voordeele beslist worde eer de oorlog ten einde zy? Gy hebt te dezer gelegenheid geene beloften te vervullen, heer Koning. »

« Inderdaed! » sprak Eduard tòt zich zelven......
« En gy zegt dat Philips van Valois my insgelyks Poitiers en Ponthieu zal afstaen? »

Hy bleef na deze woorden eenige oogenblikken, met het gezigt ten gronde, in stille overweging verzonken. Onderwyl hoorde men eensklaps in de verte eene klok luiden. De Koning hief het hoofd op, en sprak met minzamen lach tot de abdisse :

« Daer roept men ons reeds ter kapelle! Ga, Edelvrouw, en boodschap van mynentwege uwen heer broeder, dat uwe welsprekendheid myne inzigten grootelyks heeft gewyzigd. Ik zal my binnen weinige oogenblikken ter vergadering begeven, met de hoop dat heden nog onze zegelen aen het bestand zullen worden gehecht. »

De abdisse stond met vreugdevol gelaet van haren zetel op, dankte den Koning over zyn heusch onthael en verliet de tente met hare edelvrouwen en ridders.

De coadjutor van Luik volgde haer eenige stappen verre in het leger; dan wendde hy zich eensklaps ter zyde en verdween in eene tente, waerboven het schild van een henegauwsch ridder gehecht was. Eene wyle daerna verscheen hy met eenen knaep in het veld, en hem in de rigting des vlaemschen legers wyzende, zegde hy hem met stille stem :

« Langs daer moet gy gaen. Zoohaest gy by de vlaemsche achterwacht nadert, houd u alsof gy een nieuwsgierig wandelaer waert; blyf hier en daer wat staen en spoed u langzaem, tot dat gy by zyne tente gekomen zyt. Geef hem dan bedektelyk den brief..... en is er iemand met hem, vraeg om hem alleen te spreken. Hy zal u oogenblikkelyk aenhooren, want hy verwacht u..... »

De knaep begaf zich met gewoonen tred in de aengewezene rigting. Toen hy omtrent het vlaemsche leger naderde, hoorde hy reeds op eenigen afstand een ontzaggelyk gebrom van verwarde stemmen. Welhaest bevond hy zich te midden van hoopen volks, die overal, tusschen de tenten, met groot geraes en getier over eene gewigtige zaek aen het twisten waren. Hy bleef by den eersten hoop den besten staen, zoo als hem aenbevolen was, en vernam dat men juist zich bezig hield met te spreken over eene tyding, welke hy vermoedde het eenig voorwerp zyner boodschap te zyn. De eene riep dat koning Eduard een meineedige was, dat hy met Philips van Valois ging samenspannen om de Vlamingen te bedriegen en naer verlangen der ridders te kunnen verdrukken; een tweede raesde tegen den hertog van Braband, die zich door de abdisse Johanna zou hebben laten verleiden; een derde viel in onbetamelyke scheldwoorden tegen graef Lodewyk uit, als hebbende hy in deze zaek, naer zyne beklagelyke gewoonte, de zyde van Frankryk tegen Vlaenderen gekozen. Hier en daer hoorde men zelfs eene stem Artevelde van zwakheid beschuldigen en met bedekte woorden laten hooren, dat hy welligt ook al door de vleijende tael der abdisse, of door eenig ander middel van verleiding, tot verzaking zyner pligt was overgehaeld.

De beschuldigingen tegen den Opperhoofdman vonden niet veel weêrklank. Ofschoon sommigen de mogelykheid dezer verdenkingen niet betwistten, de meesten toch, en wel de bezadigsten, beweerden met koelheid, dat men zoo gemakkelyk met de Vlamingen niet omspringen zou; dat de Opperhoofdman, ter wete van iedereen, nu reeds in geene twee nachten had geslapen, altyd denkende en herdenkende op iets geheims hetwelk niemand weten mogt, en dat men diensvolgens wel redenen had om met vertrouwen op den uitslag te wachten, vooraleer als ondankbare en onvoorzigtige lieden, over het gedrag des Opperhoofdmans zoo onbezonnen te spreken.

De knaep, aldus verschillige hoopen genaderd zynde, zegde met verwondering tot zich zelven :

« Het was wel noodig dat men my met deze boodschap belastte! Nu weet hier het gansche leger, waerschynelyk zoo goed als myn meester, de tyding welke ik drage! Die Vlamingen zyn al een zonderling volk! Iedereen mag er alles weten, zich met alles bemoeijen en met volle vryheid, goed of slecht oordeelen over alle zaken. Zy laken en beschuldigen hunne veldheeren, zonder dat men het kwalyk vinde. Ze ziende, zou men zeggen dat het altemael kleine koningen zyn........ en zy spreken waerlyk alsof zy ter wereld geene andere overheid kenden dan hen zelven! Het ware al goed; maer die dorpere tael en ruwe woorden bevallen my niet; het leven kan niet aengenaem zyn tusschen zulke woeste mannen, die van geene hoffelykheid noch van schoone spreuken weten.......... Ik spoede my met den brief; nu is het geheim myner zending toch zoo noodzakelyk niet meer! »

Hy versnelde inderdaed zyne stappen en ging de

vergaderde Vlamingen voorby, zonder noch eenige aendacht op hunne uitroepingen te leenen.

Eindelyk, in het midden des legers by de tente van Artevelde gekomen, vond hy rondom dezelve vele oversten vergaderd en hoorde dat eenigen derzelven, met niet mindere hevigheid en gramschap, over het bestand sprekende waren. Degene die met de meeste ontevredenheid zich tegen het gevoelen zyner aenhoorders uitdrukte, sprong eensklaps vooruit, toen hy den henegauwschen knaep bemerkte, vatte hem gebiedend by de hand en vroeg hem :

« Laet hooren, welke tyding brengt gy? »

Maer de knaep liet zich niet ontstellen en zegde met luider stemme dat de omstaenders het hoorden :

« Ik kom om Mher Artevelde, den Opperhoofdman der lieden van Vlaenderen, eene boodschap brengen! »

« Laet hem dan zynen last volbrengen, Mher Denys! » riep de deken der schippers.

Denys had gehoopt, door zynen bevelenden toon indruk op het gemoed des jongelings te doen en misschien uit hem woorden te hooren, die hem op het spoor mogten brengen om het geheim van Artevelde te kennen. Zyn aenslag mislukte, en daerby onderging hy nog eene vernedering; want de knaep bezag hem met eenen slimmen lach als hadde hy het doel des Overdekens geraden.

Zoohaest de knaep zich voor de wacht der tente aenbood, ging iemand tot den Opperhoofdman om hem de komst van den bode te melden. Oogenblikkelyk kreeg hy bevel om hem binnen de tente te leiden.

Hier zaten rond eene tafel, by den Opperhoofdman, Maes Van Vaernewyck de Voorschepen, Jacob Masch, Pieter Zoetaerde, en Simoen Van Merlebeke, Schepenen van Gent, — en, aen het lager einde der tafel, meester Augustyn de stadsklerk, die op een groot vel perkament scheen te schryven wat de krygsraed hem vóórzegde.

De Opperhoofdman brak den zegel des briefs, welke hem door den knaep was ter hand gesteld. Deze mededeeling vlugtig overlezen hebbende, vroeg hy den bode of zyn meester hem bevolen had iets verder te zeggen; en, op zyn ontkennend antwoord, gaf hy hem oorlof om te vertrekken. De knaep verliet de tente met hoffelyken groet.

« Welnu, myne heeren » zegde Artevelde, met den brief in de hand « heb ik my in myne vooruitzigten bedrogen? Alle onze moeite is nutteloos geweest. Philips van Valois wil de Vlamingen niets toestaen. De brief komt van den coadjutor van Luik, die ons reeds zoo vele diensten bewezen heeft in ons beroep by den Paus, en nu voor het laetst, met den koning van Bohemen, nog eene pooging ten onzen voordeele by Philips van Valois en by koning Eduard heeft gewaegd. Zie hier, wat hy meldt :

« Dezen morgen zal het bestand ongetwyfeld worden bezegeld. De koning van Engeland verlaet uwe eischen tot op eenen anderen tyd. Goede lieden van Vlaenderen, ziet aldus wat gy doen kunt om dien slag af te weren. Dat gy metterhaest nog iemand zenden kondet om den koning van Engeland met sterkmoedigheid aen te spreken, hy kwame misschien nog van zyn besluit terug. De tyd is kort, beraemt met haest. »

« De raed is goed » zégde Simoen Van Merlebeke « dat Mher Van Vaernewyck tot den Koning ga en pooge hem van besluit te doen veranderen. »

« Maer waerom » sprak Artevelde « nu nog beproeven wat reeds tienmael nutteloos beproefd is? Koning Eduard kan onze eischen niet inwilligen; hy is gedwongen, onweêrstaenbaer gedwongen tot het opschorsen van den oorlog. Braband en Henegauwen insgelyks; zy hebben geld noch voorraed meer. Gent heeft reeds te veel aen den Koning van Engeland geleend; hy durft deze hulp niet meer inroepen [1]. Van ons zelven moeten wy raed nemen; onze eigene stoutheid alleen kan ons redden. Wat my betreft, myne heeren, ik zou van droefheid wel tranen storten, indien Philips van Valois nu arglistig genoeg ware om ons, door eenige gewigtige toegevingen, het regt tot eene plegtige wedereisching te ontnemen. Om Gods wil, vergeet niet dat Vlaenderens ketenen, die men sedert eeuwen zoo zorgvuldig in den Loever heeft bewaerd, nu niet verre van hier berusten. Ik zie ze sedert twee dagen, al wakende en slapende, voor myne oogen gloeijen en my tergen; ik beve van hoogmoed en vreugde, als ik denk dat die snoode verbonden, bullen en schuldbrieven — vruchten van dry honderd jaren meineed en verdrukking — misschien vóór den middag in onze magt zullen zyn..... dat wy ze zullen scheuren en in de vlammen doen verteeren, opdat zelfs het aendenken van Vlaenderens lyden en slaverny vernietigd worde! Zonder twyfel, wat ik voorstel is niet zonder gevaer : ik weet het zeer wel; maer overweeg toch, dat honderd overwinningen ons te samen zoo veel voordeel niet kunnen bybrengen dan deze enkele, indien God

---

[1] Het is de echtgenote van Artevelde zelve, die later naer Engeland vaert om de betaling dezer schulden te eischen. In de *Stadsrekeningen van Gent* vindt men aengeteekend :

« Item miere joncfr. Jacobs wyf van Artevelde voer in Inghelandt ome te sprekene over d'achterstelle dat hi (koning Eduard) de stede sculdech es, en over andere grote bederven. » Anno 1344-45.

toelaet dat wy ze behalen. En wie zegt u, dat wy daertoe eenen enkelen druppel bloed zullen te storten hebben? De Vorsten zullen op dees oogenblik terugdeinzen voor eenen oorlog tegen ons; zy zyn tot het afleggen der wapenen gedwongen, zeg ik u. »

« Het is waer wat de Opperhoofdman zegt » bemerkte Maes Van Vaernewyck. « Hier moet van onzen kant met besluit gewerkt worden : men heeft ons in strikken gewenteld; de tyd ontbreekt ons om deze banden los te maken; welnu, laet ons ze verbreken door eene heldhaftige inspanning van krachten. Met onderhandelingen is toch niets te winnen. »

« Ik blyf insgelyks by ons eerste voornemen » sprak Pieter Zoetaerde « het moge niet zonder gevaer zyn, het is toch grootsch en vlaemsche mannen weerdig! »

« Waerom komen wy dan terug op onze eerste beslissing? » vroeg Jacob Masch met ongeduld. « Voor de eerste mael, sedert dry eeuwen, is Vlaenderens arm lang genoeg om tot het slot zyner ketenen te reiken, en het zou de hand niet durven uitsteken om dit slot te vermorzelen nu de gelegenheid daer is! »

« Mits gy allen tot die uiterste pooging vast besloten zyt » antwoordde Simoen Van Merlebeke « ik geef er insgelyks myne volle goedkeuring toe. Het was slechts eene bemerking die ik deed; ik geloove zelfs dat ik ongelyk had, en het inderdaed beter is het spel gansch te wagen. »

Na dat men nog eene wyle deze beraedslaging had voortgezet werd er eenen tweeden bode aengemeld en men reikte Artevelde nogmaels een bezegeld vel perkament. Hetzelve, na het vertrek van den bode, gelezen hebbende, wierp hy het op de tafel en zegde :

« Het bestand is geteekend! De Vlamingen zyn er uitgesloten; ten elf ure zal men het verdrag vóór de kapelle van Eplechin plegtiglyk afkondigen. Aldus! nog een uer! De tyd is kort............ Het verdrag, dat wy van onze zyde daereven opstelden, blyft goedgekeurd, niet waer? Geen vrede, geen bestand, of Philips van Valois moet dit heden nog teekenen? Welaen, meester Augustyn, met haest, lees ons het laetste punt nog eens voor. »

De stadsklerk las met langzame stemme :

« Item, zoo zal den Vlamingen, van wege de kroon van Frankryk, gegeven worden kwytscheldinge van alle schulden, verbindtenissen, boeten, verwatenessen, van welken aerd zy ook mogen zyn, geene uitgenomen noch achterhouden, met uitdrukkelyke beloften dergelyke middelen nimmermeer door Frankryk tegen Vlaenderen te worden aengewend; mitsgaders ook onmiddelyke overgaef in handen der Gelastigden van Gent, als vertegenwoordigers des Lands van Vlaenderen, van alle oorkonden en bullen, waerin voormelde schulden, verbindtenissen en verwatenessen zyn vervat [7]. »

« Het is goed! » zegde Artevelde met vreugde. « Nu, myne heeren, gelieft my te volgen. Ik ga onze beslissing met spoed ten uitvoer brengen; en gelukt onze pooging, dan zal het blydschap in het vrye Vlaenderen zyn! Laet ons gaen! »

Voor de tent gekomen, gaf hy aen zynen tromper, bevel om de Hoofdmannen te samen te blazen. Nauwelyks waren eenige klanken de bazuin ontsnapt, of men hoorde den roep, op eene gelyke wyze, over het gansche leger herhalen, hetzy met trompen of met trommels;

---

[7] Byna letterlyk uit de *Cronyck van Despars*, tom. II, pag. 357.

en van alle kanten kwamen de Hoofdmannen en dekens toegesneld.

Artevelde gaf hun het bevel, hunne mannen onmiddelyk en met allen spoed voor de tenten in slagorde te scharen, behalven nochtans de benden, die in brandwacht voor de uitgangen der vesting lagen. Hy verzocht hen, wel te zorgen dat niemand zyn gelid verliete, noch riepe, noch zich verstoutte iets te doen, zonder een uitdrukkelyk gebod van zynentwege of van Mher Jacob Masch, die voor dezen dag, zyn stadhouder zou zyn. Daerenboven eischte hy, dat van elk vaendel de eerste en tiende Centenier oogenblikkelyk tot hem gezonden wierden, om zyne bevelen des te sneller aen het gansche leger te kunnen dragen, indien zulks mogt noodig zyn.

De Hoofdmannen en dekens gingen haestelyk elk naer zyne legerplaets om het verlangen des Opperhoofdmans te volvoeren. Geeraert Denys bleef alleen met twee of dry anderen staen, alsof zy geene aendacht op de woorden van Artevelde hadden geleend. En inderdaed, de verbitterde Overdeken was zoo zeer verslonden in eenen twist over het geheim van den krygsraed, dat hy zelfs de tegenwoordigheid des Opperhoofdmans niet bemerkte en met luider stemme uitriep :

« Ik zeg u, dat men met vrye mannen zoo niet handelt! Het is al erger als onder den hoogmoedigsten dwingeland! Denkt men dan, dat wy domme werktuigen zyn? Zoo zou de eerste de beste ons kunnen verraden en verkoopen, zonder dat wy het zouden bemerken vooraleer men ons leveren ginge! »

Eene uitdrukking van misachting verscheen op het aengezigt van Artevelde; hy riep met koele doch nadrukkelyke stem

« Overdeken, hebt gy myne bevelen dan niet verstaen? »

Geeraert Denys, zich zoo eensklaps verrast ziende, werd rood van schaemte of van woede; en morde eenige onverstaenbare woorden.

« Mher Denys » zegde de Opperhoofdman « ik heb bevolen dat men het leger onmiddelyk in slagorde stelle. Indien uwe benden niet in tyds veerdig zyn, zal ik my verpligt zien u te straffen volgens de tuchtwetten waer wy allen onder staen. Spaer my toch dezen onaengenamen pligt! »

Met beklemde razerny en het hart vol gal verwyderde zich de Overdeken om, tegen zynen dank, de bevelen van Artevelde te volbrengen. Het folterde hem op eene onlydelyke wyze, onder den dwang der krygstucht te moeten bukken en, in tegenwoordigheid van ambtgenoten en vrienden, zoo sprakeloos en gedwee de vernedering eener strenge vermaning te moeten verkroppen; nochtans op weinigen afstand had hy reeds het hoofd met trotschheid opgeheven, en in zyne oogen gloeide eene woeste vreugd. De hoop op wraek was weder, als eene sombere vuerstrael in zyn opgezwollen hart gezonken!

De geroepene Centeniers, ten getalle van tachentig, voor de tente van Artevelde gekomen zynde, bevool hy hun, zich in verschillige rigtingen, als nieuwsgierige wandelaers, naer de kapelle van Eplechin te begeven, en zich daer, zoo veel mogelyk, tusschen de ridders of andere aenhoorders te verspreiden : verder niets te doen noch te zeggen dat eenig byzonder inzigt of ontevredenheid liete blyken, en slechts op den Opperhoofdman of op den Schepen Simoen Van Merlebeke te letten.

Nauwelyks waren de Centeniers langs alle kanten uiteengegaen om, met eenen schynbaer onverschilligen stap, zich naer de kapelle van Eplechin te rigten, of Artevelde trad vooruit op eene verhevenheid des gronds, van waer zyn gezigt het gansche leger beheerschte. Alle vaendels, zonder uitzondering, stonden reeds voor de tenten slagveerdig in eene byna onafmeetbare ry, die zich tot onder de muren van Doornik uitstrekte en, op eene diepte van acht gelederen, omtrent veertig duizend man telde. Boven deze aenzienlyke krygsmagt waeiden de standaerden der Gilden en Neeringen, als vaendels voor ieder duizendtal, benevens de vier honderd pongoenen der Centeniers. Tamelyk verre achter de slagorde stond Muggelyn met zyne Ribauden en de Witte Caproenen, als geleiders der peerden die voor het werptuig waren gespannen.

Zich door eenen vlugtigen oogslag verzekerd hebbende dat zyne bevelen stiptelyk waren uitgevoerd, riep Artevelde tot zynen bazuinblazer :

« Slagorde, vooruit! »

Het bevel werd oogenblikkelyk op de gansche uitgestrektheid des legers herhaeld : de vaendels en pongoenen bewogen zich langzaem vóorwaerts, tot dat de Opperhoofdman, tot zynen bazuinblazer riep :

« Slagorde, staet!.... Rust! »

Oogschynelyk had Artevelde een byzonder inzigt, met aldus het leger van zyne tenten te verwyderen; misschien wilde hy daerdoor zyne mannen het middel ontnemen om de gelederen ongemerkt te verlaten; waerschynelyker eventwel had hy slechts beoogd, zyn leger in het gezigt der kapelle van Eplechin te voeren; want niet zoohaest had hy zelve, de kapelle in het gezigt gekregen, of hy had de vaendels doen staen en de rust geboden, als een zeker teeken dat men voor alsdan geene verdere bewegingen te doen had.

Nu begaf de Opperhoofdman zich met haest tot de Schepenen, deelde nog eenige onderrigtingen mede aen Jacob Masch, die als zyn stadhouder by het leger blyven zou, riep Ghelnoot Van Lens en vyf of zes dekens tot zich; en trok aldus, met een gevolg van tien of twaelf persoonen, naer de kapelle van Eplechin.

By de vergaderplaets der onderhandelende Vorsten en hunner raedsheeren stonden reeds een groot getal ridders, in verscheidene hoopen, wachtend op de afkondiging van het bestand. De Centeniers, door den Opperhoofdman gezonden, kon men er insgelyks als onverschillig van den eenen kant naer den anderen zien wandelen. De komst van Artevelde te dezer plaetse scheen de ridders in den eerste te verwonderen; doch toen zy zagen, dat hy losselyk en met vrolyk gelaet tot zyne gezellen sprak, vermoedden zy niet meer dat hy een ander doel kon hebben, dan even als zy naer den uitslag der vergadering te vernemen.

Toen het vastgestelde uer verscheen traden de Vorsten met hunne raedsheeren, en wie by het bezegelen des bestands tegenwoordig was geweest, uit de kapelle en schikten zich volgens rang en weerdigheid om tot de afkondiging over te gaen. In het midden de Koningen van Frankryk, van Engeland en van Bohemen; nevens hen de abdisse Johanna, oudgravinne van Henegauwen, met de Gravin van Bloys, en vyf of zes andere edelvrouwen; verder de Hertog van Braband, de Graven van Vlaenderen, van Henegauwen, van Savoyen, van Alençon en van Bloys, en de Bisschoppen van Lincoln en van Beauvais, benevens de Coadjutor van Luik en een groot getal andere Vorsten en voorname Leenheeren.

Na dat eenige bazuinblazers de plegtige afkondiging

hadden uitgeroepen, trad een fransch raedsheer vooruit en las met luiderstemme het verdrag, waerin, gelyk men het voorzien had, geen enkel woord over de eischen van Vlaenderen begrepen was.

Nauwelyks was deze lezing ten einde, of de bazuinblazers hieven in zegetoonen aen, en alle omstaende ridders juichten van tevredenheid over het eindigen des oorlogs. De koningen van Engeland en van Frankryk gaven elkander de hand, ten teeken van verzoening; en ieder meende zich naer zyne legerplaets te begeven om de blyde tyding aen zyne vrienden te gaen dragen, toen Artevelde eensklaps, met een perkament in de hand, voor de verbaesde Vorsten verscheen, en na eene korte buiging met luiderstemme sprak :

« Heeren koningen en gy vorstelyke Mannen en Vrouwen, zoo vele als gy hier te samen zyt, wylieden van Vlaenderen verheffen ons tegen de onregtveerdigheid die ons vaderland door dit bestand wordt aengedaen, en verklaren nietig en van geener weerde alles wat hier is geschied. Verklaren daerenboven, dat wy uit het beleg van Doornik niet scheiden, en den oorlog met geweld voortzetten zullen, zoo lang aen onze eischen niet is voldaen, gelyk de koning van Engeland het ons by eede heeft beloost; verklaren daerenboven nog, dat indien, binnen de vier uren na deze onze aenmelding, er met ons geen byzonder verdrag gesloten is, en de schuldbrieven en bullen, die daer binnen berusten, ons niet overgegeven zyn, wy ons zullen beschouwen als vry van alle bondgenootschap met Engeland, en onmiddelyk den oorlog tegen Frankryk zullen voortzetten, ons verlatende op Gods hulpe en op het regt onzer zake. — Heeren vorsten en ridders, ziet diensvolgens wat u te doen staet; wy brengen u geene uitdaging, noch willen den eerbied te kort blyven dien wy u verschuldigd zyn; maer naer regtveerdigheid zal men met ons handelen, of de wapens zullen erover beslissen. Ginds staet het vlaemsche leger, gereed en van strydlust blakende; het ontbreekt ons noch aen geld noch aen voorraed. Het is mogelyk dat de overwinning niet langs de zyde des regts blyve; maer, welke ook de uitspraek van het lot zy, stroomen bloeds zullen er vergoten worden; vuer en verdelging zullen deze grenzen verslindend doorloopen; want wylieden van Vlaenderen hebben besloten, veeleer tot den laetsten man te sneuvelen dan van onze regtveerdige eischen af te zien........ Heeren koningen, het vlaemsche leger wacht uw antwoord! [1] »

« God, God! » riep de abdisse Johanna met schrik « zal dan voor zulken dorperen man het bloed van het edelste ridderschap der wereld moeten worden gestort! [2] »

Artevelde hield zich koel en beweegloos by de hoonende woorden der abdisse, en bezag den koning van Engeland met eenen doordringenden blik van verwyt. Deze vorst, waerschynlyk berouw gevoelende over hetgeen hy had gedaen, poogde Philips van Valois over te halen tot het sluiten van een byzonder verdrag met de Vlamingen; maer de koning van Frankryk, zich aldus,

[1] Zie DESPARS, tom. II, pag. 357.
.« Seigneurs, prenez garde quelle paix vous faites, car se nous n'y sommes comprins et tous nos articles pardonnés jà ne nous départirons de ci. » *Grandes chron. de Fr.*, V. 403, aengehaeld door LE GLAY, tom. II, pag. 453.

[2] « Ha, sire, Dieu en ait pitié, quant pour le dit d'un vilain, tout le noble sang de la chrestienté sera respandu. » FROISSART.

tot zyne groote schade en schande, gewikkeld ziende in den strik waerin hy Vlaenderen dacht te vangen, was als uitzinnig van spyt en woede, en riep, terwyl hy het inzigt toonde om naer zyn leger te gaen :

« Welaen, het lot beslisse! Het bloed stroome indien het zyn moet! Ik neem de uitdaging aen! »

De abdisse Johanna, deze woorden hoorende en ziende haer werk op een oogenblik instorten, wierp zich geknield voor haren broeder neder en smeekte hem met gevouwen handen, toch zachtmoedig te zyn en de Vlamingen door eenige toegevingen te bevredigen. Van eenen anderen kant verklaerde de koning van Engeland, dat hy het bestand als verbroken beschouwde en zyne bondgenoten, de Vlamingen, niet verlaten zou, indien men hunne eischen niet door een byzonder verdrag inwilligde; de koning van Bohemen, de graef van Savoye en de coadjutor van Luik, benevens graef Lodewyk, voegden zich by de abdisse om het verstoord gemoed des konings te vermurwen, tot dat deze, eindelyk door de smeekingen zyner zuster en door het beseffen van het gevaer dat hy liep overwonnen, toestemde met de vorsten en raedsheeren weder in de kapelle te gaen om de zaek te overwegen. Eenige oogenblikken daerna werd Artevelde door eenen wapenbode geroepen, en hy begaf zich, met twee Schepenen en met meester Augustyn, ter vergadering der vorsten.

Nauwelyks was de Opperhoofdman in de kapelle verdwenen, of de omstaende ridders liepen met onstuimigheid dooreen en drukten elkander hunne gevoelens van spyt of gramschap uit. Op het aengezigt der Vlamingen blonk integendeel hoogmoed en blydschap; zy waren nu meestendeels rond Ghelnoot van Lens geschaerd, die als een vervoerde te werk ging en met tranende oogen herhaelde malen uitriep :

« Dit was nu het geheim! Gezellen, dit was nu het geheim des Wyzen Mans........ En zeggen, dat lasteraers hem durfden beschuldigen! God, God, hy moge gelukken : het zal een schoone dag voor Vlaenderen zyn! »

Gedurende meer dan een half uer kwam er niemand uit de kapelle; allengskens verkoelden de driften, welke de omstaenders in den eersten hadden ontsteld. De Vlamingen begonnen aen den uitslag der onderhandeling te twyfelen en hunne blydschap verminderde zigtbaer, terwyl integendeel de moed der ridders zich verhief. Eventwel, in die lange afwachting eener plegtige beslissing, hadden de samenspraken opgehouden en eene zonderlinge stilte heerschte voor de kapelle, toen de Voorschepen Maes Van Vaernewyck met juichend gelaet uit de vergadering trad en een tiental Vlamingen ter zyde tot zich riep. Hy sprak eenigen tyd bedektelyk met hen, waerna zy gezamentlyk in volle vaert naer het leger liepen. Maes Van Vaernewyck deed aen Ghelnoot Van Lens en aen vyf of zes zyner gezellen een teeken, dat zy met hem zouden gaen, en trad weder de kapelle binnen.

Eenigen tyd daerna hoorde men uit het vlaemsch leger een gejuich opstygen, dat allengskens voortliep en weldra als een ontzaggelyke jubelschreeuw tegen de muren der kapelle kwam aenbonsen.

Eindelyk, het groote werk was volvoerd! — Vier gezellen kwamen met eene yzeren kiste ter kapelle uitgeloopen; Ghelnoot Van Lens hief zyne handen in de hoogte en wist van vreugde niet wat hy al riep en zegde. Daer achter volgde de Schepenen, met hoogmoed en geluk in de oogen. Wat Artevelde betreft, hy stapte stilzwygend, met gebogen hoofde nevens de kiste; hy wankelde op zyne beenen, zyne borst hygde zigtbaer, tranen rolden over zyne wangen...... Hy had ze dus verbroken de banden van zyn duerbaer Vlaenderen! Hy had dry honderd jaren list en meineed verwonnen en verbryzeld!

Toen dit plegtig gevaerte by het juichend leger naderde, liep Ghelnoot met vier gezellen met alle snelheid vooruit, en kwam met eene brandende toorts en vele busselen stroo terug, dezelve voor de slagorde als een brandstapel nederwerpende.

Hier werd de kist nedergezet en geopend, terwyl Ghelnoot de toorts aen het stroo stak, en de vlamme in spelende kronkels zich verhief.

Artevelde nam hierop alle de oorkonden een voor een uit de kiste, deed door meester Augustyn uitroepen welke verpligting, verbindtenis of schuld erin vervat was, scheurde ze vervolgens aen stukken en wierp ze in het vuer [1].

---

[1] « Ende die van Vlaenderen en ghecreghen niet alleen abolitie ende casseringhe van alle schulden...... met behoorlyke revocatie van alle voorleden verwatenessen ende wel expresser belofte van dierghelycken nemmermeer by der franscher croone ghepractiquiert te werdene, behoudens ooc traditie en overlegh van alle charters en lettragien dies en allerande commeren ende lasten vermeldende; die welcke die Gouverneur Aertvelde terstond al in etselinghe scheurde metten tande worpende voorts die sticken in 't vier. » *Cronycke van Despars*, tom. II, pag. 358.

« Ende dese lettre van verwatenessen was voer Doornycke gescuert ende te nyete ghedaen. » *Dits die Cronike* enz., door JAN VAN DIXMUDE, Ypere, 1839, pag. 220.

De meeste andere geschiedschryvers zeggen, dat deze oorkonden eenige dagen later te Gent, op de Vrydagmarkt, openbaerlyk werden verbrand.

Het leger stuerde intusschen allerlei vreugdekreten ten hemel; en bovenal werd het gejubel ontzaggelyk, toen de reuk van het gebrande perkament zich over de gansche legerplaets verspreidde en, als een bode, de verlossing van Vlaenderen aen ieder verkondigen ging.

Ghelnoot Van Lens had de laetste oorkonde, waerby Waelsch-Vlaenderen aen Frankryk was afgestaen, uit de hand des Opperhoofdmans genomen en als een razende met de tanden in byna onvindbare stukken gescheurd.

En daermede was het offer volbragt! Zelfs de yzeren kist had men in het vuer te gloeijen gelegd!

In het gezigt des legers had Artevelde zyne tranen bedwongen en zoo veel mogelyk zyne diepe ontroering verborgen.

Nu alles gedaan was wenkte hy eenen bazuinblazer en gaf bevel tot den terugtogt, waerna hy zelve, met langzame stappen en stilzwygend, in gezelschap der Schepenen naer zyne tente ging.

IX.

Er was te Gent, by de Brabandbrug [1], eene plaets waer de denkende of gevoelige wandelaer zelden kon voorbygaen, zonder zich aengetrokken te voelen om eenige oogenblikken stil te houden en zich in vormlooze droomeryen te verlustigen. Daer hoorde men onverpoosd het zwoegend gerucht van stadswatermolen [2], dat met onweêrstaenbaer geweld den geest des aenhoorders tot rusten dwong; de opgehouden Nederschelde stortte er, onder ontzettend zuchten en gebruis, van eene hoogte neêr, rolde eenigen tyd hare golven in wentelende kolken voort, en hernam dan, in bliksemsnelle vaert, haren loop naer St.-Baefstede.

Aen den overkant verhief Ser Geeraertsduivelsteen

[1] No 71 der kaert van het oude Gent.
[2] No 68   id.

zyne zware torens en ontzaggelyk hooge muren [1]. Als de krocht eens reuzen, scheen dit geheimnisvol gebouw te heerschen over het eeuwig gedruisch en de immerdurende beweging des vloeds, die, als een nederige dienaer, by de grondvesten des Steens, eensklaps zyne vlugt vertraegde en den voet des meesters in het voorbyvlieten vleijend scheen te bespoelen.

Sedert maenden had Lieven Denys deze plaets boven alle anderen tot doel zyner eenzame wandelingen verkozen. In den eerste had hy er telkens slechts weinige oogenblikken in droeve mymering doorgebragt; doch allengskens was er zoo veel eenstemmigheid tusschen hem en den vloed ontstaen, dat hy nergens vrede noch genot meer vinden kon, dan onder de beheersching van het gebruis der woelige golven en het geknars des watermolens.

Voor hem voerden alle deze geruchten den toon der pyn en der wanhoop. Wanneer eene golf, van boven neêrgestort, zich weder met geweld opwierp, en zuchtte onder de lastige pooging, dan verscheen er een bittere grimlach op het aengezigt des jongelings; want zyne dichterlyke inbeelding deed hem gelooven, dat hy in de natuer een wezen gevonden had, hetwelk, even als hy, tot eeuwig lyden gedoemd was, zonder dat iemand zyne klagten ooit moest verstaen. Daerenboven, deze magtige stemmen, de wentelende slingering der kolken, het snelle vlieten des waters namen met geweld bezit van zynen geest en bragten eene verpoozing in de folterende gedachten, die, als verborgen adders, reeds zoo lang zyn hart doorknaegden. Hier, by den boord des

---

[1] N° 67 der kaert.

waters, versmolten zyne smartelyke overwegingen tot eene onvatbare droomwereld, tot eenen slaep des gevoels, waerin hy ten minste nog een weinig rust en zielsvrede mogt vinden.

Wat kon toch de oorzaek zyn van des jongelings lyden? Hy zoo vol levensvreugd, zoo mildelyk bedeeld met alle de gaven des gevoels, met alle de teederheid eener ziele die geschapen is om te beminnen? Hy, wiens hart als een snarentuig trilde en zong by de minste aenraking; hy, wien alles toelachte in de natuer?

Eilaes, de laster had ook zyn leven vergiftigd : sedert zyne rampzalige reize naer Brussel had hy geenen enkelen voetstap meer kunnen doen, zonder eene verdenking in zynen geest te voelen ontstaen tegen alles wat hem dierbaer was op aerde. Zyne geliefde Veerle, die engel zyner droomen, verscheen hem nu niet meer dan achter eenen sluijer, waerop de eerroovery haer venyn in groote vlekken had gespuwd; hy bezocht haer nog, drukte somtyds nog hare bevende handen in de zynen; maer iets valsch, dat hy in haren oogslag meende te ontdekken, stortte eenen ysvloed over zyn hart, en het was met vreeze dat hy hare schoone verleidende stem aenhoorde, als vermoedde hy dat zy hem bedriegen wilde. Andere malen betigtte hy zich zelven van zwakheid en booze ergwaen; in zulke stonden verscheen de engel hem weder gelyk hy was, omstraeld met den lichtkrans der maegdelyke zuiverheid en der regtzinnigste liefde. Dan staerde hy weder, gansch bewusteloos van vorige smarten, in den reinen spiegel harer oogen, voelde zich het bloed warmer en vryer door de aderen stroomen en dankte God voor zyne verlossing uit den goochelkolk van zyn heimelyk lyden; maer even had hy weder zyne beminde verlaten, of de wakende laster trad hem te gemoet en rukte met wreedheid het vertrouwen uit zyn hart, om het op nieuw met de gal der verdenking te vervullen.

Niets van alles wat hy te voren bemind had ontsnapte aen de slagen eener verborgene doch met helschen list berekende eerroovery. Zyn geloof in Artevelde's grootmoedigheid en vaderlandsliefde wankelde; er waren oogenblikken dat hy zich zelven vroeg, of de Wyze Man niet inderdaed een baetzuchtige dwingeland was; Ghelnoot verscheen in zyne nachtelyke droomen als een geest des ongeluks, die zyn leven in eene eeuwige smart had veranderd; zynen vader zelven, wien hy eertyds eenen onbeperkten eerbied had toegewyd, vreesde hy somwylen als een vyand zyner rust, — als iemand uit wiens mond woorden vloeiden, die, gelyk het zaed van onheil en verdenking, in zynen angstigen boezem vielen.

Aldus had de armzalige jongeling een dubbel leven; in hem worstelde twee geesten om de beheersching over zyn hart: de geest van het goede vertrouwen, die hem zegde, het oor te sluiten voor den laster; en de geest der driftige ergwaen, die zyn bloed koken deed by het minste woord, en hem gelooven liet dat het wel waer kon zyn wat zoo vele belanglooze stemmen hem dagelyks kwamen veropenbaren.

Het onverbiddelyk noodlot had nog eene andere diepe wonde in zyn hart geslagen. De dood had hem zyne goede moeder ontrukt. Het eenige wezen, dat op aerde nog de magt bezat om, door zoete woorden en door betuigingen van onverdenkbare liefde, eenigen troost in zynen boezem te storten, was hemelwaerts getogen en had hem niets gelaten dan de gedachtenis harer goedheid en den steen op haer graf om dáér, in de akeligste stonden zyns levens, nog eene laetste verkwikking te vinden.

Op eenen avond, toen de zonne nog niet achter de westerkim was weggezonken, stond Lieven Denys daer weder, met de ellebogen op de steenen leun, by de Nederschelde liggende, en met het oog beweegloos op den arbeidenden vloed gerigt. Zyn vermagerd en bleek gelaet verraedde op dit oogenblik geen byzonder gevoel; hy scheen daer volstrekt gedachteloos in het diepste zelfsvergeten te rusten. Niets kon in hem het leven doen vermoeden dan de trage beweging zyner oogen, die als met liefde elke ontstaende golf in hare wentelingen volgden, tot dat zy, in den vryen loop des waters, werd verzwolgen en verdween. Somwylen zag hy eensklaps eene magtigere baer zich verheffen en zich woedend op eene andere golf storten; hy hoorde het pynlyk gebruis van den stryd, zag de baren terugkeeren en, onder klagend zuchten, als razend in onvolgbare kringen draeijen, tot dat de immer afstortende stroom dit verschynsel weder voortzweepte in het bed des vloeds, en de strydende golven voor den voet van Ser Geeraertsduivelsteen bezweken.

Was dit schouwspel het ware beeld van des jongelings ziele niet? Werd hy ook niet over en weder gezweept tusschen hoop en vertwyfeling, liefde en haet, vertrouwen en verdenking? Warlde de tegenstrydigste gedachten ook niet door zyn hoofd? Was zyn leven ook niet een eeuwig zwoegen, een onverpoosd lyden geworden?

Toen Lieven, na zyne gewoonte, daer ter plaetse,

meer dan een uer roerloos gestaen had, kwam er een ander gezel van de Brabandpoorte afgestapt en ging nevens den droomenden jongeling op de steenen leun liggen. Hem eene poos grimlachend van ter zyde bezien hebbende, sloeg hy hem zachtjes op den schouder en zegde met vriendelyken scherts :

« Maer, Lieven, gy moet al hemelschoone dingen in dit plonsend water zien, dat gy uwen zondag-namiddag hier zoo eenzaem slyt! Men zou welhaest denken dat gy hier den duivel wacht die Ser Geeraerts ziele kocht! »

Lieven wierp eenen treurigen oogslag op den gezel, en, alsof hy hem nu eerst bemerkte en zyne scherts niet had gehoord, antwoordde hy aendachteloos. « Goeden dag, vriend Jan! » waerna hy weder zyn oog in den vloed stuerde.

« Hoe komt het toch » vervolgde Jan « dat gy heden niet met uwen boge buiten de Vyfwindgatenpoort [1] gegaen zyt, om in St.-Jorishof het vrolyk schietspel by te woonen? Ik kom ervan; het is gedaen : de schoone zilveren kanne, die Ser Van Rasseghem ten pryze geschonken heeft, is na eenen sterken kamp gewonnen............ Slaept gy dan, Lieven, dat gy my niet aenhoort? — Wat er is geschied raekt u toch meer dan my. Kom aen, ik geef u te raden wie de zilveren kan gewonnen heeft! »

« Wat raekt het my? » zuchtte Lieven, zich uit een gevoel van betamelykheid half omkeerende « ik misgun den winner zyne vreugde niet. »

« Ah, misschien! Het is Mher. Ghelnoot van Lens, die overwinnaer in het schietspel gebleven is! »

---

[1] N° 72 der kaert.

Deze naem deed eenen geweldigen indruk op het gevoelig zenuwstel des jongelings; hy scheen te verschieten, want zyne leden spanden zich plotselings als door eene magtige aenraking getroffen, en een gevoel van pyn schetste zich op zyn gelaet.

Jan vatte hem by de hand, en, aen zyne stem den toon des medelydens gevende, ging hy voort :

« Wat ik u nog zeggen wil moet u diep bedroeven, ik weet het wel, Lieven; maer men ziet zich dikwyls gedwongen eenen vriend tegen dank de waerheid te verklaren, en deed men het in sommige gevallen niet, men zou den naem van vriend niet verdienen. In St.-Jorishof bevonden zich nog anderen uwer bekenden : het huisgezin der Vaernewycks was er, en by hen Ver Artevelde met hare dochter Veerle!..... Ontstel u zoo zeer toch niet. Ah, indien gy gezien haddet, wat ongemeene vriendschap Ghelnoot en Veerle zich in het gezigt van het gansche gezelschap bewezen, en hoe uitermate gelukkig Jonkver Veerle scheen te zyn, toen Ghelnoot juichend met de behaelde zilveren kanne tot haer liep!........ De aenschouwers spraken er schand over, Lieven; en uwe vrienden bovenal vertoornden by de ontrouw jegens u zoo openbaerlyk gepleegd, by den hoon u in uwe afwezigheid aengedaen! »

By elk opvolgend woord meer en meer ontroerd, had Lieven, met gebogen hoofde en neêrgeslagen blik, eenen steun tegen den muer gezocht en stond daer nu, zigtbaer bevend doch sprakeloos.

« Weet gy, Lieven, wat sommigen zegden om Mher Ghelnoot te verschoonen? » ging Jan voort « zy zegden dat Jonkver Veerle in het kort met den Hoofdman van St.-Nicolaes trouwen zal. Gy moet het beter weten dan iemand anders. Is dit huwelyk inderdaed besloten? — Dan zou men wel ongelyk hebben, de twee verloofden te laken omdat zy elkander beminnen! »

Dit laetst gezegde deed Lieven eensklaps het hoofd opheffen; een somber vuer gloeide in zyne oogen en zyne wezenstrekken schenen te verkrampen onder de ontsteltenis eener geweldige zenuwkoorts. Den gezel van onder zyne gezonkene wenkbrauwen met eenen blik des verwyts beziende, riep hy :

« En gy ook? — Welke booze geest heeft u dan hier gezonden om het vuer der hel in mynen boezem te doen ontbranden? Wie heeft u betaeld om myn hart te bloede te komen scheuren? Wat gy zegt is valsch! Zy liegen duizendmael die spreken gelyk gy! Ga, ga weg van hier en noem my uw vriend niet meer! »

In stede van zich over deze uitdagende woorden te vergrammen, hief Jan de schouders op en schudde ontmoedigd met het hoofd, terwyl eene uitdrukking van diep medelyden zyn aengezigt betrok.

« Arme Lieven » zuchtte hy « ik zou my over uwen hoonenden uitval moeten vergrammen; maer, hoe zeer ik my gewond gevoele, ik kan het waerlyk niet. Gy zyt ziek, ongelukkige vriend; gy lydt schrikkelyk, ik zie het wel; de pyn heeft uwe rede verdoofd. Wat ik u zegde is geene lastertael : ik heb het wel gehoord en gezien. Ik sta tegen de gansche wereld voor myne woorden in; en bevindt gy ooit dat eenige onwaerheid den mond van Jan Sporrelinck ontviel, gy weet zyn huis in de Lange Meere : hy zal zyne gezegden met tael en daed gestand doen, wanneer en waer gy het eischen zult. »

De kalme doch stoute tael van Jan deed de woede

tegen hem eensklaps uit Lieven's gemoed verdwynen;
in zyne vatbaerheid voor den twyfel, begon hy te denken
dat zyn vriend hem regtzinniglyk had toegesproken en
hy het wel met hem meende. Hy zegde dan met zachter
stemme en als smeekend :

« Neen, neen, ik wil gèene vyandschap met u; gy
bedriegt u gelyk de anderen; gy ook zyt door eene
onzigtbare magt gedreven; ik vergeef u de pyn die ik
nu lyde; 'maer, om Gods wille, Jan, zoo gy waerlyk myn
vriend zyt, laet my alleen! »

« Het is wel » antwoordde de andere « ik heb mynen
pligt gekweten en verlaet u...... doch zoo ik in uwe
plaets ware, ik zou wel weten wat te doen om uit dit
bitter lyden op te staen! »

De oogen van Lieven blonken met eene heldere strael
der' hoop; hy vroeg haestig :

« Welnu, welnu, wat zoudt gy doen? »

« Ik zou doen gelyk het eenen man betaemt. Ik zou
stoutelyk spreken en willen weten, wat van alle deze
geruchten waer of onwaer is. Indien ik spot of bedrog
ontdekte, zou ik er strenge rekening over eischen,
— myn belediger mogt dan al of niet Hoofdman van
St.-Nicolaes zyn — en ik zou de ontrouwe maegd mispryzen en vergeten. »

« En indien gy bevond dat alle die geruchten valschheid zyn? » viel Lieven hem in de rede.

« Ho, dan zou ik naer niets luisteren en den eersten
lasteraer den beste den mond sluiten, al moest ik tienmael daegs bloed zien! Maer dan zou ik niet doen als
gy, Lieven; ik zou de gezelschappen niet vlugten, ik zou
niet zigtbaer treuren en verkwynen, opdat ieder, op myn
ontsteld gelaet, zou kunnen lezen dat ik geloof hecht aen

den laster. Neen, neen, ik zou het hoofd met trotschheid verheffen, en wee hem die my hoonen of beklagen
durfde!.... Dit zou ik doen. En nu, vaerwel, overweeg
dezen raed : hy is wel zeker van eenen vriend..... Zie!
daer ginds, by de Brabandpoorte, gaen de Vaernewycks!
Ghelnoot en Veerle geven elkander de hand; de knaep
van St.-Jorisgilde voert de zilveren kanne voor hen. —
Tot wederziens! »

Lieven had de oogen in de aengewezene rigting gestuerd, doch niet zoohaest had zyn blik de jonge Veerle
en haren geleider bereikt, of hy keerde bevend zyn gezigt
ervan af en ging met wankelende stappen naer den kant
der Wynaerdbrugge [1].

Onderwege overpeinsde hy wat Jan Sporrelinck hem
had gezegd; hy geraekte allengskens tot het besluit, dat
zyn raed inderdaed goed was, en er een einde aen zyn
ondragelyk lyden moest worden gezocht. Nochtans ontzonk hem dikwyls den moed, als hy eraen dacht Jonkver
Veerle rekening over haer gedrag te moeten vragen;
maer dan voerde zyn geest hem weder in tegenwoordigheid van Ghelnoot en deed, door den indruk van
dezen toestand, zyn bloed met onstuimigheid door zyne
aderen stroomen, terwyl zyn hart van bedekte wraekzucht opzwol.

Over de Wynaerdbrugge gekomen meende hy de Kerkstraet op te klimmen, om naer zyne wooning te gaen;
doch hy zag van verre zynen vader met den koning der
Ribauden sprekende staen. Ofschoon Muggelyn nu niet
zelden ten huize des Overdekens verscheen, was het hart
van Lieven altyd met afkeer voor hem vervuld gebleven

[1] N° 66 der kaert. Nu *Wyngaerdbrugge*.

en hy ontvlugtte zyne tegenwoordigheid met eene zorg, die men aen geen ander gevoel dan aen diepen haet kon toeschryven. Nu ook draeide hy om de St.-Janskerke en trad ter zyde op het kerkhof, waer hy achter den muer voor eenen zerksteen nederknielde. Eene lange wyl met het hoofd gebogen daer gebeden hebbende, rigtte hy zich op en keerde, met verlicht gelaet en getroost gemoed, langzaem naer zyne wooning, die slechts weinige stappen van het kerkhof was verwyderd.

Nauwelyks had hy zyne huike afgedaen en op eenen stoel gehangen, of zyn vader verscheen insgelyks in de kamer en zegde hem, op eenen toon die een gewigtig besluit aen te kondigen scheen:

« Lieven, ga met my naer boven : ik heb u iets te zeggen! »

De jongeling gehoorzaemde en volgde zynen vader tot op eene bovenkamer, waer de Overdeken deze samenspraek dus begon, na dat hy zynen zoon voor hem had doen nederzitten :

« Lieven, ik bid u, luister met aendacht op hetgeen ik u zeggen ga; wapen u met moed, myn zoon, en ontstel u niet, al ware er ook al iets of wat in myne woorden dat uw hart bedroeven kon. Geloof het, ik betreur uw ongelukkig lot en lyde diep by het gezigt uwer verkwyning. Er moet een einde aen komen, Lieven; lang genoeg heb ik uw blind vertrouwen onbevochten gelaten, lang genoeg heb ik uw heimelyk wee geëerbiedigd; maer nu zou het voor my eene grove misdaed worden, zoo ik myn eenig kind nog eenen enkelen dag onder den openbaren spot gebukt liet gaen en hem, onnoozel slagtoffer der schynvriendschap, ten grave liet wandelen zonder hem terug te houden in de baen van vernedering en verderf.

Sedert eene maend had ik voorgenomen dezen heiligen vaderpligt te vervullen; de vrees u te bedroeven weêrhield my dag voor dag. Eventwel, wat ik heden in St.-Jorishof gezien en gehoord heb, heeft my onherroepelyk doen besluiten, geen enkel uer langer te wachten, en ik heb het schietspel in allerhaest verlaten, alleenlyk om u mynen vriendenraed en des noods myn onverbiddelyk vonnis mede te deelen. — Lieven, in St.-Jorishof was Veerle en met haer Ghelnoot Van Lens; geen van beide achtte het ditmael nog noodig de vlam te verbergen welke in hunne boezems blaekt; verzekerd van uwe afwezigheid, hoonden zy u onbeschaemdelyk in het gezigt uwer gezellen en vrienden, —, dat iedereen zich erover belgde en met verontweerdiging vroeg, hoe gy zoo lang toestemmen kondet, de speelbal dezer hoogmoedige lieden te blyven. »

De ontstelde Lieven luisterde met de uitdrukking van beklemde woede en van bitter lyden op het gelaet; hy had als een voorgevoel dat men hem hier weder onmêdoogend ter pynbank leggen ging, om zyn hart door honderd wonden te doen bloeden. Ofschoon rede en pligtbesef hem geweld deden aenwenden om geen enkel gedacht van ergwaen of van oneerbiedige verdenking in zynen geest toe te laten, zyn zenuwstel sidderde en eene koude yzing vloeide over zyne leden by den toon alleen van zyns vaders stemme. — Zyne ziel was misschien gewend te lyden by dien toon!

« Maer, vader » bemerkte hy zuchtend « Veerle heeft my gister gedurende een gansch uer gebeden en gesmeekt, dat ik met haer en met hare moeder naer het schietspel zou gaen. »

« En met Ghelnoot, niet waer? » voegde de vader

bitter grimlachend er by. « Zy weten beter dan gy, wat gevoel u het harte verknaegt; en, in stede van uw verdriet te eerbiedigen en te verlichten, doen zy alles wat er noodig zou zyn om u den doodsteek te geven, indien ik niet daer was om over het lot van myn kind te waken en het in tyds te redden. Als gy by Veerle zyt is Ghelnoot er ook, als gy niet met haer zyt is hy er nog : Ghelnoot! altyd Ghelnoot! — Schandelyke spot! Onmenschelyke wreedheid! »

Reeds begon Lieven den invloed van zyns vaders woorden te ondergaen : hy gevoelde zyn hart met snelheid jagen en eene soort van koortsigen zenuwarbeid, die in zyn binnenste het vuer des minnenyds tot een hevig ontbranden voorbereidde. Nochtans hy bedwong dezen drift en antwoordde spytig :

« Dewyl Mher Artevelde, uit hoofde zyner reize door West-Vlaenderen, zoo lang afwezig blyven moet, is het dan wonder dat Ghelnoot het huisgezin des Opperhoofdmans bewake? Is Mher Van Lens sedert zyne kindschheid niet dagelyks in het huis van Artevelde? En waerom zou hy nu zyn gedrag veranderen? Omdat eene geheime magt, die in de hel uitgebroed schynt, my vervolgt en my lyden doet? »

De Overdeken scheen verrast door de woorden zyns zoons en zag hem diep in de oogen. Dit onderzoek zyne vreeze gestild hebbende, zegde hy :

« Arme Lieven, uwe grootmoedigheid verblindt u; gy poogt voor u zelven het gedrag van Veerle en Ghelnoot te verbloemen; gy worstelt als een wanhopige tegen de welbekende waerheid, omdat de waerheid, indien gy ze ook eindelyk erkende, u den schoonsten droom uws levens ontrooven zou. Eilaes, myn zoon, waerom u nog voeden met eenen valschen schyn, die u toch ook ontsnapt?—Waerom treurt gy? Waerom wordt gy bleek en mager? Waerom vlugt gy het gezelschap uwer vrienden en gezellen? Is het omdat gy betrouwen hebt in de regtzinnige liefde van Jonkver Veerle? Is het omdat gy, als te voren, u gelukkig voelt door de zekerheid dat zy u alleen op aerde bemint? Gy schynt te willen zeggen dat men de dochter des Opperhoofdmans en haren vriend Ghelnoot lastert? Het is mogelyk; maer betigt dan u zelven eerst, want in uw eigen hart zou de vuigste laster berusten, indien uwe lange smart niet getuigde dat eene doodende waerheid u martelt. — Ik begryp uwe ligtgeloovigheid niet, Lieven; voor een klaerziend oog was er immers niets anders noodig dan de geschiedenis van den Nieuwen Bosch te Brussel, om overtuigd te blyven dat men u bespot en bedriegt? Hoe? Ghelnoot en Veerle loopen weg van het gezelschap, zy blyven een half uer onvindbaer, en als gy hen ontdekt, verrast gy de deugdzame Veerle hangende aen zynen hals! Men maekt u wys, dat uw neef Jacob hen uit kortswyl heeft verloren geleid en dat Veerle op het oogenblik verschoten had van het opspringen eener hinde! En als gy in regtveerdige woede uitvaert tegen Ghelnoot, dan lacht hy met uwe gramschap en doet u op uwe eer beloven, dat gy aen geen mensch ter wereld zeggen zult wat gy hebt gezien! — Belachelyke spotterny, die gy aenveerdt als een onnoozel kind! »

« Vader, vader » riep Lieven toornig, ik heb, tegen myne plegtige verbindtenis, u dit geheim toevertrouwd; zwyg ervan om Gods wille! Gy hebt het my beloofd! »

« Welnu, ik zal van wat anders spreken. In St.-Jorishof verzekerde iedereen, tot zelfs vrienden des Opperhoofdmans, dat Ghelnoot met Veerle trouwen gaet! Ik geloof het niet. Een jongeling byna dagelyks ontvangen, hem liefde betoonen, en intusschentyd een huwelyk met eenen anderen man bereiden? Ah, zoo verre toch zouden zy de onbeschaemdheid niet durven dryven! — Een ander nieuws heeft my dieper gewond, alhoewel ik niet wete of men het gelooven mag : — er was in St.-Jorishof eene jonge vrouw van Mariënland [1]; die had gister den namiddag in het Beggynhof doorgebragt, toen Jonkver Van Artevelde er ook was — en zy verhaelde dat Veerle lachend in hare tegenwoordigheid had gezegd, dat gy, Lieven, haer slechts tot tydverdryf dient; dat zy vermaek schept in uwe onnoozele liefdebetuigingen, doch dat zy u niet bemint en u moede wordt........ »

Als een gewonden leeuw sprong Lieven eensklaps van zynen stoel op en ging eenige stappen achteruit. Van daer zynen vader met gloeijenden blik beziende, riep hy uit :

« Het is valsch, valsch wat gy zegt! »

« Wat ik zeg? » herhaelde Geeraert Denys met koelheid « wat de jonge vrouw van Mariënland gezegd heeft, meent gy? Misschien is het inderdaed eene onwaerheid; ik wil er niet voor instaen. »

« Waerom, vader, waerom my dan met dien laster het hart uit den boezem gerukt? ô, Genade! genade! Laet my vertrekken, ik lyde onzeggelyk; alles draeit voor myn gezigt....... myn hoofd wil barsten....... »

~ Terwyl Lieven met de handen voor de oogen daer stond te beven, wierp de Overdeken eenen onderzoekenden blik op hem. Dan stond hy op, vatte zynen

---

[1] Eene wyk der stad. N° 90 der kaert.

zoon by de hand en bragt hem weder op den stoel, zeggende met zachte en troostende stemme :

« Hy is wel pynelyk, de droeve vaderpligt dien ik te vervullen heb; nochtans het moet zyn. Zet u neder, Lieven, ik zal het kort maken. Ziet gy, myn zoon, ik mag niet langer lyden.dat gy het voorwerp blyvet van den openbaren spot, en dat men u, al ware het slechts door eene schuldige lichtzinnigheid, in bittere smarten doe verkwynen. Ik raed u aen, dat gy heden nog afbreket met de dochter des Opperhoofdmans!....... Gy antwoordt niet? Ik beveel het u : onwederroepelyk is myn gebod. Wat zegt gy? »

« Welaen, mits myn akelig lot het wil : ik zal het doen! » antwoordde Lieven met verkropte stemme.

« Heb dank, myn zoon » sprak Geeraert « en zegen gy ook den goeden God, die u heden verlost heeft van dit akelig lyden. Hef het hoofd moedig op : uwe banden zyn gebroken; gy gaet weder vry en vrolyk leven — en is uw hart begeerig naer liefde, honderd maegden zullen zich gelukkig achten, den zoon des Overdekens der Neeringen van Gent hare ootmoedige liefde te mogen bieden. Tot jonkvrouwen uit de edelste stammen zelven moogt gy uw oog verheffen, Lieven. »

De jongeling, gansch onder den druk van zyn noodlottig besluit verpletterd, zat met gebogen hoofde voor zynen vader en hoorde welligt niet wat hy zegde.

Geeraert Denys scheen op dezen toestand zyns zoons geene acht te slaen en ging dus voort :

« De liefde is een blinde drift; zy belet ons in de toekomst te zien, en doet ons dikwyls onvoorzigtigheden begaen, die men zyn gansch leven te beklagen heeft. Het is wel gelukkig, dat de ontrouw uwer beminde u van een huisgezin verwydert, dat welhaest onder den algemeenen smaed zal bezwyken. Zie wat er in Vlaenderen omgaet; in alle steden en gewesten staet men met gramschap op tegen de beheersching van Artevelde; de Opperhoofdman heeft noch rust noch duer meer, hy reist van de eene gemeente naer de andere, om het dreigend oproer te stillen; maer nauwelyks is hy verdwenen, of achter hem ontbrandt op nieuw het vuer der volkswoede. Of de haet dien men, gansch Vlaenderen door, den Opperhoofdman toedraegt, regtveerdig zy ofte niet, dit doet niets ter zake. Het is klaerblykend dat er een afgrond voor zyne voeten zich opent, en dat hy met al de zynen er in storten zal. Zelfs binnen Gent, waer men zyne magt het meeste vreest en vreezen moet, zal waerschynelyk eerlang tegen hem een schrikkelyke storm ontstaen, — storm die zich reeds in het verschiet aenkondigt voor al wie scherpziende genoeg is om, uit de doode rust der zee zelve, het nakend onweder te voorspellen. — Welnu, myn zoon, hadde het laekbaer gedrag van Veerle en Ghelnoot jegens u den band niet verbroken, die u onscheidbaer aen den Opperhoofdman hechtte, gy waret met hem gevallen; uwe loopbaen ware voor altyd gesloten geworden. Nu behoort u de toekomst; nog eenige jaren en gy zult den ouderdom hebben, die u regt zal geven om naer de hoogste ambten der Gemeente te staen..... Uw vader, Opperhoofdman van Gent misschien, zal uwe verheffing bewerken; en God weet, Lieven, welken roem, welke magt het lot ons Huis nog voorbewaert!.... Maer om dit te mogen hopen is het noodig dat gy beslissend afbreket met Artevelde en met al wie van naby of van verre tot de zynen behoort. Ik heb vertrouwen in uwen ontwaekten mannelyken moed en ik vrees niet dat ik verpligt zou kunnen zyn, myn vaderlyk gezag te gebruiken om u tegen uwen dank te redden uit een onfeilbaer verderf...... De avond is reeds verre gedaeld; gy hebt rust noodig na eene zoo gewigtige beslissing. Welaen, ik verlaet u om onzen vriend Calevoet in de *Meerminne* te gaen vinden; gy, Lieven, ruk het verdriet uit uw hart en ga naer den *Leeuw-ten-Putte* om vrolyk te zyn met uwe gezellen. Blyf met vrede, tot straks! »

By dezen laetsten groet klopte hy zynen zoon aenmoedigend op den schouder en daelde den trap af.

Lieven bleef roerloos en in wanhoop verzonken zitten. Na eene lange wyle tyds, en toen het nachtelyk duister reeds alles in de kamer onzigtbaer had gemaekt, stond hy van zynen stoel op en morde met doffe stemme tot zich zelven:

« Ik dien haer tot tydverdryf! Zy bemint my niet en schept een spottend vermaek in myne onnoozele liefdebetuigingen! God, God, het is niet waer!............ Die vrouw van Mariëuland, wat redenen kan zy hebben om te liegen? Zy heeft het toch zelve gehoord......... Veerle was toch gister namiddag in het Beggynhof; het is zelfs daerom dat ik haer niet bezocht. Wee, wee, zoo veel valschheid! En Brussel! Brussel! Ah, het is gedaen; die steen zal van myn hart, ik zal sterven van verdriet.......... maer het lot is geworpen! »

By deze laetste uitroeping liep hy met looze stappen naer beneden, wierp zyne huike aen en ging ter deur uit zonder iemand te groeten.

Door gramschap voortgezweept en byna dronken van ontsteltenis, stapte Lieven met haest en als een blinde door de duistere straten tot dat hy, zelfs zonder het te weten voor de deure van Artevelde's wooning stond. Daer ontzonk hem eensklaps de moed; hy begon te beven als een riet, en toen hy den yzeren klopper meende te raken, vond hy de magt niet om de hand er toe op te heffen. Half ineengezonken en tegen den styl der deure leunende, besefte hy nu in volle klaerheid, wat hy hier kwam doen.

Hy zou afbreken met Veerle, haer vaerwel zeggen voor altyd, haer verwerpen als eene schuldige! Misschien eene onnoozele vriendinne het hart vermorselen door dit wreed afscheid! En hy zou den zoelen grimlach des engels nooit meer zien, hare stem niet meer hooren, de vyand worden van haer, die zyne kindschheid, zyne jeugd, als een zoete beschermgeest met geluk en zaligheid overgoten had? Veerle zou hem haten? Sterven misschien als eene bloem wiens wortel van wormen is doorknaegd......... Welk leven voor den armen Lieven! Een afgrond zonder palen, waerin nooit het licht der vreugde eene enkele strale zenden zou......... want de liefde tot Veerle is in zyne hersens, in zyn hart vergroeid; zyne gedachten, zyn gevoel, hebben aen deze liefde hunne vormen en hunne natuer ontleend; zy is zyn wezen, de ziele van alle zyne aendoeningen, de dryfveer die zyn leven onderhoudt en rigt. Dit gevoel verstikken is sterven! Alles zal ydel worden in zynen geest en in zynen boezem; — en, hy gevoelt het wel, de ongelukkige jongeling, wat hy doen gaet is zyn doodvonnis teekenen — welligt twee graven openen? En waerom? Ach, nu wordt hy nog meer gemarteld! Deze vraeg voert het beeld zyns vaders voor zyne oogen; zyn gefolterde geest stoot dit beeld terug en smeekt om genade......... hy zinkt besluiteloos, ontzenuwd nevens den styl der deure neder en vergeet zynen toestand in de ylkoorts die hem bevangen heeft.

Waerschynelyk zou Lieven, na het herwinnen zyner krachten, deze plaets met afschrik ontvlugt hebben, om zich los te rukken van onder den wreeden minnenyd, die hem nog immer aenspoorde om het gebod zyns vaders te volbrengen; maer nu voelde hy zich eensklaps door twee magtige handen onder de armen gevat en opgeheven, terwyl eene spottende stem hem zegde :

« Eh, eh, makker! als men hierover in den *Vos* te zware lading ingenomen heeft, dan kan men wel ergens dan voor de deure des Opperhoofdmans gaen slapen! »

By het erkennen dezer stemme sprong Lieven eensklaps regt, bragt de hand aen zyn knyf en brulde, alsof eene adder hem gebeten hadde :

« Muggelyn! Achteruit! Achteruit! Weg van hier! Raekt my niet meer of myn knyf......... »

« Zie, zie! » riep de koning der Ribauden lachend « het is onze vriend, Lieven! Wist uw vader dat, — hy die denkt dat gy wyn noch bier moogt! Dat zal u leeren, hoe gevaerlyk het is veel te drinken als men uit vryen gaet! »

De jongeling stond, nog knarstandend van woede en schaemte, met de hand aen het wapen en voelde zich door innige razerny aengedreven om den koning der Ribauden zyn knyf in de borst te jagen; doch het gedacht eener moord deed hem yzen. — Eensklaps rolde een akelige gorgelklank van zyne lippen, en den yzeren klopper aengrypende, sloeg hy hem herhaelde malen op de deur.

De Ribaudenkoning, die waerschynelyk met de huisgenoten des Opperhoofdmans niets wilde te doen hebben, verwyderde zich haestelyk en zegde nog in het heengaen :

« Veel geluk met uwe schoone; zy zal u het hoofd eens ter dege gaen wasschen omdat gy by Bachus geweest zyt! »

Eene dienstbode de deure geopend hebbende stapte Lieven, als vervoerd, tot in de kamer waer Veerle zich met hare moeder bevond.

Vrouw Artevelde verschrikte toen de jongeling zoo onverwacht voor haer verscheen. En inderdaed, zyn voorkomen was vreemd en yslyk : de bleekheid der dood ontverwde zyne wangen; zweetdruppels rolden in peerlen van zyn voorhoofd en hy beefde zigtbaer in alle zyne leden, terwyl zyne oogen met zonderlingen nyd en verslindenden blik gehecht bleven op Veerle, die by den schoorsteen met de handen voor het aengezigt bitterlyk zat te weenen.

De jonkvrouw had het hoofd wel opgeheven toen de deur der kamer geopend werd; zy had Lieven bezien met eenen gramstoorigen oogslag, doch alsof zyne tegenwoordigheid haer veeleer vertoornde dan verblydde, had zy weder hare handen voor de oogen gelegd, zonder haren geliefden zelfs te willen groeten.

By de komst des jongelings stond Vrouw Artevelde van haren zetel op en, tot hem loopende, legde zy haren arm medelydend, om zyn lichaem als om hem te ondersteunen, greep zyne hand aen en vroeg met benauwdheid :

« Arme Lieven, wat hebt gy? Wat ontstelt u zoo doodelyk? »

Maer de jongeling, waerlyk dwalend, neep hare hand krampachtig te pletten, en bleef even roerloos met het glinsterend oog op Veerle staren :

« ô God! » riep Vrouw Artevelde met snydende stemme « wat ongeluk! wat ongeluk! Wee, wee, Veerle! Hy is zinneloos! »

By den angstroep harer moeder sprong Veerle regt en aenschouwde sidderend het bleek gelaet haers geliefden. Eensklaps ontsprongen eenige onverstaenbare gillen uit hare borst, en huilend legde zy hare twee handen op de koude wangen des jongelings, hem halsstarrig in de oogen schouwende, en in de diepte zyner ziele poogende te dringen om te weten wat hem ontstelde.

« Neen, neen » huilde zy met verbysterden lach « het is niet waer, moeder! Ah, neen, neen! Arme vriend, wat hebt gy! ô, spreek, om Gods wille, dat ik uwe stem hoore! »

En daer zy uit Lieven doch geen antwoord bekwam, plaetste zy bevend hare lippen op zyn voorhoofd, alsof zy, in hare verdwaeldheid, geen ander middel meer kende om het bewustzyn in haren ongelukkigen vriend terug te roepen, dan dit uiterst bewys harer genegenheid tot hem.

Inderdaed een wonderbaer zoete grimlach kwam, als een helder licht, het gelaet des jongelings beschynen. Met weemoedigen blik stuerde hy nu zyn oog aenbiddend op den engel die hem had gered, en zegde voor alle antwoord :

« Veerle, lieve Veerle! Dank dat gy u myner ontfermd hebt! »

« ô, Daervoor moge den goeden God in der eeuwigheid gezegend zyn! » riep Veerle juichend en den grimlach op Lieven's gelaet tegenlachend. Zy greep haestiglyk eene glazen kanne van de tafel, schonk het water daeruit in eene zilveren schael, en dezelve met eene teedere bezorgdheid voor den mond van Lieven brengende, sprak zy op den zoetsten toon harer stemme :

« Daer drink, myn arme vriend; zet u neêr nevens my. Gy hebt wel gedaen met hier te komen om vertroosting te zoeken; ik zal de wanhoop wel uit uwen boezem dryven! »

Zy deed Lieven by haer op eenen zetel zitten, zonder zyne hand los te laten, en poogde door eenen bestendigen grimlach, waeruit de innigste liefde blonk, het verdriet geheel uit des jongelings hart te verjagen.

Deze zag met verbaesdheid op het gelaet van Veerle en zegde met eene stemme die beefde van geluk :

« Ô, Veerle, ik heb smarten geleden die onzeggelyk zyn; heden heb ik tienmael myn hart voelen pletteren; een vuer heeft myne hersens verteerd : ik was eene gedoemde ziele in de helle des twyfels. Ik weet niet wat er met my geschiedt! Nu zie ik den hemel in uw aengezigt; ik ben eene ziele geworden die de hoogste zaligheid geniet, die wegsmelt van geluk.......... Misschien ben ik zinneloos! — Ah, neen, neen, Veerle! Dank, dank moet gy hebben, gy, altyd myne lieve, getrouwe vriendinne! Uw grimlach alleen is waerheid — het overige is logen en laster! Moest de gansche wereld my bespotten, moest ik gebukt gaen onder eene yslyke vervloeking, ik blyf de uwe — immer, altyd, tot in het graf.......... »

« Maer, Lieven » zegde Vrouw Artevelde « uwe ontsteltenis was by uwe komst toch zoo uitermate groot, dat wel iets schrikkelyks u moet wedervaren zyn. Uit uwe woorden meen ik te mogen vermoeden, dat de laster die ons vervolgt u alweder tot zyn slagtoffer gekozen had. Regtzinnigheid alleen kan u beschutten tegen het venyn, waermede men uw leven vergiftigen wil. Verklaer ons stoutelyk wat u ontsteld heeft; in de wydste openhartigheid alleen kunt gy beiden troost en redding vinden. »

Er verliep eene wyle tyds zonder dat Lieven besluiten kon op deze vraeg te antwoorden; hy scheen door eene dwingende reden teruggehouden en boog beschaemd het hoofd.

Vrouw Artevelde vroeg hem met strengen blik :

« Lieven, gevoelt gy u dan schuldig, dat gy niet spreken durft? »

Veerle volgde de minste aendoening op het gelaet des jongelings met benauwdheid na : eene uitdrukking van spyt en van droefheid schoof eensklaps als een duistere sluijer over haer aengezigt, en zy onttrok byna onvoelbaer hare hand aen de hand van Lieven.

« Ach! » riep deze eindelyk « er zyn dingen die ik niet veropenbaren kan; maer gy kunt afmeten hoe doodelyk ik lyden moest : ik ben hier gekomen om Veerle een eeuwig vaerwel te zeggen! »

Deze verklaring verraste Vrouw Artevelde alsof dezelve haer iets anders herinneren deed; gramschap en verontweerdiging ontstelden haer zigtbaer.

Veerle liet eenen pynelyken schreeuw, schoof haren stoel achteruit en begon onder luide snikken met de handen voor de oogen te weenen.

« Wee! wee! Het is dus waer, wat men aen Jacquemyne heeft gezegd! » riep zy huilend.

Lieven was als verpletterd onder het onverwacht

uitwerksel zyner woorden en bedroog zich gewis over den zin der klagten zyner geliefde; want hy naderde smeekend tot haer en sprak :

« ô, Veerle, ontstel u daerom niet, goede vriendinne. Als ik u, in Gods tegenwoordigheid, verklare dat ik u alleen op aerde zal beminnen tot dat het graf zich opene voor my, is dit een afscheid, een vaerwel? ô, Wees gerust, stil u, lach my nog tegen, lieve; is deze dag niet de schoonste myns levens? Wilt gy my dan terugstorten in den afgrond des verdriets, waeruit gy my opgeheven hebt? Gy stoot my van u weg! Gy antwoordt my niet! Eilaes, ben ik dan onder eene wreede begoocheling? Was myn geluk een droom, die eindigt en my weder overleveren gaet aen het yslyk lyden? Genade, genade, Veerle! Wat heb ik dan gedaen, dat u onverbiddelyk maekt? »

Veerle hief het hoofd op, en, onder het storten van eenen tranenvloed, zegde zy snikkend tot den verbaesden jongeling :

« Lieven, Lieven! heb ik dit lyden verdiend? Ach, nu is alles gedaen tusschen ons : zoek geene verschooning; ik ben de dochter van Artevelde, Mynheer! Dit mag ik niet vergeten, al moest ik sterven van verdriet. Ik zal lyden, treuren, verkwynen, dit weet ik wel, wreede! Ja, ik heb u sedert myne eerste kindschheid bemind; in dit uiterst oogenblik durf ik het wel zeggen, dat myne Vrouw moeder het hoort. Ik schaem het my niet; want in my ten minste was het een zuiver gevoel; — in u? — eilaes, eilaes, ik sterve daer zeker van eer de winter kome — in u was het spot, veinzery, valschheid! »

Lieven sloeg met wanhoop de handen te samen en smeekte :

« Veerle, Veerle, wat zegt gy daer? Ik spotten? Met u? God, God, wilt gy myn leven als een bewys myns eerbieds? Ach, heb medelyden met uwen verdwaelden vriend! Ik bezweer u, Veerle, by de gedachtenis onzer zoete kindsheid, zeg my wat u vergramt. Laster, laster, zal het zyn! »

« Laster? » riep de maegd « ô, Gave de goede God dat het laster ware; maer neen, het is waerheid, yslyke waerheid! »

« Gy beschuldigt my van eene laffe misdaed? » zuchtte de jongeling. « Spreek, wat heb ik gedaen? Indien ik pligtig ben, ik zal heengaen en zonder klagen de bittere kwyndood als eene verdiende straf aenveerden. »

De tranen borsten met nieuw geweld uit de oogen der Jonkvrouw los, terwyl zy in gramschap uitriep :

« Hoe? Gy zult onder booze spotwoorden, die myn mond niet herhalen durft, in het openbaer gaen zeggen dat gy my veracht, dat gy te goed zyt voor Artevelde's dochter, en dat gy nog deze weke haer, als eene uwer onweerdige maegd, een eeuwig vaerwel zeggen zult! En gy voegt daerby dat de boezemvriend myns vaders, Mher Ghelnoot Van Lens, een snoodaerd is, — hy, de edelmoedigste vriend die gy zelf hebt! — Het was u dus niet genoeg, boos en wreed te zyn? Ondankbaer moest gy worden, lasteren moest uw mond! Ach, hoe is het mogelyk! Lieven! Lieven! Moest uwe hand my dan den doodsteek geven? »

Een gevoel van verontweerdiging vervulde eensklaps het hart van Lieven. Hy stond op en zegde met fierheid tot de maegd :

« Wat wilt gy dat ik antwoorde op louter valschheid? Ik vergeef u, Veerle; wat gy lydt heb ik geleden; wat gy my nu ten laste legt meende ik zelf u te verwyten. Maer ons lot is onbegrypelyk : de laster omringt ons langs alle kanten als een onverbreekbaer web. »

« Ach, veins niet » zegde Veerle. « Hebt gy dan gisteren, in den *Leeuw-ten-Putte*, aen Jacob Hoyvant, den houtbreker uit de Wolvestege, dit alles niet gezegd in tegenwoordigheid van Joos Herwege en Boudin Stichel? Jacob Hoyvant heeft het zelf aen onze meid Jacquemyne gezegd, toen gy nog in den *Leeuw-ten-Putte* bezig waert met spotten. »

Lieven ging weder nevens Veerle zitten, vatte hare hand met stillen grimlach en sprak :

« Veerle, myne goede vriendinne, het is wel onze schuld zoo wy lyden. Voor de eerste mael sedert een jaer bemerk ik dit nu met eene wonderbare klaerheid des geestes. Waerom luisteren wy naer hetgene men zegt, als wy het beter weten dan de lasteraers? — Sedert zes weken heb ik nog geenen voet in eene herberg gezet, en den *Leeuw-ten-Putte* ontvlugt ik reeds dry maenden! Het is waer, ik heb myn hart geopend voor minnenyd en ergwaen; maer getuigde myn bleek gelaet misschien van myn knagend verdriet, myn mond ten minste heeft nooit het geheim myns harten gekend. Was het niet gansch hetzelfde met u? Gy kunt onverbiddelyk blyven, Veerle, my slagtofferen ofschoon ik onnoozel ben; eventwel, dan, wanneer gy my tot sterven veroordeeldet, dan zelfs nog wanneer uwe liefde eenen anderen man geschonken wierde, zou ik het beeld der vriendinne myner jeugd in myn hart bewaren, het streelen en beminnen in de eenzaemheid en het medenemen in myne laetste rustplaets........ »

De zoete en driftelooze toon dezer woorden troffen het

gemoed der maegd zeer diep; allengskens hief zy hare oogen tot Lieven op, en scheen de klanken uit zynen mond te luisteren. Een hoopvolle grimlach kwam welhaest door hare tranen blinken en getuigde dat het innig gevoel van des jongelings onschuld langzaem in haren boezem zonk.

Als hy met spreken geeindigd had, ging zy tot hare moeder, wierp zich om haren hals en riep met opgetogenheid in de stemme:

« Moeder, moeder, hy heeft het niet gezegd! Het was ook valschheid! »

Vrouw Artevelde ontving hare dochter met blydschap in de armen en zoende de gelukkige maegd eenige malen, waerna zy tot de gelieven sprak:

« Kinderen, wat hier voorgevallen is aenschouw ik als eene weldaed van God, tusschen al het verdriet dat ons wordt aengedaen. Sedert maenden heeft de geheime laster uw leven vergiftigd en u doen lyden. Geen van u beide heeft hier iets aen den anderen te verwyten; hetzelfde wee, dezelfde verdenking heeft u gemarteld. Welaen, nu zyt gy sterk tegen de boosheid van buiten; geen gehoor meer geleend aen die vuige geruchten, door onbekende vyanden verspreid, tegen al wie Artevelde bemint of dierbaer is. Neem een voorbeeld aen uwen vader, Veerle; hy staet onwrikbaer tegen alle het venyn dat naer hem geworpen wordt; hy zoekt in zyn eigen geweten den regter zyner daden. Doe ook zoo, en lydt niet meer dat onbekende eerroovers u den speelbal hunner boosheid maken. Gy hebt heden het raedselwoord van een jaer lang verdenking en verdriet gevonden. Ik dank den goeden God voor deze les; zy moge in uwen geest geprent blyven tot het einde uwer dagen. Nu, getroost en vrolyk, het geluk der verzoening genoten. Geene ergwaen meer, kinderen! »

« Veerle » zegde Lieven « de openhartigheid worde voortaen onze borstweer tegen de geheime vervolging. Ofschoon in myn hart de minste schaduwe van twyfel niet meer overblyft, wil ik er zelfs tot de nagelaten sporen eener vroegere verdenking uitrukken. Daerom, laet my toe u iets te vragen. — Zyt gy gister in het Beggynhof geweest? »

« Ik moest er gaen » antwoordde de maegd « maer myne nichte van Peteghem was overgekomen, en zoo kon ik het huis niet verlaten. Maer waerom toch vraegt gy my dat, Lieven? »

« God, God, het is onbegrypelyk! » morde de jongeling op wanhopigen toon. « Welke duistere samenzweering omwikkelt ons toch, dat men onze geheimste inzigten afspiedt en er vergif uit brouwt, zelfs eer ze volvoerd zyn! »

Hy meende zyne geliefde te verklaren, hoe men haer insgelyks by hem beschuldigd had; maer een zware slag op de voordeur kwam hem eensklaps verrassen.

« Wie kan dit toch zyn, zoo laet! Het is reeds tien ure! » riep Veerle verwonderd.

« Uw vader zal het niet zyn » antwoordde Vrouw Artevelde « dan hadden wy wel meer persoonen aen de deur gehoord. Waerschynelyk is het Mher Ghelnoot, die vernemen komt of de Opperhoofdman nog niet van zyne reis is teruggekeerd. »

Ghelnoot van Lens trad inderdaed welhaest lachend ter kamer in, en groette Vrouw Artevelde met eenige losse minzame woorden. Zoohaest hy echter Lieven Denys bemerkte, klom het rood des toorns op zyn voorhoofd, en den jongeling met een zeker mispryzen beziende, riep hy :

« Ah, ah, daer zyt gy! Des te beter, het spaert my de moeite u te zoeken. Weet gy wel, Lieven, dat ik eene sterke bekoring gevoel om u op staenden voet den hals te breken, alhoewel ik zoo lang uw vriend ben geweest; maer deze kamer is er niet geschikt toe. Ook gaet gy my naer buiten volgen; wy hebben samen eene ernstige zaek af te doen. »

Lieven hief voor alle antwoord de armen met wanhoop in de hoogte en riep :

« Alweder! Alweder! »

« Wat, alweder? » viel Ghelnoot spottend uit, terwyl hy Lieven by den arm vatte en hem noopte de kamer met hem te verlaten. « Kom, kom, wy zullen op straet zien wat gy in te brengen weet. »

« Het zy dan zoo! » antwoordde de jongeling, met besluit opstaende.

Veerle wierp zich tusschen Lieven en Ghelnoot, en dezen laetsten met geweld terugduwende, riep zy :

« Neen, neen, Mher Van Lens, Lieven gaet niet met u. Ik begryp niet waerom gy ons met zulke booze scherts verschrikken wilt; gy zyt niet meer kennelyk, zoo leelyk is uw gelaet. Zet u neêr en schei toch uit met dit gekke spel. »

« Het is geen spel, Jonkvrouw » antwoordde Ghelnoot. « Laet hem slechts met my gaen, hy is een valschaerd die uwer vriendschap niet meer weerdig is. Ik zal het u straks ten volle doen erkennen. Er zyn slangen die een schoon vel hebben, Veerle; haer venyn is eventwel ook doodend. »

« Kom aen! » riep Lieven verwoed naer de deur

springende. « Men heeft u ook bedrogen; maer ik moet gehoorzamen aen myn rampzalig lot! »

De Jonkvrouw, nu wel merkende dat een ernstig gevaer haren vriend bedreigde, ging met tranende oogen voor Ghelnoot staen en hem treurig aenziende, zegde zy op stillen toon :

« Mher Van Lens, zoudt gy uwe goede zuster willen doen sterven? Blyf hier, om Gods wil, gy weet niet wat gy doet; hy is onschuldig, zeg ik u. Gy, altyd zoo grootmoedig, zoo vrolyk, zoudt gy nu eene onregtveerdigheid willen plegen en my tot der dood toe bedroeven. Ach, neen, niet waer? »

Vrouw Artevelde voegde haer gebed by dit harer dochter, tot dat Ghelnoot, overwonnen, zich op eenen stoel nedervallen liet, roepende :

« Goed, goed! Hy zal toch dezen nacht niet gaen vliegen; ik zal hem morgen wel vinden! Alzoo, Lieven, wy blyven goede gezellen tot morgen. »

« Wat uer? » vroeg Lieven.

« Ten acht ure! »

« Ik zal u verwachten » antwoordde de jongeling, met eene toornige haest zyne huike aenwerpende om het huis te verlaten.

« Neem het my niet kwalyk, Ver Artevelde, en gy, Veerle, dat ik heen ga » zegde hy « ik kan hier niet meer in tegenwoordigheid van Mher Ghelnoot blyven, voor dat dit raedsel verklaerd zy. »

Vrouw Artevelde hield den jongeling grimlachend terug en sprak :

« Ik zie wel wat er weder gaende is; en wy moeten wel groote kinderen zyn, om zoo onbezonnen geloofte geven aen geruchten die wy weten altyd uit dezelfde bron te vloeijen. »

« Gy bedriegt u, Ver Artevelde » zegde Ghelnoot « deze is eene gansch byzondere zaek tusschen Lieven en my. Geen schyn van laster kan er mede bemoeid zyn. Maer spreken wy daer niet meer over; het is uitgesteld tot morgen. »

« Hebt gy eenige achting of genegenheid voor my, Mher Ghelnoot? » hernam Vrouw Artevelde.

« Eerbied, achting, ontzag, genegenheid, in dezelfde mate als ik myner zalige moeder toedroeg, Ver Artevelde » antwoordde Ghelnoot met eene minzame buiging.

« Welnu, ik bidde u, Mher Ghelnoot, ik smeek u, dat gy oogenblikkelyk zegget wat u tegen Lieven verstoort. »

« Maer het zyn dingen die zich moeijelyk in uwe tegenwoordigheid laten uitleggen » antwoordde Ghelnoot. « Bah, men weet het nu toch! Kom aen! Lieven, antwoord my eens : toen gy in den Nieuwen Bosch, te Brussel, aen uw driftig gemoed gehoorzaemdet en als een gek in vuer en vlam schoot over eene gansch eenvoudige zaek, die voortskwam uit de domme kortswyl van uwen neef Jacob, heb ik u doen gevoelen dat het veropenbaren van hetgene gy zaegt door den laster zou worden ten nutte gemaekt; dat het de goede faem van Jonkver Veerle zou verkorten, en dat gy, als een onbezonnen of als een wraekzuchtige droomer zoudt handelen indien gy ooit den mond daerover openen durfdet. Gy hebt my alsdan wel plegtiglyk beloofd, dat gy die dwaling uws geestes vergeten zoudt. Niemand op aerde kende het geheim dan gy, Veerle en ik. Welnu, — onvoorzigtige spreker, valschaerd, meineedige misschien, — in de gansche stad vertelt men sedert dezen morgen dit voorval, met omstandigheden die ik zelf reeds had

— vergeten. Men voegt er nog vele schoone dingen by ter eere van Jonkver Artevelde en van my. Gy zyt het dus die het geheim verbroken hebt? »

Het rood der schaemte kleurde des jongelings voorhoofd; hy sloeg de oogen ten gronde als een verwonnen misdadiger, doch zegde niets.

De beide Vrouwen aenschouwden Lieven met verbaesdheid en angst, terwyl Ghelnoot voortging :

« Gy zyt het dus, die zulk voedsel aen den laster tegen ons gegeven hebt? Hoe denkt gy dan, Lieven, dat de vlek die er door op het onschuldig hoofd van Veerle kleven zal, afgewasschen kan worden? Zou bloed daertoe het beste middel niet zyn? »

« Maer spreek dan, Lieven! » riep de Jonkvrouw « antwoord toch op deze nieuwe valschheid. »

« Ach, heb medelyden met my! » zuchtte Lieven. « Het is waer, ik heb het gezegd; maer het is zoo lang geleden! Ik was verpletterd door het verdriet en ontlastte, zonder het te weten, myne martelpyn in het hart van iemand wiens trouw ik niet vermoeden mogt. Heeft hy myn geheim veropenbaerd, hy deed het zonder boos inzigt, om Gods wille, geloof het zoo...... Eilaes, kondet gy allen in mynen boezem lezen! Ghelnoot, vriend, kondet gy de yslyke gedachte doorgronden die my nu de hersens doorwoelt, gy zoudt my vergiffenis schenken, — gy zoudt eenen rampzaligen, eenen zinneloozen, als ik ben, niet langer verpletten onder den druk uwer gegronde beschuldig! — Ach, laet my adem halen : verfoeit my niet! »

De gramschap was gansch van Ghelnoots gelaet verdwenen; hy aenzag nu integendeel den jonge Lieven met eene soort van stille bewondering, doch met onvasten blik, als iemand die denkt en overweegt om de verklaring van iets te vinden.

« Lieven » smeekte de Jonkvrouw « waerom zegt gy nu niet, aen wien gy het voorval hebt toevertrouwd? Dan zou Mher Ghelnoot wel hooren dat het uwe schuld niet is. »

De jongeling boog het hoofd; twee stille tranen rolden uit zyne oogen terwyl hy zuchtte :

« Ô, Veerle, ik moet zwygen : Gods heilig gebod beveelt het my. »

« Spreek niet, spreek niet, Lieven » riep Vrouw Artevelde, eenen verstaenbaren oogslag op Ghelnoot werpende.

Deze stond juichend op, alsof hem eensklaps een geluk overkomen ware. Hy ging tot Lieven, hief hem van den zetel, en hem tegen zyne borst drukkende, zoende hy hem op den mond als een teeken der verzoening, en zegde :

« Genoeg, genoeg, wy zullen weder vrienden zyn. Ah, het doet my deugd, te weten dat uw hart nog even grootmoedig is — uwe ziele altyd zoo zuiver, zoo beminnend! Men heeft u kunnen bedriegen, Lieven; men heeft misschien uw geheim met list verrast, doch nooit vondt een boos gedacht toegang tot uwen geest. Ik heb het daereven gezien. Zwyg over deze zaek! Ik eerbiedig uwe smart; zy moet inderdaed onzeggelyk groot zyn, arme vriend. »

En zich tot Veerle keerende, sprak hy :

« Jonkvrouw, het Belfroot zou veeleer ten gronde storten dan dat de Hoofdman van Sint Nicolaes eene onwaerheid sprake. Met de hand op het hart, ik verklaer Lieven uwer volle genegenheid weerdig, — en ik breke den hals aen den eersten die nog een kwaed woord van hem zeggen durft! — Ik ben toch ook maer een dommerik, dat ik my zoo vergramd heb.......... Ik had ongelyk, Lieven, vergeef het my! »

De jongeling begreep de edelmoedigheid van Ghelnoot wel en meende hem er luidop voor te danken; maer reeds hing Veerle juichend aen zynen hals, hem tot by hare moeder rukkende, waer zy hem nevens haer deed nederzitten.

Vreugde en zoete vriendschap blonken nu in aller oogen. Op het gelaet van Lieven alleen verscheen nog van tyd tot tyd iets bitters, alsof een pynend gedacht door zynen geest schoot. Eventwel de zoete woorden, de troostende grimlach van Veerle verdreven eindelyk alle verdriet uit zyn hart, en hy vergat zich in den hemel der vriendschap en der liefde, tot dat Ghelnoot hem deed bemerken dat de ure des aftogts verschenen was.

Zy verlieten beiden het huis van Artevelde en gingen nog, minzaem koutende, eene wyle tyds den zelfden weg.

X.

Ten gevolge der beslissende overwinning, in het beleg van Doornik door Artevelde's wyze stoutmoedigheid op de fransche staetkunde behaeld, waren alle banden verbroken die Vlaenderen eeuwen lang aen den willekeur van Frankryk hadden geboeid gehouden. Daer het wapenbestand herhaelde malen werd vernieuwd, genoot men eenen tamelyk langen vrede; de handel met Engeland en met de verbondene landen bekwam eene verbazende uitzetting, en er ontstond welhaest een openbare voorspoed welks gelyk men nooit te voren had gekend: onafhanklykheid, magt, rykdom, alle de weldaden die een nyverig en vryheidlievend volk wenschen kan, had men in Vlaenderen verkregen.

Het was te vermoeden, dat men den held, wien men dit alles verschuldigd was, eene onbeperkte liefde en eene onverganglyke dankbaerheid toedragen ging; want, had men hem bemind toen hy zyn leven onophoudend voor Vlaenderen waegde, — had men hem bewonderd terwyl zyn magtige geest alle de arglistige poogingen des vyands verydelde; hoe veel te meer moest men hem beminnen en bewonderen, nu de uitslag bewees dat hy zich in zyne grootsche vooruitzigten niet had bedrogen?

Maer de vrye volkeren zyn onstandvastig van aerd; staet men somtyds verstomd over de heldhaftige krachtinspanningen waertoe zy bekwaem zyn, wel dikwyls ook mag men grimlachen van medelyden, by de kinderachtige grilzucht en wyvelyke zwakheid waerin zy vervallen. Zoo lang de geeselroede der vrees voor hunne oogen opgeheven blyft, leggen zy hunne onderlinge twisten af om het gemeene gevaer te bestryden; ieder schynt te gevoelen wat hy kan en niet kan; de heerschzucht slaept in de kleine zielen, en wie niet geschapen is om te bevelen biedt zich van zelven aen om bevolen te worden. Dan roept het volk om opperhoofden en leidsmannen, en gewoonelyk kiest men dan, met eene wonderbare scherpzigtigheid, de moedigsten en bekwaemsten...... maer dat de vrede kome, dat het gevaer verdwyne, dat de geeselroede weggenomen worde, — en de geesten rigten oogenblikkelyk alle hunne krachten naer binnen, om bezigheid in de onbeduidendste twisten te zoeken: verdeeldheden, nyd, haet en laster ontbranden plotselings; men staet op tegen eene overheid, welke men slechts door noodzakelykheid schynt te hebben ondergaen, en die men nu verbryzelen wil omdat men ze nutteloos acht; men miskent de bewezene diensten en schynt de dankbaerheid zelve als eene nieuwe slaverny te beschouwen. Op zulk tydstip is er weder plaets voor de kleingeestigste heerschzucht : de domste ontevredenheid, de onwettigste eergierigheid vinden eensklaps talryke aenhangers; men vraegt niet meer naer bekwaemheid, naer verstand noch moed. Wat men eischt is bezigheid voor den onverduldigen geest, die tegen de rust des vredes als tegen eene vyandinne zich opwerpt. Wie zulke bezigheid den volke aenbiedt, al ware zyn doel eene dwaesheid, eene boosheid zelve, krygt gehoor by de menigte; en hy, die, in tyden van gevaer, niet bekwaem was om het minste goed te stichten, wordt door de openbare lichtzinnigheid magtig gemaekt tot het grootste kwaed.

Artevelde had met geluk tegen Vlaenderens vyanden geworsteld en ze eindelyk geheel overwonnen; deze stryd, waerin alles grootsch en reusachtig was, vond hem magtig van hart en geest; — nu stond hy voor eene nieuwe worsteling, in dewelke alles vuig, klein en lafhartig was; en toch gevoelde hy zich minder sterk tegen deze aenvechting der verachtelykste driften dan tegen de schrikkelyke stormen, welke Frankryk zyn vaderland had berokkend.

Ofschoon het wapenbestand lang voortduerde, was echter de twist tusschen Philips van Valois en Eduard van Engeland, aengaende het bezit der fransche kroone, niet beslist. De twee vorsten deden integendeel alles wat mogelyk was om nieuwe bondgenoten aen te winnen en waren voornemens den oorlog voort te zetten, zoohaest zy daertoe eene gunstige gelegenheid zouden vinden. Philips van Valois spaerde intusschentyd noch geld noch kuiperyen, om Vlaenderen van het verbond met Engeland af te trekken en tot zyne zyde over te halen. Door Graef

Lodewyk van Nevers geholpen, had hy de meeste edellieden van den platten lande in Vlaenderen verleid om zich ten zynen voordeele tegen de Gemeenten te verklaren en hem in zyne geheime ondernemingen behulpzaem te zyn [1].

De groote Burger van Gent doorgrondde alle deze listen wel en vreesde met regt, dat de vyanden zyns vaderlands in hunne aenslagen zouden gelukken; dewyl het volk nu, in zyne gerustheid over het gevaer, met onbegrypelyke verblindheid zich opstoken en misleiden liet. Hy gebruikte dagelyks alle zyne welsprekendheid om aen de Gemeentebesturen en zelfs aen de menigte te doen begrypen, dat de stryd tegen Frankryk's listen niet opgehouden had en de heerschende lichtzinnigheid den val van Vlaenderen voorbereiden kon. Men erkende dat hy waerheid sprak, men geloofde in zyne woorden; doch, daer de gemeene band der vrees gebroken was en de burgers hunne afzonderlyke denkwyze niet meer op 's lands altaer offeren wilden, bleven de verdeeldheden voortduren [2].

Vermits Artevelde den staet van welvaert, waerin Vlaenderen verkeerde, geschapen had en dat hy het verbond met Engeland, als het eenig middel van handelvoorspoed en van magt tegen Frankryk, had doen aengaen, was hy nu nog immer de sleutelsteen, waerop

---

[1] « De kuiperyen der aenhangers van den Graef en van Philips van Valois strooiden het zaed der tweespalt rond, en geheime laster begon in het verborgen rond te loopen. De voorspoed der nyverheid zelve werd eene oorzaek van tweedragt. » Eug. Gens, *Histoire du Comté de Flandre*, tom. II, pag. 130.

[2] « Qui fut cause........ que plusieurs partialitez et divisions naissoyent journellement au païs de Flandre. » Oudegherst, *Ann. de Fl.*, édit. Lesbroussart, tom. II, pag. 458.

de hechtheid van Vlaenderens bestaen rustte. Ook waren alle driften, alle poogingen tot verandering tegen hem gerigt; elke ontevredene, hoe klein de oorzaek zyner spyt ook ware, legde hem de schuld op den hals van hetgene waerover hy vermeende te mogen klagen. Op dezen grond was het, voor Artevelde's vyanden, uiterst gemakkelyk tegen hem de snoodste beschuldigingen, de lafste verdenkingen te zaeijen. Eventwel zyne ongemeene werkzaemheid, zyn onwankelbare moed, de gedachtenis zyner groote daden, die in den geest der overgroote meerderheid voortleefde, verydelden nog telkens de aenslagen dezer vuige lasteraers; en hy bleef, voor hen ten minste, nog altyd de magtige Burger, wiens wenk alleen het ongedierte tot angstige stilte dwingen kon. Dan zagen zy af van regtstreeks tegen hem te worstelen; zy verbonden zich met de uitzendelingen van Frankryk, met de vyanden hunner eigene gedachten, en hielpen hen het vuer des oproers aenstoken over vraegpunten van inlandsch bestuer en over oorzaken van yverzucht en twist tusschen de verschillende gedeelten van Vlaenderen.

Volgens het stelsel van bevechting tegen den Wyzen Man, dat zy van Frankryk's aenhangers hadden overgenomen, moest men het ryke Vlaenderen door beroerten, opstand, twist en verdeeldheden uitputten en vermoeijen, terwyl men de schuld van het bloedvergieten en van den verval des handels en der nyverheid op de beheersching van Artevelde leggen zou. Allengskens zou dan het volk, door doelmatige ophitsingen gerigt, zich tegen den Opperhoofdman verklaren en eene staetsverandering als redmiddel verlangen. Deze staetsverandering bestond, voor de Leliaerds of franschgezinden, in eene onderwerping van Vlaenderen aen Frankryk's wil; voor de benyders van Artevelde's grootheid, in het nederrukken van den held en het innemen ten hunnen voordeele van zynen invloed en zyne overheid, zonder daerom iets aen zyne ontwerpen noch aen zyn staetkundig stelsel te willen veranderen.

Men denke echter niet, dat gansch Vlaenderen zoo spoedig de groote diensten vergeten had, welke de Wyze Man het vaderland had bewezen; verre van daer, de dry vierde gedeelten der bevolking bleven in hem den verlosser en den eenigen bekwamen beschermer der vryheid en der welvaert van Vlaenderen zien, en droegen hem de diepste verkleefdheid toe; maer het andere vierde gedeelte, bestaende uit onrustige en eergierige geesten, ontleende, aen de boosheid zyner inzigten zelve, eene vurigheid, eene sterkte die aen de vreedzame vrienden van Artevelde scheen te ontbreken. Zoo gaet het gewoonlyk : men zou zeggen dat het goede, wanneer men het eens verkregen heeft, geene krachten tot verdediging meer overlaet, en de magt alleen toebehoort aen hen die naer verandering haken, al moest zulke verandering het volk klaerblykend terugstorten in ellende en vernedering.

De geesten waren in deze beklagelyke stemming; er ontstonden dagelyks oproeren en beroerten, die door geweld moesten worden uitgedoofd. Vlaenderen geleek aen eenen gistenden vuerberg die eerlang ontploffen zou, zonder dat men voorzeggen kon wat het einde dezer volkskoorts zou zyn, — toen Graef Lodewyk, door Philips van Valois geraden, voorstellen deed aen de Gemeenten om, op zekere voorwaerden, in Vlaenderen terug te keeren en er zyn gezag weder hersteld te zien. De Graef verlangde dat, te gelyker tyd met hem, alle bannelingen mogten wederkeeren; maer alzoo dit laetste regtstreeks tegen de wetten en voorregten der Gemeenten strydig was, werd deze voorwaerde verworpen. Nochtans, vermits de Graef voor eenig doel had, het verbond met Engeland te doen breken, stemde hy erin toe van zynen eisch aengaende de bannelingen af te zien, en verzoende zich in schyn met de Gemeenten. Hy kwam naer Vlaenderen, en werd overal met pracht en onder blyde toejuichingen ingehaeld, waerna hy de sterke stad Damme tót verblyf koos.

De verkleefdheid, de liefde welke men hem by zyne reize door Vlaenderen overal zoo luidruchtig en zoo regtzinniglyk betoond had, bedroog hem over de mate van zynen invloed op het vlaemsche volk; hem dacht, dat reeds nu de tyd gekomen was om onbewimpeld zyne wenschen bloot te leggen en Vlaenderen terug te brengen onder den druk van Frankryk's overheid.

Hy beriep eenen landdag der Gemeenten te Damme, en stelde daer, tegen het verbond met Engeland, zekere dingen voor, die het gemoed der afgeveerdigden grootelyks ontstelden en ieder deden vreezen, dat men zich over de inzigten des Graefs bedrogen had en hy, ondanks zyne beloften, een werktuig van Philips van Valois gebleven was. De vergadering scheidde misnoegd uiteen, en de Graef zag zich op nieuw van allen invloed beroofd en met mistrouwen door zyne onderdanen bejegend. De aenhangers van Frankryk deden intusschen een ander onweder ontstaen. Sedert eeuwen waren de groote steden van Vlaenderen in bezit van den alleenhandel der wollen lakens; volgens de bestaende voorregten mogten de Gemeenten ten platten lande en de kleine steden geen laken weven of slechts zekere smalle en grove soorten bereiden [1]; eventwel, daer de uitbreiding van den buitenlandschen handel meer arbeid bezorgde dan men er in de groote steden kon afdoen, had men over deze voorregten eenen tyd lang de oogen gesloten gehouden, en nu was er byna geene Gemeente in Vlaenderen meer te vinden, waer niet het onophoudend slaen der getouwen gehoord werd en men zich niet verstoutte alle uitgekozene lakens na te bootsen.

Ofschoon het vernietigen der lakennyverheid in de kleine Gemeenten, voor alsdan geene noodzakelykheid ware, ontstak men, door geheime aenhitsing, de yverzucht der Neeringen in de groote steden zoo verre, dat zy gansch Vlaenderen door begonnen te roepen, dat haer geschonden regt weder moest worden hersteld en de lakennyverheid ten platten lande moest worden te niet gedaen. De daed by het woord voegende, zonden zy gewapende benden uit en deden de getouwen der kleine Gemeenten met geweld verbryzelen of verbranden, ingevolge de voorregten welke hun daertoe de noodige magt en overheid erkenden. In vele Gemeenten verdedigden de ingezetenen hunnen eigendom, en niet zelden werd er van wederzyde bloed gestort.

Wat Artevelde ook aenwendde, om door zyne tusschenkomst deze algemeene volksworsteling in der minne te stillen, en de steden eenige mildering in de uitoefening van haer regt te doen brengen, het gelukte hem niet : zyne vyanden vuerden den haet zoodanig aen, dat de Vlamingen schenen gereed te staen om zichzelven, in eenen langen stryd, onderling te vermoorden.

---

[1] Zie SISMONDE DE SISMONDI, *Histoire des Fr.*, tom. VI, pag. 415 et 453. OUDEGHERST, *Annales*, tom. II, pag. 458, note de LESBROUSSART, etc.

Daer de Opperhoofdman den wil der Schepenen van Gent in alles onderworpen was, en hy in geen geval zich tegen de uitvoering van een wettelyk regt mogt verzetten, zag hy zich verpligt de eischen der groote steden gestand te doen; en, nog meer gevoelde hy zich daertoe aengespoord, omdat de franschgezinden zich met de ontevredenen der kleine Gemeenten hadden verbonden en zich bereid maekten om, onder voorwendsel van dit nyverheidsgeschil, eenen algemeenen opstand ten voordeele der fransche staetkunde te verwekken. Het gevaer ten uiterste dreigend zynde en eenen sterken wil eischende om te worden afgeweerd, zond hy aen zyne Hoofdmannen in West-Vlaenderen, waer het oproer zyn middenpunt had, de strengste bevelen om elke beroerte onmiddelyk te versmachten en, zonder aenzien van persoonen, diegenen te straffen welke men met de wapens in de hand zou aentreffen. In korten tyd werden er vele ontevredenen en muitmakers verslagen, of aengevat en door de gewoone regtbanken tot ballingschap verwezen; de Hoofdmannen in het Westkwartier volbragten het gebod van Artevelde, met eene vlyt die misschien zyne wenschen voorbystreefde; want men betigtte hem opentlyk van wreedheid [1]. Waerschynelyk was dit verwyt slechts een nieuwe list der vyanden des Opperhoofdmans; hoe het zy, een gedeelte des volks gaf er geloof aen en beklaegde zeer het lot der opstandelingen, die men wilde aenzien hebben als slagtoffers der strengheid van Artevelde's bevelen.

Omtrent dien tyd kreeg de Schepenraed van Gent een geheim berigt, waerby hem gemeld werd, dat er in

---

[1] *Cronycke van Despars*, tom. II, pag. 365.

West-Vlaenderen eene groote samenzweering gesmeed was tusschen de Leliaerds en de ontevredenen der Gemeenten, om gezamentlyk op te staen tegen de dry hoofdsteden van Vlaenderen; de voorregten der wollewevery te vernietigen, den Graef een onbeperkt gezag te geven, de overheid van Frankryk te erkennen en het verbond met Engeland te breken. Deze samenzweering, die binnen de acht dagen losbarsten moest, had reeds geheimelyk veertien vaendelen gewapende lieden ingerigt. Een voornaem ridder van Ardenburg, Ser Pieter Lammens, was er de aenleider en het erkend opperhoofd van.

Zoohaest de Schepenraed deze gewigtige tyding bekomen had, werd Artevelde gelast met eenige benden gentsche poorters naer Ardenburg te trekken om de saemgezworenen te bevechten en ten onder te brengen.

Te Ardenburg komende togen de Gentenaers regtstreeks naer de wooning van Pieter Lammens, en versloegen hem voor zyne wooning. Zyne vrienden liepen weg en droegen in de gansche stad de droeve mare, dat Pieter Lammens wreedelyk voor zyne deure was vermoord. Het volk schaerde by het lyk te samen, en huilde van wraekzucht tegen de Gentenaers, meenende ze altemael te vermoorden, onder voorwendsel dat zy eenen onschuldigen poorter van Ardenburg onmenschelyk hadden neêrgeveld. Reeds begon men elkander te bedreigen; het samenstroomend volk werd zoo talryk en zoo woedend, dat de Gentenaren, zich ineengedrongen ziende, eenen aenval tot hunne verdediging wilden wagen, — toen Artevelde met eenige zyner gezellen uit het huis van Ser Lammens trad en aen het volk de banniere des opstands toonde, die men er gevonden had, benevens eene menigte krygswapenen. De teekens welke dit vaendel droeg, bestaende in het grafelyk wapen van Lodewyk en in de fransche leliebloemen, lieten den minsten twyfel niet toe over de redenen, waerom men de wooning van Ser Lammens met geweld had doorzocht [1]; en, daer slechts weinigen onder het volk van de samenzweering wisten, keurde het grootste gedeelte de gepleegde straffe goed. Niettegenstaende dat nog vele stemmen om wraek riepen en de menigte tegen Artevelde en zyne mannen poogden op te hitsen, liet men de Gentenaers ongehinderd vertrekken om, in andere Gemeenten, regt te gaen doen over de poogingen tot oproer.

Het zy Graef Lodewyk van Nevers de hand geleend had tot deze samenzweering, of dat hy vreesde erin betrokken te worden, hy verliet Vlaenderen zonder uitstel en toog naer Frankryk, voor reden gevende dat men hem geweld aendeed en het genoeg was, aen hem verkleefd te zyn om door de Gemeenten als een misdadiger te worden behandeld [2]. De Leliaerds verzuimden hierby niet, hevig te roepen over Artevelde's heerschzucht; de benyders des Opperhoofdmans lieten ook niet na,

---

[1] « Verslaende daer Mer Pieter Lammins een goet edel rudder voor syn eyghen huys ende ghevraecht synde van den Ghemeente waeromme dat hy dat dede? zeide jbegens hemlieden : komt hier binnen huyse ende ghylieden zulter die bannieren vinden, daer mede dat deze meutmakere eer yet lanck eene nieuwe wapeninghe ende seditie meende voortghestelt te hebbene; dienvolghende die banniere wierter ghezocht en ooc ghevonden. » *Cronycke van Despars*, tom. II, pag. 364.

[2] « Tantost après le Comte de Flandres qui estoit demouré en son pais, pour ce qu'on luy faisoit peu d'obeissance à son gré, par maltalent s'en partit d'avec les Flamens et s'en vint devers le Roy de France, et furent les dictes trèves prolongées et continuées à diverses fois. » *Ann. et cron. de Fr.*, par Nicole Gilles. Paris, 1557, tom. II, fol. 8.

overal met valsche schyndroefheid het vertrek van den wettigen Vorst te beklagen en zelfs de bedaerde burgers tegen Artevelde op te hitsen.

Langs eenen anderen kant, daer de Opperhoofdman by de gemeentebesturen der steden aenhield om dezelve, ten minste voor dezen tyd, van de gansche uitoefening hunner voorregten op den alleenhandel der wevery te doen afzien, werden vele ryke poorters hem vyandig, en, zelfs in den Schepenraed van Gent, ontstond eene gezindheid tegen hem.

Nauwelyks had hy het dreigend oproer in het Westkwartier gedempt, of zyne vyanden en benyders waenden den tyd gunstig om eene nieuwe pooging te beproeven. De ondervinding had hun geleerd, dat Artevelde onverwinbaer blyven zou, zoo lang hy gesteund werd door den Schepenraed der magtige stad Gent. Daerom zouden zy hem nu in den schoot zyner magt zelve bevechten en den Schepenraed tegen hem opruijen. Dit was wel eene moeijelyke onderneming, uit hoofde dat de Schepenen meest allen deel hadden genomen in de groote daden des Opperhoofdmans; maer eenigen toch hadden reeds den nyd over zynen onbeperkten invloed in hun hart toegelaten [1]; anderen had men verleid door beloften op hoogere ambten en vorstelyke gunsten; sommigen, die tot de wevery behoorden, begonnen te vreezen dat hy de kleine Gemeenten tegen de steden zou voorstaen en hun, in hunne nyverheid, een gewigtig nadeel zou toebrengen.

Degenen, die aldus eene reden meenden te hebben

---

[1] « Son crédit et sa grande fortune lui créaient également beaucoup d'envieux. » LE GLAY, *Hist. des comtes de Fl.*, tom. II, pag. 464.

om over den Opperhoofdman ontevreden te zyn, waren echter in minderheid en konden door hun zelven den slag nog niet met zekerheid wagen; maer zy hoopten dat velen, welke nu nog twyfelden, zich langs hunne zyde zouden schikken zoohaest men, door een stoutmoedig magtbetoog, hun kon doen vermoeden dat Artevelde's invloed wankelde en hy welhaest, onder den opstand des volks, neêrstorten zou.

Geeraert Denys beweerde dat de tyd nog niet gekomen was om den beslissende aenslag te wagen; doch Ser Van Steenbeke, de moedigste en regtzinnigste vyand van Artevelde, wilde van geen uitstel meer hooren en verklaerde, dat hy alleen den stryd tegen den Opperhoofdman zou beginnen, indien de andere saemgezworenen hem hunne hulp weigerden. Zyne hoedanigheid van Schepen en Ridder, zyn invloed by den Graef, wiens gunsteling hy was, gaven hem magt genoeg op de aenhangers van den Vorst om hen tot het volgen van zynen raed te doen besluiten [1]. Geeraert Denys zag zich dus verpligt, tegen zyn gevoelen deel te nemen in de gevaerlyke pooging welke men beproeven ging; want, indien zy zonder zyne hulp gelukte, was zyne gloeijende eergierigheid voor altyd bedrogen, aengezien in dit geval anderen dan hy de magt des Opperhoofdmans zouden erven. Daerenboven, sedert eenige dagen schenen de zaken voor Artevelde's vyanden eene gunstigere wending te nemen. Men had nog dry Schepenen overgehaeld om zich des noods tegen de beheersching des Opperhoofdmans te verklaren; de hoofdman van St-Jacobs, Willem

---

[1] Volgens eene mondelingsche mededeeling my door den heer Professor Lenz uit zyne opzoekingen gedaan, was Ser Van Steenbeke door den Graef met den titel van *Raedsheer* begunstigd.

van Vaernewyck, wankelde en zou gewis, by den minsten schyn van hoop op goeden uitslag, naer de zyde der opstandelingen overvallen. De rekenschap, welke de uitzendelingen over den staet der geesten in de verschillende wyken der stad kwamen geven, duidde op zoo uitnemend vele aenhangers, dat men byna der overwinning zeker mogt zyn.

Hoe geerne de heerschzuchtige Geeraert Denys opentlyk aen het hoofd der samenzweering hadde gestaen, om alle de vruchten ervan zich te kunnen toeëigenen, zyne looze voorzigtigheid deed hem echter terugdeinzen voor den twyfel welke er nog over den uitslag bestond. Tot zyne gewoone veinzery zou hy alweder zynen toevlugt nemen, om vriend en vyand te bedriegen, en te maken dat het voordeel en de eer, in geval van goed gevolg, hem alleen toebehoorden, terwyl alle verantwoordelykheid op zyne eedgenoten viele, indien het oproer door Artevelde werd verplet. Het was door de tusschenkomst van den koning der Ribauden, dat hy de samenzweering eenen genoeg aenzienlyken bystand zou verleenen om zich, na de overwinning, het grootste deel in den behaelden zegeprael te kunnen toeëigenen.

Alles was in gereedheid om des anderendaegs den slag te wagen; de hoofden der samenzweering moesten dien avond nog eene geheime byeenkomst hebben.

Een uer voor den gestelden tyd wikkelde Geeraert Denys zich in eenen zwaren mantel, wierp de huik diep over het aengezigt en verliet zyne wooning om den koning der Ribauden nog eens te gaen vinden, vooraleer zich ter vergadering te begeven. Hy keerde met snelle stappen achter het kerkhof van St.-Jan, ging de Opperscheldestraet dóór en stond welhaest onder het donkere welfsel der Walpoort, waer men hem onmiddelyk opende en met eenen zekeren eerbied ontving. In de kamer van Muggelyn tredende, vond hy dezen met twee zyner Ribauden by het dobbelspel zitten. Ieder van hen had een zeker getal zilveren geldstukken voor zich liggen; en, zoo zeer waren zy in het spel verslonden, dat zy den Overdeken niet bemerkten vóór dat deze hunne aendacht door eenen luider herhaelden groet had opgewekt.

De Ribauden streken hun geld haestig in de tesch en bleven voor den inkomenden met vrees en ontzag gebogen, alsof hy hun meester ware geweest en hy hen op eenen diefstal hadde betrapt.

Geeraert Denys stond verwonderd by het gezigt der ootmoedige houding der Ribauden en sloeg eenen ondervragenden blik op Muggelyn; maer deze riep losselyk:

« Hoe, gezellen, gy zoudt heengaen omdat onze vriend, Mher Denys, ons met een bezoek vereert? Gy zyt al wonder slim! Omdat ik by den eersten worp zestien oogen haelde, wilt gy het spel onderbreken? Kom aen, nog eenen worp! »

« Ik verlang u alleen te spreken, Muggelyn! » zegde de Overdeken op eenen toon die eene beklemde gramschap vermoeden liet.

« Maer gy bedriegt u, Mher Denys » antwoordde de Ribaudenkoning « het zyn zeer koene gezellen, die ook tot de onzen behooren en op uw bevel door een vuer zullen vliegen, als het noodig is. Niet waer Jan, niet waer Steven, gy stelt uw lyf en uwen moed ten dienste van onzen edelmoedigen vriend en meester, Mher Denys? »

De twee Ribauden betuigden hunne verkleefdheid tot den Overdeken met meer dan gewoonen geestdrift en spraken woorden, die, ofschoon uiterst vleijend en ootmoedig, Mher Denys eensklaps deden verbleeken en hem van angst of van toorn deden beven. Met de diepste ontsteltenis herhaelde hy, als een dwingend bevel, dat hy alleen met den Ribaudenkoning blyven wilde.

Muggelyn deed zyne mannen een teeken dat zy zouden vertrekken. Denys volgde hen tot by de deur, welke hy achter hen langs binnen toesloot, waerna hy woedend tot den koning der Ribauden ging en hem met versmoorde stemme toeriep:

« Ellendige lafaerd! Alzoo hebt gy dan mynen naem verraden! Gy hebt aen uwe Ribauden gezegd dat ik, Overdeken der Neeringen van Gent, het hoofd van den opstand ben? Hebt gy dan vergeten, rampzalige, dat er sedert maenden eene moedige dagge betaeld is om u heimelyk te vermoorden by de minste veropenbaring? »

« Ah, ah » spotte de Ribaud opstaende « Muggelyn lacht met uwe dagge zoo wel als met uwe gekke opvliegendheid. Gy zyt ook niet onbewust, Mher Denys, dat men den Ribaudenkoning zoo gemakkelyk niet aen het lyf kan en dat, indien uwe betaelde dagge hem slechts eene schram in het aengezigt gaf, gy des anderendaegs naer de helle zoudt varen, waer gy te huis behoort om uwe groote deugd? »

De Overdeken beefde zoodanig van razerny en angst by deze woorden, dat hy met de hand op eenen stoel leunen moest.

« Verrader! » viel hy uit « uwe valsche tonge heeft dus myn hoofd in de waegschale gelegd? Gy hebt uwen duren eed verbroken? Wat zal er nu van komen, indien onze aenslag mislukt? Ik door den beul onthalsd misschien, of met alle de mynen gebannen, onteerd, voor altyd verdorven! U blyft onfeilbaer hetzelfde lot beschoren. Eilaes, haddet gy deze ontrouw jegens my niet gepleegd, wy konden nog dikwyls zonder gevaer de worsteling wagen, en stryden met de zekerheid toch eens te zegepralen. Nu is myne magt te niet; indien de aenslag morgen niet ten volle gelukt, zal de Opperhoofdman de hand op ons leggen; hy zal het geheim, dat gy zoo laffelyk hebt verbroken, wel weten te verrassen en alle zyne vyanden treffen. Van dan af voor hem eene loopbaen zonder wederstreving; hy zal gerust den voet op den nek des volks kunnen drukken; want de verdedigers der openbare vryheid zullen verpletterd zyn. God, God! Misschien wordt hy dan inderdaed Graef van Vlaenderen! »

By deze laetste woorden zónk het hoofd des Overdekens hem langzaem op de borst, en, ofschoon de bitterste nyd en de vurigste toorn zyn gelaet nog verkrampten, was het zigtbaer genoeg dat droefheid en wanhoop hem poogden te overmeesteren.

De koning der Ribauden had, half grimlachend en met eene soort van schertsende verwondering, op de klagten des Overdekens geluisterd. Hy scheen zelfs zich te vermaken in zyne diepe ontsteltenis, en viel hem nu in de rede :

« Sa, meester, boezemt de pooging van morgen u schrik genoeg in om uwe zinnen te verbysteren? Of is de zaek nu reeds mislukt? Zoo veel te beter; want ik had er toch geen goed oog in. Weet gy wel, Mher Denys, dat er al vele mieren noodig zyn om eenen leeuw op te vreten? »

« My verraden, myn leven toevertrouwen aen mannen

die men met eene kruik wyn omkoopen kan! » zuchtte de Overdeken « ah, Muggelyn, moest dit de belooning myner goedheid worden? »

« De duivel mag weten op welke slang gy getrapt hebt, Mher Denys; gy houdt my daer een sermoon over schavot en galg omdat ik uwen naem zou hebben verraden; maer ik wilde wel weten, welke lastertong u dit gezegd heeft; zy zou niet lang in den logenachtigen mond verblyven! »

« Hoor ik niet, uit uwe mannen en uit uwe eigene woorden, dat gy hun gezegd hebt wat wy voornemens zyn morgen te beproeven? En hebt gy my niet aengewezen als deel makende van de samenzweering? »

« Is dit de oorzaek uwer droefheid, meester? » vroeg Muggelyn met eene geveinsde verwondering. « Ik heb aen sommigen myner moedigste mannen, en bovenal aen Jan en Steven, gezegd dat gy de rykste en edelmoedigste poorter van Gent zyt, dat gy veel invloed hebt en mildelyk de minste diensten beloont, dat snoode vyanden uwe deugden benyden, en meer andere redenen, die strekken om uwen goeden naem te vergrooten en u verkleefde aenhangers te winnen tegen dat men ze noodig hebben moge. Anders weten zy niets! Zoo luidt toch de lesse welke gy my nog dagelyks oplegt, niet waer? »

Terwyl de vrees uit den boezem des Overdekens verdween vervulde eene bittere spyt hem gansch. Nu zyne ontsteltenis verminderde besefte hy met klaerheid dat hy zich weder door de looze spotterny des Ribauds had laten bedriegen, en deze hem met inzigt had verschrikt, om zich in zynen angst te vermaken. — Hy vroeg op strengen toon :

« Toen ik in deze kamer trad waert gy bezig met tuischen, Muggelyn; van waer komt het geld dat ik in de handen uwer gezellen zag? »

« Ik dacht het wel! » lachte Muggelyn « waerlyk gy kent uw geld op den reuk! Inderdaed, deze lieve schyfkens komen uit uwe tessche, — indien gy ze zelf niet van een ander ontvangen hebt om ze my te geven. »

« Onbeschaemde! » morde de Overdeken knarstandend.

« Nu, nu, wordt niet weder boos, meester » zegde Muggelyn « ik weet wat u verstoort: gy denkt dat ik uwe bevelen onvolbragt gelaten heb en uw geld meestendeels heb verspeeld? »

« Ik ben er van overtuigd! » snauwde de Overdeken hem toe. « Het zou toch de eerste keer niet zyn. Maer dit mael......! »

« Ho, ho! geene onregtveerdige bedreigingen, Mher Denys! » viel Muggelyn hem in de rede « ik heb meer gedaen dan uwe bevelen volbragt: in stede van vyf-en-zeventig man zullen er wel twee honderd onverschrokken gezellen tegenwoordig zyn. »

« Twee honderd? Bedriegt gy my niet? » vroeg Denys met blyde verwondering.

« Dat is te zeggen: twee honderd, als ik hun de beloofde belooning geven kan. Anders nog geene vyftig. »

« Maer ik stelde u gister tien Pond ter hand. Waer is dit aenzienlyk geld gebleven? »

« De rekening is gemakkelyk, Mher Denys. Ik heb overdacht dat ik myn hoofd in dit gevaerlyk spel wagen ga; en vermits het te laet zou zyn om er eéne belooning voor te eischen indien ik het verlore, heb ik van de tien

Pond er vyf voor my genomen. Gy zult toch niet zeggen dat ik niet eerlyk ben : het hoofd van Muggelyn is toch wel vyf Pond weerd, of ik bedriege my zeer. Vyf van tien blyft vyf! Is het zoo ofte niet? »

« En aen wien hebt gy dan de overige vyf Pond gegeven? » vroeg de Overdeken, van ongeduld opspringende.

« Een oogenblik; blyf toch zitten, meester » antwoordde de onstoorbare Muggelyn « ik heb ze aen niemand gegeven. Gy denkt toch niet, hoop ik, dat ik met vyf Pond twee honderd man omkoopen kan. Welnu, om geene benyders te maken heb ik willen wachten dat gy my in staet steldet om alle onze lieden te gelyker tyd te voldoen. »

« Het zy zoo! » zuchtte Denys met mismoed « gy hebt diensvolgens nog vyf Pond? »

« Dry Pond, Meester, dry Pond! ik heb, boven de vyf Pond die my toekwamen, u nog twee Pond ontleend; maer vrees toch niet, ik zal ze u teruggeven zoohaest gy Opperhoofdman van Gent zult zyn en ik myne groote belooning kryge. Gy moogt ze zelf erop afhouden. »

De Overdeken gevoelde genoeg dat de koning der Ribauden niet afhouden zou vooraleer hy hem nog eenen hoop gelds uit de tessche had gehaeld. Eventwel, daer hy de hulp van Muggelyn niet ontberen kon, en hy door ondervinding wist, dat hy ten einde van alle deze loosheden toch deed wat men van hem vergde, bedwong hy zich, en sprak op schynbaer bedaerden toon :

« Uwe dienstveerdigheid kost my reeds den koopprys van een schoon huis, Muggelyn; doch in aenzien van het gevaer dat wy loopen gaen, wil ik u niet langer over uwe verkwisting berispen. Laet hooren, hoe veel eischt gy nog om de twee honderd man te voldoen? »

« Wel my dunkt dat, indien gy my nog twintig Pond gaeft, ik met groote spaerzaemheid iedereen zou kunnen te vrede stellen. »

« Maer kan ik erop betrouwen dat gy waerlyk twee honderd man aenvoeren zult? »

« Dat is te zeggen, Pieter Taggelinck van den Waterwyk zal ze aenvoeren. Gy begrypt wel, dat ik niet van den beginne vooruitspringen kan : men zou oogenblikkelyk merken dat de wagen verkeerd loopt. »

« Gy antwoordt my niet » hernam de Overdeken « het zou my aengenaem zyn te weten, waer gy deze twee honderd mannen hebt gevonden? »

De Ribaudenkoning liet zich door deze verrassende vraeg niet ontroeren, en zegde met snelheid, terwyl hy op zyne vingeren scheen te tellen.

« Jan De Bruyne, van achter Magister's Schole op St.-Baefstede, heeft my veertig man versproken, die op het eerste woord met verborgene wapens zullen gereed staen waer ik wil; Joris Varinckx van Overschelde, dertig; Sies Wittebroot van Royghem en Karel Overmeire van St.-Pieters, elk twintig; Lieven de Snagger van Onderbergen, vyftien; Pieter Taggelinck, veertig; en Maes de Corte van op 't Meirhem, twintig. — Dat maekt wel te samen..... Hoeveel zouden er al zyn, Overdeken? »

« Te samen honderd vyf-en-tachtig. » antwoordde Denys, die aendachtiglyk de opgave des Ribauds had gevolgd.

« Ah, het is waer, ik vergat nog Marten de Pynder, van op den Poortacker, die met twintig man komen zal. »

« En wat weten deze lieden over my? »

« Dat gy een moedig man zyt, met ongemeen verstand

en vernuft begaefd; dat er niemand in Gent meer dan gy bekwaem is om het geluk der Gemeente te verzekeren. Anders niets! Pieter Taggelinck alleen weet alles over u en over my — het was anders niet mogelyk, en het geschiedde zoo met uwe toestemming. »

« Het is wel, Muggelyn » sprak Denys, de hand des Ribauds met vergenoegen drukkende « dezen avond zult gy de twintig Pond hebben. — Nu van wat anders gesproken. Wat ik u zeggen ga is zeer ernstig; ik verzoek u, my uwe gansche aendacht te leenen en niet te spotten; het is al te gewigtig. »

« Ik luister » zegde de Ribaudenkoning, zich achterover in zynen zetel werpende « en zoo ik lache, trek my dezen avond twee schellingen op de twintig Pond af! »

De Overdeken bragt zynen zetel nader en sprak.

« Het is niet genoeg, Muggelyn, dat wy eene omwenteling maken; er moet gezorgd worden dat dezelve ten onzen voordeele keere. Ser Van Steenbeke is de aenleider en het hoofd der samenzweering; ik zelf veins hem als dusdanig te erkennen; omdat wy door dit middel alle de aenhangers van Frankryk tot hulpgenooten bekomen, en dat wy zonder hen niet magtig genoeg zyn om eenen geweldigen aenslag te wagen. Indien wy onvoorzigtiglyk de zaek haren natuerlyken loop lieten, zou de omwenteling gansch andere gevolgen hebben dan wy wenschen. Men zou den Graef terugroepen, het verbond met Engeland breken, ons onder de beheersching van Frankryk stellen, de burgery ontwapenen en de hoofdmannen der steden te niet doen. Ser Van Steenbeke, die sedert eenige dagen Raedsheer des Graefs benoemd is, zou in alle deze voorwaerden wel toestemmen, omdat zyne eergierigheid op eene andere wyze kan voldaen worden; maer wy mogen niet lyden dat het vaderland in nieuwe boeijen geslagen worde; er moeten middelen gevonden worden om Ser Van Steenbeke met zyne Leliaerds te bedriegen. Ik kon my wel, door eenen stoutmoedigen trek, van den beginne onverwachts aen het hoofd der opstandelingen stellen; doch men mag zoo onbezonnen niet alles in eens op het spel zetten. Alhoewel wy der overwinning byna zeker zyn, kan het, door een of ander toeval gebeuren, dat wy de nederlaeg krygen. Vermits Ser Van Steenbeke zich met de Leliaerds vooruitwerpt en de aenvechting begint, kunnen wy hem laten steken indien het erg keert. Hy moge dan alleen zyne handen verbranden. — Zie hier wat gy doen moet. Gy laet Pieter Taggelinck, die een trouw en voorzigtig man is, met zyne gezellen Ser Van Steenbeke behulpzaem zyn. Daer zy van my niet weten, zullen zy alles schreeuwen wat men wil. In den eerste doet het er niets toe; maer zoohaest gy met scherpzienden oogslag bemerkt, dat de opstand de overhand behaelt, werp û dan vooruit aen het hoofd van Taggelinck's mannen, en roep uit alle uwe magt : Heil Denys! Heil den Overdeken! Gy zult alle onze lieden hetzelfde en andere zulke dingen doen schreeuwen; het volk zal u haest navolgen, want het wil van de Leliaerds niet hooren, en Ser Van Steenbeke hebben wy reeds lang doen kennen gelyk hy is. Op het oogenblik, dat de menigte alzoo met herhaelde kreten op my zal roepen, zal ik verschynen. Wy loopen de poort van het Belfroot in, en doen klokke Roeland stormen. Terwyl men, door dit middel, de gansche stad in rep en roer stelt, begeven wy ons naer het Schepenhuis en nemen er Artevelde met zyne aenhangers gevangen. Oogenblikkelyk verklaren wy het Gemeentebestuer ontbonden en stellen mannen aen, op wier trouw wy rekenen kunnen........ En is het u mogelyk, den Opperhoofdman in de verwarring te treffen of door eenen uwer mannen te doen nedervellen, het ware nog beter; dan behoefden wy niet hem op een schavot te doen sterven....... een schouwspel dat in Vlaenderen te zeer de gemoederen ontstellen zou........ Welnu, Muggelyn, hebt gy het alles wel begrepen? »

« Wonderbaer! » riep de Ribaud, als uit eenen droom opschietende « zoo de duivel uw peter niet is geweest, hy was er toch niet verre van daen toen gy ter wereld kwaemt! »

« Gy hebt my beloofd dat gy niet spotten zoudt, Muggelyn. »

« Ik wil zeggen, Mher Denys, dat gy des noods den duivel lessen geven zoudt. Het is slechts by wyze van spreken, om u den lof te schenken die u toekomt. »

« Nu, Muggelyn; ik wil my in uwe gekke scherts niet meer stooren. In ernst gesproken, wat is uw gedacht over myn ontwerp? »

« De Opperhoofdman zal ditmael voorzeker aen zyn lot niet ontsnappen? Te vernuftig zyn de strikken rond hem gespannen. Wat Ser Van Steenbeke betreft, hy is veel te regtzinnig om zich niet blindelings door u te laten bedriegen. Alzoo ga ik welhaest myn hof ter Wallepoort verlaten om met myne Ribauden in eenen Steen te woonen? Gy hebt het my beloofd, — en dubbel jaergeld en vier-en-twintig mannen meer? »

« Gy zult dit alles hebben. Overmorgen misschien! Dan, om het te bekomen is er moed en bovenal voorzigtigheid noodig. Gy zult myn ontwerp nauwkeurig uitvoeren : ik mag op u betrouwen, niet waer? »

« Als op u zelven, Mher Denys. Wees gerust, ik zal u toonen wat Muggelyn kan als er zoo veel voordeel aenhangt! »

« Ik heb nog een verzoek aen u, en ik ging het byna vergeten. — Myn zoon Lieven is door de Artevelden verleid geworden; wy moeten maken dat hy, na den val des Opperhoofdmans, niet verdacht blyve. »

« Dit zal wel moeijelyk zyn » antwoordde de Ribaudenkoning « iedereen weet toch wel, dat hy Mher Artevelde onafscheidbaer verkleefd is en zyne bewondering voor hem geene palen heeft. Hy verbergt het ook nergens en verdedigt den Opperhoofdman als een razende, overal waer iemand een woord tegen hem wagen durft. »

« Hy zal toch wel van zyne dwaling terugkomen als Artevelde er niet meer zal zyn. Ik ben voornemens hem stadsklerk van Gent te maken, Muggelyn. »

« En het middel daertoe? »

« Het middel is, dat gy en uwe vertrouwelingen, nog denzelfden dag der overwinning, overal met grooten ophef de mare verspreidet dat myn zoon Lieven oneindige diensten aen den opstand heeft bewezen. Anders eisch ik niets van u ; het overige zal ik zelve wel schikken. »

« Ik zal het doen, Overdeken; gy weet dat ik, sedert dat ik u kenne, meester geworden ben in het verspreiden van geruchten en maren! »

« Muggelyn, vriend, goede hoop op morgen » sprak Denys, zich bereidende om heen te gaen « ik moet ten negen ure nog op eene laetste vergadering zyn. »

« Ten negen ure? Het is reeds half tien! »

« Ik weet het wel, en hoop dat het by myne komst meest zal gedaen zyn. Zoo ontsnap ik aen de verklaringen, waertoe de woorden van Ser Van Steenbeke my zouden kunnen dwingen. »

« Maer zoo weet gy ook niet wat men verhandeld heeft! »

« Mher Calevoet is daer om my van alles verslag te doen........ Nu Muggelyn, kom ten elf ure tusschen den Watermolen en de Nieuwbrugge; gy zult er my wandelend vinden. Daer zal ik u nadere inlichtingen over tyd en plaets geven, en u zeggen of men iets aen het ontwerp veranderd heeft. Het geld zal ik u ook ter hand stellen. Blyf met vrede! »

De Overdeken verliet de Walpoort en keerde den Kouter op. Niettegenstaende dat het een zeer duistere avond was, en niemand hem herkennen kon, verborg hy zyn aengezigt in de huike en stapte met loopen tred voort over de Fremineurenbrug, tot in de Wagenaersstraet, waer eene donkere menschenschaduwe beweegloos voor eene deure stond. De Overdeken ging regt op deze schaduwe aen en zegde met stille stem:

« Verlossing met Gods hulpe! »

Op dit woord stak de sprakelooze wachter eenen sleutel op de deur en liet den Overdeken binnen gaen.

Dit huis [1] moest Geeraert Denys niet onbekend zyn; want hy stapte zonder dralen eenen donkeren gang dóór, tot in eenen kleinen hof; daer veranderde hy van rigting en klopte wat verder ter linker zyde aen een soort van achterhuis, welks deure hem onmiddelyk werd geopend.

Een twintigtal mannen zaten hier in eene tamelyk

---

[1] No 86 der kaert.

groote kamer rond eene tafel. Eene enkele lampe daelde van het verdiep en zou, in haren flauwen schyn, de tegenwoordig zynde persoonen niet hebben laten herkennen, hadde niet het vuer, dat in den wyden schoorsteen vlamde, het vertrek en al wat er zich in bevond met zonderlingen rooden gloed verlicht.

Op het oogenblik dat de Overdeken binnen trad scheen de beraedslaging reeds gesloten; wánt velen betuigden een verwytend ongeduld toen zy Mher Denys zagen verschynen. Zyne vrienden stonden op en kwamen hem de hand drukken, terwyl Ser Van Steenbeke en zyne aenhangers als verstoord hem eenen korten groet toestuerden.

« Wat is dit, myne heeren? » riep de Overdeken met eene geveinsde verwondering « reeds allen hier? Ik die geloofd had de eerste te zyn! »

« Het is byna tien ure! » bemerkte Ser Van Steenbeke half schertsend.

« Zou het waer zyn? » zegde Denys « ik heb my bedrogen over de ure! Wel nu, blyft de zaek beslist tegen morgen? Zal ieder op zyne plaetse staen en zyn leven moedig wagen voor vryheid en voor vaderland? »

« Het is ons onmogelyk alles te herhalen wat hier gezegd is » sprak Ser Van Steenbeke « ieder van ons heeft zich tegen morgen voor te bereiden en heden nog eenige getrouwe vrienden te gaen verwittigen. Laet aldus toe, myne heeren, dat ik in korte woorden den Overdeken mededeele wat hier is besloten. Morgen, ten tien ure, wordt de groote Schepenvergadering op het stadhuis geopend. Volgens berigt moet Artevelde, by het begin der zitting, eene uiterst strenge wet over oproer, twisten, verwonden en moorden voordragen. Ik zal deze gelegenheid waernemen om hem, vóór den Schepenraed, van geweld, regtverkrachting en alleenheerschappy te betigten, en ik zal het doen in woorden, die den loozen Opperhoofdman wel tot woede zullen dwingen, hoe voorzigtig hy ook moge zyn. Hy zal ongetwyfeld tegen my uitvallen en my zelven betigten, dewyl hy weet dat ik zyne verderfelyke staetkunde tegenwerk en onzen wettigen Vorst in zyn gezag wil hersteld zien. Op het oogenblik dan, dat hy my dingen verwyt, welke hy geen regt heeft tegen eenen Schepen der Gemeente te zeggen, zal ik opstaen, het stadhuis verlaten en luidop roepen, dat men der Schepenen overheid verkracht en de Wethouders geweld aendoet. Onze lieden, die beneden staen volgens de schikking welke wy daer even genomen hebben, roepen uit alle hunne magt om wraek; het grootst gedeelte onzer mannen, dat op de Vrydagmarkt het volk ondertusschen zal zoeken op te ruijen, komt op het gerucht toegeloopen; wy overweldigen het stadhuis, nemen den Opperhoofdman en de erggezinde Schepenen in hechtenis, en houden op het oogenblik, in tegenwoordigheid des volks, eene vierschare waerin wy alle de landverraders en dwingelanden ter dood vonnissen. De Graef komt onmiddelyk terug en, met zyne goedkeuring, geven wy de Gemeente hare regtmatige inrigting. Dit is in het korte het gansche ontwerp, dat gy overigens, met weinige veranderingen, reeds sedert dry dagen kent. »

« En welk is nu eindelyk de magt, waerover wy met zekerheid beschikken, Ser Van Steenbeke, indien ik het weten mag? » vroeg Denys.

« Zy beloopt te samen tot vier honderd man, volgens de opgave van elken dezer heeren. Het is niet veel; maer wy rekenen op het volk, dat ons byspringen zal zoohaest de beweging eens gegeven is. Ah, ik vergat dat deze koene gezel ons de hulp van een dertigtal leden der St.-Jorisgilde aengeboden heeft. »

Dit zeggende wees Ser Van Steenbeke op eenen jongen man, die nevens hem stond en den Overdeken niet verder bekend was, dan dat hy hem eenige malen in St.-Jorishof tusschen de schutters had gezien. Het misnoegde hem dat men aldus, op deze geheime vergadering, zoo ligtelyk eenen nieuweling had toegelaten. Ser Van Steenbeke, die het op zyn gelaet bemerkte, haelde de schouders op en sprak :

« Mher Calevoet heeft hem ingeleid, en verantwoordt ons voor zyne trouw. Hy heeft overigens den eed met moedige stoutheid afgelegd. »

« Ho, ik ben gerust over onzen jongen gezel » antwoordde Denys « het woord van mynen vriend Calevoet was niet noodig om alle ergwaen in my te voorkomen; ik zie genoeg in zyne vurige oogen dat hy een verdediger der ware vryheid zal zyn! »

Dit gezegde scheen Ser Van Steenbeke niet te bevallen : het had voor hem eenen dreigenden zin; eventwel, hy veinsde het niet verstaen te hebben, en vroeg :

« Maer gy, Mher Denys, die ons zulken gewigtigen bystand hebt versproken, hoe vele lieden bezorgt gy der goede zaek? »

« Ik breng honderd-vyftig man, myne heeren, zonder degenen welke myne zendelingen dezen namiddag nog mogen gevonden hebben! »

Dit getal moest de saemgezwoornen groot schynen, want eene uitdrukking van blyde verrassing liep over hun gelaet; eenigen zelfs kwamen den Overdeken de hand drukken. Deze zegde verder :

« Myne heeren, dit is alles niet; myn zoon Lieven zal vyftig moedige mannen van het Nieuwland aenvoeren. »

« Uw zoon! Zyn zoon! » riep iedereen met ongeloof en verbaesdheid. — De jonge gezel van St.-Joris lachte met blyde uitdrukking, alsof deze mededeeling voor hem nog eene byzondere beteekenis had.

« Ik weet waerom u die tyding verwondert, myne heeren » hernam Geeraert Denys met geveinsde regtzinnigheid « maer zou het niet mogelyk zyn, dat myn zoon nooit opgehouden hadde de zake zyns vaderlands onbekend en onbeloond te dienen? Er zyn opofferingen, die zoo verre buiten de gewoone mate van 's menschen magt gaen, dat men er niet ligtelyk aen gelooven kan. — Twyfelt aen de waerheid myner woorden indien gy wilt; maer ik hoop wel, dat gy morgen van de daden der hulpbende van het Nieuwland zult hooren gewagen. »

« Laet ons nu uit deze vergadering scheiden » sprak Ser Van Steenbeke. « Ik herinner u, myne heeren, dat wy wel plegtiglyk gezworen hebben, ons bloed en goed te wagen om ons vaderland van de verdrukking te verlossen; en, wat ons ook gebeuren moge, al moest ons hoofd op het schavot rollen, dat wy nooit den naem onzer eedgenoten zullen veropenbaren. Wie het dede gave daerdoor aen elk der overblyvenden, het wettelyk regt om hem, door geweld of list, van het leven te berooven. Komt aen, dralen wy niet langer; het wordt te laet. Ik ga eerst. »

Volgens afspraek mogten de saemgezworenen het huis niet te gelyk verlaten; na elke pooze tyds vertrok er een alleen of ten hoogste twee te samen.

Geeraert Denys zegde iets met stille stemme in het

oor van sommigen zyner aenhangers, waerna hy met Calevoet in den hof verdween. — Zoo volgden zy elkander op, tot dat eindelyk de jonge gezel, die uit een gevoel van ontzag de laetste gebleven was, insgelyks zyne huike en mantel aenwierp en door de eenzame straten in diepe bedenking naer zyne wooning ging, welke op Overschelde gelegen was. Wanneer hy den Calanderberg over was en de Opperscheldestraet naderde, haelde hy door zynen snellen gang iemand in, die voor hem stapte. Aen de gestalte zyns lichaems meende hy in de duisternis dezen nachtwandelaer te erkennen, en sprak op geheimzinnigen toon :

« Zyt gy het, Lieven? »

De aengesproken persoon bleef staen, keerde zich om en vroeg mistrouwend :

« Wie zyt gy die my noemt? »

« Kent gy dan Jan Sporrelinck niet meer, uw gezel van St.-Joris? »

« Ah, voorzeker, hoe gaet het, vriend Jan? »

De gezel bragt hem tegen den muer van Rasseghem's Steen en zegde met versmoorde stemme :

« Gy komt zeker van den Opperhoofdman; hy vermoedt toch niets over onze zaek van morgen? »

« Ik weet het niet » antwoordde Lieven werktuigelyk en zonder zynen vriend van kwade inzigten te verdenken.

« Waer moet gy met uwe mannen staen, Lieven? Begeef u op de Hoogpoort; ik zal my in de Saeistege houden : zoo zullen wy elkander kunnen helpen indien de slag te heet wordt; en van daer zullen wy best kunnen zien wanneer Ser Van Steenbeke het teeken geeft om den opstand te beginnen. Kom wat vroeger dan tien ure; wy zyn de jongsten en mogen ons wel de eersten toonen. Het spel zal eventwel voor den elven niet aen den gang zyn; want de beschuldiging kan nog al eene wyl duren. »

Lieven wist niet, wat hy uit de woorden van Jan Sporrelinck maken zou en luisterde als verbysterd zonder te antwoorden.

« Heeft men u misschien eene andere plaets aengewezen? » vroeg de andere.

« Maer ik weet niet wat gy zeggen wilt! » sprak Lieven verwonderd. « Een slag? Een opstand? Morgen om tien ure, by de Hoogpoort? »

« Maer, Lieven, met my behoeft gy immers niet te veinzen. »

« Ik weet van niets; » herhaelde de jonge Denys.

« Nu nu, het is genoeg bekend, dat gy van een voorzigtig en doortrapt geslacht zyt, Lieven. Onnoodig toch, dat gy weigeret met my, als gezel, een woordje over de zaek te wisselen. Niemand kan ons hier hooren; wy spreken immers stil genoeg? »

« Wat zou ik zeggen, Jan? ik begryp u niet. »

« Zie! Alsof uw vader zelf my niet gezegd had, dat gy vyftig dappere gezellen, van het Nieuwland aenvoeren zult! »

« Gy doet my verstommen! Op myn woord, ik ben der zake gansch onbewust; maer leg my dan eens beter uit waervan gy spreekt. Misschien zal ik my iets herinneren. »

« Wel St.-Macarius! » morde Jan met eene beklemde gramschap « denkt gy met my te spotten? Daer is het te laet voor! Gy hebt misschien gelyk te zwygen: gy mistrouwt my. Het is goed, wy zullen morgen zien, wie zich het dapperste toonen zal..... goeden nacht! »

Lieven bleef nog wel een vierendeel uers, verstomd en beweegloos, tegen den muer van Rasseghem's Steen geleund staen, overdenkende wat Jan Sporrelinck hem had gezegd. Naermate dat hy zyne woorden doorgrondde verspreidde, in de duisternis, eene overmatige bleekheid zich op zyn gelaet en zweetdruppels begonnen van zyn voorhoofd te rollen.

Men ging eenen bloedigen opstand wagen! Tegen wien? Tegen Artevelde? Zyn vader had gezegd dat hy, Lieven, vyftig man aenvoeren zou om den Wyzen Man te helpen verjagen, te helpen vermoorden misschien? Het kon ook wel logentael of spotterny van Jan Sporrelinck zyn!

Eenige woorden, welke Lieven zich herinnerde uit zyns vaders mond gehoord te hebben, kwamen eensklaps zynen geest met yzing en schrik vervullen, en terwyl dit gedacht eenen schreeuw der pyn uit zynen boezem rukte, liep hy den Calanderberg over, de Volderystraet dóór en klopte in de Veldstraet aen een tamelyk groot huis [1].

Na eenigen tyd werd hem van boven door het venster gevraegd wat hy wilde.

« Is de Hoofdman van St.-Nicolaes te huis? » was Lieven's antwoord.

Een ander hoofd verscheen aen het venster.

« Wel, vriend Lieven » riep men van boven « is er een ongeluk gebeurd, dat gy zoo laet by my komt aenkloppen? »

« Mher Ghelnoot, Mher Ghelnoot » sprak Lieven met angstig verdoofde stemme « spoedig, ontsluit uwe deure, ik moet u iets gewigtigs melden! »

De deure werd geopend en Lieven verdween in de wooning van Mher Ghelnoot van Lens.

[1] Nº 46 der kaert.

XI.

Het oude Stadhuis [1], dat men alsdan het Schepenhuis van der Keure en van den Gedeele noemde, stond met zynen gevel op de Hoogpoort. Het was een ongemeen groote Steen, met eenen uitspringenden toren aen elke zyde, en men ging er binnen door eene tamelyk lage poort, welker vloer niet boven de straet verheven was. Overigens onderscheidde het Schepenhuis zich niet van de gewoone Steenen der edele geslachten, dan alleenlyk door zyne grootte. Op eenige stappen van daer schoot het wyd beruchte Belfroot van Gent [2] zynen zwaren romp hemelwaerts, en beheerschte als een eeuwig wakende reus, de gansche stad. Zonderling waren de ruwe vormen

[1] N° 37 der kaert.
[2] N° 42 der kaert.

van dit ontzagwekkend gebouw, welks bestemming de inwooners van vrye Gemeenten alleen begrypen konden. Een breede vierkante toren, zonder eenig nevengebouw dat eraen toebehoorde, verhief zich pylregt van uit den bodem in de hoogte; in de rotsachtige muren had men slechts eenige nauwe vensters en hier en daer een kykgat uitgespaerd, terwyl de zeer kleine ingangdeur liet vermoeden, dat dit steenen gevaerte niet tot het gewoon verblyf van menschen verstrekte. In zyn binnenste was een sterk overwelfd vertrek, dat men het Geheim noemde, en waerbinnen de oorkonden der stadsvryheden en voorregten in eene yzeren kiste berustten. De deur dezer bewaerplaets, even als de kiste, sloot met dry sleutelen, waervan de dekens der Wevery, der Voldery en der Kleine Neeringen er elk eenen hadden, zoodat men nooit de vryheden der stad bezigtigen kon, zonder hunne gelyktydige tegenwoordigheid.

Wie in dit heiligdom der gentsche vryheid zonder last der Gemeente dorst treden, welke deken er iemand onwettig in toeliet, werd zonder genade noch uitstel tot de dood verwezen [1].

Onder het dak van den toren hing de gevreesde Roeland of stormklokke, by dewelke nacht en dag werd gewaekt. Hare magtige galmen, wanneer zy aenkondigde dat de vryheid of de onafhankelykheid bedreigd was,

---

[1] Den 28en Augustus 1539 werd Lieven Pien, Schepen van het vorig jaer, na schrikkelyke pynigingen ter dood gebragt, omdat hy toegang tot *het geheim* op het Belfroot had verleend. Zie *Messager des sciences historiques*, Gand, année 1839, livr. II, pag 252, in welk tydschrift men, op bladz. 231 en verder, eene volledige beschryving van het Belfroot aentreft, alsmede dry teekeningen van dit vermaerd gebouw.

deden alle poorters met ontsteltenis de wapens opnemen en naer de Vrydagmarkt loopen, om zich onder het vaendel hunner Neering te gaen schikken.

Boven op den toren waekten de stadstrompers, die naer alle kanten uitzagen om in de velden te ontdekken of geene gewapende benden de stad naderden.

Elke vrye Gemeente bezat zulken waektoren, niet slechts als bewaerplaets harer voorregten, maer tevens als een gedenkzuil harer ontslaving, als een bewys harer onafhankelykheid. Waren er weinige. steden, die een Belfroot toonen konden, zoo groot en zoo trotsch als het Belfroot van Gent, er was er ook geene, die nevens haer mogt roemen op hare vryheden, op hare magt of op haren rykdom.

Des anderendaegs na de laetste byeenkomst der saemgezwoornen, lang nog voor het bepaeld uer, stonden er reeds kleine hoopen ambachtslieden by het Belfroot en verder de Botermarkt [1] op, in de rigting van het Schepenhuis. Naermate de tyd verliep, vermeerderde ook de toevloed des volks; omtrent half tien ure vervulden zich de Hoogpoort, de St.-Jansstrate en de Stege-ten-Putte, met poorters van allen stand en ouderdom.

De Ribaudenkoning wandelde over en weder, met een tiental zyner mannen, en hield zich by voorkeur langs den kant van den Nederpolder, waer Pieter Taggelinck schynbaer onverschillig, tegen den hoek van den Zandberg, geleund stond.

Het was op aller aengezigt te bespeuren, dat elkeen

[1] N° 38 der kaert.

eene gewigtige gebeurtenis voorzag, ofschoon zeer weinigen de ware oorzaek van dezen samenloop des volks konden vermoeden. Wel is waer, dat de aenkondiging van Artevelde's voorstel, over samenrottingen, beroerten, twisten en moorden, eene zekere gisting onder het volk had verspreid; ten eerste omdat de ambachtslieden, die geheele dagen in de taveernen zaten te drinken en te tuischen, vreesden by het minste krakeel strengelyk te worden gestraft; en ten tweede, omdat men door opstokery aen een groot gedeelte der inwooners had doen gelooven, dat deze nieuwe en zeer harde wet op de vryheid der poorters inbreuk deed en geen ander doel had dan Artevelde eene onbeperkte magt te geven, om al wie niet in zyne gunste stond te kunnen treffen. Eventwel was zulke reden op haer zelve niet gewigtig genoeg, om te doen denken dat het volk hier vergaderd ware met inzigten van oproer. Iets anders deed een gedeelte der poorters vreezen voor onheil en geweld.

De zonderlinge houding van velen der vergaderde ambachtslieden, — die stilzwygend in kleine hoopen stonden, geheimnisvol naer de aenpalende straten uitzagen, en zich sprakeloos van elkander verwyderden zoohaest een onverwachte persoon zich in hun gezelschap vermengde; het gezigt van den hecht eener dagge of het kruis van een knyf, die by toeval somwylen onder eenen mantel uitblonken; de slinksche blikken welke de voorbygaenden elkander toestuerden, — dit alles deed vele aenschouwers met kommer of met angst in zichzelven vragen, wat er toch op handen kon zyn; en menig vreedzaem man verliet de plaets om naer zyne wooning te keeren. De anderen gingen van den eenen hoop tot den anderen om eene verklaring te bekomen of te verrassen;

maer buiten eenige beschuldigingen tegen Artevelde konden zy niets vernemen.

Intusschen naderde het uer der vergadering; reeds meer dan de helft der Schepenen waren in het stadhuis gegaen, en onophoudend kwamen de overigen langs alle straten aengestapt, zonder by hunnen doorgang tusschen het volk iets anders dan eene gewoone verwondering te betuigen.

De saemgezworenen verblydden zich innerlyk, in de zekerheid dat hun ontwerp niet verraden was geworden; dewyl, buiten de Ribauden en de zestien knapen des Hoofdmans van St.-Jacob, geene gewapende magt zich vertoonde.

Men had wel vernomen, dat Mher Ghelnoot Van Lens, in aller haest eenige mannen zyner parochie voor dezen dag had byeen geroepen; doch men kon daerin geen ander doel vermoeden dan het inrigten eener kleine tuchtwacht, die men in alle andere dergelyke omstandigheden niet zou hebben nagelaten te vormen. Daerenboven, het was de dienstbeurt der lieden van St.-Nicolaes, en niets was natuerlyker dan dat zy in gering getal hier verschenen om over de openbare rust te waken.

Geeraert Denys had reeds eens met snellen stap alle de omliggende straten doorwandeld, om af te meten tot hoe verre men op de beloofde hulp der eedgenoten rekenen mogt. Vermits hy overal eene aenzienlyke menigte aentrof, en dat niet zelden eene luide beschuldiging tegen Artevelde, zyn oor kwam treffen, waende hy de overwinning byna zeker en begon zyne wandeling op nieuw, ditmael met open gelaet en vriendelyken lach iedereen de hand drukkende en dubbelzinnige woorden tegen den Opperhoofdman rondstrooijende.

Wanneer hy zich aldus in elken hoop volks had vertoond, daelde hy den Nederpolder [1] af, om daer, op weinigen afstand van het Stadhuis, in de eenzame diepte, ongemerkt over en weder te gaen, tot dat het oogenblik zyner verschyning kwame.

Sedert een vierendeel uers waren aller oogen met eene soort van angstige nieuwsgierigheid naer het Belfroot gekeerd, langs waer de Opperhoofdman komen moest. Terwyl de saemgezworenen zich verwonderden over zyn lange achterblyven en begonnen te vreezen dat hunne prooi hun mogt ontsnappen, verscheen Artevelde met de twee-en-twintig knapen van St.-Jans parochie, welke hem, als Hoofdman, in openbare aengelegenheden nooit verlieten. By zyne aenkomst hoorde men in sommige hoopen des volks een dof gemor van haet; doch, waer de Opperhoofdman voorbyging, daer stapten zyne heetste vyanden met schuchterheid en stilzwygend achteruit, om den held niet te moeten groeten, wiens roem en regtmatige overheid hen nog tot ontzag dwong. De andere poorters bogen zich eerbiediglyk voor hem en boden hem eenen breeden doortogt.

Zoohaest was de Opperhoofdman niet onder de poort van het Schepenhuis verdwenen, of de saemgezwoornen, als van eene vreesselyke verschyning verlost, traden verder de markt op en begonnen, luider en met meer verstaenbare woorden, te laten blyken dat zy voornemens waren zich geweldiglyk tegen het aennemen van Artevelde's voorstel te verzetten. In volle vertrouwen over den goeden uitslag hunner onderneming, waren zy bezig met het volk op te hitsen, toen eensklaps

---

[1] N° 61 der kaert.

Mher Ghelnoot Van Lens, de Hoofdman van St.-Nicolaes, met meer dan twee honderd gewapende ambachtslieden onder het Belfroot zich vertoonde, over de Botermarkt stapte en het Stadhuis zoodanig bezette, dat er niemand meer aen of omtrent kon.

Gewis deze magt ware niet toereikend geweest om eenen opstand te beletten, zoo dezelve waerlyk in de inzigten des volks hadde gelegen. Eventwel, de komst der mannen van St-Nicolaes scheen de saemgezworenen zoodanig te verrassen, dat zy elkander met eene soort van vrees bezagen, en sommigen ook wel allengskens den moed opgaven en de nabyheid van het Schepenhuis verlieten. Het waren eigentlyk de twee honderd mannen niet, die hen voor het goed gevolg hunner pooging deden bekommerd zyn; maer Ghelnoot Van Lens, de onverschrokken Hoofdman, die nu met eenen lossen spotlach zyne oogen over de ontevredenen stuerde, als hadde hy hun voornemen gekend; Ghelnoot, die om zyne heldhaftigheid met blinde liefde door zyne mannen werd bemind, en waerschynelyk de onversaegdsten uitgekozen had, — Ghelnoot was het, die nu onder zynen blik hunne oogen neêrgeslagen hield en twyfelen deed of men den aenslag wagen zou of niet!

Het was tyd dat iemand, door het betoog eener groote stoutheid, hun nieuwen moed kwame geven, of de opstand ware voorzeker blyven steken. Nu verscheen Ser Van Steenbeke met zegevierend gelaet te midden der Botermarkt. Vooraleer het Schepenhuis in te treden, ging hy tot de hoopen der saemgezwoornen en klaegde overal, met hoorbare stemme en gramstoorige woorden, over het geweld dat men de Wet en het volk aendeed, met alzoo den Raed onder den druk der gewapende magt te doen beraedslagen. Hy liet hierby genoeg verstaen, dat hy in de Schepenvergadering daerover rekening vragen ging, en kondigde zelfs aen, dat hy, binnen de ure, het teeken zou geven tot de verlossing der Gemeente.

Toen hy op de Botermarkt by een der grootste hoopen dus had gesproken, naderde een blauwverwersgezel met haestige stappen tot Ghelnoot Van Lens en verklaerde hem wat hy uit den mond van Ser Van Steenbeke had gehoord, tevens zeggende dat hy de plaets verliet om zyn wapen te halen en zyne vrienden, ter verdediging des Opperhoofdmans, te gaen vergaderen. Ghelnoot zond eenen zyner Tienmannen op het Schepenhuis by Artevelde om hem te melden wat de gezel Lieven Comyne hem had berigt.

Na dat Ser Van Steenbeke de gemoederen tot den opstand genoegzaem meende aengewakkerd te hebben, begaf hy zich insgelyks ten Schepenhuize, en trad in de vergadering, op het oogenblik dat de Voorschepen, Maes Van Vaernewyck, de lezing van het voorstel des Opperhoofdmans eindigde.

De dertien Schepenen van der Keure en de dertien Schepenen van den Gedeele waren allen tegenwoordig en rond eene lange tafel gezeten. Twee stadsklerken, meester Augustyn en Jan Van Loven, zaten aen wederzyde van den Voorschepen, gereed om het byzonderste uit de beraedslaging aen te teekenen.

Na de lezing van het voorstel ontstond er eene zekere wanorde onder de leden der vergadering. Terwyl velen zich bereid toonden om de wet goed te keuren, riepen anderen met toorn, dat men daerdoor de openbare vryheid vernietigde en het Land onder den dwang van eenen alleenheerscher wilde stellen. Eventwel, deze tegenkanting bepaelde zich voor alsnu by enkele uitroepingen en hevige twistredenen.

Na eenige oogenblikken stond Artevelde voor zynen zetel regt; de vergadering keerde in diepe stilte de oogen tot hem. Hy sprak op bedaerden toon :

« Myne heeren Schepenen, het is met spyt dat ik my gedwongen zie, u heden eene wet voor te dragen, die, ten minste in schyn, eene inkorting is op de onbeperkte vryheid welke wy ten koste onzes bloeds hebben gewonnen. Misschien zullen eenigen onder u met my de noodzakelykheid dezer wet betreuren; maer ik verzoek hen te willen inzien, dat men in tyden van gevaer het behoud des vaderlands boven alles stellen moet, en zich niet mag laten terughouden door het gedacht, dat elk byzonder poorter tot deze behoudenis iets van zyn persoonlyk regt zou af te staen hebben. »

« Van wat gevaer spreekt gy dan? » riep Willem Dejonckere, een Leliaerd, zigtbaer om den Opperhoofdman te onderbreken.

Deze ging voort zonder eenige aendacht op de uitroeping te geven :

« Niets, myne heeren, is gevaerlyker voor de vryheid dan de uitoefening der vryheid zelve, wanneer deze niet geregeld is door wetten die er het misbruik kunnen van voorkomen. Ik vraeg u geene magt om te beletten dat elk poorter vry blyve te doen wat hy wil en gelyk hy wil, voor zyne eigene belangen en volgens zyn eigen goeddunken, zoo lang zyne daden niet schadelyk zyn voor de Gemeente noch voor het vaderland; wat ik u voorstel is niet de inkorting der volle vryheid om te doen wat goed en voordeelig is, het is de beteugeling der vryheid om kwaed te doen en door booze aenslagen de Gemeente en het Land van Vlaenderen in het verderf te storten. — Men vraegt my van welk gevaer ik spreek? Indien Mher Dejonckere voor doel heeft, my te aenzoeken om klaerder uit te drukken, wat iedereen weet en voor zyne oogen ziet, ik ben bereid hem te voldoen. — Wy hebben met heldenmoed geworsteld en geene opofferingen ontzien om ons van onder den druk van Frankryk's beheersching los te rukken. Zoo lang deze roemryke stryd duerde waren wy allen met dezelfde begeerte bezield : ontslaving des Lands, heropwekking der nyverheid en des handels, vryheid voor ieder poorter ingevolge de voorregten en gebruiken zyner Gemeente! Maer het schynt dat de volkeren, na eene groote inspanning van krachten welke door eene volle overwinning wordt bekroond, haest hebben om hun eigen werk te verderven of ten minste door besluiteloosheid te laten verderven. Die tyd van overgang, myne heeren, is gevaerlyker dan de stryd zelven, dewyl hy de moedigsten ontzenuwd vindt tegen de aenslagen des vyands. Het is dan, dat degenen aen wier zorg het behoud der vruchten des zegepraels is toevertrouwd, moeten toonen dat zy ten minste wakend blyven en dat hunne sterkmoedigheid groot genoeg is om het kwaed te treffen, al bedekte het zich met den schild der wettelykheid. »

« Dit zyn de redenen van eenen dwingeland! » riep Willem Dejonckere op nieuw « Het was wel de moeite weerd dat wy zooveel bloeds vergoten, om minder vryheid te genieten dan onder Frankryk's invloed! »

« Ik verzet my tegen zulke wyze van beraedslagen, als tegen een onwettelyk geweld » viel de oude Pieter Zoetaerde den woedenden Dejonckere in de rede « de Opperhoofdman, door ons zelven tot raedsheer der

Schepenbank benoemd, heeft het regt om hier onverstoord te spreken. Men is verpligt hem tot het einde te aenhooren. »

« Het is waer » bemerkte de Voorschepen « ik verzoek Mher Dejonckere van zyne onderbrekingen te willen afzien. Verlangt hy te spreken, hy doe het niet vooraleer de Opperhoofdman zyn voorstel gansch hebbe verklaerd en uitgelegd. »

« Ziet, myne heeren » hernam Artevelde op even bedaerden toon « wat er in Vlaenderen geschiedt. De aenhangers van Frankryk strooijen het geld by schatten in de Gemeenten rond, om het volk tegen het verbond met Engeland, op te ruijen, — tegen het verbond met Engeland, waeraen wy den rykdom en de magt van Vlaenderen verschuldigd zyn! — En omdat deze aenhangers poorters eener vlaemsche Gemeente zyn, moeten wy werkeloos de openbare misleiding gedoogen, en, met de armen op de borst gekruist, eene omwenteling ten voordeele van den vreemden zien voorbereiden! Wy moeten verduldiglyk het verderf en de slaverny onzes vaderlands te gemoet zien, omdat de wetten aen elk poorter de vryheid geven om te doen en te zeggen wat hy wil, zoo lang hy niet gewapenderhand en opentlyk tegen de Gemeente opstaet! In gewoone tyden, myne heeren, moge het volle gebruik dier vryheid, zoo niet zonder gevaer, dan ten minste bestaenbaer zyn met het behoud van den openbaren vrede en van 's lands welvaert; maer in tyden van verleiding, wanneer gelyk het nu geschiedt, de volksregten een ontzaggelyk wapen worden in de handen van de vyanden der volksregten zelven; wanneer, voor het vaderland de vraeg ontstaet of het zal behouden blyven en of het ten gronde zal gaen, dan moeten de Wethouders krachtmoedigheid genoeg bezitten om iedereen zynen pligt te doen betrachten en de boosheid te beteugelen, al zage men zich daertoe verpligt den haet van een gedeelte des volks zich op den hals te trekken. — Ik versta, dat sommigen onder u terug zullen keeren voor eene daed, die zy als geweldig aenzien, omdat zy niet doordrongen zyn van deze waerheid : dat de noodzakelykheid eene stalen wet is, welke alle andere wetten opschorst. Aen dezen zeg ik : ziet, gansch Vlaenderen dóór stookt men oproer ; alle Gemeenten zyn ontsteld, men bereidt opentlyk eenen algemeenen opstand tegen de groote steden, in schyn om de voorregten op de wevery te vernietigen ; maer toch inderdaed om ons, ontzenuwd én magteloos, prys te geven aen Frankryk's heerschzucht. Overal zaeit men haet en twist ; geene week verloopt er, of vyftig moorden worden op Vlaenderen's bodem begaen, ter oorzake van twisten over den staet des Lands ; Gemeenten loopen in de wapens en stryden bloedig tegen elkander. Overal miskent men de Overheid en de wetten ; gansch Vlaenderen schynt zich te ontbinden om de komst van eenen overweldiger, — om eene nieuwe onderjukking des vaderlands voor te bereiden en onvermydelyk te maken. Niets, volgens myne meening, kan Vlaenderen nog redden, dan de aenneming der wet welke ik u voorstel. Zy geeft my, als uitvoerder uwer bevelen, de magt om diegenen te doen aenhouden welke opentlyk de omwenteling van Vlaenderen's bestaen aenraden, of geld uitstrooijen om het nederigste gedeelte des volks tot beroerte om te koopen ; zy stelt, daerenboven, strenge straffen in tegen beroerten, oploop, twist en moord. Verre zy van my het inzigt, u deze wet op te dringen ; ik aenzoek u integendeel, ze wel rypelyk te overwegen; en geviele het, dat gy dacht ze te moeten verwerpen, zoo bezweer ik u, by de liefde des vaderlands, poogt toch andere middelen te vinden om de openbare welteloosheid te beteugelen en de aenhangers van Frankryk te beletten, zoo onverhinderd in hunne aenslagen voort te gaen. Ik zeg het u, met volle overtuiging, myne heeren, indien uw gemoed zich in dit oogenblik niet boven de gewoone denkwyze der menigte verheffen kan, is Vlaenderen verloren! Frankryk herwint zyne doodende magt over ons, de nyverheid gaet op nieuw ten gronde en de hongersnood volgt onfeilbaer; want het eerste gevolg onzer onderwerping aen Frankryk zal het verbod der engelsche wol zyn. Myn hart roept, dat gy Vlaenderen redden zult door het aennemen eener wet, die men slechts als voorbygaende moet aenzien; vermits het den Schepenraed vry zal staen ze te vernietigen zoohaest het gevaer overwonnen is, — al moest ze slechts vyftien dagen uitvoerbaer blyven. Het is eene proeve, eene geweldige inderdaed! Maer gy, die zoo manhaftig den vyand hebt bestreden, toen zyne magt ons scheen te moeten verpletten, zult gy nu terugkeeren voor eene noodzakelyke pooging, omdat gy vreest dat een gedeelte des volks ze afkeuren zal? Ah, myne heeren, groot is de held die eenen stryd wagen durft, waer geenen anderen roem uit te winnen is dan de overtuiging dat men zynen pligt heeft gedaen en men, voor het behoud zyns vaderlands, zelfs den haet zyner broederen voor eenige belooning heeft aenveerd; ja, grooter is hy dan de krygsman, die toch, in de nederlaeg zoo wel als in den zegeprael, den lof en de liefde zyner broederen te gemoet mag zien! — Gy waert myne strydgenoten en vrienden tegen de vyanden van buiten, ik ben verzekerd, myne heeren, dat gy even moedig in de worsteling tegen de gevaerlykere vyanden van binnen my helpen zult tot verdediging en behoud van ons duerbaer Vlaenderen. Ik bidde God dat hy, in dit plegtig oogenblik, uwen geest verlichte! »

Nauwelyks had Artevelde zyne rede geeindigd of Ser Van Steenbeke sprong regt en sprak met bitsige stemme :

« Myne heeren, het verwondert my, het foltert myn gemoed, te zien dat de Wethouders van Gent zulk voorstel kunnen aenhooren zonder het oogenblikkelyk met eene algemeene verontweerdiging, wat zeg ik? met eene eindelooze verachting te verwerpen! Hoe? Het is niet genoeg dat het vlaemsche volk sedert acht maenden gebukt gaet onder den willekeur des Opperhoofdmans? Niet genoeg dat een dwingeland alle wetten vertreedt om zyne gunstelingen te bevoordeelen en om diegenen te treffen, welke nog tegen de verdrukking durven klagen? Neen, wy moeten zyne medepligtigen worden! De vryheid des volks, onze eigene vryheid in zyne handen leveren, opdat hy met het gansche Land zou kunnen handelen volgens zynen wil, en onverhinderd zou kunnen verpletten wie nog vaderlandsliefde, nog burgerhoogmoed genoeg bezit om tegen zulk schandelyk geweld op te staen! Welke verblindheid heeft ons geslagen, myne heeren, dat wy den afgrond niet zien, waer zulke staetsrigting ons naertoe leidt? Dat alle gevoel van eigenweerdigheid ons vreemd is geworden, en wy ons door de vrees laten leiden als onwetende kinderen! Ziet gy dan niet, dat alle dit geweld slechts aengewend wordt ter behoudenis van eenen invloed, dien het volk haet en veracht, — ter behoudenis van eene onwettige overheid?

Ziet gy niet, dat het vaderland wordt geslagtofferd ten voordeele van eene versmadelyke eergierigheid? [1] »

Reeds van den beginne had een klimmend gemor de zonderlinge woorden van Ser Van Steenbeke vergezeld; nu werd hy eensklaps in zyne rede onderbroken door de verontweerdigingskreten van een gedeelte der Schepenen, die riepen dat zulke tael een hoon voor de vergadering was en niet mogt worden gedoogd; een ander gedeelte schreeuwde daerentegen, dat ieder Schepen de vryheid genoot te zeggen wat hy wilde en hoe hy wilde, en dat de aenhangers der voorgestelde wet hunne tegenstrevers zigtbaer geweld aendeden. Ser Van Steenbeke kon zich van woede byna niet meer bedwingen en poogde menigmalen het woord te hervatten; maer het aenhoudend geroep verdoofde telkens zyne stem, tot dat Artevelde eindelyk regt stond en zegde:

« Myne heeren, ik bidde u, laet Ser Van Steenbeke in zyne beschuldigingen tegen my voortgaen. Hy heeft daertoe een wettelyk regt, dat hem niet mag worden ontnomen. Ik koester daerenboven de hoop, dat uit zyne woorden zelven, de noodzakelykheid van eenen spoedigen redmiddel voor Vlaenderens bestaen onwederleggelyk zal blyken. »

« Uit myne woorden zal blyken » riep Ser Van Steenbeke « dat gy een heerschzuchtige, een onregtveerdige dwingeland zyt. Ah, gy veinst koel te blyven voor myne beschuldigingen; gy hoopt dat het volk, door uw vorig geluk verblind, zyne ketenen nog niet zal durven breken,

---

[1] « Bientot il y eut à Gand un homme puissant qui osa publiquement l'accuser de trahison. C'était Jean Van Steenbeke, lequel avait eu soin de se ménager de nombreux partisans. » Edw. Le Glay, tom. II, pag. 464.

dat gy het nog lang zult verpletterd houden onder uwen voet? Dwaling! Men aenveerde uwe slavenwet, en morgen reeds zult gy het vuer des opstands over gansch Vlaenderen zien ontbranden; morgen reeds zal het volk u rekening vragen over zyne vernietigde vryheid...... »

« Maer dit zyn altemael ydele woorden! » riep een Schepen met ongeduld. « Indien Ser Van Steenbeke den Opperhoofdman beschuldigen wil, hy doe het met daedzaken. »

« Men vraegt daedzaken? » ging Van Steenbeke voort. « Alsof ieder Vlaming ze niet kende en er niet sedert lang om wraek over riepe! Welaen! Ik zeg, indien Vlaenderen verteert schynt door den haet, indien ieder ontevreden is, indien welteloosheid en oproer heerschen, de Opperhoofdman alleen is de schuld dat het vaderland in het verderf loopt. Met zich boven de Wet te stellen en zyne Hoofdmannen in het Westkwartier ongestraft alle baldadigheden te laten plegen, heeft hy de gemoederen verbitterd. Met aen de Gemeenten ten platten lande te beloven, dat hy haer tegen de groote steden zou voorstaen, heeft hy haer moed gegeven om eenen bloedigen opstand te wagen; met het volk op te ruijen tegen onzen wettigen Vorst en hem hatelyk te maken, heeft hy Vlaenderen in eenen eeuwigen staet van omwenteling gesteld en het neêrgeworpen onder zynen hoogmoedigen wil. Hy is het diensvolgens die zelf al het kwaed gebrouwd heeft, dat ons lyden doet en ons bedreigt met den ondergang van Vlaenderen. Wonderlyke waen! Hy werpt het Land in wetteloosheid, doet eene algemeene zucht naer verandering ontstaen, haelt zich den haet en de verachting des volks op den hals — en, als hy ziet dat den yzeren staf hem ontsnappen gaet, als hy het vuer, dat hy zelve gestookt heeft, niet meer kan bedwingen, dan durft hy, in de vergadering der Schepenen van Gent, de opoffering eischen van het eenige goed dat ons overblyft, — van den laetsten schyn onzer vryheid! Waerom? Om den vlaemschen burger zoo diep in het stof te trappen, dat zyne klagten onhoorbaer worden? — Ja, myne heeren, het is waer, Vlaenderen kan niet gered worden dan door een geweldig middel; maer men bedriegt u, wanneer men u daertoe eene wet aenwyst, die niets is dan de eindelooze vermeerdering der openbare ramp. Wat het volk vraegt, is verlost te worden van den dwingenden arm welke pletterend op Vlaenderen weegt. Wilt gy het vaderland redden? Welaen breekt zyne slavenketenen! Ontneemt den Opperhoofdman zyn gezag door eene oogenblikkelyke beslissing. — Dit voorstel schynt u te verschrikken? Gy vreest, ik weet het wel; uw hoofd ligt ook gebogen onder zyn geweld...... gy hebt den moed niet meer om den dwingeland zyne magt te durven betwisten, gy kruipt voor............ »

Een onweder van allerlei kreten borst los; de Schepenen stonden te gelyk regt : het eene gedeelte om, door bedreigingen, hunne verontweerdiging over Van Steenbeke's hoonende woorden uit te drukken, het andere gedeelte om door het geroep « hy heeft gelyk! het is waer! wy worden verdrukt! wy kruipen! de Opperhoofdman moet afgezet worden! » de beschuldiging tegen Artevelde te staven.

« Het is eene schande! » schreeuwde een Schepen eensklaps tegen den Opperhoofdman « gy spreekt altyd van liefde tot het vaderland, en nu uwe aftreding alleen het redden kan, slagtoffert gy het om uwe magt te behouden. Indien de heerschzucht u niet verblindde zoudt gy gewilliglyk eene overheid afleggen, die gy toch verliezen zult. Geef uw ontslag indien er nog een sprankel edelmoed, onuitgedoofd in uw hart berust! »

Een stille grimlach was het antwoord des Opperhoofdmans; maer in dien grimlach blonk zoo veel gerustheid des geestes, zoo veel fierheid en zoo veel mispryzen, dat hy, als eene dagge, het hart der lasteraers doorboordde en hunne oogen met het vuer der razerny deed gloeijen.

Welke moeite de Voorschepen ook aenwendde, om de vergadering tot de betamelyke bedaerdheid terug te roepen, het gelukte hem niet zyn doel te bereiken, tot dat hy eindelyk dreigde de zitting oogenblikkelyk te sluiten. Het scheen dat zulks noch van Steenbeke noch zyne aenhangers beviel; want zy klaegden hevig tegen de onwettelykheid dier wyze om den Opperhoofdman aen het gevolg hunner beschuldiging te ontrekken, en stemden er eindelyk in toe, hunne plaetsen te hernemen, ofschoon de stilte verre was van hersteld te zyn.

« Maer, Opperhoofdman » riep een Schepen uit « hoe kunt gy toch zoo koel blyven, by den bloedigen hoon, welke u en ons allen wordt toegebragt! Zou uw woord de magt niet meer hebben om de vuige lastertael te versmachten onder het gewigt uwer verontweerdiging? »

Artevelde kwam vooruit en sprak zonder de minste onsteltenis.

« Myne heeren, de tael die Ser Van Steenbeke, tegen my voert verwondert my in het geheel niet. Eer ik naer deze vergadering kwam, wist ik wat by heden zeggen zou en doen moest......... »

Ser Van Steenbeke verbleekte zigtbaer by deze woorden

en zyne vrienden aenzagen elkander met verbaesdheid. De Opperhoofdman vervolgde:

« Waertoe zou het dienen, dat ik my verdedigde tegen ongegronde beschuldigingen, vóór u, Schepenen van Gent, wier bevelen het eeuwige rigtsnoer myner daden zyn geweest? Ik heb de gemoederen verbitterd, zegt men; ik heb den Vorst hatelyk gemaekt, ik heb de Gemeenten tegen de groote steden tot opstand aengemoedigd, ik offer het gemeene belang op aen de behoudenis myner magt! Aen u, myne heeren, vraeg ik, wanneer ik iets deed dat niet de uitvoering was uwer besluiten? En, kwam dikwyls het eerste gedacht eener pooging of eener beslissing van my, nooit volgde de daed vóór dat zy uwe vrye goedkeuring had bekomen. Omdat ik, op uwen last, de aenslagen der Leliaerds heb verydeld en geweld heb gebruikt, waer de wet en het gevaer des vaderlands my het ten pligt maekte, daerom zegt men heb ik de gemoederen verbitterd? — Ik zou de schuld zyn dat het volk onzen wettigen Vorst haet? Wie, myne heeren, heeft meer dan ik, moeite gedaen en gevaer geloopen om onzen genadigen heer Lodewyk met zyne onderdanen te verzoenen? Wie heeft, meer dan ik, hem omringd met eerbied en liefde zoolang hy Vlaming scheen en ophield Franschman te zyn? Wie eischt dat men nog dagelyks poogingen beproeve om den Vorst in zyn wettelyk gezag hersteld te zien, mits deze herstelling onze onderwerping aen Frankryk niet ten gevolge hebbe? »

« Schynheilige! » schreeuwde Van Steenbeke nogmaels « de Graef heeft my zelf tienmael bekend, dat gy de eenige hinderpael zyner terugkomst zyt. »

« Zyner terugkomst als zendeling van Frankryk? Het is waer » zegde Artevelde « ik heb er my tegen verzet, en, zoo lang ik leve, zal ik een hinderpael zyn voor zulke vernedering. — Ik stookte de kleine Gemeenten tegen de steden op? En waerom zou ik het hebben gedaen? Myne misdaed bestaet daerin, dat ik de kleine Gemeenten met wettelyk geweld gedwongen heb de voorregten der steden te eerbiedigen; maer dat ik tevens de steden heb poogen over te halen tot inschikkelykheid, tot eendragt en tot edelmoed! — Ik zou een alleenheerscher, een dwingeland zyn? En eene enkele beslissing der Schepenbank van Gent kan my berooven van alle magt, van allen invloed, en my doen terugkeeren in de eenzaemheid van het huiselyk leven! Zulke beslissing zou my gehoorzaem vinden; myne vyanden zelven weten het wel, vermits zy myne afzetting vragen, met de volle overtuiging dat ik myn vonnis met eerbied en zonder morren zou ondergaen. Myne magt hangt af van een enkel woord, dat alle uren kan worden uitgesproken, en men noemt my een alleenheerscher, een dwingeland! »

« Een alleenheerscher, een dwingeland zyt gy! » viel Mher Dejonckere hem in de rede « Ja, wy kunnen u afzetten; maer uwe geweldenary heeft de meesten onder ons zoo zeer doen vreezen voor uwe magt, gy hebt u in gansch Vlaenderen, door gunsten en vleijery, zoo vele duizende aenhangers verworven, dat ons slechts een schyn van gezag overblyft. Anders zoudt gy heden nog beroofd worden van uwe overheid; maer gy zoudt Vlaenderen in vuer en vlam zetten, niet waer? Gy zoudt de Schepenen van Gent straffen over hunne stoutheid? »

« Hoe! » riep Van Steenbeke « gy durft u verbergen achter den Schepenraed van Gent? Ons verantwoordelyk maken voor de verdrukking die gy op het volk wegen doet? Hebt gy niet alle overheid verzwolgen en in uwe handen verzameld? Gy zyt immers alles : land, vorst, veldheer, meester, beslisser en uitvoerder? Wordt het minste woord, dat uwen hoogmoed hoont, niet gestraft als een aenslag tegen Vlaenderen's bestaen zelven? Trapt gy alle wetten niet met voeten? En wie zou het vaderland wreken over zulke overweldiging? Niemand kan het doen, niemand dan het volk zelf. Welhaest, welhaest zult gy het ondervinden, dwingeland! »

« Het walgt my » vervolgde Artevelde, altyd even koel « te antwoorden op beschuldigingen, die ik zelfs niet genoeg acht om ze wezentlyk te kunnen mispryzen. Ik laet dus de lastertael terugvallen op hen, die de waerheid wetens en willens verkrachten om een doel te bereiken dat zy zich schamen te bekennen. — Wat Vlaenderen ontsteld heeft, is voorwaer het openbare onheil niet; want nooit heerschte er meer rykdom en voorspoed dan nu. Het is ook de slaverny of de verdrukking niet; want ieder geniet eene vryheid zonder palen, vryheid zoo onbeperkt dat zy zelfs toelaet boosheid te plegen en het Land opentlyk te benadeelen. Waeruit spruit dan de dreigende koorts, de zucht tot oproer en tot verandering, die een gedeelte der bevolking schynt te hebben aengedaen? Ah, myne heeren, het fransche Hof heeft moeten buigen voor onzen leeuwenmoed, het heeft de vruchten van dryhonderd jaren snooden list zich zien ontwringen, het heeft het vrye Vlaenderen zich op hechte grondvesten zien stellen, als eene rots die voortaen onwrikbaer staen kan tegen alle geweld. Denkt gy dat Philips van Valois deze vernedering heeft ondergaen, zonder hoop op wraek? Denkt gy, dat het fransche ridderschap den stryd opgeeft en werkeloos zal lyden dat Vlaenderen, door zyn schitterend voorbeeld, alle volkeren van Europa tot de vryheid oproepe? »

« Maer het is een verfoeilyk stelsel » riep een Schepen « zoo eeuwiglyk den haet te stoken, tegen een land dat afgehouden heeft zich met onze zaken te bemoeijen en onze vriendschap zoekt. Begrypelyk kon dit middel zyn, toen de wapens tusschen de belangen van Vlaenderen en van Frankryk moesten beslissen; — maer nu? Het is een schandelyke list, om te doen gelooven dat men zonder zekere eergierige mannen niet voort kan. Indien men hoopt, dat men ons nog langer met dit schrikbeeld bedriegen zal, zoo misgrypt men zich voorzeker. »

« Waent Mher De Witte inderdaed, dat Frankryk voor altyd afgezien heeft van zyne aenslagen op Vlaenderen's onafhankelykheid? » hernam Artevelde « Neen, neen, alleen de wyze van aenvechting is veranderd; de fransche staetkunde leert, dat men ondermynen moet wat men niet geweldig omwerpen kan; en genoeg weten de raedsmannen van Philips, dat de vrede de eendragt der volkeren ontbindt en den grond tot allerlei verleiding en verdeeldheid voorbereid. Ook, wat heeft het fransche Hof gedaen om ons de duer gekochte overwinning te ontrooven, om ons te verzwakken, ons door haet en oproer uit te putten en ons, indien het mogelyk ware, te dwingen tot het aenveerden van het schandelyk juk, dat wy zoo manhaftig hebben afgeschud? Frankryk heeft zyne schatten geopend en een onzigtbaer leger van verleiders op onzen bodem afgestuerd; het heeft gansch Vlaenderen doorwroet, om te weten waer haet, nyd of verdeeldheid kon ontstaen, en daer heeft het deze driften aengevuerd; het heeft den openbaren laster ingerigt en dagelyks de snoodste geruchten doen verspreiden, om de gemoederen te ontroeren en tot eenen opstand ten zynen voordeele te bereiden. Philips van Valois — ik zeg het met schaemte — heeft in Vlaenderen mannen gevonden die, op belofte van hooge gunsten of uit nyd tegen sommigen hunner broederen, de handen leenen aen de verkooping des Vaderlands. Deze mannen zyn schuldig van alles; indien Vlaenderen onder den storm, welke ons bedreigt, bezwyken moest, dan zou de regtveerdige vloek des nageslachts op hunnen namen kleven; elke traen, door het verarmde, door het verdrukte volk gestort, zou eene vermaledyding hunner gedachtenis zyn....... »

« Onbeschaemde! » bulderde Ser Van Steenbeke met woede « gy durft de Schepenen, in vollen raed, den hoon in het aengezigt spuwen! »

Maer door welke onderbrekingen men den Opperhoofdman ook poogde tot ongeduld of tot gramschap te vervoeren, hy hield zich alsof hy ze niet hoorde, en vervolgde immer zyne rede, zonder de minste ontsteltenis te laten blyken. Deze onwrikbare koelheid folterde Van Steenbeke en zyne aenhangers zeer, vermits de houding des Opperhoofdmans hun niet toeliet hun ontwerp uit te voeren, met alle de haest welke in hunne wenschen lag. Hoe geklaegd over geweld, zoo lang Artevelde zichzelven meester bleef? Hoe de andere Schepenen doen wankelen, zoo lang men den Opperhoofdman niet diep genoeg kon hoonen om zyn gemoed in blinde gramschap te ontsteken. Daerby, het woord van den onverwinbaren redenaer beheerschte hen insgelyks, en zy zagen zich tegen dank tot aendacht gedwongen.

Zonder verpoozing was Artevelde dus voortgegaen :

« Deze aterlingen hebben nu ons dierbaer Vlaenderen

op den boord van eenen bodemloozen afgrond gevoerd. Onder de bescherming onzer vryzinnige wetten, is de Overheid niet magtig genoeg om het kwaed te voorkomen. En nochtans, myne heeren, ik bezweer u, antwoordt my in uw gemoed. Wilt gy terugkeeren onder Frankryk's verstikkende magt? Wilt gy het verbond met Engeland verbroken zien en den akeligen hongersnood over Vlaenderen roepen? Wilt gy uwe vryheid afstaen en u in het stof buigen voor den vreemdeling? Stemt gy erin toe, in het gezigt der volkeren, de hand te kussen die u ketenen aenbiedt? Neen, niet waer? Zulke schande moet afgeweerd worden van Vlaenderen. — Uit Gent, uit deze vergadering, zal voor de tweede mael het licht der vrymaking, het woord der verlossing opgaen; en nogmaels zal het Vaderland onze roemryke stad zegenen als de wiege der vlaemsche grootheid! — Ik heb weken lang een middel gezocht om het dreigend onheil eener omwenteling te voorkomen; de noodzakelykheid dwong my te erkennen, dat niets ons redden kan dan de aenneming eener wet, die de openbare magt het regt toekenne, de hand te leggen op al wien het volk tot oproer aenhitst of klaerblykend ten voordeele van Frankryk's kuiperyen werkt....... zelfs, myne heeren, op Schepenen en andere Wethouders, wanneer dezen oogschynelyk hun gezag misbruiken om den vreemdeling in zyne aenslagen te helpen....... »

« Ah, ik versta uwe bedreiging » schreeuwde Ser Van Steenbeke, terwyl zyne aenhangers hunne vuisten tot Artevelde uitstaken en hem knarstandend bezagen. « Gy hebt deze vergadering met gewapende mannen omringd, opdat de vrees ons belette uwe booze aenslagen tegen te werken, opdat de schrik der gevangenis of der dood den burgermoed in onzen boezem versmoore! En gy durft zeggen, dat gy geen dwingeland zyt, gy die vragen durft om Schepenen der stad Gent door uwe mannen te doen aenhouden op enkele verdenking? Wat my betreft, niets kan my onder uw hatelyk geweld doen bukken; en ik verklaer u hier, dat indien gy, die alleen de oorzaek aller twisten zyt, uw ambt en uw gezag niet oogenblikkelyk aflegt, ik zelf het volk zal oproepen om zyne Wethouders tegen u te verdedigen. Moeten er stroomen bloeds vergoten worden om het regt en de vryheid te wreken, welnu het valle op uw schuldig hoofd terug! »

« Myn ambt afleggen? » zegde Artevelde met eene uitdrukking van fierheid « op het oogenblik dat myn vaderland gereed staet om in eenen afgrond te storten, om weder de knie te moeten buigen voor Frankryk? Neen, neen, ik zal myne loopbaen bewandelen tot het einde, mynen pligt doen tot op den rand van het graf. Is het myne bestemming te bezwyken eer Vlaenderen voor eeuwig gered zy, ten minste geene lafheid zal mynen naem onteeren, geene wroeging de eeuwige ruste myner ziele stooren. Aen u, Ser Van Steenbeke, zeg ik : dat indien ik myn ambt wilde afstaen, ik wachten zou tot morgen; want heden zal ik misschien geroepen zyn om regt te doen over de snoodste misdaed! Ik verwacht u aen het werk, opdat gy niet ontsnappet aen de regtveerdige straf uwer lafheid. Ga, geef het teeken aen degenen die daer beneden wachten om eenen bloedigen opstand tegen de Wet van Gent te beginnen, en den burgeroorlog over Vlaenderen te spreiden. Ga, maer bereid u tevens om rekenschap over uwen vuigen aenslag te geven. Ik beschuldig u van het hoogste verraed, ik eisch dat de Wet wraek neme over uwe ongehoorde snoodheid. — Gy zyt het, die het geld van Frankryk rondstrooit; gy zyt het die u, voor gunsten en eerambten aen den vreemdeling hebt verkocht; gy zyt het, die ondernomen hebt op den dag van heden, dezen morgen nog, het Land te leveren aen Philips van Valois! »

Terwyl een onstuimig gewoel op deze beschuldiging volgde, riep Ser Van Steenbeke :

« Het is logen, valschheid, wat gy uitbraekt, onbeschaemde! Gy werpt my eene uitdaging toe? Gy verkracht het Schepenregt? De lafheid dezer vergadering is uwe eenige magt, niet waer? Welaen, het volk gaet beslissen tusschen ons! Uw ryk is uit, de opstand gaet u verslinden! »

By deze woorden liep Ser Van Steenbeke den trap af. — Artevelde volgde hem na, terwyl de Voorschepen de deure sluiten deed en de Schepenen bezwoer de raedzael in zulk plegtig oogenblik niet te verlaten.

Beneden op de straet gekomen, begaf Ser Van Steenbeke zich te midden des volks en begon luidkeels om hulp te roepen. Alsof de menigte door eene tooverroede ware geraekt geworden, ontstond er eensklaps eene vreesselyke vlotting onder de hoopen volks, en hier en daer klommen razende wraekkreten in de hoogte. Intusschen stroomde gansche scharen mannen, uit de naestgelegene straten, de Botermarkt op, waer Van Steenbeke zich bevond. Zigtbaer was het, dat de saemgezwoornen zich over de geestgesteltenis der gentsche poorters hadden bedrogen; want het overgroot getal betuigde zyne verbaesdheid over hetgene er geschiedde en liet niet den minsten lust blyken om de opstandelingen te helpen. Omtrent de Hoogpoort stond zelfs een hoop ambachtsgezellen, die, by de verschyning van Artevelde, de straet deden weêrgalmen onder het geroep :

« Heil, heil den Opperhoofdman! Weg de Leliaerds! Weg de Leliaerds! »

De eedgenoten waren door de digt ineengedrongene poorters zoo zeer van elkander verwyderd, dat hun krygsgeschreeuw en hunne wraekkreten zich in het algemeen gerucht byna verloren en zy geen middel zagen om het volk in doelmatige beweging te brengen. Degenen die met Ser Van Steenbeke op de Botermarkt stonden, begonnen als razend hunne aenhangers langs alle kanten tot zich te roepen; hun getal vermeerderde spoedig, en reeds waren er eenigen die hunne wapens van onder den mantel haelden en als een bloedig teeken boven hunne hoofden zwaeiden.

Artevelde was gedurende een oogenblik by het Schepenhuis blyven staen en had eenen vlugtigen oogslag in elke rigting gestuerd. Hy bemerkte nu, dat de saemgezworenen zich rond Ser Van Steenbeke poogden te vergaderen. Hem scheen eene onmiddelyke tusschenkomst noodzakelyk om de opstandelingen den tyd te ontnemen tot meerdere verzameling van krachten. Hy bevool aen Ghelnoot Van Lens, de poort van het Schepenhuis bezet te houden, stelde zich zelven aen het hoofd van de helft der wacht van St.-Nicolaes en stapte dus, met honderd man, dwars door de verbaesde menigte, tot de plaets waer Ser Van Steenbeke bezig was, de saemgezworenen tot den aenval op te ruijen. De Schepen, zich verrast ziende vooraleer zyne mannen in genoegzaem getal waren om eenen stryd tegen de wacht van St.-Nicolaes te durven wagen, voorzag wel dat de Opperhoofdman hem aenhouden ging. Hy wachtte niet tot dat Artevelde hem bereikte, en drong door het volk voorby het Belfroot om zyne vryheid te behouden. Waerschynelyk was zyn doel, langs andere straten zich naer de Vrydagmarkt te begeven, waer een aenzienlyk getal zyner aenhangers bevel wachtten om in het gevecht te komen. Zich echter kort op de hielen vervolgd ziende door Artevelde en door eene wolk ambachtsgezellen, die niet ophielden van roepen « weg de Leliaerd! Doodt hem, de verrader! » bekroop hem eene angstige vreeze, en hy spoedde zich, zooveel hy kon, om den Opperhoofdman vooruit te geraken en zich binnen zynen sterken Steen, in de Opperscheldestraet, te gaen opsluiten, tot dat hy door zyne aenhangers wierde ontzet [1].

Intusschentyd duerde een vervaerlyk gewoel op de Botermarkt voort. — Eventwel had de vlugt van Ser Van Steenbeke den moed zyner aenhangers zeer verminderd; de wapens waren weder onder de mantels verdwenen en men bepaelde zich met elkander, door allerlei uitroepingen van wraek, tot razerny aen te hitsen. De eenheid van beweging was voor de saemgezwoornen verbroken; omringd van eene menigte poorters, wier gedacht noch inzigt zy kenden; door het volk zelven geduriglyk bedreigd, wisten zy niet wat beginnen en zagen hopeloos rond, of niemand kwame om zich aen hun hoofd te stellen en het bevel over hen te voeren.

Zoohaest de koning der Ribauden bemerkte, hoe slecht het met den opstand stond, en hy den aenslag mislukt achtte, verliet hy zyne mannen by den Zandberg en stapte verder in de diepte van den Nederpolder, waer

[1] « Steenbeke s'était refugié dans sa maison fortifiée et crénelée comme la plupart de celles des riches bourgeois en Flandre. » Edw. Le Glay, pag. 465.

hy Geeraert Denys, met de bleekheid der dood op het aengezigt, by de Nederschelde vond staen.

« Lafaerds! vuige lafaerds! » zuchtte Denys, terwyl hy van razerny met de voeten trappelde.

« Sa, meester » zegde Muggelyn « ik vinde den tyd slecht gekozen om te schelden. Van wie spreekt gy dan? of verwyt gy welligt iets aen u zelven? »

« Waer zyn nu de twee honderd man, die gy beloofd hebt? »

« Zy staen ginder verre! » antwoordde de Ribaudenkoning met eene vrolyke onverschilligheid, die Mher Denys byna deed versmachten van spyt.

« Zy staen ginder verre! » herhaelde de Overdeken « moest hun daerom eenen schat geleverd worden, om bevend te blyven staen op het oogenblik van gevaer? »

« Zy doen als gy, meester: zy wachten met onverschrokken leeuwenmoed; maer ik geloof, onder ons gezegd, dat zy nog lang wachten zullen — en wy ook! »

« Is de zaek dan gansch verloren? Geene hoop op overwinning meer? Alweder Artevelde! Doemnis! Doemnis! »

« Het is belachelyk! » zegde Muggelyn « wanneer men moed noch voorzigtigheid heeft om zulk schip te sturen, dan houdt men zyne handen van het roer. Men verstaet elkander ginder niet: de eenen roepen: « leve de Graef, weg de Engelschman! » de anderen schreeuwen: « weg de Opperhoofdman! weg de Leliaerds! weg de Graef! weg de Franschman! « Gelooft gy, Mher Denys, dat een wagen, waerin een peerd en een ezel nevens elkander gespannen zyn, snel en regt kan loopen? Het geheim is ook goed bewaerd, op myn woord! Gy verbergt u in het duisterste duister om den opstand te ontwerpen; u geloovende, zou men wanen dat alles in een graf geschikt en beraemd werd. — En nu het oogenblik daer is, schynt de Opperhoofdman beter te weten dan gylieden wat gy doen wilt en wat gy hebt vastgesteld. Ser Van Steenbeke loopt, als eene blinde kat, met het hoofd vooruit den zak in, en wil het oproer doen beginnen in tegenwoordigheid van den Opperhoofdman, van Mher Ghelnoot, en van twee honderd-vyftig man van St.-Nicolaes! »

« Men heeft ons verraden....... Wie kon het denken ! »

« Zoo, meester, meent gy dan dat wy alleen bedriegen kunnen? »

« Ah, ik zal den snoodaerd kennen; hem straffen door eene yselyke marteldood!...... Waerom blyft gy hier, Muggelyn? Keer terug, geef uwe mannen moed, zie of er niets kan worden gepoogd om den opstand te doen uitbarsten. Misschien is alles nog niet verloren. »

« Het ware beter » lachte de Ribaud « dat gy dit dood kalf zocht uit de voeten te krygen, of anders zal de Opperhoofdman voorzeker ons allen nog in Ser Geeraertsduivelsteen steken. Een gevangen vogel leert gauw klappen, Mher Denys; onze vrienden mogten wel meer zeggen dan het voor ons vermaek noodig is. Wat my betreft, ik vind dat men in den *Leeuw-ten-Putte* beter gezeten is, dan in den Duivelsteen, bovenal wanneer men gevaer loopt er zonder hoofd uit te komen.......... »

Geeraert Denys blikte diep in de oogen des Ribaudenkonings en scheen eensklaps door eene groote vrees bevangen.

« Gelooft gy waerlyk, Muggelyn » sprak hy « dat zulk gevaer ons bedreigt? »

De Ribaudenkoning hief zynen mantel op en toonde den Overdeken een brood en eene wynkruik, welke hem aen den gordel hingen, terzelfder tyd een spel dobbelsteenen uit zyne tesch halende.

« Wat beduidt deze gekheid? » vroeg Denys verwonderd.

« Ziet gy, meester » spotte Muggelyn « ik ben toch zeker, dat ik in den Duivelsteen van honger noch dorst sterven zal; en gebeurt het dat wy samen in hetzelfde kot zitten, ik verspeel vyf Pond tegen u! »

« Maer wat gedaen, om het gevaer te ontkomen? »

« Wat gedaen? Gy hebt het zelf gezegd : Ser Van Steenbeke met zyne Leliaerds in het slyk laten steken; naer de Botermarkt gaen, en daer, met dubbelzinnige woorden, het oproer schynen tegen te werken, in byzyn van persoonen die wy kennen voor vrienden des Opperhoofdmans. Hunne getuigenis zal ons redden indien iemand ons verraedt of dat men ons verdenke. Dit is hetgene ik doen ga; maer bovenal voorzigtiglyk te werk........ »

Eensklaps hoorde men in de rigting van het Schepenhuis een aenhoudend geschreeuw, een verward gedruis, dat het begin van den opstand of ten minste een gevecht scheen aen te kondigen. De oogen van Geeraert Denys blonken van hoop; een grimlach van geluk kwam zyn gelaet betrekken en hy zegde met haest :

« Kom, kom, Muggelyn; het is aen den gang! Gy hebt u bedrogen. Aen ons de zegeprael! »

« Let maer op wat gy doen gaet » lachte de Ribaud, hem volgende « onze honden blaffen wel, maer zy durven niet byten; my bewyst het gerucht dat alles op schreeuwen zal blyven uitdraeijen, tot dat Mher Ghelnoot Van Lens het moede wordt en de schreeuwers by den kop vat. »

« Kom voort! kom voort! » herhaelde de Overdeken.

De Leliaerds, welke op de Vrydagmarkt in groot getal vergaderd waren, hadden intusschen berigt gekregen dat Artevelde hunnen aenleider Ser Van Steenbeke binnen zyne wooning bezet hield. Niet hopende den Opperhoofdman met geweld van daer te kunnen verdryven, waren zy, onder geleide van Ser Gillisse van Gavere, naer het Schepenhuis gekomen en stonden daer nu voor de wacht van St.-Nicolaes, roepende op de Schepenen dat zy den Opperhoofdman wilden afgezet zien; en uit alle hunne magt klagende tegen het onregt, dat eenen Wethouder van Gent werd aengedaen [1].

Ser Van Gavere deed intusschen, door eenen stadsbode, verzoeken om in den Schepenraed te worden toegelaten om, zoo hy zegde, hem de wenschen des volks bekend te maken. Hem dit geweigerd wordende, sprong hy als razend achteruit en zwaeide zyne dagge in de hoogte, luidkeels schreeuwende:

« Het is tyd! Wie my bemint volge my! »

De mannen van de voorste rei der wacht van St.-Nicolaes spanden hunne kruisbogen en plaetsten de yzeren

---

[1] « Als die vrienden ende maghen van Mer Jan Van Steenbeke deze groote onredelijcheit, foortse ende overwillicheit aenzaghen, zo vergaerden zy metter spoet in zeer groote menichte te Vrydachmarct, trekkende van danen ten Scepenhuyse waert, al roupende met ghemeenen voyse zeer hooghe ende overluyt, dat zy vortan van niemende meer gheregiert nochte ghegouverneert wilden wesen, dan alleenelick van haerlieder natuerlicken heere ende prince, ende by consequente dat men den overmoedighen Jacob Van Aertvelde behoorde te verlatene van zijnen eedt. » *Cronycke van Despars*, tom. II, pag. 365.

schichten in den loop, terwyl de Leliaerds hunne wapens trokken en zich te samen drongen om de wacht te naderen.

Een aenval scheen onvermydelyk; reeds was er een man der wacht door eenen heimelyken daggesteek verwond en twee Leliaerds waren door schichten getroffen, — toen de gansche Schepenraed onder de poort van het Stadhuis verscheen, en een sterk trompgeschal de menigte tot aendacht riep.

Men kwam spoedig van alle kanten toegeloopen om te vernemen wat de Schepenraed aen het volk te melden had; de drang werd eensklaps zoo drukkend, dat er op geen stryden meer kon worden gedacht, al hadde de nieuwsgierigheid der opstandelingen zelven den aenval niet onderbroken.

De Voorschepen, Maes Van Vaernewyck, naderde den Hoofdman Van Lens en zegde hem, met vochtige oogen, eenige woorden, die in den eerste Mher Ghelnoot deden trappelen en tieren van gramschap. Eventwel, na andere uitleggingen, knikte hy met het hoofd dat hy te vreden was en drukte met treurige dankbaerheid de hand van Ser Maes.

Eene zekere stilte heerschte voor het Schepenhuis toen de stadsklerk, meester Jan Van Loven, een perkament met de Schepenzegel ontvouwde, en de volgende beslissing aflas :

« Het is kennelyk eenieder, dat de Schepenraed van Gent, aenziende de groote beroerte die er gerezen is uit een geschil tusschen Mher Jacob Van Artevelde, Opperhoofdman, en Ser Van Steenbeke, ridder en Schepen dezer stede ;

« Willende ieder regt doen, volgens eisch en in

wettelykhede, ofte diegene straffen, welke oorzaek tot dezen oploop mogen gegeven hebben;

« Besloten heeft, Mher Jacob Van Artevelde en Ser Van Steenbeke, voornoemd, vóór de Schepenbank te dagen, om vonnis te vellen over het hangende geschil.

« Beveelt, dat de Opperhoofdman van zyn ambt worde opgeschorst tot dat de zake onderzocht en wettelyk over dezelve zy beslist.

« Beveelt, dat Mher Jacob Van Artevelde worde aengehouden en in Ser Geeraertsduivelsteen in hechtenis gezet; beveelt terzelfder tyd, dat Ser Van Steenbeke insgelyks worde in hechtenis genomen en binnen 's Gravensteen opgesloten, tot dat de Schepenbank hare uitspraek hebbe gedaen.

« Gelast Mher Maes Van Vaernewyck, Voorschepen van der Keure, met de uitvoering dezes, en gebiedt allen Hoofdmannen en Oversten der Ambachten en Gilden, hem hierin behulpzaem te zyn. [1] »

Een lang gejuich klom op uit de scharen van des Opperhoofdmans vyanden en zy zwaeiden van vreugde hunne handen in de hoogte. De overgroote meerderheid des volks boog integendeel morrend het hoofd, alsof een pynlyke slag elk vaderlandschgezind burger hadde getroffen.

Welke diepe droefheid de meeste poorters ook hadde bevangen, by het hooren afkondigen eener beslissing

---

[1] « Te meer, ghemerct dat Aertvelde by ordonnantie van der wet in 's heer Gheeraerts-Duvelsteen, ende Steenbeke binnen 's Gravensteene, bovendien ooc ghevanghenisse houden moesten, omme voorts up al ghelet ende recht ghedaen te wordene by ordene. » *Cronycke van Despars*, tom. II, pag. 366.

door dewelke de Opperhoofdman als een schuldige verbreker voor de Schepenbank werd gedaegd, toch lieten zy geen inzigt tot wederstand blyken. Alle degenen die het stelsel des Opperhoofdmans aenkleefden, hoorden toe aen dit gedeelte des volks dat, uit belanglooze liefde tot vaderland en tot vreedzame werkzaemheid, eenen wyden eerbied voor wet en regt koestert. Zulke menschen zyn tot geenen opstand tegen de aengestelde overheid bekwaem, dan na lange terging en na alle hoop op regtveerdigheid te hebben verloren. Nu ook lieten zy, in stille moedeloosheid, en als verpletterd onder de onverwachte tyding, de saemgezwoornen onverhinderd juichen over den val des Opperhoofdmans.

Even na de lezing der gewigtige beslissing, keerde Maes Van Vaernewyck met de andere Schepenen den hoek der Botermarkt om, en gebood aen Ghelnoot Van Lens, de wacht van St.-Nicolaes te doen volgen.

Mher Ghelnoot was bleek van ontsteltenis, en voorzeker gansch ontmoedigd; want hy stapte met neêrgeslagen oogen als beschaemd voor zyne mannen.

Eene wolk menschen volgde de Schepenen, die oogschynelyk zich naer de Opperscheldestraet begaven om de beslissing onder hunne oogen te doen uitvoeren. Men twistte onderwege zeer hevig over de vraeg, of Artevelde zich zou laten vangen ofte niet. Velen beweerden, dat hy weêrstand bieden zou en de Schepenen zelven in Ser Geeraertsduivelsteen zou zetten; anderen wilden veel gelds verwedden, dat hy zonder tegenspreken zich aen het bevel der Schepenbank zou onderwerpen.

Geeraert Denys liep den stoet met snelheid achterna, om het schouwspel der vernedering van Artevelde met zekerheid te kunnen genieten; zyn hart jaegde hevig van blydschap, zyne oogen glinsterden met het vuer der vervoering; en, zoo zeer was hy door een gevoel van geluk ontsteld, dat hy voor dit oogenblik zich zelven en zyne heerschzucht vergat om op niets dan op de spyt en de schaemte des Opperhoofdmans te denken.

Welhaest kwamen de Schepenen in de Opperscheldestraet, waer Artevelde met zyne mannen de wooning van Ser Van Steenbeke nauw omzet hield.

De Voorschepen ging tot den Opperhoofdman en toonde hem, met zigtbare droefheid, het perkament waerop het bevel der Schepenbank geschreven was. Hy verklaerde hem tevens, dat hy zelf dezen maetregel had uitgevonden en denzelven had voorgesteld, als een laetste toevlugt om eenen bloedigen opstand te vermyden en de aenhangers van Frankryk eene zekere overwinning te ontrooven; daerenboven, dat hy aen de noodzakelykheid had gehoorzaemd om zich zelven en den Opperhoofdman met alle zyne vrienden van eene yselyke moordery te redden.

Artevelde, in den eerste een weinig verwonderd over zulk onverwacht bevel, toog zyn zweerd uit den gordel en reikte het den Voorschepen over. Mher Van Lens bevend voor zich ziende staen, sprak hy:

« En gy zyt het, goede vriend, die my naer Ser Geeraertsduivelsteen leiden gaet? Heb dank, omdat de moed u ook niet ontbreekt tot het vervullen van dien droeven broederpligt! »

Ghelnoot wierp eenen vlammenden blik in Artevelde's oogen en scheen met verkropte razerny hem eene vraeg toe te sturen.

« Neen, neen » antwoordde de Opperhoofdman, hem de hand aengrypende. « Men heeft my beschuldigd van dwingelandy; bedaer, myn vriend, geef myne vyanden geenen schyn van regt. De wet beveelt, ik ben haer eerste dienaer : ik moet en wil haer gehoorzamen ! »

De Hoofdman van St.-Nicolaes sloeg zich de handen wanhopig voor het aengezigt.

Zonder eene verdere uitnoodiging af te wachten, ging Artevelde tusschen de gewapende ambachtslieden staen, gereed om zich naer Ser Geeraertsduivelsteen te laten vervoeren [1].

Op dit oogenblik kwam de jonge Denys, in volle vaert, ter plaetse aengeloopen. Hy had daereven in zyne wooning kennis gekregen van het bevel der Schepenbank en verscheen nu, van droefheid bleek en met het zweet op het voorhoofd, in de Opperscheldestraet. Alzoo hy staen bleef en zyne ontroerde blikken van den gevangen Opperhoofdman op de menigte dwalen liet, viel zyn oog eensklaps op eenen persoon, wiens gelaet door eene helsche vreugde was verkrampt, en die in zyne ziele scheen te juichen over Artevelde's ongeluk, hem van tyd tot tyd eenen hoonende spotlach toesturende. De arme Lieven keerde diep gewond en als verpletterd naer de andere zyde der straet, om dit akelig verschynsel te ontvlugten; hy durfde zelfs niet meer naer Artevelde opzien, uit schrik dat het yselyk gelaet zyns vaders hem nogmaels onder het oog viele. Het hoofd tegen den muer van een huis buigende, bleef hy daer als bewusteloos staen.

Onderwyl was Meester Jan Van Loven bezig, met in

---

[1] « Van Artevelde, vóór de regten der Gemeente buigende, bevool den volke aen zyne Wethouders te gehoorzamen. Dan gaf hy zich gewilliglyk gevangen. » E. GENS, *Histoire du comté de Flandre*, tom. II, pag. 132.

name der stad, Ser Van Steenbeke uit zyne wooning te dagen. Daer deze, van uit eenen dromtoren, gezien had wat er geschied was, maekte hy geene zwarigheid om te gehoorzamen en deed welhaest de poort van zynen Steen ontbalken en openen. Op straet verschynende, werd hy door den Voorschepen aengehouden en aen een gedeelte der wacht overgeleverd.

Ser Van Vaernewyck gaf bevel om de twee gevangenen weg te voeren. Mher Ghelnoot vertrok met den Opperhoofdman in de rigting der Nederschelde, terwyl Ser Van Steenbeke de St.-Jansstraet werd opgeleid.

Het volk verdeelde zich in twee groote scharen; — elk gedeelte volgde eenen gevangen, tot dat de deure des kerkers zich achter beide had gesloten.

XII.

Eenige dagen later, in den vroegen morgen, zat Lieven Denys, achter den kerkhofmuer, voor het graf zyner zalige moeder geknield.

Eenzaem en akelig was het heilig rustveld; beheerscht door het beeld van den gekruisten God', overschouwd door de holle blikken der schedels, die, van uit het beenderhuisje, den biddenden jongeling droef en pynlyk schenen te bestaren. Geen windje boog de halmen van het gras; de biën dartelden vreedzaem en zingend op de bloemen, wier kelken boven het gebeente van vergetene dooden blonken. — De diepste stilte heerschte tusschen de graven, — ofschoon de kauwen, daerboven rond den toren, elkander haer klagend geroep toestuerden, en dat over de gansche stad een bruisend gerucht hing als van eenen woelenden volkszwerm.

Met het hoofd gebogen en de oogen halsstarrig op den zerksteen gevestigd, zat Lieven daer verzonken in eenen duisteren droom van wanhoop. Zyn gefolterde geest had hem naer deze plaetse gevoerd om te bidden en verlichting te zoeken voor het lyden dat hem verteerde; maer, onder het gewigt der smart welhaest bezwykende, had hy zich laten wegrukken door eene pynelyke mymering, die hem vergeten deed waer hy zich bevond.

Er waren twaelf dagen verloopen, sedert dat men Artevelde in Ser Geeraertsduivelsteen had opgesloten. Gedurende al dien tyd was het leven des jongelings eene ondragelyke martelie geweest. By Veerle zittende, moest hy hare tranen als eene bron zien vlieten, hare scheurende klagten aenhooren, zonder dat hy eenige verzachting in haer lyden brengen kon. Hy moest ze aenschouwen, daer zy worstelende was met eene yselyke koorts; en wanhopig op haer bleek gelaet, op hare roodgeweende oogen blyven blikken, zonder dat zyne eigene smart hem de magt overliet, om eene andere vertroosting haer te schenken dan met haer te treuren over den schrikkelyken slag van het lot.

Afgemat en in de ziele weenend, keerde hy dan huiswaerts, vol angst en benauwdheid voor de folteringen welke hem daer telkens wachtten. — Zyn vader juichte in zyne tegenwoordigheid over den val des Opperhoofdmans, spuwde laster en venyn op den naem des helds, voorspelde hem vervolging, dood en schande, — en opende, voor den verschrikten Lieven, eenen boezem die vervuld was met de gal der afgunst en des haets. Wat de beminnende zoon ook tegen zyn geweten vocht om eene verschooning voor zulke boosheid te vinden, wat bang geweld hy ook aenwendde om het gevoel der liefde voor zynen vader te verdedigen en ongeschonden te bewaren, het holp hem niet; de overtuiging eener onmiskenbare waerheid zonk als een doodend vergif in zyn hart. Eilaes, zyn vader, de man dien zyne ziele hem gebood naest God op deze aerde te eerbiedigen en te beminnen, die man was verteerd door de vuigste driften: haet, afgunst en wraekzucht schenen de eenige dryfveeren zyner daden! Nu de Opperhoofdman gevangen zat en door zyne meeste vrienden was verlaten, had Lieven's vader het masker afgeworpen en beroemde zich, valschheid, laster en eerroovery te hebben gebruikt om Artevelde in den afgrond te storten, — om zyne plaets in te nemen! En hy wilde zyn zoon in deze snoode ondankbaerheid, in dit schandelyk verraed tegen den grooten Burger doen deel nemen. Hy had hem zelfs geraden, de liefde van Veerle te misbruiken om haren vader te helpen verpletten!

Hoe hadde de ongelukkige Lieven den goeden God gezegend, ware het hem toegelaten geweest, voor het gedrag zyns vaders zelfs eenen schyn van verontschuldiging te vinden! Maer hy hoorde en zag nu dagelyks, dat alle hoop hem was ontzegd en het heiligste gevoel der vaderliefde zyn bloedend hart welligt voor eeuwig ging ontvallen.

Het was aen dit schrikkelyk ongeluk dat hy sedert een uer denkende was, terwyl zyn oog bewusteloos de letteren op den grafzerk zyner moeder bestaerde. Allengskens voerde zyn geest nog andere redenen van vertwyfeling voor hem op. Hy herinnerde zich de zalige dagen zyner eerste jeugd, toen de zoete liefde van Veerle zyn levenspad met bloemen der verrukking en der zielsvreugde bezaeide; toen de genegenheid zyner goede moeder, als een immer blauwe hemel, hem beschermde tegen onweêr en tegen smart; toen niets hem nog had gezegd, dat zyn vader wetens en willens boosheid plegen kon; toen de engel der poëzy en der ontvoering hem by de hand geleidde om, aen alles op aerde, tooverende kleuren en troostende stemmen te geven. Dan, dit pynlyk aendenken verjagende, overwoog hy wat de bittere wezentlykheid hem had gelaten. Veerle verkwynde onder een onverwinbaer hartzeer; de laster en de vervolging hadden haer als eene arme bloeme van haren stengel gebroken; zy was bleek, mager en kwynend; zyne liefde had haer niets aengebragt dan verdriet. Wat ook het lot van Artevelde wierde, haer leven zou voortaen zonder doel en zonder bestemming blyven; zy was tot een eeuwig dochterschap verwezen; want nooit zou zyn vader in het huwelyk toestemmen. Reeds waren voor beide gelieven de schoonste jaren des levens verdwenen : — de ouderdom zou hen onverbonden vinden; de dood zou welligt hare zeissen tusschen hen komen leggen, vóór dat de zegen eens priesters de belooning wierde van zoo veel standvastigheid, van zulk onzeggelyk lyden!

Eindelyk was nu de dag verschenen, dat de Schepenbank haer vonnis tusschen den Opperhoofdman en zyne booze vyanden vellen ging. Lieven was op het graf zyner moeder komen bidden, om Gode zynen angst te klagen en zyne hulp voor den onschuldigen held af te smeeken. Maer, hoe de beslissing der hoogste Wysheid ook mogte zyn, voor den ongelukkigen jongeling bleef er toch niets over dan ramp en rouw. Zyn vader had zich opentlyk tegen den Opperhoofdman verklaerd; en, volgens dat hy zich by zynen zoon beroemde, zou hy het hoofd en de ziele van den opstand zyn. Ser Van

Steenbeke was slechts een onwetend werktuig in zyne hand! Diensvolgens, indien Artevelde zegepraelde en Veerle alzoo gered wierde uit den angst die haer dreigde te dooden, zou zyn vader, als schuldig aen hoog verraed, gevangen worden en misschien een schavot betreden! En indien zyns vaders aenslag gelukte, zou Artevelde gebannen of vermoord worden, — en Veerle zou sterven!

Arme Lieven, zulke gedachten vlogen door zynen geest, gedurende al den tyd dat hy tusschen het gras op het eenzame kerkhof geknield bleef zitten. Van tyd tot tyd liep een hoop volks langs den kerkhofmuer en deed de lucht weêrgalmen onder een hevig geroep; somwylen dreef eene andere juichende bende met opgeheven standaerd voorby, of de Kerkstrate weêrgalmde onder den regelmatigen stap der gewapende ambachtslieden; doch niets van dit alles kon Lieven uit den kolk zyner duistere mymering doen opstaen.

Slechts toen eenige klappende vrouwen het kerkhof binnentraden en op de bank voor het beenderhuisje, gingen knielen, werd hy door hare tegenwoordigheid tot het bewustzyn teruggeroepen en herinnerde zich, dat Veerle hem wachtte om samen eenen droeven pligt te gaen vervullen.

Hy rigtte het oog ten hemel, slaekte eenige stille zuchten, waertusschen het woord « moeder! moeder! » meer hoorbaer zich onderscheiden liet, stond op en verliet het kerkhof.

Nauwelyks was hy den voorgevel des tempels voorby, of by den ingang der Kruisstraet zag hy zich wederhouden door eene bende jonge mannen, die onder luid geroep van « heil Mher Jacob, heil den Opperhoofdman! » daer kwamen aengestapt en den jongen

Denys omringden, hem aenzoekende om met hen te gaen.

« Kom, kom » sprak Lieven Comyne, die vooruitsprong « gy moet met ons! Wy gaen naer de Waelpoort de lieden van Brugge inhalen. De Klauwaerds [1] van Yperen, van Dendermonde en van Cortryk zyn daer straks gekomen; die van Audenaerde en van Dixmude zyn van gisteren in de stad; binnen een half uer zullen de Aelstenaers en de mannen van het Waesland ook hier zyn. En nog al anderen! Men heeft de poorten willen sluiten, alsof de Vlamingen van andere gewesten des Lands vyanden van Gent waren; maer wy hebben de stad vierkant doen open zetten [2]. Dat ze nu slechts een hair op het hoofd van Mher Jacob durven raken, en gy zult er wel vyf honderd naer de andere wereld zien gaen! Vervloekte Leliaerds, zy hebben ons daer onverwachts eenen koek gebakken; maer zy zullen hem zelven eten, hy moge hun smaken ofte niet! »

« Om regtveerdig te zyn, zou zyn vader, wel het grootste stuk moeten krygen! » bemerkte een gezel met bitsigheid.

« Wat heeft zyn vader met de Leliaerds gemeens? » vroeg Lieven Comyne, die zag hoe pynelyk den jongen

---

[1] Men noemde de vaderlandschgezinde Vlamingen *Klauwaerds*, naer de klauwen van den Leeuw, het wapenteeken van Vlaenderen; de franschgezinden noemde men *Leliaerds* naer de fransche Leliën, en deze laetsten wierpen de engelschgezinden den naem van *Liebaerds* toe naer de Liebaerden *(Luipaerden)* staende in het schild van Engeland.

[2] « Zo quamen die van Brugge, Ipere, Cortrycke, Oudenaerde, Dendermonde en Dixmuide met die van den lande van Aelst ende Waes zeer neerstelick derrewaert gheloopen ende al dat van binnen goet Aertvelts was opende hemlieden die poorten..... » *Cronycke van Despars*, tom. II, pag. 366.

Denys getroffen was geworden. « Het is Ser Van Steenbeke met zyne franschdolle aenhangers, die schuldig zyn. Zy hebben den put gegraven; zy moeten er in gestort worden. — Nu kom aen, Lieven, ga met ons....... »

De jonge Denys zegde eenige vertrouwelyke woorden tot den blauwverwersgezel, en deed hem verstaen, dat hy hem niet kon volgen, dewyl hy den Opperhoofdman moest gaen bezoeken. Lieven Comyne drukte hem vriendelyk de hand, keerde zich om tot zyne mannen, en riep:

« Vooruit, naer de Waelpoort! Leve Mher Jacob, onze Opperhoofdman! »

De schaer verdween in de St.-Jansstraet, en Lieven Denys spoedde zich om den Calanderberg te bereiken. Hy was geene twintig stappen verder of hy zag, ginds tegen de huizen, eenen hoop poorters staen, die met groote hevigheid en met krachtvolle gebaren over de zaken der Gemeente schenen te twisten; hy herkende tevens eenige der bystaende persoonen, en onder anderen, den Deken der tykwevers, Mher Calevoet.

De woorden van Lieven Comyne en de komst der vrienden van Artevelde uit alle gewesten van Vlaenderen, hadden eene strael der hoop in zynen boezem geschoten en hem begeerig gemaekt om de bevestiging der goede tyding uit andere burgers te bekomen. Hy naderde langzaem tot het gezelschap, bleef staen en luisterde.

Een zwaerlyvig burger, dien men aen zyne sprack oogenblikkelyk voor eenen Bruggeling kon erkennen, antwoordde met drift op iets dat een Gentenaer daereven had gezegd:

« Ja, ja, ik herhael het, ik ben er beschaemd over voor de stad Gent. Zulke ondankbaerheid! Het is nog nooit gehoord! Een burger durft zyn leven in de waegschael leggen, wanneer geheel Vlaenderen, door hongersnood uitgeput, hopeloos voor den vreemden gebukt ligt; hy breekt door heldenmoed en vernuft de ketenen zyns vaderlands, hy doet eenen ongekenden rykdom ontstaen, hy verslyt zyn leven in arbeid en verdriet om ons de weldaden te behouden welke hy ons schonk.......... En op het oogenblik dat zyn werk voltooid schynt, leent de stad Gent de handen aen zyne snoode vyanden! Aen de Leliaerds! Onder schyn van regt vernedert zy den man, die haer boven alle andere vlaemsche steden in magt verhief, en zy durft zyn leven, zyne vryheid opwegen tegen een Van Steenbeke, die nooit iets voor het land heeft uitgerigt! Het is eene schande, zeg ik, eene verachtelyke snoodheid! »

« Hy heeft gelyk » bemerkte een smid « my dunkt dat onze Schepenraed een gevaerlyk spel speelt. Dat de Franschen eens komen, gelyk men zegt dat zy van zin zyn te doen, dan zullen wy nog zoo dikwyls om Mher Jacob roepen; maer het zal te laet zyn! En krygen wy dan van de roede, al moest zy ons ten bloede slaen, ik toch zal altyd zeggen : wy hebben het verdiend! »

« Wat! » riep Calevoet tot den Bruggeling « dat Gent boven alle andere vlaemsche steden verheven is, daervan zou Artevelde de oorzaek zyn? »

« En wie anders? » antwoordde de Bruggeling. « Gaet gy in uwe waen niet denken, dat de stad Gent eenig regt heeft om zich hooger te achten dan Brugge of Yperen, die zoo wel als zy leden van Vlaenderen zyn? Hebben wy toegestemd, Gent gedurende eenigen tyd als eene soort van hoofdstad te erkennen, het was enkelyk omdat binnen hare muren de verlosser des vaderlands woonde, een man, die om zynen uitstekenden burgermoed en hooge wysheid, weerdig was gansch Vlaenderen den weg te wyzen in de baen der vryheid en der volksgrootheid. Maer dat gaet eindigen, gezellen! Het en believe God niet, dat wy langer nog onze regten zouden afstaen ten voordeele eener stad, wier inwooners zich blindelings laten misleiden tot de schandelykste lafheid, en gereed schynen om dengenen te vermoorden die zich opofferde voor het gemeen geluk! »

« Ga maer voort met schelden » zegde Calevoet « de Gentenaers lachen u toch uit en zullen over de zaek gerust beslissen, zonder te vragen wat Brugge of Yperen erover denken. Gy zyt het, die men van ondankbaerheid beschuldigen mag; gy moest ons zegenen dat wy u verlossen gaen van eenen dwingeland, die ons reeds zoo lang onder zynen hoogmoed gebogen houdt en, in zyne verfoeijelyke heerschzucht, onze laetste vryheid vernietigen wil. Daerenboven, alle uwe welsprekendheid en het geschreeuw der aenhangers des Opperhoofdmans zullen toch niet beletten, dat hy binnen een paer uren uit den lande zal worden gebannen — en wie weet, of de Schepenraed hem niet op het schavot zal doen boeten voor zyne laffe dwingelandy? »

« Dat behoede God, of er zal meer bloed stroomen! » zuchtte de Bruggeling. « Ik weet dat uw Schepenraed voornemens is den Opperhoofdman te veroordeelen; maer geloof my, daermede is alles niet afgedaen : er wordt hier wetens en willens met vuer gespeeld! »

« Ah, ah » lachte Calevoet « het is zeker daerom dat de gansche stad krielt van Bruggelingen, Dendermondenaers, Yperlingen en anderen? Zy komen om den Opperhoofdman tegen den Schepenraed te verdedigen en hem te verlossen ; maer het is zoo veel mogelyk, hier iets uit te rigten, als het Belfroot op uwen rug te dragen. Zie de ambachten slechts naer het Schepenhuis trekken; als er dus eenige duizende gezellen onder de wapens zullen staen, zult gy het alles stilzwygend laten gebeuren, of weinigen van ulieden zullen wederkeeren gelyk zy gekomen zyn. »

« Ik weet niet » viel de smid hem in de rede « maer gy spreekt alsof het vonnis reeds gestreken ware! Er is nochtans een Schepen die my gezegd heeft, dat velen zyner ambtgenoten van gedacht veranderd zyn. »

« En waerom? » vroeg Calevoet schertsend. « Neen, neen, het tegendeel is geschied. Nu Mher Artevelde gevangen zit zyn zy meest allen tegen hem gekeerd. »

« Die lafheid doet hun veel eer aen! » morde de Bruggeling.

« Waerom? » hernam de smid « omdat het onderzoek bewezen heeft, dat Ser Van Steenbeke een valschaerd is, en men Mher Jacob onschuldig heeft bevonden. »

« Aen anderen dat wysgemaekt » antwoordde Calevoet « ik weet wel dat er list genoeg gebruikt is om de Schepenen te bedriegen en te verschrikken; daerover zal Mher Maes Van Vaernewyck ook rekenschap te geven hebben, als hy vandaeg maer denzelfden weg met den Opperhoofdman niet ingaet. Men heeft het vonnis zoo lang uitgesteld, met het doel de aenhangers des dwingelands tyd te geven om naer Gent te komen geloopen, en dáér, door groot geblaf en geschreeuw, indruk op het gemoed der Schepenen te doen; maer als men gelooft dat de Gentenaers van zulk klein gerucht verveerd zyn, dan bedriegt men zich. Het is juist omdat men de Gemeente geweld wil aendoen dat de Schepenen, door een strenger vonnis, zullen laten blyken wie zy zyn en wat zy durven! »

« Wy zullen zien wat het einde van dit verfoeijelyk kinderspel zal zyn » sprak de Bruggeling « moet gansch Vlaenderen in vlam en vuer staen om het regt tegen eenige opgewondene lasteraers te wreken, wel nu...... »

« Eenige lasteraers! » riep Calevoet « neen, geheel het gentsche volk; en mogt het gebeuren dat de Schepenraed laf genoeg ware, om den Opperhoofdman niet te durven straffen volgens de maet zyner misdaden, de Gentenaren zelven zouden opstaen en Mher Artevelde de belooning geven die hy verdient. »

« Heeft dit nu lang genoeg geduerd? » schreeuwde een beenhouwer, die met geslotene vuisten en woedend gelaet voor Calevoet kwam staen. « Het gentsche volk zou denken als gy! Neen, het gentsche volk is voor Mher Jacob; het weet wat hy gedaen heeft voor onze welvaert en voor de vryheid des vaderlands. Gy lastert de Gentenaers, gy! — en als het er op aenkomt zult gy zien dat zy niet ondankbaer zyn. Wie is er hier tegen Mher Jacob? Wat Leliaerds en vuiltongen, die den Opperhoofdman benyden omdat zy, in hunne nietigheid, nog niet tot aen zyne kniën reiken kunnen en hy hun de oogen uitsteekt door zyne deugd en grootheid! Gy moest u liever verbergen en van schaemte wegkruipen. Gy durft met verachting van Mher Jacob spreken! Wie zyt gy dan? Wat hebt gy ooit in uw leven uitgevoerd? Gelasterd en uw hart opgevreten van afgunst niet waer? Ah, het is de eerste mael niet dat ik u spreken hoor, Deken der tykwevers! Wy kennen u...... uwe beurt zal ook wel eens komen! »

Calevoet meende in toorn tegen den beenhouwer uit

te vallen; maer nu kwam daer eensklaps een man in volle vaert aengeloopen, en, in den hoop vallende, sprak hy gansch buiten adem :

« Gezellen, weet gy het nieuws? Er is een bode van Doornik op het Schepenhuis gekomen. Men zegt dat de Franschen met een magtig leger op onze grenzen verschenen zyn en ons land willen aendoen. Ha, ha, nu gaet men zeker den Opperhoofdman loslaten; want wie zou ons ten stryde voeren en den Franschman met geluk wederstaen, indien Mher Jacob in de gevangenis bleef? Het is gelyk ik u zeg, gaet maer eens naer de Botermarkt..... »

Met deze woorden verliet hy den hoop en liep in de rigting der St.-Janskerk, gewis om de tyding verder te gaen dragen.

« Kinderachtigen list! » riep Calevoet « Zy meenen dat de Schepenen zich in zulken dommen strik zullen laten vangen! En al ware het nu zoo? Hebben wy in Gent geene moedige mannen genoeg om ons aen te voeren? Men stelle slechts den Overdeken aen ons hoofd, en wy zullen de afwezigheid van Artevelde niet eens bemerken. »

« Mher Denys? » spotte de beenhouwer « nog al schooner! Sedert wanneer is die een krygsheld geworden? »

Zoohaest Lieven den naem zyns vaders hoorde, en bemerkte dat veler oogen op hem gevestigd waren, verliet hy het gezelschap en vervoorderde zynen weg, overdenkende wat hy had gehoord. Hoe zeer hy ook poogde, zich zelven eenige hoop op de verlossing van Artevelde te geven, hy moest toch in zyn hart bekennen, dat niets in zynen droeven toestand was veranderd. Wel bemerkte hy, aen het geroep der ambachtslieden, dat de overgroote meerderheid des volks den Opperhoofdman was toegedaen en zynen val betreurde; wel zag hy, met blydschap, dat uit alle andere steden van Vlaenderen geheele benden mannen waren komen toegeloopen om getuigenis van hunne verkleefdheid aen Mher Jacob te geven; maer hy wist insgelyks, dat in den schoot van den Schepenraed vele stemmen zich tegen den Opperhoofdman hadden verklaerd; en, mogt men het algemeen gerucht gelooven, dan was zyne veroordeeling byna onfeilbaer. Het nieuws van de komst der Franschen alleen ware van aerd geweest om eenige verlichting in zynen geest te brengen, dewyl· hy dan met gegronde redenen hadde moge verwachten, dat men Artevelde zou gesmeekt hebben, zyn magtig zweerd nog eens ter verdediging des vaderlands te verheffen. Eventwel, er liepen sedert eenige dagen zoo vele valsche maren rond, dan voor dan tegen Artevelde, dat hy nu ook aen deze tyding geen geloof hechten dorst.

Dus denkende kwam hy op den Calanderberg, by de wooning des Opperhoofdmans, en trad er binnen.

Hy vond Vrouw Artevelde en Veerle gereed om uit te gaen. Jacquemyne, de meid, had den kleinen Philips [1]

---

[1] Dit kind, alsdan twee jaer oud (het werd geboren in 1340), is de beruchte Philips Van Artevelde, die dertig jaer later insgelyks aen het hoofd der Vlamingen stond en met het zweerd in de vuist, in den slag van Roosebeke, voor Vlaenderen stierf.

« *Philippe Van Artevelde* was het jongste kind van den beruchten *Jacob Van Artevelde* en is in het jaer 1340 door de koningin van Engeland, Philippina van Henegauw, in St.-Janskerk tot Gent over de vonte gehouden. » *Naemlyst der doorluchtige Gentenaren*, in VAERNEWYCK's laetste uitgave.

reeds op den arm. Het kind sliep en lag onder een wasen kleed verborgen.

Toen de jonge Denys in de kamer verscheen, zegde Veerle met kwynende stemme :

« Ach, gy doet niet wel, Lieven, dat gy zoo lange achterblyft; indien gy onze goede vriend niet waert, ik hadde schier gedacht dat gy den armen gevangen hadt vergeten. »

« Maer, het uer is nog niet verschenen, Veerle; uw ongeduld heeft u bedrogen. » antwoordde de jongeling.

« Eilaes » zuchtte Veerle « het is nu acht dagen lang dat gy ons naer de gevangenis leidt; waerom telt gy dan de uren, nu men over zyn lot beslissen gaet? »

Lieven vatte de hand der maegd en sprak op zoeten toon tot haer :

« Nu, Veerle, wees in uwe bittere droefheid niet onregtveerdig jegens my; ik ben onderwege blyven staen om te luisteren of ik niets vernemen kon, dat u vertroosten mogt. »

« Gy schynt wel te moede, Lieven? » zegde Veerle met blyde haest « God dank, gy weet goed nieuws! »

« Goed nieuws? » herhaelde de jongeling, gansch verbluft over de plotselinge vreugde zyner geliefde « Ik weet dat de stad vol vrienden uws vaders is, die uit alle gewesten van Vlaenderen herwaerts gekomen zyn; ik weet dat de mare loopt, dat een fransch leger op onze grenzen is verschenen en men den Opperhoofdman loslaten zou om Vlaenderen te gaen verdedigen; maer het is slechts een gerucht........! »

« En wat zegt men over de stemming der Schepenen? » vroeg Vrouw Artevelde.

Lieven, door deze vraeg verrast, bleef een oogenblik

zonder te weten wat hy antwoorden zou, en zegde eindelyk :

« Over de stemming der Schepenen heb ik niets gehoord dat der aendacht weerdig zy........... Sommigen zeggen, dat de meerderheid zich ten voordeele des Opperhoofdmans zal verklaren, anderen beweeren het tegendeel. »

Twee tranen rolden uit de oogen der maegd en zy wendde het hoofd af om hare onsteltenis te verbergen.

Lieven meende haer eenige woorden van troost toe te sturen, maer nu sprak Vrouw Artevelde :

« Veerle, myn kind, vergader al den moed die u overblyft; weêrsta nog eenige uren aen uwe smart; geef de vyanden uws vaders het tooneel uwer wanhoop niet. Kom aen, te lang reeds wacht ons de gevangen; het uer der Schepenvergadering is niet verre. »

Veerle droogde hare tranen af en kwam met gelatenheid, als een verduldig slagtoffer, nevens Lieven staen, wiens arm zy tot ondersteuning aengreep. Zy volgde aldus hare moeder, die met de dienstmeid den huize uitgetreden was.

Beide vrouwen waren, ten teeken van rouw, in fluweel en zyde van duistere kleuren gekleed. Het aengezigt van Veerle, witter nog dan hare huike, stak zonderling af op haren zwarten samaer, en, ofschoon zy met het hoofd gebogen ging en haer gelaet byna gansch verborg, bleef er van hare doorschynende wangen genoeg zigtbaer om de oogen aller voorbygaende lieden met nieuwsgierigheid en met medelyden op haer te vestigen. Iedereen, ten minste zy die niet door haet tegen haren vader waren verblind, beklaegden het lot der verwelkte bloeme, die nog onlangs tusschen de gentsche maegden als eene prachtige rooze blonk en door de schoonsten werd benyd. Nu ging zy daer wankelend heen, verteerd door de zielesmart, bevlekt door den laster, neêrgedrukt onder den angst en beschaemd als eene schuldige, die niet durft opzien in hare baen.

Men kon op het gelaet van Vrouw Artevelde wel bespeuren dat eene innige pyn haren boezem doorgriefde; maer zy toch boog het hoofd niet. Zonder de blikken der voorbygaenden met trotschheid te gemoet te gaen, ontweek zy ze eventwel niet, en stapte, met fiere verduldigheid en onverstoord, tusschen de burgers heen, als iemand die in het volle gevoel zyner weerdigheid de bron vindt van eenen onbuigbaren moed. Wat zy hoorde en zag, het mogt haer wonden of vertroosten, haer statig gelaet liet geene de minste aendoening blyken en zy hield zich alsof zy alleen vreemd geweest ware aen hetgeen er geschiedde. Slechts van tyd tot tyd stuerde zy eenen kommervollen oogslag op Jacquemyne, die met het kind achteraen kwam.

Lieven sprak onderwege, in stilte, troostende woorden tot Veerle en poogde haer de hoop op eenen onverwachten uitslag in te boezemen; onderwyl gaf hy nauwe aendacht voor zich heen, om de hoopen volks te vermyden, waertusschen hy, aen eenige teekenen, vyanden des Opperhoofdmans vermoedde, en aldus de vrouwen voor het hooren van vernederende of ontmoedigende woorden te beschutten.

Hy begon te denken dat zyne vreeze ongegrond was; want, ofschoon hier en daer een booze grimlach de echtgenote des Opperhoofdmans van verre werd toegestuerd, toch de meeste poorters openden hunne ryen voor haer en bogen zich met bewyzen van eerbied by haren doorgang.

Een weinig voorby de wooning van Ser Van Steenbeke, in de Opperscheldestraet, stond een hoop ambachtslieden, zonder twyfel van degenen die door het geld der Leliaerds waren omgekocht; want zoohaest hadden zy het huisgezin van Artevelde niet bemerkt, of zy begonnen uit alle magt te schreeuwen:

« Weg de Opperhoofdman! Weg de dwingeland! Hy moet gebannen, de landverrader! »

Zich daermede niet vergenoegende, kwamen zy vóór Vrouw Artevelde staen, alsof zy haer den weg afsparren wilden; en een dronkaerd, van tusschen den hoop vooruittredende, zegde spottend:

« Welnu, Myne Vrouwe, dat komt van de koningin uit te hangen en van zoo hoog op de Gentenaers te durven nederzien! Het schoon weêr is uit : ieder zyne beurt. Hebt gy uwe mael al veerdig gemaekt, om met Mher Jacob eene speelreis van vyftig jaren buiten Vlaenderen te gaen doen? De verandering van lucht zal uwe bleeke dochter verkwikken. Ik wensch u vaerwel en veel vermaek! »

Lieven had, van woede bevend, de hand aen zyne dagge gelegd en zou voorzeker den spotter hebben doorsteken; maer Vrouw Artevelde vatte hem by den arm en sprak in zyn oor zulke krachtige woorden, dat hy de hand van zyn wapen terugtrok en smeekend tot de omstaende ambachtslieden zegde:

« Om Godswille, gezellen, eerbiedig toch deze vrouwen. Welke verblindheid heeft u aengevat, dat gy zoo wreedelyk vermaek neemt in de smart van persoonen, die zich tegen uwen smaed niet verdedigen kunnen? ô, Het is eene schande, die my over mynen naem van Gentenaer blozen doet! »

Vrouw Artevelde had intusschen haer slapend kind uit de armen der meid genomen. Hetzy het gezigt dezer daed of een gevoel van schaemte eenigen der ambachtslieden deed terugkeeren voor de laegheid hunner vervolging tegen weerlooze vrouwen, zy gaven Lieven gelyk en wilden de anderen uit den weg doen gaen; maer de dronkaerd vaerde voort in zynen boozen spot en deed de meesten lachen over hetgeen hy zegde. Het ware Lieven onmogelyk geweest, langer aen zyne gloeijende wraekzucht te weêrstaen, hadde Vrouw Artevelde hem niet doen begrypen, dat hy haer tusschen deze spotters, met haer kind en de kranke Veerle, niet mogt verlaten om eenen stryd te wagen, waerin hy voorzeker bezwyken zou. De smeekende bede zyner geliefde, die weenend hem tot koelheid aenmaende, weêrhield hem insgelyks en deed hem eindelyk, knarstandend en in zyn binnenste huilend, het hoofd buigen als iemand die zich verpletterd gevoeld door eene onverwinbare noodzakelykheid.

Deze akelige toestand van Artevelde's ongelukig huisgezin duerde reeds eenige oogenblikken, toen eensklaps een andere hoop ambachtslieden uit de St.-Jansstraet kwam aengestapt en uit nieuwsgierigheid tot de Lelinorda naderde. Niet zoohaest hadden zy kunnen vernemen wat hier gaende was, of een struis gezel sprong vooruit en vroeg aen Lieven, terwyl hy als razend zyne blikken op de aenschouwers dwalen liet:

« Wat, wat is dit altemael? Durft die uitgeloopen volder Vrouw Artevelde hoonen? »

« Ach, vriend Comyne » zuchtte Lieven « verlos ons toch van die booze spotters! Zy doen het huisgezin des Opperhoofdmans eenen bloedigen smaed aen. »

« Welaen, vertrek gy maer van hier » antwoordde

Comyne met haest « ik ga eenigen dier schelmen den hals breken. — En dat is een! »

Dit zeggende sloeg hy den volder zoo geweldig met de vuist in het aengezigt, dat 'bloed hem uit den neuze sprong en hy achterover tusschen zyne makkers stortte. Dezen vielen Lieven Comyne onder wraekgeschreeuw op het lyf; maer hy weerde zich als een leeuw, tot dat zyne vrienden insgelyks in den stryd kwamen. Het werd een algemeen gevecht, waerin men echter voor alsdan nog geene daggen blinken zag en men zich vergenoegde met elkander ysselyk met vuisten te slaen.

Lieven Denys had intusschen de vrouwen haestiglyk weggeleid. Vol ontsteltenis spoedden zy zich sprakeloos voort naer de gevangenis; en, daer deze niet verre afgelegen was, bereikten zy dezelve na weinige oogenblikken.

De kleine Philips was nu eerst ontwaekt en lachte stamelend op de bonte kleederen der gewapende ambachtslieden, welke hy in de verte zag stappen.

Vooraleer de wacht te naderen, die voor Ser Geeraertsduivelsteen onder de wapenen stond, sprak Vrouw Artevelde:

« Veerle, myn kind, verberg uwen angst; ik smeek u, zeg toch van dezen hoon niets aen uwen vader: het zou hem meer bedroeven dan alles wat hy tot nu toe mag geleden hebben. En gy ook, Lieven, laet niet hooren dat verdwaelde lieden ons zulken smaed hebben aengedaen. »

Deze aenbeveling geeindigd hebbende naderde zy tot Pieter van den Hovene, den hoofdman der wacht, en toonde hem een stuk perkament met den stadszegel. Hy geleidde haer binnen den Steen en deed voor haer alle poorten openen, tot dat zy met Veerle en Lieven den kerker van Artevelde was ingetreden, waer Mher van den Hovene haer met bescheiden eerbied verliet, de deure langs buiten deed sluiten en terugkeerde naer zyne wacht.

Het vertrek, waer de Opperhoofdman in hechtenis was gezet, zag met twee vensters op de Nederschelde uit en ontving licht genoeg om niet als eenen kerker te moeten worden aenschouwd. Er brandde vuer in de wyde haerdstede; tafels en stoelen stonden geschikt op den vloer, en alle gerieflykheden, welke men eenen gevangen verleenen kan, waren hier door de zorg des Voorschepens ter beschikking van Artevelde gesteld. Het was hem insgelyks toegelaten geworden, dagelyks zyn huisgezin en eenige byzondere vrienden te ontvangen; deze laetsten onder voorwendsel, hem toe te laten zyne verdediging te beramen met de leden welke zich aengeboden hadden om zyne taelmannen te zyn. Op verzoek des Voorschepens had hy den ouden Pieter Zoetaerde aengewezen om tegen zyne beschuldigers te staen, en aen hem had hy gevolgentlyk alle oorkonden, aenteekeningen en inlichtingen medegedeeld, waeruit zyne onschuld blyken kon. Eventwel, daerby zou zyne verdediging niet bepaeld blyven; de voornaemste spreker ten voordeele des Opperhoofdmans moest zyn trouwe vriend, Maes van Vaernewyck, zelve zyn; en, om aen zyn welsprekend woord des te meer kracht te geven, zou hy slechts, als voorzitter, na alle andere redenaers optreden. — Zoo had de Voorschepen de verdediging des Opperhoofdmans ontworpen.

Op het oogenblik dat zyn huisgezin in zyne gevangenis trad, was Artevelde bezig met voor eene tafel op een perkamentblad iets te schryven; hy scheen in zynen arbeid verslonden, want hy hoorde de deur niet opengaen en sprong slechts regt toen Veerle het zoete woord « vader! » hem van verre toeriep.

Eene heldere uitdrukking van vreugde kwam het gelaet des Opperhoofdmans bestralen en hy ontving zyne teedere dochter tegen de borst, haer eenen langen vaderkus op beide wangen drukkend. Hy zoende zyne echtgenote op het voorhoofd, greep de hand van Lieven met eene dankbare ontroering aen en schikte dan met haest eenige stoelen, op zulke wyze nevens elkander, dat hy omtrent het vuer, tusschen zyne vrouw en zyne dochter, kon zitten. Lieven zette zich nevens Veerle, een weinig tot den Opperhoofdman gekeerd.

Artevelde had zyn zoontje uit de armen der meid aengenomen en op zyne knie gezet, het kussende en streelende.

Reeds by hare intrede had Veerle begonnen, stille tranen te weenen, en nu rolde het smartwater nog voortdurend, in glinsterende druppelen, langs hare wangen, ofschoon zy hare oogen met zigtbare blydschap op het gelaet haers vaders gevestigd hield.

Tot haer stuerde Artevelde eerst zyn troostend woord, terwyl de kleine Philips met de handjes rond zyn aengezigt speelde :

« Altyd zoo droef, myne arme Veerle! Ik begryp : gy stort tranen omdat gy my zoo teér bemint, niet waer? Gy beklaegt het lot uws vaders? Heb dank, lieve, maer om Gods wille, verjaeg dit bang verdriet uit uwen boezem. Geloof my, wy hebben geene redenen om zoo wanhopig te treuren over hetgeen er is geschied of geschieden kan. »

Veerle lachte eensklaps tusschen hare tranen en vroeg met blyde verrassing :

« Zult gy dan over uwe booze vyanden zegepralen, vader? Zult gy weder Opperhoofdman zyn? Ah, dan dede ik zeker eene bedevaert naer Onze Lieve Vrouwe ter Linden en hinge haer genadig kindeken myne gouden keten aen den hals! »

« Ik wil u niet bedriegen, lieve » antwoordde Artevelde « het is my onmogelyk, met eenige zekerheid te gissen wat de beslissing der Schepenen zal zyn. Dan, hoe de uitspraek ook weze, verlost zyn wy altyd, en ons blyven nog vrolyke dagen beloofd! »

« Ik begryp u niet, vader » zegde Veerle.

« Veronderstel eens » was het antwoord « dat men my uit myn vaderland banne. God kan het zoo toelaten, myn kind. »

« Wee! wee! » zuchtte de maegd.

« Ach, neen » ging Artevelde voort « gy denkt niet wel, Veerle. Het ware eene weldaed die men ons schenken zou. Welk leven lyden wy hier te Gent? Uw vader is gansche weken op reis, hem is den tyd niet gelaten om, elke maend, eenige uren de zorgen des Bestuers in het zoete gezelschap van zyn huisgezin te vergeten. Hy worstelt tegen oproer en kuipery, hy arbeidt zonder verpoozing, als een slaef die tot eeuwig zwoegen is gedoemd. Nooit is het hem gegund een oogenblik voor zich zelven noch voor de zynen te leven. En tot belooning bevlekt men zynen naem en lastert men alles wat hem duerbaer is — tot zelfs u, myne goede zuivere Veerle! Is dit lot dan zoo schoon, dat men klagen zou wanneer men hopen mag dat het veranderen gaet? »

« En de schande dan, vader? » riep Veerle met pyn « de schande van het ballingschap! »

« Schande, myn kind? » zegde Artevelde grimlachend.

« Wat is schande of schaemte? Het is het gevoel dat men schuldig is; het gevoel dat men het mispryzen of den haet zyner broederen verdient. Kan zulk gevoel ons treffen? Wy die weten, dat liefde, regt en pligt de eenige starren zyn, die ons hebben voorgelicht in onze baen? Ah, indien gy anders niets vreest, kind, leg dan alle droefheid af. Schande noch schaemte kan nooit het hart uws vaders ontstellen. »

« Gent verlaten! Op vreemden bodem gaen leven! Het is toch wel eene wreede belooning voor zoo veel arbeid en opoffering! » zuchtte Vrouw Artevelde bitterlyk.

« Inderwaerheid » antwoordde Artevelde « het is pynelyk, zyn vaderland vaerwel te moeten zeggen als men het bemint gelyk wy het beminnen; maer het levensgeluk kan men uit meer dan eene bron putten, indien men zich verduldig buigt onder Gods wil. Op dees oogenblik is men bezig met over myn lot te beslissen; — ziet gy eenige droefheid, eenige vrees in my? Neen, er is eerder blydschap in mynen boezem. ô, Ik heb sedert gisteren voor ons allen een geluk gedroomd, dat eene veroordeeling alleen ons vergunnen kan. Luistert, Veerle, en gy myne goede Katelyne, wy zullen by Brussel op eene schoone hofstede gaen woonen; verlost van alle staetszorg, zal ik den ganschen dag met de mynen zyn; wy zullen onzen kleinen Philips onder onze oogen zien dartelen en opgroeijen, wy zullen vreedzaem leven in ongestoorde liefde, onder de gulle zon, tusschen bloemen en vogelen. Spelen, jagen, wandelen, sproken lezen, liederen zingen en God danken, dat hy zyne milde natuer ten minste niet ondankbaer heeft gemaekt! Dáér zal de laster ons niet meer komen zoeken, want men zal ons niets te benyden hebben; onze dagen zullen voorbyvlieten in spiegelklaer genot; onze wereld zal zich niet verder uitstrekken dan de kring, waerin de duerbaerste wezens besloten zyn; en, moeten wy somtyds den stillen hemel onzes huisgezins verlaten, om op aerde toch eenen pligt te vervullen, het zy dan, ô Veerle, myn kind, ô Katelyne, myne trouwe vriendinne, het zy dan om, door uwe handen, een gedeelte onzer have in de hutten rond te strooijen tot lafenis der smarten onzes evennaesten. Zoo zal toch onzen naem gezegend worden vóór God! Dit is den eenigen roem dien ik nog betrachten wil; dit is het paradys dat ik voor ons allen heb gedroomd! »

Artevelde had deze schets met begeestering voor zyn huisgezin outrold, zyne schoone indringende stem had haren meest wegvoerende toon aengenomen en, als een harpengeluid, in de ooren zyner echtgenote en zyner dochter geklonken. Beide scheen aen zyne lippen te hangen, terwyl zy met glinsterende oogen hem aenzagen en hare harten onder zyn woord van zoete hoop voelden kloppen. Bovenal was de gevoelige en ligt trefbare Veerle gansch dwalend in de beschouwing van het beloofde leven.

« God, God! » riep zy « wat is het schoon dat gy daer zegt, vader! En ik zal bloemen kweeken en tortelduiven hebben! De Lieve Vrouwe kleeden, de zieken bezoeken! — En de arme kinderen leeren bidden, — en moeder zyn van al wat lydt rondom ons! Wanneer toch, ô vader? »

By deze vraeg sloeg zy eensklaps haer oog op den jongen Denys, die gansch verwonderd luisterde. »

« Ô, Wee my! » zuchtte zy « En Lieven dan? »

« Ik volg u, waer gy gaet, zoo het my veroorloofd wordt » sprak de jongeling.

Veerle vatte hem met ontroering by de hand en zegde :

« Ah, zoo is het goed; dan zullen wy altemael gelukkig zyn. »

Zy boog nochtans het hoofd met eene zekere schaemte, toen het rood, dat Lieven's voorhoofd by hare woorden beklom, haer kwam herinneren dat hy de schoone hofstede met haer niet bewoonen kon.

Artevelde bemerkte hunne verlegenheid en zegde grimlachend :

« Vreest evenmin daervoor; na myne veroordeeling, indien het waer zy dat het lot my tot ballingschap verwyst, zal Mher Denys minder zwarigheid maken in de toestemming tot uw huwelyk, myne kinderen; veler wenschen, die tot nu onvoldaen moesten blyven en oorzaek waren van diepe spyt, van haet misschien, zullen na myn vertrek bevredigd worden. Ik weet in alle geval het middel om, door tusschenkomst des Hertogs van Braband, alle moeijelykheden uit den weg te ruimen. Het is myn geheim; maer ik bidde u, weest wel te moede. Het zal zyn gelyk gy zegt, Veerle : wy zullen altemael gelukkig zyn en samen leven op de hofstede. »

De twee gelieven zagen elkander eenigen tyd stilzwygend in de oogen en begonnen dan, met byna onhoorbare stemme, over het beloofde heil te spreken.

Intusschen was vrouw Artevelde in diepe overdenking gezonken; zy scheen met blydschap haer zoontje te aenschouwen, dat de wangen en het hair zyns vaders streelde en eenige woorden stamelde, die zy alleen verstaen kon; maer hare aendacht was afgekeerd door eene ernstige overweging, waeruit zy slechts opstond toen haer echtgenoot haer vroeg :

« En gy, Katelyne, gy zegt niets van mynen gulden droom? »

« Ik heb rypelyk erover nagedacht, Jacob » antwoordde Vrouw Artevelde met ernstig gelaet « maer my dunkt dat wy wel zouden doen, van nu af aen onwederroepelyk te beslissen, dat uw gelukkig ontwerp zal worden uitgevoerd, al ware het zelfs dat de Schepenbank, door een regtveerdig vonnis, u herstelde in al uwe vorige magt. — En hoe schoon zou het dan niet zyn? Wy zouden in Vlaenderen blyven woonen! »

« Onmogelyk! » zuchtte Artevelde met een gevoel van droefheid.

« Maer wat verbindt u dan zoo dwingend aen de openbare zaek? Vermits men uwe overheid betwist en u lastert, laet aen anderen over, te smaken wat het is uit den kelk der volksliefde te drinken. Leef nu ook een weinig voor ons, voor u zelven! »

Alsof Artevelde zich door de woorden zyner vrouw ontsteld gevoelde, stond hy op, drukte nog eenen zoen op de lippen van zyn kind en gaf het over aen Jacquemyne. Dan zegde hy met geestdrift :

« Wat my verbindt, Katelyne? Pligt en eergevoel, liefde tot myn vaderland. Ach, in den hemel van het huiselyk leven zou toch eene zwarte wolk my immer vervolgen : ik zou ons dierbaer Vlaenderen aen Frankryk overgeleverd en vernederd zien; den hongersnood op nieuw myne broederen zien wegmaeijen; en de eeuwige vyand der dietsche volkeren den klauw zien openen om, eindelyk, na dry honderd jaren list en bedrog, zyne prooi aen te vatten en te verzwelgen! — Verwyst de Schepenbank my tot onmagt, verbant men my naer andere oorden, ik zal gaen en in de ziele treuren over het lot van onzen geboortegrond; — doch tevens troost vinden in de gedachte, dat ik tot het laest oogenblik heb gedaen wat Vlaenderen van eenen Vlaming eischen mag : leven in de overtuiging, dat ik geene schuld heb aen den val van myn geslacht en gedaen heb wat ik kon en wat ik moest. Maer dat de Schepenbank my myn zweerd teruggeve en op nieuw myne hulp inroepe om het gevaer af te keeren dat ons bedreigt?......... Ik zal het kruis aenveerden, zwoegen en lyden; maer ook de snoode poogingen des vyands verydelen, Vlaenderen redden en myne broederen voor slaverny en hongersnood beschutten. De laster moge my vervolgen, het volk moge my haten......... het is niets! Boven het volk, dat ontstaet, verandert, klimt en vergaet, daerboven is de vaderlandsche bodem verheven — de grond die de gebeenderen onzer vaderen nevens de gebeenderen onzer zonen bevatten zal, — het vaderland dat alleen eeuwig blyft! Neen, neen, Katelyne, bestaet er moed in het afleggen van overheid en magt, er is ook lafheid in het ontvlugten zyner bestemming, wanneer deze ons zware pligten oplegt. Nooit, nooit, zal men zeggen dat Jacob Van Artevelde achteruitging in zyne baen; dat hy weigerde het zweerd te voeren tegen Vlaenderens vyanden, omdat laster en smaed hem tot belooning waren beloofd. — Belooning! Zy is dáér, in myn hart, in myn geweten, — die stemme Gods die alleen op aerde my regten en vonnissen mag! »

By dit laetst gezegde sloeg Artevelde met kracht op zyne borst; zyne oogen gloeiden van edele fierheid; er was in zyne gansche houding iets grootsch, iets ontzaggelyks, in zyn woord iets magtigs, dat zyne echtgenote verbaesde en haer hart deed opzwellen van hoogmoed;

want zy was eene vrouwe, geschapen om zulke heldenziel te beseffen. Zy antwoordde niet, maer hief met gevouwen handen de oogen ten hemel, als wilde zy God voor eene weldaed danken.

Artevelde naderde haer, en hare handen losmakende om er eene van aen te vatten, zegde hy :

« En gy ook, Katelyne, gy de ware helft van myn wezen, gy die my steeds het vuer der vaderlandsliefde in den boezem goot........... »

Een gerucht aen de deure des kerkers onderbrak zyne rede. Zyne echtgenote, Veerle en Lieven sprongen te gelyk met eenen schreeuw van verrassing regt, en bleven bevend naer den ingang staren, in de meening dat zy den uitslag der Schepenvergadering gingen vernemen.

Ghelnoot Van Lens kwam den kerker binnengeloopen; en, zich verzekerd hebbende dat men de deur achter hem gesloten had, sprak hy met ontsteltenis en haestige drift tot Artevelde :

« Wat ik u te zeggen heb, Opperhoofdman, zal kort zyn. Mher Zoetaerde is my daereven op de Hoogpoort komen vinden. Hy had reeds een uer gepleit, maer het heeft niet geholpen. Mher Van Vaernewyck had begonnen, doch het schynt dat men van die pooging ook niets verwachten mag. Uwe vyanden zyn talryk en zullen waerschynelyk de meerderheid hebben. Gy zult veroordeeld worden.......... »

« Welnu, het zy zoo, goede vriend » viel Artevelde hem in de rede.

« Wat? » riep Ghelnoot « het zy zoo! By St.-Lievens gebeente, het zal niet zyn! Hoe, die laffe Leliaerds, dat vuige gebroed zal zegepralen over de onschuld? Over Mher Jacob, de verlosser myns vaderlands? Neen, neen;

er zyn meer dan dry duizend man uit alle gewesten van Vlaenderen in de stad, de Gentenaers zelven schuimen van woede. — Ik durfde het niet bestaen zonder uw oorlof; maer zeg een woord, een enkel woord, en de muren van Ser Geeraertsduivelsteen zullen zich openen om u de vryheid te geven; het volk zal uwe snoode vyanden verpletten onder zynen toorn.......... Zeg! Gauw! Misschien is het vonnis reeds geveld! »

Artevelde greep de hand van Ghelnoot en antwoordde met koelen grimlach :

« Ik dank u, Ghelnoot; maer ik bid u, ik smeek u, bewys my nog deze vriendschap : laet my de wet eerbiedigen tot het einde. Indien uwe grenslooze genegenheid tot my u niet verblindde, zoudt gy immers niet wanen, dat Jacob Van Artevelde bekwaem is om toe te stemmen dat stroomen bloeds vergoten worden voor hem. Het woord dat gy vraegt zal ik niet geven; integendeel, zoo gy uw voornemen uitvoerdet, ik zou zeggen dat gy mynen naem hebt onteerd. »

« Het moet! het moet! » riep Ghelnoot gansch buiten zich zelven.

« Nooit! » herhaelde Artevelde als een stil doch onwederroepelyk vonnis.

Ghelnoot stond van wanhoop te trappelen en wrong zyne leden krampachtig te samen.

« God! God! » huilde hy — en dan, eensklaps bleek en sidderend tot den Opperhoofdman gaende, trok hy hem tot in eenen verren hoek des kerkers, en sprak daer met verdoofde stemme :

« Ah, gy wilt het woord niet geven? En indien uwe vrouw, uwe dochter, uw zoon Philips alleen op aerde moesten blyven? Indien heden nog een graf zich ontsluiten moest tusschen u en uw ongelukkig huisgezin? Indien uw bloed heden nog op de straet spatten moest? »

De Opperhoofdman legde zyne hand op Ghelnoot's mond en fluisterde met schrik in zyn oor :

« Zwyg, zwyg, dat men u niet hoore! Eilaes, wat hebt gy gezegd! »

« Men wil uw hoofd, een schavot, de beul!.,...... Welnu, men moet kiezen tusschen vuig bloed en edel bloed.......... »

« Ik kan het niet gelooven! »

« Het is, zeg ik u! »

« Gods wille geschiedde : myn bloed zal vlieten, indien het wordt gevraegd. »

« Onverbiddelyk! Wee, wee! » huilde Ghelnoot terwyl hy in eenen hoek liep, en daer, als razend, zich de haren uit het hoofd rukte.

Vrouw Artevelde, Veerle en Lieven stonden met jagenden boezem, van angst en schrik te beven. Ofschoon zy niet verstaen konden wat Ghelnoot tot den Opperhoofdman zegde, zy bemerkten toch wel dat hy eene akelige tyding had gebragt. Zoohaest Artevelde naer hen toekwam, sprongen zyne echtgenote en zyne dochter hem weenend en klagend aen den hals, hem vragende wat Ghelnoot had gezegd; maer hy, gansch verdwaeld, antwoordde haer niet, en wenkte de dienstmeid dat zy zynen zoon hem brengen zou. Hy bezag eene wyl halsstarrig het kind; twee tranen rolden uit zyne oogen en vielen glinsterend op het voorhoofd van den jongen Philips, alsof, met dezelve, de ziel des vaders ware verhuisd om onder den schedel des kinds te gaen woonen. Dan omvong hy in zyne beide armen dochter en echtgenote en vriend, en bleef zoo sprakeloos zitten.

Eensklaps sprong Ghelnoot Van Lens weder vooruit en riep met snydende stem, terwyl hy met den vinger in de hoogte wees:

« Luister, daer zyn ze reeds! Opperhoofdman, Mher Jacob, om Godswil! om Godswil! »

Artevelde hief het hoofd op en hoorde inderdaed een verre gerucht, als van eene woedende zee van menschen, wier holle golven naer zynen kerker kwamen afgerold. Hy sloeg nog eens met droefheid zyn oog op zyn bezwymend huisgezin en op zyn kind. Dan zegde hy:

« Ah, de bekoring is groot; maer toch, Artevelde zal blyven wat hy is! »

« Wat, wat zal hy zyn? » viel Ghelnoot uit « Held of martelaer! »

« Nu, martelaer! » antwoordde Artevelde met koelheid.

Ghelnoot liet zich op eenen stoel ontzenuwd nederzinken en begon bitterlyk te weenen, als laetste krachtinspanning nog morrende:

« Eilaes, eilaes, het offer is volvoerd! »

Nauwelyks was Ghelnoot daer gezeten of men hoorde het geschreeuw en gehuil des volks voor Ser Geeraertsduivelsteen in ontzaggelyke galmen opstygen. De deur des kerkers vloog open; Maes Van Vaernewyck, Pieter Zoetaerde en een tiental andere Schepenen kwamen juichend naer den Opperhoofdman geloopen, rukten hem van tusschen zyn huisgezin en vielen hem aen den hals onder allerlei gelukwenschingen.

« Maer, goede vrienden » vroeg Artevelde « wat nieuws brengt gy my dan? »

De oude Pieter Zoetaerde meende te spreken, doch hem sprong een tranenvloed uit de oogen en hy kon geen woord voortbrengen.

« Heil! heil! » riep Maes Van Vaernewyck met luiderstemme « Van Steenbeke en tachtig andere Leliaerds uit den Lande gebannen! [1]. Mher Jacob, onze Opperhoofdman, onschuldig, vry, vereerd! »

Tot dan waren Vrouw Artevelde, Lieven en Ghelnoot, als van verbaesdheid versteend, met den hals vooruit en de oogen opengespalkt blyven staen; maer nu zy de verkondiging van des Opperhoofdmans onschuld, uit den mond des Voorschepens, hadden gehoord, was het alsof zy onder eenen geweldigen slag ontwaekten. Veerle en hare moeder stieten de Schepenen van Artevelde weg en sprongen aen zynen hals, daer hangende als door vreugde verlamd en bezwykende van ontroering. Lieven stond nevens den Opperhoofdman en weende in stilte tranen van liefde en van geluk. Wat Ghelnoot betreft, die was schier zinneloos van vreugde; hy liep jubelend de kamer rond, en beheerschte door zyne magtige zegekreten al ander gerucht.

Terwyl de Schepenen het gezigt van Artevelde en zyn huisgezin afkeerden om hunne aendoening te verbergen, hoorde men plotselings honderde stemmen voor de deur des kerkers galmen. Het volk had de wacht van den Steen verdrongen, en was als een onweêrstaenbare vloed de gevangenis binnengestroomd, onophoudend schreeuwende :

« Mher Jacob! Onzen Opperhoofdman moeten wy hebben! Heil, heil Artevelde! Mher Jacob! Mher Jacob! »

Eindelyk dwong een hoop ambachtslieden den gevangenbewaerder de deure des kerkers te ontsluiten,

---

[1] « Die welcke tzamen Mer Jan Van Steenbeke zyn tachtentlichstere vichtich jaren, uytten lande ende graefscepe van Vlaenderen banden...... » Despars. tom. II, pag. 366.

en eene wolk mannen, met Lieven Comyne aen het hoofd, kwam, van geestdrift dol, juichend de gevangzael ingeloopen. Er was noch bevelen noch bidden aen deze gezellen; zy zouden en zy moesten den Opperhoofdman hebben; want zy hadden op straet gezworen, dat zy hem medebrengen zouden. Hoe Artevelde zich ook verschoonde, wat hy smeekte, hy kon het blyde geweld des volks niet weêrstaen en werd met alle de Schepenen den kerker uitgeleid [1].

Ghelnoot en Lieven hadden zich gelast, de Vrouwen onmiddelyk huiswaerts te leiden.

Voor Ser Geeraertsduivelsteen en in alle de aenpalende straten, zoo verre het oog dragen kon, stond de menigte ineengedrongen te roepen en te schreewen, dat de huizen ervan daverden. Honderde standaerden en vanen ontplooiden hunne gildeteekenen boven deze zee van hoofden; daken, vensters en putten, het was al beladen en vervuld met jubelend volk.

Artevelde stapte met kalm gelaet aen den arm des Voorschepens tusschen den stroom, die hem door de straten vooruitrolde en de gansche stad overdekte met het gebruis zyner vreugde.

Welhaest bereikte de Opperhoofdman zyne wooning en trad er met eenige vrienden binnen.

Het volksgewoel, het gejuich, de gezangen en de heilwenschen duerden voort tot diep in den nacht.

Geen enkel woord werd er dien dag nog tegen Artevelde gesproken. — Waer waren de lasteraers en de

---

[1] « On va chercher le Capitaine de St.-Jean (Artevelde); on lui prête publiquement et avec acclamations un nouveau serment de fidélité et son pouvoir est retabli dans toute sa force première. » LE GLAY, tom. II, pag. 465.

benyders dan gebleven? Waer blyft de laffe afgunst als zy hare onmagt erkent? Doet zy niet gelyk haer evenbeeld, de slang, die wegkruipt in het duister tot dat nieuw venyn hare giftanden vervulle?

EINDE VAN HET TWEEDE DEEL.

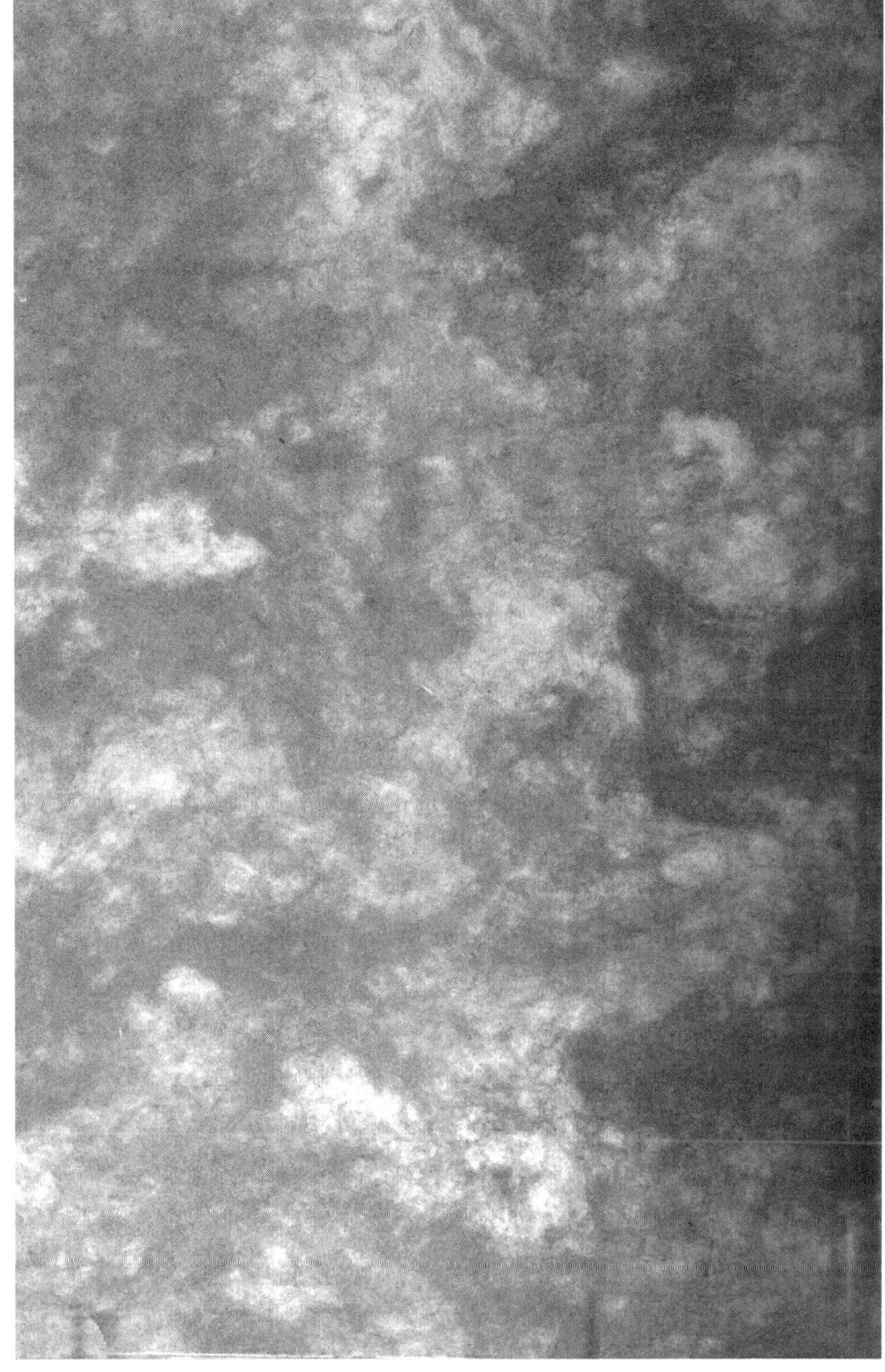